Richardus Wagner

Mythographi Graeci

Vol.1

Richardus Wagner

Mythographi Graeci
Vol.1

ISBN/EAN: 9783337385637

Printed in Europe, USA, Canada, Australia, Japan

Cover: Foto ©Andreas Hilbeck / pixelio.de

More available books at **www.hansebooks.com**

CONSPECTVS.

Corrigenda et addenda.

pag. 7, 21. 3, 3 8 11 (τῶν Ὠκιανοῦ) conf. praef. p. XLIII dr
p. 10, 14. l. ἀπέκειτεν pro ἀπέκτεινεν.
p. 14, 18. δοιὰς ἔδωκεν αὐτῇ φαγεῖν κόκκον] conf. praef. p.
p. 15, 6—8. ἐγίνοντο — Παλλήνῃ del. Zipperer Bl. f. l
    Gymn.- u. Realschulwesen XVI p. 17.
p. 31, 14. verba uncis inclusa τῷ Σαλμωνέως ἀδελφῷ ab Apo
    dori textu aliena sunt.
p. 41, 19 s. ταύτην — καλοῦσι et 20 ss. ἑτέρα — αὕτη ;
    Zipperer l. l. p. 17 s.
p. 52, 90. l. Νείλῳ pro Νείλω.
p. 57, 25. Ὅμηρος] Hom. Z 160.
p. 62, 3. ⟨τὰ⟩ πτηρά εἶχον πέδιλα propos. Zipperer l. l. p.
p. 63, 8. ἀνακτῆσαι pro ἀναστῆσαι iam Robertum (de Apol
    bibl. p 45) ex Zenobio recepisse nunc video.
p. 72, 18. ἄτρατον] χαλκῷ ex Pediae. p. 250, 6 add. Zipper
p. 79, 16. ἔθνους Θρᾳκίον καὶ μαχιμωτάτου] ante καὶ ali
    quoddam adiectivum excidisse suspicatur Zipperer l. l. p.
p. 85, 11—14. Cycni et Herculis certamen hoc loco (c
    p. 98, 1 s.) a lectore quodam adiectum esse statuit Zipp
    l. l. p. 19 - 23.
p. 85, 12 adn. l. προυκαλεῖτο BC pro προυκαλεῖτο.
p. 97, 12 adn. δρέπκας R] adde Rᵃ.
p. 97, 31. Δεινόκων] δρυόπων RRᵃ.
p. 98, 1 adn. l. Diod. IV 37, 4 pro Diod. IV 36, 4
p. 99, 17. post ἀνακάμψαι puncti signum excidit.
p. 100, 7 adn. l. Ἵππους pro Ἵππους.
p. 105, 17 adn. l. Hr. pro Hc.
p. 106, 1. ἐπεὶ δὲ] ἐπειδὴ δὲ propos. Zipperer l. l. p. 23
    Apollod. p. 60, 1).
p. 113, 3. Πέλωρος] Πέλωρ non solum in A, sed etiam
    legitur, ob eamque causam restituendum videtur.
p. 116, 13 adn. l. κεβάλα A, pro κέβαλα.
p. 121, 12. τὴν αὐτοῦ γυναῖκα] τὴν τούτου γυναῖκα p
    Zipperer l. l. p. 23.
p. 131, 20. ἠγανάκτησε] ἠγανάκτησα R.
p. 135, 1. πτεράσαι pro πτερᾶσαι ex editionibus recipie
    est; item p. 154, 8 κεκτερᾶσθαι pro κεκτερᾶσθαι reposo
p. 154, 23 virgulam non post sed ante vocem ἐπίκλην in
p. 161, 18. καὶ χωρὶς ὕδατος] χωρὶς ὕδατος καὶ H'dance
    (Eratosth. Cat. ed. Rob. p. 40).
p. 191, 18 l. Κάωνᵉ pro Κάων.
p. 258, 18. κυρί] κυρῶν ex Apollod. p. 89, 8 proposuit Zi
    l. l. p. 23.

PRAEFATIO.

CAPVT I.

DE APOLLODORI CODICIBVS.

Bibliothecam mythologicam, quam Apollodori uo-
.ine significare solemus, primus edidit *Benedictus*
Aegius a. 1555 ex quattuor codicibus, quorum tribus *Aeg.*
ōmina addit Metellini, Farnesiani (a Iulio Honorio
:ripti), Tettiani. Sed qui fuerint isti libri, nunc
tidem neque certo definiri potest, neque omnino
altum refert. Nam Aegius non solum ex aetatis
me more singulorum scripturam rarissime indicavit,
: etiam multa ex scholiorum corporibus aliisque
utibus accita textui temere inseruit. Atque has
erpolationes, qui secuti sunt editores *Commelinus* *Com.*
1599), *Tanaquil Faber* (a. 1661), *Thomas Galeus* *Fab.*
;storiae poeticae scriptores antiqui, a. 1675), mira *Gal.*
gione servaverunt, quamquam novos libros adhi-
unt Commelinus Palatinum, Galeus Oxoniensem.
]uibus toto caelo distant curae criticae *Heynii* *Ile.*
782 et 1803), viri de Apollodoro unice meriti. Hic
maximam partem illorum additamentorum eiecit,
:a codicum vitia felici acumine emendavit, obscr-
ones denique addidit mythologas ex *profundis
rinae suae opibus haustas. Codicum vero ipse
.vit nullum, sed vastam collegit congeriem lectio-

num haud raro falsidicarum partim ex antiquioribus
editionibus partim ex collationibus, quarum plerasque
Gerardus van Swinden decem fere lustris antea con-
fecerat. Atque in hoc infirmissimo fundamento
ante medium saeculum XVIII. posito exstructa
sunt recentiores editiones praeter unam omne

    Nam *Clavierius* (a. 1805) quidem et *Sommer*
(1822) procul habebant eiusmodi curas, *Westermannus*
autem, qui Heynii apparatum in Mythographis Graecis
(a. 1843) repetiit, vehementer dolet, quod ipsi 'Corin-
thum adire' non contigerit; sed, quod iure mireris,
Br.
Hr. ne *Bekkerus* (1854) quidem et *Hercherus* (1874) codi-
ces rursus adire operae pretium fecerunt. Solus *Mül-
lerus*, qui 1841 totum bibliothecae textum in Frag-
menta historicorum Graecorum (vol. I p. 104—179)
recepit, supplementum apparatus critici attulit ex Pa-
risino 2722; sed, occupatus tunc temporum innume-
rabilibus historicorum fragmentis colligendis elimai
dis disponendis, huius codicis egregii opes non tai
exhausit, quam obiter delibavit, neque omnino singu
larem eius indolem perspexit.

    Iam nostra memoria nova ac prorsus inexspectat
subsidia artis criticae in Apollodoro factitandae
cesserunt, cum ex bibliothecarum tenebris in luc
prodirent epitoma Vaticana et fragmenta Sa
baitica. Haec enim non modo eam bibliothec
partem, quam temporum iniquitate nobis ereptam e
adhuc aegre ferebamus, totam fere restituerunt, ver
etiam multis codicum mendis inopinatam medell
adhibuerunt. Nihilominus, cum epitoma Vaticana e
a. 1891 ad novam totius bibliothecae recension

parandum accingerem, id potissimum mihi agendum
esse duxi, ut ex integro apparatum criticum conferrem, qui huius saeculi viris doctis satisfacere posset.
Ac profecto haud inutilis fuit haec opera; nam quicumque hanc scripturae varietatem cum Heynii apparatu comparaverit, mirabitur, quam incerta atque debilis adhuc fuerit codicum notitia.

Ex codicibus Italicis a. 1885 integros contuli Palatinum et Laurentianum, partem Vaticani et Neapolitani, locos quosdam Barberini. Praeterea uti mihi
licuit collectaneis a Ludovico Mendelssohn a. 1874
et 1875 congestis. Continent eius schedae praeter
varias adnotationes ac specimina codicum Parisinorum
et Britannicorum collationes Palatini Vaticani Laurentiani Taurinensis alterius, quarum ope eas, qua
ipse collegeram, apte supplere potui. Quo magis iuvat
hac occasione data viro doctissimo, qui totam hanc
materiam summa diligentia undique congestam ultro
mihi obtulit, gratias agere quam maximas. Non minus grate accidit, quod mihi liberalissime concessum
est, ut quattuor codices Parisinos Dresdae (a. 1891
et 1892) conferrem. Contra Oxoniensis novam collationem assequi non potui; attamen de eius libri
indole satis sum edoctus, quoniam vir summe venerandus Maximilianus Müller me rogante eos locos,
ex quibus iudicium de codice pendebat, ab E. A. Nicholson, Bodleianae bibliothecario, inspiciendos curavit.
Reliquorum codicum Britannicorum descriptionem et
Harleiani specimen debeo amicitiae Ottonis Rossbach.

Codicum agmen ducit liber non tam vetustate,
quam praestantia eminens:

R   Parisinus graecus 2722 [R] (primo memoratus
a. 1682 in catalogo bibliothecae Regiae sub numero
2824), foliorum 34, ex quibus folia bombycina formae
quadratae 16—32, saec. XIV scripta, nunc prorsus
perturbata continent fragmenta Apollodori. Fol. 5
hunc perhibet titulum: *Fragmenta Theocriti et aliud
fragmentum [credo expositionis in Theogoniam Hesiodi]
Pag. 14'. Verba uncis inclusa delevit manus recen-
tior et addidit: *ut videtur ex Apollodori bibliotheca.'
Item folio 31ʳ suprascriptum est: *Fragmentum Apol·
lodori ut videtur'.

      Quibus foliis in pristinum ordinem redactis hae
apparent bibliothecae partes:

fol. 20. 21: I 12 Λιμνώρεια . . .
                  —I 43 . . . ὅλα ἔβαλλεν ὄρη
fol. 22. 23: I 80 οὐκ ἀνεδίδου . . .
                  —I 115 . . . Ἰάσονι συνευνάζεται
fol. 24. 25: I 129 πρὸς τὴν ἀνάζευξιν . . .
                  —II 20 . . . ἐξ Ἡφαιστίνης, αἱ δὲ
fol. 27. 31: II 38 πτηνὰ εἶχον πέδιλα . . .
                  —II 76 . . . Ἴφιτον κτείνας
fol. 26. 28: II 96 αὐτῷ τὰς Διομήδους . . .
                  —II 132 . . . ἐν Αὐλίδι τοὺς παριόντας
fol. 18:   II 152 εἶπεν, εἰ θέλοι φίλτρον . . .
                  —II 173 . . . Ἀριστόδημος
fol. 16. 17: III 11 οἴκημα κάρπαις . . .
                  —III 46 . . . ἀρρένων Ἀμφίον
fol. 19:   III 67 πέμπουσι Τυδέα . . .
                  —III 90 . . . Ἀλκμαίωνα
fol. 32. 30. 29: III 112 καὶ κομίσας εἰς Πύλον . . .
                  —III 183 . . . Ἀλφεσιβοίας λέγει

Unde facili computatione elicias integram biblio-
thecam, quam quidem libri manuscripti amplectantur,
foliis constitisse undetriginta, quorum septen-
decim [1]) in Parisino servata sunt. Hic igitur olim
fuit codicis status:

olim:	nunc:	olim:	nunc:
fol. 1	—	fol. 16	= 28
2	= 20	17	—
3	= 21	18	= 18
4	—	19	—
5	—	20	= 16
6	= 22	21	= 17
7	= 23	22	—
8	—	23	= 19
9	= 24	24	—
10	= 25	25	= 32
11	—	26	= 30
12	= 27	27	= 29
13	= 31	28	—
14	—	29	—
15	= 26		

Codicis scriptura satis inaequabilis est — singularum
paginarum ambitus variat inter triginta et triginta
septem versus — ac difficillima lectu, quod litterae
variis modis inter se ligatae atque terminationes
plerumque aut omissae aut compendiis expressae sunt.
Quam ob causam cum multa vix intellegi possent, in
priore codicis parte usque ad fol. 17 manus secunda man. 2

---

1) non quindecim, ut est apud Müllerum (FHG. 1 p. IV),
qui ipsa prima folia 16 et 17 aut omnino non vidit, aut ex-
cutere nescio quomodo oblitus est.

terminationes aliaque litterulis pallidiore suco supra-
scriptis saepissime supplevit; in quattuor ultimis foliis
autem talia additamenta desiderantur.') A prima manu
in textu pauca tantum correcta sunt. Accedit, quod
codex temporum iniquitate maximum detrimentum
accepit. Nam non solum atramentum multis locis
magis minusve expalluit, sed etiam margines nonnul-
lorum foliorum (imprimis foll. 30. 31. 32) mutilati
sunt, atque hic illic textus, ne prorsus dilabantur
fragmina, membrana quadam dilucida obtectus est,
ut e. gr. in fol. 32ᵛ (III 128) aegre dignoscas, utrum
Ἀφίδνας in Ἀθήνας, an Ἀθήνας in Ἀφίδνας cor-
rectum sit. Hoc modo factum est, ut, quamvis acriter
intendas oculorum aciem, non ubique quid perhibeat
Parisinus certo affirmari queat. His locis in apparatu
(R?) siglum (R?) apposui. — In primo folio a manu re-
centiore passim in margine adiecti sunt tituli, velut
ἀθηνᾶς γέννησις. τιτυός. μαρσύας. ὡρίων, quod in
nullo alio codice observavi.

   Quod in tabula phototypa duo huius codicis ex-
empla tibi ante oculos ponere potui, debeo benigni-
tati viri doctissimi Ottonis Posse Dresdensis. Haec
tabula continet:

   I. ex fol. 17ʳ bibl. III 41—43 (-φότεροι δὲ ἀπὸ
      Εὐβοίας φυγόντες — Ἀντιόπην δὲ ἤκιζετο Λύ-
      κος κα-).
   II. ex fol. 19ᵛ III 86—89 (μετὰ δὲ τὴν Θηβαίων
      ἄλωσιν — ὕστερον τόν τε ὅρμον καὶ).

---

   1) Apta utriusque partis exempla proposui in tabula
phototypa.

Ex hoc codice archetypo, id quod infra demonstrabo, omnes reliqui derivati sunt, ita tamen, ut tres familiae facile distinguantur.

I. Prima classis:

Oxoniensis Bodleianus graecus Laudianus 55 [O] O chartaceus in fol., saec. XV. Apollod. fol. 1—48.

Parisinus graecus 2967 [R^a]^1) (olim 2662, 1240) R^a Fonteblandensis, chartaceus in fol. saec. XV vel XVI, foll. 241. Apollod. fol. 185^r—241^r.

II. Altera classis [*B*]: B

Palatinus Vaticanus graecus 52 [P], chartaceus in P fol., saec. XVI, foll. 165. Apollod. fol. 1—60.

Parisinus graecus 1653 [R^b] (olim 2208, 2052) R^b Fonteblandensis, chartaceus in fol., saec. XVI, foll. 139. Apollod. fol. 1—58^r. Hic codex fuit olim Francisci Asulani, quod ipse indicavit fol. 1^r: *a mi Io. Francisco Asulano*. Ab eadem manu scriptus esse videtur, qua Palatinus.

Parisinus graecus 1658 [R^c] (olim 2063. 2444. 169. R^c Trichetianus 15), chartaceus in fol., saec. XV, foll. 264.. Apollod. fol. 214^r—264^r. Nitide scriptus est, sed multa, plerumque ab eadem manu, erasa et correcta sunt.

III. Tertia classis [*C*]: C

Vaticanus graecus 1017^2) [V], chartaceus formae V

---

1) Parisinorum sigla R^a R^b R^c ab editoribus adhibita retinui, solum codicem [quartum] 2722 non littera R^d sed R significavi.

2) non 1071, ut est apud Westermannum.

octavae foll. 87, saec. XV accurate scriptus. Hunc
codicem propterea primo loco commemoro, quod
compluribus locis cum libris alterius familiae con-
sentit.

L Laurentianus plut. LX, 29 [L], chartaceus formae
octavae, saec. XV, foll. 92.

N Neapolitanus III A 1 [N], chartaceus formae octa-
vae, saec. XV, foll. 82. Hic codex et forma et
scriptura simillimus est Laurentiani.

T Taurinensis C II 11 [T], chartaceus in fol., saec.
XV, foll. 41.

His libris in editione mea usus sum. Restat, ut
reliquorum descriptionem addam:

Bodleianus d'Orvillianus X I 1, 1 chartaceus in
fol., saec. XVI. Apollod. fol. 1—55.

Harleianus Musei Britannici 5732, chartaceus
formae octavae, saec. XVI, foll. 121. Huius libri
accurate scripti specimen debeo Ottoni Rossbach.

Taurinensis B IV 5 chartaceus formae quadratae,
saec. XVI, foll. 85, quem nullius pretii esse iu-
dicat Mendelssohnius.

Barberinus T 122 chartaceus formae octavae,
saec. XVI, foll. 114, notae deterrimae, quem et
Mendelssohnius et ipse inspexi.[1])

Transeo ad singulorum codicum auctoritatem et

_____

1) De Vesontino qui dicitur haec inveni in Mendels-
sohnii schedis: *Cod. Suppl. Graec. 7 bibliothecae Parisinae ha-
bet Sevini in maximam partem Apollodoreae bibliothecae com-
mentarios tam prolixos quam inutiles maleque scriptos. Itaque
videre satis habui, nihil inde enotavi. Citat Sevinus identidem
Vesontinum codicem, qui tamen teste bibliothecaria Vesontino
hodie Vesontii non iam exstat.*

conexum explicandum atque definiendum. Ex uno
archetypo omnes Apollodori codices derivatos esse vel
inde apparet, quod omnes in fine mutilati sunt. Qualis
autem fuerit hic codex archetypus, primum descri-
bam verbis Heynii, qui minime animo praesagiebat
ipsis huius libri fragmentis[1]) egregie confirmatum iri,
quod ex reliquorum condicione concluserat. Compa-
rans enim cum Palatino ceteros codices haec profert:
*Vix una alteraque satis memorabilis varietas reperitur,
varietas vero lectionis fere omnis aberrationibus indoctis-
simorum hominum, qui litterarum compendia assequi
non poluerant, consistit; ut manifestum fiat exemplar
illud, quod pro fonte fuit, iam seriore aetate, cum litte-
rarum compendiis dudum contaminata esset scriptura,
fuisse exaratum (praefat. p. XLVIII).*

Quod Heynius Palatino primas partes tribuerat,
stare non iam poterat, cum Carolus Müller Parisi-
num 2722 in lucem protulisset. Hic enim liber,
etiamsi corruptelae minime desint, tamen toto caelo
distat a reliquorum turba; nam emendationibus a
Müllero praefat. p. Vs. enumeratis alias quoque lectio-
nes optimae notae satis frequentes addere licet. Iam
cum ipse mense Novembri a. 1891 huius codicis scri-
pturam difficillimam pervestigare inciperem, sensim
mihi orta est suspicio, quae in dies confirmabatur, ut
denique, quod initio vix sperare ausus eram, dilucide
appareret: nimirum ipsum codicem archetypum meis
in manibus esse.

---

[1]) quae ipse commemorat ex catalogo codicum Parisino-
rum praefat. p. XLIX adn. 3.

Ac primum quidem ex litterarum forma inaequali
ac neglegenti, ex ligaturis compendiisque Parisini eae
corruptelae, quae reliquis codicibus communes sunt,
saepissime mirum in modum explicantur. Recta enim
scriptura servata quidem est in Parisino, sed tam ob-
scure exarata, ut, nisi oculorum aciem acriter intendas,
id ipsum legere tibi videaris, quod perverso ceteri
libri omnes praebent. Cuius observationis non omnia
exempla enumerabo, quoniam, quae primo obtutu, si
ipsum codicem evolveris, oculos offendent, explicare
et describere difficile est atque incommodum. Haec
igitur specimina sufficiant:

p. 34, 13 *αἰδοίων* exstat in Parisino, sed litterae
δο sic inter se coniunctae sunt, ut litterae β recen-
tior forma exstare videatur, itaque omnes perhibent
αἰβίων.

p. 81, 13 *ἐκ δόλου*] litterae ο orbis minus regu-
laris atramento expletus est, unde ἐκ δήλου in A.

p. 83, 9 ex voce *θερόμενος* sic scripta θερο̇ρ̇ re-
liqui elicuerunt θερμαινόμενοc.

p. 86, 19 *Λινδίων*] litterae ιυ tam arte inter se
cohaerent, ut nisi minutissimum spatium relictum es-
set, iurares exstare, quod in reliquis legitur: λυδίων.

p. 98, 1 *Ἰρωνον* paulo obscurius scriptum est ἰῶ̇ν̇,
ita ut ἰῶν in codices transierit.

p. 129, 11 *Ἰσμηνόν*] litterae σμυ sic inter se con-
iunctae sunt, ut δ subesse suspiceris. Quas lineas
diligentissime imitatus Rᵃ exaravit ἰcαδηνὸν, reliqui
ἰωδηνὸν (B) vel ἰδηνὸν (C).

p. 130, 1 ἐνεκρύφθη] litterae -φθη ultimo paginae versui subscriptae sic ligatae sunt, ut φθη vix possis cognoscere. Nam littera θ¹) cum ea linea, quae η indicat, coniuncta speciem praebet litterae α paulum distractae; unde ἐνεκρύφα ortum est in R*B, quod falso in ἐνεκρύψατο correxit C.

p. 141, 2 Φλεγύου] litterae eam coniunctionem inierunt (φλε̇γ́ύ), ut φλένου adspicere tibi videaris, idque perhibet A.

p. 145, 6 βοῶν λείαν] ο cum β coniunctum vix conspicitur et terminationis -ων siglum cum accentu circumflexo coartatum est, ut eveniat diphthongi ου siglum paulo neglegentius scriptum (ῡ.λεῖ'), unde βουλείαν in A.

p. 152, 11 συνελθεῖν] primae litterae συ cohaerentes ad tantam similitudinem vocalis α accedunt, ut ἀνελθεῖν inde ortum sit.

p. 154, 16 ἀποκοιμηθέντος δὲ αὐτοῦ] δὲ in codicibus deest, quoniam eius siglum in R tam misere inculcatum est (ἀποκοιμηθεῡ;δῡ), ut facillime praetermitti potuerit. Neque magis miraberis, quod p. 97,5 Δηιάνειραν ubique excidit; erat enim, quod ex fol. 18ʳ initio cognoscis, ultimum antecedentis folii vocabulum.

p. 155, 9 κατασχεῖν] ex ligata scriptura κτᾱσχ facillime oriri potuit κατ' εὐχὴν (κατ' εὐχ̇) in R*B (κατευχεῖν praebet Rᵇ), quod in κατέχειν correxit C.

Deinde, ut ad verborum terminationes perveniamus, magna frequentia corruptelarum, quibus hac

---

1) qualis est in voce Θηβαίων initio tabulae photötypae.

ex parte laborat Apollodori textus, iam satis indicatur compendiosam fuisse archetypi scripturam, qualem in Parisino observamus. Si autem accuratius apparatum criticum perlustrabis, vix te fugiet longe plurima eiusmodi vitia in ultima bibliothecae parte inveniri. Cuius observationis explicatio in promptu est, si evolveris Parisinum. Nam in prioribus tredecim foliis, ut supra (p. IX s.) adnotavi, terminationes saepissime ab altera manu recte suppletae sunt, atque omnibus his locis iustam scripturam praebet codicum consensus. Unde evincitur has emendationes iam additas fuisse, priusquam reliqui libri manuscripti ex eo derivarentur.[1]) Contra in quattuor ultimis foliis talia additamenta fere nusquam inveniuntur, ob eamque causam in hac bibliothecae parte librarii multo saepius verborum compendiose scriptorum conexum assequi non potuerunt. Hoc nusquam melius cognoscis quam p. 131, 26—132, 14[2]), ubi intra quindecim versuum ambitum Parisini scriptura $\overset{\tau}{\alpha\upsilon}$ ($\overset{\tau}{\epsilon\alpha\upsilon}$), quae deinceps significat: αὐτοῦ αὐτῷ αὐτοῦ αὐτοῦ ἑαυτῷ, a librariis mutata est in αὐτῷ αὐτοῦ αὐτῶν αὐτῶν ἑαυτοῦ, cum omnes reliquae terminationes, quippe quae in Parisino distincte expressae sint (e. gr. $\overset{\tau'\tau}{\dot{\alpha}\dot{\upsilon}}$,

---

1) Memorabile tibi propono exemplum ex p. 83, 15: πολ-λὰν αὐτῷ μνηστευομένων τὴν θυγατέρα. Hic Parisini manus prima recte praebet αὖ, sed manus secunda perperam addidit terminationem ʼ, unde αὐτοῦ in omnibus libris legitur. Idem valet ad p. 118, 22 (tab. phot. I L 1), ubi θυατίδος, ab altera manu ex θυατίδος correctum, in reliquos transiit.

2) Maiorem huius loci partem (usque ad p. 132, 11) ipse inspicias in tabula phototypa (II).

ἐκείνου) erroribus vacent. Haec tam apte illustrant
Parisini indolem, ut pauca eiusmodi exempla addere
satis habeam:

p. 64, 5 εἰς τὰ βασίλεια] εἰς βασι^{τά λ} R: εἰς τὸν βασιλέα
A; item p. 113, 6 βασι βασιλείαν^λ significare indi-
cant ES: βασιλεῖ A (βασίλεια edd.)

p. 126, 16 ἦλθεν] ἦλθ^ο R: ἦλθον A

p. 149, 20 ἐκθεῖναι οἰκέτῃ] ἐκθεῖν^{αι} οἰκε^τ R: ἐλθεῖναι
οὐκέτι R^aB ἐλθεῖν οὐκέτι C

p. 156, 18 παρὰ Λυκομήδει] παρὰ λυκομη^δ R: παρὰ
λυκομήδου A

p. 158, 10 Ἀλκίππη] ἀλκι^{ππ} R: ἄλκιππος A.

Alibi sigla, quae in Parisino exstant, a reliquis
aut neglecta aut male intellecta sunt:

p. 113, 3 Πέλωρος] πέλωρ R: πέλωρ A edd.

p. 120, 5 Ἰσμηνὸν] ἰσμην R: ἴσμην A

p. 126, 26 Χαρικλοῦς] χαρικλ^{ου} R: χαρικλέους A

p. 49, 2 φαρμάκοις] φαρμάκ^ὀ R, quod φαρμάκ esse rati
librarii φάρμακον intulerunt

p. 120, 8 Πελοπίαν] πελο^π R man. 1, cui manus 2
addidit terminationem ἴ minus accurate sic expres-
sam ἴ, unde πελόπιν R^aB πελόπην C

p. 98, 17 s. τὰ περὶ τὴν Ἰόλην Δηιάνειρα πυθομένη]
et in τ^α et in πυθομέν^υ terminationes satis angusto
spatio suprascriptae in quandam sigli ^ν•similitudi-
nem abierunt, quamobrem codices perverse prae-
bent: τοὺς ... πυνθανομένους. Contra p. 110, 3 in

voce νεοδάρͷ superior compendii pars paulum incurvata librarios induxit, ut νεοδάρτας exararent.

Sed quid pergam singula congerere? Iam nunc me tibi persuasisse confido Parisinum omnium codicum archetypum esse, cum gravissimum argumentum omnino nondum cognoveris, quod solum ad demonstrandam Parisini praestantiam sufficeret. Nam uno quidem loco uberius supplementum textui ex Parisino accrescit, p. 65, 13 ss. ubi lacunam inter verba ἣν Περιήρης ἔγημε et πάλιν Ἱππονόμης hiantem solus explet Parisinus insertis verbis: ἐκ μὲν οὖν Ἀλκαίου καὶ Ἀστυδαμείας τῆς Πέλοπος, ὡς δὲ ἔνιοι λέγουσι Λαονόμ⟩ης τῆς Γουνέως, ὡς δὲ ἄλλοι. Haec autem verba in codicis Parisini fol. 27ʳ l. 5 unius integri versus ambitum explent. Apparet igitur ab eo, qui primus vel potius solus Parisinum descripsit, hunc versum omissum esse.

Alterum exemplum, quo codicum dittographia singulari Parisini proprietate explicatur, ante oculos tibi ponendum curavi in tab. photot. II l. 2s. Nam in verbis quae leguntur p. 131, 20 s.: μᾶλλον ἠγανάκτησε, καὶ χρήσαντος Ἀπόλλωνος αὐτῷ τὴν μητέρα ἀπέκτεινεν. ἔνιοι μὲν μᾶλλον λέγουσι, alterum illud μᾶλλον male repetitum esse recte monuit Hercherus. Iam vides in Parisino hos duos versus se excipere:

μᾶλλον ἠγανάκτησα . . . . ἔνιοι μὲν

λέγουσι σὺν ἀμφιλόχῳ . . . .

Librarius igitur, cum verbis ἔνιοι μὲν scriptis ad sequentem versum se converteret, aberrans ad antecedentis initium vocem μᾶλλον falso loco rursus inseruit.

Omnibus his argumentis evincitur ex uno apographo Parisini 2722 reliquos codices omnes derivatos esse. Hoc autem apographum libri compendiose ac multis modis satis obscure scripti non a quovis librario confici potuit, sed indigebat hominis, qui non modo litterarum ductus, verum etiam rerum in hoc libro enarratarum satis esset peritus. Cogitaveris fortasse de uno ex eis Graeculis, qui saeculo decimo quinto in Italiam profecti Romanorum nepotibus aditum ad Graecarum litterarum thesauros rursus aperiebant. Itaque non mirabimur, quod haud ita pauca codicis archetypi errores ab hoc viro docto correcta sunt ob eamque causam in reliquis non inveniuntur. Sic in Parisino semper legimus χρυσόμαλον et πελλοπάννησος, in reliquis nusquam, idemque valet e. gr. ad μίνωνος pro μίνωος p. 68, 7; λοιπὸν pro λοιμὸν p. 81, 22;. οὓς pro ὅς p. 86, 3; ἀμύχας pro ἀμύχλας p. 90, 18; τρῷας pro τρῷα p. 147, 1; ἐρετωτικὴν pro ἐρωτικήν p. 147, 8; ἀστυμάδεια pro ἀστυνδάμεια p. 154, 2. Neque mirum videtur, quod, ubi primum confectum est exemplar planius atque aequabilius scriptum, reliqui librarii hoc describere maluerunt, quam archetypi difficultatibus iterum explicandis insudare.

Ex hoc solo Parisini apographo tres reliquorum codicum classes sic ortae sunt, ut primae adscribendi sint Oxoniensis (O) et Parisinus 2967 (Rᵃ), O Rᵃ alteri, quam littera B significavi, Palatinus (P), Pa- B risinus 1653 (Rᵇ), Parisinus 1658 (Rᶜ), tertiae, quam C littera C significavi, Vaticanus (V), Laurentianus (L), Neapolitanus (N), Taurinensis C II 11 (T), sic tamen, ut Vaticanus compluribus locis cum antecedentis familiae libris consentiat.

OR* Ex his autem proxime ab archetypo absunt Oxoniensis et Parisinus 2967. Cuius classis specimen mallem tibi proponere Oxoniensem, quippe qui paulo melioris notae esse videatur. Sed cum codicis a Galeo collati novam collationem assequi non potuissem, adquiescendum erat in Parisino R*. Ac profecto in eo adquiescere licet, postquam mihi persuasi novas emendationes in textum recipiendas ab illo exspectari non posse.[1]) Hos libros reliquis praeferendos esse his potissimum locis, quibus Oxoniensis scripturam Galeus laudavit, evincitur:

p. 23, 21 *Λῆδα* soli servaverunt OR*, cum in codice R haec pars non exstet

p. 80, 17 Εὐρυμέδων Χρύσης Νηφᾳλίων ROR*: Εὐρυμέδων καὶ Χρύσης Νηφαλίων. *BC*

p. 102, 12 ἀνεχώρησαν, quod est in ER, in textu praebet R*, in margine O, cum in reliquis ἦλθον inveniatur

p. 107, 11 κατῴκησαν R*O: κατῴκισαν *BC* (in R non exstat)

p. 111, 8 *τὸν δὲ ταύτης χρόαν ἄριστα εἰκάσαι δυνηθέντα*] *χρόαν* scribendum esse demonstrat E; in R

---

1) Paucis locis, quibus R* recedit a ceterorum consensu, dubius haerebam, utrum archetypi vestigia servaret, an corruptus esset, e. gr. p. 107, 8 *τῇ ν Εὐράκην* pro *Εὐράκην*, p. 107, 6 *ἦσαν ἀδύνατοι* pro *ἦσαν Εὐρώπην ἐδύναντο*, p. 135, 14 ἄλλοι pro Ἕτεροι, p. 138, 14 *προσαγορευόμεναι* pro *προσαγορευθεῖσαι*. Cum autem certior factus essem Oxoniensem ubique cum reliquis facere, apparuit has mutationes non minus quam multas alias ab ipso Parisini librario originem duxisse.

legitur θέαν, idemque haud dubie in primum apographum transierat, unde χρόαν OR⁰, θέαν *BC*.

p. 130, 15 s. λαβοῦσα γὰρ 'Εριφύλη ... τὸν πέπλον]
τὸν πέπλον ROR⁰: καὶ τὸν πέπλον *BC*

p. 168, 17 λόγχμη O: λόγχῃ R⁰*BC*

Multa accedunt exempla ex R⁰, quae in O vix aliter expressa esse confido, velut:

p. 44, 4 οὕς RR⁰: ἃς *BC*

p. 154, 13 εἰς πῆρ' ἔτι° R, εἰς πήραν ἐτίθει R⁰: εἰς πιω ἀνετίθει *BC*

p. 158, 5 τὸ θριάσιον πεδίον R: θριασίου πεδίον R⁰: τὸ θριάσιον *BC*. Sequentem vocem ἐπέκλυσε sic expressit R ἐπκλΪ, quod recte intellexit R⁰ ἐπέκλῦ, male *B* ἐπεκάλυε, interpolavit *C* ἐπεκάλυψε.

Artiore conexu codicem R⁰ cum archetypo cohaerere ex alia quoque observatione elucet, quae haud dubie ad Oxoniensem quoque pertinet. Multis enim locis eam praebet speciem Parisinus, ut eius librarius compendia litterasque archetypi, quamquam interdum minus recte perspexerit, diligenter imitatus esse videatur, e. gr.

p. 129, 14 ἐποίησε] ἐποί R, ἐποίη R⁰: ἐποίει *BC*.

p. 142, 18 'Ικάριον] ικαρῖ R, ικαρΪ R⁰: ικαρίωνα *BC*.

p. 142, 20 Λύκαιθος] λύκαῖ R λύκαῦ R⁰: λυκᾶν PR⁰T λύκον R⁰VL.

Item casui non tribuerim, quod p. 132, 20 s. διδόασι δούλην 'Αγαπήνορι, ubi vocem δου neglegentissime scriptam solus servavit R, parvum spatium inter vocabula διδόασιν et 'Αγαπήνορα relictum est in R⁰.

Imprimis autem multae archetypi corruptelae, quae emendatae sunt in BC, resederunt in R², velut:

p. 48, 6 δέρος RR²: δέρας BC

p. 48, 17 ἰάσωνα RR²: ἰάσονα BC

p. 50, 9 νεόβην RR⁴: νιόβην BC

p. 97, 14 αἰγιλίῳ RR²: αἰγμίῳ BC

p. 114, 16 τῶν θυμῶν RR²: τὸν θυμὸν BC

p. 117, 22 πυρρηνῶν RR²: τυρρηνῶν BC

p. 140, 10 αὐτόφθονος RR²: αὐτόχθονος BC

p. 141, 5 ἑλὼ R ἑλωμένου R²: ἑλομένου BC.

BC Reliqua multo brevius possunt absolvi. Quae enim inter codices secundae (B) et tertiae (C) classis intersit differentia, ex quavis fere-pagina editionis nostrae elucet. Itaque satis habeo pauca exempla proferre eaque certissima: lacunas dico, quae ex exemplaribus primariis in alterutrius ordinis libros transierunt.

p. 39, 7 ss. verba στρατὸν· ἔτυχον γὰρ ὑπὸ Πελασγῶν συνεχῶς πολεμούμενοι, μάχην τῆς νυκτὸς συνάπτουσιν eic omissa sunt in P R^b R^c (= B), ut ex prima et ultima voce efficeretur στρανάπτουσιν, exstant in R²OC.

p. 98, 3 ss. post vocem ἀπέκτεινεν verba ὡς δὲ εἰς Ὁρμένιον ἧκεν, Ἀμύντωρ αὐτὸν ὁ βασιλεὸς μεθ᾽ ὅπλων οὐκ εἴα διέρχεσθαι· κωλυόμενος δὲ καριέναι καὶ τοῦτον ἀπέκτεινεν exciderunt in VLTN (= C), exstant in ROR²B.

p. 146, 2 s. post vocem κτείνει verba Πολυδεύκης δὲ ἰδίωξεν αὐτούς, καὶ τὸν μὲν Λυγκέα κτείνει exciderunt in VLT¹), exstant in reliquis, praeter R^b,

---

1) haud dubie etiam in Neapolitano.

cuius librarius repetita voce κτείνει in idem vitium
inductus est, atque admiserat auctor classis *C*.

p. 137, 1 post γίνεται verba καὶ τελευτῶντος αὐτοῦ
διάδοχος τῆς δυναστείας γίνεται exciderunt in LT¹),
V man. 1, in margine addidit V man. 2.

Codices classis secundae, quamvis corruptelis in-
eptissimis scateant, tamen paulo melioris notae sunt,
quam tertiae, cuius librarii multo saepius ea, quae
non satis intellexerant, suo Marte refecerunt. Talium
interpolationum exempla iam in antecedenti disputa-
tione passim commemoravi:

p. XV (130, 1) ἐνεκρύφα *B*: ἐνεκρύψατο *C*
p. XV (155, 9) κατ' εὐχὴν *B*: κατέχειν *C*
p. XVII (149, 20) ἐλθεῖναι *B*: ἐλθεῖν *C*
p. XXI (158, 5) ἐπεκάλυε *B*: ἐπεκάλυψε *C*.

Ceterum modo haec, modo illa classis paulo propius
abest ab archetypi vestigiis, plerumque autem utra-
que longe ab eo aberravit. Quae enim rarae ex eis
repeti possunt emendationes, semper fere coniecturae
habendae sunt, et uni librario saepius, quam totius
stirpis archetypo debentur, velut *)

μ. 51, 10 ἠμφιέσατο *B*: ἠμφιάσατο ERR*C
p. 70, 19 ἀμφιέσατο P³): ἠμφιάσατο RR*C

___

1) Neapolitani hunc locum non inspexi.
2) Confer etiam exempla p. XXV ex p. 66, 8. 152, 10. 159,
14 laudata.
3) De eis locis, quibus conflati viri docti Palatino quon- P
dam superiorem locum tribuerunt, nunc aliter iudicandum est.
Sic p. 139, 14 s. re vera solus P interpolatione vacat in verbis
ἐργασάμενος λέγαν εὗρε καὶ κίξικρον: quae autem a reliquis
inepte inserta sunt λέγαν [ἐποίησε, καὶ πρῶτος κρέα ὤπτησε,
καὶ λέγαν] εὗρε, etiam in Parisino 2722 exstare anne vide-
mus, ut antiquam esse hanc interpolationem appareat. Pala-

p. 150, 21 ἐχέμμων RP: ἐχέμων A

p. 168, 7 μητίονος P: μητίωνος Rᵃ μιτίονος RᵇᶜC

p. 160, 8 ἔτη δώδεκα L: ἐπὶ δώδεκα RᵃBVT

p. 120, 18 χϳώρις LT (man. 2): χωρίς RᵃBV.

Singuli autem et secundi et tertii ordinis codices in plurimis corruptelis tantopere inter se conveniunt, ut nolim chartam insumere demonstrando, quae ratio inter singulos intercedat. Quae enim ex eis nova accedunt, merae sunt corruptelae plerumque ineptissimae vel interpolamenta. Hoc tantum moneo PRᵇartissimo cognationis vinculo coniunctos esse Palatinum et Parisinum 1658. Eadem enim observantur et singulorum locorum menda et in universum vitiorum genera. Sic praepositiones παρά et περί et litterae o et ω multo saepius quam ceterum inter se permutantur, itacismi vestigia frequentiora invaserunt, multisque locis in utroque libro singulae voces mirum in modum distractae sunt. Praecipue autem litterarum forma et ductus in utroque idem animadvertitur ut ab eadem manu scripti esse videantur.[1]) Item tertiae LN classis Laurentianus et Neapolitanus et scriptura et codicis forma simillimi inter se sunt; e. gr. in utroque prima pagina pertinet usque ad vocem ἀκούσῃ (p. 6, 23) quam Neapolitanus in fine omisit, Laurentianus initio paginae sequentis servavit.

V   Restat ut de Vaticano pauca proferam. Hic enim, ut supra demonstravi, tertiae stirpi adscribendus

___

tini autem librarius mera socordia omittens quae inter λέρον …λέραν posita erant, genuinam scripturam restituit.

1) quod Ioannes Tschiedel, cui Parisini specimen phototypum miseram, Palatino rursus inspecto confirmavit.

est; attamen hic illic ab huius lectionibus recedens
cum altera familia consentit. Sic ea verba, quae
p. 137, 1 s. in LTV omissa esse adnotavimus, in Vati-
cani margine adiecit manus altera. Confer praeterea
haec exempla:

p. 56, 8 ποδάρκην LT: πορδάκην RR*BV
p. 152, 10 ἠλλαγμένῃ LT: ἠλλατμένην RR*BV
p. 159, 14 δεκαμηνιαίω LT: δεκαμηναίῳ R*BV
p. 145, 15 Ἰλαείρας R: Ἰλαίρας R*BV: Ἰλείρας LT
p. 154, 23 αὐτῷ R(compend.), R*LT: αὐτοῦ BV
p. 153, 12 ἐκάλεσεν RR*LT: ἐκάλεσαν BV.

CAPVT II.

DE EPITOMA VATICANA ET FRAGMENTIS SABBAITICIS.

Licet multis bibliothecae locis codice archetypo
recte adhibito medella afferatur, tamen multo plures
corruptelas ex antiquiore aetate in textu residere ne-
minem fugit. Hoc autem praecipue pertinet ad maxi-
mam labem, quam huic auctori imposuerat temporum
iniquitas, quod magnam bibliothecae partem in fine
amissam esse adhuc dolendum erat. Attamen hanc
imminutionem haud ita vetustam esse constabat, cum
non modo Photium verum etiam saeculo duodecimo
Tzetzam integro textu usos esse sciremus. Itaque non
temerarium videbatur sperare fore ut ex bibliothecarum
tenebris aliquando in lucem prodirent uberiores capitum
perditorum reliquiae. Ac profecto haec spes non fefellit;
nam miro casu accidit, ut eodem tempore duae epitomae
ex integra bibliotheca derivatae innotescerent.'

Primum enim ipse, cum a. 1885 tractatus mythologicos, qui in bibliothecis Romanis asservantur, pervestigarem, incidi in exiguum quendam codicem satis obsoletum ac male habitum, quem bibliothecae Apollodoreae fragmenta continere statim cognovi.

E   Vaticanus 950 membranaceus foll. 112 formae octavae minoris, saeculo XIV exeunte inaequabili scriptura sic exaratus est, ut singularum paginarum ambitus inter viginti duo et viginti quinque versus variet. Praemissus est a recentiore manu titulus: *Fabule poetice et quedā Gramaticalia ex Eustathio sine principio et fine* cum signatura '*N 60*' et '*SPM sar*'. Apollodori epitoma amplectitur folia 1—49; sed non incipit a primi folii initio; nam praecedunt v. 1—18 excerpta quaedam de Perseo ex bibl. II p. 63, 13—64, 13 (Κασσίεπεια γὰρ — Ἀθηνᾶ δὲ λαβοῦσα τὴν κεφαλὴν τῆς γοργόνος ἐν μέσῃ . . . . . . ἀσπίδι), quae nunc quidem vix legi possunt. Tum nullo neque spatio intermisso neque inscriptione addita pergit v. 19 Οὐρανὸς πρῶτος . . . Inter fol. 20 et 21 unum excisum est, qua re evanuit epitoma ex bibl. II p. 83, 1—86, 8. Excerpta ex deperdita bibliothecae parte quattuordecim fere folia sic explent, ut incipiant fol. 36ʳ med. a verbis: Τρίτην ἔκτεινεν ἐν Κρομμυοῦντι σῦν . . ., et praerumpantur fol. 49ʳ in verbis: τὴν ἰδίαν ἐκτήσατο βασιλείαν καί. Nam tria quae sequebantur folia exsecta sunt, atque fol. 50ʳ prima verba: τοσοῦτον ὡς ἐν ταλάρῳ καὶ λίκνῳ . . . iam in mediis versantur excerptis ei Tzetzae commentario ad Lycophronis v. 18.

Itaque fieri potuit, ut nemo adhuc. cognosceret thesaurum in hoc volumine abditum. Etenim iam

renascentium litterarum aetate codex in manibus Iani
Parrhasii (1470—1522) erat, qui pauca verba ad
Broteam pertinentia (p. 183, 4—6, conf. adn.) ex eo
data occasione excitavit; atque, si recte disputata sunt
quae exposui Epit. Vat. praef. p. X s., statuendum est
ex ipsa cupidissimi illius librorum amatoris bibliotheca
codicem in Vaticanam pervenisse. Deinde nostra me-
moria Angelus Mai hoc volumen accurate perscru-
tatus est. Nam non solum ad verba quae fol. 69ᵛ
med. leguntur: *ἐκ τοῦ διὰ στίχων ἱστορικοῦ βιβλίου
τοῦ τζέτζου* manu propria adnotavit: '*Sunt excerpta
propria ex Tzetzae Chiliadibus usque ad codicis finem
A. M.*', sed etiam alibi (fol. 65ᵛ, 68ᵛ, 112ᵛ) numeros
libri Tzetziani passim in margine indicavit. Sed cum
priorem partem non eadem diligentia pervestigaret,
propter codicis condicionem supra descriptam[1]) eum
fugit alius auctoris fragmenta incognita in illo latere.

Singula capita epitomae Vaticanae, cuius textum
integrum in editione mea invenis, hanc fere partem
bibliothecae nobis servatae amplectuntur:

I: bibl. I 1—8, 13, 14, 16—24. II: 29, 30. III:
34—44. IV: 45 s. V: 46—48. VI: 50. VII: 52
—55. VIII: 56. IX: 64—73. X: 85. XI: 89.
XII: 96, 97. XIII: 107—109, 80—83, 109—117,
120—137, 142—147.

XIV: bibl. II 4. XV: 5—9. XVI: 11—13, 15,
21, 22. XVII: 34, 35, 47, 58, 61, 58, 62—66. XXI:
70. XXII: 69—99, 101—106, 116—132, 134—141.

---

1) Accedit, quod per totum librum ea adhibita est narra-
tionum forma, ut omnes a voce Ὅτι... incipiant.

XXIII: 142—145. XXIV: 148, 151—153, 156—160,
167—169, 177, 178. XXV: 175.
    XXVI: bibl. III 2, 3, 6, 8—11, 17—20. XXVII:
14, 15, 7, 12. XXVIII: 22—31. XXIX: 41—45,
48—56. XXX: 69—72. XXXI: 96, 98, 99. XXXII:
100, 101. XXXIII: 105—108. XXXIV: 112. XXXV:
118—120, 122. XXXVI: 117, 136, 137. XXXVII:
140, 141, 143, 147. XXXVIII: 151. XXXIX: 157
—159. XL: 168—172, 174—176. XLI: 177—179.
XLII: 188, 190. XLIII: 191—195. XLIV: 210, 211.
XLV: 214, 215, 212, 213. XLVI: 206—208, 216—218.

Ad excerpta ex deperdita parte singulorum capitum
numeros uncis inclusos apposui.

Epitomae auctor primum id sibi proposuisse vide-
tur, ut paucis omissis auctoris vestigia diligenter pre-
meret, deinde autem, rerum conexum minus respiciens,
ex more eorum qui collectanea suum in usum congerunt,
ea tantum, quae ipsi memorabilia videbantur, excerpsit,
sive breves erant aduotationes, sive uberiores narra-
tiones. Ac facile sentis eas fabulas ab eo praelatas
esse, quae ex reconditioribus mythologiae scriniis de-
promptae mira quadam ac monstruosa specie eum
allicerent, velut ex tota septem ducum expeditione
solam sibi elegit Tiresiae fabellam. Huic epitomae
indoli debemus, quod e. gr. in reditu Achivorum nobis
servavit raras fabulas de Demophonte, de Phyllide, de
Podalirio, de Amphilocho, de virginibus Locrensibus,
quas omisit Sabbaiticus.

Istae autem omnes cum multis aliis excerptorum
nostrorum narrationibus etiam in Tzetzae commen-
tariis ad Lycophronis Alexandram inveniuntur. Quae

observatio sensim mihi auxit suspicionem, quae mihi
mox orta erat, cum Vaticanum in manibus tenerem.
Nam cum reliquam codicis partem mera excerpta ex
Tzetzae hoc ipso commentario et Chiliadibus continere
observarem, quid veri similius erat, quam Apollodóri
quoque epitomam ex eiusdem auctoris operibus re-
ceptam esse? Sed ad liquidum haec quaestio tum
demum perduci potuit, cum ex fragmentis Sabbaiticis
perspicere licuit, qua fide epitomator Vaticanus Apollo-
dori verba retinuerit. Nunc enim apparet epitomae
verba compluribus locis, ubi longe recedunt a Sabbaitico,
tantopere cum Tzetza consentire, ut casu hoc accidisse
impossibile sit. Dilucidissimum exemplum exstat in
Calchantis et Mopsi certamine (ep. 6, 2—4), ubi eandem
fabulae versionem in epitoma Vaticana invenis et apud
Tzetzam, alteram in Sabbaitico (conf. Mus. Rhen. XLVI
p. 407 s.). Item ep. 3, 21 verba ab Agamemnone, cum
cervam percussisset, iactata sic proferuntur in epitoma
nostra et adnotatione ad Lycophronis v. 183: οὐδὲ ἡ
Ἄρτεμις, contra in Sabbaitico minus recte sic supplentur:
οὐ δύνασθαι σωτηρίας αὐτὴν τυχεῖν οὐδ᾽ Ἀρτέμιδος
θελούσης. Maxime igitur probabilis est coniectura
Tzetzam epitomae Vaticanae auctorem esse, qui
fortasse, cum ad ipsum Lycophronem interpretandum
accingeret, memorabiles fabulas ex bibliotheca ex-
cerpsit, quas ad Lycophronis aenigmata expedienda aptas
ducebat.[1] Sic facile haec collectanea cum ipsis scholiis
coniuncta in codicem Vaticanum transferri poterant.

---

1) Nota in uno loco, quo epitomator aliquid novi Apollodori
verbis addidit, p. 68, 24 adn., versus Lycophronei 33 memoriam
inhaerere.

Totam epitomam apparatu critico commentariisque instructam edidi mense Martio a. 1891:

Epitoma Vaticana ex Apollodori bibliotheca. Accedunt Curae mythographae de Apollodori fontibus et epimetrum praefationem Borbonicam ad Homeri Iliadem continens. Lipsiae apud Hirzelum.

Miro antem casu isdem fere diebus etiam Fragmenta Sabbaitica publici iuris facta sunt. Nam A. Papadopulos-Kerameus, qui a. 1887 Hierosolymis versatus est, ut codices per singula monasteria dispersos colligeret ac perscrutaretur, praeter multos alios litterarum Graecarum thesauros satis memorabiles repperit in codice Sabbaitico, quem numero 366 signavit, Apollodori bibliothecae fragmenta Sabbaitica, quae adiuvante Francisco Büheler edidit in Musei Rhenani vol. XLVI p. 161—192. Deinde codicem a. 1891 Hierosolymis rursus contulit H. Achelis petente Hermanno Diels, qui eiusdem voluminis p. 617 s. emisit: *Apollodori fragmentorum Sabbaiticorum supplementum.* Nec non ipse editor, qui phototypam horum foliorum imitationem praeparat, interim supplevit collationem suam in praefatione (σελ. ε΄) libri amplissimi: Ἀνάλεκτα Ἱεροσολυμιτῆς σταχυλογίας συλλεγέντα καὶ ἐκδιδόμενα ὑπὸ Α. Παπαδοπούλου-Κεραμέως. τόμος Α΄. ἐν Πετρουπόλει 1891.

8   Sabbaiticus Hierosolymitanus 366 bombycinus saeculi XIII ineuntis aut medii, foll. 254 formae octavae maioris, praeter multa alia scripta in foliis 114ᵛ—125ᵛ pure et accurate scriptis continet Apollodori fragmenta.

Auctor anonymus ex bibliothecae libro tertio et
ex parte deperdita novem continuas narrationes con-
gessit, quarum hi sunt tituli et ambitus:

I. Γένεσις τῆς Ἑλένης ἐν ἐπιτομῇ καὶ ἁρπαγὴ καὶ
ἅλωσις τῆς Τροίας (Mus. Rhen. XLVI p. 165, 1—181,
22): bibl. III 126—133. ep. 2, 16. 3, 1—7 11—16
21 22 28—35. 4, 1—8. 5, 1—24. 6, 1—7 15 23—
30. 7, 1—40.

II. Ἱστορία περὶ τοῦ Μινωταύρου (p. 181, 23—
184, 6): bibl. III 8—11, 214, 215 (216), 207—209,
216, 217. ep. 1, (1—4) 5—9.

III. Περὶ τῆς διαβολῆς Φαίδρας εἰς Ἱππόλυτον
(p. 184, 7—32): ep. 1, 11 16—19.

IV. sine titulo (p. 184, 31—186, 12): bibl. III 156
—159, 158, 159, 163, 168, 170—172, 174, 175.

V. Κτήτορες τῆς Ἰλίου τε καὶ Τροίας καὶ τῶν
ἐποίκων αὐτῶν (p. 186, 13—188, 31): bibl. III 138—
145, 147—151, 154, 155.

VI. Περὶ Ἀσκληπιοῦ (p. 189, 1—27): bibl. III 117
—122.

VII. Περὶ Κάδμου (p. 190, 1—191, 15): bibl. III
21—29.

VIII. Περὶ Ἀκταίωνος καὶ ὡς ὑπὸ τὸν ἑαυτοῦ δι-
εσπάσθη κυνῶν (p. 191, 16—28): bibl. III 30, 31.

IX. Περὶ Ζήθου καὶ Ἀμφίονος (p. 191, 29—192,
18): bibl. III 42—45.

Excerptor igitur consilium secutus est prorsus con-
trarium ei, quo Tzetzam in epitoma Vaticana usum
esse animadvertimus. Nam rerum conexum, quam
ille sprevit, adeo pressit, ut haud raro novam fabula-
rum continuitatem ex diversis Apollodori capitibus con-

strueret, e. gr. belli Troiani historiam ab ovo Ledae
usque ad Ulixis mortem. Etiam amplissimos nominum
catalogos, quos Tzetzes consulto omiserat, Sabbaiticus
tam diligenter exscripsit, ut non modo navium Achi-
varum et sociorum Troianorum verum etiam Penelopae
procorum longam enumerationem, qualem Apollodorus
perhibuerat, nostrae memoriae servaverit. Contra epi-
tomator Sabbaiticus, quod praeter unum locum nus-
quam invenies in Vaticano, singula multa de suo
addidit, quae a bibliotheca aliena esse et ex Vaticano
et inde apparet, quod haud raro hominem linguae
Graecae minus gnarum produnt. Sic facile sentis
ipsam hanc diversam excerptorum indolem causam
exstitisse, cur totam fere reliquam bibliothecae partem
utriusque ope restituere possimus.

Quod attinet ad Apollodori codicum auctoritatem,
ex quibus epitomae derivatae sunt, vix contendere
licet alterutram melioris archetypi vestigia retinuisse.[1]
Nam plerumque utraque, alibi modo haec modo illa
correctam scripturam praebet. Certum iudicium ferre
etiam propterea difficile est, quod neutrius epitomae
exemplar primarium habemus, sed apographa tantum
ab apographis repetita. Nam in utraque complures
corruptelas nec non in Sabbaitico lacunas quasdam
deprehendimus, quae neque bibliothecae codicibus neque
ipsis epitomae auctoribus tribui queant.[2]

Contra nunc primum, cum singula genera et quasi
ordines corruptelarum facile inter se distinguuntur,

— — ● — —

1) conf. Mus. Rhen. XLVI p. 586.
2) conf. Epit. Vat. p. 90 s., Mus. Rhen. XLVI p. 379 adn.
et 382 adn.

quae fuerit historia textus Apollodorei, dilucide dignoscitur. Primum enim bibliothecam paulo postquam in lucem prodiit non modo a discipulis, quorum in usum confecta esse videtur, diligentissime adhibitam ac saepius descriptam esse cum ex mendis, quae omnibus fontibus communia sunt, tum inde apparet, quod antiquiorum compendiorum et textus et ipsa auctorum nomina ex hominum memoria prorsus evanuerunt. Deinde homines Byzantini gratissimo animo amplexi sunt enchiridium, quo commodius et aptius ad veterum scriptorum difficultates explicandas vix assequi poterant. Quae igitur vitia ex antiquiore illa aetate in textu inhaerebant, ea in epitomas, partim etiam in reliqua testimonia transierunt; quae autem librarii Byzantini in describenda bibliotheca peccaverunt, addita vides vetustioribus illis corruptelis in nostrorum codicum archetypo, Parisino 2722, qui, cum saeculo XIV scriptus esset, in fine decurtatus ex orientis regionibus fortasse cum ipsa magistellorum Graecorum turba in Italiam transmigravit. Denique quomodo ex singulari huius libri indole et ex recentiorum librariorum incuria atque inscitia tertia vitiorum series orta sit, supra demonstrasse mihi videor.

CAPVT III.

DE TESTIMONIIS.

Ut saeculo duodecimo Tzetzes, sic iam antea grammatici poetas ac scriptores scholiis instructuri haud raro bibliotheca usi sunt. Hoc demonstrant narrationes per scholiorum corpora dispersae, quas ex Apollodoro

exscriptas esse constat, cum aliis locis relinquatur
dubitatio, ipsane ex bibliotheca an ex communi fonte
derivatae sint. Quibus de testimoniis pauca hic pro-
fero, quoniam singula pertractare longum est.

In scholiis ad Apollonium Rhodium inter multorum
scriptorum ac librorum mentionem bibliothecam nus-
quam reperimus; quod nunc quidem nemo mirabitur,
cum sciamus ea aetate, qua haec scholia congesta sunt,
compendium nostrum omnino nondum exstitisse. Sed
rectissime Robertus[1]), qui hoc evicit, monuit haud
raro illa scholia, utpote ex eodem fonte quo biblio-
theca petita, ad emendanda Apollodori verba ad-
hibenda esse.

Frequentiora in scholiis Venetis ad H o m e r i
Iliadem deprehenduntur huius auctoris vestigia, quibus
compluribus locis Apollodori nomen, interdum etiam
libri numerus adiectus est. Confer scholia ad

A 42. de.Aegypto et Danao (*ἱστορεῖ Ἀπολλόδωρος
ἐν β'*): bibl. II 10 ss.

A 59. de Telepho (*οἱ νεώτεροι ποιηταί*): ep. 3,
17—20.

A 108. de Iphigenia (*οἱ νεώτεροι*): ep. 3, 21 s.

A 126. de Deucalione et Pyrrha (*ἡ ἱστορία παρὰ
Ἀπολλοδώρῳ*, quae verba omisit Venetus 454): bibl. I 46 ss.

A 195. de Minervae ortu (*ἡ ἱστορία παρὰ Ἀπολλο-
δώρῳ ἐν πρώτῳ*): bibl. I 20.

A 268. de Ixione: ep. 1, 20.

B 103. de Io (*ἡ ἱστορία πλατύτερον κεῖται παρὰ
Ἀπολλοδώρῳ ἐν δευτέρῳ*): bibl. II 5 ss.

----

1) De Apollod. bibl. p. 38 s. et 47 s.

B 104. de Pelope: ep. 2, 4 ss.

B 105. do Atreo et Thyesta: ep. 2, 10 ss.

B 145. de Daedalo et Icaro (*ἱστορεῖ Φιλοστέφανος καὶ Καλλίμαχος ἐν Αἰτίοις*): ep. 1, 12 ss.

B 494 (schol. et Eustath.). de Cadmo (*ἱστορεῖ Ἑλλάνικος ἐν Βοιωτιακοῖς καὶ Ἀπολλόδωρος ἐν τῷ γ'*): bibl. III 21 ss.

B 547. de Erichthonii ortu (*ἱστορεῖ Καλλίμαχος ἐν Ἑκάλῃ*): bibl. III 188.

B 595 (schol. et Eustath.). de Thamyride: bibl. I 17.

Θ 368. de Herculis undecimo labore: bibl. II 113 (122). -

N 307. de Deucalionis filiis (*ὥς φησιν Ἀπολλόδωρος*): bibl. I 49.

Σ 319. de Danae: bibl. II 34 s.

Σ 325. de Semele (*ἡ ἱστορία παρὰ Εὐριπίδῃ ἐν Βάκχαις*): bibl. III 26 ss.

Χ 29. de Icario (*ἱστορεῖ Ἐρατοσθένης ἐν τοῖς ἑαυτοῦ καταλόγοις*): bibl. III 191 s.

Inde cognoscimus, eum grammaticum, qui scholiis has narrationes inseruit, id sibi proposuisse, ut fabulis Apollodoreis res mythologicas ab Homero et vetustioribus commentatoribus commemoratas illustraret, hoc autem consilium non nisi in primo et secundo libro accuratius exsecutum esse.

Contra in scholiis ad Odysseam et ad Pindari carmina nusquam deprehendimus conexum cum bibliotheca. Aeschyli scholia recentiora duobus tantum locis aliqua ex parte consentiunt cum Apollodori verbis ad Prom. 793 (de Gorgonibus) et Prom. 853 (de Danai filiabus). Sophoclis scholiis Laurentianis bis (Ant. 981.

c*

Trach. 264) inserta est brevis Apollodori mentio; multo
plura lucramur ex eis quae nescio qui grammaticus
argumenti loco Trachiniis praemisit: 'Υπόθεσις· ἐκ τῆς
'Απολλοδώρου βιβλιοθήκης¹) (II 148—160). Scholia
Euripidea bibliothecae auctorem nusquam afferunt, sed
complures adnotationes ita sunt comparatae, ut non
sine fructu adhibeantur ad Apollodori verba emendanda
(conf. schol. Or. 432 de Palamede, ibid. 812 de Atreo
et Thyesta, schol. Hipp. 977 de Sinide). Etiam in
scholia recentiora ad Aristophanem pauca aut ex
bibliotheca, aut ex Zenobii codicibus interpolatis²)
recepta sunt, e. gr. schol. eq. 785 (de Cerere), 1151
(de Heraclidis), ran. 1238 (de Atalanta). Contra in
Platonis scholiis omnia fere, quae ad historiam fabu-
larem spectant, ex bibliotheca sine auctoris significa-
tione translata sunt.

Prae ceteris autem in textu ex testimoniis reficiendo
respiciendi sunt Tzetzes et Zenobii interpolator. Ex
quibus alter praecipue in Lycophronis obscuris verbis
fusius explicandis saepissime planas atque simplices
bibliothecae narrationes suum in usum convertit. At-
tamen irritum erat inceptum (quod iam priusquam epi-
tomae editae essent nonnullos viros doctos sibi propo-
suisse scio) ex vasta illa scholiorum farragine Apollodori
reliquias conquirere. Auctor enim doctissimus quidem,
ut homo Byzantinus, sed idem loquacissimus non satis
habuit diligenter exscribere, quae in fonte suo inve-
nerat, sed aut cum pannis aliunde congestis coniunxit,

---

1) inspexi in bibliotheca Laurentiana a. 1885.
2) quae probabilis est coniectura Roberti (De Apollod.
bibl. p. 47).

aut suo more ranis declamationibus ineptisque inter-
pretationibus exornavit. Nunc autem, cum accurate
distinguimus, quae Apollodori sint, quae non, etiam
epitomis nostris nova quaedam supplementa certissima
accrescunt. Idem valet ad eiusdem auctoris Chiliades
quae vocantur. Nam in his quoque innumerabilibus
narratiunculis, quae doctrinam ex remotissimis fontibus
haustam affectant, multa ex bibliothecae sermone
pedestri in versus politicos conversa sunt, e. gr. in
capite περὶ τῆς χρυσῆς ἀρνὸς τοῦ Ἀτρέως I 415—465
(ubi Apollodori nomen pro Apollonio iam restituerat
Theodorus Voigt), περὶ κυνὸς τοῦ Κεφάλου I 542—
557 (γράφει μὲν Ἀπολλόδωρος ταύτην τὴν ἱστορίαν),
περὶ βοὸς τοῦ Μίνωος I 478—509, περὶ Ἡρακλέους
II 157—485).

Simili ratione, qua Tzetzes aliique poetarum versus,
etiam proverbia a fabulis repetita ignotus quidam
Zenobii interpolator sic illustravit, ut brevibus pro-
verbiorum explicationibus largiores narrationes ex
bibliotheca accitas adderet, quae hanc ob causam non
nisi in aliqua parte codicum Zenobianorum leguntur.
Addo catalogum harum relationum, quae multo saepius
quam Tzetzianae artem criticam in Apollodori textu
exercendam haud mediocriter adiuvant.[1])

I 7. Ἀγέλαστος πέτρα: bibl. I 29 s.

I 18. Ἀδμήτου μέλος: bibl. I 105. III 119, 120, 122.
I 106.

I 30. Ἀδράστεια νέμεσις: bibl. III 57—59, 79, 80,
84. 85.

---

1) conf. Robertum l. l. p. 44 ss.

I 33. αἰθὴς πέπλος: bibl. II 151, 152, 156—160.

I 41. Ἀΐδὸς κυνῇ: bibl. II 34—42, 45—47.

I 43. Αἰάντειος γέλως: ep. 5, 6 7.

II 6. ἄκλητος πίθος: bibl. II 11—13, 15, 21, 22.

II 48. Ἀμαλθείας κέρας: bibl. I 5.

II 61. βάλλ' εἰς Μακαρίαν: bibl. II 167, 168, inserta ipsius Macariae fabula, quam a bibliotheca alienam fuisse recte iudicat Robertus (de Apollod. bibl. p. 46 s.).

II 68. Βοιώτια αἰνίγματα: bibl. II 48—56.

II 87. Βελλεροφόντης τὰ γράμματα: II 30—33.

III 14. Δαυλίαν κορώνην: bibl. III 193—195.

III 76. Ἐνδυμίωνος ὕπνος: bibl. I 56.

IV 6. ἐν παντὶ μύθῳ καὶ τὸ Δαιδάλου μύσος: bibl. III 8—11, 209, 213.

IV 27. Θάμυρις μαίνεται: bibl. I 17.

IV 38. Ἰνοῦς ἄχη: bibl. I 80—83.

IV 92. λούσαιο τὸν Πελίαν: de Pelia et Iasone bibl. I 107—110, 127—129, 132, 133, 143, 144; de Minois morte ep. 1, 12—15.

V 33. οὐκ ἄνευ γε Θησέως: de Meleagro bibl. I 65—71; de Centaurorum et Lapitharum pugna ep. 1, 21 (fragmentum hoc loco solo servatum); de Herculis in Amazonas expeditione bibl. II 98, 99, 101, 102.

V 43. Οἰδίποδος ἀρά: bibl. III 56.

V 85. Σαρδόνιος γέλως (de Talo): bibl. I 140 s.

VI 21. Ὕλαν κραυγάζειν: bibl. I 117 s.

VI 26. Ὕδραν τέμνεις: bibl. II 77—80.

CAPVT IV.

DE PEDIASIMO.

Inter testimonia etiam referendus est tractatus de duodecim Herculis laboribus, quem Pediasimus, chartophylax Bulgariae, saeculo XIV conscripsit. Cui libello, cum totus ex Apollodori bibliotheca (II 72—126), depromptus sit, id solum inest pretium, ut quasi codicis cuiusdam Apollodorei varias lectiones praebeat. Itaque huic bibliothecae editioni ne quid deesse videatur, Pediasimi textum statim subiungendum curavi, quamquam nunc, cum subsidiis criticis ab antiquiore aevo repetitis instructi sumus, perpaucae tantum novae emendationes inde accedunt.

Pediasimum primus edidit Leo Allatius in libro *All.* qui inscribitur: *Excerpta varia Graecorum sophistarum ac rhetorum* (Romae a. 1641), pagg. 321—341, ex codice Vaticano, de auctoris nomine, quod in illo deest, certior factus ex codice quodam Veneto et Bononiensi (conf. Allatii praefat. fin.). Deinde edidit Wester-*West.* mannus in *Mythographis Graecis* (Brunswigae a. 1843) p. 349 ss. usus collatione codicis Vratislaviensis a Kampmanno confecta. Mihi, cum sero Pediasimi addendi consilium cepissem, in eis subsidiis criticis adquiescendum erat, quae parata habebam. Contuleram a. 1885 Romae Vaticanum et initium Palatini, et Venetiae codicem catal. suppl. IX 6. Alterius Marciani specimen debeo Theodoro Büttner-Wobst Dresdensi; cum enim ipse aestate a. 1893 hunc librum vellem inspicere, aditus ad Marcianam non patebat. Vratislaviensem paucos ante menses Dresdae contuli, item Vindobo-

nensem, qui tamen unam tantum paginam textus Pedia-
simi continet.

R   Vratislaviensis-Rhedigeranus 30 (olim 146)
chartaceus saeculi XV formae quadratae, continet Pedia-
simum in foliis 1—16, perturbatis quidem sed recte
nunc significatis. Singulis capitibus subiecta sunt
copiosa scholia, quae ad verborum etymologiam plerum-
que spectantia nullius pretii sunt.[1])

S   Vindobonensis philos. et philol. 195 (IV p. 110)
chartaceus formae quadratae saec. XV sat neglegenter
scriptus, continet in fol. 2ᵛ textum usque ad verba: ἡ
δὲ θηρίον ἦν ἀμαι- (p. 251, 2), fol. 2ᵛ ss. vacua sunt.

T   Marcianus 514 chartaceus formae quadratae saec.
circiter XIV, continet Pediasimum cum scholiis fol. 94 ss.

---

1) Speciminis loco addo initium scholiorum (ad p. 249, 4
s T), qualis in codice exstant: Στυμφαλὶς λίμνη περὶ τὴν
Ἀρκαδίαν, ὑπόστυφον ἔχουσα ὕδωρ, καὶ διὰ τοῦτο Στυμφαλὶς
λεγομένη κατὰ παρέμπτωσιν τοῦ μ. στύφον δὲ ἐτυμολογεῖται
ἀπὸ τοῦ τέτυφον· τὸ γὰρ στέφον ὥσπερ τύπτει τὴν γλῶσσαν καὶ
γίνεται εὔφον καὶ πλεονασμῷ τοῦ σ στύφον, ὥσπερ μικρὸν σμι-
κρόν, εὔφον στέφον, ἢ ἀπὸ τοῦ στέφω, ὡς περιστεφοῖς δένδροισι,
τροχῇ τοῦ ι φιλοῦ εἰς ὃ αἰολικῶς. — ζωστῆρα τὸ ζῶμα, διὰ τί
ἀπὸ τοῦ ἐζωσθαι τρίτου προσώπου, ὅπερ κατανίζεται οὕτως, ὡς
ἀπὸ τοῦ σφαίω σφαίρω σφαιρόω καὶ σφαίννμι· τὸ ζῶμα δὲ ἔμαθες. —
Ἱππολύτην ὄνομα κύριον, μία τῶν Ἀμαζόνων, γίνεται δὲ ἀπὸ
τοῦ ἵππος καὶ τοῦ λύω· εἰκὸς γὰρ στρατιωτικὴν οὖσαν ποτὲ μὲν
λύειν τοὺς ἵππους, ποτὲ δὲ δεσμεῖν. — Γηρυόνης ὄνομα κύριον
ἀπὸ τοῦ γηρύω τὸ φωνῶ, ἀφ' οὗ καὶ κήρυξ. ἐλαμβάνεται γὰρ
οὕτως ὀλιγωρικῶς εἰς τὸν χειμῶνα, ὅτι βοαὶ καὶ ἄτιμοι εἰσί. —
μῆλον τὸ πρόβατον καὶ μῆλον ὁ καρπὸς ᾗ. τὸ μὲν ἀπὸ τοῦ μέλω
τὸ φροντίζω· εἶχον γὰρ οἱ παλαιοὶ διὰ φροντίδος ἔχειν τὰ πρό-
βατα. μῆλον δὲ ὁ καρπὸς ἀπὸ τοῦ μέσον ἥλον ἔχειν. μήλων δὲ
γένη, διάφορα· μῆλα τὰ οὕτως λεγόμενα μῆλα, μῆλα τὰ Κυδώνια,
μῆλα Δαμασκηνά, μῆλα Ἰβηρικὰ τὰ λεγόμενα ἰβηρόμηλα καὶ περι-
κόκκια, μῆλα Μηδικὰ τὰ ἐράντεια καὶ κίτρα, μῆλα Περσικὰ καὶ
δωράκινα. — Κέρβερος κύων Ἅιδου· ἐτυμολογεῖται δὲ ἀπὸ τοῦ
κέαρ ἤτοι τὴν ψυχὴν βιβρώσκειν ἢ κατεσθίειν· δάκνει γὰρ τὴν
ψυχὴν ὁ θάνατος.

Palatinus-Vaticanus 223 chartaceus saec. XV, P
fol. 437ᵛ ss.

Vaticanus 1386 chartaceus formae quadratae mi- V
noris, saec. XV, foll. 52ʳ—60ʳ.

Marcianus catal. suppl. cl. IX cod. 6 membranaceus M
formae quadratae maioris, saec. XV, foll. 51ʳ—54ʳ.

Hos codices in duas classes distribuendos esse,
quarum alteram efficiunt RSTP, alteram VM, ex
apparatu cognoscis. Ex quibus prior familia e paulo
meliore archetypo derivata est, conf. e. gr.:

    p. 249, 12 λατρεύειν RSTP (Apollod.) δουλεύειν VM.

    p. 250, 2 τελεῖν RSTP (Apollod.) ἐκτελεῖν VM.

    p. 250, 13 ἐντεινάμενος RSTP (Apollod.) ἐκτεινά-
μενος VM.

    p. 252, 18 ὀκτά R (Apollod.): ὠκτά VM.

    p. 254, 1 ἐξηρνεῖτο R: ἐξήρνητο VM.

    p. 255, 24 πρὸς θάλασσαν R: εἰς θάλασσαν VM.

Itaque, quantum ex codice multis corruptelis scatente
elici poterat, Vratislaviensem secutus sum, nec non
compluribus locis codicum scripturam in textum revo-
cavi, quae aut Allatii socordia aut coniecturis erat
obscurata.

CAPVT V.

DE HVIVS EDITIONIS CONSILIO.

Summo quod est editoris officio, ut textum, qualis
ex auctoris stilo prodierit, restituat, in singulis biblio-
thecae capitibus non aequabiliter satisfacere licuit
propter subsidiorum criticorum differentiam. Primum
enim meliores evadunt eae partes, quae in codice

archetypo servatae sunt, quam quae solis in deterioribus codicibus exstant. Deinde multos locos epitomae sive alterius sive utriusque auctoritas adiuvat, quae aliis desideratur. Denique accedunt emendationes et supplementa, quae a reliquis testimoniis plerumque certa, interdum non sine dubitatione repeti possunt. Sed quidquid de singulorum locorum condicione statuis, in universum tenendum est textus restitutionem nunc in fundamento multo firmiore conditam esse, quam antehac, ob eamque causam multo cautius progrediendum esse in eis mutandis, quae vetustioris cuiusdam testis gravitate commendantur.

Iam si contuleris meam recensionem cum eis, quae antecesserunt, multo propius eam abesse senties a Bekkeri editione quam ab Hercheri. Nam Hercherus singulis quidem locis saepissime felici acumine restituit, quae nunc epitomarum scriptura egregie confirmantur, in toto autem recensionis suae consilio vehementer cum errasse non ego solus, opinor, mihi persuasi. Nam prodiit ex eius curis criticis Apollodorus vix sui similis, Attici sermonis puris formis, quantum fieri potuit, indutus, nec non tersus atque mundatus exsectis omnibus pannis, qui ab insciis interpolatoribus ei erant assuti, et, ut in unum omnia conferam, multo dignior illustrissimi grammatici nomine, quod prae se ferebat. At eodem fere anno evicerat Robertus futilem esse hanc compendii nostri laudem: unde cognoscis hoc quoque modo prorsus mutatum esse fundamentum, in quo bibliothecae textus nunc exstruendus est. Nam ignoto grammatico posterioris aevi et in verborum formis atque constructione et in rerum enarratione

multa condonabimus, quae doctissimus Aristarchi di-
scipulus nunquam sibi indulsisset. Atque de rebus
grammaticis infra seorsim exponam, interpolationes
autem iam in *Commentationibus Ribbeckianis* (p. 133— *Comm. Ribb.*
151) uberius tractavi, ut pauca hic monuisse satis
habeam.

Multo saepius, quam Heynius et Bekkerus, ad ulti-
mam criticorum rationem confugit Hercherus, ut prae-
cideret, quae aut otiose repetita[1] aut perdite corrupta
esse aut cum alio bibliothecae loco pugnare viderentur[2]),
atque haud raro eo pervenit, ut, quae nullo modo
deesse possunt, eiceret. At consulto Apollodorus in
tanta personarum ac familiarum mythologarum varie-
tate nominibus antea enumeratis infra patris nomen
rursus addidit, ne qua dubitatio lectoribus oreretur;
consulto res antea commemoratas posteriore quodam
loco isdem verbis ex more suo usus repetiit. Ex
eis autem, quae tam corrupta esse censebat Hercherus,
ut ferro excidere mallet quam leniore medicina sanare,
multa nunc vides sive epitomarum auctoritate sive
virorum doctorum coniecturis feliciter emendata. Quod
denique (in Hercheri quoque textu) multa legis, quae
cum rebus alibi enarratis minus congruant, idem in
aliis quoque compendiis, quae ex variis fontibus com-
pilata sunt, observabis. Itaque has fabularum discre-
pantias in adnotatione animadvertere utilius duxi, quam
textu movere. Item in emendatione nominum, quae

---

1) Interdum certa causa commotus Hercherum secutus sum;
velut p. 7, 21 ss. singulis Oceani filiabus contra Apollodori usum
τὰς Ὠκεανοῦ pro τῆς Ὠκεανοῦ perperam adiectum est.
2) Multo rectius iam Robertum de hac re iudicasse moneo
(l. l. p. 48).

saepissime corrupta sunt, cautius progressus sum, quam
Hercherus, ne in textu bibliothecae omnino desiderentur,
quae ex eo in lexica et compendia nostra translata
sunt; in adnotatione autem, ubicumque paucis absolvi
poterat, singulis coniecturis testimonia veterum scripto-
rum, ex quibus haustae sunt, addenda curavi.

    Multo felicius Hercherus fontes secundarios (conf.
cap. III et IV) ad textum corrigendum et supplendum
adhibuit, sed minime omni ex parte exhausit. Itaque
imprimis testimoniis conquirendis et accurate exami-
nandis operam dedi, nam non minus difficilis atque
incerta quam grata est haec provincia, quoniam haud
raro (id quod ad epitomas quoque pertinet), non facile
disceptatur, utrum scripturae varietas a meliore arche-
typo an ab epitomatoris libidine repetenda sit. Non
semper enim tam felici casu adiuvamur, ut complurium
testium consensu firmetur, quod uni credere vix ausus
sis. In universum non nisi singulorum locorum con-
dicione diligenter perpensa haec in textum recepi, illa,
quae fortasse per se aliqua probabilitate commendari
viderentur, respui. Quod diserte monere hic opus
est, cum ex brevissimis adnotatiunculis nusquam fere
eluceat.

    Ceterum, quamquam cautus fui in coniecturis re-
cipiendis aut proponendis, tamen permultis locis emen-
datiorem vides evadere bibliothecae textum, sive arche-
typi epitomarum testimoniorum auctoritate nixus sum,
sive aliam corruptelae tollendae viam ingredi malui,
sive ex editionibus Anteheynianis revocavi, quae in
recentioribus nescio qua editorum incuria mutata erant.
* Haec omnia in apparatu asterisco insignivi.

Denique cum haec quasi princeps editio prodeat bibliothecae auctae atque suppletae, nolui occasionem praetermittere tollendi magni illius incommodi, quo adhuc in laudandis Apollodori locis laboravimus. Nam vix in ullo scriptore praeter hunc ad locum quemvis accurate definiendum numeros quattuor ex margine conquirere opus est. Itaque novam paragraphorum distributionem institui per totos libros progredientem. Qua qui uti non vult, usitatam illam partitionem in interiore margine nec non in indice nominum et rerum inveniet.

In epitomis, quarum textum integrum legis in editionibus p. XXX memoratis, non id mihi curandum esse duxi, ut fortuitum utriusque conexum servarem, sed ut amborum fontium capitibus inter se coniunctis reliquisque testimoniis aut insertis aut subscriptis perditam bibliothecae partem pro virili parte restituerem. Qua in opera diversis typis usus fragmentorum Vaticanorum et Sabbaiticorum differentiam tam religiose retinere potui, ut unaquaeque vocula originis suae notam prae se ferat. Sic nullum quidem verbum omissum est, singulae autem narrationes ex rerum ordine apte se excipiunt, quaeque de eadem fabula in utroque fonte leguntur, inter se opposita comparare potes[1]), expletur denique continuus fere fabularum cyclus inde a primis Thesei laboribus, usque ad Ulixis mortem, qualem nusquam exstare semper aegre tulimus. Ceterum si qua in Sabbaiticorum textu vel

_____ _ _____

1) Memorabiles discrepantias in apparatu quoque attuli asterisco * ei scripturae, quam praeferendam esse censeo, * appicto.

adnotatione vides recedere ab ea scriptura, quam
Papadopulos-Kerameus in editione indicavit, ea e
Dielsii supplementis p. XXX laudatis arcessita esse
moneo.

Apparatus criticus ex more huius bibliothecae
Teubnerianae angustioribus finibus includendus erat.
Attamen epitomae status exigebat, ut omnia, quae
in textu nostro a codice Vaticano et Sabbaitico di-
versa sunt, adnotarem. Longe alia autem ratione in
Apollodori bibliotheca utendum erat. Nam ex epito-
mis eam tantum lectionis varietatem subscripsi, quae
ad textus emendationem aut ad eius historiam illu-
strandam pertinent, praecisis omnibus, quae epito-
matores suo Marte mutasse certum est. Ex codicibus
solius Parisini 2722 (R) plenam fere collationem ad-
notavi, nec non, ubicumque archetypi auctoritate desti-
tuimur, paulo largiora ex Parisino 2967 (Rᵃ). In reli-
quis autem innumerabilia vitia, quibus singuli codices
inquinati sunt, seiunxi et earum tantummodo corrupte-
larum, quae codicum familiis communes sunt, selectam
apposui varietatem. Sed ut ipse queas iudicare, quam
ineptis mendis scateant singuli libri, speciminis causa
integram codicum collationem hic inserui ad
p. 88 s.:

p. 88, 1 τὸν φρουροῦντα om. Rᵇ   ὄφιν] ὄφιν P
3. Ἡρακλεῖ] ἡρακλεῖς Rᵇ   ἰδωρήσατο] ἰδωρίσατο Rᵇ
4. τεθῆναί] τεθείνί Rᵇ, ὅτι ex ὅη correctum Rᵃ, τεθεῖ-
ναί L, V ubi ῆ ex εί correctum, τεθῆναί T   πον] πού L
5. ἰπετάγη] ἀπετάγη° Rᵃ, ἰπετάγει L   Ἅιδου] ἄιδον R,
ᾄδου Rᵈ ἄδου reliqui   6. κε͵λᾶς P   9. Εὔμολπον]
υ supraser. Rᵇ   εἰς] πρ R πρὸς A   Ἐλευσῖνα] ἐλευ-

οἶνα N 10. Θεὸς] Θἶτ", quod facile legitur Θέτιο; R, Θέστιος A 12. ἀγνισμένος] ἐγνισμένος Rᵇ (σ in fine ex ν correctum) Κενταύρων] κινταύρ R κενταύρου A (υ in fine in ras. Rᶜ) 13. ἀγνισθείς] ἀγνισθείς P 14. Ταίναρον] τίναρον Rᵃ 15. εἰς] om. A 16. ψυχαὶ χωρὶς] ψυχαὶ οἷς P 17. μεγεάγρου V 18. ὡς ζῶσαν ἕλκει] ἕλκει ὡς ζῶσαν N παρὰ] παρ' N 19. ἐστι] ἐστὶν PRᵇ, ἐστιν V 20. Πειρίθουν] πειρίνθουν V πειρίθου N 21. Περσεφόνης] περσεφόνη P μνηστευόμενον] μνημοιευόμενον Rᵃ μνηστεύμενον V 23. ὥρεγον] ἔρεγον Rᵇ 23. ἀναστησόμενοι] ἀναστησάμενοι VLTN. p. 89, 1 λαβόμενος] λαβούμενος PRᶜ λαβούσμενος (μ ex α correctum) Rᵇ Πειρίθουν] -ουν in R add. man. 2 3. τὸν] τῶν PRᵇRᶜ 4. μίαν] μία N Ἄιδου] ᾶδου R ἄδου A 5. (Μινοίτης) ὁ Σκυθωνύμου] σκυθωνύμ R, σκυθωνίμου Rᵃ σκυθωνίμου Rᵇᵉ (in fine υ in ras. Rᶜ) μενοι τηςσκυ θωνύμου P σκυθώνυμον VLTN 6. προχαλεσάμενος] πρχαλεσάμεν R προσκαλεσάμενος A πάλην] η ex ι correctum RᵉL, πάλιν V 7. μέσος] μέσον A 7. κατεαγείς] κατίαξας A Περσεφόνης] περσεφώνης L man. 1, corr. man. 2 8. αἰτοῦντος] αἰτοῦντος P 10. εὑρὼν] εὑρὼν V 11. λεοντῇ] λεοντὶ V 12. συσκεπασθείς] συσκεπασθείς (-θεὶς in ras.) L, καὶ add. A 13. ἀνῆκε] ἀρῆκε P 13 κ. κρατῶν — δράκοντος] καίπερ δακνόμενος ὑπὸ τοῦ κατὰ τὴν οὐρὰν δράκοντος, κρατῶν ἐκ τοῦ τραχήλου καὶ (καὶ in R inseruit man. 2) ἄγχων τὸ θηρίον ἔπεισε (ἔπεισε RN ἐπειᾶ Rᵃᵉ ἐπεισιν PRᵇVL) A 15. Τροιζῆνος] τρεζῆνος PRᵇᵉ 16. μὲν] om. PRᵇᵒ ἄτον] ὄνον A (ὂνον V) Δημήτηρ] δημήτης PN 17. Κέρβερον] ερ in media voce in ras. Rᵉ 18. Ἄιδου] ᾶδου R ἄδου Rᵇ ᾶδου reliqui 20. Μεγάραν] μέγαραν RP μέγαράν L, ubi idem corruptelae signum ∴ in margine additum, sed verbum quoddam (δὲ?) rasura deletum est, μεγάρα Rᵃ μεγάραν (ν add. man. 2) Rᵇ μεγάραν δὲ V μέγαραν δὲ T

21. Εὔρυτον] om. PR^bc   ἆθλον] ἆθλον L   προτεθειπίναι
(τὸν Ἰόλης)] προτεθῆναι τὸν ἰόλης alio stilo paulo angustius
exarata in R   προτεθῆναι R°PR^bc   προτεθείναι VLNT.

Subiungo catalogum eorum locorum, quibus aut
tacite textum vulgatum mutavi, aut adnotationem criti-
cam ab aliis editoribus receptam in meo apparatu
frustra requisiveris, quoniam id ipsum, quod viri docti
coniectura sibi restituisse visi sunt, in omnibus codici-
bus legitur:

    p. 6, 3. ἀποτεμὼν pro ἀποτέμνων
    p. 12, 15. ἐκτεμὼν pro ἐκταμὼν
    p. 17, 21 s. τῶν χειρῶν καὶ ποδῶν (E) A: τῶν χειρῶν
    καὶ τῶν ποδῶν edd.
    p. 24, 10. γεγεννῆσθαι pro γεγενῆσθαι
    p. 30, 20. Περιήρους pro Περιήρου
    p. 37, 3. τοῦτο δὲ pro τοῦτο
    p. 42, 13. ἀπολλυμένην EA: ἀπολομένην edd.
    p. 43, 19. ὀμόσῃ pro ὀμώσῃ
    p. 46, 10. δώσειν pro οὐ δώσειν
    p. 70, 19. τῷ χάσματι δὲ pro τῷ χάσματι
    p. 88, 4. ὅσιον γὰρ οὐκ ἦν pro ὅσιον γὰρ ἦν, unde
    ἀνόσιον γὰρ ἦν elicuerat Hercherus
    p. 111, 1. εὑρέσεως pro εὑρήσεως
    p. 111, 13. πόαν, 15. πόας, 16. πόαν pro ποίαν,
    ποίας, ποίαν
    p. 119, 17 s. τὴν τῶν παίδων ἔπαυλιν pro τῶν παίδων
    ἔπαυλιν
    p. 128, 8. ἐπιδῷ pro ἐπιδιδῷ
    p. 141, 7. ὄντα pro ἐόντα
    p. 144, 14. Χαλκώδοντος pro Χαλκόδοντος
    p. 148, 14. περὶ τοῦ παλλαδίου pro περὶ παλλαδίου

p. 148, 18. Πλακίαν pro Πλακίας
p. 153, 22. πάλιν οὖν pro πάλιν μὲν οὖν
p. 156, 8. Χείρωνος οὖν EA: Χείρωνος μὲν οὖν edd.
p. 162, 12. καὶ καθεψηθείσα pro καθεψηθείσα.

In eorum testimoniorum mentione, quae ad complures locos laudanda erant, ea usus sum ratione, ut primo cuique loco plenam significationem litteris pinguibus expressam adderem e. gr. *Tzetz. Lycophr. 838*, vel *Zenob. I 41*, sequentibus autem solum auctoris nomen: 'Tzetz.' vel 'Zenob.'. Ab his igitur revolvens facili opera invenies accuratam loci descriptionem. Testimoniis adiecta sunt nomina virorum doctorum, qui eorum scripturam textui restituendam esse duxerunt; velut quod adnotavi ad p. 48, 3:

„παῖδα] ὡς πρὸς πόλεμον add. E A, om. Tzetz. *Gal.*"

significat post vocem παῖδα verba ὡς πρὸς πόλεμον legi in epitoma Vaticana omnibusque bibliothecae codicibus, omissa autem esse in Tzetzae adnotatione ad Lycophronis v. 75 (conf. adn. p. 47, 22) ob eamque causam a Galeo deleta. Quae auctoris notula carent, ipse in textum recepi. Contra ubicumque Vaticano aut Sabbaitico virorum doctorum coniecturae nunc confirmantur, eorum nomina in epitomae editione commemorata nunc seclusi, ne siglorum frequentia turbetur adnotatio.

Ut in lectionis varietate sic etiam in coniecturis afferendis modus adhibendus erat. Ex quibus multae quidem nunc propterea evanuerunt, quod certam emendandi viam epitomarum auctoritas monstravit, ex reliquis autem eas tantum subscripsi, quae aut probabiles aut ob quamvis causam memorabiles mihi videbantur.

Ceterum emendatiouum auctores interdum alios atque
apud Hercherum laudatos esse offendes, quos scias
me ex ipsis vetustioribus editionibus arcessivisse.
Nam imprimis Heynio multa detrahenda erant, quae
ille non tam ipse reppererat, quam ab aliis correcta
probaverat.

Cum indices bibliothecae, qui adhuc circumferuntur,
omnes lacunosi sint et haud raro minus certi, non
dubitavi operam satis insuavem atque ingratam novi
indicis nominum condendi in me recipere, cui nolui
non addere, quae meum in usum de rebus memora-
bilibus collegeram.

Denique cur appendicis loco Procli excerpta ex
cycli epici carminibus subiunxerim, vix est quod
moneam. Iam cum primam notitiam epitomae Vaticanae
litteris mandarem, eximiam eius praestantiam in eo
positam esse praedicavi, quod saepissime cum Procli
verbis mirum in modum congruit.[1]) Quam in rem cum
accuratius inquirerem in Curis mythographis editioni
meae adiectis, certissimis argumentis mihi et, si Deo
placet, aliis quoque persuasi uberiorem horum carmi-
num epitomam, quam postea Proclus in chrestomathia
sua excerpsit, Apollodori in manibus fuisse. Longe
aliam huius observationis explicandae viam iniit *Ericus
Bethe* in Hermae vol. XXVI p. 593—633. Quem refu-
tasse mihi videor in Fleckeiseni annalibus a. 1892
p. 241—256.

Quidquid igitur statuis de hac re controversa, vides
nullo modo desiderari posse horum excerptorum me-

----

1) Conf. Mus. Rhen. XLI p. 147 s.

moriam in nova bibliothecae editione. Cum autem
multis de causis minus aptum existimarem hanc in
singulas adnotatiunculas discerptam per totum appara-
tum spargere, integra illa excerpta tamquam appen-
dicem ad apparatum criticum adnectere malui atque
typis diversis adhibitis ita comparavi, ut primo obtutu
singularum partium condicionem queas perlustrare.
Qua in re velim animum advertas, quam scite Apollo-
dorus omnia omiserit, quae in ipso quidem carminum
argumento locum suum optime obtinent, sed minus
gravia sunt et narrationis continuitatem moleste inter-
rumpunt.

CAPVT VI.

DE APOLLODORI SERMONE.

Adnotationis Hercherianae magnam partem explent
eae coniecturae, quibus in textum receptis vocabulorum
formas Atticas restituere studuit. Quod minus recte
susceptum esse cum inter omnes nunc constare con-
fidam, nolui earum mole apparatum criticum obruere.
Itaque in textu quidem eas formas plerumque retinui,
quae meliorum ´fontium auctoritate[1]) commendantur,
etiamsi singularum fidem spondere nequeam; nam
versamur in auctore, cuius codices sat recentes sunt,
ut singulis locis quid auctori tribuendum sit, quid
librariis, vix certo possit disceptari. Totam autem
materiam collectam atque dispositam hic proponere

* •

_____ . _____

1) Ac profecto multae formae deteriores epitomarum ope
tolluntur; quamobrem talibus formis, quae etiam' in Vaticano
vel Sabbaitico leguntur, paulo maiorem fidem non abiudicabimus.

d*

utile duxi, quam perlustrans mox mihi concedes labentis graecitatis tam frequentia vestigia observari, ut de formis Atticis constanter refingendis ne cogitandum quidem sit.

Ac primum quidem Apollodorus, ut haud raro formulas quasdam et epitheta ex ipsis carminibus consulto inseruit, sic etiam formas ex dialecto epica petitas hic illic usurpavit, ut epicum quendam colorem affectaret cum rebus enarratis optime congruentem. Qua in re certam legem ab auctore observatam esse minime exspectaverim. Nam equidem, si hoc loco Θώρακα χρυσοῦν, illo χρύσεον δέπας lego, non magis offendo, quam si nostra aetate scriptor quidam vernaculo sermone fabulas enarrans modo scripserit: *eine goldne Krone*, modo: *ein güldener Pokal.*

Quantopere autem Apollodorus in talibus minutiis afuerit a consueta usu constantia, optime demonstrant nomina propria mulierum in η et α promiscue exeuntia. Legimus in Nereidum catalogo p. 8, 12 ss. Ἀλίη Εὐδώρη Ἀκταίη Πληξαύρη Νησαίη Εὐαγόρη, in Danaidum p. 54, 20 ss. Ἀργυφίη Σκαιή Ἀτλαντείη Ἀναξιβίη Κλεοδώρη Ἀκταίη (contra Ῥοδία Ἀστερία Πιερία), in Thespiadum p. 99, 20 ss. Ἀγλαίης Ὀρείης Ἀστυβίης Ἡσυχείης (contra Εὐρυβίας Ἀνθείας Ἐλαχείας Πραξιθέας alia). Ut musae nomen Τερψιχόρη (p. 9, 11) in usum vulgarem transiit, sic invenimus Gratiae nomen Ἀγλαίη p. 9, 8, sed Mantinei filia est Ἀγλαία p. 57, 18. Ἀργεία Adrasti filia (p. 35, 10) infra vocatur Ἀργείη p. 124, 9.* Insulae Ἀλαίη forma epica servatur et in Argonautarum (p. 45, 16) et in Odysseae (p. 230, 20) enarratione. Cinyrae filiae nomen est Λαογόρη p. 159, 1,

Orchomeni 'Ελάρη p. 11, 23, nymphae Κλονίη p. 138, 21.[1])
— Non minus frequentia exempla nominum Doricorum
in ᾱς terminatorum occurrere vix est quod moneam,
velut in Priami filiis sunt Χερσιδάμας Ἱπποδάμας Ἄτας
Τελέστας. — Eandem usus inconstantiam praebent
nomina in ος et ους exeuntia, quamquam praevalent
formae solutae. Sic Phaeacum rex semper audit
'Αλκίνοος, contra Hippocoontis filius 'Αλκίνους (p. 143, 1),
et ubique legimus Πειρίθους. 'Αλκάθου exstat p. 71, 22
et ex Aegii coniectura p. 153, 9 pro 'Αλκάνδρου, ubi
fortasse 'Αλκαθόου praeferendum est, 'Ιππόνουν p. 27, 1
et p. 26, 24, sed in eiusdem paginae v. 24 'Ιππονόου. —
Contra nomina qualia sunt Μενέλαος Πτερέλαος Atticam
formam servant exceptis tribus exemplis: Περίλεως
p. 143, 10, Πηνέλεως p. 144, 12, Μηησιλέως p. 145, 15. —
Quae cum ita sint, facile tibi persuadebis infelici acu-
mine Hercherum Alcmaeonis et Actaeonis nomina
Attica 'Αλκμέων ('Αλκμεωνίς) et 'Ακτέων Apollodoro
obtrusisse. Difficilior est disceptatio, utrum Αὐγείας
an Αὐγέας scribendum sit. Nam singulis locis in Pari-
sino reliquisque codicibus ter legimus Αὐγίας p. 38, 5,
Αὐγίου p. 85, 2 et 101, 9, quae, cum desit epitomae
Vaticanae auctoritas, mutare nolui. In continuata
autem narratione p. 77, 7 — 78, 11 et p. 93, 6 — 23
epitomator Vaticanus, cui priore loco accedit Pediasi-
mus, ubique Αὐγείας exaravit, codices autem sic dis-
crepant, ut p. 77, 7 ss. saepius Αὐγείας, p. 93, 6 ss.
plerumque Αὐγίας praebeant. Attamen his non multum
tribuendum esse duxi, quoniam uterque locus in Parisino

---

1) Parthenii et Antonini Liberalis exempla enumeravi Epit.
Vat. p. 79.

servatus non est. — In litterarum εἰ et ι scriptura,
quae saepissime confutantur, ea ratione usus sum, ut
ea tantum mutarem, quae apud alios scriptores non
exstare videntur, velut Ἀλκείδης (ΕΑ) pro Ἀλκείδης
p. 72, 11, Πανδροσίῳ (ΕΑ) pro Πανδροσείῳ p. 157, 17[1]),
reliqua autem retinerem, c. gr. Κρείος[2]), Εἰδυῖα (ΕΑ)
p. 43, 16, Πολύιδος (ΕΑ) p. 111, 5 ss. (conf. Etym.
magn. s. v.), Φίκιον (ΕΑ) p. 122, 11, Πελοκία p. 98, 2
et 120, 8.

Ut a nominibus propriis ad reliqua transeamus, in
his quoque singulae formae dialecticae passim inve-
niuntur. Sic p. 14, 18 verba ῥοιᾶς ἔδωκεν αὐτῇ φαγεῖν
κόκκον tam aperte accita sunt ex hymn. Hom. in
Cer. 372:

$$\text{ῥοιῆς κόκκον ἔδωκε φαγεῖν μελιηδέα,}$$

ut, si quid mutandum sit, non tam cum Herchero
ῥόας, quam ῥοιῆς reposuerim. Et p. 42, 17 corrupta
epitomae scriptura ἀπέθριξεν mihi suadere videbatur,
ut non quod in codicibus est ἀπεθέρισεν, sed formam
ab Apollonio Rhodio (κατέθρισαν II 601) adhibitam
ἀπέθρισεν restituerem. Item quae leguntur p. 53, 10 s.
κἀκεῖ τῆς μεγάλης ῥίζης ἐγένετο γενεάρχης tenorem
epicum optime retinent. Contra quod p. 47, 22 τέτρασι
praebent ΕΑ Tzetz. Lycophr. 75, librariorum error est
ex forma τέτταρσι (non τέσσαρσι) ortus.

Interdum formae solutae contractis praeferuntur,
e. gr. κυνέην Ε (κυανέην Α) p. 7, 9, contra p. 16, 11

---

1) Σειληνοῦ pro Σιληνοῦ p. 75, 18 praebet epitoma Vaticana.
2) p. 5, 12 κρείον Ε: κροῖος P κρίον Α. p. 7, 20 κρείου Ε:
κρίου C κρῖοῦ R*B. Conf. Lehrsium de Arist. stud. Hom.
p. 286 s. et Epit. Vat. p. 77.

κυνῆν E: κυνέην A et κυνῆν p. 62, 9 13. 63, 10. 64, 10.
Ex adiectivis in εος terminatis huc pertinent: χαλκέοις
p. 16, 13, χάλκεον (EA Zenob. I 41), χαλκοῦν (schol.
Hom. Σ 319) p. 61, 1, χάλκεα· (EA Pedias.) p. 78, 17,
χρύσεον p. 83, 12, χρύσεα (χρύσεια Pedias.) p. 85, 3,
χρύσεα (EA) p. 138, 1, πορφυρέαν (EA) p. 167, 8.
Pag. 31, 9 χαλκέων praebet E, χαλκῶν A, et in voce
interpolata p. 45, 22 κυαναί E: κυάνεαι A. Ceterum
vicies fere formae contractae inveniuntur.

Quam apte sufficiat epitomarum fides ad ea tollenda
quae re vera inter vitia habenda sunt, cognoscis ex
declinatione vocis ναῦς; nam νεός pro νηός ter re-
stituit E contra codicum, semel contra Sabbaitici
auctoritatem (p. 42, 19 21. 43, 5. 197, 22); ceterum
semper νεώς legitur (e. gr. p. 227, 25. 228, 11),
quamobrem solum quod obstat exemplum p. 232, 9
(S) corrigere non dubitavi. Accusativum pluralis con-
tractum esse docent p. 226, 11 ναῦς ES; p. 228, 9 S;
p. 188, 5 ναῦς S (νῆας E). Contra substantivi βοῦς
accusativum pluralis solutum βόας semper praefert,
nisi quod uno loco p. 46, 3 EA praebent Ἰλίου βοῦς
ἔχουσαν.

Alia quae huc pertinere videntur iam posterioris
graecitatis vestigiis adnumeranda ob eamque cau-
sam minime mutanda sunt. Sic formas νεώς et ναός
imperatorum Romanorum aetate promiscue adhibitas
esse constat[1]), idemque observamus in bibliotheca:
τοῦ νεώ (E) p. 222, 15, ναῷ (E) p. 217, 16, νεών (E)
p. 218, 18, ναὸν (EA) p. 90, 22. — Nominativ Δήμητρα

1) Meisterhans, Gramm. d. att. Inschr.² p. 99 s.

(EA) p. 13, 14 haud dubie ex Zenobio 1 7 substituen-
dum est *Δημήτηρ*; accusativus *Δήμητραν* exstat p. 6, 14
in ERR*C, ubi cogitari possit de mendo ex vicinia
formarum '*Εστίαν* et *Ήραν* orto, et p. 14, 13, ubi
Δήμητραν BC, Δήμητρα autem RR* perhibent.

Ex verborum[1]) flexione imprimis in augmenti
usu memorabilem inconstantiam adnotamus con-
gruentem hanc quoque plerumque cum titulorum ex-
emplis.[2]) Quibus de minutiis nunc primum certum
iudicium ferre licet, cum certo scimus, quid singulis
locis in codicibus exaratum sit. Diphthongum *ηὐ-*
pro *εὐ-* ubique restituerat Hercherus, sed hoc perti-
net ad verbi *εὔχομαι* tantum formas (conf. p. 108, 14.
131, 16. 159, 12. 180, 14), nam reliquae hae sunt:
ἐξηιτέλισαν p. 58, 10, *συνηυνῆσθαι* p. 114, 2, *συνηυ-
νάζετο* p. 162, 8 et 163, 9 (ubi *συνευνάζετο* in VL),
contra *συνευνάσθη* p. 13, 6. 68, 25, 159, 10, *συνευνά-
ζοντο* p. 38, 16, *συνεύναξε* p. 70, 14, nec non con-
stanter *εὐωχοῦντο* (e. gr. p. 228, 17. 235, 11). — In
verbo *δύναμαι* formas per *ἠ-* scriptas, quas expellere
conatus erat Hercherus, ubique fere praelatas esse
nunc videmus: *ἠδύνατο* p. 33, 18. 52, 10. 74, 10. 110, 2.
121, 18, *ἠδύναντο* p. 63, 9. 169, 11, *ἐδύνατο* p. 68, 15.
Ubique legitur *ἤθελε*[3]), *ἠθέλησε* sim.; contra *ἠβουλήθη*

---

1) Complurium verborum formae vetustiores et recentiores
promiscue adhibentur. Sic pro *χρέπτειν* passim legitur *χρόβειν*,
quod bene servavit Hercherus. Neque magis tollenda esse
puto exempla verbi *ῥιπτεῖν* pro *ῥίπτειν*: *ἀναρριπτούμενοι* (EA)
p. 169, 12 *ῥιπτούμενος* (E) p. 184, 20, contra *ῥιπτόμενα* EL:
ῥιπτούμενα A p. 158, 3. Verbo *σώζω* non addidi ι subscriptum,
quod nullum eius vestigium in codicibus exstat.
2) Meisterhans l. l. p. 134 ss.
3) Ipsum verbum semper est *θέλειν*, excepto uno loco

semel tantum inveni p. 154, 10. — Crasin quam vocant in augmento verborum cum praepositione πρό compositorum modo adhibet, modo omittit Apollodorus: προύλεγε p. 33, 10, προύτεινε p. 122, 12; προύθηκε p. 82, 5; προέλεγε E: προύλεγε A p. 40, 20, προέλεγε EA: προύλεγε edd. p. 151, 3; προετίθεσαν p. 68, 2; προεκαλέσατο RR*: προυκαλέσατο BC p. 85, 12, προεκαλέσατο A: προυκαλεῖτο arg. Soph. Trach. p. 98, 1, unde apparet p. 40, 11 ex προσεκαλεῖτο non προυκαλεῖτο, sed cum Fabro προεκαλεῖτο restituendum esse. — Minime vituperandum est, quod plusquamperfecti formae interdum augmento non instructae sunt: ἐκκέκοπτο p. 104, 6: ἐνεγέγραπτο p. 59, 17; καθεστήκεσαν p. 193, 23, καθεστήκει p. 229, 21: καθεισήκεσαν¹) p. 5, 4. — Denique formas quasdam minus probandas ἤρραξεν p. 173, 13 et κατηρράχθη p. 180, 22, quas damnavit Herwerdenus Mnemos. XX p. 197, atque etiam κατεαγείς E (κατεάξας A) p. 89, 7 non prorsus a sequioris graecitatis usu abhorrere censeo.

Aoristi forma poetica ἔταμον e textu evanuit, nam p. 6, 8 et 12, 15 ipsi codices non ταμών sed τεμών praebent, et p. 15, 17 ἔτεμε pro ἔταμε ex E corrigendum est. Neque magis servanda sunt vestigia aoristi ἠμφιασάμην pro ἠμφιεσάμην; ἀμφιεσαμένη EPV: ἀμφιασαμένη A p. 49, 2, ἠμφιάσατο ERR*C p. 51, 10, ἠμφιάσατο A (praeter P) p. 70, 19. — Verbi καθαίρειν aoristus modo per η modo per α scribitur: ἐκάθηραν

ἐθίλοντος p. 99, 13; nam p. 166, 7 ἐθίλειν in editionibus, non in libris manuscriptis exstat.

1) Huius formae terminatio usitata exstat p. 101, 17 ἱδεδοίκεσαν, et p. 118, 23, ubi γεγόνεσαν in RR* ἐγεγόνεισαν in BC; contra p. 54, 22 ἐγεγόνεισαν in RA legitur.

p. 57, 3, *ἐκάθηριν* p. 154, 9: *καθάραι* p. 91, 18, *δια-
καθάρας* p. 127, 11, *ἐκκαθάρας* p. 139, 13. — Aoristi
primi formas minus usitatas non mutavi, quippe quas
haud raro praetulerint posterioris aetatis scriptores.
Huc pertinent: *ὀλισθῆσαν* E A p. 76, 19, sed *ὀλισθοῦσα*
E: *ὀλισθήσασα* A p. 110, 4, *ὄλισθεν* p. 29, 3 et 160, 13;
εἰσωθήσας E p. 77, 5 (conf. Epit. Vat. p. 100); *ἐμίχθη*
p. 138, 16, *κατεφλίχθη* E (*καταφλίγει* A) p. 49, 3.
Contra verbi *ῥίπτειν* aoristus secundus constanter ad-
hibetur; nam solum quod obstabat exemplum *ῥιφθέν-
των* p. 6, 1 corrigendum est ex epitomae Vaticanae
scriptura *ῥιφέντων*. — Interdum aoristus passivi legi-
tur, ubi medii formas exspectaveris: *μαχεσθῆναι* p. 60, 10,
ἐστρατεύθη p. 35, 7, *ἐγενήθη* p. 6, 26. Contra p. 168, 20
ἐγεννήθη in S A ex antecedenti forma *γεννηθείς* ortum
est, nam E praebet *ἐγένετο*, et p. 143, 16 non *ἐγενήθη*,
quod in *ἐγένετο* mutavit Hercherus, sed *ἐγεννήθη* ex-
aratum est in codicibus. — Restat ut commemorem
formam *δίδωκε* quater usurpatam, ubi *ἔδωκε* exspecta-
veris (p. 6, 24 E A. 28, 4. 34, 21. 84, 22), quam pri-
mum ipse Hercherus probaverat (Philol. IV p. 569),
deinde autem Bekkerum secutus textu movit (conf. Epit.
Vat. p. 82 s.).

Quod denique attinet ad **verborum constructio-
nem**, multa possum commemorare de singulorum
casuum cum verbis coniunctione, de articuli, de con-
iunctivi et optativi usu, de particula *μέν* saepe omissa [1]),
de verborum collocatione haud raro satis dura, de
enuntiatorum forma atque coniunctione interdum minus

---

1) Conf. Epit. Vat. p. 96 s.

eleganti, quae omnia multo saepius deterioris aevi usui
et ipsius auctoris mediocritati tribuere malim, quam
librariorum inscitiae et neglegentiae. Sed vereor, ne
nimis augeatur huius praefationis ambitus. Itaque
satis habeo haec duo sermonis Apollodorei propria,
quae prae ceteris memorabilia sunt, paucis absolvere.

Primum enim compluribus locis, quibus primus ex
maiore filiorum filiarumve numero laudatur, compa-
rativum πρεσβύτερος pro superlativo invenimus:
Ἰπερμνήστραν τὴν πρεσβυτέραν p. 54, 20, Ἰφίτου τοῦ
πρεσβυτέρου p. 90, 4, Ἴλλος παῖς πρεσβύτερος p. 99, 10,
Χλωρὶς ἡ πρεσβυτέρα p. 120, 18, τοῦ πρεσβυτέρου
ἀδελφοῦ (Lycaonis filiorum) p. 135, 5. Facile hic cum
Herchero, qui superlativum reposuit, de compendiorum
perturbatione cogitaveris, ut profecto uno loco (p. 86, 5)
codex archetypus ἰσχυρότερον retinuit pro corrupta
reliquorum scriptura ἰσχυρότατος. Sed repugnat huic
explicationi novum exemplum, quod ex Ulixis erroribus
accedit p. 229, 9 s.: Ὀδυσσεὺς δὲ τρεῖς κριοὺς ὁμοῦ συν-
δέων ... καὶ αὐτὸς τῷ μείζονι ὑποδύς, nam sub-
intellegendus est aries aut trium aut, si quaedam
excidisse mecum statuis, omnium maximus. Atque
omnino, quamvis paulo insolentius sit, tamen minime
ineptum esse dixerim, si filius primogenitus non tam
omnium natu maximus, quam reliquis maior vocatur.

Deinde commemoro infinitivum aoristi, qui cum
verbis dicendi pollicendi iurandi sim. coniunctus ad
res futuras pertinet. Qui usus passim occurrit in
antiquiorum scriptorum codicibus, multo frequentius
apud Polybium aliosque auctores recentioris graeci-
tatis; nusquam autem, quantum scio, plura exempla

invenies quam in exiguo Apollodori compendio: ὁ θεὸς
ἔφη γινέσθαι (EA Zenob. I 41 schol. Hom. Σ 319)
p. 60, 19, ἔφη ὅτι ἂν εὔξηται γενέσθαι (EA) p. 108, 13 s.,
χρεὼν γὰρ ἦν αὐταῖς στῆναι (EA) p. 42, 21, ἣν χρησμὸς
τελευτῆσαι (sic E: τελευτᾷ A) p. 167, 9 s., χρησμὸν
ἔχοντος τελευτῆσαι (E) p. 183, 14, λαμβάνει χρησμὸν ἀπαλ-
λαγῆναι τῆς νόσου (E Tzetz.) p. 224, 14 s., ἣν δὲ λόγιον
Κύκλωπι τυφλωθῆναι p. 229, 14 s., ἣν λόγιον τελευ-
τῆσαι (S) p. 232, 9 s.; δούσας ὅρκον μηκέτι ἀδικῆσαι
p. 42, 3, ὄμοσε συγχωρῆσαι p. 124, 23 s., ὄμοσε μεῖναι
παρθένος (ὀμωμοκέναι τηρῆσαι τὴν παρθενίαν E)
p. 135, 18 s., λαβὼν ὅρκους μηδὲν ἀδικηθῆναι (S)
p. 231, 10, εὐξάμενος θῦσαι (E) p. 185, 8, ὑπεσχημένος
τὸν εἰς Τροίαν πλοῦν δεῖξαι (E) p. 194, 6. Duobus
tantum locis aoristum pro futuro a librariis insertum
deprehendimus: ὡς εἴη κεχρησμένον παύσεσθαι (sic E:
παύσασθαι A) τὴν ἀφορίαν p. 28, 20 s., θεραπεύσειν
(sic SR: θεραπεῦσαι A) οὐκ ἔφη p. 151, 9, ubi θερα-
πεῦσαι ex antecedentibus facile irrepere potuit. — Ob
eandem causam nihil tribuendum est duobus exemplis
infinitivi praesentis, quae leguntur p. 58, 16 et 24
ὑπισχνεῖται θεραπεύειν et ὑπέσχετο θεραπεύειν, ut
unum restet exemplum certum ὑπισχνεῖται κυβερνᾶν
(EA) p. 43, 1 s., nam reliqua corriguntur ex E: ἔφη
βασιλεύειν p. 66, 11 et εἰρηκέναι Προμηθέα τὸν . . .
γεννηθέντα οὐρανοῦ δυναστεύειν (sic A: ἔσεσθαι κρείτ-
τονα τοῦ πατρός E) p. 155, 4 s.

Restat ut monere fungar gratissimo gratias agendi quam maximas viro amicissimo FRANCISCO POLAND Dresdensi, qui huius quoque libri plagulas summa diligentia mecum perlegit et solita oculorum acie animique intentione multa typothetarum errata, quae me fugerant, investigavit.

Scribebam Dresdae
mense Februario MDCCCLXXXXIV.

Richardus Wagner.

ARGVMENTVM.

1. Theogonia 1 1—44.

ɪ   Caeli et Terrae progenies: Centimani, Cyclopes, Titanes 1 s. Titanes Caelum perdunt (Furiarum origo) 3. Saturni et Rheae liberi (Iovis natales) 4 s. Iuppiter Titanes vincit et cum fratribus regnum partitur 6 s. Titanum progenies 8 s. Ponti et Terrae progenies 10—12.

Iovis liberi procreati ex Iunone, Themide, Dione, Eurynome, Styge, Mnemosyne (Musae) 13. Musarum filii: Calliopes Linus et Orpheus 14 s., Clius Hyacinthus (Thamyris) 16 s., Euterpes Rhesus, Thaliae Corybantes, Melpomenes Sirenes 18. Vulcanus 19. Minervae natales 20. Asteria, Latona, Dianae et Apollinis ortus 21. Apollo occidit Pythonem 22, Tityum 23, Marsyam 24, Diana Orionem 25—27.

Neptuni et Amphitrites liberi 28.

Pluto Proserpinam rapit. Ceres Eleusinem venit (Triptolemus). Proserpina apud Plutonem manet (Ascalaphus) 29—33.

Gigantomachia 34—38. Typhon 39—44.

II. Deucalionis progenies I 45—147.

Prometheus homines creat et igne rapto Caucaso!
affigitur 45. Deucalion et Pyrrha ex diluvio servati
46—48. Deucalionis liberi. Hellenis filii Dorus Xuthus
Aeolus eorumque liberi 49—51.

Aeoli filiae earumque progenies: Perimede, Pisidice,
Alcyone 52. Canace (Aloadae) 53—55. Calyce, Endy-
mion, Aetolus, Pleuron et Calydon eorumque liberi
(Marpessa) 56—63. Oeneus, Pleuronis nepos, Deianirae
et Meleagri pater 64 s. Venatio apri Calydonii (vena-
torum catalogus 67 s.), Meleagri mors 66—73. Tydeus,
Oenei filius. Oenei exitus 74—79.

Aeoli filii eorumque progenies: Athamas, Phrixi et
Helles pater (vellus aureum) 80—83. Athamantis et Inus
exitus 84. Sisyphus 85. Deion 86. Perieres 87. Magnes 88.
Salmoneus 89. Tyro, Salmonei filia, Nelei et Peliae
mater 90—95. Cretheus Tyrus maritus. Bias et Melam-
pus, eius nepotes (Iphicli boves) 96—103. Admetus,
a Pherete Crethei filio procreatus, Alcestidis maritus
104—106. Iason, ab Aesone Crethei filio procreatus,
a Pelia ad vellus aureum repetendum mittitur 107—109.

Argonautae. Argo navis construitur 110. Argo-
nautarum catalogus 111—113. Argonautae ad Lemnum
insulam appellunt 114 s., Cyzicum, Dolionum regem,
inviti interficiunt 116, Herculem et Polyphemum in
Mysia relinquunt (Hylas) 117 s., Amycum, Bebry-
cum regem, vincit Pollux 119, Salmydessi Phineum
ab Harpyiis liberant 120—123, Symplegades traiciunt
124 s., a Lyco, Mariandynorum rege, excipiuntur 126.
ad Colchos perveniunt. Iason Medeae auxilio tauros

I domat, viros terrigenas vincit, vellus aureum rapit.
Argonautae cum Medea proficiscuntur (Absyrtus) 127
—133. Eridanum praetervehentibus Iuppiter errores
immittit; a Circe lustrantur 134, Sirenes, Scyllam
Charybdinque praetervecti ad Phaeaces perveniunt
135—138, Apollonis Aegletae aram consecrant 139,
Talum, Cretae insulae custodem, interimunt 140 s.
Reditus Argonautarum. Peline mors 142—144. Iason
et Medea Corinthum fugiunt. Medea Glaucen, Iasonis
nuptam, suosque filios necat, Athenas ad Aegeum
aufugit (Medus), denique in patriam revertitur 145—147.

III. Inachi (Beli) stirps II 1—180.

II   Inachi filii Aegialeus et Phoroneus, eiusque liberi.
Argus et Pelasgus 1—3. Argus ὁ πανόπτης 4. Ius
errores 5—9. Agenor (conf. III 1—95) et Belus, eius
pronepotes 10.

Beli progenies: Danaus et Aegyptus 11. Aegypti
filiorum et Danaidum nuptiae (catalogus 16—20) 12
—22. Nauplius Amymones (conf. 14 s.) filius 23.

Lyncei et Hypermnestrae nepotes, Acrisius et
Proetus 24 s. Proeti filiae bacchantes a Melampode
sanantur 26—29. Bellerophontes Chimaeram trucidat
30—33. Danae, Acrisii filia, cum Perseo infante Seri-
phum defertur 34 s. Perseus a Polydecte missus ad
Phorcides et nymphas pervenit 36—39, Medusam iu-
gulat (Pegasus) 40—42, Andromedam liberat 43 s.,
Polydectem punit 46, in patriam redux Acrisium ne-
cat 47 s. Persei genus 49—52. Eurysthei, Persei nepotis,
ortus 53. Electryonis, Persei filii, bellum contra Tele-
boas. Amphitryo, Persei nepos, eum imprudens necat

54—56. Amphitryo cum Alcmena Thebas venit, vulpem Π
Thebanam necat, Taphiis bellum infert (Pterelaus)
57—60.

Hercules, Iovis et Alcmenae filius, serpentes a
Iunone missos necat 61 s. Herculis educatio (Linus) 63 s.
Hercules leonem Cithaeronium interficit (Thespii filiae)
65 s., Minyas vincit, Megaram in matrimonium ducit
67—70, arma a dis accipit 71, insaniens liberos suos
trucidat, ab Apolline ad Eurystheum mittitur 72 s.

Herculis duodecim (decem, conf. 73 et 113) labores
74—126: I. leonem Nemeacum elidit (Molorchus) 74
—76. II. hydram Lernaeam cancro oppresso cum
Iolao interimit 77—80. III. cervam Cerynitem vul-
neratam capit 81 s. IV. aprum Erymanthium capit;
Centauros necat (Pholus, Chiron) 83—87. V. Augeae
stabula expurgat (Phyleus) 88—91. VI. aves Stym-
phalides sagittis conficit 92 s. VII. taurum Cretensem
ad Eurystheum transportat 94 s. VIII. Diomedis Thracis
equos abducit (Abderus) 96 s. IX. Hippolyten balteo
spoliat (Androgei filii, Mygdon, Hesione, Sarpedon,
Protei filii) 98—105. X. Geryonis armenta ex Erythia
abigit (Ialebion et Dercynus, Eryx, Strymon) 106—112.
XI. Hesperidum poma ex Hyperboreis Mycenas appor-
tat (Cycnus, Nereus, Antaeus, Busiris, Emathion, Pro-
metheus, Atlas) 113—121. XII. Cerberum ex inferis
abducit (Eleusinia mysteria, Gorgonis umbra, Theseus
et Pirithous, Ascalaphus, Menoetes) 122—126.

Hercules Ioles, Euryti filiae, nuptias frustra ambit
et furens Iphitum necat 127—129, cum Apolline de
tripode Delphico pugnat, tres annos Omphalae servit
(Cercopes, Syleus; Icari corpus) 130—133. ➝ Troiam

II cum Telamone expugnat (Hesione, Priamus) 134—136.
Coum insulam vastat 137 s. — Augeam vincit (Eurytus
et Cteatus, Olympia) 139—141, Pylum capit 142,
Lacedaemoniis bellum infert (Cepheus) 143—145,
Augen comprimit 146 s. — Deianiram uxorem ducit
(Achelous, Amaltheae cornu) 148, cum Calydoniis
contra Thesprotos pugnat (Astyoche), filios suos Sar-
diniam mittit 149, Eunomo in epulis interfecto cum
Deianira Trachinem proficiscitur, Nessum percutit 150
—152, Thiodamantis bovem mactat 153, cum Aegimio
Lapithas vincit (Coronus, Laogoras), Cycnum et Amyn-
torem necat 154 s. — Oechalia capta Iolen abducit 156,
accepta a Deianira veste mortifera indutus veneno
contabescit et rogo in Oeta facto se comburit (Poeas).
In caelum sublatus Heben uxorem ducit 157—160.

Herculis liberorum catalogus 161—166.

Heraclidae ad Ceycem, deinde ad Athenienses con-
fugiunt, quibuscum Eurystheum vincunt 167 s. Pelo-
ponnesum iam occupatam relinquunt 169, Tlepolemus
Rhodum adit. Oraculum perperam interpretati iterum
Peloponnesum frustra expugnare conantur 170 s. Tertia
abhinc aetate Temenus Cresphontes Aristodemus na-
vibus paratis rursus Peloponnesum adoriuntur, sed
vate interfecto rem male gerunt 172—174. Post decem
annos Heraclidae Oxylo duce Peloponnesum expugnant
et sortitione facta distribuunt 175—178. Temeni et
Cresphontis exitus 179 s.

IV. Agenoris (Europae) stirps III 1—20.

III   Agenoris liberi. Europam a Iove raptam Phoenix
Cilix Cadmus Thasus repetituri Phoenicen, Ciliciam

Thraciam Thasum incolunt 1—4. Europae filii: Minos III
Sarpedon Rhadamanthys (Miletus) 5—7. Minos Asterio,
Europae marito, mortuo Cretae regnum accipit. Tauri
a Neptuno ex mari emissi amore incensa Pasiphae
Minotaurum parit 8—11. Althaemenes, Minois nepos,
cum Apemosyne sorore Rhodum incolit et invitus
Catreum patrem necat 12—16. Glaucus Minois filius
(Polyidus) 17—20.

V. Agenoris (Cadmi) stirps III 21—95.

Cadmus bovem secutus Thebas condit, Martis dra-
conte interfecto et terrigenis fratribus superatis 21—24.
Cadmi et Harmoniae liberi: Autonoe, Ino, Semele, Agave,
Polydorus. Semele et Iuppiter. Bacchi ortus et edu-
catio (Ino et Athamas) 25—29. Actaeon, Autonoes
filius 30—32. Bacchi itinera (Lycurgus, Pentheus,
nautae) 33—38. Cadmi exitus 39. Polydori progenies:
Labdacus, Laius. Lycus et Dirce a Zetho et Amphione,
Antiopes filiis, necantur 40—44. Niobe 45—47. Oedipus
48—56.

Expeditio septem ducum contra Thebas 57
—79. Polynices ab Eteocle expulsus Adrasti filiam
uxorem ducit (Tydeus) 57—59. Amphiaraus ab Eriphyle,
quae monile aureum a Polynice acceperat, ad belli societa-
tem adducitur 60—62. Catalogus ducum 63. Ophelte
occiso Nemea instituunt 64—66, Tydeum legatum
Thebas mittunt 67, urbem oppugnant (Tiresias) 68—72,
a Thebanis vincuntur (Capaneus, Eteocles et Polynices,
Tydeus, Amphiaraus) 73—77. Antigone 78. Corpora
ducum a Theseo sepeliuntur (Evadne) 79.

e*

III   Epigoni (catalogus 82) Thebas expugnant (Tiresiae
mors) 80—85. Alcmaeon (Callirrhoe), Amphilochus
86—95.

VI. Pelasgi stirps III 96—109.

Lycaon, Pelasgi filius, eiusque filii (catalogus 97)
praeter Nyctimum a Iove fulmine percutiuntur 96—99.
Callisto Lycaonis filia, Arcadis mater 100 s. Arcadis
progenies. Auge Telephi mater 102—104. Atalanta
et Milanion 105—109.

VII. Atlantis stirps III 110—155.

Pleiades 110 s. Maiae filius Mercurius 112—115.
Taygetes progenies: Lacedaemon, Hyacinthus, Lynceus
et Idas. Leucippi filiae, ex quibus Arsinoe Aesculapii
mater est (Coronis). Aesculapius a Chirone educatus
propter artem medicam a Iove fulmine percutitur
(Apollo) 116—122. Hippocoontis, Icarii, Tyndarei
liberi. Helenae ortus 123—127. Helenam a Theseo
raptam repetunt Castor et Pollux 128. Helenae proci
(catalogus) et nuptiae 129—132. Menelai liberi 133.
Castor et Pollux 134—137.

Electrae, Atlantis filiae, progenies 138—155.
Iasion et Dardanus eiusque filii Ilus et Erichthonius.
Tros, Erichthonii filius, Ili Assaraci Ganymedis pater
138—141. Ilus bovem secutus Troiam condit et palla-
dium accipit 142 s. [palladium 144 s.] Laomedon, Ili
filius, Tithoni (147) et Priami pater 146. Priami filii:
Aesacus, Hector, Paris, Cassandra, reliqui 147—153.
Hector et Andromache. Paris et Oenone 154 s.

VIII. Asopi stirps III 156—176.

Asopi liberi Ismenus Pelagon vigintique filiae, ex III
quibus Aeginam Iuppiter rapit 156 s. Aeacus, Aeginae
filius, Pelei· et Telamonis pater, qui propter Phoci
fratris caedem pelluntur. Telamon, Salaminiorum rex,
Aiacis et Teucri pater 158—162. Peleus Phthiam per-
venit, venationis Calydoniae particeps Eurytionem necat,
in Pelio monte venatur (Acastus, Centauri) 163—167.
Pelei et Thetidis nuptiae 168—170. Achillis educatio
(Thetis, Chiron, Lycomedes) 171—174. Phoenix 175.
Patroclus 176.

IX. Atheniensium reges III 177—215.

I. Cecrops terrigena. Minervae et Neptuni con-
tentio de Athenarum tutela 177—179. Cecropis liberi
Erysichthon, Agraulus Herse Pandrosos (Halirrhothius)
180. Cephalus, Herses filius, a quo oriundus Cinyras
181. Adonis Cinyrae filius 182—185.

II. Cranaus terrigena, Cranaes, Cranaechmes,
Atthidis pater 186.

III. Amphictyon, terrigena vel Deucalionis
filius 187.

IV. Erichthonius, Atthidis et Vulcani vel Minervae
et Vulcani filius, Minervae simulacrum in arce con-
secrat et Panathenaea instituit 187—190.

V. Pandion, Erichthonii filius, quo regnante Ceres
ad Celeum et Bacchus ad Icarium venit (Erigone) 191 s.
Pandionis filiae Procne et Philomela (Tereus) 193—195.

VI. Erechtheus, Pandionis filius (Butes), eiusque
liberi 196. Chthonia. Procris et Cephalus (Minos) 197 s.

111 Orithyia et Boreas 199. Cleopatra et Phineus 200.
Chiones filius Eumolpus 201 s. Erechtheus in bello
contra Eleusinios gesto filiam mactat, Eumolpum inter-
ficit 203 s.

VII. Cecrops, Erechthei filius 204.

VIII. Pandion, Cecropis filius, a Metionis filiis
expulsus Megara fugit 205.

IX. Aegeus, Pandionis filius, cum fratribus Athenas
redit 206, Troezene ex Aethra Theseum procreat 207 s.
Androgeum, Minois filium, contra taurum Marathonium
mittit 209. Minos Megarensibus (Nisus et Scylla) et
Atheniensibus bellum infert 210 s. Hyacinthi filiae
Athenis mactantur 212. Minos Atheniensibus tribu-
tum imponit pueros puellasque quotannis Minotauro
mittendos (labyrinthus a Daedalo exstructus) 212—215.

X. Theseus:

X. Theseus III 216—218. cp. 1, 1—24.

Theseus adultus Troezene Athenas profectus necat
Periphetem, Sinin III 216—218, suem Commyoniam,
cp. 1 Scironem, Cercyonem, Damastem ep. 1—4. Aegeus a
Medea iussus Theseum contra taurum Marathonium
mittit et poculum venenatum proponit 5 s. — Theseus
Minotaurum Ariadnae auxilio vincit eamque in fuga
Naxi Baccho concedit 7—9, Aegeo mortuo regno
potitur 10 s. Daedalus cum Icaro filio, qui in mare
decidit, ex labyrintho aufugit et ad Cocalum pervenit,
cuius a filiabus Minos necatur 12—16. — Theseus
Amazonem, deinde Phaedram uxorem ducit. Hippolyti
mors 16'—19. Ixion 20. Centaurorum et Lapitharum

pugna 21 [Zenob.]. Caeneus 22. Theseus cum Pirithoo in Tartarum descendit, ab Hercule liberatus et Athenis pulsus a Lycomede occiditur 23 s.

XI. Pelopis stirps ep. 2, 1—16.

Tantalus 1. Broteas 2. Pelops Oenomaum Myrtili ep. ɪ auxilio vincit, Hippodamiam uxorem ducit, Myrtilum necat, Peloponneso potitur 3 — 9. Pelopis filii: Atreus et Thyestes (agnus aureus, Aerope. Aegisthus) 10 — 14. Agamemnon et Menelaus apud Polyphidem et Oeneum educantur 15 [Tzetz.]. Agamemnon Clytaemnestram, Menelaus Helenam in matrimonium ducit 16.

XII. Antehomerica ep. 3, 1—35.

Iuppiter bellum movere instituit 1. Malum Discordiae ep. ɪ Veneri a Paride datur. Paris Helenam rapit et in Phoenice Cyprique moratus Troiam redit 2—4. Helena apud Proteum in Aegypto relicta 5. Menelaus cum Agamemnone reges Graeciae ad bellum convocat. Ulixes (Palamedis mors). Cinyras. Oenotropi 6—10.

Navium catalogus 11—14. Prodigium Aulidense 15. Agamemnon et Achilles duces creantur 16. Bellum Teuthranteum. Telephus ab Achille vulneratus. Reditus Graecorum 17 s.

Graeci decimo anno post Helenae raptum iterum conveniunt. Telephus ab Achille sanatus viam eis monstrat 19 s. Iphigenia Aulide Dianae immolatur 21 s. Graeci Tenedum perveniunt 23. Tenes 24 s. Tenes ab Achille occisus 26. Philoctetes serpentis morsu vulneratus Lemnum transportatur 27. Ulixes et Menelaus Helenam reposcunt 28. Graeci Troiam appulsi Troianos

fugant. Protesilaus (Laodamia). Cycnus. Troiani ob-
sidentur 29—31. Achilles Troilum trucidat, Lycaonem
capit, Mestore interfecto Aeneae armenta abigit 32.
Oppidorum ab Achille expugnatorum recensus 33.
Decimo anno Troianis socii succurrunt (catalogus) 34 s.

XIII. Ilias ep. 4, 1—8.

ep. 4   Achillis ira. Menelai et Paridis certamen 1. Dio-
medes Venere vulnerata cum Glauco congreditur. Aiacis
et Hectoris certamen 2. Graeci fugati legatos ad Achillem
mittunt 3. Ulixes et Diomedes Dolonem interficiunt 4.
Hector naves aggreditur 5. Patrocli mors 6. Achilles
armis a Thetide acceptis Troianos fundit et Hectorem
occidit. Patrocli sepultura. Priamus Hectoris corpus
exsolvit 7 s.

XIV. Posthomerica ep. 5, 1—25.

ep. 5   Penthesilea ab Achille interimitur. Thersites (Hippo-
lytes mors) 1 s. Memnonem Achilles necat, sed ab
Apolline et Paride percutitur 3. Corpus et arma ab
Aiace et Ulixe servantur 4. Achillis sepultura 5.
Armorum iudicium. Aiacis mors et sepultura 6 s.
Ex Calchantis vaticinio Ulixes et Diomedes Philocte-
tam arcessunt, qui Paridem perfodit 8. Discidium
Deiphobi et Heleni de Helenae nuptiis. Calchante
suadente Ulixes Helenum in Ida monte capit, qui
Graecis de Troiae excidio vaticinatur 9 s. Heleno
auctore Graeci Pelopis ossa arcessunt, Ulixes et Phoenix
Neoptolemum Scyro adducunt, qui Eurypylum Telephi
filium necat, Ulixes et Diomedes palladium Troicum
rapiunt 11—13.

Ulixis consilio Epeus equum ligneum fabricatur,
in quem duces descendunt. Graeci Sinone relicto
Tenedum proficiscuntur 14 s. Troiani equum in urbem
trahunt et Laocoonte et Cassandra frustra dissuaden-
tibus Minervae consecrare constituunt 16 s. Laocoontis
filii a serpentibus occisi 18. Signo a Sinone dato
Graeci redeunt. Helena ad equum veniens duces evocat
(Anticlus) 19. Duces Echione mortuo descendunt et
portas Graecis aperiunt 20. Troiae excidium: Priamus,
Glaucus, Aeneas, Helena, Aethra, Cassandra 21 s.
Praedae partitio: Astyanactis et Polyxenae trucidatio,
Cassandra, Andromache, Hecuba (in canem transfor-
mata obit), Laodice terrae hiatu absumpta. Iudicium
de Aiace habitum 23—25.

XV. Nosti ep. 6, 1—30.

Dissensio Agamemnonis et Menelai de reditu. Dio- cp. 6
medes Nestor Menelaus proficiscuntur 1. Amphilochus
Calchas Leonteus Polypoetes Podalirius terrestri itinere
Colophonem perveniunt, ubi Calchantem a Mopso cer-
tamine victum sepeliunt 2—4.

Agamemnonis classis prope Tenum procella disper-
gitur. Aiacis interitus et sepultura 5 s. Nauplii facibus
prope Caphareum multi pereunt 7. Nauplius 8—11. —
Neoptolemus itinere terrestri ad Molossos pervenit,
ubi Phoenicem sepelit. Helenus cum Deiadamia in
Molossis remanet. Neoptolemus Pelei mortui regno
potitur, Hermionen Oresti abripit, Delphis occiditur
12—14. — Ducum e clade Capharea servatorum er-
rores 15, 15 a b c [Tzetz.].

Demophon et Phyllis 16 s. Podalirius 18. Amphilochus 19. Virgines a Locrensibus per mille annos Minervae Troianae missae 20—22.

Agamemnon in patriam redux ab Aegistho et Clytaemnestra occiditur 23. Orestes a Strophio educatus cum Pylade Clytaemnestram Aegisthumque necat, a Furiis cruciatus in Areopago absolvitur 24 s. Dianae signum et Iphigeniam a Tauris cum Pylade in Graeciam reducit 26 s. Orestis liberi et mors 28.

Menelaus multos errores perpessus Aegyptum pervenit, ubi Helenam a Proteo recuperat, et post octo annos Spartam revertitur. Post mortem cum Helena in campos Elysaeos receptus est 29 s.

XVI. Ulixis errores ep. 7, 1—40.

ep. 7   Ulixes Libyam vel Siciliam vel Oceanum vel mare Tyrrhenum pererrat 1.

Ulixes Troia profectus cum Ciconibus pugnat 2. Lotophagi 3. Polyphemus 4—9. Aeoli insula 10 s. Laestrygones 12 s. Circe 14—16. Descensus ad inferos 17. Sirenes 18 s. Scylla et Charybdis 20 s. Solis boves. Charybdis 22 s. Calypso. Phaeaces. Reditus in patriam 24 s. Penelopae proci (catalogus 27—30) 26—31. Eumaeus. Melanthius. Irus 32. Procorum caedes 33.

Ulixes in Thesprotis sacra a Tiresia iussa conficit et Callidicen reginam uxorem ducit (Polypoetes), cuius post mortem Ithacam redit (Poliporthes) 34 s. Ulixes a Telegono filio interficitur. Telegonus patris corpus (?) et Penelopam secum ad Circen abducit, quae eos ad Beatorum insulas mittit 36 s.

Aliorum de Penelopa et Ulixe narrationes: Penelope
ab Antinoo vitiata et propterea ad Icarium remissa
Mantineae ex Mercurio Panem parit 38. Amphinomus,
qui Penelopam compresserat, ab Ulixe occisus 39. Ulixes
propter procorum caedem Neoptolemi arbitrio expulsus
in Aetolia Leontophonum ex Andraemonis filia pro-
creat, ibique senectute confectus diem supremum obit 40.

ΑΠΟΛΛΟΔΩΡΟΥ

ΑΘΗΝΑΙΟΥ ΓΡΑΜΜΑΤΙΚΟΥ
ΒΙΒΛΙΟΘΗΚΗ

———

A bibliothecae codicum sive omnium sive plurimorum
consensus.

E epitoma Vaticana; Vaticanus 950.

S fragmenta Sabbaitica: Sabbaiticus-Hierosolymitanus 866.

  B Parisinus 2723 (codex archetypus)

  Rᵃ Parisinus 2967   O Oxoniensis Laud. 55.

  B consensus codicum P Rᵇ Rᶜ

    P Palatinus-Vaticanus 52

    Rᵇ Parisinus 1653

    Rᶜ Parisinus 1658.

  C consensus codicum V L T N

    V Vaticanus 1017

    L Laurentianus plut. LX 29

    N Neapolitanus 304 (III A 1)

    T Taurinensis C II 11

Aeg. *Aegius* (1555).

Com. *Commelinus* (1599).

Fab. *Faber* (1661).

Gal. *Galeus* (1675).

He. *Heynius* (editio altera 1803).

Br. *Bekkerus* (1854)

Hr. *Hercherus* (1874).

Ker. *Papadopulos-Kerameus.*

Büch. *Büchelerus.*

[ ] delenda.

⟨ ⟩ addenda.

* asterisco insignivi, quae nunc primum in textum recepi
aut ex antiquissimis editionibus rursus in textum re-
vocavi.

In epitomae textu epitoma Vaticana litteris obliquis (Ζεύς),
fragmenta Sabbaitica typis erectis (Ζεύς) expressa sunt.

Photius Bibl. cod. 186 p. 142: ἐν δὲ τῷ αὐτῷ τεύχει
(scil. ἐν ᾧ Κόνωνος διηγήσεις) καὶ Ἀπολλοδώρου γραμ-
ματικοῦ βιβλιδάριον ἀνεγνώσθη μοι Βιβλιοθήκη αὐτῷ ἡ
ἐπιγραφή. περιεῖχε δὲ τὰ παλαίτατα τῶν Ἑλλήνων, ὅσα τε
περὶ θεῶν τε καὶ ἡρώων ὁ χρόνος αὐτοῖς δοξάζειν ἔδωκεν,
ὀνομασίας τε ποταμῶν καὶ χώρων καὶ ἐθνῶν καὶ πόλεων, ὅθεν,
καὶ τὰ ἄλλα, ὅσα εἰς τὸ ἀρχαῖον ἀνατρέχει, καὶ κάτεισι μέχρι
τῶν Τρωικῶν, καὶ ἀνδρῶν τινων πρὸς ἀλλήλους μάχας καὶ
ἔργα ἐπιτρέχον καὶ τῶν ἀπὸ Τροίας πλάνας τινάς, μάλιστα
δ' Ὀδυσσέως, εἰς ὃν αὐτῷ καὶ ἡ ἀρχαιολογία καταλήγει. σύν-
οψις δ' ἐστὶ τὰ πολλὰ τοῦ βιβλίου καὶ οὐκ ἄχρηστος τοῖς
τὰ παλαιὰ ἐπὶ μνήμης ἔχειν λόγον ποιουμένοις. ἔχει δὲ καὶ
ἐπίγραμμα τὸ βιβλιδάριον οὐκ ἄκομψον τόδε·
    Αἰῶνος ἑλίκημα ἀφυσσάμενος ἀπ' ἐμεῖο
    παιδείης, μύθους γνῶθι παλαιγενέας,
    μηδ' ἐς Ὁμηρείην σελίδ' ἔμβλεπε, μηδ' ἐλεγείην,
    μὴ τραγικὴν Μοῦσαν, μηδὲ μελογραφίην,
    μὴ κυκλίων ζήτει πολύθρουν στίχον· εἰς ἐμὲ δ' ἀθρῶν
    εὑρήσεις ἐν ἐμοὶ πάνθ' ὅσα κόσμος ἔχει.

*

Bibliothecam mythologicam, quam non iam misere
mutilatam, qualis adhuc circumferebatur, sed eandem fere,
quam Photius in bibliotheca sua invenerat, nunc primum
edere iuvat, non ab illustrissimo temporum ac rerum my-
thologarum perscrutatore, cuius nomen prae se fert, con-

1*

scriptam esse optime demonstravit Carolus Robert (*De Apollodori bibliotheca. Berol. 1873*). Quod autem vir doctissimus ignoto cuidam Apollodoro hunc librum tribuit, per se stare posse nemo negabit, quoniam hoc nomen frequentissimum erat: attamen Hermannus Diels (*Mus. Rhen. XXXI p. 8*) summa probabilitate contendit ipsum quoque nomen ementitum esse auctorem anonymum, ut illustrissimi illius grammatici laudes ad suum librum qualemcumque transferret. — Neque qua aetate bibliotheca composita sit certo definiri potest. Robertus alteri p. Chr. n. saeculo eam adscribit, ac profecto sermonis Apollodorei proprietas (quam qui ad Atticorum severas regulas restringere vellet, oleam et operam perderet) hominem serioris aevi aperte prodit. Ceterum si studiorum mythologorum nostro saeculo florentium statum respicis, neque quod nomen fuerit auctoris, neque quibus annis vitam degerit, summi momenti est. Quamquam enim ipsa textus condicio dilucide indicat haud ita pauca aliis ex fontibus scriptorem adiecisse, tamen dubitari nequit, quin maiorem doctrinae suae partem hauserit ex antiquioribus et uberioribus compendiis, quorum usus atque memoria ob id ipsum evanuisse videtur, quod nostra bibliotheca fabularum cyclum in brevius redactum apteque praeparatum praebebat, quem ex illis doctioribus amplioribusque voluminibus minus commode percipere iam taedebat illius aetatis homines.

I.

Οὐρανὸς πρῶτος τοῦ παντὸς ἐδυνάστευσε κόσμου.
γήμας δὲ Γῆν ἐτέκνωσε πρώτους τοὺς ἑκατόγχειρας
προσαγορευθέντας, Βριάρεων Γύην Κόττον, οἳ μεγέθει
τε ἀνυπέρβλητοι καὶ δυνάμει καθειστήκεσαν, χεῖρας μὲν
2 ἀνὰ ἑκατὸν κεφαλὰς δὲ ἀνὰ πεντήκοντα ἔχοντες. μετὰ **5**
τούτους δὲ [αὐτῷ τεκνοῖ Γῆ] Κύκλωπας, Ἄργην Στερό-
πην Βρόντην, ὧν ἕκαστος εἶχεν ἕνα ὀφθαλμὸν ἐπὶ τοῦ
μετώπου. ἀλλὰ τούτους μὲν Οὐρανὸς δήσας εἰς Τάρ- **2**
ταρον ἔρριψε (τόπος δὲ οὗτος ἐρεβώδης ἐστὶν ἐν Ἅιδου,
τοσοῦτον ἀπὸ γῆς ἔχων διάστημα ὅσον ἀπ' οὐρανοῦ **10**
3 γῆ), τεκνοῖ δὲ αὖθις ἐκ Γῆς παῖδας μὲν τοὺς Τιτᾶνας
προσαγορευθέντας, Ὠκεανὸν Κοῖον Ὑπερίονα Κρεῖον
Ἰαπετὸν καὶ νεώτατον ἁπάντων Κρόνον, θυγατέρας δὲ
τὰς κληθείσας Τιτανίδας, Τηθὺν Ῥέαν Θέμιν Μνημο-
σύνην Φοίβην Διώνην Θείαν. **15**
4   ἀγανακτοῦσα δὲ Γῆ ἐπὶ τῇ ἀπωλείᾳ τῶν εἰς Τάρ- **8**

Tres libros distinxit Aegius: in codicibus nulla partitionis
vestigia apparent, quamquam laudantur in scholiis Venetis A
ad Hom. A 195 περὶ Ἀπολλοδόρῳ ἐν πρώτῳ (I 20), B 103 περὶ
Ἀπολλοδόρῳ ἐν δευτέρῳ (II 5 ss.), A 42 Ἀπολλόδωρος ἐν β'
(II 10 ss.), B 494 Ἀπολλόδωρος ἐν τῷ γ' (III 21 ss.).
   3. γέγην C schol. Plat. Legg. VII p. 795 e   Κόττον schol.
Plat. Ile.: κοῖον EA   κοῖον γότην E   6. αὐτῷ τεκνοῖ γῇ
EA, del. He. (conf. adn. III 111)   ἄργην EA, corr. He.
   12. κρεῖον *E κροῖον Γ κρῖον Λ: Κοῖον Br. (conf. praef.)
   13. νεώτατον EOR*: γενεώτατον BT γενεαιότατον VLN
δὲ EC: τι OR*B

ταρον ῥιφέντων παίδων πείθει τοὺς Τιτᾶνας ἐπιθέσθαι
τῷ πατρί, καὶ δίδωσιν ἀδαμαντίνην ἅρπην Κρόνῳ. οἱ
δὲ Ὠκεανοῦ χωρὶς ἐπιτίθενται, καὶ Κρόνος ἀποτεμὼν
τὰ αἰδοῖα τοῦ πατρὸς εἰς τὴν θάλασσαν ἀφίησιν. ἐκ δὲ
⁵ τῶν σταλαγμῶν τοῦ ῥέοντος αἵματος ἐρινύες ἐγένοντο,
Ἀληκτὼ Τισιφόνη Μέγαιρα. τῆς δὲ ἀρχῆς ἐκβαλόντες
τούς τε καταταρταρωθέντας ἀνήγαγον ἀδελφοὺς καὶ
τὴν ἀρχὴν Κρόνῳ παρέδοσαν.

4   ὁ δὲ τούτους μὲν ⟨ἐν⟩ τῷ Ταρτάρῳ πάλιν δήσας ⁵
¹⁰ καθεῖρξε, τὴν δὲ ἀδελφὴν Ῥέαν γήμας, ἐπειδὴ Γῆ τε
καὶ Οὐρανὸς ἐθεσπιῴδουν αὐτῷ λέγοντες ὑπὸ παιδὸς
ἰδίου τὴν ἀρχὴν ἀφαιρεθήσεσθαι, κατέπινε τὰ γεννώ-
μενα. καὶ πρώτην μὲν γεννηθεῖσαν Ἑστίαν κατέπιεν,
εἶτα Δήμητραν καὶ Ἥραν, μεθ' ἃς Πλούτωνα καὶ Πο-
⁵ σειδῶνα. ὀργισθεῖσα δὲ ἐπὶ τούτοις Ῥέα παραγίνεται ⁶
μὲν εἰς Κρήτην, ὁπηνίκα τὸν Δία ἐγκυμονοῦσα ἐτύγ-
χανε, γεννᾷ δὲ ἐν ἄντρῳ τῆς Δίκτης Δία. καὶ τοῦτον
μὲν δίδωσι τρέφεσθαι Κούρησί τε καὶ ταῖς Μελισσέως
παισὶ νύμφαις, Ἀδραστείᾳ τε καὶ Ἴδῃ. αὗται μὲν οὖν ⁷
¹⁰ τὸν παῖδα ἔτρεφον τῷ τῆς Ἀμαλθείας γάλακτι, οἱ δὲ
Κούρητες ἔνοπλοι ἐν τῷ ἄντρῳ τὸ βρέφος φυλάσσοντες
τοῖς δόρασι τὰς ἀσπίδας συνέκρουον, ἵνα μὴ τῆς τοῦ
παιδὸς φωνῆς ὁ Κρόνος ἀκούσῃ. Ῥέα δὲ λίθον σπαρ-
γανώσασα δέδωκε Κρόνῳ καταπιεῖν ὡς τὸν γεγεννη-
²⁵ μένον παῖδα.

6   ἐπειδὴ δὲ Ζεὺς ἐγενήθη τέλειος, λαμβάνει Μῆτιν ⁹

1. ῥιφέντων* E: ῥιφθέντων A   5. ἐριννύες EA, corr.
Müllerus   9. ἐν add. Fab.   δήσας del. Hr. Herm. XI p. 232
10. τῇ ꭐᵈᴵ om. B   14. δήμητραν ER*C: δήμηρρα cod. Har-
leianus δμητερα B (coni. praef.)   16. τὸν del Hr.   18. μὲν
EA, om. Zenob. II 48 Br., sed conf. Comm. Ribb. p. 187
μελισσέως Zenob. Gal.: μελισσέων EA   24. ἴδασι Hr., sed conf.
praef.   26. ἐγενήθη F.B ἐγεννήθη R*C: ἐγένετο Fab.

τὴν Ὠκεανοῦ συνεργόν, ἣ δίδωσι Κρόνῳ καταπιεῖν φάρ-
μακον, ὑφ' οὗ ἐκεῖνος ἀναγκασθεὶς πρῶτον μὲν ἐξεμεῖ
τὸν λίθον, ἔπειτα τοὺς παῖδας οὓς κατέπιε· μεθ' ὧν
Ζεὺς τὸν πρὸς Κρόνον καὶ Τιτᾶνας ἐξήνεγκε πόλεμον.
2 μαχομένων δὲ αὐτῶν ἐνιαυτοὺς δέκα ἡ Γῆ τῷ Διὶ ►
ἔχρησε τὴν νίκην, τοὺς καταταρταρωθέντας ἂν ἔχῃ συμ-
μάχους· ὁ δὲ τὴν φρουροῦσαν αὐτῶν τὰ δεσμὰ Κάμπην
3 ἀποκτείνας ἔλυσε. καὶ Κύκλωπες τότε Διὶ μὲν διδόασι 7
βροντὴν καὶ ἀστραπὴν καὶ κεραυνόν, Πλούτωνι δὲ κυ-
4 νέην, Ποσειδῶνι δὲ τρίαιναν· οἱ δὲ τούτοις ὁπλισθέν- 10
τες κρατοῦσι Τιτάνων, καὶ καθείρξαντες αὐτοὺς ἐν τῷ
Ταρτάρῳ τοὺς ἑκατόγχειρας κατέστησαν φύλακας. αὐτοὶ
δὲ διακληροῦνται περὶ τῆς ἀρχῆς, καὶ λαγχάνει Ζεὺς
μὲν τὴν ἐν οὐρανῷ δυναστείαν, Ποσειδῶν δὲ τὴν ἐν
θαλάσσῃ, Πλούτων δὲ τὴν ἐν Ἅιδου.   15
2   ἐγένοντο δὲ Τιτάνων ἔκγονοι Ὠκεανοῦ μὲν καὶ 8
Τηθύος Ὠκεανίδες, Ἀσία Στὺξ Ἠλέκτρα Δωρὶς Εὐ-
ρυνόμη [Ἀμφιτρίτη] Μῆτις, Κοίου δὲ καὶ Φοίβης
Ἀστερία καὶ Λητώ, Ὑπερίονος δὲ καὶ Θείας Ἠὼς Ἥλιος
Σελήνη, Κρείου δὲ καὶ Εὐρυβίας τῆς Πόντου Ἀστραῖος 20
3 Πάλλας Πέρσης, Ἰαπετοῦ δὲ καὶ Ἀσίας Ἄτλας, ὃς ἔχει
τοῖς ὤμοις τὸν οὐρανόν, καὶ Προμηθεὺς καὶ Ἐπι-
μηθεὺς καὶ Μενοίτιος, ὃν κεραυνώσας ἐν τῇ τιτανομαχίᾳ
4 Ζεὺς κατεταρτάρωσεν. ἐγένετο δὲ καὶ Κρόνου καὶ 9

2. ὑφ' Ε Rᵃ: ἐφ' B ἀφ' C   4. τὸν del Hr., sed conf.
Comm. Ribb. p. 186   6. ἔαν Ε   9. κυνέην Ε: κυανέην Α
12. κατέστησαν* Ε: καθίστασαν Α (conf. Epit. Vat. p. 84)
15. ᾄδου Ε: ᾅδῃ Α   17. Ὠκεανίδες] τρισχίλιοι add. Ε τρισχί-
λιαι Α, del. Hr.   στὺξ ΕL: στυξὼν ὁ στύξον Rᵇ   18. ἀμ-
φιτρίτη ΕΑ, del. Hr. (conf. I 11), Ἀμφιτρὼ prob. Com.
20. κρείου Ε (correxi*): κρίου C κριοῦ RᵃΒ   εὐρυβίας ΕΑ,
corr. Gal.   τῆς Ε: τοῦ Α   21. Ἀσίας] τὸν ἀκεανοῦ add. Α,
del. Hr.

Φιλύρας Χείρων διφυὴς Κένταυρος, Ἠοῦς δὲ καὶ
Ἀστραίου ἄνεμοι καὶ ἄστρα, Πέρσου δὲ καὶ Ἀστερίας
Ἑκάτη, Πάλλαντος δὲ καὶ Στυγὸς Νίκη Κράτος Ζῆλος
Βία. τὸ δὲ τῆς Στυγὸς ὕδωρ ἐκ πέτρας ἐν Ἅιδου ῥέον 5
5 Ζεὺς ἐποίησεν ὅρκον, ταύτην αὐτῇ τιμὴν διδοὺς ἀνθ'
ὧν αὐτῷ κατὰ Τιτάνων μετὰ τῶν τέκνων συνεμάχησε.
10   Πόντου δὲ καὶ Γῆς Φόρκος Θαύμας Νηρεὺς Εὐρυ- 6
βία Κητώ. Θαύμαντος μὲν οὖν καὶ Ἠλέκτρας Ἶρις
καὶ ἅρπυιαι, Ἀελλὼ ⟨καὶ⟩ Ὠκυπέτη, Φόρκου δὲ καὶ
10 Κητοῦς Φορκίδες ⟨καὶ⟩ Γοργόνες, περὶ ὧν ἐροῦμεν
11 ὅταν τὰ κατὰ Περσέα λέγωμεν, Νηρέως δὲ καὶ Δωρί- 7
δος Νηρηίδες, ὧν τὰ ὀνόματα Κυμοθόη Σπειὼ Γλαυκο-
νόμη Ναυσιθόη Ἁλίη, Ἐρατὼ Σαὼ Ἀμφιτρίτη Εὐ-
νίκη Θέτις, Εὐλιμένη Ἀγαυὴ Εὐδώρη Δωτὼ Φέρουσα,
15 Γαλάτεια Ἀκταίη Ποντομέδουσα Ἱπποθόη Δυσι-
12 ἄνασσα, Κυμὼ Ἠιόνη Ἁλιμήδη Πληξαύρη Εὐκράντη,
Πρωτὼ Καλυψὼ Πανόπη Κραντὼ Νεόμηρις, Ἱππονόη
Ἰάνειρα Πολυνόμη Αὐτονόη Μελίτη, Διώνη Νησαίη

1. Κένταυρος del. Hr.   3. Στυγὸς] τῶν ὠκεανοῦ add. A,
del. Hr.   7. Φόρκος Fab. (conf. II 37): φόρκις A φόρκις Rᵃ
εὐρυβύΐα C εὐρυβοίας B εὐρυβίας Rᵃ, corr. Gal.
8. Ἠλέκτρας] τῶν ὠκεανοῦ add. A, del. Hr.   9. καὶ add. He.
10. φορκιάδες RᵃR φορκυάδες C, corr. He.   καὶ add.
He.   11. τὰ κατὰ Περσέα] II 37 ss.   λέγωμεν A: λέξωμεν
He.   δωρίδος N δυρίδος C: νηρείδος B νηρηίδος Rᵃ   δωρίδος]
τῶν ὠκεανοῦ add. A, del. Hr.   12 ss.: conf. Nereidum cata-
logos Hes. Theog. 243—264, Hom. Σ 39—49, hymn. in Cer. 417—
424, Verg. Georg. IV 336 ss., Hyg. fab. 1 (p. 10 Sch.)   13. γλαυ-
κοθόη A, corr. (Hes.) Com.   13. Εὐνίκη (Hes.) L. Dindorfius
in thesauro   15. ηιόνη A, corr. (Hes.) He.   ἁλιμήδη Rᵃ:
ἁλιμήδη A   πληξαύρη A, corr. He.   εὐκράτη* A schol.

Hes. Theog. 243: Εὐκράτη add.   17. πανόπη C παννόπη RᵃB
κρατὼ C, Ῥαντὼ Hr., lego Ξανθὼ (Hyg.)   Νεόμηρις]
Νημερτής (Hom. Hes. Hyg.) Gal.   18. διάνειρα A, corr.
(Hom. Hyg.) He.   πολυνόη RᵃC πουλυνόη B, corr. (Hes.) He.
μελίτη A, corr. (Hom. Hes Hyg.) He.   ἰσαίη B ἰσαίη RᵃC.

Δηρὼ Εὐαγόρη Ψαμάθη, Εὐμόλπη Ἰόνη Δυναμένη
Κητὼ Λιμνώρεια.

3　　Ζεὺς δὲ γαμεῖ μὲν Ἥραν, καὶ τεκνοῖ Ἥβην Εἰλεί- 12
θυιαν Ἄρην, μίγνυται δὲ πολλαῖς θνηταῖς τε καὶ ἀθα-
νάτοις γυναιξίν. ἐκ μὲν οὖν Θέμιδος τῆς Οὐρανοῦ γεννᾷ 5
θυγατέρας ὥρας, Εἰρήνην Εὐνομίαν Δίκην, μοίρας,
Κλωθὼ Λάχεσιν Ἄτροπον, ἐκ Διώνης δὲ Ἀφροδίτην,
ἐξ Εὐρυνόμης δὲ τῆς Ὠκεανοῦ χάριτας, Ἀγλαΐην Εὐ-
φροσύνην Θάλειαν, ἐκ δὲ Στυγὸς Περσεφόνην, ἐκ δὲ
Μνημοσύνης μούσας, πρώτην μὲν Καλλιόπην, εἶτα 10
Κλειὼ Μελπομένην Εὐτέρπην Ἐρατὼ Τερψιχόρην Οὐ-
ρανίαν Θάλειαν Πολυμνίαν.

2　　Καλλιόπης μὲν οὖν καὶ Οἰάγρου, κατ' ἐπίκλησιν δὲ 14
Ἀπόλλωνος, Λίνος, ὃν Ἡρακλῆς ἀπέκτεινε, καὶ Ὀρφεὺς
ὁ ἀσκήσας κιθαρῳδίαν, ὃς ᾄδων ἐκίνει λίθους τε καὶ 15
δένδρα. ἀποθανούσης δὲ Εὐρυδίκης τῆς γυναικὸς αὐ-
τοῦ, δηχθείσης ὑπὸ ὄφεως, κατῆλθεν εἰς Ἅιδου θέλων
ἀνάγειν αὐτήν, καὶ Πλούτωνα ἔπεισεν ἀναπέμψαι. ὁ 15
δὲ ὑπέσχετο τοῦτο ποιήσειν, ἂν μὴ πορευόμενος Ὀρφεὺς
ἐπιστραφῇ πρὶν εἰς τὴν οἰκίαν αὐτοῦ παραγενέσθαι· 20
ὁ δὲ ἀπιστῶν ἐπιστραφεὶς ἐθεάσατο τὴν γυναῖκα, ἡ δὲ
πάλιν ὑπέστρεψεν. εὗρε δὲ Ὀρφεὺς καὶ τὰ Διονύσου
μυστήρια, καὶ τέθαπται περὶ τὴν Πιερίαν διασπασθεὶς ὑπὸ

corr. (Hom. Hes. Hyg.) Com.　　1. Δηρώ] fort. Νηρώ (Hes.),
an Νηρώ?　　Εὐπόμπη (Hes.) He.　　Ἰόνη] Προσόη (Hes.) Grae-
vius, Ἰάνθη (hymn.) He.　　2. Λιμνώρεια] inscr. B fol. 20ʳ
4. ἄργην B ἀργήν E ἀργην B ἀργιν VN ἄρσιν LT, corr. Gal.
5. τῆς E: τοῦ A τοῦ Οὐρανοῦ del. Hr.　　8. τῆς Ὠκεανοῦ
del. Hr.　　9. Στυγὸς] Δήμητρος Schwenckius Philol. XIX p. 450
10. πρώτην EHᵃ: πρώτη A　　Καλλιόπην EHRᵃ: καλλιόπη A
14. εἶτος EA　　16. γυναικὸς C: θυγατρὸς R Rᵃ B, T (man. 1)
18. ἀγαγεῖν A, corr. He.ᵃ, ἀναγαγεῖν edd. rec.　　ἐπεῖθεν Hr.
20. αὑτοῦ A, corr. Fab.

16 τῶν μαινάδων. Κλειὼ δὲ Πιέρου τοῦ Μάγνητος ἠράσθη 3 κατὰ μῆνιν Ἀφροδίτης (ὠνείδισε γὰρ αὐτῇ τὸν τοῦ Ἀδώνιδος ἔρωτα), συνελθοῦσα δὲ ἐγέννησεν ἐξ αὐτοῦ παῖδα Ὑάκινθον, οὗ Θάμυρις ὁ Φιλάμμωνος καὶ Ἀρ-
5 γιόπης νύμφης ἴσχει ἔρωτα, πρῶτος ἀρξάμενος ἐρᾶν
17 ἀρρένων. ἀλλ' Ὑάκινθον μὲν ὕστερον Ἀπόλλων ἐρώ- 2 μενον ὄντα δίσκῳ βαλὼν ἄκων ἀπέκτεινε, Θάμυρις δὲ κάλλει διενεγκὼν καὶ κιθαρῳδίᾳ περὶ μουσικῆς ἤρισε μούσαις, συνθέμενος, ἂν μὲν κρείττων εὑρεθῇ, πλη-
10 σιάσειν πάσαις, ἐὰν δὲ ἡττηθῇ, στερηθήσεσθαι οὗ ἂν ἐκεῖναι θέλωσι. καθυπέρτεραι δὲ αἱ μοῦσαι γενόμεναι καὶ τῶν ὀμμάτων αὐτὸν καὶ τῆς κιθαρῳδίας ἐστέρησαν.
18 Εὐτέρπης δὲ καὶ ποταμοῦ Στρυμόνος Ῥῆσος, ὃν ἐν 4 Τροίᾳ Διομήδης ἀπέκτεινεν· ὡς δὲ ἔνιοι λέγουσι,
15 Καλλιόπης ὑπῆρχεν. Θαλείας δὲ καὶ Ἀπόλλωνος ἐγέ- νοντο Κορύβαντες, Μελπομένης δὲ καὶ Ἀχελῴου Σει- ρῆνες, περὶ ὧν ἐν τοῖς περὶ Ὀδυσσέως ἐροῦμεν.
19   Ἥρα δὲ χωρὶς εὐνῆς ἐγέννησεν Ἥφαιστον· ὡς δὲ 5 Ὅμηρος λέγει, καὶ τοῦτον ἐκ Διὸς ἐγέννησε. ῥίπτει δὲ
20 αὐτὸν ἐξ οὐρανοῦ Ζεὺς Ἥρᾳ δεθείσῃ βοηθοῦντα· ταύ- την γὰρ ἐκρέμασε Ζεὺς ἐξ Ὀλύμπου χειμῶνα ἐπι- πέμψασαν Ἡρακλεῖ, ὅτε Τροίαν ἑλὼν ἔπλει. πεσόντα δ' Ἥφαιστον ἐν Λήμνῳ καὶ πηρωθέντα τὰς βάσεις διέσωσε Θέτις.
20   μίγνυται δὲ Ζεὺς Μήτιδι, μεταβαλλούσῃ εἰς πολ- 6

4 ss. conf. Zenob. IV 27   4. Ὑάκινθον] Τρένσιον Clavierius
(conf. III 116)   5. ἴσχει ΕΑ, corr. Hr.   6 s. ἀλλ' —
ἀπέκτεινε del. Clavierius   14. λέγουσι] ὅτι add. A, del. Fab.
17. ἐν τοῖς περὶ Ὀδυσσέως] ep. 7, 15   19. Hom. Δ 578
20. ὁ ξεύς C   21. ἐκρέμασε* Ε: ἐκκρεμάσασα R B ἐξε-
κρέμασε C   25. μήτιδι Ε schol. Plat. Tim. 23 e: Θέτιδι A
⟨καὶ εἰς⟩ μεταβαλλούσῃ Mendelsohnius Act. soc. phil. Lips. II
p. 451

λᾶς ἰδίας ὑπὲρ τοῦ μὴ συνελθεῖν, καὶ αὐτὴν γενομένην
ἔγκυον κατακίνει φθάσας, ἐπείπερ ἔλεγε γεννήσειν παῖδα
μετὰ τὴν μέλλουσαν ἐξ αὐτῆς γεννᾶσθαι κόρην, ὃς
οὐρανοῦ δυνάστης γενήσεται. τοῦτο φοβηθεὶς κατέπιεν
αὐτήν· ὡς δ' ὁ τῆς γενέσεως ἐνέστη χρόνος, πλήξαντος 5
αὐτοῦ τὴν κεφαλὴν πελέκει Προμηθέως ἢ καθάπερ ἄλ-
λοι λέγουσιν Ἡφαίστου, ἐκ κορυφῆς, ἐπὶ ποταμοῦ Τρί-
τωνος, Ἀθηνᾶ σὺν ὅπλοις ἀνέθορεν.

4   τῶν δὲ Κοίου θυγατέρων Ἀστερία μὲν ὁμοιωθεῖσα 21
ὄρτυγι ἑαυτὴν εἰς θάλασσαν ἔρριψε, φεύγουσα τὴν πρὸς 10
Δία συνουσίαν· καὶ πόλις ἀπ' ἐκείνης Ἀστερία πρότε-
ρον κληθεῖσα, ὕστερον δὲ Δῆλος. Λητὼ δὲ συνελθοῦσα
Διὶ κατὰ τὴν γῆν ἅπασαν ὑφ' Ἥρας ἠλαύνετο, μέχρις
εἰς Δῆλον ἐλθοῦσα γεννᾷ πρώτην Ἄρτεμιν, ὑφ' ἧς
μαιωθεῖσα ὕστερον Ἀπόλλωνα ἐγέννησεν.   15

3   Ἄρτεμις μὲν οὖν τὰ περὶ θήραν ἀσκήσασα παρθέ- 22
νος ἔμεινεν, Ἀπόλλων δὲ τὴν μαντικὴν μαθὼν παρὰ
Πανὸς τοῦ Διὸς καὶ Θύμβρεως ἧκεν εἰς Δελφούς,
χρησμῳδούσης τότε Θέμιδος· ὡς δὲ ὁ φρουρῶν τὸ
μαντεῖον Πύθων ὄφις ἐκώλυεν αὐτὸν παρελθεῖν ἐπὶ τὸ 20
χάσμα, τοῦτον ἀνελὼν τὸ μαντεῖον παραλαμβάνει. κτεί- 28
νει δὲ μετ' οὐ πολὺ καὶ Τιτυόν, ὃς ἦν Διὸς υἱὸς καὶ τῆς
Ὀρχομενοῦ θυγατρὸς Ἐλάρης, ἣν Ζεύς, ἐπειδὴ συν-

2. ἔλεγε A schol. Plat.: ἐλέγετο Gal., ἔλεγε Γῆ He.
3. μετὰ — κόρην A schol. Plat., del. He.   γεννᾶσθαι* E schol.
Plat.: γενέσθαι A   5. γενέσεως E: γεννήσεως A schol. Plat.
7. λέγουσιν ER: λέγουσι καὶ A   ἐκ κορυφῆς EA, aut delendum
esse aut ἐκ τῆς κορυφῆς αὐτοῦ scribendum censet Hr.   ἐπὶ πο-
ταμοῦ τρίτωνος EA, del. He.   9. τῶν] Σ fol. 20ᵛ. ● 11 R. καὶ
πόλις — Δῆλος del. Hr.   11. πρότερον* R: πρῶτον A
17. παρὰ Πανός *E: παρὰ πρὸς R παρὰ τοῦ πρὸς (πατρὸς C)
A   18. ὕβρεως EA Tzetz. Lycophr: 772, corr. Aeg.   ●23. Ἐλά-
ρης A Ἐλένης E, corr. Aeg.

ἦλθε, δείσας Ἥραν ὑπὸ γῆν ἔκρυψε, καὶ τὸν κυοφορη-
θέντα παῖδα Τιτυὸν ὑπερμεγέθη εἰς φῶς ἀνήγαγεν.
οὗτος ἐρχομένην εἰς Πυθὼ Λητὼ θεωρήσας, πόθῳ κατα- ⁵
σχεθεὶς ἐπισπᾶται· ἡ δὲ τοὺς παῖδας ἐπικαλεῖται καὶ
κατατοξεύουσιν αὐτόν. κολάζεται δὲ καὶ μετὰ θάνατον·
γῦπες γὰρ αὐτοῦ τὴν καρδίαν ἐν Ἅιδου ἐσθίουσιν.

24　　ἀπέκτεινε δὲ Ἀπόλλων καὶ τὸν Ὀλύμπου παῖδα ²
Μαρσύαν. οὗτος γὰρ εὑρὼν αὐλούς, οὓς ἔρριψεν Ἀθηνᾶ
διὰ τὸ τὴν ὄψιν αὐτῆς ποιεῖν ἄμορφον, ἦλθεν εἰς ἔριν
περὶ μουσικῆς Ἀπόλλωνι. συνθεμένων δὲ αὐτῶν ἵνα ¹⁰
ὁ νικήσας ὃ βούλεται διαθῇ τὸν ἡττημένον, τῆς κρίσεως
γινομένης τὴν κιθάραν στρέψας ἠγωνίζετο ὁ Ἀπόλλων,
καὶ ταὐτὸ ποιεῖν ἐκέλευε τὸν Μαρσύαν· τοῦ δὲ ἀδυ-
νατοῦντος εὑρεθεὶς κρείσσων ὁ Ἀπόλλων, κρεμάσας
τὸν Μαρσύαν ἔκ τινος ὑπερτενοῦς πίτυος, ἐκτεμὼν τὸ ¹⁵
δέρμα οὕτως διέφθειρεν.

25　　Ὠρίωνα δὲ Ἄρτεμις ἀπέκτεινεν ἐν Δήλῳ. τοῦτον ³
γηγενῆ λέγουσιν ὑπερμεγέθη τὸ σῶμα· Φερεκύδης δὲ
αὐτὸν Ποσειδῶνος καὶ Εὐρυάλης λέγει. ἐδωρήσατο δὲ
αὐτῷ Ποσειδῶν διαβαίνειν τὴν θάλασσαν. οὗτος ⟨πρώ- ²⁰
την⟩ μὲν ἔγημε Σίδην, ἣν ἔρριψεν εἰς Ἅιδου περὶ μορφῆς
ἐρίσασαν Ἥρᾳ· αὖθις δὲ ἐλθὼν εἰς Χίον Μερόπην τὴν
Οἰνοπίωνος ἐμνηστεύσατο. μεθύσας δὲ Οἰνοπίων αὐτὸν
κοιμώμενον ἐτύφλωσε καὶ παρὰ τοῖς αἰγιαλοῖς ἔρριψεν.

26　ὁ δὲ ἐπὶ τὸ ⟨Ἡφαίστου⟩ χαλκεῖον ἐλθὼν καὶ ἁρπάσας ²⁵
παῖδα ἕνα, ἐπὶ τῶν ὤμων ἐπιθέμενος ἐκέλευσε ποδηγεῖν

3. ἐρχομένην *ER: ἐρχόμενος A　6. κατεσθίουσιν E
12. γινομένης EA, corr. Aeg.　13. τυτὸ EA, corr. Com.
ἐκέλευε *E: ἐκέλευσε A　18. Pherecyd. frg. 3　20. πρώτην
add. Hr.　24. τοῖς αἰγιαλοῖς Hr.　25. ὁ δὲ ⟨εἰς Ἥμυρον⟩
ἐπὶ τὸ χαλκεῖον ⟨Ἡφαίστου⟩ ἐλθὼν suppl. Hc. ex Eratosth. q. f.
Catast. 32　26. παῖδα ἕνα] Κηδαλίωνα Lennepius

πρὸς τὰς ἀνατολάς. ἐκεῖ δὲ παραγενόμενος ἀνέβλεψεν
†ἐκκαεὶς ὑπὸ τῆς ἡλιακῆς ἀκτῖνος, καὶ διὰ ταχέων ἐπὶ
4 τὸν Οἰνοπίωνα ἔσπευδεν. ἀλλὰ τῷ μὲν Ποσειδῶν ἡφαι- 27
στότευκτον ὑπὸ γῆν κατεσκεύασεν οἶκον, Ὠρίωνος δ'
Ἠὼς ἐρασθεῖσα ἥρπασε καὶ ἐκόμισεν εἰς Δῆλον· ἐποίει 3
γὰρ αὐτὴν Ἀφροδίτη συνεχῶς ἐρᾶν, ὅτι Ἄρει συνευ-
5 νάσθη. ὁ δ' Ὠρίων, ὡς μὲν ἔνιοι λέγουσιν, ἀνῃρέθη
δισκεύειν Ἄρτεμιν προκαλούμενος, ὡς δέ τινες, βιαζό-
μενος Ὦπιν μίαν τῶν ἐξ Ὑπερβορέων παραγενομένων
παρθένων ὑπ' Ἀρτέμιδος ἐτοξεύθη.   10
6   Ποσειδῶν δὲ Ἀμφιτρίτην [τὴν Ὠκεανοῦ] γαμεῖ, καὶ 28
αὐτῷ γίνεται Τρίτων καὶ Ῥόδη, ἣν Ἥλιος ἔγημε.
5   Πλούτων δὲ Περσεφόνης ἐρασθεὶς Διὸς συνερ- 29
γοῦντος ἥρπασεν αὐτὴν κρύφα. Δημήτηρ δὲ μετὰ λαμ-
πάδων νυκτός τε καὶ ἡμέρας κατὰ πᾶσαν τὴν γῆν 15
ζητοῦσα περιῄει· μαθοῦσα δὲ παρ' Ἑρμιονέων ὅτι Πλού-
των αὐτὴν ἥρπασεν, ὀργιζομένη θεοῖς κατέλιπεν οὐρα-
2 νόν, εἰκασθεῖσα δὲ γυναικὶ ἧκεν εἰς Ἐλευσῖνα. καὶ 30
πρῶτον μὲν ἐπὶ τὴν ἀπ' ἐκείνης κληθεῖσαν Ἀγέλαστον
ἐκάθισε πέτραν παρὰ τὸ Καλλίχορον φρέαρ καλούμενον, 30
3 ἔπειτα πρὸς Κελεὸν ἐλθοῦσα τὸν βασιλεύοντα τότε
Ἐλευσινίων, ἔνδον οὐσῶν γυναικῶν, καὶ λεγουσῶν
τούτων παρ' αὑτὰς καθέζεσθαι, γραῖά τις Ἰάμβη σκώ-
ψασα τὴν θεὸν ἐποίησε μειδιᾶσαι. διὰ τοῦτο ἐν τοῖς
θεσμοφορίοις τὰς γυναῖκας σκώπτειν λέγουσιν.   25

1. ἐπεῖσι Hr.   2. ἐκκαεὶς del. He., ἐξακεσθεὶς Hr.; an
ἐκκαθαρθεὶς?   3. ποσειδὼν RR*: ποσειδῶνι A   8. δισκεύ-
ειν] ὀιστεύειν Jacobsius   11. τὴν Ὠκεανοῦ (conf. I 8) del.
Hr.   12. ἔγημε] B fol. 21ᵛ   14 Δημήτηρ Zenob. I 7 schol.
Ar. Eq. 785 Hr.: δήμητρα ΕΑ   17. ὀργιζομένη Η*B κατέ-
λιπεν * Zenob. schol. Ar. He.: ἀπέλιπεν A   23. αὑτὰς A,
corr. Fab.

81   ὄντος δὲ τῇ τοῦ Κελεοῦ γυναικὶ Μετανείρᾳ παιδίου, *
τοῦτο ἔτρεφεν ἡ Δημήτηρ παραλαβοῦσα· βουλομένη δὲ
αὐτὸ ἀθάνατον ποιῆσαι, τὰς νύκτας εἰς πῦρ κατετίθει
τὸ βρέφος καὶ περιῄρει τὰς θνητὰς σάρκας αὐτοῦ. καθ'
5 ἡμέραν δὲ παραδόξως αὐξανομένου τοῦ Δημοφῶντος
(τοῦτο γὰρ ἦν ὄνομα τῷ παιδί) ἐπετήρησεν ἡ ⟨Μετάνειρα⟩,
καὶ καταλαβοῦσα εἰς πῦρ ἐγκεκρυμμένον ἀνεβόησε· διό-
περ τὸ μὲν βρέφος ὑπὸ τοῦ πυρὸς ἀνηλώθη. ἡ θεὰ δὲ
82 αὐτὴν ἐξέφηνε. Τριπτολέμῳ δὲ τῷ πρεσβυτέρῳ τῶν ²
10 Μετανείρας παίδων δίφρον κατασκευάσασα πτηνῶν
δρακόντων τὸν πυρὸν ἔδωκεν, ᾧ τὴν ὅλην οἰκουμένην
δι' οὐρανοῦ αἰρόμενος κατέσπειρε.   Πανύασις δὲ Τρι-.
πτόλεμον Ἐλευσῖνος λέγει· φησὶ γὰρ Δήμητρα πρὸς
αὐτὸν ἐλθεῖν.   Φερεκύδης δέ φησιν αὐτὸν Ὠκεανοῦ
15 καὶ Γῆς.

83   Διὸς δὲ Πλούτωνι τὴν Κόρην ἀνακέμψαι κελεύ- ³
σαντος, ὁ Πλούτων, ἵνα μὴ πολὺν χρόνον παρὰ τῇ μη-
τρὶ καταμείνῃ, ῥοιᾶς ἔδωκεν αὐτῇ φαγεῖν κόκκον. ἡ δὲ
οὐ προϊδομένη τὸ συμβησόμενον κατηνάλωσεν αὐτόν.
20 καταμαρτυρήσαντος δὲ αὐτῆς Ἀσκαλάφου τοῦ Ἀχέ-
ροντος καὶ Γοργύρας, τούτῳ μὲν Δημήτηρ ἐν Ἅιδου
βαρεῖαν ἐπέθηκε πέτραν, Περσεφόνη δὲ καθ' ἕκαστον
ἐνιαυτὸν τὸ μὲν τρίτον μετὰ Πλούτωνος ἠναγκάσθη
μένειν, τὸ δὲ λοιπὸν παρὰ τοῖς θεοῖς.

3. κατέθει A, corr. Fab.   6. ἡ πραξιθία A: ⟨Μετά-
νειρα⟩ τί πράξει θεά Aeg., τί πράξει θεά del. He.   9. αὐ-
τὴν A, corr. Aeg.   10. Μετανείρας Aeg.: πραξιθίας A
11. τὸν Fab.: καὶ A   12. αἰρόμενος] φερόμενος Hr.   Pa-
nyas. frg. 24 K.   18. δήμητρα R,Rᵃ: δήμητραν A   14 Phere-
cyd. frg. 12   ὠκεανοῦ *R C: οὐρανοῦ ὠκεανοῦ Rᵃ BT
17. πολὺν χρόνον] τὸν λοιπὸν (πάντα Hr.) χρόνον He.   19. προ-
ειδομένη A, corr. Br.   συμβησόμενον K: συμβισόμενον C συμ-
μισόμενον RᵃB   20. αὐτῆς om. C

6 περὶ μὲν οὖν Δήμητρος ταῦτα λέγεται· Γῆ δὲ περὶ 34
Τιτάνων ἀγανακτοῦσα γεννᾷ Γίγαντας ἐξ Οὐρανοῦ,
μεγέθει μὲν σωμάτων ἀνυπερβλήτους, δυνάμει δὲ
ἀκαταγωνίστους, οἳ φοβεροὶ μὲν ταῖς ὄψεσι κατεφαί-
νοντο, καθειμένοι βαθεῖαν κόμην ἐκ κεφαλῆς καὶ γε- 5
νείων, εἶχον δὲ τὰς βάσεις φολίδας δρακόντων. ἐγί-
νοντο δέ, ὡς μέν τινες λέγουσιν, ἐν Φλέγραις, ὡς δὲ
ἄλλοι, ἐν Παλλήνῃ. ἠκόντιζον δὲ εἰς οὐρανὸν πέτρας
καὶ δρῦς ἡμμένας. διέφερον δὲ πάντων Πορφυρίων τε 25
καὶ Ἀλκυονεύς, ὃς δὴ καὶ ἀθάνατος ἦν ἐν ᾗπερ ἐγεν- 10
νήθη γῇ μαχόμενος. οὗτος δὲ καὶ τὰς Ἡλίου βόας ἐξ
Ἐρυθείας ἤλασε. τοῖς δὲ θεοῖς λόγιον ἦν ὑπὸ θεῶν μὲν
μηδένα τῶν Γιγάντων ἀπολέσθαι δύνασθαι, συμμαχοῦν-
τος δὲ θνητοῦ τινος τελευτήσειν. αἰσθομένη δὲ Γῆ
τοῦτο ἐζήτει φάρμακον, ἵνα μηδ' ὑπὸ θνητοῦ δυνηθῶ- 15
σιν ἀπολέσθαι. Ζεὺς δ' ἀπειπὼν φαίνειν Ἠοῖ τε καὶ
Σελήνῃ καὶ Ἡλίῳ τὸ μὲν φάρμακον αὐτὸς ἔτεμε φθά-
σας, Ἡρακλέα δὲ σύμμαχον δι' Ἀθηνᾶς ἐπεκαλέσατο.
κἀκεῖνος πρῶτον μὲν ἐτόξευσεν Ἀλκυονέα· πίπτων δὲ ἐπὶ 36
τῆς γῆς μᾶλλον ἀνεθάλπετο· Ἀθηνᾶς δὲ ὑποθεμένης ἔξω
τῆς Παλλήνης εἵλκυσεν αὐτόν. κἀκεῖνος μὲν οὕτως ἐτε-
λεύτα, Πορφυρίων δὲ Ἡρακλεῖ κατὰ τὴν μάχην ἐφώρμησε
καὶ Ἥρᾳ. Ζεὺς δὲ αὐτῷ πόθον Ἥρας ἐνέβαλεν, ἥτις
καὶ καταρρηγνύντος αὐτοῦ τοὺς πέπλους καὶ βιάζεσθαι
θέλοντος βοηθοὺς ἐπεκαλεῖτο· καὶ Διὸς κεραυνώσαν- 25

6. καθημένοι BV   8. καλλίνηy A, corr. Hc.   οὐρανὸν
E: οὐρανοὺς A   9. διέφερε ΕΑ, corr. Hr.   11s. οὗτος —
ἤλασε del. Hr.   12. ἐρυθίας ΕΑ, corr. He.   17. ἔτεμε E:
ἔταμε A   19. πίπτων δὲ *ΕR (ὃς πίπτων Τzetz. Lycophr. 63):
δὲ R*B αὐτὸς δὲ C   (αὐτὸς) δὲ — ἀνεθάλπετο del. Hr.
21. καλλήνης ΕR: σελήνης A, corr. Hc.   ἐτελεύτησε E
22. τὴν add. E   23s. ἥτις καὶ A: ἢ δὲ E   25. βοηθοὺς E:
βοηθός A   καὶ] R fol. 21ᵛ

87 τος αὐτὸν Ἡρακλῆς τοξεύσας ἀπέκτεινε, τῶν δὲ λοιπῶν ε
Ἀπόλλων μὲν Ἐφιάλτου τὸν ἀριστερὸν ἐτόξευσεν ὀφθαλ-
μόν, Ἡρακλῆς δὲ τὸν δεξιόν· Εὔρυτον δὲ θύρσῳ Διό-
νυσος ἔκτεινε, Κλυτίον δὲ δᾳσὶν Ἑκάτη, μᾶλλον δὲ
5 Ἥφαιστος βαλὼν μύδροις. Ἀθηνᾶ δὲ Ἐγκελάδῳ φεύ- ε
γοντι Σικελίαν ἐπέρριψε τὴν νῆσον, Πάλλαντος δὲ τὴν
δορὰν ἐκτεμοῦσα ταύτῃ κατὰ τὴν μάχην τὸ ἴδιον ἐπέ-
88 σκεπε σῶμα. Πολυβώτης δὲ διὰ τῆς θαλάσσης διωχθεὶς ε
ὑπὸ τοῦ Ποσειδῶνος ἦκεν εἰς Κῶ· Ποσειδῶν δὲ τῆς
10 νήσου μέρος ἀπορρήξας ἐπέρριψεν αὐτῷ, τὸ λεγόμενον
Νίσυρον. Ἑρμῆς δὲ τὴν Ἄιδος κυνῆν ἔχων κατὰ τὴν ε
μάχην Ἱππόλυτον ἀπέκτεινεν, Ἄρτεμις δὲ † Γρατίωνα,
μοῖραι δ' Ἄγριον καὶ Θόωνα χαλκέοις ῥοπάλοις μαχομέ-
νους. τοὺς δὲ ἄλλους κεραυνοῖς Ζεὺς βαλὼν διέφθειρε·
15 πάντας δὲ Ἡρακλῆς ἀπολλυμένους ἐτόξευσεν.
80   ὡς δ' ἐκράτησαν οἱ θεοὶ τῶν Γιγάντων, Γῆ μᾶλλον ε
χολωθεῖσα μίγνυται Ταρτάρῳ, καὶ γεννᾷ Τυφῶνα ἐν
Κιλικίᾳ, μεμιγμένην ἔχοντα φύσιν ἀνδρὸς καὶ θηρίου.
οὗτος μὲν καὶ μεγέθει καὶ δυνάμει πάντων διήνεγκεν ε
20 ὅσους ἐγέννησε Γῆ, ἦν δὲ αὐτῷ τὰ μὲν ἄχρι μηρῶν ἄπλε-

<hr/>

3 εὔρυτον A Hyg. fab. 1 p. 10 Sch.: Ποίτον Bentleius ad
Hor. C. II 19, 23 (conf. M. Mayer, Gigant. u. Titan. p. 200 s.)
Διόνυσος Fab.: δίος RR⁴B θρὸς C   4. κλύτιον A   δᾳσὶν˙
Mayerus * l. l. p. 204 s.: φασὶν A   μᾶλλον δὲ] Μίμαντα δὲ May-
erus ib. p. 204   5. ἐγκεφάλῳ R⁴   7. ἰσκάφ[τ]ειτο E
10. μέρος ἀπέρριψεν B   11. νήσουρον A, corr. Arg.   κυτὴν
E: κυτήν A   12. γρατίωνα A: Αἰγαίωνα Gal. et He. (May-
erus ib. p. 201 s.), Εὐρυτίωνα Pyl Myth. Beitr. p. 196, Παίωνα
Hr.   13. μοῖρα A, corr. Arg.   μαχομένους RR⁴ μαχομένας
A: μαχάγεται Hr. Mayerus (l. l. p. 205)   14. τοὺς δὲ — δι-
έφθειρε del. Hr. Herm. XI p. 233   15. πάντας — ἐτόξευσεν
del. Eberhardus (Jen. Litt.-Ztg. 1874 p. 429)   18. Κιλικίᾳ Pal-
merius: σικελία A   μιγνυμένην U   19. μὲν del. Br.   20. ἄπλη-
στον E

τὸν μέγεθος ἀνδρόμορφον, ὥστε ὑπερέχειν μὲν πάντων
τῶν ὀρῶν, ἡ δὲ κεφαλὴ πολλάκις καὶ τῶν ἄστρων ἔφαυε·
χεῖρας δὲ εἶχε τὴν μὲν ἐπὶ τὴν ἑσπέραν ἐκτεινομένην
τὴν δὲ ἐπὶ τὰς ἀνατολάς· ἐκ τούτων δὲ ἐξεῖχον ἑκατὸν
κεφαλαὶ δρακόντων. τὰ δὲ ἀπὸ μηρῶν σπείρας εἶχεν 40
ὑπερμεγέθεις ἐχιδνῶν, ὧν ὁλκοὶ πρὸς αὐτὴν ἐκτεινόμε-
νοι κορυφὴν συριγμὸν πολὺν ἐξίεσαν. πᾶν δὲ αὐτοῦ τὸ
σῶμα κατεπτέρωτο, αὐχμηραὶ δὲ ἐκ κεφαλῆς καὶ γε-
νύων τρίχες ἐξηνέμωντο, πῦρ δὲ ἐδέρκετο τοῖς ὄμμασι.
τοιοῦτος ὢν ὁ Τυφὼν καὶ τηλικοῦτος ἡμμένας βάλλων 10
πέτρας ἐπ' αὐτὸν τὸν οὐρανὸν μετὰ συριγμῶν ὁμοῦ καὶ
βοῆς ἐφέρετο· πολλὴν δὲ ἐκ τοῦ στόματος πυρὸς ἐξέ-
βρασσε ζάλην. θεοὶ δ' ὡς εἶδον αὐτὸν ἐπ' οὐρανὸν ὁρ- 41
μώμενον, εἰς Αἴγυπτον φυγάδες ἐφέροντο, καὶ διωκό-
μενοι τὰς ἰδέας μετέβαλον εἰς ζῷα. Ζεὺς δὲ πόρρω μὲν 15
ὄντα Τυφῶνα ἔβαλλε κεραυνοῖς, πλησίον δὲ γενόμενον
ἀδαμαντίνῃ κατέπληττεν ἅρπῃ, καὶ φεύγοντα ἄχρι τοῦ
Κασίου ὄρους συνεδίωξε· τοῦτο δὲ ὑπέρκειται Συρίας.
κεῖθι δὲ αὐτὸν κατατετρωμένον ἰδὼν εἰς χεῖρας συν-
έβαλε. Τυφὼν δὲ ταῖς σπείραις περιπλεχθεὶς κατέσχεν 42
αὐτόν, καὶ τὴν ἅρπην περιελόμενος τά τε τῶν χειρῶν
καὶ ποδῶν διέτεμε νεῦρα, ἀράμενος δὲ ἐπὶ τῶν ὤμων

1. ὥστε — 5. δρακόντων vl 6 s. ὧν ὁλκοὶ — ἐξίεσαν del.
Hr., sed optime defendit Mayerus 1. l. p. 225 31. 2. καὶ *
add. E ἀστέρων E 8. γενύων *E: γεννίων A 9. ἐξη-
νέμωντο EA: ἐξηνεμοῦντο Aeg. 10. ⟨θεοὺς⟩ ἡμμένας βάλλων
⟨καὶ⟩ Hr., sed conf. Mayerum l. l. p. 227 11. τὸν add. E
12s. πολλὴν ... ζάλην *E: πολλὴ ... ζάλη A 12. ἐξέβρασε Π^a
15. μετέβαλον E: μετέβαλλον A 17. κατέπληττεν E: κατέ-
πττεεν A 18. κασίου PV: κανσίου LT κανσασίου ERR^abe N
19. κατατετρωμένον Hr. 21s. τά τε — ὤμων primum
omissa in R suppl. man. 1 τῶν ποδῶν καὶ χειρῶν E τῶν
ante ποδῶν add. edd., om A*

διεκόμισεν αὐτὸν διὰ τῆς θαλάσσης εἰς Κιλικίαν καὶ
παρελθὼν εἰς τὸ Κωρύκιον ἄντρον κατέθετο. ὁμοίως 9
δὲ καὶ τὰ νεῦρα κρύψας ἐν ἄρκτου δορᾷ κεῖθι ἀπέθετο,
καὶ κατέστησε φύλακα Δελφύνην δράκαιναν· ἡμίθηρ
5 δὲ ἦν αὕτη ἡ κόρη. Ἑρμῆς δὲ καὶ Αἰγίπαν ἐκκλέψαν-
48 τες τὰ νεῦρα ἥρμοσαν τῷ Διὶ λαθόντες. Ζεὺς δὲ τὴν 10
ἰδίαν ἀνακομισάμενος ἰσχύν, ἐξαίφνης ἐξ οὐρανοῦ ἐπὶ
πτηνῶν ὀχούμενος ἵππων ἅρματι, βάλλων κεραυνοῖς
ἐπ᾽ ὄρος ἐδίωξε Τυφῶνα τὸ λεγόμενον Νύσαν, ὅπου
10 μοῖραι αὐτὸν διωχθέντα ἠπάτησαν· πεισθεὶς γὰρ ὅτι
ῥωσθήσεται μᾶλλον, ἐγεύσατο τῶν ἐφημέρων καρπῶν.
διόπερ ἐπιδιωκόμενος αὖθις ἧκεν εἰς Θρᾴκην, καὶ μα- 11
44 χόμενος περὶ τὸν Αἷμον ὅλα ἔβαλλεν ὄρη. τούτων δὲ
ἐπ᾽ αὐτὸν ὑπὸ τοῦ κεραυνοῦ πάλιν ὠθουμένων πολὺ
15 ἐπὶ τοῦ ὄρους ἐξέχυσεν αἷμα· καὶ φασιν ἐκ τούτου τὸ
ὄρος κληθῆναι Αἷμον. φεύγειν δὲ ὁρμηθέντι αὐτῷ 12
διὰ τῆς Σικελικῆς θαλάσσης Ζεὺς ἐπέρριψεν Αἴτνην
ὄρος ἐν Σικελίᾳ· τοῦτο δὲ ὑπερμέγεθές ἐστιν, ἐξ οὗ
μέχρι δεῦρό φασιν ἀπὸ τῶν βληθέντων κεραυνῶν γίνε-
20 σθαι πυρὸς ἀναφυσήματα.

---

1. Κιλικίαν Aeg.: σικελίαν EA   2. κωρύκιον E: κωρίβιον R
κορύβιον A   3. ἐν add. E   4. κατέστησε φύλακα *E: κατέ-
στησε A (φύλακα κατέστησε Fab.)   φέρμην δράκαιναν A:
Δελφύνην restituit Fab.; δράκαιναν fortasse delendum est,
quod inter φύλακα et ἡμίθηρ unius tantum vocis spatium
praebet E   5. ἡ EA, del. Hr.   αἰγίπας A, corr. Aeg.,
αἰγυπιὸς E   7. ἐξ οὐρανοῦ EA del. Hr., sed conf. Comm.
Ribb. p. 143   9. νύσσαν ERRᵃ νυσκὶν A, corr. Aeg.
11. ἐφημέρων] conf. Nicand. Al. 250   12. διόπερ vitiosum pu-
tat Hr.; lacunam post διόπερ indic. Eberhardus Jen. Litt.-Ztg.
1874 p. 426   13. ὄρη] explic. E fol. 21ᵛ   15 s. τὸ ὄρος
ER: τοῦ ὄρους A   16. ὁρμηθέντι αὐτῷ *E: ὁρμηθέντος αὐ-
τοῦ A   17. σικελοῦ E   18. ἐν Σικελίᾳ del. Hr.   18 ss. ἐξ
οὗ — ἀναφυσήματα del. Hr.

7   Ἀλλὰ περὶ μὲν τούτων μέχρι τοῦ δεῦρο ἡμῖν λε- 45
λέχθω· Προμηθεὺς δὲ ἐξ ὕδατος καὶ γῆς ἀνθρώπους
πλάσας ἔδωκεν αὐτοῖς καὶ πῦρ, λάθρᾳ Διὸς ἐν νάρ-
θηκι κρύψας. ὡς δὲ ᾔσθετο Ζεύς, ἐπέταξεν Ἡφαίστῳ
τῷ Καυκάσῳ ὄρει τὸ σῶμα αὐτοῦ προσηλῶσαι· τοῦτο 5
2 δὲ Σκυθικὸν ὄρος ἐστίν. ἐν δὴ τούτῳ προσηλωθεὶς
Προμηθεὺς πολλῶν ἐτῶν ἀριθμὸν ἐδέδετο· καθ᾿ ἑκά-
στην δὲ ἡμέραν ἀετὸς ἐφιπτάμενος αὐτῷ τοὺς λοβοὺς
ἐνέμετο τοῦ ἥπατος αὐξανομένου διὰ νυκτός.
3   καὶ Προμηθεὺς μὲν πυρὸς κλαπέντος δίκην ἔτινε 46
ταύτην, μέχρις Ἡρακλῆς αὐτὸν ὕστερον ἔλυσεν, ὡς ἐν
2 τοῖς καθ᾿ Ἡρακλέα δηλώσομεν· Προμηθέως δὲ παῖς
Δευκαλίων ἐγίνετο. οὗτος βασιλεύων τῶν περὶ τὴν
Φθίαν τόπων γαμεῖ Πύρραν τὴν Ἐπιμηθέως καὶ Παν-
3 δώρας, ἣν ἔπλασαν θεοὶ πρώτην γυναῖκα. ἐπεὶ δὲ 47
ἀφανίσαι Ζεὺς τὸ χαλκοῦν ἠθέλησε γένος, ὑποθεμένου
Προμηθέως Δευκαλίων τεκτηνάμενος λάρνακα, καὶ τὰ
ἐπιτήδεια ἐνθέμενος, εἰς ταύτην μετὰ Πύρρας εἰσέβη.
4 Ζεὺς δὲ πολὺν ὑετὸν ἀπ᾿ οὐρανοῦ χέας τὰ πλεῖστα
μέρη τῆς Ἑλλάδος κατέκλυσεν, ὥστε διαφθαρῆναι 20
πάντας ἀνθρώπους, ὀλίγων χωρὶς οἳ συνέφυγον εἰς
τὰ πλησίον ὑψηλὰ ὄρη. τότε δὲ καὶ τὰ κατὰ Θεσσαλίαν
ὄρη διέστη, καὶ τὰ ἐκτὸς Ἰσθμοῦ καὶ Πελοποννήσου

3. πῦρ ΕΑ: τὸ πῦρ He.   5. τῷ ΕΑ, del. Hr.   6. ὄρος
ΕΑ, del. Hr.   8. αὐτῷ Rᵃ He: αὐτοῦ ΕΑ   9. τῶν ἠπά-
των αὐξανομένων ΕΑ, corr. He.   11⁵. ἐν τοῖς καθ᾿ Ἡρα-
κλέα] II 119   13 ss. δευκαλίων ubique RᵃB, reliqui passim,
nusquam E   13a. τὸν ... τόπον B   16. ἠθέλησε *E schol. Hom.
A 126 (ἡ ἱστορία παρὰ Ἀπολλοδώρῳ): ἤθελε A   18. εἰσ-
έβη A: εἰσῆδεν E ἐνέβη schol. Hom.   21. συνέφυγον E schol.
Hom.: συνιφεύτων Rᵃ συνεφοίτων A   22. δὲ A schol. Hom.:
δὴ Rᵃ   23. ὄρη A schol. Plat. Tim. p. 23a: στεώματα schol.
Hom.

2*

48 συνεχύθη πάντα. Δευκαλίων δὲ ἐν τῇ λάρνακι διὰ ⸱
τῆς θαλάσσης φερόμενος ⟨ἐφ'⟩ ἡμέρας ἐννέα καὶ νύκτας
⟨τὰς⟩ ἴσας τῷ Παρνασῷ προσίσχει, κἀκεῖ τῶν ὄμβρων
παῦλαν λαβόντων ἐκβὰς θύει Διὶ φυξίῳ. Ζεὺς δὲ ⁵
⁵ πέμψας Ἑρμῆν πρὸς αὐτὸν ἐπέτρεψεν αἱρεῖσθαι ὅ τι
βούλεται· ὁ δὲ αἱρεῖται ἀνθρώπους αὐτῷ γενέσθαι.
καὶ Διὸς εἰπόντος ὑπὲρ κεφαλῆς ἔβαλλεν αἴρων λίθους,
καὶ οὓς μὲν ἔβαλε Δευκαλίων, ἄνδρες ἐγένοντο, οὓς
δὲ Πύρρα, γυναῖκες. ὅθεν καὶ λαοὶ μεταφορικῶς ὠνο-
¹⁰ μάσθησαν ἀπὸ τοῦ λᾶας ὁ λίθος.

49   γίνονται δὲ ἐκ Πύρρας Δευκαλίωνι παῖδες Ἕλλην ⸱⸱
μὲν πρῶτος, ὃν ἐκ Διὸς γεγεννῆσθαι ⟨ἔνιοι⟩ λέγουσι,
⟨δεύτερος δὲ⟩ Ἀμφικτύων ὁ μετὰ Κραναὸν βασιλεύσας
τῆς Ἀττικῆς, θυγάτηρ δὲ Πρωτογένεια, ἐξ ἧς καὶ Διὸς
¹⁵ Αἴθλιος. Ἕλληνος δὲ καὶ νύμφης Ὀρσηίδος Δῶρος ³
50 Ξοῦθος Αἴολος. αὐτὸς μὲν οὖν ἀφ' αὑτοῦ τοὺς καλου-
μένους Γραικοὺς προσηγόρευσεν Ἕλληνας, τοῖς δὲ
παισὶν ἐμέρισε τὴν χώραν· καὶ Ξοῦθος μὲν λαβὼν τὴν ⸱
Πελοπόννησον ἐκ Κρεούσης τῆς Ἐρεχθέως Ἀχαιὸν
²⁰ ἐγέννησε καὶ Ἴωνα, ἀφ' ὧν Ἀχαιοὶ καὶ Ἴωνες καλοῦν-
ται, Δῶρος δὲ τὴν πέραν χώραν Πελοποννήσου λαβὼν
τοὺς κατοίκους ἀφ' ἑαυτοῦ Δωριεῖς ἐκάλεσεν, Αἴολος ⸱

1. συνεχύθη schol. Hom. et Plat. Com.: συνεχέθη A   2. ἐφ'
add. schol. Hom. Aeg.   3. τάς om. A schol. Hom., add. Hr.
παρνασῷ A: παρνάσσῳ schol. Hom. εἰς παρνασσὸν Ε
5. αἱρεῖσθαι *E: αἰτεῖσθαι A schol. Hom.   7. ἔβαλλεν
αἴρων schol Hom. Hr.: αἴρων ἔβαλλε A, αἴρων om. E   λίθους
ΕΑ: τοὺς λίθους schol. Hom. Hr.   8. ἔβαλε ... ἐγένοντο
ΕΑ: ἔβαλλε ... ἐγένοντο schol. Hom. Hr.   vs. ὅθεν — λίθος
om. E schol. Hom.¹   μεταφορικῶς et ἀπὸ τοῦ λᾶας ὁ λίθος
del. Hc.   12. γεγεννῆσθαι A schol. Hom. Ν 307 (ὡς φησιν
Ἀπολλόδωρος): γεγενῆσθαι E*   12. ἔνιοι et δεύτερος δὲ add.
schol. Hom. Aeg.   15. ὁρσηίδος Γ E*: Ὀρσιάδος Hc. Ὀθρυΐδος
schol. Plat. Conv. 208 d Hr.   16. ἐκ' αὐτοῦ A, corr. Fab.

δὲ βασιλεύων τῶν περὶ τὴν Θεσσαλίαν τόπων τοὺς
ἐνοικοῦντας Αἰολεῖς προσηγόρευσε, καὶ γήμας Ἐναρέ-
την τὴν Δηιμάχου παῖδας μὲν ἐγέννησεν ἑπτά, Κρηθέα
Σίσυφον Ἀθάμαντα Σαλμωνέα Δηιόνα Μάγνητα Περι-
ήρην, θυγατέρας δὲ πέντε, Κανάκην Ἀλκυόνην Πεισι- 5
δίκην Καλύκην Περιμήδην.

, Περιμήδης μὲν οὖν καὶ Ἀχελῴου Ἱπποδάμας καὶ 52
Ὀρέστης. Πεισιδίκης δὲ καὶ Μυρμιδόνος Ἄντιφος καὶ
4 Ἄκτωρ. Ἀλκυόνην δὲ Κήυξ ἔγημεν Ἑωσφόρου παῖς.
οὗτοι δὲ δι' ὑπερηφάνειαν ἀπώλοντο· ὁ μὲν γὰρ τὴν 10
γυναῖκα ἔλεγεν Ἥραν, ἡ δὲ τὸν ἄνδρα Δία, Ζεὺς δὲ
αὐτοὺς ἀπωρνέωσε, καὶ τὴν μὲν ἀλκυόνα ἐποίησε τὸν
δὲ κήυκα.

, Κανάκη δὲ ἐγέννησεν ἐκ Ποσειδῶνος Ὁπλέα καὶ 53
Νιρέα καὶ Ἐπωπέα καὶ Ἀλωέα καὶ Τρίοπα. Ἀλωεὺς 15
μὲν οὖν ἔγημεν Ἰφιμέδειαν τὴν Τρίοπος, ἥτις Ποσει-
δῶνος ἠράσθη, καὶ συνεχῶς φοιτῶσα ἐπὶ τὴν θάλασσαν,
χερσὶν ἀρυομένη τὰ κύματα τοῖς κόλποις ἐνεφόρει. συν-
ελθὼν δὲ αὐτῇ Ποσειδῶν δύο ἐγέννησε παῖδας, Ὦτον
, καὶ Ἐφιάλτην, τοὺς Ἀλωάδας λεγομένους. οὗτοι κατ' 54
ἐνιαυτὸν ηὔξανον πλάτος μὲν πηχυαῖον μῆκος δὲ ὀρ-
γυιαῖον· ἐννέα δὲ ἐτῶν γενόμενοι, καὶ τὸ μὲν πλάτος
πηχῶν ἔχοντες ἐννέα τὸ δὲ μέγεθος ὀργυιῶν ἐννέα,
πρὸς θεοὺς μάχεσθαι διενοοῦντο, καὶ τὴν μὲν Ὄσσαν
ἐπὶ τὸν Ὄλυμπον ἔθεσαν, ἐπὶ δὲ τὴν Ὄσσαν θέντες τὸ 15

2. Ἐναρέτην] Αἰναρέτην schol. Plat. Min. 315 c   3. δηι-
μάχου Rᵃ: διιμάχου A   κριθέα A, corr. He.   4. σίσυφον
Rᵃ: δὲ σίσυφος A   9. ἄκτωρ A, corr. He.   12. ἀλκυό-
την A, corr. He.   14. ἐγέννησε Sauliger: ἐποίησεν A
15. ὁπωπέα A, corr. Aeg. He.   15a. τρίοπα . . . τρίοπος A,
corr. He.   21. ὀργυιαῖον E: ὀργυαῖον A   23. πηχῶν EA:
πήχεων Hr.   ὀργυιᾶς E: ὀργυᾶς A   24. θεοὺς Ek θιὸν A
25. τοῦ ὀλύμπου B

Πήλιον διὰ τῶν ὀρῶν τούτων ἠπείλουν εἰς οὐρανὸν
ἀναβήσεσθαι, καὶ τὴν μὲν θάλασσαν χώσαντες τοῖς ὄρεσι
ἐκποιήσειν ἔλεγον ἤπειρον, τὴν δὲ γῆν θάλασσαν.
ἐμνῶντο δὲ Ἐφιάλτης μὲν Ἥραν Ὦτος δὲ Ἄρτεμιν. ἐδη-
σαν δὲ καὶ Ἄρην. τοῦτον μὲν οὖν Ἑρμῆς ἐξέκλεψεν,
ἀνεῖλε δὲ τοὺς Ἀλωάδας ἐν Νάξῳ Ἄρτεμις δι' ἀπάτης·
ἀλλάξασα γὰρ τὴν ἰδέαν εἰς ἔλαφον διὰ μέσων αὐτῶν
ἐπήδησεν, οἱ δὲ βουλόμενοι εὐστοχῆσαι τοῦ θηρίου
ἐφ' ἑαυτοὺς ἠκόντισαν.

56   Καλύκης δὲ καὶ Ἀεθλίου παῖς Ἐνδυμίων γίνεται,
ὅστις ἐκ Θεσσαλίας Αἰολέας ἀγαγὼν Ἤλιν ᾤκισε. λέ-
γουσι δὲ αὐτόν τινες ἐκ Διὸς γενέσθαι. τούτου κάλλει
διενεγκόντος ἠράσθη Σελήνη. Ζεὺς δὲ αὐτῷ δίδωσιν ὃ
βούλεται ἑλέσθαι· ὁ δὲ αἱρεῖται κοιμᾶσθαι διὰ παντὸς
ἀθάνατος καὶ ἀγήρως μένων.

57   Ἐνδυμίωνος δὲ καὶ νηίδος νύμφης, ἢ ὥς τινες Ἰφια-
νάσσης, Αἰτωλός, ὃς ἀποκτείνας Ἄπιν τὸν Φορωνέως
καὶ φυγὼν εἰς τὴν Κουρῆτιδα χώραν, κτείνας τοὺς ὑπο-
δεξαμένους Φθίας καὶ Ἀπόλλωνος υἱούς, Δῶρον καὶ
Λαόδοχον καὶ Πολυποίτην, ἀφ' ἑαυτοῦ τὴν χώραν Αἰ-
τωλίαν ἐκάλεσεν.

58   Αἰτωλοῦ δὲ καὶ Προνόης τῆς Φόρβου Πλευρὼν
καὶ Καλυδὼν ἐγένοντο, ἀφ' ὧν αἱ ἐν Αἰτωλίᾳ πόλεις
ὠνομάσθησαν.   Πλευρὼν μὲν οὖν γήμας Ξανθίππην
τὴν Δώρου παῖδα ἐγέννησεν Ἀγήνορα, θυγατέρας δὲ

3. ἐκποιήσειν *E: ποιήσειν A   6. νάξω E: ἀράξῳ R*C
ἀράξῃ B   7. μέσων ER*: μέσον A   8. τὸ θηρίον EA|
corr. He.'   11. ᾤκησεν EA, corr. Fab.   13. Ζεὺς δὲ EA:
ταύτης αἰτησαμένης add. Zeeob. III 76   16. νηίδος νύμφης
Hr.: σηίδος R* σηίδος νύμφης ἢ νηίδος A   19. υἱός B
20. λαοδόκον A, correxi   23. ἐγίνετο A, corr. He.   25. παῖδα|
μὲν add. Hr, sed conf. Epit. Vat. p. 95

ς Στερόπην καὶ Στρατονίκην καὶ Λαοφόντην· Καλυδῶ- 39
νος δὲ καὶ Αἰολίας τῆς Ἀμυθάονος Ἐπικάστη ⟨καὶ⟩
Πρωτογένεια, ἐξ ἧς καὶ Ἄρεος Ὄξυλος. Ἀγήνωρ δὲ ὁ
Πλευρῶνος γήμας Ἐπικάστην τὴν Καλυδῶνος ἐγέννησε
Πορθάονα καὶ Δημονίκην, ἧς καὶ Ἄρεος Εὔηνος Μῶλος ς
Πύλος Θέστιος.

8   Εὔηνος μὲν οὖν ἐγέννησε Μάρπησσαν, ἣν Ἀπόλ- 00
λωνος μνηστευομένου Ἴδας ὁ Ἀφαρέως ἥρπασε, λαβὼν
παρὰ Ποσειδῶνος ἅρμα ὑπόπτερον. διώκων δὲ Εὔηνος
ἐφ' ἅρματος ἐπὶ τὸν Λυκόρμαν ἦλθε ποταμόν, καταλα- 10
βεῖν δ' οὐ δυνάμενος τοὺς μὲν ἵππους ἀπέσφαξεν,
ἑαυτὸν δ' εἰς τὸν ποταμὸν ἔβαλε· καὶ καλεῖται Εὔηνος
9 ὁ ποταμὸς ἀπ' ἐκείνου. Ἴδας δὲ εἰς Μεσσήνην παρα- 61
γίνεται, καὶ αὐτῷ ὁ Ἀπόλλων περιτυχὼν ἀφαιρεῖται
τὴν κόρην. μαχομένων δὲ αὐτῶν περὶ τῶν τῆς παιδὸς 15
γάμων, Ζεὺς διαλύσας ἐπέτρεψεν αὐτῇ τῇ παρθένῳ
ἑλέσθαι ὁποτέρῳ βούλεται συνοικεῖν· ἡ δὲ δείσασα,
ὡς ἂν μὴ γηρῶσαν αὐτὴν Ἀπόλλων καταλίπῃ, τὸν
Ἴδαν εἵλετο ἄνδρα.

10   Θεστίῳ δὲ ἐξ Εὐρυθέμιδος τῆς Κλεοβοίας ἐγένοντο 62
θυγατέρες μὲν Ἀλθαία Λήδα Ὑπερμνήστρα, ἄρρενες
δὲ Ἴφικλος Εὔιππος Πλήξιππος Εὐρύπυλος.

ς   Πορθάονος δὲ καὶ Εὐρύτης ⟨τῆς⟩ Ἱπποδάμαντος 62
ἐγένοντο παῖδες Οἰνεὺς Ἄγριος Ἀλκάθοος Μέλας Λευ-
κωπεύς, θυγάτηρ δὲ Στερόπη, ἐξ ἧς καὶ Ἀχελῴου Σει- 25
ρῆνας γενέσθαι λέγουσιν.

1. Λεοφόντην A, corr. Hς.; Λεωφόντην Hr.   2. καὶ add.
Aeg.   5. Δημοδίκη schol. Apoll. Rhod. I 146   8. Ἀφάρεος A,
corr. Aeg.   13. ἀπ' Hr.: παρ' A   μεσήνην A   13. ὡς ἂν del.
Hr., φοβηθεῖσα μὴ γηράσασαν ... Tzetz. Lycophr. 561   20. τῆς
Κλεοδαίου vel ἢ Κλεοβοίας Hε.   21. Λήδα add. O Rᵃ
23. τῆς add. Hε.   24. παῖδες] μὲν add. Hr.   25. στεροπῇ A

64   Οἰνεὺς δὲ βασιλεύων Καλυδῶνος παρὰ Διονύσου 8
φυτὸν ἀμπέλου πρῶτος ἔλαβε. γήμας δὲ Ἀλθαίαν τὴν
Θεστίου γεννᾷ Τοξέα, ὃν αὐτὸς ἔκτεινεν ὑπερπηδή-
σαντα τὴν τάφρον, καὶ παρὰ τοῦτον Θυρέα καὶ Κλύμε-
5 νον, καὶ θυγατέρα Γόργην, ἣν Ἀνδραίμων ἔγημε, καὶ
Δηιάνειραν, ἣν Ἀλθαίαν λέγουσιν ἐκ Διονύσου γεν-
νῆσαι. αὕτη δ' ἡνιόχει καὶ τὰ κατὰ πόλεμον ἤσκει,
καὶ περὶ τῶν γάμων αὐτῆς Ἡρακλῆς πρὸς Ἀχελῷον
65 ἐπάλαισεν. ἐγέννησε δὲ Ἀλθαία παῖδα ἐξ Οἰνέως 2
10 Μελέαγρον, ὃν ἐξ Ἄρεος γεγεννῆσθαί φασι. τούτου δ'
ὄντος ἡμερῶν ἑπτὰ παραγενομένας τὰς μοίρας φασὶν
εἰπεῖν, ⟨ὅτι⟩ τότε τελευτήσει Μελέαγρος, ὅταν ὁ καιό-
μενος ἐπὶ τῆς ἐσχάρας δαλὸς κατακαῇ. τοῦτο ἀκού-
σασα τὸν δαλὸν ἀνείλετο Ἀλθαία καὶ κατέθετο εἰς
15 λάρνακα. Μελέαγρος δὲ ἀνὴρ ἄτρωτος καὶ γενναῖος 2
66 γενόμενος τόνδε τὸν τρόπον ἐτελεύτησεν. ἐτησίων
καρπῶν ἐν τῇ χώρᾳ γενομένων τὰς ἀπαρχὰς Οἰνεὺς
θεοῖς πᾶσι θύων μόνης Ἀρτέμιδος ἐξελάθετο. ἡ δὲ
μηνίσασα κάπρον ἐφῆκεν ἔξοχον μεγέθει τε καὶ ῥώμῃ,
20 ὃς τήν τε γῆν ἄσπορον ἐτίθει καὶ τὰ βοσκήματα καὶ
τοὺς ἐντυγχάνοντας διέφθειρεν. ἐπὶ τοῦτον τὸν κάπρον 3
τοὺς ἀρίστους ἐκ τῆς Ἑλλάδος πάντας συνεκάλεσε, καὶ
τῷ κτείναντι τὸν θῆρα τὴν δορὰν δώσειν ἀριστεῖον
67 ἐπηγγείλατο. οἱ δὲ συνελθόντες ἐπὶ τὴν τοῦ κάπρου

1. περὶ pro παρά (ut saepissime) B   2. πρῶτος ER*:
πρῶτα A   4. τούτῳ A, corr. Fab.   7. αὕτη E: αὐτῇ A
ἡνιοχεῖν κατὰ πόλεμον E   9. παῖδας C   11. φασὶν E
Zenob. V 33: φασὶ δὲ Δ   12. ὅτι om. EA, add. Diod. IV 34, 6
He. *   τελετήσει μελίαγρος EA Zenob.: τελευτήσειν μελέα-
γρον LN   15. ἄτρωτος καὶ EA, om. Zenob. Hr., sed conf.
Epit. Vat. p. 90   18. ἐξελάθετο EA: ἐπελάθετο Zenob.
18 s. ἡ δὲ μηνίσασα *E ἡ δὲ ὀργισθεῖσα Zenob.: μηνίσασα δὲ ἡ
θεὸς A   23. κτείναντι A Zenob., corr. Arg.

θήραν ἦσαν οἵδε· Μελέαγρος Οἰνέως, Δρύας "Ἄρεος.
ἐκ Καλυδῶνος οὗτοι, Ἴδας καὶ Λυγκεὺς Ἀφαρέως ἐκ
Μεσσήνης, Κάστωρ καὶ Πολυδεύκης Διὸς καὶ Λήδας
ἐκ Λακεδαίμονος, Θησεὺς Αἰγέως ἐξ Ἀθηνῶν, Ἄδμητος
Φέρητος ἐκ Φερῶν, Ἀγκαῖος ⟨καὶ⟩ Κηφεὺς Λυκούργου ἐξ 5
Ἀρκαδίας, Ἰάσων Αἴσονος ἐξ Ἰωλκοῦ, Ἰφικλῆς Ἀμφι- 68
τρύωνος ἐκ Θηβῶν, Πειρίθους Ἰξίονος ἐκ Λαρίσης,
Πηλεὺς Αἰακοῦ ἐκ Φθίας, Τελαμὼν Αἰακοῦ ἐκ Σαλα-
μῖνος, Εὐρυτίων Ἄκτορος ἐκ Φθίας, Ἀταλάντη Σχοι-
νέως ἐξ Ἀρκαδίας, Ἀμφιάραος Ὀικλέους ἐξ Ἄργους· 10
μετὰ τούτων καὶ οἱ Θεστίου παῖδες. συνελθόντας δὲ 60
αὐτοὺς Οἰνεὺς ἐπὶ ἐννέα ἡμέρας ἐξένισε· τῇ δεκάτῃ
δὲ Κηφέως καὶ Ἀγκαίου καί τινων ἄλλων ἀπαξιούντων
μετὰ γυναικὸς ἐπὶ τὴν θήραν ἐξιέναι, Μελέαγρος ἔχων
γυναῖκα Κλεοπάτραν τὴν Ἴδα καὶ Μαρπήσσης θυγα- 15
τέρα, βουλόμενος δὲ καὶ ἐξ Ἀταλάντης τεκνοποιήσα-
σθαι, συνηνάγκασεν αὐτοὺς ἐπὶ τὴν θήραν μετὰ ταύ-
της ἐξιέναι. περιστάντων δὲ αὐτῶν τὸν κάπρον, Ὑλεὺς 70
μὲν καὶ Ἀγκαῖος ὑπὸ τοῦ θηρὸς διεφθάρησαν. Εὐρυ-
τίωνα δὲ Πηλεὺς ἄκων κατηκόντισε. τὸν δὲ κάπρον 20
πρώτη μὲν Ἀταλάντη εἰς τὰ νῶτα ἐτόξευσε, δεύτερος
δὲ Ἀμφιάραος εἰς τὸν ὀφθαλμόν· Μελέαγρος δὲ αὐτὸν
εἰς τὸν κενεῶνα πλήξας ἀπέκτεινε, καὶ λαβὼν τὸ δέρας
ἔδωκεν Ἀταλάντῃ. οἱ δὲ Θεστίου παῖδες, ἀδοξοῦντες 71
εἰ παρόντων ἀνδρῶν γυνὴ τὰ ἀριστεῖα λήψεται, τὸ 25

1. Δρύας Aeg.: πέμας A   καὶ Δρύας Hr., qui delet
οὗτοι   οὗτος Rᵃ   3. μεσήγκε A   5. καὶ add. Aeg.   6. Ἰολ-
κοῦ A   ἀμφιτρίωνος A   7. Λαρίσσης A   10. Ἰοκλέους A
14. τὴν θήραν A Zenob.: τὸν κῆπρον E   15. μαρπίσσ-
σης A   16. τέκνον ποιήσασθαι E A, corr. Fab.   18. αὐτὸν
A, corr. Aeg.   Ὑλεὺς Aeg.: πέλος A

δέρας αὐτῆς ἀφείλοντο, κατὰ γένος αὐτοῖς προσήκειν
λέγοντες, εἰ Μελέαγρος λαμβάνειν μὴ προαιροῖτο. ὀρ- 3
γισθεὶς δὲ Μελέαγρος τοὺς μὲν Θεστίου παῖδας ἀπί-
κτεινε, τὸ δὲ δέρας ἔδωκε τῇ Ἀταλάντῃ. Ἀλθαία δὲ
ᵇ λυπηθεῖσα ἐπὶ τῇ τῶν ἀδελφῶν ἀπωλεία τὸν δαλὸν
ᾗψε, καὶ ὁ Μελέαγρος ἐξαίφνης ἀπέθανεν.

72   οἱ δέ φασιν οὐχ οὕτω Μελέαγρον τελευτῆσαι, ²
ἀμφισβητούντων δὲ τῆς θήρας τῶν Θεστίου παίδων ὡς
Ἰφίκλου πρώτου βαλόντος, Κούρησι καὶ Καλυδωνίοις
¹⁰ πόλεμον ἐνστῆναι, ἐξελθόντος δὲ Μελεάγρου καί τινας
τῶν Θεστίου παίδων φονεύσαντος Ἀλθαίαν ἀράσασθαι
⁷³ κατ' αὐτοῦ· τὸν δὲ ὀργιζόμενον οἴκοι μένειν. ἤδη δὲ ³
τῶν πολεμίων τοῖς τείχεσι προσπελαζόντων καὶ τῶν
πολιτῶν ἀξιούντων μεθ' ἱκετηρίας βοηθεῖν, μόλις πει-
¹⁵ σθέντα ὑπὸ τῆς γυναικὸς ἐξελθεῖν, καὶ τοὺς λοιποὺς
κτείναντα τῶν Θεστίου παίδων ἀποθανεῖν μαχόμενον.
μετὰ δὲ τὸν Μελεάγρου θάνατον Ἀλθαία καὶ Κλεοπά- ⁴
τρα ἑαυτὰς ἀνήρτησαν, αἱ δὲ θρηνοῦσαι τὸν νεκρὸν
γυναῖκες ἀπωρνεώθησαν.

74   Ἀλθαίας δὲ ἀποθανούσης ἔγημεν Οἰνεὺς Περίβοιαν ⁴
τὴν Ἱππονόου. ταύτην δὲ ὁ μὲν γράψας τὴν Θηβαΐδα
πολεμηθείσης Ὠλένου λέγει λαβεῖν Οἰνέα γέρας, Ἡσίο-
δος δὲ ἐξ Ὠλένου τῆς Ἀχαΐας, ἐφθαρμένην ὑπὸ Ἱππο-
στράτου τοῦ Ἀμαρυγκέως, Ἱππόνουν τὸν πατέρα πέμψαι
²⁰ πρὸς Οἰνέα πόρρω τῆς Ἑλλάδος ὄντα, ἐντειλάμενον

---

1. αὐτῇ A αὐτοὶ E: αὐτὴν He., αὐτῆς * restitui ex Zenob.
et schol. Ar. ran. 1240: Ἀταλάντης ἀφείλοντο   ἀφείλαντο E
4. ἔδωκε EA Zenob.: ἀπέδωκε Hr.   6. ἧψε EA: ἀνῆψε
Zenob. (schol. idem)   8. τῆς θήρας E: τῆς θήρας φασὶ A
14. μεθ' ἱκετηρίας ἀξιούντων E.   18. ἀνήρτησαν E, R° man. 2
in marg.: ἀνήρπασαν RᵃC ἀνήπασαν B   21. Thebais frg.
6 K.   22. Hesiod. frg. 97 Rz.

8 ἀποκτεῖναι. εἰσὶ δὲ οἱ λέγοντες Ἱππάνουν ἐπιγνόντα 75
τὴν ἰδίαν θυγατέρα ἐφθαρμένην ὑπὸ Οἰνέως, ἔγκυον
αὐτὴν πρὸς τοῦτον ἀποπέμψαι. ἐγεννήθη δὲ ἐκ ταύ-
της Οἰνεῖ Τυδεύς. Πείσανδρος δὲ αὐτὸν ἐκ Γόργης
γενέσθαι λέγει· τῆς γὰρ θυγατρὸς Οἰνέα κατὰ τὴν ⁵
βούλησιν Διὸς ἐρασθῆναι.

7   Τυδεὺς δὲ ἀνὴρ γενόμενος γενναῖος ἐφυγαδεύθη, 76
κτείνας, ὡς μέν τινες λέγουσιν, ἀδελφὸν Οἰνέως Ἀλκά-
θοον, ὡς δὲ ὁ τὴν Ἀλκμαιωνίδα γεγραφώς, τοὺς Μέλα-
νος παῖδας ἐπιβουλεύοντας Οἰνεῖ, Φηνέα Εὐρύαλον ¹⁰
Ὑπέρλαον Ἀντίοχον Εὐμήδην Στέρνοπα Ξάνθιππον
Σθενέλαον, ὡς δὲ Φερεκύδης φησίν, Ὠλενίαν ἀδελφὸν
8 ἴδιον. Ἀγρίου δὲ δίκας ἐπάγοντος αὐτῷ φυγὼν εἰς
Ἄργος ἧκε πρὸς Ἄδραστον, καὶ τὴν τούτου γήμας θυ-
γατέρα Δηιπύλην ἐγέννησε Διομήδην. ¹⁵

.   Τυδεὺς μὲν οὖν ἐπὶ Θήβας μετ' Ἀδράστου στρα- 77
9 τευσάμενος ὑπὸ Μελανίππου τρωθεὶς ἀπέθανεν· οἱ δὲ
Ἀγρίου παῖδες, Θερσίτης Ὀγχηστὸς Πρόθοος Κελεύ-
τωρ Λυκωπεὺς Μελάνιππος, ἀφελόμενοι τὴν Οἰνέως
βασιλείαν τῷ πατρὶ ἔδοσαν, καὶ προσέτι ζῶντα τὸν Οἰ- ²⁰
1 νέα καθείρξαντες ᾐκίζοντο. ὕστερον δὲ Διομήδης ἐξ 78
Ἄργους παραγενόμενος μετ' Ἀλκμαίωνος κρύφα τοὺς
μὲν Ἀγρίου παῖδας, χωρὶς Ὀγχηστοῦ καὶ Θερσίτου,

1. ἀποκτεῖναι Fab.: ἀποστεῖλαι A   δὲ] τινὲς add. A, del.
Hr.   4. Πείσανδρος] intellegendus videtur grammaticus, de
quo conferas quae disputavit E. Bethe, Theb. Heldenl. p. 4 s.
αὐτὴν A, corr. He.   9. ἀλκμαιωνίδα A   Alcmeonis frg. 4 K.
10. Φινέα He.   11. Περίλαον He.   ἀντίοχην A, corr.
Fab.   Στέροπα He.   12. σθενέλαον A, corr. He·   Phere-
cyd. frg. 83   17. ὑπὲρ A, corr. Com.   18. θέρσιππος A,
corr. Verheykius   19. Οἰνέως τὴν βασιλείαν He.   22. Ἀλκ-
μαίωνος ex Ephoro ap. Strab. Σ p. 709 He.: ἄλλου A . 23. Θερ-
σίππου A, corr. Verheykius

πάντας ἀπέκτεινεν (οὗτοι γὰρ φθάσαντες εἰς Πελοπόν-
νησον ἔφυγον), τὴν δὲ βασιλείαν, ἐπειδὴ γηραιὸς ἦν
ὁ Οἰνεύς, Ἀνδραίμονι τῷ τὴν θυγατέρα τοῦ Οἰνέως
γήμαντι δέδωκε, τὸν δὲ Οἰνέα εἰς Πελοπόννησον ἤγεν.

79 οἱ δὲ διαφυγόντες Ἀγρίου παῖδες ἐνεδρεύσαντες περὶ
τὴν Τηλέφου ἑστίαν τῆς Ἀρκαδίας τὸν πρεσβύτην ἀπέ-
κτειναν. Διομήδης δὲ τὸν νεκρὸν εἰς Ἄργος κομίσας
ἔθαψεν ἔνθα νῦν πόλις ἀπ' ἐκείνου Οἰνόη καλεῖται,
καὶ γήμας Αἰγιάλειαν τὴν Ἀδράστου, ⟨ἢ⟩ ὡς ἔνιοί φασι
τὴν Αἰγιαλέως, ἐπί τε Θήβας καὶ Τροίαν ἐστράτευσε.

80 τῶν δὲ Αἰόλου παίδων Ἀθάμας, Βοιωτίας δυνα- 9
στεύων, ἐκ Νεφέλης τεκνοῖ παῖδα μὲν Φρίξον θυγα-
τέρα δὲ Ἕλλην. αὖθις δὲ Ἰνὼ γαμεῖ, ἐξ ἧς αὐτῷ
Λέαρχος καὶ Μελικέρτης ἐγένοντο. ἐπιβουλεύουσα δὲ
Ἰνὼ τοῖς Νεφέλης τέκνοις ἔπεισε τὰς γυναῖκας τὸν
πυρὸν φρύγειν. λαμβάνουσαι δὲ κρύφα τῶν ἀνδρῶν
τοῦτο ἔπρασσον. γῆ δὲ πεφρυγμένους πυροὺς δεχομένη
καρποὺς ἐτησίους οὐκ ἀνεδίδου· διὸ πέμπων ὁ Ἀθάμας
εἰς Δελφοὺς ἀπαλλαγὴν ἐπυνθάνετο τῆς ἀφορίας. Ἰνὼ
δὲ τοὺς πεμφθέντας ἀνέπεισε λέγειν ὡς εἴη κεχρησμέ-
νον παύσεσθαι τὴν ἀκαρπίαν, ἐὰν σφαγῇ Διὶ ὁ Φρίξος.
τοῦτο ἀκούσας Ἀθάμας, συναναγκαζόμενος ὑπὸ τῶν
τὴν γῆν κατοικούντων, τῷ βωμῷ παρέστησε Φρίξον.
Νεφέλη δὲ μετὰ τῆς θυγατρὸς αὐτὸν ἀνήρπασε, καὶ
παρ' Ἑρμοῦ λαβοῦσα χρυσόμαλλον κριὸν ἔδωκεν, ὑφ'

9. ἢ add. Emperius   11. Βοιωτίας δυναστικῶν *A: δυ-
ναστευόων Βοιωτίας E edd.   12. μὲν παῖδα A: παῖδας μέτον
καὶ E (corruptam ex παῖδα μὲν)   14. ἐγίνοντο B   16 s. λαμ-
βάνουσαι —θἔπρασσον om. Zenob. IV 88 Hr., sed conf. Epit. Vat.
p 82   17. ἐπρασσον EN   κεφρυγμένους C   18. οὐκ] incip. S
fol. 82ʳ   21. παύσεσθαι C: παύσασθαι A   23. χρυσόμαλλον
EC: χρυσόμαλον RRᵃ   ὑφ' "E Tzetz. Lycophr. 81 (codd Vitt. 1
et Ciz.): ἐφ' A

οἳ φερόμενοι δι' οὐρανοῦ γῆν ὑπερέβησαν καὶ θάλασ-
σαν. ὡς δὲ ἐγένοντο κατὰ τὴν μεταξὺ κειμένην θά-
λασσαν Σιγείου καὶ Χερρονήσου, ὤλισθεν εἰς τὸν
βυθὸν ἡ Ἕλλη, κἀκεῖ θανούσης αὐτῆς ἀπ' ἐκείνης
Ἑλλήσποντος ἐκλήθη τὸ πέλαγος. Φρίξος δὲ ἦλθεν
εἰς Κόλχους, ὧν Αἰήτης ἐβασίλευε παῖς Ἡλίου καὶ
Περσηΐδος, ἀδελφὸς δὲ Κίρκης καὶ Πασιφάης, ἣν Μίνως
ἔγημεν. οὗτος αὐτὸν ὑποδέχεται, καὶ μίαν τῶν θυγα-
τέρων Χαλκιόπην δίδωσιν. ὁ δὲ τὸν χρυσόμαλλον
κριὸν Διὶ θύει φυξίῳ, τὸ δὲ τούτου δέρας Αἰήτῃ δί-
δωσιν· ἐκεῖνος δὲ αὐτὸ περὶ δρῦν ἐν Ἄρεος ἄλσει
καθήλωσεν. ἐγένοντο δὲ ἐκ Χαλκιόπης Φρίξῳ παῖδες
Ἄργος Μέλας Φρόντις Κυτίσωρος.

Ἀθάμας δὲ ὕστερον διὰ μῆνιν Ἥρας καὶ τῶν ἐξ
Ἰνοῦς ἐστερήθη παίδων· αὐτὸς μὲν γὰρ μανεὶς ἐτό-
ξευσε Λέαρχον, Ἰνὼ δὲ Μελικέρτην μεθ' ἑαυτῆς εἰς
πέλαγος ἔρριψεν. ἐκπεσὼν δὲ τῆς Βοιωτίας ἐπυνθά-
νετο τοῦ θεοῦ ποῦ κατοικήσει· χρησθέντος δὲ αὐτῷ
κατοικεῖν ἐν ᾧπερ ἂν τόπῳ ὑπὸ ζῴων ἀγρίων ξενισθῇ,
πολλὴν χώραν διελθὼν ἐνέτυχε λύκοις προβάτων μοί-
ρας νεμομένοις· οἱ δὲ, θεωρήσαντες αὐτόν, ἃ διῃροῦντο
ἀπολιπόντες ἔφυγον. Ἀθάμας δὲ κτίσας τὴν χώραν
Ἀθαμαντίαν ἀφ' ἑαυτοῦ προσηγόρευσε, καὶ γήμας Θε-
μιστὼ τὴν Ὑψέως ἐγέννησε Λεύκωνα Ἐρύθριον Σχοι-
νέα Πτῶον.

1. οὐρανοῦ] τὴν μεταξὺ add. E A, del Hc. Br.   2. ἐγένετο B
3. χερρονήσαν E: χερσονήσαν A   6 ὧν om. B   7. ἀδει-
φῆς E A, corr. Scaliger   9. χρυσόμαλλον E C: χρυσόμαλον B Rᵃ
10. θύει διὶ E Rᵃ   δέρας E B: δέρος R Hᵃ C Tretz.   13. Ἄργον
Μέλανα Κάτιν Φρόντιν Σκφον καὶ Ἕλλην memorat Tretz.
φρόντις A, corr. Aeg.   κυτιασωρὸς A, corr. Hc.   18 ss. conf.
schol. Plat. Min. 315c.   κατοικήσῃ Br.   αὐτοῦ B   24 s. ἐρυ-
θρόην ... πτέον A, corr. Hc. (Ἐρυθρον Tretz.)

85   Σίσυφος δὲ ὁ Αἰόλου κτίσας Ἐφύραν τὴν νῦν 3
λεγομένην Κόρινθον γαμεῖ Μερόπην τὴν Ἄτλαντος. ἐξ
αὐτῶν παῖς γίνεται Γλαῦκος, ᾧ παῖς Βελλεροφόντης
ἐξ Εὐρυμέδης ἐγεννήθη, ὃς ἔκτεινε τὴν πυρίπνουν
5 Χίμαιραν. κολάζεται δὲ Σίσυφος ἐν Ἅιδου πέτρον ταῖς 2
χερσὶ καὶ τῇ κεφαλῇ κυλίων, καὶ τοῦτον ὑπερβάλλειν
θέλων· οὗτος δὲ ὠθούμενος ὑπ᾽ αὐτοῦ ὠθεῖται πάλιν
εἰς τοὐπίσω. τίνει δὲ ταύτην τὴν δίκην διὰ τὴν Ἀσω-
ποῦ θυγατέρα Αἴγιναν· ἁρπάσαντα γὰρ αὐτὴν κρύφα
10 Δία Ἀσωπῷ μηνῦσαι ζητοῦντι λέγεται.

86   Δηιὼν δὲ βασιλεύων τῆς Φωκίδος Διομήδην τὴν 4
Ξούθου γαμεῖ, καὶ αὐτῷ γίνεται θυγάτηρ μὲν Ἀστερο-
δία, παῖδες δὲ Αἰνετὸς Ἄκτωρ Φύλακος Κέφαλος, ὃς
γαμεῖ Πρόκριν τὴν Ἐρεχθέως. αὖθις δὲ ἡ Ἠὼς αὐτὸν
15 ἁρπάζει ἐρασθεῖσα.

87   Περιήρης δὲ Μεσσήνην κατασχὼν Γοργοφόνην τὴν 5
Περσέως ἔγημεν, ἐξ ἧς Ἀφαρεὺς αὐτῷ καὶ Λεύκιππος
καὶ Τυνδάρεως ἔτι τε Ἰκάριος παῖδες ἐγένοντο. πολλοὶ
δὲ τὸν Περιήρην λέγουσιν οὐκ Αἰόλου παῖδα ἀλλὰ
20 Κυνόρτα τοῦ Ἀμύκλα· διόπερ τὰ περὶ τῶν Περιήρους
ἐκγόνων ἐν τῷ Ἀτλαντικῷ γένει δηλώσομεν.

88   Μάγνης δὲ γαμεῖ νύμφην νηίδα, καὶ γίνονται 6

1. 6. σίσυφος BC   ὁ αἰόλου *R: αἰόλου A, del. Siebelis
2 s. καὶ ἐξ αὐτῶν N, ἐξ ὧν Hr.   6. ὑπερβαλεῖν E
7. οὗτος δὲ EA: ὄρους· ὁ δὲ Hr.   10. μηνῦσαι E: μηνύσαι A
11. δίων A, ex l 5ι corr. Aeg. (Δηιονεύς II 58)   τῆς Φθιώ-
τιδος Gal.   12. αὐτ* R man. 1: αὐτοῦ A   ἀστεροπία A, ex
schol. Hom. B 850 et schol. Eurip. Tr. 9 corr. Prellerus Ber. d.
sächs. Ges. d. Wiss. 1854 p. 121   14. πρόκριν A, corr. Aeg.
ἡ del. Hr.   16. μεσσήνην A   18. καὶ Τυνδάρεως ἔτι δὲ
Ἰκάριος del. Hr. (conf. III 123)   20. κυνόρτου A, corr. Aeg.
21. ἐν τῷ Ἀτλαντικῷ γένει] III 123 ss.   22. δὲ] αἰόλου
add. A, del. Hr.

αὐτῷ παῖδες Πολυδέκτης καὶ Δίκτυς· οὗτοι Σέριφον ᾤκισαν.

7   Σαλμωνεὺς δὲ τὸ μὲν πρῶτον περὶ Θεσσαλίαν 88 κατῴκει, παραγενόμενος δὲ αὖθις εἰς Ἦλιν ἐκεῖ πόλιν ἔκτισεν. ὑβριστὴς δὲ ὢν καὶ τῷ Διὶ ἐξισοῦσθαι θέλων 5 διὰ τὴν ἀσέβειαν ἐκολάσθη· ἔλεγε γὰρ ἑαυτὸν εἶναι Δία, καὶ τὰς ἐκείνου θυσίας ἀφελόμενος ἑαυτῷ προσ-έτασσε θύειν, καὶ βύρσας μὲν ἐξηραμμένας ἐξ ἅρματος μετὰ λεβήτων χαλκῶν σύρων ἔλεγε βροντᾶν, βάλλων δὲ εἰς οὐρανὸν αἰθομένας λαμπάδας ἔλεγεν ἀστράπτειν. 10 Ζεὺς δὲ αὐτὸν κεραυνώσας τὴν κτισθεῖσαν ὑπ' αὐτοῦ πόλιν καὶ τοὺς οἰκήτορας ἠφάνισε πάντας.

8   Τυρὼ δὲ ἡ Σαλμωνέως θυγάτηρ καὶ Ἀλκιδίκης 90 παρὰ Κρηθεῖ [τῷ Σαλμωνέως ἀδελφῷ] τρεφομένη ἔρωτα ἴσχει Ἐνιπέως τοῦ ποταμοῦ, καὶ συνεχῶς ἐπὶ τὰ τούτου 15 ῥεῖθρα φοιτῶσα τούτοις ἀπωδύρετο. Ποσειδῶν δὲ εἰ-κασθεὶς Ἐνιπεῖ συγκατεκλίθη αὐτῇ· ἡ δὲ γεννήσασα 2 κρύφα διδύμους παῖδας ἐκτίθησιν. ἐκκειμένων δὲ τῶν 91 βρεφῶν, παριόντων ἱπποφορβῶν ἵππος μία προσαψα-μένη τῇ χηλῇ θατέρου τῶν βρεφῶν πέλιόν τι τοῦ προσ- 20 ώπου μέρος ἐποίησεν. ὁ δὲ ἱπποφορβὸς ἀμφοτέρους τοὺς παῖδας ἀνελόμενος ἔθρεψε, καὶ τὸν μὲν πελιω-3 θέντα Πελίαν ἐκάλεσε, τὸν δὲ ἕτερον Νηλέα. τελειω-θέντες δὲ ἀνεγνώρισαν τὴν μητέρα, καὶ τὴν μητρυιὰν ἀπέκτειναν Σιδηρώ· κακουμένην γὰρ γνόντες ὑπ' αὐ- 25 τῆς τὴν μητέρα ὥρμησαν ἐπ' αὐτήν, ἡ δὲ φθάσασα εἰς

1. πολυδεύκης A, corr. Aeg. 2. ᾤκησαν A, corr. Hc. 5. καὶ] B fol. 22ᵛ 9. χαλκίων E 14. κρηθεῖ A 16. ἀπω-δύρετο A, corr. Fab.; ἀπελούετο Eberhardus Jen. Litt.Ztg. 1874 p. 429, ἐπενέχετο ex Philostr. Epist. 47 Hr. 18. ἐγκειμένων EA, corr. Fab. 19. παριόντος ἱπποφορβοῦ Hr. 20. θι,λῇ A, corr. Aeg. 25. σιδήρῳ A, corr. Mezitiacus.

τὸ τῆς Ἥρας τέμενος κατέφυγε, Πελίας δὲ ἐπ᾽ αὐτῶν
τῶν βωμῶν αὐτὴν κατέσφαξε, καὶ καθόλου διετέλει τὴν
8 Ἥραν ἀτιμάζων. ἐστασίασαν δὲ ὕστερον πρὸς ἀλλήλους, υ
καὶ Νηλεὺς μὲν ἐκπεσὼν ἧκεν εἰς Μεσσήνην καὶ Πύ-
5 λον κτίζει, καὶ γαμεῖ Χλωρίδα τὴν Ἀμφίονος, ἐξ ἧς
αὐτῷ γίνεται θυγάτηρ μὲν Πηρώ, ἄρρενες δὲ Ταῦρος
Ἀστέριος Πυλάων Δηίμαχος Εὐρύβιος Ἐπίλαος Φράσιος,
Εὐρυμένης Εὐαγόρας Ἀλάστωρ Νέστωρ Περικλύμενος,
ᾧ δὴ καὶ Ποσειδῶν δίδωσι μεταβάλλειν τὰς μορφάς, ι
10 καὶ μαχόμενος ὅτε Ἡρακλῆς ἐξεπόρθει Πύλον, γινό-
μενος ὁτὲ μὲν λέων ὁτὲ δὲ ὄφις ὁτὲ δὲ μέλισσα, ὑφ᾽
Ἡρακλέους μετὰ τῶν ἄλλων Νηλέως παίδων ἀπέθανεν.
94 ἐσώθη δὲ Νέστωρ μόνος, ἐπειδὴ παρὰ Γερηνίοις ἐτρέ- 5
φετο· ὃς γήμας Ἀναξιβίαν τὴν Κρατιέως θυγατέρας
15 μὲν Πεισιδίκην καὶ Πολυκάστην ἐγέννησε, παῖδας δὲ
Περσέα Στράτιχον Ἄρητον Ἐχέφρονα Πεισίστρατον
Ἀντίλοχον Θρασυμήδην.

93   Πελίας δὲ περὶ Θεσσαλίαν κατῴκει, καὶ γήμας 10
Ἀναξιβίαν τὴν Βίαντος, ὡς δὲ ἔνιοι Φυλομάχην τὴν
ρ Ἀμφίονος, ἐγέννησε παῖδα μὲν Ἄκαστον, θυγατέρας
δὲ Πεισιδίκην Πελόπειαν Ἱπποθόην Ἄλκηστιν.

96   Κρηθεὺς δὲ κτίσας Ἰωλκὸν γαμεῖ Τυρὼ τὴν Σαλ- 11
μωνέως, ἐξ ἧς αὐτῷ γίνονται παῖδες Αἴσων Ἀμυθάων
Φέρης. Ἀμυθάων μὲν οὖν οἰκῶν Πύλον Εἰδομένην ι

4. μεσήτην A   6. Ταῦρος] καὶ add. A, del. Br.   7. Πυ-
λάων] Ἀρκάων Asclepiades in schol. Apoll. Rhod. I 152   ἐπί-
δαος A, corr. He., Ἐπίλαος schol. idem   Φράσιος He.: ράσιος
A; Φράσις schol. idem, Θράσις Hr.   8. Εὐρυμένης] Ἀντιμέ-
νης schol. idem   9. καὶ * add. R   14. ἀναξιβοίαν A, corr.
Aeg.   Κρατιέως] Ἀτρέως Metiriacus, Κατρέως He.   16. Στρα-
τίον Sommerus   19. ἐνοιβίαν A, corr. Aeg.   ἔνιοι *R: ἔνιοι
λέγουσι A   φιλομάχην C (Tzetz. Lycophr. 175 p. 484)
21 πελοπίαν A   22. κριθεὺς A   24. πύλον E: πύλην A

γαμεῖ τὴν Φέρητος, καὶ γίνονται παῖδες αὐτῷ Βίας
καὶ Μελάμπους, ὃς ἐπὶ τῶν χωρίων διατελῶν, οὔσης
πρὸ τῆς οἰκήσεως αὐτοῦ δρυὸς ἐν ᾗ φωλεὸς ὄφεων
ὑπῆρχεν, ἀποκτεινάντων τῶν θεραπόντων τοὺς ὄφεις
τὰ μὲν ἑρπετὰ ξύλα συμφορήσας ἔκαυσε, τοὺς δὲ τῶν ο
² ὄφεων νεοσσοὺς ἔθρεψεν. οἱ δὲ γενόμενοι τέλειοι 97
παραστάντες αὐτῷ κοιμωμένῳ τῶν ὤμων ἐξ ἑκατέρου τὰς
ἀκοὰς ταῖς γλώσσαις ἐξεκάθαιρον. ὁ δὲ ἀναστὰς καὶ
γενόμενος περιδεὴς τῶν ὑπερπετομένων ὀρνέων τὰς
φωνὰς συνίει, καὶ παρ' ἐκείνων μανθάνων προύλεγε 10
τοῖς ἀνθρώποις τὰ μέλλοντα. προσέλαβε δὲ καὶ τὴν
διὰ τῶν ἱερῶν μαντικήν, περὶ δὲ τὸν Ἀλφειὸν συν-
τυχὼν Ἀπόλλωνι τὸ λοιπὸν ἄριστος ἦν μάντις.
12   Βίας δὲ ἐμνηστεύετο Πηρὼ τὴν Νηλέως· ὁ δὲ 98
πολλῶν αὐτῷ μνηστευομένων τὴν θυγατέρα δώσειν 15
ἔφη τῷ τὰς Ἰφίκλου βόας κομίσαντι αὐτῷ. αὗται δὲ
ἦσαν ἐν Φυλάκῃ, καὶ κύων ἐφύλασσεν αὐτὰς οὐ οὔτε
= ἄνθρωπος οὔτε θηρίον πέλας ἐλθεῖν ἠδύνατο. ταύ-
τας ἀδυνατῶν Βίας τὰς βόας κλέψαι παρεκάλει τὸν
ἀδελφὸν συλλαβέσθαι. Μελάμπους δὲ ὑπέσχετο, καὶ 99
προεῖπεν ὅτι φωραθήσεται κλέπτων καὶ δεθεὶς ἐνιαυ-
3 τὸν οὕτω τὰς βόας λήψεται. μετὰ δὲ τὴν ὑπόσχεσιν
εἰς Φυλάκην ἀπῄει καί, καθάπερ προεῖπε, φωραθεὶς
4 ἐπὶ τῇ κλοπῇ δέσμιος ἐν οἰκήματι ἐφυλάσσετο. λειπο-

1. τὴν Φέρητος] Abantis filia est II 27   7. παραστάντες
E: περιστάντες A   8 s. καὶ γενόμενος περιδεὴς EA, del Hr.
10. μαθάτων R   12. διά Piersonus: ἐπὶ EA   12 s. περὶ
τὸν Ἀλφειὸν συντυχὼν Ἀπόλλωνι· τὸ δὲ λοιπὸν ..., proposui
Comm. Ribb. p. 142 s.   14. Βίας δὲ] ὁ Ἀμυθάονος add. A,
del. Hr.   15. αὐτ. R man. 1: αὐτοῦ A   16. Ἰφίκλου Aeg.:
φυλάκου A, Ἰφίκλου τοῦ Φυλάκου Gal.   17. οὐ Hc.: ὃν RR*B
ὧν C   18. ταύτας] R fol. 88ʳ   19. τὰς βόας ἀδυνατῶν Βίας
Hr.   βίᾳ C   24. δεσμοῖς A, corr. Br.

μένου δὲ τοῦ ἐνιαυτοῦ βραχέος χρόνου, τῶν κατὰ τὸ
κρυφαῖον τῆς στέγης σκωλήκων ἀκούει, τοῦ μὲν ἐρω-
τῶντος κόσον ἤδη μέρος τοῦ δοκοῦ διαβέβρωται, τῶν
100 δὲ ἀποκρινομένων λοιπὸν ἐλάχιστον εἶναι. καὶ ταχέως
5 ἐκέλευσιν αὐτὸν εἰς ἕτερον οἴκημα μεταγαγεῖν, γενο-
μένου δὲ τούτου μετ' οὐ πολὺ συνέπεσε τὸ οἴκημα.
θαυμάσας δὲ Φύλακος, καὶ μαθὼν ὅτι ἐστὶ μάντις 5
ἄριστος, λύσας παρεκάλεσεν εἰπεῖν ὅπως αὐτοῦ τῷ
παιδὶ Ἰφίκλῳ παῖδες γένωνται. ὁ δὲ ὑπέσχετο ἐφ' ᾧ
101 τὰς βόας λήψεται. καὶ καταθύσας ταύρους δύο καὶ
μελίσας τοὺς οἰωνοὺς προσεκαλέσατο· παραγενομένου 5
δὲ αἰγυπιοῦ, παρὰ τούτου μανθάνει δὴ ὅτι Φύλακός
ποτε κριοὺς τέμνων ἐπὶ τῶν αἰδοίων παρὰ τῷ Ἰφίκλῳ
τὴν μάχαιραν ᾑμαγμένην ἔτι κατέθετο, δείσαντος δὲ
13 τοῦ παιδὸς καὶ φυγόντος αὖθις κατὰ τῆς ἱερᾶς δρυὸς
αὐτὴν ἔπηξε, καὶ ταύτην ἀμφιτροχάσας ἐκάλυψεν ὁ
φλοιός. ἔλεγεν οὖν, εὑρεθείσης τῆς μαχαίρας εἰ ξύων 7
τὸν ἰὸν ἐπὶ ἡμέρας δέκα Ἰφίκλῳ δῷ πιεῖν, παῖδα γεν-
102 νήσειν. ταῦτα μαθὼν παρ' αἰγυπιοῦ Μελάμπους τὴν
20 μὲν μάχαιραν εὗρε, τῷ δὲ Ἰφίκλῳ τὸν ἰὸν ξύσας ἐπὶ
ἡμέρας δέκα δέδωκε πιεῖν, καὶ παῖς αὐτῷ Ποδάρκης
ἐγένετο. τὰς δὲ βόας εἰς Πύλον ἤλασε, καὶ τῷ ἀδελφῷ 8
τὴν Νηλέως θυγατέρα λαβὼν ἔδωκε. καὶ μέχρι μὲν
τινος ἐν Μεσσήνῃ κατῴκει, ὡς δὲ τὰς ἐν Ἄργει γυναῖ-

1. τῷ ἐνιαυτ' R   3. κρυφαῖον RRᵃB: κορυφαῖον C, PRᶜ
in marg., ὀροφιαῖον Fab. Hr.   4. ἀποκρινομένων R: ἀποκρι-
νομένων A   8. ἄριστος del. He.   8ς. ὅπως ⟨ἂν⟩ ... γίνωντο
Hr.   11. μελίσας RC: μαλίσας RᵃV μελ[λ]είσας B   12. δὴ
del. Hr.   13. ἐκτέμνων Hr., qui verba ἐπὶ τῶν αἰδοίων delet.
αἰδοίαⁿR: αἰβίων A, ἀγρῶν Aeg.   16. ἀμφιτροχάσας R:
ἀμφιτροχάσης A   17. εἰ ξύων] ἂν ξύσας Hr.   19. παρ'
αἰγυπιοῦ aut delendum aut παρὰ τοῦ αἰγυπιοῦ scribendum cen-
set Hr.   24. μισήνη A

κας ἐξέμηνε Διόνυσος, ἐπὶ μέρει τῆς βασιλείας ἰασά-
μενος αὐτὰς ἐκεῖ μετὰ Βίαντος κατῴκησε.

13   Βίαντος δὲ καὶ Πηροῦς Ταλαός, οὗ καὶ Λυσιμάχης 100
τῆς Ἄβαντος τοῦ Μελάμποδος Ἄδραστος Παρθενοπαῖος
Πρῶναξ Μηκιστεὺς Ἀριστόμαχος Ἐριφύλη, ἣν Ἀμφιά- 5
2 ραος γαμεῖ. Παρθενοπαίου δὲ Πρόμαχος ἐγένετο, ὃς
μετὰ τῶν ἐπιγόνων ἐπὶ Θήβας ἐστρατεύθη, Μηκιστέως
δὲ Εὐρύαλος, ὃς ἧκεν εἰς Τροίαν. Πρώνακτος δὲ ἐγέ-
νετο Λυκοῦργος, Ἀδράστου δὲ καὶ Ἀμφιθέας τῆς Πρώ-
νακτος θυγατέρες μὲν Ἀργεία Δηιπύλη Αἰγιάλεια, παῖ- 10
δες δὲ Αἰγιαλεὺς ⟨καὶ⟩ Κυάνιππος.

14   Φέρης δὲ ὁ Κρηθέως Φερὰς ἐν Θεσσαλίᾳ κτίσας 101
ἐγέννησεν Ἄδμητον καὶ Λυκοῦργον. Λυκοῦργος μὲν
οὖν περὶ Νεμέαν κατῴκησε, γήμας δὲ Εὐρυδίκην, ὡς
δὲ ἔνιοί φασιν Ἀμφιθέαν, ἐγέννησεν Ὀφέλτην ⟨τὸν 15
15 ὕστερον⟩ κληθέντα Ἀρχέμορον. Ἀδμήτου δὲ βασιλεύ- 103
οντος τῶν Φερῶν, ἐθήτευσεν Ἀπόλλων αὐτῷ μνηστευο-
μένῳ τὴν Πελίου θυγατέρα Ἄλκηστιν. ἐκείνου δὲ δώ-
σειν ἐπαγγειλαμένου τὴν θυγατέρα τῷ καταζεύξαντι
ἅρμα λέοντος καὶ κάπρου, Ἀπόλλων ζεύξας ἔδωκεν· ὁ 20
1 δὲ κομίσας πρὸς Πελίαν Ἄλκηστιν λαμβάνει. θύων δὲ
ἐν τοῖς γάμοις ἐξελάθετο Ἀρτέμιδι θῦσαι· διὰ τοῦτο
τὸν θάλαμον ἀνοίξας εὗρε δρακόντων σπειράμασι πε-
πληρωμένον. Ἀπόλλων δὲ εἰπὼν ἐξιλάσκεσθαι τὴν 106

1. ἐπὶ R: ἀπὸ A   τῆς R: τοῦ A .   5. πρώναξ A
7. ἐστρατεύσατο vel ἐστράτευσε scribendum esse censet Hr.
10. ἀργία A, corr. He.   11. καὶ add. Hr.   12. κριθέως A
16 a. τὸν ὕστερον add. Hr.   18 sa. πελλίου περίμα R, re-
liqui passim   18 s. ἐκείνω (sic R) . . . ἐπαγγειλαμένου πελλίου
A, corr. He.   20. λεόντων καὶ κάπρων A, corr. He.   23. σπεί-
ραμα A, corr. Toussaint, δρακοντείων σπειραμάτων Hr.   πε-
πλεγμένον Sommerus

3 *

θεόν, ἐτήσιετο παρὰ μοιρῶν ἵνα, ὅταν Ἄδμητος μέλλῃ
τελευτᾶν, ἀπολυθῇ τοῦ θανάτου, ἂν ἑκουσίως τις ὑπὲρ
αὐτοῦ θνήσκειν ἕληται. ὡς δὲ ἦλθεν ἡ τοῦ θνήσκειν 5
ἡμέρα, μήτε τοῦ πατρὸς μήτε τῆς μητρὸς ὑπὲρ αὐτοῦ
θνήσκειν θελόντων, Ἄλκηστις ὑπεραπέθανε. καὶ αὐτὴν
πάλιν ἀνέπεμψεν ἡ Κόρη, ὡς δὲ ἔνιοι λέγουσιν, Ἡρα-
κλῆς ⟨πρὸς αὐτὸν ἀνεκόμισε⟩ μαχεσάμενος Ἄιδῃ.

107   Αἴσονος δὲ τοῦ Κρηθέως καὶ Πολυμήδης τῆς Αὐτο- 16
λύκου Ἰάσων. οὗτος ᾤκει ἐν Ἰωλκῷ, τῆς δὲ Ἰωλκοῦ
Πελίας ἐβασίλευσε μετὰ Κρηθέα, ᾧ χρωμένῳ περὶ τῆς 10
βασιλείας ἐθέσπισεν ὁ θεὸς τὸν μονοσάνδαλον φυλάξα-
σθαι. τὸ μὲν οὖν πρῶτον ἠγνόει τὸν χρησμόν, αὖθις 5
108 δὲ ὕστερον αὐτὸν ἔγνω. τελῶν γὰρ ἐπὶ τῇ θαλάσσῃ
Ποσειδῶνι θυσίαν ἄλλους τε πολλοὺς ἐπὶ ταύτῃ καὶ
τὸν Ἰάσονα μετεπέμψατο. ὁ δὲ πόθῳ γεωργίας ἐν τοῖς 15
χωρίοις διατελῶν ἔσπευσεν ἐπὶ τὴν θυσίαν· διαβαίνων
δὲ ποταμὸν Ἄναυρον ἐξῆλθε μονοσάνδαλος, τὸ ἕτερον
ἀπολέσας ἐν τῷ ῥείθρῳ πέδιλον. θεασάμενος δὲ Πε-
λίας αὐτὸν καὶ τὸν χρησμὸν συμβαλὼν ἠρώτα προσ-
ελθών, τί ἂν ἐποίησεν ἐξουσίαν ἔχων, εἰ λόγιον ἦν 20
109 αὐτῷ πρός τινος φονευθήσεσθαι τῶν πολιτῶν. ὁ δέ,
εἴτε ἐπελθὸν ἄλλως, εἴτε διὰ μῆνιν Ἥρας, ἵν' ἔλθοι
κακὸν Μήδεια Πελίᾳ (τὴν γὰρ Ἥραν οὐκ ἐτίμα), "τὸ

1. παρὰ RRᵃ: περὶ A   3. ἕληται] πατὴρ ἢ μήτηρ ἢ γυνὴ
add. A., del. Hr.   ὡς] R. fol. 23ᵛ   6. μελλόντων R, supraser.
man. 1 θελόντων   7. πρὸς αὐτὸν ᵃ addidi ex Zenob. I 13
ἀνεκόμισε ex Zenob. add. Fischerus   8 et Κρηθέως A   8. Πολυ-
μήδης] Πολυμήλα Hesiod. frg. 39 Rz., Πολυφήμη Herodor. ap.
schol. Apoll. Rhod. I 45   10. ἐβασίλευε Zenob. IV 22 Hr.
13. ἔγνω E R: ἐπέγνω Zenob. Hr.   14. θυσίαν ER Zenob.:
θυσίας A   ταύτῃ A Zenob.: ταύτην Hr.   15. χωρίδίοις E
ἔσπευσεν EA: ἔσπευδεν Zenob. Hr.   20. τί E: εἰς A
22. ἐπελθὸν ERRᵃ: ἐπελθών A   Πόθῃ Rᵃ   23. μήδεια ER:
μήδει A

χρυσόμαλλον δέρας" ἔφη "προσέταττον ἂν φέρειν αὐ-
5 τῷ". τοῦτο Πελίας ἀκούσας εὐθὺς ἐπὶ τὸ δέρας ἐλθεῖν
ἐκέλευσεν αὐτόν. τοῦτο δὲ ἐν Κόλχοις ἦν ⟨ἐν⟩ Ἄρεος
ἄλσει κρεμάμενον ἐκ δρυός, ἐφρουρεῖτο δὲ ὑπὸ δρά-
κοντος ἀΰπνου.   5

n   ἐπὶ τοῦτο πεμπόμενος Ἰάσων Ἄργον παρεκάλεσε 110
τὸν Φρίξον, κἀκεῖνος Ἀθηνᾶς ὑποθεμένης πεντηκόν-
τορον ναῦν κατεσκεύασε τὴν προσαγορευθεῖσαν ἀπὸ τοῦ
κατασκευάσαντος Ἀργώ· κατὰ δὲ τὴν πρῷραν ἐνήρμο-
7 σεν Ἀθηνᾶ φωνῆεν φηγοῦ τῆς Δωδωνίδος ξύλον. ὡς 1v
δὲ ἡ ναῦς κατεσκευάσθη, χρωμένῳ ὁ θεὸς αὐτῷ πλεῖν
ἐπέτρεψε συναθροίσαντι τοὺς ἀρίστους τῆς Ἑλλάδος.
οἱ δὲ συναθροισθέντες εἰσὶν οἵδε· Τῖφυς Ἀγνίου, ὃς 111
ἐκυβέρνα τὴν ναῦν, Ὀρφεὺς Οἰάγρου, Ζήτης καὶ Κά-
λαϊς Βορέου, Κάστωρ καὶ Πολυδεύκης Διός, Τελαμὼν 15
8 καὶ Πηλεὺς Αἰακοῦ, Ἡρακλῆς Διός, Θησεὺς Αἰγέως,
Ἴδας καὶ Λυγκεὺς Ἀφαρέως, Ἀμφιάραος Οἰκλέους,
† Καινεὺς Κορώνου, Παλαίμων Ἡφαίστου ἢ Αἰτωλοῦ, 112
Κηφεὺς Ἀλεοῦ, Λαέρτης Ἀρκεισίου, Αὐτόλυκος Ἑρ-
μοῦ, Ἀταλάντη Σχοινέως, Μενοίτιος Ἄκτορος, Ἄκτωρ 20

2. ἐλθεῖν A Zenob.: πλεῖν E   3. ἐν add. Fab.   7. τὸν
Φρίξον del He. (Ἄργος Ἀριστοφίδης Apoll. Rhod. I 111)
10. φωνῆεν ER: φωνῇ A   δωδώνιδος CPRd   11. κατεσκευάσθη]
καὶ add. A. del. He.   αὐτῷ del. He.   12. ἀπέτρεψε BC
13 ss. Argonautarum catalogos vide Pind. Pyth. 4, 117—187
cum scholiis. Apoll. Rhod. I 23—227 cum scholiis, Hyg. fab. 14,
Val. Flacc. I 353—483, Orph. Arg. 118—231 (conf. Seeligerum in
Roscheri Lex. myth. I p. 507 ss.)   13. ἀγρίον A, corr. Aeg.
13 s. τὴν ναῦν ὃς ἐκυβέρνα A, transpos. He.   15. Θησεὺς Αἰ-
γέως Aeg.: αἰγεὺς θεσίας A   17. ἰσκλέους A, corr. Aeg.
18. Καινεὺς Κορώνου] conf. schol. Apoll. Rhod. I 57. Κόρωνος
Καινέως Clavierius; erat fortasse Καινεὺς ⟨Ἐλάτου⟩, Κόρωνος
⟨Καινέως⟩ (conf. Hyg. 14)   Παλαίμων] Παλαιμόνιος? (Apoll.
Rhod. I 202 s.)

Ἰκκάσου, Ἄδμητος Φέρητος, Ἄναστος Πελίου, Εὐρυτος Ἑρμοῦ, Μελέαγρος Οἰνέως, Ἀγκαῖος Λυκούργου, Εὔφημος Ποσειδῶνος, Ποίας Θαυμάκου, Βούτης Τε- ⁹
113 λέοντος, Φᾶνος καὶ Στάφυλος Διονύσου, Ἐργῖνος Πο- ⁵ σειδῶνος, Περικλύμενος Νηλέως, Αὐγίας Ἡλίου, Ἴφι- κλος Θεστίου, Ἄργος Φρίξου, Εὐρύαλος Μηκιστέως, Πηνέλεως Ἱππάλμου, Λῆιτος Ἀλέκτορος, Ἴφιτος Ναυβόλου, Ἀσκάλαφος καὶ Ἰάλμενος Ἄρεος, Ἀστέριος Κομήτου, Πολύφημος Ἐλάτου.

114   οὗτοι ναυαρχοῦντος Ἰάσονος ἀναχθέντες προσ- 17 ίσχουσι Λήμνῳ. ἔτυχε δὲ ἡ Λῆμνος ἀνδρῶν τότε οὖσα ἔρημος, βασιλευομένη δὲ ὑπὸ Ὑψιπύλης τῆς Θόαντος δι' αἰτίαν τήνδε. αἱ Λήμνιαι τὴν Ἀφροδίτην οὐκ ἐτίμων· ἡ δὲ αὐταῖς ἐμβάλλει δυσοσμίαν, καὶ διὰ τοῦτο ¹⁵ οἱ γήμαντες αὐτὰς ἐκ τῆς πλησίον Θρᾴκης λαβόντες 115 αἰχμαλωτίδας συνευνάζοντο αὐταῖς. ἀτιμαζόμεναι δὲ ₁ αἱ Λήμνιαι τούς τε πατέρας καὶ τοὺς ἄνδρας φονεύουσι· μόνη δὲ ἔσωσεν Ὑψιπύλη τὸν ἑαυτῆς πατέρα κρύψασα Θόαντα. προσσχόντες οὖν τότε γυναικοκρατουμένῃ τῇ ³⁰ Λήμνῳ μίσγονται ταῖς γυναιξίν. Ὑψιπύλη δὲ Ἰάσονι

1. Εὔρυτος A Val. Flacc. I 489 Hyg. 14: Ἔρυτος Apoll. Rhod. I 52 Pind. 179   3. Θαυμάκου] Φυλάκου Burmannus, vel conf. Steph. Byz. s. v. Θαυμακία   4. φάνος A, Φλίας (Apoll. Rhod. I 115) Heynterhusius   Ἐργῖνος A, Apoll. Rhod. I 185: Εὔφημος (Apoll. Rhod. I 179) Gal.   5. μηλίας C   6. Φρίξου] conf. adn. I 110   7. Ἱππάλμου A: Ἱππάλμου schol. min. Hom. B 494, Ἱππαλκίμου Diod. IV 67, 7 Wesselingius   Ἀλέκτορος] Ἀλεκτρυόνος Hom. P 602, schol. Hom. l. l., Ἠλεκτρυόνος Diod. l. l. Wesselingius   ἴφιτος RRᵃ: ἴφιτος C ἴφικος B   8. ἄλμενος A, corr. Gal. (Hom. B 512) Ἀστερίων Apoll. Rhod. I 35 ss. Orph. 161 Eschenburgius   10. ἀναχθέντες E: ἀνενεχθέντες A   11. τότε EB: ποτε A   12. βασιλευομένη ER: βασιλευομένης A   19. προσχόντες EA, corr. Hc.

συνευνάζεται, καὶ γεννᾷ παῖδας Εὔνηον καὶ Νεβρο-
φόνον.

18   ἀπὸ Λήμνου δὲ προσίσχουσι Δολίοσιν, ὧν ἐβασί-116
λευε Κύζικος. οὗτος αὐτοὺς ὑπεδέξατο φιλοφρόνως.
νυκτὸς δὲ ἀναχθέντες ἐντεῦθεν καὶ περιπεσόντες ἀντι- 5
πνοίαις, ἀγνοοῦντες πάλιν τοῖς Δολίοσι προσίσχουσιν.
οἱ δὲ νομίζοντες Πελασγικὸν εἶναι στρατόν (ἔτυχον
γὰρ ὑπὸ Πελασγῶν συνεχῶς πολεμούμενοι) μάχην τῆς
2 νυκτὸς συνάπτουσιν ἀγνοοῦντες πρὸς ἀγνοοῦντας. κτεί-
ναντες δὲ πολλοὺς οἱ Ἀργοναῦται, μεθ' ὧν καὶ Κύ- 10
ζικον, μεθ' ἡμέραν, ὡς ἔγνωσαν, ἀποδυράμενοι τάς τε
κόμας ἐκείραντο καὶ τὸν Κύζικον πολυτελῶς ἔθαψαν.
καὶ μετὰ τὴν ταφὴν πλεύσαντες Μυσίᾳ προσίσχουσιν.
19   ἐνταῦθα δὲ Ἡρακλέα καὶ Πολύφημον κατέλιπον.117
Ὕλας γὰρ ὁ Θειοδάμαντος παῖς, Ἡρακλέους δὲ ἐρώ- 15
μενος, ἀποσταλεὶς ὑδρεύσασθαι διὰ κάλλος ὑπὸ νυμφῶν
2 ἡρπάγη. Πολύφημος δὲ ἀκούσας αὐτοῦ βοήσαντος, σπα-
σάμενος τὸ ξίφος ἐδίωκεν, ὑπὸ λῃστῶν ἄγεσθαι νομί-
ζων. καὶ δηλοῖ συντυχόντι Ἡρακλεῖ. ζητούντων δὲ
ἀμφοτέρων τὸν Ὕλαν ἡ ναῦς ἀνήχθη, καὶ Πολύφημος 20
μὲν ἐν Μυσίᾳ κτίσας πόλιν Κίον ἐβασίλευσεν, Ἡρα-
3 κλῆς δὲ ὑπέστρεψεν εἰς Ἄργος. Ἡρόδωρος δὲ αὐτὸν118
οὐδὲ τὴν ἀρχὴν φησι πλεῦσαι τότε, ἀλλὰ παρ' Ὀμφάλῃ
δουλεύειν. Φερεκύδης δὲ αὐτὸν ἐν Ἀφεταῖς τῆς Θεσ-

1. συνευνάζεται] explic. R fol. 23ᵛ   3. δολίοις EA, corr.
Aeg.   5. δὲ add. E   6. ἀγνοοῦντες del. Br.   δολίοις A
7. πελασγικὸν E: πλαστικὸν A   7 ss. -τὸν ἔτυχον — νυκτὸς
συ- om. B   8. πελασγῶν E: πελασιὰν A   8 s. τῆς νυκτὸς del. Hr.
14. δὲ He.: τε RᵃC τῃ B   15. Ὕλας E   Θειοδάμαντος B, μὲν
add. Hr.   16. ἀποσταλεὶς ὑδρεύσασθαι EA: πρὸς ἄγραν πέμπου-
σιν Zenob. VI 21   18. ἰδίωκεν Zenob. Hr.: ἐδίωκεν EA
21. κίον *E: κίου A   22. ἡρόδοτος A, corr. Fab.   Herodor.
frg. 27(FHG II p.35)   .23. fort. ἀλλὰ τότε   24. Pherecyd. frg. 67

σαλίας ἀπολειφθῆναι λέγει, τῆς Ἀργοῦς φθεγξαμένης
μὴ δύνασθαι φέρειν τὸ τούτου βάρος. Δημάρατος δὲ ι
αὐτὸν εἰς Κόλχους πεπλευκότα παρέδωκε· Διονύσιος
μὲν γὰρ ἑαυτὸν καὶ ἡγεμόνα φησὶ τῶν Ἀργοναυτῶν
5 γενέσθαι.|

119   ἀπὸ δὲ Μυσίας ἀπῆλθον εἰς τὴν Βεβρύκων γῆν, 20
ἧς ἐβασίλευεν Ἄμυκος Ποσειδῶνος παῖς καὶ ⟨νύμφης⟩
Βιθυνίδος. γενναῖος δὲ ὢν οὗτος τοὺς προσσχόντας
ξένους ἠνάγκαζε πυκτεύειν καὶ τοῦτον τὸν τρόπον
10 ἀνῄρει. παραγενόμενος οὖν καὶ τότε ἐπὶ τὴν Ἀργὼ
τὸν ἄριστον αὐτῶν εἰς πυγμὴν προεκαλεῖτο. Πολυδεύ- ι
κης δὲ ὑποσχόμενος πυκτεύσειν πρὸς αὐτόν, πλήξας
κατὰ τὸν ἀγκῶνα ἀπέκτεινε. τῶν δὲ Βεβρύκων ὁρμη-
σάντων πρὸς αὐτόν, ἁρπάσαντες οἱ ἀριστεῖς τὰ ὅπλα
15 πολλοὺς φεύγοντας φονεύουσιν αὐτῶν.

120·   ἐντεῦθεν ἀναχθέντες καταντῶσιν εἰς τὴν τῆς Θρᾴ- 21
κης Σαλμυδησσόν, ἔνθα ᾤκει Φινεὺς μάντις τὰς ὄψεις
πεπηρωμένος. τοῦτον οἱ μὲν Ἀγήνορος·εἶναι λέγου-
σιν, οἱ δὲ Ποσειδῶνος υἱόν· καὶ πηρωθῆναί φασιν αὐ- ι
20 τὸν οἱ μὲν ὑπὸ θεῶν, ὅτι προέλεγε τοῖς ἀνθρώποις τὰ
μέλλοντα, οἱ δὲ ὑπὸ Βορέου καὶ τῶν Ἀργοναυτῶν, ὅτι

2. τούτου τὸ B   δημαρέτης A, corr. Aeg. Demarat. frg. 6
(FHG. IV p. 380)   3. Dionys. Mytil. frg. 1 (FHG. II p. 7)
6. ἀπῆλθον A, corr. Gal.   7. ἣν B   [βασίλευεν R⁴C: ἐβα-
σίλευεν B. corr. Fab.   8. Βιθυνίδος] νύμφης Βιθυνίδος ἢ
Μελίας (πελίας codd.) schol. Plat. Legg. VII p. 796a Hr.
προσέχοντας Br., sed. conf. Hr. Philol. IV p. 569   11. προσ-
εκαλεῖτο A, corr. Fab.   13. τοῦ ἀγκῶνος Hr., τὸν αὐχένα
Palmerius; arat fortasse τὸν ἀγῶνα   14. ἐπ' αὐτὸν Br.
15. φεύγοντας del. Hr. Herm. XI p. 283   16. τὴν * add. E
17. ἁλμυδησσόν ER⁴ (ἅλμ.)   18. μὲν] τὸν add. A, del. Hr.
20. προέλεγε *E; προέλεγε A   21. Βορέου καὶ τὸν Ἀρ-
γοναυτῶν (— III 200)] Βορεάδων x. r Arg. Clavierius, Βορέου
Diod. IV 44, 4 E. Bethe, Quaest. Diod. p. 17.

πεισθείς μητρυιᾷ τοὺς ἰδίους ἐτύφλωσε παῖδας, τινὲς
δὲ ὑπὸ Ποσειδῶνος, ὅτι τοῖς Φρίξου παισὶ τὸν ἐκ Κόλ-
χων εἰς τὴν Ἑλλάδα πλοῦν ἐμήνυσεν. ἔπεμψαν δὲ 121
αὐτῷ καὶ τὰς ἁρπυίας οἱ θεοί· πτερωταὶ δὲ ἦσαν αὗ-
ται, καὶ ἐπειδὴ τῷ Φινεῖ παρετίθετο τράπεζα, ἐξ οὐ-
ρανοῦ καθιπτάμεναι τὰ μὲν πλείονα ἀνήρπαζον, ὀλίγα
δὲ ὅσα ὀσμῆς ἀνάπλεα κατέλειπον, ὥστε μὴ δύνασθαι
προσενέγκασθαι. βουλομένοις δὲ τοῖς Ἀργοναύταις τὰ
περὶ τοῦ πλοῦ μαθεῖν ὑποθήσεσθαι τὸν πλοῦν ἔφη,
τῶν ἁρπυιῶν αὐτὸν ἐὰν ἀπαλλάξωσιν. οἱ δὲ παρέ- 10
θεσαν αὐτῷ τράπεζαν ἐδεσμάτων, ἅρπυιαι δὲ ἐξαίφνης
σὺν βοῇ καταπτᾶσαι τὴν τροφὴν ἥρπασαν. θεασάμενοι 122
δὲ οἱ Βορέου παῖδες Ζήτης καὶ Κάλαϊς, ὄντες πτερω-
τοί, σπασάμενοι τὰ ξίφη δι' ἀέρος ἐδίωκον. ἦν δὲ ταῖς
ἁρπυίαις χρεὼν τεθνάναι ὑπὸ τῶν Βορέου παίδων,
τοῖς δὲ Βορέου παισὶ τότε τελευτήσειν ὅταν διώκοντες
μὴ καταλάβωσι. διωκομένων δὲ τῶν ἁρπυιῶν ἡ μὲν
κατὰ Πελοπόννησον εἰς τὸν Τίγρην ποταμὸν ἐμπίπτει,
ὃς νῦν ἀπ' ἐκείνης Ἅρπυς καλεῖται· ταύτην δὲ οἱ μὲν
Νικοθόην οἱ δὲ Ἀελλόπουν καλοῦσιν. ἡ δὲ ἑτέρα κα- 123
λουμένη Ὠκυπέτη, ὡς δὲ ἔνιοι Ὠκυθόη (Ἡσίοδος δὲ
λέγει αὐτὴν Ὠκυπόδην), αὕτη κατὰ τὴν Προποντίδα
φεύγουσα μέχρις Ἐχινάδων ἦλθε νήσων, αἳ νῦν ἀπ'
ἐκείνης Στροφάδες καλοῦνται· ἐστράφη γὰρ ὡς ἦλθεν
ἐπὶ ταύτας, καὶ γενομένη κατὰ τὴν ἠιόνα ὑπὸ καμά-
του πίπτει σὺν τῷ διώκοντι. Ἀπολλώνιος δὲ ἐν τοῖς

2. τὸν Δηγ.: τὸν A   5. ἐπειδή; Br.: ἐπειδὰν ΕΑ   παρε-
τίθετο ΕΑ: παρατίθοιτο Hr.   12. ἥρπαζαν *Ε: ἥρπαζον Α
(Epit. Vat. p. 86)   16. ὅταν Ε: ὅτε ἂν Α   18. κατὰ Πελο-
πόννησον ΕΑ, del. Hc.   21. Hesiod. frg. 80 Rx.   21 s. Ἡσίο-
δος — Ὠκυπόδην del. Hc.   22. κατὰ ΕΑ: παρὰ Fab.
28. ἠιόνα ΕC ἡιόνα Rᵃ Β: ϝόνα Br.   26. Apoll. Rhod. II 284 ss.

Άργοναύταις έως Στροφάδων νήσων φησίν αύτάς διαχθῆναι καί μηδέν παθεῖν, δούσας ὅρκον τόν Φινέα μηκέτι ἀδικῆσαι.

124   ἀπαλλαγείς δέ τῶν ἁρπυιῶν Φινεύς ἐμήνυσε τόν 22
5 πλοῦν τοῖς Ἀργοναύταις, καί περί τῶν συμπληγάδων ὑπέθετο πετρῶν τῶν κατά θάλασσαν. ἦσαν δέ ὑπερ μεγέθεις αὖται, συγκρουόμεναι δέ ἀλλήλαις ὑπό τῆς τῶν πνευμάτων βίας τόν διά θαλάσσης πόρον ἀπέκλειον. ἐφέρετο δέ πολλή μέν ὑπέρ αὐτῶν ὁμίχλη
10 πολύς δέ πάταγος, ἦν δέ ἀδύνατον καί τοῖς πετεινοῖς
123 δι' αὐτῶν διελθεῖν. εἶπεν οὖν αὐτοῖς ἀφεῖναι πελειάδα
διά τῶν πετρῶν, καί ταύτην ἐάν μέν ἴδωσι σωθεῖσαν, διαπλεῖν καταφρονοῦντας, ἐάν δέ ἀπολλυμένην, μή πλεῖν βιάζεσθαι. ταῦτα ἀκούσαντες ἀνήγοντο, καί ὡς πλη
15 σίον ἦσαν τῶν πετρῶν, ἀφιᾶσιν ἐκ τῆς πρῴρας πελειάδα· τῆς δέ ἱπταμένης τά ἄκρα τῆς οὐρᾶς ἡ σύμπτωσις τῶν πετρῶν ἀπέθρισεν. ἀναχωρούσας οὖν ἐπιτηρήσαντες τάς πέτρας μετ' εἰρεσίας εὐτόνου, συλλαβομένης Ἥρας, διῆλθον, τά ἄκρα τῶν ἀφλάστων τῆς νεώς περικοπεί
126 σης. αἱ μέν οὖν συμπληγάδες ἔκτοτε ἔστησαν· χρεών γάρ ἦν αὐταῖς νεώς περαιωθείσης στῆναι παντελῶς. οἱ δέ Ἀργοναῦται πρός Μαριανδυνούς παρεγίνοντο, 23 κἀκεῖ φιλοφρόνως ὁ βασιλεύς ὑπεδέξατο Λύκος. ἔνθα θνήσκει μέν Ἴδμων ὁ μάντις πλήξαντος αὐτόν κάπρου,

6. τῶν κατά ⟨τήν add. E⟩ θάλασσαν ΕΑ, del. Fab.   9. ἐφίρετο ΕΑ: ἀνεφέρετο   ὑπ' ΕΑ, corr. Br., κατ' Clavierius
11 διελθεῖν *Ε: ἰλθεῖν A (conf. Epit. Vat. p. 92)   13. ἀπολλυμένην *ΕΑ ἀπολομένην add. (conf. Epit. Vat. p. 93)
14. ἀκούσαντες ἀνήγοντο Ε: ἀνήγοντο ἀκούσαντες A   16. ἱπταμένης ΕΑ: διικταμένης Hr.   17. ἀπέθρισεν Ε, correxi * coll. Apoll. Rhod. II 601: ἀπέθρισεν A   18. εὐτόνου *Ε: ἐντόνου A   συλλαμβανομένης Ε   19. 21. νεώς Ε: νηός A
22. μαριανδηνούς A, corr. Aeg.   21. Ἴδμων] deest in catalogo

θνήσκει δὲ καὶ Τῖφυς, καὶ τὴν ναῦν Ἀγκαῖος ὑπισχνεῖ-
ται κυβερνᾶν.

παρακλεύσαντες δὲ Θερμώδοντα καὶ Καύκασον ἐπὶ 127
Φᾶσιν ποταμὸν ἦλθον· οὗτος τῆς Κολχικῆς ἐστιν. ἐγ-
καθορμισθείσης δὲ τῆς νεὼς ἧκε πρὸς Αἰήτην Ἰάσων,
καὶ τὰ ἐπιταγέντα ὑπὸ Πελίου λέγων παρεκάλει δοῦναι
τὸ δέρας αὐτῷ· ὁ δὲ δώσειν ὑπέσχετο, ἐὰν τοὺς χαλκό-
ποδας ταύρους μόνος καταζεύξῃ. ἦσαν δὲ ἄγριοι παρ' 128
αὐτῷ ταῦροι δύο, μεγέθει διαφέροντες, δῶρον Ἡφαί-
στου, οἳ χαλκοῦς μὲν εἶχον πόδας, πῦρ δὲ ἐκ στομά-
των ἐφύσων. τούτους αὐτῷ ζεύξαντι ἐπέτασσε σπεί-
ρειν δράκοντος ὀδόντας· εἶχε γὰρ λαβὼν παρ' Ἀθηνᾶς
τοὺς ἡμίσεις ὧν Κάδμος ἔσπειρεν ἐν Θήβαις. ἀπορούν- 129
τος δὲ τοῦ Ἰάσονος πῶς ἂν δύναιτο τοὺς ταύρους κατα-
ζεῦξαι, Μήδεια αὐτοῦ ἔρωτα ἴσχει· ἦν δὲ αὕτη θυγά-
τηρ Αἰήτου καὶ Εἰδυίας τῆς Ὠκεανοῦ, φαρμακίς. δεδοι-
κυῖα δὲ μὴ πρὸς τῶν ταύρων διαφθαρῇ, κρύφα τοῦ
πατρὸς συνεργήσειν αὐτῷ πρὸς τὴν κατάζευξιν τῶν
ταύρων ἐπηγγείλατο καὶ τὸ δέρας ἐγχειριεῖν, ἐὰν ὀμόσῃ
αὐτὴν ἕξειν γυναῖκα καὶ εἰς Ἑλλάδα σύμπλουν ἀγάγηται.
ὀμόσαντος δὲ Ἰάσονος φάρμακον δίδωσιν, ᾧ καταζευ- 130
γνύναι μέλλοντα τοὺς ταύρους ἐκέλευσε χρῖσαι τήν τε
ἀσπίδα καὶ τὸ δόρυ καὶ τὸ σῶμα· τούτῳ γὰρ χρισθέντα

4. φάσιν ΕΑ   4 s. ἐστιν· ἐγκαθορμισθείσης * E: ἐστι γῆς·
καθορμισθείσης Α   5. νεὼς E: νηὸς Α   5 ss. conf. Zenob.
IV 93   5. ἧκε] καὶ add. ΕΑ, del. He.   7. δὲ add. E
8. ἄγριοι ΕΑ, del. He.   9. αὐτῷ E: αὐτὸν Α   αὐτῷ] οὗτοι
add. ΕΑ, del. He.   11. ἐπέτασσε E: ἐπιτάσσετο Α   16. εἰ-
δυίας * E Tzetz. Lycophr. 798. 1011 (Apoll. Rhod. III 243)· εἰδυῖα
Α, Ἰδυίας Aeg.   τῆς E: τοῖς Α   φαρμακὶς ΕΡᴬ: φαρμά-
κοις Α   18. πρὸς] incip. R fol. 24ᵛ   19. ἐγχειριεῖν ΕΡᴬ· ἐγχει-
ριεῖ Α   20. καὶ — ἀγάγηται ΕΑ Zenob., del. Hr., sed conf.
Comm. Ribb. p. 149

ἔφη πρὸς μίαν ἡμέραν μήτ' ἂν ὑπὸ πυρὸς ἀδικηθήσε-
σθαι μήτε ὑπὸ σιδήρου. ἐδήλωσε δὲ αὐτῷ σπειρομένων τ
τῶν ὀδόντων ἐκ γῆς ἄνδρας μέλλειν ἀναδύεσθαι ἐπ'
αὐτὸν καθωπλισμένους, οὓς ἔλεγεν ἐπειδὰν ἀθρόους
θεάσηται, βάλλειν εἰς μέσον λίθους ἄπωθεν, ὅταν δὲ
ὑπὲρ τούτου μάχωνται πρὸς ἀλλήλους, τότε κτείνειν
131 αὐτούς. Ἰάσων δὲ τοῦτο ἀκούσας καὶ χρισάμενος τῷ ῥ
φαρμάκῳ, παραγενόμενος εἰς τὸ τοῦ νεὼ ἄλσος ἐμά-
στευε τοὺς ταύρους, καὶ σὺν πολλῷ πυρὶ ὁρμήσαντας
10 αὐτοὺς κατέζευξε. σπείραντος δὲ αὐτοῦ τοὺς ὀδόντας ἢ
ἀνέτελλον ἐκ τῆς γῆς ἄνδρες ἔνοπλοι· ὁ δὲ ὅπου πλεί-
ονας ἑώρα, βάλλων ἀφανῶς λίθους, πρὸς αὐτοὺς μαχο-
132 μένους πρὸς ἀλλήλους προσιὼν ἀνῄρει. καὶ καταζευγ- 10
μένων τῶν ταύρων οὐκ ἐδίδου τὸ δέρας Αἰήτης, ἐβούλετο
15 δὲ τήν τε Ἀργὼ καταφλέξαι καὶ κτεῖναι τοὺς ἐμπλέ-
οντας. φθάσασα δὲ Μήδεια τὸν Ἰάσονα νυκτὸς ἐπὶ 11
τὸ δέρας ἤγαγε, καὶ τὸν φυλάσσοντα δράκοντα κατα-
κοιμίσασα τοῖς φαρμάκοις μετὰ Ἰάσονος, ἔχουσα τὸ
δέρας, ἐπὶ τὴν Ἀργὼ παρεγένετο. συνείπετο δὲ αὐτῇ
20 καὶ ὁ ἀδελφὸς Ἄψυρτος. οἱ δὲ νυκτὸς μετὰ τούτων
ἀνήχθησαν.

133 Αἰήτης δὲ ἐπιγνοὺς τὰ τῇ Μηδείᾳ τετολμημένα 21
ὥρμησε τὴν ναῦν διώκειν. ἰδοῦσα δὲ αὐτὸν πλησίον
ὄντα Μήδεια τὸν ἀδελφὸν φονεύει καὶ μελίσασα κατὰ
25 τοῦ βυθοῦ ῥίπτει. συναθροίζων δὲ Αἰήτης τὰ τοῦ ₂

1. ἂν EA, del. Hr. · 4. οὓς ERRᵇ: ὃς A ἔλεγεν EA,
del. Hr. ἀθρόως EA, corr. Verheyckius 5. θεάσοιτο E
βάλλειν ER: βάλλῃ A ἔπωθεν EA: ἄπωθεν Hr. 8. ἐμά-
στευε EA, corr. He. 10. σπείραντος E: σπείροντος A
11 ἀνέτελλον EV: ἀνέτελον A 12. ἀφανὲς E: ἀφανῶς A,
del. Hr. 13. καταζευγνυμένων EA, corr. Fab. 17. κατα-
κοιμήσασα N 19. παραγίνετο EA: παραγίνεται Zenob.
20. μετὰ τούτων νυκτὸς C 25. τοῦ " add. EZenob.

παιδὸς μέλη τῆς διώξεως ὑστέρησε· διόπερ ὑποστρέψας,
καὶ τὰ σωθέντα τοῦ παιδὸς μέλη θάψας, τὸν τόπον
ᵃ προσηγόρευσε Τόμους. πολλοὺς δὲ τῶν Κόλχων ἐπὶ
τὴν ζήτησιν τῆς Ἀργοῦς ἔξέπεμψεν, ἀπειλήσας, εἰ μὴ
Μήδειαν ἄξουσιν, αὐτοὺς πείσεσθαι τὰ ἐκείνης. οἱ δὲ ⁵
σχισθέντες ἄλλος ἀλλαχοῦ ζήτησιν ἐποιοῦντο.

ᴬ   τοῖς δὲ Ἀργοναύταις τὸν Ἠριδανὸν ποταμὸν ἤδη 134
παραπλέουσι Ζεὺς μηνίσας ὑπὲρ τοῦ φονευθέντος Ἀψύρ-
του χειμῶνα λάβρον ἐπιπέμψας ἐμβάλλει πλάνην. καὶ
αὐτῶν τὰς Ἀψυρτίδας νήσους παραπλεόντων ἡ ναῦς ¹⁰
φθέγγεται μὴ λήξειν τὴν ὀργὴν τοῦ Διός, ἐὰν μὴ πορευ-
θέντες εἰς τὴν Αὐσονίαν τὸν Ἀψύρτου φόνον καθαρ-
ᶜ θῶσιν ὑπὸ Κίρκης. οἱ δὲ παραπλεύσαντες τὰ Λιγύων
καὶ Κελτῶν ἔθνη, καὶ διὰ τοῦ Σαρδονίου πελάγους
διακομισθέντες, παραμειψάμενοι Τυρρηνίαν ἦλθον εἰς ¹⁵
Αἰαίην, ἔνθα Κίρκης ἱκέται γενόμενοι καθαίρονται.

25   παραπλεόντων δὲ Σειρῆνας αὐτῶν, Ὀρφεὺς τὴν 135
ἐναντίαν μοῦσαν μελῳδῶν τοὺς Ἀργοναύτας κατέσχε.
μόνος δὲ Βούτης ἐξενήξατο πρὸς αὐτάς, ὃν ἁρπάσασα
Ἀφροδίτη ἐν Λιλυβαίῳ κατῴκισε.   ²⁰

ᵃ   μετὰ δὲ τὰς Σειρῆνας τὴν ναῦν Χάρυβδις ἐξεδέχετο 136
καὶ Σκύλλα καὶ πέτραι πλαγκταί, ὑπὲρ ὧν φλὸξ πολλὴ
καὶ καπνὸς ἀναφερόμενος ἑωρᾶτο. ἀλλὰ διὰ τούτων

2. βάψας BC   5. ἕξουσιν B   6. σχισθέντες *ΕΒ: σχι-
θέντες Α   7. δὲ add. ΕΒ   8. ζεὺς μηνίσας *Ε: μηνίσας ζεὺς
Β μηνίσας δὲ ζεὺς Α   10. ἀψυρτίδας ΕΕ Tzetz. Lycophr. 175,
corr. Aeg.   11. ἐὰν Πε.: εἰ ΕΑ   13. Λιβύων ΕΑ, corr. Sca-
liger   14. σαρδονίου BC   15. διακομισθέντες *Β: κομι-
σθέντες Α   16. αἰαίην *ΕΒΒᴬC αἵην Β: Αἰαίαν edd.   κίρ-
κης *ΕΑ: κίρκη edd.   20. λιλυβαίῳ C: λιβλίῳ ΕΒΒᴬ λιβαίῳ
Β   23. σκύλλα ΕΒᴬ: σκύλα Α   πέτραι] κυαναί add. Ε,
κυάνεαι Α, del. Aeg.   πλακταί ΒΒᴬ

διεκόμισε τὴν ναῦν σὺν Νηρηΐσι Θέτις παρακληθεῖσα
ὑπὸ Ἥρας.

187   παραμειψάμενοι δὲ Θρινακίαν νῆσον Ἡλίου βόας ὶ
ἔχουσαν εἰς τὴν Φαιάκων νῆσον Κέρκυραν ἦκον, ἧς βα-
ꜱ σιλεὺς ἦν Ἀλκίνοος. τῶν δὲ Κόλχων τὴν ναῦν εὑρεῖν
μὴ δυναμένων οἱ μὲν τοῖς Κεραυνίοις ὄρεσι κατῴκησαν,
οἱ δὲ εἰς τὴν Ἰλλυρίδα κομισθέντες ἔκτισαν Ἀψυρτίδας
νήσους· ἔνιοι δὲ πρὸς Φαίακας ἐλθόντες τὴν Ἀργὼ ꜱ
κατέλαβον καὶ τὴν Μήδειαν ἀπῄτουν παρ' Ἀλκινόου.
188 ὁ δὲ εἶπεν, εἰ μὲν ἤδη συνελήλυθεν Ἰάσονι, δώσειν
αὐτὴν ἐκείνῳ, εἰ δ' ἔτι παρθένος ἐστί, τῷ πατρὶ ἀπο-
πέμψειν. Ἀρήτη δὲ ἡ Ἀλκινόου γυνὴ φθάσασα Μή- ꜱ
δειαν Ἰάσονι συνέζευξεν· ὅθεν οἱ μὲν Κόλχοι μετὰ
Φαιάκων κατῴκησαν, οἱ δὲ Ἀργοναῦται μετὰ τῆς Μη-
ꜱ δείας ἀνήχθησαν.

189   πλέοντες δὲ νυκτὸς σφοδρῷ περιπίπτουσι χειμῶνι. ꜱ
Ἀπόλλων δὲ στὰς ἐπὶ τὰς Μελαντίους δειράς, τοξεύσας
τῷ βέλει εἰς τὴν θάλασσαν κατήστραψεν. οἱ δὲ πλησίον
ἐθεάσαντο νῆσον, τῷ δὲ παρὰ προσδοκίαν ἀναφανῆναι
ꜱ προσορμισθέντες Ἀνάφην ἐκάλεσαν. ἱδρυσάμενοι δὲ ꜱ
βωμὸν Ἀπόλλωνος αἰγλήτου καὶ θυσιάσαντες ἐκ' εὐω-
χίαν ἐτράπησαν. δοθεῖσαι δ' ὑπὸ Ἀρήτης Μηδείᾳ δώ-
δεκα θεράπαιναι τοὺς ἀριστέας ἔσκωπτον μετὰ παιγνίας·

1. νηρηΐα Α: ἰρέταις Ε   Θέτις add. Ε   3. βοῦς ΕΑ,
correxi * (conf. praefat.)   6. Κεραυνίοις Tzetz. Gal.: κερ-
κυραίοις Α κερκυραίων Ε   7. Ἰλλυρίδα Tzetz. Gal.: ἀλμυ-
ρίδα ΕΑ   ⟨τὰς⟩ Ἀψυρτίδας Hr.   10 s. δώσειν αὐτὴν
ΕΑ: ἰάσειν Cobetus Mnemos. n. t. VIII p. 400   11. ἀπο-
πέμψειν Ε: ἀποπέμψειν Α   15. πλέοντες] R fal. 24ʳ
17.Μελαντίους Apoll. Rhod. IV 1707 Gal. Μελαντείους Hr.: μι-
νοιτίου Α   δορᾶς Β, δειράδας Hr.   18. κατέστραψεν R
κατέστρεψεν Α, corr. Gal.   21. αἰγλήτου Apoll. Rhod. IV 1716
Fab.: αἰγαίου Α

ὅθεν ἔτι καὶ νῦν ἐν τῇ θυσίᾳ σύνηθές ἐστι σκώπτειν
ταῖς γυναιξίν.

3   ἐντεῦθεν ἀναχθέντες κωλύονται Κρήτῃ προσίσχειν 140
ὑπὸ Τάλω. τοῦτον οἱ μὲν τοῦ χαλκοῦ γένους εἶναι
λέγουσιν, οἱ δὲ ὑπὸ Ἡφαίστου Μίνωι δοθῆναι· ὃς ἦν 5
χαλκοῦς ἀνήρ, οἱ δὲ ταῦρον αὐτὸν λέγουσιν. εἶχε δὲ
φλέβα μίαν ἀπὸ αὐχένος κατατείνουσαν ἄχρι σφυρῶν·
κατὰ δὲ τὸ τέρμα τῆς φλεβὸς ἧλος διήρειστο χαλκοῦς.

4 οὗτος ὁ Τάλως τρὶς ἑκάστης ἡμέρας τὴν νῆσον περιτρο- 141
χάζων ἐτήρει· διὸ καὶ τότε τὴν Ἀργὼ προσπλέουσαν 10
θεωρῶν τοῖς λίθοις ἔβαλλεν. ἐξαπατηθεὶς δὲ ὑπὸ Μη-
5 δείας ἀπέθανεν, ὡς μὲν ἔνιοι λέγουσι, διὰ φαρμάκων
αὐτῷ μανίαν Μηδείας ἐμβαλούσης, ὡς δέ τινες, ὑποσχο-
μένης ποιήσειν ἀθάνατον καὶ τὸν ἧλον ἐξελούσης,
ἐκρυέντος τοῦ παντὸς ἰχῶρος αὐτὸν ἀποθανεῖν. τινὲς 15
δὲ αὐτὸν τοξευθέντα ὑπὸ Ποίαντος εἰς τὸ σφυρὸν
τελευτῆσαι λέγουσι.

6   μίαν δὲ ἐνταῦθα νύκτα μείναντες Αἰγίνῃ προσ- 142
ίσχουσιν ὑδρεύσασθαι θέλοντες, καὶ γίνεται περὶ τῆς
ὑδρείας αὐτοῖς ἅμιλλα. ἐκεῖθεν δὲ διὰ τῆς Εὐβοίας 20
καὶ τῆς Λοκρίδος πλεύσαντες εἰς Ἰωλκὸν ἦλθον, τὸν
πάντα πλοῦν ἐν τέτταρσι μησὶ τελειώσαντες.

27   Πελίας δὲ ἀπογνοὺς τὴν ὑποστροφὴν τῶν Ἀργο- 143
ναυτῶν τὸν Αἴσονα κτείνειν ἤθελεν· ὁ δὲ αἰτησάμενος

1. θυσίᾳ] ταύτῃ add. Hr.   4. ταλὼ RRᵃC   5. μίνω
RRᵃP: μίνω RᵇC   δοθῆναι] εἰς φυλακὴν τῆς νήσου Κρήτης
add. Zenob. V 85   5s. ὃς ἦν — λέγουσιν del. Hr.   8. δέρμα
AZenob., corr. Fab.   διήρειστο RZenob.: διήρειστο Aa διερή-
ρειστο Hr.   13. αὐτῷ A: αὐτῆς Zenob., qui omisit Μηδείας
Μηδείας del. Hr.   15. ἐκρυέντος — ἐξελούσης del. Hr.
16. αὐτόν, quod erat post ἀθάνατον, cum Zenobio huc
transposui *   22. τέτρασι EA Tzetz. Lycophr. 75, corr. Gal.

ἑαυτὸν ἀνελεῖν θυσίαν ἐπιτελῶν ἀδεῶς τοῦ ταυρείου
σπασάμενος αἵματος ἀπέθανεν. ἡ δὲ Ἰάσονος μήτηρ :
ἐπαρασαμένη Πελία, νήπιον ἀπολιποῦσα παῖδα Πρό-
μαχον ἑαυτὴν ἀνήρτησε· Πελίας δὲ καὶ τὸν αὐτῇ κατα-
5 λειφθέντα παῖδα ἀπέκτεινεν. ὁ δὲ Ἰάσων κατελθὼν 3
τὸ μὲν δέρας ἔδωκε, περὶ ὧν δὲ ἠδικήθη μετελθεῖν
144 ἐθέλων καιρὸν ἐξεδέχετο. καὶ τότε μὲν εἰς Ἰσθμὸν
μετὰ τῶν ἀριστέων πλεύσας ἀνέθηκε τὴν ναῦν Ποσει-
δῶνι, αὖθις δὲ Μήδειαν παρακαλεῖ ζητεῖν ὅπως Πελίας ‹
10 αὐτῷ δίκας ὑπόσχῃ. ἡ δὲ εἰς τὰ βασίλεια τοῦ Πελίου
παρελθοῦσα πείθει τὰς θυγατέρας αὐτοῦ τὸν πατέρα
κρεουργῆσαι καὶ καθεψῆσαι, διὰ φαρμάκων αὐτὸν ἐπαγ-
γελλομένη ποιήσειν νέον· καὶ τοῦ πιστεῦσαι χάριν κριὸν
μελίσασα καὶ καθεψήσασα ἐποίησεν ἄρνα. αἱ δὲ πιστεύ- 5
15 σασαι τὸν πατέρα κρεουργοῦσι καὶ καθέψουσιν. Ἄκα-
στος δὲ μετὰ τῶν τὴν Ἰωλκὸν οἰκούντων τὸν πατέρα
θάπτει, τὸν δὲ Ἰάσονα μετὰ τῆς Μηδείας τῆς Ἰωλκοῦ
ἐκβάλλει.

145   οἱ δὲ ἧκον εἰς Κόρινθον, καὶ δέκα μὲν ἔτη διετέ- 23
    τυ λουν εὐτυχοῦντες, αὖθις δὲ τοῦ τῆς Κορίνθου βασιλέως
    Κρέοντος τὴν θυγατέρα Γλαύκην Ἰάσονι ἐγγυῶντος,
    παραπεμψάμενος Ἰάσων Μήδειαν ἐγάμει. ἡ δέ, οὕς τε :
    ὤμοσεν Ἰάσων θεοὺς ἐπικαλεσαμένη καὶ τὴν Ἰάσονος

1. ⟨αὐτὸς⟩ ἑαυτὸν Hr.   θυσίας ΕΑ, corr. Πε.   1ε. ταυρείου
σπασάμενος αἵματος *Ε: ταύρου αἵμα σπασάμενος Α   3. πελία Ε:
πιλίαν Α   παῖδα] ὡς πρὸς πόλεμον add. ΕΑ, om. Tzetz. Gal.
4. αὐτῇ * add. Ε   καταλειφθέντα del. Hr.   5. ἀπέκτει-
νεν] αὐτῆς add. Α, om. Ε   6. δέρος ΒΠ*   ⟨αὐτῷ⟩ ἔδωκε
Mendelssohnius Act. soc. phil. Lips. II p. 451   9. ζητεῖν ΕΑ,
om. Zenob. IV 92   10. ὑπόσχῃ ΕΑ: ὑφέξει Zenob. Hr.
13. ποιήσειν ΕΑ: ποιῆσαι Zenob.   πιστεῦσαι ΕΑ Zenob.: πι-
στῶσαι Fab.   15. τὸν — καθέψουσι ΕΑ: τὸν πατέρα εἰς λέ-
βητα ζῶντα ἐμβαλοῦσαι καθέψουσι Zenob.   Ἄκαστος Tzetz.
Aeg.: ἄδραστος ΕΑ

ἀχαριστίαν μεμψαμένη πολλάκις, τῇ μὲν γαμουμένῃ
πέπλον μεμαγμένον φαρμάκοις ἔπεμψεν, ὃν ἀμφιεσα-
μένη μετὰ τοῦ βοηθοῦντος πατρὸς πυρὶ λάβρῳ κατε-
φλέχθη, τοὺς δὲ παῖδας οὓς εἶχεν ἐξ Ἰάσονος, Μέρ-146
ᵃ μερον καὶ Φέρητα, ἀπέκτεινε, καὶ λαβοῦσα παρὰ Ἡλίου ᵇ
ἅρμα πτηνῶν δρακόντων ἐπὶ τούτου φεύγουσα ἦλθεν
εἰς Ἀθήνας. λέγεται δὲ ⟨καὶ⟩ ὅτι φεύγουσα τοὺς
παῖδας ἔτι νηπίους ὄντας κατέλιπεν, ἱκέτας καθίσασα
ἐπὶ τὸν βωμὸν τῆς Ἥρας τῆς ἀκραίας· Κορίνθιοι δὲ
αὐτοὺς ἀναστήσαντες κατετραυμάτισαν. 10

4,ᵃ Μήδεια δὲ ἧκεν εἰς Ἀθήνας, κἀκεῖ γαμηθεῖσα Αἰ-147
γεῖ παῖδα γεννᾷ Μῆδον. ἐπιβουλεύουσα δὲ ὕστερον
Θησεῖ φυγὰς ἐξ Ἀθηνῶν μετὰ τοῦ παιδὸς ἐκβάλλεται.
ᵇ ἀλλ' οὗτος μὲν πολλῶν κρατήσας βαρβάρων τὴν ὑφ'
ἑαυτὸν χώραν ἅπασαν Μηδίαν ἐκάλεσε, καὶ στρατευό- 15
ᵇ μενος ἐπὶ Ἰνδοὺς ἀπέθανε· Μήδεια δὲ εἰς Κόλχους
ἦλθεν ἄγνωστος, καὶ καταλαβοῦσα Αἰήτην ὑπὸ τοῦ
ἀδελφοῦ Πέρσου τῆς βασιλείας ἐστερημένον, κτείνασα
τοῦτον τῷ πατρὶ τὴν βασιλείαν ἀποκατέστησεν.

1. πολλάκις ΕΑ: πολλά Hr. 2. μεμαγμένον *Ε: μεμα-
γενμένον Α (δῶρα φαρμάκοις κεχριμένα Diod. IV 54, 6) φαρ-
μάκοις *ΕR: φάρμακον Α ἀμφιεσαμένη ΕΡVᴸἀμφιασαμένη Α
3. κατεφλέχθη *Ε: καταφλίγει Α; erat fortasse κατεφλίγη
4. τούς τι ΕΑ, corr. He. 4ᵇ μέρμερον ἐφέρητα Rᵃ μέρμερον
ἐφέρηκα C 5. κτηνῶν ΕC: κτηνὸν RRB 7. καὶ, add. He.
9. ἀκρείας Ε ἀκρίας Α, corr. Aeg. 13. φυγὰς] Ε fol. 25ʳ
φυγὰς del. Mendelssohnius Act. soc. phil. Lips. IV p. 382
15. μηδίαν Ε: μήδειαν ΑΤzetz. 19. ἀποκατέστησεν Ε ἀπεκατέ-
στησεν KRᵃ: κατέστησεν BC

II.

Ἐπειδὴ δὲ τὸ τοῦ Δευκαλίωνος διεξεληλύθαμεν 1
γένος, ἐχομένως λέγωμεν τὸ Ἰνάχειον. •

Ὠκεανοῦ καὶ Τηθύος γίνεται παῖς Ἴναχος, ἀφ' οὗ ⁵
ποταμὸς ἐν Ἄργει Ἴναχος καλεῖται. τούτου καὶ Μελίας
ἐ τῆς Ὠκεανοῦ Φορωνεύς τε καὶ Αἰγιαλεὺς παῖδες ἐγέ-
νοντο. Αἰγιαλέως μὲν οὖν ἄπαιδος ἀποθανόντος ἡ ⁵
χώρα ἅπασα Αἰγιάλεια ἐκλήθη, Φορωνεὺς δὲ ἁπάσης
τῆς ὕστερον Πελοπονήσου προσαγορευθείσης δυνα-.
στεύων ἐκ Τηλεδίκης νύμφης Ἄπιν καὶ Νιόβην ἐγέν-
2 νησεν. Ἄπις μὲν οὖν εἰς τυραννίδα τὴν ἑαυτοῦ μετα- ⁴
στήσας δύναμιν καὶ βίαιος ὢν τύραννος, ὀναμάσας ἀφ'
ἑαυτοῦ τὴν Πελοπόννησον Ἀπίαν, ὑπὸ Θελξίονος καὶ
Τελχῖνος ἐπιβουλευθεὶς ἄπαις ἀπέθανε, καὶ νομισθεὶς
θεὸς ἐκλήθη Σάραπις· Νιόβης δὲ καὶ Διός (ᾗ πρώτῃ ⁵
ιⁱ γυναικὶ Ζεὺς θνητῇ ἐμίγη) παῖς Ἄργος ἐγένετο, ὡς
δὲ Ἀκουσίλαός φησι, καὶ Πελασγός, ἀφ' οὗ κληθῆναι
τοὺς τὴν Πελοπόννησον οἰκοῦντας Πελασγούς. Ἡσίοδος
3 δὲ τὸν Πελασγὸν αὐτόχθονά φησιν εἶναι. ἀλλὰ περὶ ⁵

2. λέγομεν A, corr. Aeg.   ἰνάχειον O add. recc.: ἰνάχιον A
4. μελίας Tzetz. Lycophr. 177 Gal.: μελίσσης A   .7. πάσης
Hr.   8 ss. πελλοπονησον ubique R   8 s. ἐκ τηλοδίκης (τῆς λο-
δίκης B) τέρψης ὀρναστεέων A, transpos. Scaliger   9. τηλοδίκης
A Tzetz. schol. Plat. Tim. p. 22 a (conf. G. Hermanni Opusc. II
p. 205)   νεόβην R Bᵃ   11. καὶ — σέραννος del. Siebelis
14. Διὸς δὲ καὶ Νιόβης Hc., καὶ Διὸς del. Eberhardus Jen.
Litt.-Ztg. 1874 p. 429   15. ἐσμίγη A   16. Acusil. frg. 12
17. Hesiod. frg. 70 Rz

μὲν τούτου πάλιν ἐροῦμεν· Ἄργος δὲ λαβὼν τὴν βασι-
λείαν ἀφ᾽ ἑαυτοῦ τὴν Πελοπόννησον ἐκάλεσεν Ἄργος,
καὶ γήμας Εὐάδνην τὴν Στρυμόνος καὶ Νεαίρας ἐτέ-
κνωσεν Ἔκβασον Πείραντα Ἐπίδαυρον Κρίασον, ὃς καὶ
τὴν βασιλείαν παρέλαβεν.   5

2   Ἐκβάσου δὲ Ἀγήνωρ γίνεται, τούτου δὲ Ἄργος ὁ 4
πανόπτης λεγόμενος. εἶχε δὲ οὗτος ὀφθαλμοὺς μὲν ἐν
παντὶ τῷ σώματι, ὑπερβάλλων δὲ δυνάμει τὸν μὲν τὴν
Ἀρκαδίαν λυμαινόμενον ταῦρον ἀνελὼν τὴν τούτου
δορὰν ἠμφιέσατο, Σάτυρον δὲ τοὺς Ἀρκάδας ἀδικοῦντα 10
καὶ ἀφαιρούμενον τὰ βοσκήματα ὑποστὰς ἀπέκτεινε.
λέγεται δὲ ὅτι καὶ τὴν Ταρτάρου καὶ Γῆς Ἔχιδναν, ἣ
τοὺς παριόντας συνήρπαζεν, ἐπιτηρήσας κοιμωμένην
ἀπέκτεινεν. ἐξεδίκησε δὲ καὶ τὸν Ἄπιδος φόνον, τοὺς
αἰτίους ἀποκτείνας.   · 15

3   Ἄργου δὲ καὶ Ἰσμήνης τῆς Ἀσωποῦ παῖς Ἴασος, 5
οὗ φασιν Ἰὼ γενέσθαι. Κάστωρ δὲ ὁ συγγράψας τὰ
χρονικὰ καὶ πολλοὶ τῶν τραγικῶν Ἰνάχου τὴν Ἰὼ λέ-
γουσιν· Ἡσίοδος δὲ καὶ Ἀκουσίλαος Πειρῆνος αὐτὴν
φασιν εἶναι. ταύτην ἱερωσύνην τῆς Ἥρας ἔχουσαν 20
Ζεὺς ἔφθειρε. φωραθεὶς δὲ ὑφ᾽ Ἥρας τῆς μὲν κόρης
ἁψάμενος εἰς βοῦν μετεμόρφωσε λευκήν, ἀπωμόσατο
δὲ ταύτῃ μὴ συνελθεῖν· διό φησιν Ἡσίοδος οὐκ ἐπι-

---

1. πάλιν ἐροῦμεν] ΙΙΙ 96   λαβὼν] παρὰ Φορωνέως add. A,
del. Hc.   τὴν τοῦ Φορωνέως βασιλείαν Siebelis   4. Ἔκβασον
R R* C (ἴσως Ἔκβασον L man. 2 man*), Ἔκβασον B   6. Ἐκβάσ-
σον R   8. τῷ add. R R*   9. καρδίαν R* B   10. ἠμφιέσατο
E R R* C   12. ὅτι add. ER   14. Ἄπιδος E R R* C   16. ἴσως A,
corr. Arg.   17. φησὶν A, corr. Arg.   Castor frg. 8 (Ctesias
et chronograph. fragm. ed. Müllerus p. 179)   18. τραγικῶν]
Sophocles F T G. p. 188   19. Hesiod. frg. 4 Rz.   Acusil. frg. 18
21. δὲ add. E   22 4. ἀπωμόσατο δὲ ταύτην (lege ταύτῃ) ·
E: αἰτίαν δὲ ἀπωμόσατο A   23. Hesiod. frg. 4 Rz.

σπᾶσθαι τὴν ἀπὸ τῶν θεῶν ὀργὴν τοὺς γινομένους
6 ὅρκους ὑπὲρ ἔρωτος. Ἥρα δὲ αἰτησαμένη παρὰ Διὸς ɔ
τὴν βοῦν φύλακα αὐτῆς κατέστησεν Ἄργον τὸν παν-
όπτην, ὃν Φερεκύδης μὲν Ἀρέστορος λέγει, Ἀσκληπιάδης
ᴝ δὲ Ἰνάχου, Κέρκωψ δὲ Ἄργου καὶ Ἰσμήνης τῆς Ἀσω-
ποῦ θυγατρός· Ἀκουσίλαος δὲ γηγενῆ αὐτὸν λέγει.
οὗτος ἐκ τῆς ἐλαίας ἐδέσμευεν αὐτὴν ἥτις ἐν τῷ Μυκη- ᴧ
7 ναίων ὑπῆρχεν ἄλσει. Διὸς δὲ ἐπιτάξαντος Ἑρμῇ
κλέψαι τὴν βοῦν, μηνύσαντος Ἱέρακος, ἐπειδὴ λαθεῖν
ᴞ οὐκ ἠδύνατο, λίθῳ βαλὼν ἀπέκτεινε τὸν Ἄργον, ὅθεν
ἀργειφόντης ἐκλήθη. Ἥρα δὲ τῇ βοῒ οἶστρον ἐμβάλλει ᴝ
ἡ δὲ πρῶτον ἧκεν εἰς τὸν ἀπ' ἐκείνης Ἰόνιον κόλπον
κληθέντα, ἔπειτα διὰ τῆς Ἰλλυρίδος πορευθεῖσα καὶ
τὸν Αἷμον ὑπερβαλοῦσα διέβη τὸν τότε μὲν καλού-
ᴝᴞ μενον πόρον Θράκιον, νῦν δὲ ἐξ ἐκείνης Βόσπορον.
8 ἀπελθοῦσα δὲ εἰς Σκυθίαν καὶ τὴν Κιμμερίδα γῆν, ɛ
πολλὴν χέρσον πλανηθεῖσα καὶ πολλὴν διανηξαμένη
θάλασσαν Εὐρώπης τε καὶ Ἀσίας, τελευταῖον ἧκεν εἰς
Αἴγυπτον, ὅπου τὴν ἀρχαίαν μορφὴν ἀπολαβοῦσα γεννᾷ
ᴞ παρὰ τῷ Νείλῳ ποταμῷ Ἔπαφον παῖδα. τοῦτον δὲ ɔ
Ἥρα δεῖται Κουρήτων ἀφανῆ ποιῆσαι· οἱ δὲ ἠφάνισαν
αὐτόν. καὶ Ζεὺς μὲν αἰσθόμενος κτείνει Κούρητας,
Ἰὼ δὲ ἐπὶ ζήτησιν τοῦ παιδὸς ἐτράπετο. πλανωμένη
δὲ κατὰ τὴν Συρίαν ἅπασαν (ἐκεῖ γὰρ ἐμηνύετο ⟨ὅτι
ᴝᴞ ἡ⟩ τοῦ Βυβλίων βασιλέως ⟨γυνὴ⟩ ἐτιθήνει τὸν υἱόν)

4. Φερεκύδης ... Ἀσκληπιάδης He.: Ἀσκληπιάδης ... Φερε–
κύδης A (conf. schol, Eurip. Phoen. 1116)   Pherecyd. frg. 22
Asclepiad. frg. 17 (FHG. III p. 304)   5. κέρκοψ A, corr. Aeg.
Cercope] Hesiod. frg. 5 Rx.   6. Acusil. frg. 17   12. πρῶτον
FA: πρῶτον μὲν Br.   16. ἀπελθοῦσα *E: ἐπελθοῦσα A
18. ἧκεν A: ἧει E   21. τὴν add. E   ὅτι add. Br.   25. ἡ
add. He.   βιβλίων A, corr. Aeg.   γυνὴ add. Aeg.

* καὶ τὸν Ἔπαφον εὑροῦσα, εἰς Αἴγυπτον ἐλθοῦσα ἐγαμήθη Τηλεγόνῳ τῷ βασιλεύοντι τότε Αἰγυπτίων. ἱδρύσατο δὲ ἄγαλμα Δήμητρος, ἣν ἐκάλεσαν Ἶσιν Αἰγύπτιοι, καὶ τὴν Ἰὼ Ἶσιν ὁμοίως προσηγόρευσαν.

4 Ἔπαφος δὲ βασιλεύων Αἰγυπτίων γαμεῖ Μέμφιν 10 τὴν Νείλου θυγατέρα, καὶ ἀπὸ ταύτης κτίζει Μέμφιν πόλιν, καὶ τεκνοῖ θυγατέρα Λιβύην, ἀφ' ἧς ἡ χώρα
2 Λιβύη ἐκλήθη. Λιβύης δὲ καὶ Ποσειδῶνος γίνονται παῖδες δίδυμοι Ἀγήνωρ καὶ Βῆλος. Ἀγήνωρ μὲν οὖν εἰς Φοινίκην ἀπαλλαγεὶς ἐβασίλευσε, κἀκεῖ τῆς μεγάλης 10 ῥίζης ἐγένετο γενεάρχης· ὅθεν ὑπερθησόμεθα περὶ
5 τούτου. Βῆλος δὲ ὑπομείνας ἐν Αἰγύπτῳ βασιλεύει 11 μὲν Αἰγύπτου, γαμεῖ δὲ Ἀγχινόην τὴν Νείλου θυγατέρα, καὶ αὐτῷ γίνονται παῖδες δίδυμοι, Αἴγυπτος καὶ Δαναός, ὡς δέ φησιν Εὐριπίδης, καὶ Κηφεὺς καὶ 15
4 Φινεὺς προσέτι. Δαναὸν μὲν οὖν Βῆλος ἐν Λιβύῃ κατῴκισεν, Αἴγυπτον δὲ ἐν Ἀραβίᾳ, ὃς καὶ καταστρεψάμενος τὴν Μελαμπόδων χώραν ⟨ἀφ' ἑαυτοῦ⟩ ὠνόμασεν Αἴγυπτον. γίνονται δὲ ἐκ πολλῶν γυναι- 12 κῶν Αἰγύπτῳ μὲν παῖδες πεντήκοντα, θυγατέρες δὲ 20
3 Δαναῷ πεντήκοντα. στασιασάντων δὲ αὐτῶν περὶ τῆς ἀρχῆς ὕστερον, Δαναὸς τοὺς Αἰγύπτου παῖδας δεδοικώς,

1. ἐγαμήθη R*: ἐγαμήθη, εἰ A   4. ἰὼ δὲ R   9. μὲν] R fol. 25ᵛ
10. τῆς del. He., sed conf. Comm. Ribb. p. 136   11. γενεάρχος R   ὑπερθησόμεθα] III 1 ss.   12. τοέτοι] λέγειν add.
Gal.   13. Ἀγχινόην A schol. Hom. A 42 (ἱστορεῖ Ἀπολλόδωρος ἐν β'): Ἀγχιρόη schol. Plat. Tim. 25b (Ἀμφιρρόη 24e) Tzetz.
Chil. VII 368 Lycophr. 583 He.   15. Eurip. frg. 881 N.
17. κατῴκισεν R: κατῴκησεν A   ἀραβίᾳ A   ὃς καὶ A: ὃς
schol. Hom., ὁ δὲ schol. Plat.   κατεστρεψάμενος schol. Hom.
et Plat. Gal.: κατασκεψάμενος A   18. μελαμπόδων R schol.
Plat. Zenob. II 6: μὲν λαμπάδων A   ἀφ' ἑαυτοῦ * ex schol. Hom.
et Plat. add. Aeg.

ὑποθεμίνης Ἀθηνᾶς αὐτῷ ναὸν κατεσκεύασι πρῶτος
18 καὶ τὰς θυγατέρας ἐνθέμενος ἔφυγε. προσσχὼν δὲ
Ῥόδῳ τὸ τῆς Λινδίας ἄγαλμα Ἀθηνᾶς ἱδρύσατο. ἐν-
τεῦθεν δὲ ἧκεν εἰς Ἄργος, καὶ τὴν βασιλείαν αὐτῷ
5 παραδίδωσι Γελάνωρ ὁ τότε βασιλεύων ... ἀνύδρου δὲ
τῆς χώρας ὑπαρχούσης, ἐπειδὴ καὶ τὰς πηγὰς ἐξήρανε
Ποσειδῶν μηνίων Ἰνάχῳ διότι τὴν χώραν Ἥρας ἐμαρ-
14 τύρησεν εἶναι, τὰς θυγατέρας ὑδρευσομένας ἔπεμψε. μία
δὲ αὐτῶν Ἀμυμώνη ζητοῦσα ὕδωρ ῥίπτει βέλος ἐπὶ
10 ἔλαφον καὶ κοιμωμένου Σατύρου τυγχάνει, κἀκεῖνος
περιαναστὰς ἐπεθύμει συγγενέσθαι· Ποσειδῶνος δὲ
ἐπιφανέντος ὁ Σάτυρος μὲν ἔφυγεν, Ἀμυμώνη δὲ
τούτῳ συνευνάζεται, καὶ αὐτῇ Ποσειδῶν τὰς ἐν Λέρνῃ
15 πηγὰς ἐμήνυσεν. οἱ δὲ Αἰγύπτου παῖδες ἐλθόντες εἰς
Ἄργος τῆς τε ἔχθρας παύσασθαι παρεκάλουν καὶ τὰς
θυγατέρας αὐτοῦ γαμεῖν ἠξίουν. Δαναὸς δὲ ἅμα μὲν
ἀπιστῶν αὐτῶν τοῖς ἐπαγγέλμασιν, ἅμα δὲ καὶ μνησι-
κακῶν περὶ τῆς φυγῆς, ὡμολόγει τοὺς γάμους καὶ
διεκλήρου τὰς κόρας.

16   Ὑπερμνήστραν μὲν οὖν τὴν πρεσβυτέραν ἔξελλον
Λυγκεῖ καὶ Γοργοφόνην Πρωτεῖ· οὗτοι γὰρ ἐκ βασι-
λίδος γυναικὸς Ἀργυφίης ἐγεγόνεισαν Αἰγύπτῳ. τῶν
δὲ λοιπῶν ἔλαχον Βούσιρις μὲν καὶ Ἐγκέλαδος καὶ

1. αὐτῷ del. Mendelssohnius Act. soc. phil. Lips. II p. 452
2. προσεχὼν schol. Hom. He.: προσάγων A   3. Λινδίας R:
Ἀνδίας A   6. πελάνωρ A ἐλλάνωρ schol. Hom., corr. He.
βασιλεύων] αὐτὸς δὲ κρατήσας τῆς χώρας ἀφ' ἑαυτοῦ
τοὺς ἐνοικοῦντας Δαναοὺς ὠνόμασε ex schol. Hom. add.
Aeg. Robertus de Apollod. bibl. p. 80   7. Ἥρας He.: Ἀθηνᾶς A
8. ὑδρευσαμένας A, corr. Aeg.   11. ἀναστὰς He.   18. τῆς
add. E Zenob. II 6   20 ss. confer catalogum Hyg. fab. 170
21. γοργοφόντην A, ex Tzetz. v. 874 corr. Aeg.   22. Ἀρ-
γύφης Tzetz. v. 372 He.

Λύκος καὶ Δαίφρων τὰς Δαναῷ γεννηθείσας ἐξ Εὐ-
ρώπης Αὐτομάτην Ἀμυμώνην Ἀγαυὴν Σκαιήν. αὗται
δὲ ἐκ βασιλίδος ἐγένοντο Δαναῷ, ἐκ δὲ Ἐλεφαντίδος
4 Γοργοφόνη καὶ Ὑπερμνήστρα. Ἴστρος δὲ Ἱπποδάμειαν, 17
Χαλκώδων Ῥοδίαν, Ἀγήνωρ Κλεοπάτραν, Χαῖτος Ἀστε- 5
ρίαν, Διοκορυστής Ἱπποδάμειαν, Ἄλκης Γλαύκην.
Ἀλκμήνωρ Ἱππομέδουσαν, Ἱππόθοος Γόργην, Εὐχήνωρ
Ἰφιμέδουσαν, Ἱππόλυτος Ῥόδην. οὗτοι μὲν οἱ δέκα
ἐξ Ἀραβίας γυναικός, αἱ δὲ παρθένοι ἐξ ἁμαδρυάδων
5 νυμφῶν, αἱ μὲν Ἀτλαντείης, αἱ δὲ ἐκ Φοίβης. Ἀγα- 13
πτόλεμος δὲ ἔλαχε Πειρήνην, Κερκέτης δὲ Δώριον,
Εὐρυδάμας Φάρτιν, Αἴγιος Μνήστραν, Ἄργιος Εὐίπ-
πην, Ἀρχέλαος Ἀναξιβίην, Μενέμαχος Νηλώ, οἱ ⟨μὲν⟩
ἑπτὰ ἐκ Φοινίσσης γυναικός, αἱ δὲ παρθένοι Αἰθιο-
6 πίδος. ἀκληρωτὶ δὲ ἔλαχον δι' ὁμωνυμίαν τὰς Μέμφι- 15
δος οἱ ἐκ Τυρίας, Κλειτὸς Κλειτήν, Σθένελος Σθενέλην,
7 Χρύσιππος Χρυσίππην. οἱ δὲ ἐκ Καλιάδνης νηίδος 19
νύμφης παῖδες δώδεκα ἐκληρώσαντο περὶ τῶν ἐκ

1. Δαίφρων repetitur p. 56, 11: Λαοφῶν propos. Hr., an
Λαόφρων? 3 ss. αὗται — Ὑπερμνήστρα del. He., sed conf.
Comm. Ribb. p. 150 et Tzetz. v. 375; exspectaveris αὗται μὲν
ἐκ ⟨ταύτης τῆς⟩ βασιλίδος ... 4. Ὑπερμνήστρα] λυγκεὺς δὲ
καλέκην (καὶ λύκην C) ἔλαχεν add. A, del. He. Ἱπποδάμειαν
repetitur l. 6 5. Κλεοπάτραν repetitur p. 56, 4 Χαίτης
He. Χαίρος Hr. 6. Ἱπποδάμειαν] conf. l. 4: Φιλοδάμειαν
(vel potius Φυλοδάμειαν) ex Paus. IV 30, 2 He.; an Ἱπποθόην
(Hyg.)? ἄλκης *R: ἄλκις A 7. ἀλκμήνωρ RORᴬ: ἀλκμήνων
BC ἱππόθιος BVT 9. ἀρραβίας A ἀμαδονάδων Α,
corr. Aeg. 10. ἐκ del Br. 11. κέρκησις A, corr. Hr.; Κερκή-
σης He. 12. φάρτιν *R: φάρτην A; Φάρην vel Φάντην He,
Φαιναρέτην Hr. αἴτιος BC Εὐίκκην repetitur p. 56, 5
13. ἀνεξιβίην A, corr. He. μέναχος A, corr. L. Dindorfius in
thesauro Νειλώ Hr. μὲν add. Br. 14. ⟨ἐξ⟩ Αἰθιοπίδος
Fub. 15. ⟨ἐκ⟩ Μέμφιδος Hr. 17. καλιάδνης A, corr. He.
καὶ νηίδος RRᴬC, om. PRᴬV; νηίδος om. Rᵇ, καὶ del. Hr.
18. περὶ RN: παρὰ A

Πολυξοῦς νηίδος νύμφης· ἦσαν δὲ οἱ μὲν παῖδες Εὐρύ-
λοχος Φάντης Περισθένης Ἔρμος· Δρύας Ποταμὼν
Κισσεὺς Λίξος Ἴμβρος Βρομίος Πολύκτωρ Χθονίος,
αἱ δὲ κόραι Αὐτονόη Θεανὼ Ἠλέκτρα Κλεοπάτρα Εὐ-
5 ρυδίκη Γλαυκίππη Ἀνθήλεια Κλεοδώρη Εὐίππη Ἐρατὼ
20 Στύγνη Βρύκη. οἱ δὲ ⟨ἐκ⟩ Γοργόνος Αἰγύπτῳ γενό-
μενοι ἐκληρώσαντο περὶ τῶν ἐκ Πιερίας, καὶ λαγχάνει
Περίφας μὲν Ἀκταίην, Οἰνεὺς δὲ Ποδάρκην, Αἴγυπτος
Διωξίππην, Μενάλκης Ἀδίτην, Λάμπος Ὠκυπέτην,
10 Ἴδμων Πυλάργην. †ὀκτὼ δέ εἰσι νεώτατοι· Ἴδας Ἱππο-
δίκην, Δαΐφρων Ἀδιάντην (αὗται δὲ ἐκ μητρὸς ἐγέ-
νοντο Ἔρσης), Πανδίων Καλλιδίκην, Ἄρβηλος Οἴμην,
Ὑπέρβιος Κελαινώ, Ἱπποκορυστὴς Ὑπερίππην· οὗτοι
ἐξ Ἡφαιστίνης, αἱ δὲ ἐκ Κρινοῦς.
21   ὡς δὲ ἐκληρώσατο τοὺς γάμους, ἑστιάσας ἐγχει-
ρίδια δίδωσι ταῖς θυγατράσιν. αἱ δὲ κοιμωμένους
τοὺς νυμφίους ἀπέκτειναν πλὴν Ὑπερμνήστρας· αὕτη
γὰρ Λυγκέα διέσωσε παρθένον αὐτὴν φυλάξαντα· διὸ
22 καθείρξας αὐτὴν Δαναὸς ἐφρούρει. αἱ δὲ ἄλλαι τῶν

1. παίδος A, νύμφης add. Hr. (conf. adn. l. 4)   2. Φάντης Hr.
3. βρόμιος A   4.. κόραι] νύμφης add. A, transpos. Hr.
αὐτονόη R: αὐγονόη A   Κλεοπάτρᾳ] conf. p. 55, 5   5. Εὐίππη]
conf. 55, 12: Πληξίππη He. Ζευξίππη Hr.   Ἐρατὼ *R R* (unde
corrigas apud Hyginum Erate in Erato): ἐρατὼ C τέρατὼ B
add. rece.   6. στύγνη A, corr. Aeg.   καὶ βρόκη A, καὶ de-
levi *; Βιβρύκη Gal., sed conf. marm. Par. 15   ἐκ add. He:
γοργόνος R: γοργόνων A   7. πιερίας A, corr. He.   8. δὲ
quod erat post Μενάλκης, huc transposuit Hr.   8. ποδάρκην
R R* B V   9. Ἀδίτην Aeg.   10. πυλάργην (πηλάργην R) ἴδ-
μων, transpos. Hr.   Πυλάργην He.: an Πυλάργην?   ὀκτὼ δέ
εἶσι corruptum, nam sex sunt: οὗτοι δέ εἰσι Gal., οἱ δὲ Hr.
11. Δαΐφρων] conf. p. 55, 1   12. ἄρβυλος B   13. ὑπερίππην R:
ὑπερίππῳ A   14. δὲ] explic. R fol. 24ᵛ   κρηνοῦς B   15. ἐκλη-
ρώσατο * ex Zenob. II 6 recepi coll. p. 54, 19: ἐκληρώσαντο E A
18. γὰρ *E Zenob.: δὲ A   λυγγία E   19. τὰς E: μὲν
τῶν R* τῶν μὲν A

Δαναοῦ θυγατέρων τὰς μὲν κεφαλὰς τῶν νυμφίων ἐν
τῇ Λέρνῃ κατώρυξαν, τὰ δὲ σώματα πρὸ τῆς πόλεως
ἐκήδευσαν. καὶ αὐτὰς ἐκάθηραν Ἀθηνᾶ τε καὶ Ἑρμῆς
12 Διὸς κελεύσαντος. Δαναὸς δὲ ὕστερον Ὑπερμνήστραν
Λυγκεῖ συνῴκισε, τὰς δὲ λοιπὰς θυγατέρας εἰς γυμνι- 5
κὸν ἀγῶνα τοῖς νικῶσιν ἔδωκεν.

13 Ἀμυμώνη δὲ ἐκ Ποσειδῶνος ἐγέννησε Ναύπλιον. 28
οὗτος μακρόβιος γενόμενος, πλέων τὴν θάλασσαν, τοῖς
ἐμπίπτουσιν ἐπὶ θανάτῳ ἐπυρσοφόρει. συνέβη οὖν
καὶ αὐτὸν τελευτῆσαι ἐκείνῳ τῷ θανάτῳ ᾧπερ ἄλλων 10
14 τελευτησάντων †ἐδυσφόρει, πρὶν τελευτῆσαι. ἔγημε δὲ
ὡς μὲν οἱ τραγικοὶ λέγουσι, Κλυμένην τὴν Κατρέως,
ὡς δὲ ὁ τοὺς νόστους γράψας, Φιλύραν, ὡς δὲ Κέρκωψ,
Ἡσιόνην, καὶ ἐγέννησε Παλαμήδην Οἴακα Ναυσιμέ-
δοντα. 15

2 Λυγκεὺς δὲ μετὰ Δαναὸν Ἄργους δυναστεύων ἐξ 24
Ὑπερμνήστρας τεκνοῖ παῖδα Ἄβαντα. τούτου δὲ καὶ
Ἀγλαΐας τῆς Μαντινέως δίδυμοι παῖδες ἐγένοντο Ἀκρί-
σιος καὶ Προῖτος. οὗτοι καὶ κατὰ γαστρὸς μὲν ἔτι ὄντες
ἐστασίαζον πρὸς ἀλλήλους, ὡς δὲ ἀνετράφησαν, περὶ 20
τῆς βασιλείας ἐπολέμουν, καὶ πολεμοῦντες εὗρον ἀσπί-
δας πρῶτοι. καὶ κρατήσας Ἀκρίσιος Προῖτον Ἄργους
ἐξελαύνει. ὁ δ' ἧκεν εἰς Λυκίαν πρὸς Ἰοβάτην, ὡς δέ 25
τινές φασι, πρὸς Ἀμφιάνακτα· καὶ γαμεῖ τὴν τούτου
θυγατέρα, ὡς μὲν Ὅμηρος, Ἄντειαν, ὡς δὲ οἱ τραγι- 25

5. Λυγγεῖ Ε   9. ἐδυσφόρει A, corr. Kuhnius   11. ἐδυσφό-
ρει corruptum, conf. Epit. Vat. p. 266s.   πρὶν δὲ τελευτῆσαι
ἔγημεν, ὡς ... A, correxi *   12. τραγικοί] Euripides FTG.
p. 602   καστρίας A, corr. He.   13. Noßt. frg. 1 Kink.   κέ-
κρωψ A, corr. Aeg.: (hoc Cercopis fragmentum omiserunt Kin-
kelius et Rzachius)   18. ἀγαλλίας A, ex schol. Eurip. Or. 965
corr. Com.   19. καὶ ante κατὰ del. Hr.   25. τραγικοί] Euri-
pides FTG. p. 567.

κοί, Σθενέβοιαν. κατάγει δὲ αὐτὸν ὁ κηδεστὴς μετὰ
στρατοῦ Λυκίων, καὶ καταλαμβάνει Τίρυνθα, ταύτην
αὐτῷ Κυκλώπων τειχισάντων. μερισάμενοι δὲ τὴν Ἀρ-
γείαν ἅπασαν κατῴκουν, καὶ Ἀκρίσιος μὲν Ἄργος
26 βασιλεύει, Προῖτος δὲ Τίρυνθος. καὶ γίνεται Ἀκρισίῳ
μὲν ἐξ Εὐρυδίκης τῆς Λακεδαίμονος Δανάη, Προίτῳ
δὲ ἐκ Σθενεβοίας Λυσίππη καὶ Ἰφινόη καὶ Ἰφιάνασσα.
αὗται δὲ ὡς ἐτελειώθησαν, ἐμάνησαν, ὡς μὲν Ἡσίοδός
φησιν, ὅτι τὰς Διονύσου τελετὰς οὐ κατεδέχοντο, ὡς
10 δὲ Ἀκουσίλαος λέγει, διότι τὸ τῆς Ἥρας ξόανον ἐξηυτέ-
27 λισαν. γενόμεναι δὲ ἐμμανεῖς ἐπλανῶντο ἀνὰ τὴν
Ἀργείαν ἅπασαν, αὖθις δὲ τὴν Ἀρκαδίαν διελθοῦσαι
μετ' ἀκοσμίας ἁπάσης διὰ τῆς ἐρημίας ἐτρόχαζον. Με-
λάμπους δὲ ὁ Ἀμυθάονος καὶ Εἰδομένης τῆς Ἄβαντος,
15 μάντις ὢν καὶ τὴν διὰ φαρμάκων καὶ καθαρμὸν θερα-
πείαν πρῶτος εὑρηκώς, ὑπισχνεῖται θεραπεύειν τὰς
παρθένους, εἰ λάβοι τὸ τρίτον μέρος τῆς δυναστείας.
28 οὐκ ἐπιτρέποντος δὲ Προίτου θεραπεύειν ἐπὶ μισθοῖς
τηλικούτοις, ἔτι μᾶλλον ἐμαίνοντο αἱ παρθένοι καὶ
20 προσέτι μετὰ τούτων αἱ λοιπαὶ γυναῖκες· καὶ γὰρ αὗται
τὰς οἰκίας ἀπολιποῦσαι τοὺς ἰδίους ἀπώλλυον παῖδας
καὶ εἰς τὴν ἐρημίαν ἐφοίτων. προβαινούσης δὲ ἐπὶ
πλεῖστον τῆς συμφορᾶς, τοὺς αἰτηθέντας μισθοὺς ὁ
Προῖτος ἐδίδου. ὁ δὲ ὑπέσχετο θεραπεύειν ὅταν ἕτερον
25 τοσοῦτον τῆς γῆς ὁ ἀδελφὸς αὐτοῦ λάβῃ Βίας. Προῖ-

4. κατῴκουν καὶ del. He.   5. τίρυνθον A   7. καὶ Ἰφι-
νόη nescio quo casu omiserunt edd. recc. praeter Müllerum;
nota Hesiodi versiculum: Λυσίππη ⟨τε⟩ καὶ Ἰφινόη καὶ Ἰφι-
άνασσα   ● 8. Hesiod. frg. 52 Rz.   10. Acusil. frg. 19.
12. Ἀρκαδίαν] καὶ τὴν Πελοπόννησον add. A, del. He.   14. τῆς
Ἄβαντος] Pheretis filia est I 96   16. πρῶτον R^a   εὑρη-
κώς] πρῶτον add. B   Θεραπεύσειν He. (conf. praefat.)
17. λάβοι He.: λάβοιτο δὲ A   21. Θεραπεύσειν He.

τος δὲ εὐλαβηθεὶς μὴ βραδυνούσης τῆς θεραπείας αἴτη- •
θείη καὶ πλεῖον, θεραπεύειν συνεχώρησεν ἐπὶ τούτοις.

τ Μελάμπους δὲ παραλαβὼν τοὺς δυνατωτάτους τῶν 22
νεανιῶν μετ' ἀλαλαγμοῦ καί τινος ἐνθέου χορείας ἐκ
α τῶν ὀρῶν αὐτὰς εἰς Σικυῶνα συνεδίωξε. κατὰ δὲ τὸν ι
διωγμὸν ἡ πρεσβυτάτη τῶν θυγατέρων Ἰφινόη μετήλ-
λαξεν· ταῖς δὲ λοιπαῖς τυχούσαις καθαρμῶν σωφρονῆσαι
συνέβη. καὶ ταύτας μὲν ἐξέδοτο Προῖτος Μελάμποδι
καὶ Βίαντι, παῖδα δ' ὕστερον ἐγέννησε Μεγαπένθην.

3   Βελλεροφόντης δὲ ὁ Γλαύκου τοῦ Σισύφου, κτείνας 30
ἀκουσίως ἀδελφὸν Δηλιάδην, ὡς δέ τινές φασι Πειρῆνα,
ἄλλοι δὲ Ἀλκιμένην, πρὸς Προῖτον ἐλθὼν καθαίρεται.
2 καὶ αὐτοῦ Σθενέβοια ἔρωτα ἴσχει, καὶ προσπέμπει λό-
γους περὶ συνουσίας. τοῦ δὲ ἀπαρνουμένου, λέγει πρὸς
Προῖτον ὅτι Βελλεροφόντης αὐτῇ περὶ φθορᾶς προσ- 15
επέμψατο λόγους. Προῖτος δὲ πιστεύσας ἔδωκεν ἐπι-
στολὰς αὐτῷ πρὸς Ἰοβάτην κομίσαι, ἐν αἷς ἐνεγέγραπτο
3 Βελλεροφόντην ἀποκτεῖναι. Ἰοβάτης δὲ ἀναγνοὺς ἐπέ- 31
ταξεν αὐτῷ Χίμαιραν κτεῖναι, νομίζων αὐτὸν ὑπὸ τοῦ
θηρίου διαφθαρήσεσθαι· ἦν γὰρ οὐ μόνον ἑνὶ ἀλλὰ 10
πολλοῖς οὐκ εὐάλωτον, εἶχε δὲ προτομὴν μὲν λέοντος,
οὐρὰν δὲ δράκοντος, τρίτην δὲ κεφαλὴν μέσην αἰγός,

2. πλέον Hr.   4. ἀλαλαγμοῦ B ἀλαγμοῦ Rᵃ   6. εἰς
(non ἐς) σικυῶνα RᵃC: ἐκεικνῶτος B   6. τῶν ⟨Προίτου⟩ θυγα-
τέρων propos. Hr.   Ἰφινόη A, corr. Aeg.   10 s. ἄκων ἀνελών
τινα Κορίνθιον Βέλλερον ἢ τὸν ἴδιον ἀδελφὸν . . . Tzetz. Ly-
cophr. 17, ἀνελὼν Βέλλερον Zenob. Π 87   11. Δηλιάδην Tzetz. Chil.
VII 812 Aeg.: Πειάδην A   Πειρῆνα Tzetz. Aeg.: πτέρην A Zenob.
13. προπέμπει A, corr. Fub.   16. προσεπέμψατο A Zenob.:
προσέπεμψει Hr.   17. κομίσαι • ex Zenob. recepi: κομίσειν A
ἀνεγέγραπτο Zenob. Hr.: ἐπιγνοὺς A   20. ἀλλὰ καὶ Rᵃ   21. εἶχε
δὲ . . .] conf. adn. p. 60, 2   22. δράκοντα Br.   μέσην del. Hr.

δι' ἧς πῦρ ἀνίει· καὶ τὴν χώραν διέφθειρε, καὶ τὰ
βοσκήματα ἐλυμαίνετο· μία γὰρ φύσις τριῶν θηρίων
εἶχε δύναμιν. λέγεται δὲ γραφῆναι μὲν ὑπὸ Ἀμισω-
δάρου, καθάπερ εἴρηκε καὶ Ὅμηρος, γεννηθῆναι δὲ ἐκ
Τυφῶνος καὶ Ἐχίδνης, καθὼς Ἡσίοδος ἱστορεῖ. ἀνα-
βιβάσας οὖν ἑαυτὸν ὁ Βελλεροφόντης ἐπὶ τὸν Πήγασον,
ὃν εἶχεν ἵππον ἐκ Μεδούσης πτηνὸν γεγεννημένον καὶ
Ποσειδῶνος, ἀρθεὶς εἰς ὕψος ἀπὸ τούτου κατετόξευσε
τὴν Χίμαιραν. μετὰ δὲ τὸν ἀγῶνα τοῦτον ἐπέταξεν
αὐτῷ Σολύμοις μαχεσθῆναι. ὡς δὲ ἐτελεύτησε καὶ τοῦ-
τον, Ἀμαζόσιν ἐπέταξεν ἀγωνίσασθαι αὐτόν. ὡς δὲ
καὶ ταύτας ἀπέκτεινε, τοὺς τότε νεότητι Λυκίων διαφέ-
ρειν δοκοῦντας ἐπιλέξας ἐπέταξεν ἀποκτεῖναι λοχήσαν-
τας. ὡς δὲ καὶ τούτους ἀπέκτεινε πάντας, θαυμάσας
τὴν δύναμιν αὐτοῦ ὁ Ἰοβάτης τά τε γράμματα ἔδειξε
καὶ παρ' αὐτῷ μένειν ἠξίωσε· δοὺς δὲ αὐτῷ τὴν θυγα-
τέρα Φιλονόην καὶ θνῄσκων τὴν βασιλείαν κατέλιπεν.

Ἀκρισίῳ δὲ περὶ παίδων γενέσεως ἀρρένων χρηστη-
ριαζομένῳ ὁ θεὸς ἔφη γενέσθαι παῖδα ἐκ τῆς θυγατρός,
ὃς αὐτὸν ἀποκτενεῖ. δείσας δὲ ὁ Ἀκρίσιος τοῦτο, ὑπὸ

2 s. μία — δύναμιν, quae verba delet Hr., sic transposui
Zenobium secutus: p. 69, 21 ... οὐκ εὐάλωτον· μία γὰρ φύσις τριῶν
θηρίων εἶχε δύναμιν, προτομὴν μὲν ... Comm. Ribb. p. 148
3. δὲ] καὶ τὴν χίμαιραν ταύτην add. A. del. He.   ἀμισαδά-
ρου A. corr. Aeg.   4. Hom. Π 328   5. Hesiod. Theog. 319
       6. τὸν Πήγασον Aeg.: τὰς πηγὰς A   10. μαχίσασθαι Fab.
11. ἀγωνίσασθαι *R² BT Zenob.: ἀγωνίζεσθαι LN add.   αὐτὸν
om. Zenob. Hr.   12. τότε νεότητι Gal. (ex Zenob.: τοὺς τότε
ῥώμῃ νεότητος διαφέροντας): τε νεότητι A, γενναιότητι Hr.
16 s. δοὺς δὲ αὐτῷ ... κατέλιπεν * ex Zenob. recepi: δοὺς ...
κατέλιπεν πότῳ A   *   17. φιλονόην A Tzetz. Lycophr. 17, Chil.
VII 858: Θιλονόην Hr. (conf. III 126 adn.)   19. ὁ θεὸς om. B,
ὁ πύθιος E   γενέσθαι EA Zenob. I 41 schol. Hom. Σ 819 (conf.
praefat.)   20. ἀποκτενεῖ E: ἀποκτείνῃ A Zenob.   δὲ ὁ *E Ze-
nob. schol. Hom.: οὖν A   τοῦτο EA schol. Hom., om. Zenob. Hr.

γῆν θάλαμον κατασκευάσας χάλκεον τὴν Δανάην ἐφρού-
ρει. ταύτην μέν, ὡς ἔνιοι λέγουσιν, ἔφθειρε Προῖτος,
ὅθεν αὐτοῖς καὶ ἡ στάσις ἐκινήθη· ὡς δὲ ἔνιοί φασι,
Ζεὺς μεταμορφωθεὶς εἰς χρυσὸν καὶ διὰ τῆς ὀροφῆς
εἰς τοὺς Δανάης εἰσρυεὶς κόλπους συνῆλθεν. αἰσθό-
μενος δὲ Ἀκρίσιος ὕστερον ἐξ αὐτῆς γεγεννημένον
Περσέα, μὴ πιστεύσας ὑπὸ Διὸς ἐφθάρθαι, τὴν θυγα-
τέρα μετὰ τοῦ παιδὸς εἰς λάρνακα βαλὼν ἔρριψεν εἰς
θάλασσαν. προσενεχθείσης δὲ τῆς λάρνακος Σερίφῳ
Δίκτυς ἄρας ἀνέθρεψε τοῦτον. βασιλεύων δὲ τῆς
Σερίφου Πολυδέκτης ἀδελφὸς Δίκτυος, Δανάης ἐρα-
σθείς, καὶ ἠνδρωμένου Περσέως μὴ δυνάμενος αὐτῇ
συνελθεῖν, συνεκάλει τοὺς φίλους, μεθ' ὧν καὶ Περσέα,
λέγων ἔρανον συνάγειν ἐπὶ τοὺς Ἱπποδαμείας τῆς Οἰνο-
μάου γάμους. τοῦ δὲ Περσέως εἰπόντος καὶ ἐπὶ τῇ
κεφαλῇ. τῆς Γοργόνος οὐκ ἀντερεῖν, παρὰ μὲν τῶν.
λοιπῶν ᾔτησεν ἵππους, παρὰ δὲ τοῦ Περσέως οὐ λαβὼν
τοὺς ἵππους ἐπέταξε τῆς Γοργόνος κομίζειν τὴν κεφαλήν.
ὁ δὲ Ἑρμοῦ καὶ Ἀθηνᾶς προκαθηγουμένων ἐπὶ τὰς
Φόρκου παραγίνεται θυγατέρας, Ἐνυὼ καὶ Πεφρηδὼ
καὶ Δεινώ· ἦσαν δὲ αὗται Κητοῦς τε καὶ Φόρκου,
Γοργόνων ἀδελφαί, γραῖαι ἐκ γενετῆς. ἕνα τε ὀφθαλ-
μὸν αἱ τρεῖς καὶ ἕνα ὀδόντα εἶχον, καὶ ταῦτα παρὰ

1. χάλκιον Ε Α Zenob.: χαλκοῦν schol. Hom. Hr. (conf. prae-
fat.)   2. καὶ ταύτην, ὡς μὲν Hr. ·ὡς ἔνιοι λέγουσιν Α: ὡς
φησι Πίνδαρος καὶ ἄλλοι τινές schol. Hom.   8. εἰς Α Zenob.
schol. Hom.: εἰς τὴν Ε   10. ἀνέθρεψε *Ε: ἀνέτρεψε Α Zenob.
τοῦτον Ε Α: Περσέα Zenob. Hr.   1ᅌ. ἀντερεῖν Α Zenob.:
corr. Aeg. He.   18. τὴν κεφαλὴν κομίζειν Zenob. ● 20. πα-
ραγίνεται Zenob. Fab.: γίνεται Α   καὶ * post Ἐνυὼ om.
Zenob. edd. rece.   μεμφρηδὼ Α, corr. Aeg.   21. Δεινώ
Α Zenob : Δινώ G. Hermannus Opusc. VI p. 168   22. τε
Α: δὲ He.

μέρος ἤμειβον ἀλλήλαις. ἐν κυριεύσας ὁ Περσεύς, ὡς ‹
ἀπήτουν, ἔφη δάσειν ἂν ὑφηγήσωνται τὴν ὁδὸν τὴν
28 ἐπὶ τὰς νύμφας φέρουσαν. αὗται δὲ αἱ νύμφαι πτηνὰ
εἶχον πέδιλα καὶ τὴν κίβισιν, ἥν φασιν εἶναι πήραν·
5 [Πίνδαρος δὲ καὶ Ἡσίοδος ἐν Ἀσπίδι ἐπὶ τοῦ Περσέως·
πᾶν δὲ μετάφρενον εἶχε ⟨κάρα⟩ δεινοῖο πελώρου
⟨Γοργοῦς⟩, ἀμφὶ δέ μιν κίβισις θέε.
εἴρηται δὲ παρὰ τὸ κεῖσθαι ἐκεῖ ἐσθῆτα καὶ τὴν τροφήν.]
29 εἶχον δὲ καὶ τὴν ⟨Ἅιδος⟩ κυνῆν. ὑφηγησαμένων δὲ τῶν 5
10 Φορκίδων, ἀποδοὺς τόν τε ὀδόντα καὶ τὸν ὀφθαλμὸν
αὐταῖς, καὶ παραγενόμενος πρὸς τὰς νύμφας, καὶ τυχὼν
ὧν ἐσπούδαζε, τὴν μὲν κίβισιν περιεβάλετο, τὰ δὲ
πέδιλα τοῖς σφυροῖς προσήρμοσε, τὴν δὲ κυνῆν τῇ
κεφαλῇ ἐπέθετο. ταύτην ἔχων αὐτὸς μὲν οὐχ ἠθέλεν ᾧ 6
15 ἔβλεπεν, ὑπὸ ἄλλων δὲ οὐχ ἑωρᾶτο. λαβὼν δὲ καὶ
παρὰ Ἑρμοῦ ἀδαμαντίνην ἅρπην, πετόμενος εἰς τὸν
Ὠκεανὸν ἧκε καὶ κατέλαβε τὰς Γοργόνας κοιμωμένας.
40 ἦσαν δὲ αὗται Σθενὼ Εὐρυάλη Μέδουσα. μόνη δὲ 7
ἦν θνητὴ Μέδουσα· διὰ τοῦτο ἐπὶ τὴν ταύτης κεφαλὴν
20 Περσεὺς ἐπέμφθη. εἶχον δὲ αἱ Γοργόνες κεφαλὰς μὲν
περιεσπειραμένας φολίσι δρακόντων, ὀδόντας δὲ μεγά-
λους ὡς συῶν, καὶ χεῖρας χαλκᾶς, καὶ πτέρυγας χρυσᾶς,
41 δι' ὧν ἐπέτοντο. τοὺς δὲ ἰδόντας λίθους ἐποίουν.
ἐπιστὰς οὖν αὐταῖς ὁ Περσεὺς κοιμωμέναις, κατευθυ- 8

1. ἤμειβον A Zenob.: ἐπήμειβον Πε.   3. πτηνά] inscip. R
fol. 37¹   4. κίβισιν (in marg. κέβισιν) BC   φασὶν I. Zenob.
Πε.: φασί τινες A   5.—8. uncis inclusa om. Zenob. Cum.
Pindar. frg. 254 Bgk.   Hesiod. Scut. 223 s.   6. δί τι RR°C
δί τι B ●   6 s. κάρα et Γοργοῦς om. A   9. τὴν ⟨Ἅιδος⟩
κυνῆν * ex Zenob. recepi (conf. Tzetz. Lycophr. 838 p. 825 M:
καὶ κυνίαν τοῦ Ἅιδου): τὴν κυνῆν A   16. εἰς A: ἐπὶ Hr.
18. αὗται] ἀδελφαὶ τρεῖς add. Zenob.   19. ἦν om. C
23. δι' ὧν ἐπέτοντο A (δι' ὧν ἐφέροντο Zenob.), d-l. Hr.

νοίσης τὴν χεῖρα Ἀθηνᾶς, ἀπεστραμμένος καὶ βλέπων
εἰς ἀσπίδα χαλκῆν, δι' ἧς τὴν εἰκόνα τῆς Γοργόνος
ἔβλεπεν, ἐκαρατόμησεν αὐτήν. ἀποτμηθείσης δὲ τῆς 42
κεφαλῆς, ἐκ τῆς Γοργόνος ἐξέθορε Πήγασος πτηνὸς
ἵππος, καὶ Χρυσάωρ ὁ Γηρυόνου πατήρ· τούτους δὲ 5
ἐγέννησεν ἐκ Ποσειδῶνος. ὁ μὲν οὖν Περσεὺς ἐνθέ-
μενος εἰς τὴν κίβισιν τὴν κεφαλὴν τῆς Μεδούσης ὀπίσω
πάλιν ἐχώρει, αἱ δὲ Γοργόνες ἐκ τῆς κοίτης ἀναπτᾶσαι
τὸν Περσέα ἐδίωκον, καὶ συνιδεῖν αὐτὸν οὐκ ἠδύναντο
διὰ τὴν κυνῆν· ἀπεκρύπτετο γὰρ ὑπ' αὐτῆς.   10

παραγενόμενος δὲ εἰς Αἰθιοπίαν, ἧς ἐβασίλευε 48
Κηφεύς, εὗρε τὴν τούτου θυγατέρα Ἀνδρομέδαν παρα-
κειμένην βορὰν θαλασσίῳ κήτει. Κασσιέπεια γὰρ ἡ
Κηφέως γυνὴ Νηρηίσιν ἤρισε περὶ κάλλους, καὶ πασῶν
εἶναι κρείσσων ηὔχησεν· ὅθεν αἱ Νηρηίδες ἐμήνισαν, 15
καὶ Ποσειδῶν αὐταῖς συνοργισθεὶς πλήμμυράν τε ἐπὶ
τὴν χώραν ἔπεμψε καὶ κῆτος. Ἄμμωνος δὲ χρήσαντος
τὴν ἀπαλλαγὴν τῆς συμφορᾶς, ἐὰν ἡ Κασσιεπείας
θυγάτηρ Ἀνδρομέδα προτεθῇ τῷ κήτει βορά, τοῦτο
ἀναγκασθεὶς ὁ Κηφεὺς ὑπὸ τῶν Αἰθιόπων ἔπραξε, καὶ 20
προσέδησε τὴν θυγατέρα πέτρᾳ. ταύτην θεασάμενος 44
ὁ Περσεὺς καὶ ἐρασθεὶς ἀναιρήσειν ὑπέσχετο Κηφεῖ
τὸ κῆτος, εἰ μέλλει σωθεῖσαν αὐτὴν αὐτῷ δώσειν
γυναῖκα. ἐπὶ τούτοις γενομένων ὅρκων, ὑποστὰς τὸ
κῆτος ἔκτεινε καὶ τὴν Ἀνδρομέδαν ἔλυσεν. ἐπιβουλεύ- 25
οντος δὲ αὐτῷ Φινέως, ὃς ἦν ἀδελφὸς τοῦ Κηφέως
ἐγγεγυημένος πρῶτος τὴν Ἀνδρομέδαν, μαθὼν τὴν ἐπι-

1. ἀπεστρεμμένος RBV   8. ἀνακτᾶσαι * ex Zenob. re-
cepi: ἀναστᾶσαι A   10. ἀπεκρύπτετο — αὐτῆς del. Hr.
12. προκειμένην Hr. .   27. ἐγγεγυημένος *R: ἐγγετόμενος A
ἐγγυόμενος edd.

βουλήν, τὴν Γοργόνα δείξας μετὰ τῶν συνεπιβουλευ-
15 όντων αὐτὸν ἐλίθωσε παραχρῆμα. παραγενόμενος δὲ
εἰς Σέριφον, καὶ καταλαβὼν προσπεφευγυῖαν τοῖς
βωμοῖς μετὰ τοῦ Δίκτυος τὴν μητέρα διὰ τὴν Πολυ-
5 δέκτου βίαν, εἰσελθὼν εἰς τὰ βασίλεια, συγκαλέσαντος
τοῦ Πολυδέκτου τοὺς φίλους ἀπεστραμμένος τὴν κεφα-
λὴν τῆς Γοργόνος ἔδειξε· τῶν δὲ ἰδόντων, ὁποῖον ἕκα-
16 στος ἔτυχε σχῆμα ἔχων, ἀπελιθώθη. καταστήσας δὲ τ
τῆς Σερίφου Δίκτυν βασιλέα, ἀπέδωκε τὰ μὲν πέδιλα
10 καὶ τὴν κίβισιν καὶ τὴν κυνῆν Ἑρμῇ, τὴν δὲ κεφαλὴν
τῆς Γοργόνος Ἀθηνᾷ. Ἑρμῆς μὲν οὖν τὰ προειρημένα
πάλιν ἀπέδωκε ταῖς νύμφαις, Ἀθηνᾶ δὲ ἐν μέσῃ τῇ
ἀσπίδι τῆς Γοργόνος τὴν κεφαλὴν ἐνέθηκε. λέγεται δ
δὲ ὑπ᾽ ἐνίων ὅτι δι᾽ Ἀθηνᾶν ἡ Μέδουσα ἐκαρατομήθη·
13 φασὶ δὲ ὅτι καὶ περὶ κάλλους ἠθέλησεν ἡ Γοργὼ αὐτῇ
συγκριθῆναι.

47   Περσεὺς δὲ μετὰ Δανάης καὶ Ἀνδρομέδας ἔσπευδεν, 4
εἰς Ἄργος, ἵνα Ἀκρίσιον θεάσηται. ὁ δὲ ⟨τοῦτο μαθὼν
καὶ⟩ δεδοικὼς τὸν χρησμόν, ἀπολιπὼν Ἄργος εἰς τὴν
20 Πελασγιῶτιν ἐχώρησε γῆν. Τευταμίδου δὲ τοῦ Λαρι- 2
σαίων βασιλέως ἐπὶ κατοιχομένῳ τῷ πατρὶ διατιθέντος ·
γυμνικὸν ἀγῶνα, παρεγένετο καὶ ὁ Περσεὺς ἀγωνίσα-
σθαι.θέλων, ἀγωνιζόμενος δὲ πένταθλον, τὸν δίσκον
ἐπὶ τὸν Ἀκρισίου πόδα βαλὼν παραχρῆμα ἀπέκτεινεν

1. δήξας R   3. προσπεφευγυῖαν Tzetz. Lycophr. 838: προ-
πεφευγυῖαν A   5. τὰ βασίλεια (compend.) R: τὸν βασιλέα A
6. ἀπεστρομμένος A   9. ἀπέδωκε A: δίδωσι Zenob. Hr.
13. ἀνέθηκι A, corr. He.   14. δὶ *R: δὲ καὶ A   ὅτι]
καὶ add. A, del. He.   δι᾽ Ἀθηνᾶς Fab.   15. καὶ del. Hr.
17. ἔσπευδεν A Zenob. Tzetz.: ἔσπευσεν E   18. τοῦτο μα-
θὼν καὶ * addidi ex Zenob.   20. τευταμίδου E Tzetz.: τευτα-
μία A   λαρισαίων R*: λαρισσαίων E A Tzetz.   21. διατι-
θέντος F Zenob.: διατεθέντος A

3 αὐτόν. αἰσθόμενος δὲ τὸν χρησμὸν τετελειωμένον τὸν 48
μὲν Ἀκρίσιον ἔξω τῆς πόλεως ἔθαψεν, αἰσχυνόμενος
δὲ εἰς Ἄργος ἐπανελθεῖν ἐπὶ τὸν κλῆρον τοῦ δι' αὐτοῦ
τετελευτηκότος, παραγενόμενος εἰς Τίρυνθα πρὸς τὸν
Προίτου παῖδα Μεγαπένθην ἠλλάξατο,. τούτῳ τε τὸ 5
4 Ἄργος ἐνεχείρισε. καὶ Μεγαπένθης μὲν ἐβασίλευσεν
Ἀργείων, Περσεὺς δὲ Τίρυνθος, προστειχίσας Μίδειαν·
5 καὶ Μυκήνας. ἐγένοντο δὲ ἐξ Ἀνδρομέδας παῖδες αὐτῷ, 49
πρὶν μὲν ἐλθεῖν εἰς τὴν Ἑλλάδα Πέρσης, ὃν παρὰ
Κηφεῖ κατέλιπεν (ἀπὸ τούτου δὲ τοὺς Περσῶν βασιλίας 1α
λέγεται γενέσθαι), ἐν Μυκήναις δὲ Ἀλκαῖος καὶ Σθέ-
νελος καὶ Ἕλειος Μήστωρ τε καὶ Ἠλεκτρύων; καὶ
θυγάτηρ Γοργοφόνη, ἣν Περιήρης ἔγημεν.
2 ἐκ μὲν οὖν Ἀλκαίου καὶ Ἀστυδαμείας τῆς Πέλοπος, 50
ὡς δὲ ἔνιοι λέγουσι Λαονόμης τῆς Γουνέως, ὡς δὲ ἄλλοι 15
πάλιν Ἱππονόμης τῆς Μενοικέως, Ἀμφιτρύων ἐγένετο
καὶ θυγάτηρ Ἀναξώ, ἐκ δὲ Μήστορος καὶ Λυσιδίκης
τῆς Πέλοπος Ἱπποθόη. ταύτην ἁρπάσας Ποσειδῶν καὶ
κομίσας ἐπὶ τὰς Ἐχινάδας νήσους μίγνυται, καὶ γεννᾷ
Τάφιον, ὃς ᾤκισε Τάφον καὶ τοὺς λαοὺς Τηλεβόας 20
3 ἐκάλεσεν, ὅτι τηλοῦ τῆς πατρίδος ἔβη. ἐκ Ταφίου δὲ 51
παῖς Πτερέλαος ἐγένετο· τοῦτον· ἀθάνατον ἐποίησε
Ποσειδῶν, ἐν τῇ κεφαλῇ χρυσῆν ἐνθεὶς τρίχα. Πτερε-
λάῳ δὲ ἐγένοντο παῖδες Χρομίος Τύραννος Ἀντίοχος
Χερσιδάμας Μήστωρ Εὐήρης. 25

1. τετελειωμένον *R :`τετελεσμένον A   4. τίρυνθα R: τίρυν-
θον A   6. καὶ] E fol. 27ᵛ   7. μήδειαν A Tzetz. codd. nonnulli,
corr. Aeg.   9. Πέρσης add. R   12. Ἕλειος Tzetz. He : Ελης
R Ελης RᵃC Ελλας B   14b. ἐκ μὲν — ἄλλοι add. R (conf. prae-
fat.)   15. Λαόνης R, corr. Müllerus   21. Πτερέλαος Tzetz.
Lycophr. 932   ἀθάνατον] ἄφτητον καὶ ἀκαταγώνιστον Tzetz.
24. ἐγένοντο] θυγάτηρ Κομαιθὼ καὶ ἄρρενες ex Tzetz. add.
Aeg.   · χρόμιος A Tzetz.   Ἀντίοχης] Ἀμφίδος Tzetz.

52   Ἠλεκτρύων δὲ γήμας τὴν Ἀλκαίου θυγατέρα Ἀναξώ, ↕
ἐγέννησε θυγατέρα μὲν Ἀλκμήνην. παῖδας δὲ ⟨Στρατο-
βάτην⟩ Γοργοφόνον Φυλόνομον Κελαινέα Ἀμφίμαχον
Λυσίνομον· Χειρίμαχον Ἀνάκτορα Ἀρχέλαον, μετὰ δὲ
τούτους καὶ νόθον ἐκ Φρυγίας γυναικὸς Μιδείας
Λικύμνιον.

58   Σθενέλου δὲ καὶ Νικίππης τῆς Πέλοπος Ἀλκυόνη ↕
καὶ Μέδουσα, ὕστερον δὲ καὶ Εὐρυσθεὺς ἐγένετο, ὃς
καὶ Μυκηνῶν ἐβασίλευσεν. ὅτε γὰρ Ἡρακλῆς ἔμελλε
10 γεννᾶσθαι, Ζεὺς ἐν θεοῖς ἔφη τὸν ἀπὸ Περσέως γεννη-
θησόμενον τότε βασιλεύσειν Μυκηνῶν, Ἥρα δὲ διὰ
ζῆλον Εἰλειθυίας ἔπεισε τὸν μὲν Ἀλκμήνης τόκον ἐπι-
σχεῖν, Εὐρυσθέα δὲ τὸν Σθενέλου παρεσκεύασε γεννη-
θῆναι ἑπταμηνιαῖον ὄντα.

54   Ἠλεκτρύονος δὲ βασιλεύοντος Μυκηνῶν, μετὰ Τα- ↕
φίου οἱ Πτερελάου παῖδες ἐλθόντες τὴν Μήστορος
ἀρχὴν. τοῦ μητροπάτορος ἀπῄτουν, καὶ μὴ προσέχοντος
Ἠλεκτρύονος ἀπήλαυνον τὰς βόας· ἀμυνομένων δὲ τῶν
Ἠλεκτρύονος παίδων, ἐκ προκλήσεως ἀλλήλους ἀπέκτει-
20 ναν. ἐσώθη· δὲ τῶν Ἠλεκτρύονος παίδων. Λικύμνιος ↕
ἔτι νέος ὑπάρχων, τῶν δὲ Πτερελάου Εὐήρης,. ὃς καὶ
55 τὰς ναῦς ἐφύλασσε. τῶν δὲ Ταφίων. οἱ διαφυγόντες
ἀπέπλευσαν τὰς ἐλαθείσας βόας ἑλόντες, καὶ παρέθεντο

.   2. θυγατέρας A, corr. Aeg. -   Στρατοβάτην * ex Tzetz.
add. Aeg.   8.   φυλόνομον * R Rᵃ B Tzetz.: φιλονόμον C edd.
5. μηδείας A Tzetz.; corr. Aeg. Fab.   7. Ἀλκυόνη * ex
Diod. IV 12, 7 recepi: ἀλκυόνη R ἀλκυόνη A edd   10 s. γεννη-
θησόμενον τότε EA: τότε γεννηθησόμενον He.   11. βασιλεύ-
σειν E: βασιλεύειν A   διὰ *E: διὰ τὸν A (conf. Epit. Vat.
p. 98) .   12. εἰλειθυίας *EA: εἰλείθυιαν edd. - 15 ss. ἠλεκτρυ-
όνος R Rᵃᵇ .   17. τοῦ μητροπάτορος (compend.) R: τὸ μητρο-
πάτορος Rᵃ τῷ μητροπάτορι A   προσίχοντος Tzetz. Aeg.: προσ-
έχοντος A   19. προβλήσεως A, corr. Fab.

τῷ βασιλεῖ τῶν Ἠλείων· Πολυξένῳ· Ἀμφιτρύων δὲ
παρὰ Πολυξένου λυτρωσάμενος αὐτὰς ἤγαγεν εἰς Μυ-
κήνας.· ὁ δὲ Ἠλεκτρύων τὸν· τῶν παίδων ·θάνατον
βουλόμενος ἐκδικῆσαι, παραδοὺς τὴν βασιλείαν·Ἀμφι-
τρύωνι καὶ· τὴν θυγατέρα Ἀλκμήνην, · ἐξορκίσας ἵνα
μέχρι·τῆς ἐπανόδου παρθένον αὐτὴν φυλάξῃ, στρατεύειν
ἐπὶ Τηλεβόας διενοεῖτο. ·ἀπολαμβάνοντος δὲ αὐτοῦ τὰς
βόας, μιᾶς ἐκθορούσης Ἀμφιτρύων ἐπ'· αὐτὴν ἀφῆκεν
ὅ, μετὰ χεῖρας εἶχε ῥόπαλον, τὸ δὲ ἀποκρουσθὲν ἀπὸ
τῶν ·κεράτων εἰς τὴν Ἠλεκτρύονος ·κεφαλὴν ἐλθὸν
ἀπέκτεινεν αὐτόν.· ὅθεν λαβὼν ταύτην τὴν πρόφασιν
Σθένελος παντὸς Ἄργους ἐξέβαλεν·Ἀμφιτρύωνα, καὶ·
τὴν ἀρχὴν τῶν·Μυκηνῶν καὶ τῆς Τίρυνθος αὐτὸς
κατέσχε· τὴν δὲ ·Μίδειαν, μεταπεμψάμενος τοὺς Πέλο-
πος παῖδας Ἀτρέα καὶ Θυέστην, παρέθετο τούτοις.

Ἀμφιτρύων δὲ σὺν Ἀλκμήνῃ καὶ Λικυμνίῳ παρα-
γενόμενος ἐπὶ Θήβας ὑπὸ Κρέοντος ἡγνίσθη, καὶ δίδωσι
τὴν ἀδελφὴν Περιμήδην Λικυμνίῳ. λεγούσης δὲ Ἀλκμή-
νης γαμηθήσεσθαι αὐτῷ τὸν ἀδελφῶν αὐτῆς ἐκδική-
σαντι τὸν θάνατον, ὑποσχόμενος ἐπὶ Τηλεβόας στρατεύει
Ἀμφιτρύων, καὶ παρεκάλει συλλαβέσθαι Κρέοντα. ὁ δὲ
ἔφη στρατεύσειν, ἐὰν πρότερον ἐκεῖνος τὴν Καδμείαν
τῆς ἀλώπεκός ἀπαλλάξῃ· ἔφθειρε γὰρ τὴν Καδμείαν
ἀλώπηξ θηρίον. ὑποστάντος δὲ ὅμως εἱμαρμένον ἦν .

. 2. Μυκήνας Tzetz.: μυκήνην RR*B μηκένην O (ut saepius
in huius nominis vocalibus vacillant codices praeter R)·
4. βουλευόμενος R (θέλων Tzetz.) 10. ἐνδίον·Eberhardus
Jen. Litt.-Ztg. 1874 p. 439 14. μήδιαν A 17. ἐπὶ A: εἰς
Hr. 19. αὐτῷ * Eberhardus L L. coll. schol. Hom. Ω 583. Hes.
Sc. 14 ss.: τῷ Α 20. στρατεύειν O 22. τὴν Καδμείαν A:
τοὺς Καδμείους Hr. 23. τὴν A: γῆν Hc.·. 24. ὑποστάντος
δὲ ὅμως] scil. τινός vel αὐτοῦ interpr. Πε., ὑποστάντα δὲ θρόμῳ
Eberhardus l. l.

58 αὐτὴν μηδέ τινα καταλαβεῖν· ἀδικουμένης δὲ τῆς χώ- 7
ρας, ἵνα τῶν ἀστῶν παῖδα οἱ Θηβαῖοι κατὰ μῆνα προ-
ετίθεσαν αὐτῇ, πολλοὺς ἁρπαξούσῃ. τοῦτ' εἰ μὴ γένοιτο.
ἀπαλλαγεὶς οὖν Ἀμφιτρύων εἰς Ἀθήνας πρὸς Κέφαλον :
5 τὸν Δηιονέως, συνέπειθεν ἐπὶ μέρει τῶν ἀπὸ Τηλε-
βοῶν λαφύρων ἄγειν ἐπὶ τὴν θήραν τὸν κύνα ὃν
Πρόκρις ἤγαγεν ἐκ Κρήτης παρὰ Μίνωος λαβοῦσα· ἦν
δὲ καὶ τούτῳ πεπρωμένον πᾶν, ὅ τι ἂν διώκῃ, λαμβά-
59 νειν. διωκομένης οὖν ὑπὸ τοῦ κυνὸς τῆς ἀλώπεκος,
10 Ζεὺς ἀμφοτέρους λίθους ἐποίησεν. Ἀμφιτρύων δὲ :
ἔχων ἐκ μὲν Θορικοῦ τῆς Ἀττικῆς Κέφαλον συμμα-
χοῦντα, ἐκ δὲ Φωκέων Πανοπία, ἐκ δὲ Ἕλους τῆς
Ἀργείας Ἕλειον τὸν Περσέως, ἐκ δὲ Θηβῶν Κρέοντα,
60 τὰς τῶν Ταφίων νήσους ἐπόρθει. ἄχρι μὲν οὖν ἔζη :
15 Πτερέλαος, οὐκ ἐδύνατο τὴν Τάφον ἑλεῖν· ὡς δὲ ἡ
Πτερελάου θυγάτηρ Κομαιθὼ ἐρασθεῖσα Ἀμφιτρύωνος
τὴν χρυσῆν τρίχα τοῦ πατρὸς ἐκ τῆς κεφαλῆς ἐξείλετο,
Πτερελάου τελευτήσαντος ἐχειρώσατο τὰς νήσους ἁπά-
σας. τὴν μὲν οὖν Κομαιθὼ κτείνει Ἀμφιτρύων καὶ :
20 τὴν λείαν ἔχων εἰς Θήβας ἔπλει, καὶ τὰς νήσους Ἑλείῳ
καὶ Κεφάλῳ δίδωσι. κἀκεῖνοι πόλεις αὐτῶν ἐπωνύμους
κτίσαντες κατῴκησαν.

61 πρὸ τοῦ δὲ Ἀμφιτρύωνα παραγενέσθαι εἰς Θήβας :
Ζεύς, διὰ νυκτὸς ἐλθὼν καὶ τὴν μίαν τριπλασιάσας
25 νύκτα, ὅμοιος Ἀμφιτρύωνι γενόμενος Ἀλκμήνῃ συνευ-

1. αὐτῇ μὴ καταληφθῆναι Hr.   3. πολλοῖς] R fol. 31'
ἁρπαζούσῃ A, corr. Palmerius.   5. Δηιονέως] Ἀριὼν I 51 et 86
bis. τηλεβόων A   7. μίνωος R   11. Θορίκου A   12 ἑλοέ-
σης A, corr Aeg.   19. κτείνει *RR⁸: κτείνας A   24 s. τὴν
μίαν τριπλασιάσας νύκτα] τὴν μίαν νύκτα πενταπλασιάσας
ἢ κατά τινας τριπλασιάσας, οἳ καὶ διὰ τοῦτο τριέσπερον
ἀξιοῦσι λέγεσθαι τὸν Ἡρακλέα E (conf. Lycophr. v.33 cum
Tzetz. adn., Epit. Vat. p. 63)

νάσθη καὶ τὰ γενόμενα περὶ Τηλεβοῶν διηγήσατο.
7 Ἀμφιτρύων δὲ παραγενόμενος, ὡς οὐχ ἑώρα φιλοφρο-
νουμένην πρὸς αὐτὸν τὴν γυναῖκα, ἐπυνθάνετο τὴν
αἰτίαν· εἰπούσης δὲ ὅτι τῇ προτέρᾳ νυκτὶ παραγενό-
μενος αὐτῇ συγκεκοίμηται, μανθάνει παρὰ Τειρεσίου
8 τὴν γενομένην τοῦ Διὸς συνουσίαν. Ἀλκμήνη δὲ δύο
ἐγέννησε παῖδας, Διὶ μὲν Ἡρακλέα, μιᾷ νυκτὶ πρεσβύ-
τερον, Ἀμφιτρύωνι δὲ Ἰφικλέα. τοῦ δὲ παιδὸς ὄντος 62
ὀκταμηνιαίου δύο δράκοντας ὑπερμεγέθεις Ἥρα ἐπὶ τὴν
εὐνὴν ἔπεμψε, διαφθαρῆναι τὸ βρέφος θέλουσα. ἐπι- 10
βοωμένης δὲ Ἀλκμήνης Ἀμφιτρύωνα, Ἡρακλῆς διανα-
στὰς ἄγχων ἑκατέραις ταῖς χερσὶν αὐτοὺς διέφθειρε.
4 Φερεκύδης δέ φησιν Ἀμφιτρύωνα, βουλόμενον μαθεῖν
ὁπότερος ἦν τῶν παίδων ἐκείνου, τοὺς δράκοντας εἰς
τὴν εὐνὴν ἐμβαλεῖν, καὶ τοῦ μὲν Ἰφικλέους φυγόντος 15
τοῦ δὲ Ἡρακλέους ὑποστάντος μαθεῖν ὡς Ἰφικλῆς ἐξ
αὐτοῦ γεγέννηται.

9   ἐδιδάχθη δὲ Ἡρακλῆς ἁρματηλατεῖν μὲν ὑπὸ Ἀμφι- 63
τρύωνος, παλαίειν δὲ ὑπὸ Αὐτολύκου, τοξεύειν δὲ ὑπὸ
Εὐρύτου, ὁπλομαχεῖν δὲ ὑπὸ Κάστορος, κιθαρῳδεῖν δὲ 20
2 ὑπὸ Λίνου. οὗτος δὲ ἦν ἀδελφὸς Ὀρφέως· ἀφικόμενος
δὲ εἰς Θήβας καὶ Θηβαῖος γενόμενος ὑπὸ Ἡρακλέους
τῇ κιθάρᾳ πληγεὶς ἀπέθανεν· ἐπιπλήξαντα γὰρ αὐτὸν
ὀργισθεὶς ἀπέκτεινε. δίκην δὲ ἐπαγόντων τινῶν αὐτῷ 64
φόνου, παρανέγνω νόμον Ῥαδαμάνθυος λέγοντος, ὃς 25
ἂν ἀμύνηται τὸν χειρῶν ἀδίκων κατάρξαντα, ἀθῷον

1. περὶ (compend.) E: παρὰ A   12. ἑκάτερον E, sed conf.
Diod. IV 10, 1 ἑκατέρᾳ τᾶν χειρῶν   13. Pherecyd. frg. 28
    18. δὲ R: μὲν A   ὑπὸ Λότ. E R: ὑπὸ τοῦ Λότ. A
19. τοξεύειν] conf. adn. II 71   25. λέγοντος E A: λέγοντα Ebar-
hardus Jen. Litt.-Ztg. 1874 p. 429   26. κατάρξαντα · E: ἀρ-
ξαντα A

εἶναι, καὶ οὕτως ἀπελύθη. δείσας δὲ Ἀμφιτρύων μὴ 3
πάλιν τι ποιήσῃ τοιοῦτον, ἔκαμψεν αὐτὸν εἰς τὰ βου-
φόρβια. κἀκεῖ τρεφόμενος μεγέθει τε καὶ ῥώμῃ πάν-
των διήνεγκεν. ἦν δὲ καὶ θεωρηθεὶς φανερὸς ὅτι Διός 4
ὁ παῖς ἦν· τετραπηχυαῖον μὲν γὰρ εἶχε τὸ σῶμα, πυρὸς
δ' ἐξ ὀμμάτων ἔλαμπεν αἴγλην. οὐκ ἠστόχει δὲ οὔτε
τοξεύων οὔτε ἀκοντίζων.

5   ἐν δὲ τοῖς βουκολίοις ὑπάρχων ὀκτωκαιδεκαέτης 5
τὸν Κιθαιρώνειον ἀνεῖλε λέοντα. οὗτος γὰρ ὁρμώμενος
10 ἐκ τοῦ Κιθαιρῶνος τὰς Ἀμφιτρύωνος ἔφθειρε βόας
καὶ τὰς Θεσπίου. βασιλεὺς δὲ ἦν οὗτος Θεσπιῶν, πρὸς 10
86 ὃν ἀφίκετο Ἡρακλῆς ἑλεῖν βουλόμενος τὸν λέοντα. ὁ
δὲ αὐτὸν ἐξένισε πεντήκοντα ἡμέρας, καὶ ἐπὶ τὴν θήραν
ἐξιόντι νυκτὸς ἑκάστης μίαν συνεύναζε θυγατέρα (πεντή-
15 κοντα δὲ αὐτῷ ἦσαν ἐκ Μεγαμήδης γεγεννημέναι τῆς
Ἀρνέου)· ἐσπούδαζε γὰρ πάσας ἐξ Ἡρακλέους τεκνο- 3
ποιήσασθαι. Ἡρακλῆς δὲ μίαν νομίζων εἶναι τὴν ἀεὶ
συνευναζομένην, συνῆλθε πάσαις. καὶ χειρωσάμενος
τὸν λέοντα τὴν μὲν δορὰν ἠμφιέσατο, τῷ χάσματι δὲ
20 ἐχρήσατο κόρυθι.

87   ἀνακάμπτοντι δὲ αὐτῷ ἀπὸ τῆς θήρας συνήντησαν 11
κήρυκες παρὰ Ἐργίνου πεμφθέντες, ἵνα παρὰ Θηβαίων
τὸν δασμὸν λάβωσιν. ἐτέλουν δὲ Θηβαῖοι τὸν δασμὸν
Ἐργίνῳ δι' αἰτίαν τήνδε. Κλύμενον τὸν Μινυῶν βα- 3

1. ἀπελύθη E R R*: ἀπειλέθη A   4. φανερός (media vocis
pars evanuit) R φαινερός E: φοβερός A   4 s. διὸς παῖς E R: παῖς
διός A   5 s. πυρὸς — αἴγλην] frg. trag. adesp. 33 N.   6. βου-
κολίοις E C: βοσκολίοις R R* B T   9. κιθαιρώνειον R R* C: κι-
θαιρώνιον E B   γὰρ * add. E   11. Θεσπίου E A   Θεσπίων E:
Θεστίων A   12. ἀνεῖλεν Hr.   14. ἑκάστης E R: ἑκάστῃ A
16. ἀρρένου E, Ἀρνέου Hc.   19. ἀμφιέσατο P: ἠμφι-
έσατο A, corr. He.   23. τὸν alterum del. Hr.   24. Ἐργίνῳ]
E fol. 31v   αἰτέων R R* B

σιλλα λίθῳ βαλὼν Μενοικέως ἡνίοχος, ὄνομα Περιήρης,
ἐν Ὀγχηστῷ Ποσειδῶνος τεμένει τιτρώσκει· ὁ δὲ κο-
μισθεὶς εἰς Ὀρχομενὸν ἡμιθνὴς ἐπισκήπτει τελευτῶν
ᵃ Ἐργίνῳ τῷ παιδὶ ἐκδικῆσαι τὸν θάνατον αὐτοῦ. στρα- 68
τευσάμενος δὲ Ἐργῖνος ἐπὶ Θήβας, κτείνας οὐκ ὀλίγους ᵇ
ἐσπείσατο μεθ' ὅρκων, ὅπως πέμπωσιν αὐτῷ Θηβαῖοι
δασμὸν ἐπὶ εἴκοσιν ἔτη, κατὰ ἔτος ἑκατὸν βόας. ἐπὶ
τοῦτον τὸν δασμὸν εἰς Θήβας τοὺς κήρυκας ἀπιόντας
ᵃ συντυχὼν Ἡρακλῆς· ἐλωβήσατο· ἀποτεμὼν γὰρ αὐτῶν
τὰ ὦτα καὶ τὰς ῥῖνας, καὶ διὰ σχοινίων τὰς χεῖρας ₁₀
δήσας ἐκ τῶν τραχήλων, ἔφη τοῦτον Ἐργίνῳ καὶ
Μινύαις δασμὸν κομίζειν. ἐφ' οἷς ἀγανακτῶν ἐστρά- 69
ᵇ τευσεν ἐπὶ Θήβας. Ἡρακλῆς δὲ λαβὼν ὅπλα παρ'
Ἀθηνᾶς καὶ πολεμαρχῶν Ἐργῖνον μὲν ἔκτεινε, τοὺς δὲ
Μινύας ἐτρέψατο καὶ τὸν δασμὸν διπλοῦν ἠνάγκασε ₁₅
Θηβαίοις φέρειν. συνέβη δὲ κατὰ τὴν μάχην Ἀμφι-
ᶜ τρύωνα γενναίως μαχόμενον τελευτῆσαι. λαμβάνει δὲ 70
Ἡρακλῆς παρὰ Κρέοντος ἀριστεῖον τὴν πρεσβυτάτην θυ-
γατέρα Μεγάραν, ἐξ ἧς αὐτῷ παῖδες ἐγένοντο τρεῖς, Θηρί-
μαχος Κρεοντιάδης Δηικόων. τὴν δὲ νεωτέραν θυγατέρα ₂₀
Κρέων Ἰφικλεῖ δίδωσιν, ἤδη παῖδα Ἰόλαον ἔχοντι ἐξ
Αὐτομεδούσης τῆς Ἀλκάθου. ἔγημε δὲ καὶ Ἀλκμήνην
μετὰ τὸν Ἀμφιτρύωνος θάνατον Διὸς παῖς Ῥαδάμανθυς,
κατῴκει δὲ ἐν Ὠκαλέαις τῆς Βοιωτίας πεφευγώς.
ᵈ προσμαθὼν δὲ παρ' αὐτοῦ τὴν τοξικὴν Ἡρακλῆς 71

2. ὀρχηστῷ Δ, corr. Aeg. 10. διὰ σχοινίων del. Hc.
12. ἀγανακτῶν] Ἐργῖνος vel ἐκείνος add. Hc. 16. τὴν add. R
19. μεγάραν om. B 21. ἰφίκλῳ A, correxi * (Epit. Vat.
p. 99) 22. ἀλκάθου RR*C 24. ὠκαλίαις A, fortasse
Ὠκαλέα scribendum est, non Ὠκαλέᾳ (edd.), conf. Steph. Byz.
s. v., Strab. XI p.410 25. προσμαθὼν *ER: προσμαθὼν A
αὐτοῦ *A (οὗ E): Εὐρύτου ex II 63 Aeg.; fortasse τὴν τοξικὴν
corruptum est.

ἔλαβε παρὰ Ἑρμοῦ μὲν ξίφος, παρ' Ἀπόλλωνος δὲ τόξα,
παρὰ δὲ Ἡφαίστου θώρακα χρυσοῦν, παρὰ δὲ Ἀθηνᾶς
πέπλον· ῥόπαλον μὲν γὰρ αὐτὸς ἔτεμεν ἐκ Νεμέας.

12 μετὰ δὲ τὴν πρὸς Μινύας μάχην συνέβη αὐτῷ κατὰ 12
5 ξῆλον Ἥρας μανῆναι, καὶ τοὺς τε ἰδίους παῖδας, οὓς
ἐκ Μεγάρας εἶχεν, εἰς πῦρ ἐμβαλεῖν καὶ τῶν Ἰφικλέους
δύο· διὸ καταδικάσας ἑαυτοῦ φυγὴν καθαίρεται μὲν
ὑπὸ Θεσπίου, παραγενόμενος δὲ εἰς Δελφοὺς πυνθά-
73 νεται τοῦ θεοῦ ποῦ κατοικήσει.. ἡ δὲ Πυθία τότε :
19 πρῶτον Ἡρακλέα αὐτὸν. προσηγόρευσε· τὸ δὲ πρώην
Ἀλκείδης προσηγορεύετο. κατοικεῖν. δὲ αὐτὸν εἶπεν ἐν
Τίρυνθι, Εὐρυσθεῖ λατρεύοντα ἔτη δώδεκα, καὶ τοὺς
ἐπιτασσομένους ἄθλους δέκα ἐπιτελεῖν, καὶ οὕτως ἔφη,
τῶν ἄθλων συντελεσθέντων, ἀθάνατον αὐτὸν ἔσεσθαι.

74 τοῦτο ἀκούσας ὁ Ἡρακλῆς εἰς Τίρυνθα ἦλθε, καὶ 5
τὸ προστατ τόμενον ὑπὸ Εὐρυσθέως ἐτέλει. πρῶτον
μὲν οὖν ἐπέταξεν αὐτῷ τοῦ Νεμέου λέοντος τὴν δορὰν
κομίζειν· τοῦτο δὲ ζῷον ἦν ἄτρωτον, ἐκ Τυφῶνος γεγεν-
νημένον. πορευόμενος οὖν ἐπὶ τὸν λέοντα ἦλθεν εἰς
20 Κλεωνάς, καὶ ξενίζεται παρὰ ἀνδρὶ χερνήτῃ Μολόρχῳ.
καὶ θύειν ἱερεῖον θέλοντι εἰς ἡμέραν ἔφη τηρεῖν τριακο- 2
στήν, καὶ ἂν μὲν ἀπὸ τῆς θήρας σῶος ἐπανέλθῃ, Διὶ

2. δὲ ante Ἡφαίστου add. R　　3. πέπλον EA Diod. IV
14, 3: παλτὸν Fab.　4. αὐτῷ μάχην συνέβη A, transpos. Br.

5. δε̄ ꭅ̄ R man. 1　6. ἰφικλέους *E: ἰφίκλου A　8. Θε-
σπίου EA　9. κατοικήσει EA: κατοικήσῃ Br.　10. πρῴην *
E: πρῶτον A, πρότερον He.　11. ἀλκίδης EA, corr. Fab.
11. αὐτὸν del. Hr.　13. δώδεκα EA, corr. Hr.　15. τί-
ρυνθον RⁱC　16. προστατ τόμενον EA Pedias. 1: τὰ προστατ-
τόμενα Hr.; an τὸ ἀεὶ προστατ τόμενον?　17. τεμεῖν EA: τι-
μαῖον Pedias. 2　18. γεγενημένον ꭅ̄ Rᵃ: γεγενημένου A
20. μολόρχῳ A, corr. Aeg.　21. ἱερεῖον ꭅ̄: ἱερεῖ A　θύ-
λοντι A: μέλλοντι Pedias. 3 Hr.

σωτῆρι θύειν, ἐὰν δὲ ἀποθάνῃ, τότε ὡς ἥρωι ἐναγίζειν.
εἰς δὲ τὴν Νεμέαν ἀφικόμενος καὶ τὸν λέοντα μαστεύ- 75
3 σας ἐτόξευσε τὸ πρῶτον· ὡς δὲ ἔμαθεν ἄτρωτον ὄντα,
ἀνατεινάμενος τὸ ῥόπαλον ἐδίωκε. συμφυγόντος δὲ εἰς
⟨τὸ⟩ ἀμφίστομον σπήλαιον αὐτοῦ τὴν ἑτέραν ἐνῳκοδό- 5
μησεν εἴσοδον, διὰ δὲ τῆς ἑτέρας ἐπεισῆλθε τῷ θηρίῳ,
καὶ περιθεὶς τὴν χεῖρα τῷ τραχήλῳ κατέσχεν ἄγχων
ἕως ἔπνιξε, καὶ θέμενος ἐπὶ τῶν ὤμων ἐκόμιζεν εἰς
4 Κλεωνάς. καταλαβὼν δὲ τὸν Μόλορχον ἐν τῇ τελευ-
ταίᾳ τῶν ἡμερῶν ὡς νεκρῷ μέλλοντα τὸ ἱερεῖον ἐναγί- 10
ζειν, σωτῆρι θύσας Διὶ ἦγεν εἰς Μυκήνας τὸν λέοντα.
Εὐρυσθεὺς δὲ καταπλαγεὶς αὐτοῦ τὴν ἀνδρείαν ἀπεῖπε 76
τὸ λοιπὸν αὐτῷ εἰς τὴν πόλιν εἰσιέναι, δεικνύειν δὲ
5 πρὸ τῶν πυλῶν ἐκέλευε τοὺς ἄθλους. φασὶ δὲ ὅτι
δείσας καὶ πίθον ἑαυτῷ χαλκοῦν εἰσκρυβῆναι ὑπὸ γῆν 15
κατεσκεύασε, καὶ πέμπων κήρυκα Κοπρέα Πέλοπος τοῦ
Ἠλείου ἐπέταττε τοὺς ἄθλους. οὗτος δὲ Ἴφιτου κτεί-
νας, φυγὼν εἰς Μυκήνας καὶ τυχὼν παρ' Εὐρυσθέως
καθαρσίαν ἐκεῖ κατῴκει.

2   δεύτερον δὲ ἄθλον ἐπέταξεν αὐτῷ τὴν Λερναίαν 77
ὕδραν κτεῖναι· αὕτη δὲ ἐν τῷ τῆς Λέρνης ἕλει ἐκτρα-
φεῖσα ἐξέβαινεν εἰς τὸ πεδίον καὶ τά τε βοσκήματα καὶ

1. τότε ὡς Αεp.: τῷ τέως A ,   3. τὸ * add. E Pedias. 4.
5. τὸ * addidi Comm. Kibb. p. 138, conf. Diod. IV 11, 3ь.
(αὐτοῦ reponere non necessarium videtur); αὐτοῦ del. Hr.
τὴν E A Pedias. 4: τὴν μὲν Hr.   ἐνῳκοδόμησεν *E: ἀνῳ-
κοδόμησεν A (conf. Epit. Vat. p. 89)   6. ἐπεισῆλθε E A:
ἐπῆλθε He. (ἐπιὼν Pedias. 4)   9. Κλεωνάς Pedias. 4 Piersonus:
μυκήνας A   10. τὸ ἱερεῖον del. He.   12. καταπλαγεὶς *E:
καταλαβὼν A · ἀνδρείαν E (Pedias. 5): ἀνδρίαν A   13. ἀπεῖ-
πετο λοιπὸν E A, corr. Br.   15. ἑαυτῷ *E: αὐτῷ A   εἰς κρυ-
βῆν E εἰσκρύβεις (compend.) R: εἴσκρυ ... Rᵇ εἴσκρ ... C
εἰσκρυβῆναι B V, del. Hr.   γῆν E: γῆς A   16. κόπρεα E
17. ἠλείου E: ἐλιὼν A   κτείνας] explic. R fol. 81ᵛ

τὴν χώραν διέφθειρεν. εἶχε δὲ ἡ ὕδρα ὑπερμέγεθες
σῶμα, κεφαλὰς ἔχον ἐννέα, τὰς μὲν ὀκτὼ θνητάς, τὴν
78 δὲ μέσην ἀθάνατον. ἐπιβὰς οὖν ἅρματος, ἡνιοχοῦντος ·
Ἰολάου, παρεγένετο εἰς τὴν Λέρνην, καὶ τοὺς μὲν ἵπ-
5 πους ἔστησε, τὴν δὲ ὕδραν εὑρὼν ἔν τινι λόφῳ παρὰ
τὰς πηγὰς τῆς Ἀμυμώνης, ὅπου ὁ φωλεὸς αὐτῆς ὑπῆρχε,
βάλλων βέλεσι πεπυρωμένοις ἠνάγκασεν ἐξελθεῖν, ἐκ-
βαίνουσαν δὲ αὐτὴν κρατήσας κατεῖχεν. ἡ δὲ θατέρῳ ·
79 τῶν ποδῶν ἐνείχετο περιπλακεῖσα. τῷ ῥοπάλῳ δὲ τὰς
10 κεφαλὰς κόπτων οὐδὲν ἀνύειν ἐδύνατο· μιᾶς γὰρ
κοπτομένης κεφαλῆς δύο ἀνεφύοντο. ἐπεβοήθει δὲ ·
καρκίνος τῇ ὕδρᾳ ὑπερμεγέθης, δάκνων τὸν πόδα. διὸ
τοῦτον ἀποκτείνας ἐπεκαλέσατο καὶ αὐτὸς βοηθὸν τὸν
Ἰόλαον, ὃς μέρος τι καταπρήσας τῆς ἐγγὺς ὕλης τοῖς
15 δαλοῖς ἐπικαίων τὰς ἀνατολὰς τῶν κεφαλῶν ἐκώλυεν
80 ἀνιέναι. καὶ τοῦτον τὸν τρόπον τῶν ἀναφυομένων ·
κεφαλῶν περιγενόμενος, τὴν ἀθάνατον ἀποκόψας κατώ-
ρυξε καὶ βαρεῖαν ἐπέθηκε πέτραν, παρὰ τὴν ὁδὸν τὴν
φέρουσαν διὰ Λέρνης εἰς Ἐλαιοῦντα· τὸ δὲ σῶμα τῆς
20 ὕδρας ἀνασχίσας τῇ χολῇ τοὺς ὀιστοὺς ἔβαψεν. Εὐ-
ρυσθεὺς δὲ ἔφη μὴ δεῖν καταριθμῆσαι τοῦτον ἐν τοῖς
δέκα τὸν ἆθλον· οὐ γὰρ μόνος ἀλλὰ καὶ μετὰ Ἰολάου
τῆς ὕδρας περιεγένετο.

5. λόφῳ E A: τόπῳ L, V man. 1 in marg. Aeg. 6. τὰς πη-
γαῖς He. 7. βάλλων A Pedias. Zenob. VI 26: βαλὼν E κεκη-
φαμένοις R*B 8. ἡ δὲ θατέρῳ E: ἡ δὲ θάττον A: ἡ μὲν οὖν
θατέρῳ Pedias. 8 Hr. 9. ἐνείχετο E Pedias. 6: ἠνείχετο A
τῷ ῥοπάλῳ δὲ E A: ὁ δὲ τῷ ῥοπάλῳ Pedias. 6 Hr. 10. ἠδύ-
νατο *E Zenob.: ἐδύνατο A· 15. τῶν κεφαλῶν Pedias. 7 Hr.:
τὰν ἀναφυομένων (ἐπιφ. R*) κεφαλῶν A: τὰς κεφαλὰς τὰς ἀνα-
φυομένων E 16. καὶ E Zenob.: κατὰ A 17. ἀποκρύψας B
19. Ἐλιοῦντα E A, corr. Rossius Reisen. im Peloponnes I
p. 156 21. τοῦτον * add. E Pedias. 21 δώδεκα E A Pe-
dias. 7, corr. Hr. καὶ E A, del. Hr

3 · τρίτον ἆθλον ἐπέταξεν αὐτῷ τὴν Κερυνῖτιν ἔλαφον 81
εἰς Μυκήνας ἐμπνουν ἐνεγκεῖν. ἦν δὲ ἡ ἔλαφος ἐν
Οἰνόῃ, χρυσόκερως, Ἀρτέμιδος ἱερά· διὸ καὶ βουλό-
μενος αὐτὴν Ἡρακλῆς μήτε ἀνελεῖν μήτε τρῶσαι,
2 συνεδίωξεν ὅλον ἐνιαυτόν· ἐπεὶ δὲ κάμνον τὸ θηρίον 5
τῇ διώξει συνέφυγεν εἰς ὄρος τὸ λεγόμενον Ἀρτεμίσιον,
κἀκεῖθεν ἐπὶ ποταμὸν Λάδωνα, τοῦτον διαβαίνειν μέλ-
λουσαν τοξεύσας συνέλαβε, καὶ θέμενος ἐπὶ τῶν ὤμων
3 διὰ τῆς Ἀρκαδίας ἠπείγετο. μετ' Ἀπόλλωνος δὲ Ἄρτεμις 83
συντυχοῦσα ἀφῃρεῖτο, καὶ τὸ ἱερὸν ζῷον αὐτῆς κτείνοντα 10
κατεμέμφετο. ὁ δὲ ὑποτιμησάμενος τὴν ἀνάγκην, καὶ τὸν
αἴτιον εἰπὼν Εὐρυσθέα γεγονέναι, πραΰνας τὴν ὀργὴν
τῆς θεοῦ τὸ θηρίον ἐκόμισεν ἔμπνουν εἰς Μυκήνας.
4 τέταρτον ἆθλον ἐπέταξεν αὐτῷ τὸν Ἐρυμάνθιον 83
κάπρον ζῶντα κομίζειν· τοῦτο δὲ τὸ θηρίον ᾔδικει τὴν 15
Ψωφῖδα, ὁρμώμενον ἐξ ὄρους ὃ καλοῦσιν Ἐρύμανθον.
διερχόμενος οὖν Φολόην ἐπιξενοῦται Κενταύρῳ Φόλῳ,
2 Σιληνοῦ καὶ νύμφης μελίας παιδί. οὗτος Ἡρακλεῖ
μὲν ὀπτὰ παρεῖχε τὰ κρέα, αὐτὸς δὲ ὠμοῖς ἐχρῆτο.
αἰτοῦντος δὲ οἶνον Ἡρακλέους, ἔφη δεδοικέναι τὸν 84
κοινὸν τῶν Κενταύρων ἀνοῖξαι πίθον· θαρρεῖν δὲ παρα-
3 κελευσάμενος Ἡρακλῆς αὐτὸν ἤνοιξε, καὶ μετ' οὐ πολὺ
τῆς ὀσμῆς αἰσθόμενοι παρῆσαν οἱ Κένταυροι, πέτραις
ὡπλισμένοι καὶ ἐλάταις, ἐπὶ τὸ τοῦ Φόλου σπήλαιον.
τοὺς μὲν οὖν πρώτους τολμήσαντας εἴσω παρελθεῖν 25

1. κερῆτιν E: κερήτην A, corr. Gal. He.   5. συνεδίωξεν
EA: συνεδίωκεν Pedias. 8 Hr.   κάμνον EA: καμὸν Pedias. 8
Hr.   7. κακεῖθεν E: ἐκεῖθεν A   λάδωνα E: λάδωνα καὶ A
8. ἐπήγετο E   10. κτείνοντα * scripsi: κτείναντα EA (ἵππεισι
Pedias.-9), 'quod occidere vellet' interpr. Gal.: θείναντα propos.
W. Gemoll Fleckeis. ann. 1882 p. 464 s.   11. ὑποτιμησάμενος
EA: προτιμησάμενος Pedias. D   18. σιληνοῦ E: σιληνοῦ A
23. τῆς E: διὰ τῆς A

Ἄγχιον καὶ Ἄγριον Ἡρακλῆς ἐτρέψατο βάλλων δαλοῖς,
τοὺς δὲ λοιποὺς ἐτόξευσε διώκων ἄχρι τῆς Μαλέας.
85 ἐκεῖθεν δὲ πρὸς Χείρωνα συνέφυγον, ὃς ἐξελαθεὶς ὑπὸ
Λαπιθῶν ὄρους Πηλίου παρὰ Μαλέαν κατῴκησε. τού-
5 τῳ περιπεπτωκότας τοὺς Κενταύρους τοξεύων ἵησι βέλος
ὁ Ἡρακλῆς, τὸ δὲ ἐνεχθὲν Ἐλάτου διὰ τοῦ βραχίονος
τῷ γόνατι τοῦ Χείρωνος ἐμπήγνυται. ἀνιαθεὶς δὲ
Ἡρακλῆς προσδραμὼν τό τε βέλος ἐξείλκυσε, καὶ δόν-
τος Χείρωνος φάρμακον ἐπέθηκεν. ἀνίατον δὲ ἔχων
10 τὸ ἕλκος εἰς τὸ σπήλαιον ἀπαλλάσσεται. κἀκεῖ τελευ-
τῆσαι βουλόμενος, καὶ μὴ δυνάμενος ἐπείπερ ἀθάνατος
ἦν, ἀντιδόντος Διὶ Προμηθέως αὐτὸν ἀντ᾽ αὐτοῦ γενησό-
86 μενον ἀθάνατον, οὕτως ἀπέθανεν. οἱ λοιποὶ δὲ τῶν
Κενταύρων φεύγουσιν ἄλλος ἀλλαχῇ, καὶ τινὲς μὲν παρε-
15 γένοντο εἰς ὄρος Μαλέαν, Εὐρυτίων δὲ εἰς Φολόην, Νέσ-
σος δὲ ἐπὶ ποταμὸν Εὔηνον. τοὺς δὲ λοιποὺς ὑποδεξάμε-
νος Ποσειδῶν εἰς Ἐλευσῖνα ὄρει κατεκάλυψεν. Φόλος δὲ
ἑλκύσας ἐκ νεκροῦ τὸ βέλος ἐθαύμαζεν, εἰ τοὺς τηλικού-
τους τὸ μικρὸν διέφθειρε· τὸ δὲ τῆς χειρὸς ὀλισθῆσαν

1. Ἄγχιον A: Ἄρκτον Roscherus Fleckeis. ann. 1872 p. 426
βάλλων A: βαλὼν edd. praeter Westermannum . 2. μα-
λίας (in μηλίας mutatum) Rᵃ: μηλίας A   3. ἐξελαθεὶς ERᵃ:
ἐξιλασθεὶς A   4. Λαπιθῶν E: Λαπίθων A   6. ὁ Ἡρακλῆς *
add. E.   7. τῷ γόνατι * Tzetz. Chil. V 123 Fab.: τῷ γονάτῳ E
τὸ γόνατον A   τοῦ *ΕΑ, om. edd. recc.   9. δὲ add. E
10. τὸ βέλος C   ἀλλάσσεται ΕΑ, corr. Scaliger   12. αὐτὸν *
restitui Comm. Bibb. p. 147 adn. (ubi vide reliquorum coniec-
turas): τὸν ΕΑ   15. ὄρος del. Hr.   Μαλέαν Aeg.: μιθίην A
17 — p. 77, 3. Φόλος δὲ — θάψας αὐτὸν * ex E restitui Comm.
Bibb. p. 144 s.: ἐπανελθὼν δὲ εἰς Φολόην Ἡρακλῆς καὶ Φόλον τε-
λευτῶντα (sic!) θεασάμενος μετὰ καὶ ἄλλων πολλῶν (sic!), ἑλκύσας
ἐκ νεκροῦ τὸ βέλος ἐθαύμαζεν, εἰ τοὺς τηλικούτους τὸ μικρὸν
διέφθειρε· τὸ δὲ τῆς χειρὸς ὀλισθῆσαν ἐλθὸν (sic!) ἐπὶ τὸν
παῖδα (sic!) καὶ παραχρῆμα ἀπέκτεινεν αὐτόν. θάψας δὲ Φόλον
Ἡρακλῆς A   19. ὀλισθὸν Hr.

ἦλθεν ἐπὶ τὸν πόδα καὶ παραχρῆμα ἀπέκτεινεν αὐτόν.

ἐπανελθὼν δὲ εἰς Φολόην Ἡρακλῆς καὶ Φόλον τελευ- 87
τήσαντα θεασάμενος, θάψας αὐτὸν ἐπὶ τὴν τοῦ κάπρου
θήραν παραγίνεται, καὶ διώξας αὐτὸν ἐκ τινος λόχμης
μετὰ κραυγῆς, εἰς χιόνα πολλὴν παρειμένον εἰσωθήσας ₅
ἐμβροχίσας τε ἐκόμισεν εἰς Μυκήνας.

πέμπτον ἐπέταξεν αὐτῷ ἆθλον τῶν Αὐγείου βοσκη- 88
μάτων ἐν ἡμέρᾳ μιᾷ μόνον ἐκφορῆσαι τὴν ὄνθον. ἦν
δὲ ὁ Αὐγείας βασιλεὺς Ἤλιδος, ὡς μέν τινες εἶπον,
παῖς Ἡλίου, ὡς δέ τινες, Ποσειδῶνος, ὡς δὲ ἔνιοι, ₁₀
Φόρβαντος, πολλὰς δὲ εἶχε βοσκημάτων ποίμνας. τούτῳ
προσελθὼν Ἡρακλῆς, οὐ δηλώσας τὴν Εὐρυσθέως ἐπι-
ταγήν, ἔφασκε μιᾷ ἡμέρᾳ τὴν ὄνθον ἐκφορήσειν, εἰ
δώσει τὴν δεκάτην αὐτῷ τῶν βοσκημάτων. Αὐγείας
δὲ ἀπιστῶν ὑπισχνεῖται. μαρτυράμενος δὲ Ἡρακλῆς 89
τὸν Αὐγείου παῖδα Φυλέα, τῆς τε αὐλῆς τὸν θεμέλιον·
διεῖλε καὶ τὸν Ἀλφειὸν καὶ τὸν Πηνειὸν σύνεγγυς
ῥέοντας παροχετεύσας ἐπήγαγεν, ἔκρουν δι' ἄλλης ἐξό-
δου ποιήσας. μαθὼν δὲ Αὐγείας ὅτι κατ' ἐπιταγὴν
Εὐρυσθέως τοῦτο ἐπιτετέλεσται, τὸν μισθὸν οὐκ ἀπ- 90
εδίδου, πρόσέτι δ' ἠρνεῖτο καὶ μισθὸν ὑποσχέσθαι
δώσειν, καὶ κρίνεσθαι περὶ τούτου ἕτοιμος ἔλεγεν εἶναι.
καθεζομένων δὲ τῶν δικαστῶν κληθεὶς ὁ Φυλεὺς ὑπὸ 90

4. λόγχμης B. 5. παρειμένον εἰσωθήσας *E: παρειμένον
ἐμβροχίσας τι A (τε del. He.), unde textum restitui Epit. Vat.
p. 100 7. πέμπτον E: πίμπτον μὲν A 7ss. Αὐγείου *]
per ss scriptum constanter perhibent E Pedias., plerumque A
9. δὲ ὁ A: δὲ E edd. praeter Westermannum 11. post
ποίμνας lacunam indicavit Eberhardus Jen. Litt.-Ztg. 1874 p. 429
(conf. Pedias. 12: συχνὰ τούτῳ βοσκήματα, γάρφ δ' ἐνδρακούς
ἔτεσι σηκαζόμενα κόπρον ἀμύθητον ἐπισώρευσαν) · 15. μαρ-
τυράμενος E Pedias. 14: μαρτυρούμενος A 17. ποταμὸν post
Ἀλφειὸν in A, post Πηνειὸν in E collocatum Pedias. 14 secutus
delevi * 18. ἐκφορεῖν B 22, τούτου B

Ἡρακλέους τοῦ πατρὸς κατεμαρτύρησεν, εἰπὼν ὁμολο-
γῆσαι μισθὸν δώσειν αὐτῷ. ὀργισθεὶς δὲ Αὐγείας,
πρὶν τὴν ψῆφον ἐνεχθῆναι, τόν τε Φυλέα καὶ τὸν
91 Ἡρακλέα βαδίζειν ἐξ Ἤλιδος ἐκέλευσε. Φυλεὺς μὲν ϛ
ι οὖν εἰς Δουλίχιον ἦλθε κἀκεῖ κατῴκει, Ἡρακλῆς δὲ
εἰς Ὤλενον πρὸς Δεξαμενὸν ἦκε, καὶ κατέλαβε τοῦτον
μέλλοντα δι' ἀνάγκην μνηστεύειν Εὐρυτίωνι Κενταύρῳ
Μνησιμάχην τὴν θυγατέρα· ὑφ' οὗ παρακληθεὶς βοηθεῖν 7
ἐλθόντα ἐπὶ τὴν νύμφην Εὐρυτίωνα ἀπέκτεινεν. Εὐρυ-
10 σθεὺς δὲ οὐδὲ τοῦτον ἐν τοῖς δέκα προσεδέξατο τὸν
ἆθλον, λέγων ἐπὶ μισθῷ πεπρᾶχθαι.

92   Ἕκτον ἐπέταξεν ἆθλον αὐτῷ τὰς Στυμφαλίδας ὄρνι- 8
θας ἐκδιῶξαι. ἦν δὲ ἐν Στυμφάλῳ πόλει τῆς Ἀρκαδίας
Στυμφαλὶς λεγομένη λίμνη, πολλῇ συντρεφὴς ὕλῃ· εἰς
15 ταύτην ὄρνεις σύνέφυγον ἄπλετοι, τὴν ἀπὸ τῶν λύκων
93 ἁρπαγὴν δεδοικυῖαι.   ἀμηχανοῦντος οὖν Ἡρακλέους 9
πῶς ἐκ τῆς ὕλης τὰς ὄρνιθας ἐκβάλῃ, χάλκεα κρόταλα
δίδωσιν αὐτῷ Ἀθηνᾶ παρὰ Ἡφαίστου λαβοῦσα.· ταῦτα
κρούων ἐπί τινος ὄρους τῇ λίμνῃ παρακειμένου τὰς
20 ὄρνιθας ἐφόβει· αἱ δὲ τὸν δοῦπον οὐχ ὑπομένουσαι
μετὰ δέους ἀνίπταντο, καὶ τοῦτον τὸν τρόπον Ἡρακλῆς
ἐτόξευσεν αὐτάς. •

94   Ἕβδομον ἐπέταξεν ἆθλον τὸν Κρῆτα ἀγαγεῖν ταῦρον. 7
τοῦτον Ἀκουσίλαος μὲν εἶναί φησι τὸν διαπορθμεύ-
25 σαντα Εὐρώπην Διί, τινὲς δὲ τὸν ὑπὸ Ποσειδῶνος

5. δουλίχιον Rᵃ Pedias. 16: δολίχιον A   6. προσεδέξαμετον
A Pedias. 15, corr. Aeg.   ἦει] κάκει κατῴκει add. A, del.
Müllerus   10. δέδιπα ΕA Pedias. 15, corr. Hr.   τὸν * add.
E Pedias 15   11. πεπρᾶφθαι *E: πεπραγίναι   15. ὄρνις ΕΑ,
corr. Aeg.   λίπων] conf. Hr. Herm. XI p. 238   19. κροίων
ΕΑ: κροτὰν Pedias. 17   ἐπὶ E Pedias. 17: ὑπὸ Α   παρακει-
μίτον E Pedias. 17: περικειμίτου A   21. ἀνίπταντο ΕΕ: ἐφ-
ίπταντο Pedias. 17 Gal.   24. Acusil frg. 20   φασὶ B

ἀναδοθέντα ἐκ θαλάσσης, ὅτε καταθύσειν Ποσειδῶνι
2 Μίνως εἶπε τὸ φανὲν ἐκ τῆς θαλάσσης. καί φασι
θεασάμενον αὐτὸν τοῦ ταύρου τὸ κάλλος τοῦτον μὲν
εἰς τὰ βουκόλια ἀποπέμψαι, θῦσαι δὲ ἄλλον Ποσειδῶνι·
ἐφ' οἷς ὀργισθέντα τὸν θεὸν ἀγριῶσαι τὸν ταῦρον. 5
3 ἐπὶ τοῦτον παραγενόμενος εἰς Κρήτην Ἡρακλῆς, ἐπειδὴ 95
συλλαβεῖν ἀξιοῦντι Μίνως εἶπεν αὐτῷ λαμβάνειν διαγω-
νισαμένῳ, λαβὼν καὶ πρὸς Εὐρυσθέα διακομίσας ἔδειξε.
4 καὶ τὸ λοιπὸν εἴασεν ἄνετον· ὁ δὲ πλαγηθεὶς εἰς Σπάρ-
την τε καὶ Ἀρκαδίαν ἅπασαν, καὶ διαβὰς τὸν Ἰσθμόν, 10
εἰς Μαραθῶνα τῆς Ἀττικῆς ἀφικόμενος τοὺς ἐγχωρίους
διελυμαίνετο.

5   ὄγδοον ἆθλον ἐπέταξεν αὐτῷ τὰς Διομήδους τοῦ 96
Θρᾳκὸς ἵππους εἰς Μυκήνας κομίζειν· ἦν δὲ οὗτος
Ἄρεος καὶ Κυρήνης, βασιλεὺς Βιστόνων ἔθνους Θρᾳ- 15
κίου καὶ μαχιμωτάτου, εἶχε δὲ ἀνθρωποφάγους ἵππους.
2 πλεύσας οὖν μετὰ τῶν ἑκουσίως συνεπομένων καὶ
βιασάμενος τοὺς ἐπὶ ταῖς φάτναις τῶν ἵππων ὑπάρ-
3 χοντας ἤγαγεν ἐπὶ τὴν θάλασσαν. τῶν δὲ Βιστόνων 97
σὺν ὅπλοις ἐπιβοηθούντων τὰς μὲν ἵππους παρέδωκεν 20
Ἀβδήρῳ φυλάσσειν· οὗτος δὲ ἦν Ἑρμοῦ παῖς, Λοκρὸς
ἐξ Ὀποῦντος, Ἡρακλέους ἐρώμενος, ὃν αἱ ἵπποι διέ-
4 φθειραν ἐπισπασάμεναι· πρὸς δὲ τοὺς Βίστονας διαγω-
νισάμενος καὶ Διομήδην ἀποκτείνας τοὺς λοιποὺς
ἠνάγκασε φεύγειν, καὶ κτίσας πόλιν Ἄβδηρα παρὰ τὸν 25

2. ἐκ τῆς EA: ἐκ Pedias. 18 Hr.   4. ἀποπέμψαι E edd.:
ἀποπέμπειν A   7. συλλαβεῖν *E: λαβὼν A (conf. Diod. IV 13. 4:
σύνεργον λαβών)   8. λαβὼν καὶ *E: καὶ λαβὼν A   9. εἰς *
add. E   9ᵃ. Σπάρτην — ἕκασεν EA, om. Pedias.19 ἀλλ᾽., sed
conf. Epit. Vat. p. 101   13. αὐτᾶ] incip. R fol. 26ʳ   16. καὶ
EA, del. Br.   17. καὶ * add. E   18. ὑπάρχοντας EA: om.
Pedias. Hc.   21. ἀβδήρῳ E: αὐδήρῳ vel ἀνδήρῳ A Pedias. 21
25. ἠνάγκασε *E Pedias. 21: ἠνάγκαζε A   ἄβδηρα *E:

τάφον τοῦ διαφθαρέντος Ἀβδήρου, τὰς ἵππους κομίσας
Εὐρυσθεῖ ἔδωκε. μεθέντος δὲ αὐτὰς Εὐρυσθέως, εἰς
τὸ λεγόμενον ὄρος Ὄλυμπον ἐλθοῦσαι πρὸς τῶν θηρίων
ἀπώλοντο.

9ξ ἔνατον ἆθλον Ἡρακλεῖ ἐπέταξε ζωστῆρα κομίζειν 9
τὸν Ἱππολύτης. αὕτη δὲ · ἐβασίλευεν Ἀμαζόνων, αἳ
κατῷκουν περὶ τὸν Θερμώδοντα ποταμόν, ἔθνος μέγα
τὰ κατὰ πόλεμον· ἤσκουν γὰρ ἀνδρίαν, καὶ εἴ ποτε
μιγεῖσαι γεννήσειαν, τὰ θήλεα ἔτρεφον, καὶ τοὺς μὲν
10 δεξιοὺς μαστοὺς ἐξέθλιβον, ἵνα μὴ κωλύωνται ἀκοντί-
ζειν, τοὺς δὲ ἀριστεροὺς εἴων, ἵνα τρέφοιεν. εἶχε δὲ 2
Ἱππολύτη τὸν Ἄρεος ζωστῆρα, σύμβολον τοῦ πρωτεύειν
99 ἁπασῶν. ἐπὶ τοῦτον τὸν ζωστῆρα Ἡρακλῆς ἐπέμπετο,
λαβεῖν αὐτὸν ἐπιθυμούσης τῆς Εὐρυσθέως θυγατρὸς
15 Ἀδμήτης. παραλαβὼν οὖν ἐθελοντὰς συμμάχους ἐν 3
μιᾷ νηὶ ἔπλει, καὶ προσίσχει νήσῳ Πάρῳ, ἣν κατῷκουν
οἱ Μίνωος υἱοὶ Εὐρυμέδων · Χρύσης Νηφαλίων Φιλό-
λαος. ἀποβάντων δὲ δύο τῶν ἐν ⟨τῇ⟩ νηὶ συνέβη
τελευτῆσαι ὑπὸ τῶν Μίνωος υἱῶν· ὑπὲρ ὧν ἀγανακτῶν 4
20 Ἡρακλῆς τούτους μὲν παραχρῆμα ἀπέκτεινέ, τοὺς δὲ
λοιποὺς κατακλείσας ἐπολιόρκει, ἕως ἐπιπρεσβευσάμενοι
παρεκάλουν ἀντὶ τῶν ἀναιρεθέντων δύο λαβεῖν, οὓς
100 ἂν αὐτὸς θελήσειεν. ὁ δὲ λύσας τὴν πολιορκίαν, καὶ 5
τοὺς Ἀνδρόγεω τοῦ Μίνωος υἱοὺς ἀνελόμενος Ἀλκαῖον
25 καὶ Σθένελον, ἧκεν εἰς Μυσίαν πρὸς Λύκον τὸν Δασκύ-

αὐδήραν K Pedias. 21 ἀνδήρου A Ἀβδήρου add. (conf. Herodot.
l 168, Strab. VII p. 331 frg. 45 Kr., Steph. Byz. s. v.) 1. ἀβ-
δήρου E: αἰδήρου τῇ ἀνδήρῳ A Pedias. 21 τὰς ER: τοὺς A
5. Ἡρακλῆς ἱκετάγη E, ἐπίταξιν αὐτῷ Hr. 8. ἀνδρίαν A:
ἀνδρείαν Hr. 11. τὰς δὲ ἀριστερὰς K 16. εἴαι E ἦ̣ν
Fab.: καὶ A, καὶ ἀπεκ?θουν Müllerus 17. χρύσης BOBᵃ: καὶ
χρέσης A 18. ἀπὸ πάντων A, corr. He. δὲ add. RRᵇ
τῇ add. Br. 23. θελήσῃ Br. 24. ἐλόμενος He.

λου, καὶ ξενισθεὶς ὑπὸ . . . τοῦ Βεβρύκων βασιλέω;
« συμβαλόντων, βοηθὸν Λύκῳ πολλοὺς ἀπέκτεινε, μεθ᾽
ὧν καὶ τὸν βασιλέα Μύγδονα, ἀδελφὸν Ἀμύκου. καὶ
τῆς Βεβρύκων πολλὴν ἀποτεμόμενος γῆν ἔδωκε Λύκῳ·
ὁ δὲ πᾶσαν ἐκείνην ἐκάλεσεν Ἡράκλειαν.   5

τ   καταπλεύσαντος δὲ εἰς τὸν ἐν Θεμισκύρᾳ λιμένα, 101
παραγενομένης εἰς αὐτὸν Ἱππολύτης καὶ τίνος ἧκοι
χάριν πυθομένης, καὶ δώσειν τὸν ζωστῆρα ὑποσχο-
μένης, Ἥρα μιᾷ τῶν Ἀμαζόνων εἰκασθεῖσα τὸ πλῆθος
ἐπεφοίτα, λέγουσα ὅτι τὴν βασιλίδα ἀφαρπάζουσιν οἱ 10
« προσελθόντες ξένοι. αἱ δὲ μεθ᾽ ὅπλων ἐπὶ τὴν ναῦν 102
κατέθεον σὺν ἵπποις. ὡς δὲ εἶδεν αὐτὰς καθωπλισ-
μένας Ἡρακλῆς, νομίσας ἐκ δόλου τοῦτο γενέσθαι, τὴν
μὲν Ἱππολύτην κτείνας τὸν ζωστῆρα ἀφαιρεῖται, πρὸς
δὲ τὰς λοιπὰς ἀγωνισάμενος ἀποπλεῖ, καὶ προσίσχει 15
Τροίᾳ.

9   συνεβεβήκει δὲ τότε κατὰ μῆνιν Ἀπόλλωνος καὶ 103
Ποσειδῶνος ἀτυχεῖν τὴν πόλιν. Ἀπόλλων γὰρ καὶ
Ποσειδῶν τὴν Λαομέδοντος ὕβριν πειράσαι θέλοντες,
εἰκασθέντες ἀνθρώποις ὑπέσχοντο ἐπὶ μισθῷ τειχιεῖν 20
τὸ Πέργαμον. τοῖς δὲ τειχίσασι τὸν μισθὸν οὐκ ἀπεδί-
10 δου. διὰ τοῦτο Ἀπόλλων μὲν λοιμὸν ἔπεμψε, Ποσει-

---

1 s. ὑπ᾽ ⟨αὐτοῦ,⟩ τοῦ Βεβρύκων βασιλέως ἐπιβαλόντος ⟨εἰς
τὴν γῆν,⟩ βοηθῶν Ηε. ὑπ᾽ ⟨αὐτοῦ, τούτου δὲ καὶ⟩ τοῦ Βεβρύ-
κων βασιλέως συμβαλόντων Sommerus   3. Μύγδονα Αeg. ex
Tzetz. Chil. II 314: μέγαστα A   4. τῆς * ιεροπαι: τὴν A
πολλήν Ηε.: πόλιν A   6 s. conl. Zenob. V 33   6. κατακλεύ-
σας A, corr. Αeg.   ἐθεμισκόρα E: ἐν μισχόρα Rᵃ B ἐν μι-
σώρα C   7. εἰς *E Tzetz. Lycophr. 1327: ὡς A, πρὸς αὐτὸν
scil Ἡρακλέα) Pedias. 23 Hr.   7 s. τίνος ἧκοι χάριν A Tzetz.:
τίνος χάριν ἧκοι E   8. ὑποσχομένης Pedias. 23 Hr.: ὑπισχνου-
μένης EA   10. ὅτι * add. E   ἀφαρπάζουσιν *ER: ἀρπά-
ζουσιν A (Tzetz.)   12. σὺν ἵπποις EA, del. Hr.   13. δόλου
E (Rᵧ): δῆλον A   20. ἐπίσχετο B   22. λοιπὸν R

δῶν δὲ κῆτος ἀναφερόμενον ὑπὸ πλημμυρίδος, ὃ τοὺς
104 ἐν τῷ πεδίῳ συνήρπαζεν ἀνθρώπους. χρησμῶν δὲ 11
λεγόντων ἀπαλλαγὴν ἔσεσθαι τῶν συμφορῶν, ἐὰν προθῇ
Λαομέδων Ἡσιόνην τὴν θυγατέρα αὑτοῦ τῷ κῆτει
5 βοράν, οὗτος προύθηκε ταῖς πλησίον τῆς θαλάσσης
πέτραις προσαρτήσας. ταύτην ἰδὼν ἐκκειμένην Ἡρα- 12
κλῆς ὑπέσχετο σώσειν, εἰ τὰς ἵππους παρὰ Λαομέδον-
τος λήψεται ἃς Ζεὺς ποινὴν τῆς Γανυμήδους ἁρπαγῆς
ἔδωκε. δώσειν δὲ Λαομέδοντος εἰπόντος, κτείνας τὸ
10 κῆτος Ἡσιόνην ἔσωσε. μὴ βουλομένου δὲ τὸν μισθὸν
ἀποδοῦναι, πολεμήσειν Τροίᾳ ἀπειλήσας ἀνήχθη.
105   καὶ προσίσχει Αἴνῳ, ἔνθα ξενίζεται ὑπὸ Πόλτυος. 13
ἀποπλέων δὲ ἐπὶ τῆς ἠιόνος τῆς Αἰνίας Σαρπηδόνα,
Ποσειδῶνος. μὲν υἱὸν ἀδελφὸν δὲ Πόλτυος, ὑβριστὴν
15 ὄντα τοξεύσας ἀπέκτεινε. καὶ παραγενόμενος εἰς Θάσον
καὶ χειρωσάμενος τοὺς ἐνοικοῦντας Θρᾷκας ἔδωκε τοῖς
Ἀνδρόγεω παισὶ κατοικεῖν. ἐκ Θάσου δὲ ὁρμηθεὶς ἐπὶ 14
Τορώνην Πολύγονον καὶ Τηλέγονον, τοὺς Πρωτέως
τοῦ Ποσειδῶνος υἱούς, παλαίειν προκαλουμένους κατὰ
20 τὴν πάλην ἀπέκτεινε. κομίσας δὲ τὸν ζωστῆρα εἰς
Μυκήνας ἔδωκεν Εὐρυσθεῖ.
106   δέκατον ἐπετάγη ἆθλον τὰς Γηρυόνου βόας ἐξ 10
Ἐρυθείας κομίζειν. Ἐρύθεια δὲ ἦν Ὠκεανοῦ πλησίον
κειμένη νῆσος, ἣ νῦν Γάδειρα καλεῖται. ταύτην κατ-
25 ει Γηρυόνης Χρυσάορος καὶ Καλλιρρόης τῆς Ὠκεανοῦ,

3. προθῇ F (R?): προσθῇ A   4 s. τῷ κήτει βοράν, οὗτος *E:
βοράν κήτει, ὁ δὲ A   5. θα λάσσης] R fol 25ʳ   7. σώσειν E:
σώσειν (σώσαιεν B) αὑτῇ) A   8. γαννυμήδους E A   11. τροία *E:
τροίαν A   13. τῆς add. R   αἰνείας A, corr. Arg.   14. πο-
σειδῶν B   16. παραγενόμενος R (compend.): παραγινομένου A
22. ἐπετάγη E: δὲ ἐπετάγη R δὲ ἐτάγη A   βόας *E:
βοῦς A   23. ἐρυθείας ... ἐρυθία E R Rᵃ   25. καλλιρόης E A

τριδὶ· ἔχων ἀνδρῶν συμφυὲς σῶμα, συνηγμένον εἰς ἓν
κατὰ τὴν γαστέρα, ἐσχισμένον δὲ εἰς τρεῖς ἀπὸ λαγό-
νων τε καὶ μηρῶν. εἶχε δὲ φοινικᾶς βόας, ὧν ἦν βου-
κόλος Εὐρυτίων, φύλαξ δὲ Ὄρθος ὁ κύων διχέφαλος,
ἐξ Ἐχίδνης καὶ Τυφῶνος γεγεννημένος. πορευόμενος 107
οὖν ἐπὶ τὰς Γηρυόνου βόας διὰ τῆς Εὐρώπης, ἄγρια
πολλὰ ⟨ζῷα⟩ ἀνελὼν Λιβύης ἐπέβαινε, καὶ παρελθὼν
Ταρτησσὸν ἔστησε σημεῖα τῆς πορείας ἐπὶ τῶν ὅρων
Εὐρώπης καὶ Λιβύης ἀντιστοίχους δύο στήλας. θερό-
μενος δὲ ὑπὸ Ἡλίου κατὰ τὴν πορείαν,· τὸ τόξον ἐπὶ
τὸν θεὸν ἐνέτεινεν· ὁ δὲ τὴν ἀνδρείαν αὐτοῦ θαυμάσας
χρύσεον ἔδωκε δέπας, ἐν ᾧ τὸν Ὠκεανὸν διεπέρασε. καὶ 108
παραγενόμενος εἰς Ἐρύθειαν. ἐν ὄρει Ἄβαντι αὐλίζεται.
αἰσθόμενος δὲ ὁ κύων ἐπ᾽ αὐτὸν ὧρμα· ὁ δὲ καὶ τοῦτον
τῷ ῥοπάλῳ παίει, καὶ τὸν βουκόλον Εὐρυτίωνα τῷ
κυνὶ βοηθοῦντα ἀπέκτεινε. Μενοίτης δὲ ἐκεῖ τὰς Ἅιδου
βόας βόσκων Γηρυόνῃ τὸ γεγονὸς ἀπήγγειλεν. ὁ δὲ
καταλαβὼν Ἡρακλέα παρὰ ποταμὸν Ἀνθεμοῦντα τὰς
βόας ἀπάγοντα, συστησάμενος μάχην τοξευθεὶς ἀπέ-.
θανεν. Ἡρακλῆς δὲ ἐνθέμενος τὰς βόας εἰς τὸ δέπας 109
καὶ διαπλεύσας εἰς Ταρτησσὸν Ἡλίῳ πάλιν ἀπέδωκε

1. συνηγμένον μὲν Br.   2. δὲ He.: τε A schol. Plat. Legg.
VII p. 795 c   3. φοινικὰς RB   4. Ὄρθος Pedias. 26 schol.
Plat. Tim. p. 84 e (Hes. Theog. 293) Hr.: ὄρθρος A Tzetz. Chil.
II 383   ὁ om. Pedias. 26 Hr.   5. γεγεννημένος BC
6 s. ἄγρια πολλὰ ⟨ζῷα⟩ ἀνελὼν scripsi coll. Diod. IV 17, 3: ἄγρια
πολλὰ παρελθὼν A, quod omisit schol. Plat. Hr. (παρελθὼν iam
proposuerat Clavierius)   7. Λιβύης R schol. Plat.: Λιβέην A
ἐπίβη schol. Plat. Hr.   8 ss. ταρτησὸν A   8. ὅρων schol.
Plat. Aeg.: ὁρῶν A   9. ἀντιστοίχους schol. Plat.: ἀντιστοὶ R
ἀντιστοίχων RᵃC ἀντιστοίχω B   θερόμενος ᵃR Pedias. 26: θιγ-
ματτόμενος A   13. ἱερθίαν R   19. τοξευθεὶς (R?): καὶ ταξ ν-
θεὶς A   20. δὲ add. R

6*

τὸ δέκας. διελθὼν δὲ Ἀβδηρίαν εἰς Λιγυστίνην ἦλθεν; †
ἐν ᾗ τὰς βόας ἀφῃροῦντο Ἰαλεβίων τε καὶ Δέρκυνος
οἱ Ποσειδῶνος υἱοί, οὕς κτείνας διὰ Τυρρηνίας ᾔει.
110 ἀπὸ Ῥηγίου δὲ εἷς ἀπορρήγνυσι ταῦρος, καὶ ταχέως †
ὃ εἰς τὴν θάλασσαν ἐμπεσὼν καὶ διανηξάμενος ⟨εἰς⟩
Σικελίαν, καὶ τὴν πλησίον χώραν διελθών, ἦλθεν εἰς
111 πεδίον Ἔρυκος, ὃς ἐβασίλευεν Ἐλύμων. Ἔρυξ δὲ ἦν
Ποσειδῶνος παῖς, ὃς τὸν ταῦρον ταῖς ἰδίαις συγκατέ-
μιξεν ἀγέλαις. παραθέμενος οὖν τὰς βόας Ἡρακλῆς 10
10 Ἡφαίστῳ ἐπὶ τὴν αὐτοῦ ζήτησιν ἠπείγετο· εὑρὼν δὲ
ἐν ταῖς τοῦ Ἔρυκος ἀγέλαις, λέγοντος οὐ δώσειν ἂν .
μὴ παλαίσας αὐτοῦ περιγένηται, τρὶς περιγενόμενος
κατὰ τὴν πάλην ἀπέκτεινε, καὶ τὸν ταῦρον λαβὼν μετὰ
112 τῶν ἄλλων ἐπὶ τὸν Ἰόνιον ἤλαυνε πόντον. ὡς δὲ 11
13 ἦλθεν ἐπὶ τοὺς μυχοὺς τοῦ πόντου, ταῖς βουσὶν οἶστρον
ἐνέβαλεν ἡ Ἥρα, καὶ σχίζονται κατὰ τὰς τῆς Θρᾴκης
ὑπωρείας· ὁ δὲ διώξας τὰς μὲν συλλαβὼν ἐπὶ τὸν Ἑλ-
λήσποντον ἤγαγεν, αἱ δὲ ἀπολειφθεῖσαι τὸ λοιπὸν ἦσαν
ἄγριαι. μόλις δὲ τῶν βοῶν συνελθουσῶν Στρυμόνα 13
20 μεμψάμενος τὸν ποταμόν, πάλαι τὸ ῥεῖθρον πλωτὸν ὂν
ἐμπλήσας πέτραις ἄπλωτον ἐποίησε, καὶ τὰς βόας Εὐ-
ρυσθεῖ κομίσας δέδωκεν. ὁ δὲ αὐτὰς κατέθυσεν Ἥρᾳ.
113 τελεσθέντων δὲ τῶν ἄθλων ἐν μηνὶ καὶ ἔτεσιν 11

1. αὐδηρίαν rel ἀνδηρίαν A: Ἰβηρίαν Gal., sed conf. Strab.
III p. 236, Steph. Byz. s. v. Ἀβδηρα He. λιβέης A: Λιγυστί-
την Gal. Λίγυας He. (διὰ τῆς Λιγυστικῆς Diod. IV 19, 4
2. Ἰαλεβίων *H: ἀλεβίων A 5. εἰς add. Aeg. 6. καὶ τι,ν
— διελθὼν del He., sed conf. Comm. Ribb. p. 150 διελθὼν]
τὴν ἀπ' ἐκείνου κληθεῖσαν Ἰταλίαν· Τρρηνοὶ γὰρ ἰταλὸν τὸν
ταῦρον ἐκάλεσαν udd. A (Tzetz. Chil. II 344 s.), del. He.
11. ἀγέλαις *] ἀπαιτεῖ καὶ falso addunt edd. ἂν Hr.: εἰ A
16. τῆς add. R 20. ἀμεψάμενος Canterus τὸ ῥεῖθρον
πάλαι He. ὂν Com.: ὃν (sic!) R ὖν A 21. πετρῶν Hr.
23. ἐν] ἐνὶ Aeg.

ὀκτώ, μὴ προσδεξάμενος Εὐρυσθεὺς τόν τε τῶν τοῦ
Αὐγέου βοσκημάτων καὶ τὸν τῆς ὕδρας, ἐνδέκατον ἐπ-
έταξεν ἄθλον παρ' Ἑσπερίδων χρύσεα μῆλα κομίζειν.
₃ ταῦτα δὲ ἦν, οὐχ ὥς τινες εἶπον ἐν Λιβύῃ, ἀλλ' ἐπὶ
τοῦ Ἄτλαντος ἐν Ὑπερβορέοις· ἃ Διὶ ⟨Γῆ⟩ γήμαντι ₅
Ἥραν ἐδωρήσατο. ἐφύλασσε δὲ αὐτὰ δράκων ἀθάνατος,
Τυφῶνος καὶ Ἐχίδνης, κεφαλὰς ἔχων ἑκατόν· ἐχρῆτο
δὲ φωναῖς παντοίαις καὶ ποικίλαις. μετὰ τούτου δὲ 114
Ἑσπερίδες ἐφύλαττον, Αἴγλη Ἐρύθεια Ἑσπερία Ἀρέ-
₃ θουσα. πορευόμενος οὖν ἐπὶ ποταμὸν Ἐχέδωρον ἧκε. ₁₀
Κύκνος δὲ Ἄρεος καὶ Πυρήνης εἰς μονομαχίαν αὐτὸν
προεκαλεῖτο. Ἄρεος δὲ τούτου ἐκδικοῦντος καὶ συν-
ισταντος μονομαχίαν, βληθεὶς κεραυνὸς μέσος ἀμφοτέρων
διαλύει τὴν μάχην. βαδίζων δὲ δι' Ἰλλυριῶν, καὶ σκεύ-
δων ἐπὶ ποταμὸν Ἠριδανόν, ἧκε πρὸς νύμφας Διὸς ₁₅
₁ καὶ Θέμιδος. αὗται μηνύουσιν αὐτῷ Νηρέα. συλλαβὼν 115
δὲ αὐτὸν κοιμώμενον καὶ παντοίας ἐναλλάσσοντα μορ-
φὰς ἔδησε, καὶ οὐκ ἔλυσε πρὶν ἢ μαθεῖν παρ' αὐτοῦ

1. προσδεχόμενος schol. Hom. Θ 368   2. ἐνδέκατον ἐπι-
ταξεν ἄθλον αὐτῷ (quod recepit Hr.) τὸν Κέρβερον ἐξ Ἅιδου
κομίζειν schol. Hom. (conf. E. Bethe, Quaest. Diod. mythogr.
p. 48)   3. ἑσπερίδων R Pediae. 28: ἑσπερίαν A   κομίωον li
(compend.) A, corr. Aeg.   4. τινες] E fol. 29ʳ   5 v. ἃ Διὶ γή-
μαντι Ἥρα ἐδωρήσατο A (Tzetz. Chil. II 358 s.), del. Hr., sed
conf. [Eratosth.] Catast. 3 et schol. Apoll. Rhod. IV 1396 fin.: ὅτι τῷ
Διὶ γαμοῦντι Ἥραν δῶρα τὰ χρυσᾶ μῆλα ἐπὶ τῷ ὠκεανῷ ἀνα-
δίδωσιν ἡ Γῆ, Φερεκύδης ἐν β φησίν (frg. 33), unde nostrum
locum correxit Valckenarius *; haud scio an etiam γαμοῦντι
pro γήμαντι recipiendum sit. ἃ γαμηθείσῃ Διὶ Ἥρᾳ Γῆ ἐδωρή-
σατο proposuerat He.   9. ἐρυθεία B: ἐρυθία RC   ἑστία
ἐρίθουσα A: Ἑσπερία Ἀρέθουσα Gal. Aeg.,'Ἑσπερέθυεσα II. Steu-
ding in Roscheri lex. myth. I p. 2594   12. προεκαλεῖτο li Rᵃ:
προσκαλεῖτο   post προεκαλεῖτο lacunam brevi certaminis enar-
ratione explendam statuit W. Gemoll Fleckeis. ann. 1882 p. 465
14. δὲ add. R   σκεύδων A·g.: φεύγων A   17. ἐναλ-
λάσσοντα E: ἐναλλάσσοντα A

ποῦ τυγχάνοιεν τὰ μῆλα καὶ αἰ Ἐσπερίδες· μαθὼν δὲ
Λιβύην διεξήει. ταύτης ἐβασίλευε παῖς Ποσειδῶνος 5
Ἀνταῖος, ὃς τοὺς ξένους ἀναγκάζων παλαίειν ἀνῄρει.
τούτῳ παλαίειν ἀναγκαζόμενος Ἡρακλῆς ἀράμενος ἅμμασι
5 μετέωρον κλάσας ἀπέκτεινε· ψαύοντα γὰρ γῆς ἰσχυρό-
τερον συνέβαινε γίνεσθαι, διὸ καὶ Γῆς τινες ἔφασαν
τοῦτον εἶναι παῖδα.

116   μετὰ Λιβύην δὲ Αἴγυπτον διεξήει. ταύτης ἐβασί- 5
λευε Βούσιρις Ποσειδῶνος παῖς καὶ Λυσιανάσσης τῆς
10 Ἐπάφου. οὗτος τοὺς ξένους ἔθυεν ἐπὶ βωμῷ Διὸς κατά
τι λόγιον· ἐννέα γὰρ ἔτη ἀφορία τὴν Αἴγυπτον κατ-
έλαβε, Φρασίος δὲ ἐλθὼν ἐκ Κύπρου, μάντις τὴν ἐπι-
στήμην, ἔφη τὴν ἀφορίαν παύσασθαι ἐὰν ξένον ἄνδρα
117 τῷ Διὶ σφάξωσι κατ' ἔτος. Βούσιρις δὲ ἐκεῖνον πρῶ- 7
15 τον σφάξας τὸν μάντιν τοὺς κατιόντας ξένους ἔσφαζε.
συλληφθεὶς οὖν καὶ Ἡρακλῆς τοῖς βωμοῖς προσεφέρετο
τὰ δὲ δεσμὰ διαρρήξας τόν τε Βούσιριν καὶ τὸν ἐκείνου
παῖδα Ἀμφιδάμαντα ἀπέκτεινε.

118   διεξιὼν δὲ Ἀσίαν Θερμύδραις, Λινδίων λιμένι, 8
20 προσίσχει. καὶ βοηλάτου τινὸς λύσας τὸν ἕτερον τῶν
ταύρων ἀπὸ τῆς ἁμάξης εὐωχεῖτο θύσας. ὁ δὲ βοηλάτης
βοηθεῖν ἑαυτῷ μὴ δυνάμενος στὰς ἐπί τινος ὄρους κατ- .

3 οἷς K   παλαίειν] αὐτῷ add. schol. Plat. Legg. VII p. 796 a.
4. ἅμμασι R: ὅμμασι Δ   4 a. μετέωρον ἅμμασι schol. Plat.
Hr.   5. ἰσχυρότερον R: ἰσχυρότατον A   6. συνέβαινε R schol.
Plat.: συνέβη A   8. ἐξήει A. corr. Fab.   9. Λυσιανάσσης E:
Λυσσιανάσσης A   12. φράσιος *A: φράγιος E Θράσιος (Ovid.
A. A. l 649. Thusius Hyg. fab. 56 cod. F) Aeg.   16. κατιόντας
EA: καριόντας Hr.   18. Ἀμφιδάμαντα EA: Ἰφιδάμαντα
Pherecyd. in schol. Apoll. Rhod.   19. — p. 87, 2 διεξιὼν —
πράττουσι del. He. (conf. ll 168); Tzetz. Chil. II 385 ss. haec in
reditu Herculis accidisse refert   19. ἀσίαν ER: ἀσίας A
Λινδίων ER: Λυδίων A

ἠρᾶτο. διὸ καὶ νῦν, ἐπειδὰν·θύωσιν 'Ηρακλεῖ, μετὰ
καταρῶν τοῦτο πράττουσι.

⁹ παριὼν δὲ 'Αραβίαν 'Ημαθίωνα κτείνει παῖδα Τιθω-119
νοῦ. καὶ διὰ τῆς Λιβύης·πορευθεὶς ἐπὶ τὴν ἔξω θάλασ-
¹⁰ σαν παρ' 'Ηλίου τὸ δέπας καταλαμβάνει. καὶ περαιω-₂
θεὶς ἐπὶ τὴν ἤπειρον τὴν ἀντικρὺ κατετόξευσεν ἐπὶ
τοῦ Καυκάσου τὸν ἐσθίοντα τὸ τοῦ Προμηθέως ἧπαρ
ἀετόν, ὄντα 'Εχίδνης καὶ Τυφῶνος· καὶ τὸν Προμηθέα
ἔλυσε, δεσμὸν ἑλόμενος τὸν τῆς ἐλαίας, καὶ παρέσχε τῷ
Διὶ Χείρωνα θνήσκειν ἀντ' αὐτοῦ θέλοντα. ₁₀

¹¹ ὡς δὲ ἧκεν εἰς 'Υπερβορέους πρὸς "Ατλαντα, εἰπόν-120
τος·Προμηθέως τῷ 'Ηρακλεῖ αὐτὸν ἐπὶ τὰ μῆλα μὴ
πορεύεσθαι, διαδεξάμενον δὲ "Ατλαντος τὸν πόλον ἀπο-
στέλλειν ἐκεῖνον, πεισθεὶς διεδέξατο. "Ατλας δὲ δρεψά-
μενος παρ' 'Εσπερίδων τρία μῆλα ἧκε πρὸς 'Ηρακλέα. ₁₅
καὶ μὴ βουλόμενος τὸν πόλον ἔχειν ... καὶ σπεῖραν ἐπὶ
¹² τῆς κεφαλῆς θέλειν ποιήσασθαι. τοῦτο ἀκούσας "Ατλας,
ἐπὶ γῆς καταθεὶς τὰ μῆλα τὸν πόλον διεδέξατο. καὶ
οὕτως ἀνελόμενος αὐτὰ·'Ηρακλῆς ἀπηλλάττετο. ἔνιοι121
δέ φασιν οὐ παρὰ "Ατλαντος αὐτὰ λαβεῖν, ἀλλ' αὐτὸν ₂₀

. 4. Λιβύης A: Λυδίας W. Gemoll, qui τὴν ἔξω θάλασσαν
Pontum Euxinum significare contendit (Fleckeis. ann. 1852
p. 465) 5. παρ' 'Ηλίου Robertus de Apollod. bibl. p. 47 s.
(conf. Pherecyd. l. l.: λαβὼν χρυσοῦν δέπας παρ' 'Ηλίου): κατα-
πλεῖ οὐ A   λαμβάνει Hr.   7. καυκασίου EA, corr. Aeg.
8. ἀετὸν E Pediae. 29: αἰετὸν A   τυφῶνος E: τυφῶνος
ὃς A 9. διέλυσε A, corr. Br. 10. θνήσκειν 'Ει θνῄσκειν
ἀθάνατον A (conf. Comm. Ribb. p. 146) 14. πεισθείς] δὲ
add. A, del. He. 16. lacunam indicavit Gal. coll. schol. Apoll.
Rhod. l. l.: τὰ μὲν μῆλα αὐτός φησιν ἀπολέσαι Εὐρυσθεῖ, τὸν
δ' οὐρανὸν ἐκέλευσεν ἐκεῖνον ἔχειν ἐπ' αὐτοῦ. ὁ δὲ 'Ηρακλῆς
ὑποσχόμενος δόλῳ ἀντεπέθηκεν αὐτὸν τῷ "Ατλαντι. ἦν γὰρ εἰπὼν
αὐτῷ ὁ Προμηθεὺς ὑποθέμενος κελεύειν δέξασθαι τὸν οὐρανόν,
ἕως οἱ σπεῖραν ἐπὶ τὴν κεφαλὴν ποιήσηται

δρέψασθαι τὰ μῆλα, κτείναντα τὸν φρουροῦντα ὄφιν. κομίσας δὲ τὰ μῆλα Εὐρυσθεῖ ἔδωκεν. ὁ δὲ λαβὼν 15 Ἡρακλεῖ ἐδωρήσατο· παρ' οὐ λαβοῦσα Ἀθηνᾶ πάλιν αὐτὰ ἀπεκόμισεν· ὅσιον γὰρ οὐκ ἦν αὐτὰ τεθῆναί που.

122   δωδέκατον ἆθλον ἐπετάγη Κέρβερον ἐξ Ἅιδου κομί- 12 ζειν. εἶχε δὲ οὗτος τρεῖς μὲν κυνῶν κεφαλάς, τὴν δὲ οὐρὰν δράκοντος, κατὰ δὲ τοῦ νώτου παντοίων εἶχεν ὄφεων κεφαλάς. μέλλων οὖν ἐπὶ τοῦτον ἀπιέναι ἦλθε 5 πρὸς Εὔμολπον εἰς Ἐλευσῖνα, βουλόμενος μυηθῆναι 10 [ἦν δὲ οὐκ ἐξὸν ξένοις τότε μυεῖσθαι, ἐπειδήπερ θετὸς Πυλίου παῖς γενόμενος ἐμυεῖτο]. μὴ δυνάμενος δὲ 5 ἰδεῖν τὰ μυστήρια ἐπείπερ οὐκ ἦν ἡγνισμένος τὸν Κεν- ταύρων φόνον, ἁγνισθεὶς ὑπὸ Εὐμόλπου τότε ἐμυήθη.

123 καὶ παραγενόμενος ἐπὶ Ταίναρον τῆς Λακωνικῆς, οὗ 15 τῆς ⟨εἰς⟩ Ἅιδου καταβάσεως τὸ στόμιόν ἐστι, διὰ τού- του ἐπῄει. ὁπηνίκα δὲ εἶδον αὐτὸν αἱ ψυχαί, χωρὶς 5 Μελεάγρου καὶ Μεδούσης τῆς Γοργόνος ἔφυγον. ἐπὶ δὲ τὴν Γοργόνα τὸ ξίφος ὡς ζῶσαν ἕλκει, καὶ παρὰ 124 Ἑρμοῦ μανθάνει ὅτι κενὸν εἴδωλόν ἐστι. πλησίον δὲ 5 20 τῶν Ἅιδου πυλῶν γενόμενος Θησέα εὗρε καὶ Πειρί- θουν τὸν Περσεφόνης μνηστευόμενον γάμον καὶ διὰ τοῦτο δεθέντα. θεασάμενοι δὲ Ἡρακλέα τὰς χεῖρας ὄρεγον ὡς ἀναστησόμενοι διὰ τῆς ἐκείνου βίας. ὁ δὲ 5

---

4. τιθῆναι ΕΑ: μετατιθῆναι Pedias. 29 Clavierius που ΕΑ Pedias. 22: και Hr.   7. δράκοντος ΕΑ Pedias. schol. Plat. Polit. IX 588 c: δράκοντα Br.   9. εἰς] R fol. 28ᵛ εἰς E schol. Hom. Θ 368 (cod. Ven. A interpol.): πρός A Pedias.   10 s. ἦν δὲ — ἐμυεῖτο A schol. Hom., bene omisit E He.   10. θέτος E: θέσιος A φησίτης ὁ schol. Hom.   11. παραγενόμενος schol. Hom.   12. κιτταύρων E schol. Hom.: κιτταύρου A   15. εἰς om. ΕΑ schol. Hom., add. He.   16. ἐπῄει a (scil. Cerbero) E: ἀπῄει A κατῄει schol. Hom. He.   21. μνηστευόμενον ΕΑ: μνηστευόμενον Hr.   22. δεθέντα ΕΑ: διθέντας He.

Θησέα μὲν λαβόμενος τῆς χειρὸς ἤγειρε, Πειρίθουν δὲ
ἀναστῆσαι βουλόμενος τῆς γῆς κινουμένης ἀφῆκεν.
7 ἀπεκύλισε δὲ καὶ τὸν Ἀσκαλάφου πέτρον. βουλόμενος 125
δὲ αἷμα ταῖς ψυχαῖς παρασχέσθαι, μίαν τῶν Ἅιδου
βοῶν ἀπέσφαξεν. ὁ δὲ νέμων αὐτὰς Μενοίτης ὁ Κευ- 5
θωνύμου προκαλεσάμενος εἰς πάλην Ἡρακλέα, ληφθεὶς
μέσος καὶ τὰς πλευρὰς κατεαγεὶς ὑπὸ Περσεφόνης κατῃ-
8 ρτήθη. αἰτοῦντος δὲ αὐτοῦ Πλούτωνα τὸν Κέρβερον,
ἐπέταξεν ὁ Πλούτων ἄγειν χωρὶς ὧν εἶχεν ὅπλων κρα-
τοῦντα. ὁ δὲ εὑρὼν αὐτὸν ἐπὶ ταῖς πύλαις τοῦ Ἀχέ- 126
ροντος, τῷ τε θώρακι συμπεφραγμένος καὶ τῇ λεοντῇ
συσκεπασθείς, περιβαλὼν τῇ κεφαλῇ τὰς χεῖρας οὐκ
ἀνῆκε κρατῶν καὶ ἄγχων τὸ θηρίον, ἕως ἔπεισε, καίπερ
9 δακνόμενος ὑπὸ τοῦ κατὰ τὴν οὐρὰν δράκοντος. συλ-
λαβὼν οὖν αὐτὸν ἧκε διὰ Τροιζῆνος ποιησάμενος τὴν 15
ἀνάβασιν. Ἀσκάλαφον μὲν οὖν Δημήτηρ ἐποίησεν ὦτον,
Ἡρακλῆς δὲ Εὐρυσθεῖ δείξας τὸν Κέρβερον πάλιν ἐκό-
μισεν εἰς Ἅιδου.

6   μετὰ δὲ τοὺς ἄθλους Ἡρακλῆς ἀφικόμενος εἰς Θή- 127
βας Μεγάραν μὲν ἔδωκεν Ἰολάῳ, αὐτὸς δὲ γῆμαι θέλων 20
ἐπυνθάνετο Εὔρυτον Οἰχαλίας δυνάστην ἆθλον προ-
τεθεικέναι τὸν Ἰόλης τῆς θυγατρὸς γάμον τῷ νική-

5. ἡ Κευθωνύμου ex Tzetz. Chil. II 397 Aeg. ὁ κυθωνύμου E:
σκυθωνέμου RR*B σκυθώνυμον C   6. προσκαλεσάμενος EA,
corr. Fab.   7. μέσον EA, corr. Fab.   κατεαγεὶς E: κατε-
άξας A   12. συσκεπασθεὶς E, καὶ add. A   12 ss. οὐκ ἀνῆκε
— δρακόντος * E (conf. Comm. Bibb. p. 147): οὐκ ἀνῆκε, καίπερ
δακνόμενος ὑπὸ τοῦ κατὰ τὴν οὐρὰν δράκοντος, κρατῶν διὰ τοῦ
τραχήλου καὶ ἄγχων τὸ θηρίον ἴκτισε, (ἴκτισε Gal.) A: κρατῶν
— ἴκτισε del. Hr. καίπερ δακνόμενος οὐκ ἀνῆκεν, ἀλλ' ἄγχων,
τὸ θηρίον διὰ Τροιζῆνος . . . Pedias. 32   16. ὦτον Aeg.: ὗον
EA   21. Εὔρυτον om. B   προτεθεικέναι *E: προτεθῆναι
RR*B: προτεθεῖναι C

σαντι τοξικῇ αὐτόν τε καὶ τοὺς παῖδας αὐτῷ ὑπάρ-
128 χοντας. ἀφικόμενος οὖν εἰς Οἰχαλίαν καὶ τῇ τοξικῇ :
κρείττων αὐτῶν γενόμενος οὐκ ἔτυχε τοῦ γάμου, Ἰφί-
του μὲν τοῦ πρεσβυτέρου τῶν παίδων λέγοντος διδόναι
5 τῷ Ἡρακλεῖ τὴν Ἰόλην, Εὐρύτου δὲ καὶ τῶν λοιπῶν
ἀπαγορευόντων καὶ δεδοικέναι λεγόντων μὴ τεκνοποι-
129 ησάμενος τὰ γεννηθησόμενα πάλιν ἀποκτείνῃ. μετ' οὐ :
πολὺ δὲ κλαπεισῶν ἐξ Εὐβοίας ὑπὸ Αὐτολύκου βοῶν,
Εὔρυτος μὲν ἐνόμιζεν ὑφ' Ἡρακλέους γεγονέναι τοῦτο,
10 Ἴφιτος δὲ ἀπιστῶν ἀφικνεῖται πρὸς Ἡρακλέα, καὶ συν-
τυχὼν ἥκοντι ἐκ Φερῶν αὐτῷ, σεσωκότι τὴν ἀποθα-
νοῦσαν Ἄλκηστιν Ἀδμήτῳ, παρακαλεῖ συζητῆσαι τὰς
βόας. Ἡρακλῆς δὲ ὑπισχνεῖται· καὶ ξενίζει μὲν αὐτόν, :
μανεὶς δὲ αὖθις ἀπὸ τῶν Τιρυνθίων ἔρριψεν αὐτὸν
15 τειχῶν. καθαρθῆναι δὲ θέλων τὸν φόνον ἀφικνεῖται
πρὸς Νηλέα· Πυλίων ἦν οὗτος δυνάστης. ἀπωσαμένου :
δὲ Νηλέως αὐτὸν διὰ τὴν πρὸς Εὔρυτον φιλίαν, εἰς
Ἀμύκλας παραγενόμενος ὑπὸ Δηιφόβου τοῦ Ἱππολύτου
καθαίρεται. κατασχεθεὶς δὲ δεινῇ νόσῳ διὰ τὸν Ἰφίτου
20 φόνον, εἰς Δελφοὺς παραγενόμενος ἀπαλλαγὴν ἐπυν-
θάνετο τῆς νόσου. μὴ χρησμῳδούσης δὲ αὐτῷ τῆς :
Πυθίας τόν τε ναὸν συλᾶν ἤθελε, καὶ τὸν τρίποδα
βαστάσας κατασκευάζειν μαντεῖον ἴδιον. μαχομένου δὲ αὐ-
131 τῷ Ἀπόλλωνος, ὁ Ζεὺς ἵησι μέσον αὐτῶν κεραυνόν. καὶ :
25 τούτων διαλυθέντων τὸν τρόπον, λαμβάνει χρησμὸν
Ἡρακλῆς, ὃς ἔλεγεν ἀπαλλαγὴν αὐτῷ τῆς νόσου ἔσε-
σθαι πραθέντι καὶ τρία ἔτη λατρεύσαντι καὶ δόντι

---

1. τοξικῇ E: τοξικὴν A   παῖδας A: τοὺς add. Hr.
7. γεννηθησόμενα *E: γενησόμενα R γεννησόμενα A   11. φι-
ρῶν R: φορῶν A   18. ἀπέκας R   19. δὲ add. ER
22. ναὸν FA   23. κατασκευάζειν E: κατασκευάζει A
27. παραθέντι B

3 κοινὴν τοῦ φόνου τὴν τιμὴν Εὐρύτῳ. τοῦ δὲ χρησμοῦ δοθέντος Ἑρμῆς Ἡρακλέα πιπράσκει· καὶ αὐτὸν ὠνεῖται Ὀμφάλη Ἰαρδάνου, βασιλεύουσα Λυδῶν, ᾗ τὴν ἡγεμονίαν τελευτῶν ὁ γήμας Τμῶλος κατέλιπε. τὴν μὲν 132
7 οὖν τιμὴν κομισθεῖσαν Εὔρυτος οὐ προσεδέξατο, Ἡρα- 5
κλῆς δὲ Ὀμφάλῃ δουλεύων τοὺς μὲν περὶ τὴν Ἔφεσον
Κέρκωπας συλλαβὼν ἔδησε, Συλέα δὲ ἐν Αὐλίδι τοὺς
παριόντας ξένους σκάπτειν ἀναγκάζοντα, σὺν ταῖς ῥίζαις
τὰς ἀμπέλους καύσας μετὰ τῆς θυγατρὸς Ξενοδόκης
8 ἀπέκτεινε. καὶ προσσχὼν νήσῳ Δολίχῃ, τὸ Ἰκάρου 10
σῶμα ἰδὼν τοῖς αἰγιαλοῖς προσφερόμενον ἔθαψε, καὶ
τὴν νῆσον ἀντὶ Δολίχης Ἰκαρίαν ἐκάλεσεν. ἀντὶ τού- 133
του Δαίδαλος ἐν Πίσῃ εἰκόνα παρακλησίαν κατεσκεύασεν
Ἡρακλεῖ· ἣν νυκτὸς ἀγνοήσας Ἡρακλῆς λίθῳ βαλὼν
4 ὡς ἔμπνουν ἔπληξε. καθ᾽ ὃν δὲ χρόνον ἐλάτρευε παρ᾽ 15
Ὀμφάλῃ, λέγεται τὸν ἐπὶ Κόλχους πλοῦν γενέσθαι καὶ
τὴν τοῦ Καλυδωνίου κάπρου θήραν, καὶ Θησέα παραγενόμενον ἐκ Τροιζῆνος τὸν Ἰσθμὸν καθᾶραι.

4   μετὰ δὲ τὴν λατρείαν ἀπαλλαγεὶς τῆς νόσου ἐπὶ 134
Ἴλιον ἔπλει πεντηκοντόροις ὀκτωκαίδεκα, συναθροίσας 20
στρατὸν ἀνδρῶν ἀρίστων ἑκουσίως θελόντων στρατεύεσθαι. κατακλεύσας δὲ εἰς Ἴλιον τὴν μὲν τῶν νεῶν
φυλακὴν Οἰκλεῖ κατέλιπεν, αὐτὸς δὲ μετὰ τῶν ἄλλων
3 ἀριστέων ὥρμα ἐπὶ τὴν πόλιν. παραγενόμενος δὲ ἐπὶ
τὰς ναῦς σὺν τῷ πλήθει Λαομέδων Οἰκλέα μὲν ἀπ- 25

3. Ἰαρδάνου R (man. 2) Tzetz. Chil. II 430: Ἰορδάνου E A
7. Αὐλίδι E A: Φύλλιδι Hr., Αὐλαῖς Ὑερκλίνgius, αὐλῶνι
vel ἀμπελῶνι (Diod. IV 31, 7 Tzetz. 433) He.   8. παριόντας]
explic. B fol. 28ᵛ   9. κατέσης *E: σκάφας A, σκάσας Meinekius
(ἄτασσα Tzetz. v. 455)   Ξενοδόκης *E C: Ξενοδίκης Rᵇ B Tzetz.
v. 434   10. προσχὼν A, corr. He.   13. πίσῃ A, corr. Gal.
15. καθῆραι Hr.   20. ὀκτωκαίδεκα] conf. Diod. IV 32, 2

ἔκτεινε μαχόμενον, ἀπελαθεὶς δὲ ὑπὸ τῶν μετὰ Ἡρα-
185 κλέους ἐπολιορκεῖτο. τῆς δὲ πολιορκίας ἐνεστώσης
ῥήξας τὸ τεῖχος Τελαμὼν πρῶτος εἰσῆλθεν εἰς τὴν πόλιν,
καὶ μετὰ τοῦτον Ἡρακλῆς. ὡς δὲ ἐθεάσατο Τελαμῶνα
5 πρῶτον εἰσεληλυθότα, σπασάμενος τὸ ξίφος ἐπ' αὐτὸν
ᾔει, μηδένα θέλων ἑαυτοῦ κρείττονα νομίζεσθαι. συν-
ιδὼν δὲ τοῦτο Τελαμὼν λίθους πλησίον κειμένους
συνήθροιζε, τοῦ δὲ ἐρομένου τί πράττοι βωμὸν εἶπεν
186 Ἡρακλέους κατασκευάζειν καλλινίκου. ὁ δὲ ἐπαινέσας,
10 ὡς εἷλε τὴν πόλιν, κατατοξεύσας Λαομέδοντα καὶ τοὺς
παῖδας αὐτοῦ χωρὶς Ποδάρκου, Τελαμῶνι ἀριστεῖον
Ἡσιόνην τὴν Λαομέδοντος θυγατέρα δίδωσι, καὶ ταύτῃ
συγχωρεῖ τῶν αἰχμαλώτων ὃν ἤθελεν ἄγεσθαι. τῆς δὲ
αἱρουμένης τὸν ἀδελφὸν Ποδάρκην. ἔφη δεῖν πρῶτον
15 αὐτὸν δοῦλον γενέσθαι, καὶ τότε τί ποτε δοῦσαν ἀπ'
αὐτοῦ λαβεῖν αὐτόν. ἡ δὲ πιπρασκομένου τὴν κα-
λύπτραν ἀφελομένη τῆς κεφαλῆς ἀντέδωκεν· ὅθεν Πο-
δάρκης Πρίαμος ἐκλήθη.

187   πλέοντος δὲ ἀπὸ Τροίας Ἡρακλέους Ἥρα χαλεποὺς
20 ἔπεμψε χειμῶνας· ἐφ' οἷς ἀγανακτήσας Ζεὺς ἐκρέμασεν
αὐτὴν ἐξ Ὀλύμπου. προσέπλει δὲ Ἡρακλῆς τῇ Κῷ· καὶ
νομίσαντες αὐτὸν οἱ Κῷοι λῃστρικὸν ἄγειν στόλον,
188 βάλλοντες λίθοις προσπλεῖν ἐκώλυον. ὁ δὲ βιασάμενος
αὐτὴν νυκτὸς εἷλε, καὶ τὸν βασιλέα Εὐρύπυλον. Ἀστυ-
25 παλαίας παῖδα καὶ Ποσειδῶνος, ἔκτεινεν. ἐτρώθη δὲ
κατὰ τὴν μάχην Ἡρακλῆς ὑπὸ Χαλκώδοντος, καὶ Διὸς

1. ἀπελαθεὶς R²: ἀπειλαοθεὶς A   ὅ, ᾔει A: ὥρμα E
7. δὲ add. ER²   λίθους πλησίον E: πλησίον λίθους A
8. πράττοι E: πράττοι A   16 τ. δοῦσαν ἀπ' αὐτοῦ E: δοτὸ'
ἀπ' αὐτῶν A   20. ἔπεμψε EΛ: ἐπέπεμψε He.   24. τὴν
ῥύπτα A: αὐτὴν Mitscherlichius, αὐτὴν ῥυπῶς * restitui τὴν
ἀκτὴν Eberhardus Jen. Litt.-Ztg. 1874 p. 429. τὴν πόλιν He.)

ἐξαρπάσαντος αὐτὸν οὐδὲν ἔπαθε. πορθήσας δὲ Κῶ
ἦκε δι' Ἀθηνᾶν εἰς Φλέγραν, καὶ μετὰ θεῶν κατεπολέ-
μησε Γίγαντας.

2 μετ' οὐ πολὺ δὲ ἐπ' Αὐγείαν ἐστρατεύετο, συνα-138
θροίσας Ἀρκαδικὸν στρατὸν καὶ παραλαβὼν ἐθελοντὰς ε
ε τῶν ἀπὸ τῆς Ἑλλάδος ἀριστέων. Αὐγείας δὲ τὸν ἀφ'
Ἡρακλέους πόλεμον ἀκούων κατέστησεν Ἠλείων στρα-
τηγοὺς Εὔρυτον καὶ Κτέατον συμφυεῖς, οἳ δυνάμει
τοὺς τότε ἀνθρώπους ὑπερέβαλλον, παῖδες δὲ ἦσαν
Μολιόνης καὶ Ἄκτορος, ἐλέγοντο δὲ Ποσειδῶνος· Ἄκτωρ ιο
ε δὲ ἀδελφὸς ἦν Αὐγείου. συνέβη δὲ Ἡρακλεῖ κατὰ τὴν 140
στρατείαν νοσῆσαι· διὰ τοῦτο καὶ σπονδὰς πρὸς τοὺς
Μολιονίδας ἐποιήσατο. οἱ δὲ ὕστερον ἐπιγνόντες αὐτὸν
νοσοῦντα, ἐπιτίθενται τῷ στρατεύματι καὶ κτείνουσι
ε πολλούς. τότε μὲν οὖν ἀνεχώρησεν Ἡρακλῆς· αὖθις ιε
δὲ τῆς τρίτης ἰσθμιάδος τελουμένης, Ἠλείων τοὺς
Μολιονίδας πεμψάντων συνθύτας, ἐν Κλεωναῖς ἐνε-
δρεύσας τούτους Ἡρακλῆς ἀπέκτεινε, καὶ στρατευσά-
ο μενος ἐπὶ τὴν Ἦλιν εἷλε τὴν πόλιν. καὶ κτείνας μετὰ 141
τῶν παίδων Αὐγείαν κατήγαγε Φυλέα, καὶ τούτῳ τὴν ιο
βασιλείαν ἔδωκεν. ἔθηκε δὲ καὶ τὸν Ὀλυμπιακὸν ἀγῶνα,
Πέλοπός τε βωμὸν ἱδρύσατο, καὶ θεῶν δώδεκα βωμοὺς
ἓξ ἐδείματο.

3 μετὰ δὲ τὴν τῆς Ἤλιδος ἅλωσιν ἐστράτευσεν ἐπὶ 142
Πύλον, καὶ τὴν πόλιν ἑλὼν Περικλύμενον κτείνει τὸν ιε
ἀλκιμώτατον τῶν Νηλέως παίδων, ὃς μεταβάλλων τὰς
μορφὰς ἐμάχετο. τὸν δὲ Νηλέα καὶ τοὺς παῖδας αὐτοῦ

1. ἔπαθε πλίον Hr.   2. Ἀθηνᾶς Gal.   4 ss. Αὐγείαν
ubique E: Αὐγίαν plerumque A   4. τῶν) ἀστῶν add. A, del.
He.   10. μολιόνης E: μολίνης A·   15. οὖν E: οὖν οὖκ A
23. ἕξ Arnoldus: ἑξῆς A   24. τὴν * add. E

χωρὶς Νέστορος ἀπέκτεινεν· οὗτος δὲ νέος ὢν παρὰ
Γερηνίοις ἐτρέφετο. κατὰ δὲ τὴν μάχην· καὶ Ἅιδην
ἔτρωσε Πυλίοις βοηθοῦντα.

148   ἑλὼν δὲ τὴν Πύλον ἐστράτευεν ἐπὶ Λακεδαίμονα,
μετελθεῖν τοὺς Ἱπποκόωντος παῖδας θέλων· ὠργίζετο
μὲν γὰρ αὐτοῖς καὶ διότι Νηλεῖ συνεμάχησαν, μᾶλλον
δὲ ὠργίσθη ὅτι τὸν Λικυμνίου παῖδα ἀπέκτειναν.
θεωμένου γὰρ αὐτοῦ τὰ Ἱπποκόωντος βασίλεια, ἐκδρα-
μὼν κύων τῶν Μολοττικῶν ἐπ᾽ αὐτὸν ἐφέρετο· ὁ δὲ
βαλὼν λίθον ἐπέτυχε τοῦ κυνός. ἐκτροχάσαντες δὲ οἱ
Ἱπποκοωντίδαι καὶ τύπτοντες αὐτὸν τοῖς σκυτάλοις
144 ἀπέκτειναν. τὸν δὲ τούτου θάνατον ἐκδικῶν στρατιὰν
ἐπὶ Λακεδαιμονίους συνήθροιζε. καὶ παραγινόμενος
εἰς Ἀρκαδίαν ἠξίου Κηφέα μετὰ τῶν παίδων ὧν εἶχεν
εἴκοσι συμμαχεῖν. δεδιὼς δὲ Κηφεὺς μὴ καταλιπόντος
αὐτοῦ Τεγέαν Ἀργεῖοι ἐπιστρατεύσωνται, τὴν στρατείαν
ἠρνεῖτο. Ἡρακλῆς δὲ παρ᾽ Ἀθηνᾶς λαβὼν ἐν ὑδρίᾳ
χαλκῇ βόστρυχον Γοργόνος Στερόπῃ τῇ Κηφέως θυγα-
τρὶ δίδωσιν, εἰπών, ἐὰν ἐπίῃ στρατός, τρὶς ἀνασχούσῃς
⟨ἐκ⟩ τῶν τειχῶν τὸν βόστρυχον καὶ μὴ προϊδούσῃς
145 τροπὴν τῶν πολεμίων ἔσεσθαι. τούτου γενομένου
Κηφεὺς μετὰ τῶν παίδων ἐστράτευε. καὶ κατὰ τὴν
μάχην αὐτός τε καὶ οἱ παῖδες αὐτοῦ τελευτῶσι, καὶ
πρὸς τούτοις Ἰφικλῆς ὁ τοῦ Ἡρακλέους ἀδελφός. Ἡρα-
κλῆς δὲ κτείνας τὸν Ἱπποκόωντα καὶ τοὺς παῖδας αὐ-

1. οὗτος γὰρ E.   6. καὶ del. Hr.   7. παῖδα] Οἴαιον
add. He.   9. Μηλοττικῶν Aeg: μηλιτικῶν A   12. ἐκδικί-
σων Hr? στρατιὰν A, corr. He.: στρατὸν F.   13. Λακεδαι-
μονίους *E: λακεδαιμονίαν A   16. τέγεαν A   ἐπιστρατεύ-
σωνται A, corr. Aeg.   18. χαλκῇ E: χαλκοῦς A   στερόπῃ
EA: Ἀερόπῃ Paus. VIII 44, 7 He.   20. ἐκ om. EA, add Aeg.
προϊδούσῃς E A: προσιδούσῃς He.   21. Ἰφικλῆς *E: Ἰφικλῆος A

τοῦ ⟨καὶ⟩ χειρωσάμενος τὴν πόλιν, Τυνδάρεων κατα-
γαγὼν τὴν βασιλείαν παρέδωκε τούτῳ.

4 παριὼν δὲ Τεγέαν Ἡρακλῆς τὴν Αὔγην ' Ἀλεοῦ146
θυγατέρα οὖσαν ἀγνοῶν ἔφθειρεν. ἡ δὲ τεκοῦσα κρύφα
τὸ βρέφος κατέθετο ἐν τῷ τεμένει τῆς Ἀθηνᾶς. λοιμῷ ₅
δὲ τῆς χώρας φθειρομένης, Ἀλεὸς εἰσελθὼν εἰς τὸ
τέμενος καὶ ἐρευνήσας τὰς τῆς θυγατρὸς ὠδῖνας εὗρε.
₂ τὸ μὲν οὖν βρέφος εἰς τὸ Παρθένιον ὄρος ἐξέθετο.
καὶ τοῦτο κατὰ θεῶν τινα πρόνοιαν ἐσώθη· θηλὴν μὲν147
γὰρ ἀρτιτόκος ἔλαφος ὑπέσχεν αὐτῷ, ποιμένες δὲ ἀνελό- ₁₀
₃ μενοι τὸ βρέφος Τήλεφον ἐκάλεσαν αὐτό. Αὔγην δὲ
ἔδωκε Ναυπλίῳ τῷ Ποσειδῶνος ὑπερόριον ἀπεμπολῆσαι.
ὁ δὲ Τεύθραντι τῷ Τευθρανίας ἔδωκεν αὐτὴν δυνάστῃ,
κἀκεῖνος γυναῖκα ἐποιήσατο.

5 παραγενόμενος δὲ Ἡρακλῆς εἰς Καλυδῶνα τὴν148
Οἰνέως θυγατέρα Δηιάνειραν ἐμνηστεύετο, καὶ διακα-
λαίσας ὑπὲρ τῶν γάμων αὐτῆς πρὸς Ἀχελῷον εἰκασμέ-
νον ταύρῳ περιέκλασε τὸ ἕτερον τῶν κεράτων. καὶ τὴν
μὲν Δηιάνειραν γαμεῖ, τὸ δὲ κέρας Ἀχελῷος λαμβάνει,
₂ δοὺς ἀντὶ τούτου τὸ τῆς Ἀμαλθείας. Ἀμάλθεια δὲ ἦν ₂₀
Αἱμονίου θυγάτηρ, ἣ κέρας εἶχε ταύρου. τοῦτο δέ, ὡς
Φερεκύδης λέγει, δύναμιν ἔχει τοιαύτην ὥστε βρω-

1. καὶ om. A, add. Hr.   3. τίγεαν A   5. λοιμῷ] conie-
ceris λιμῷ coll. III 108   7. καὶ ἐρευνήσας εἰς τὸ τέμενος A.
transpos. Hs. εἰς τὸ τέμενος del. Hr.   9. τοῦτο] μὲν add.
A, del. Hr.   11. αὐτό *A: αὐτὸν Com.   15. παραγι-
νόμενος δὲ ἡρακλῆς *A: Ἡρ. δὲ παρ. edd.   16. ἐμνηστεύετο
E A: ἐμνηστεύσατο arg. Soph. Trach. (ἐκ τῆς Ἀπολλοδώρου
βιβλιοθήκης)   17. εἰκασμένον EA: ἀπεικασθέντα arg. Trach.
εἰκασθέντα Hr.   19. λαμβάνει EA arg. Trach.: καταλαμβάνει
Hr.   21. Αἱμονίου arg. Trach. Tzetz. Lycophr. 50 Aeg.: ἁρμι-
νίου A   22. Pherecyd. frg. 37   22s. conf. Zenob. II 48
22. ἔχει EA: εἶχε arg. Trach. Fab.

τὸν ἢ ποτόν, ὅπερ ⟨ἂν⟩ εὔξαιτό τις, παρέχειν
ἄφθονον.

149 στρατεύει δὲ Ἡρακλῆς μετὰ Καλυδωνίων ἐπὶ Θε- 5
σπρωτούς, καὶ πόλιν ἑλὼν Ἔφυραν, ἧς ἐβασίλευε Φύ-
λας, Ἀστυόχῃ τῇ τούτου θυγατρὶ συνελθὼν πατὴρ
Τληπολέμου γίνεται. διατελῶν δὲ παρ' αὐτοῖς, πέμψας
πρὸς Θέσπιον ἑπτὰ μὲν κατέχειν ἔλεγε παῖδας, τρεῖς δὲ
εἰς Θήβας ἀποστέλλειν, τοὺς δὲ λοιποὺς τεσσαράκοντα
150 πέμπειν εἰς Σαρδὼ τὴν νῆσον ἐπ' ἀποικίαν. γενομέ- 1
10 νων δὲ τούτων εὐωχούμενος παρ' Οἰνεῖ κονδύλῳ πλήξας
ἀπέκτεινεν Ἀρχιτέλους παῖδα Εὔνομον κατὰ χειρῶν ὑ-
δόντα· συγγενὴς δὲ Οἰνέως οὗτος. ἀλλ' ὁ μὲν πατὴρ 3
τοῦ παιδός, ἀκουσίως γεγενημένου τοῦ συμβεβηκότος,
συνεγνωμόνει, Ἡρακλῆς δὲ κατὰ τὸν νόμον τὴν φυγὴν
15 ὑπομένειν ἤθελε, καὶ διέγνω πρὸς Κήυκα εἰς Τραχῖνα
151 ἀπιέναι. ἄγων δὲ Δηιάνειραν ἐπὶ ποταμὸν Εὔηνον 4
ἧκεν, ἐν ᾧ καθεζόμενος Νέσσος ὁ Κένταυρος τοὺς
παριόντας διεπόρθμευε μισθοῦ, λέγων παρὰ θεῶν τὴν
πορθμείαν εἰληφέναι διὰ δικαιοσύνην. αὐτὸς μὲν οὖν 5
20 Ἡρακλῆς τὸν ποταμὸν διῄει, Δηιάνειραν δὲ μισθὸν

1. ἂν om. EA, add. arg. Trach. Hr. ηὔξιτο Rᵃ
2. ἄκοτυτ arg. Trach. 4. Φύλας arg. Trach. φύλας A: Φυλεός
Diod. IV 36, 1 6. Τληπολέμου arg. Trach.: τριπτολέμου A
10. παρὰ οἰνεῖ arg. Trach. Hr.: παρ' οἰνεῖς,ν καὶ A (παρ'
οἰνεῖ ὂν καὶ V, PRᵇLT in marg.) 11. ἀρχιτέλους παῖδας
ἔννομον ... διδόντι A: Εὔνομον τὸν Ἀρχιτέλους παῖδα ... δι-
δόντα arg. Trach. Aeg.; Ἔννομος Tzetz. Lycophr. 50 Chil. II 456
Εὔρυτομος Diod. IV 36, 2 12. ἀλλ' A: καὶ arg. Trach. Hr.
14. τὴν om. arg. Trach. Hr. 15. δὴ ἔγνω A arg. Trach.,
corr. Cobet. 17 ss. Νέσσος E: νίσος A arg. Trach. Tzetz.
18. παριόντας arg. Trach. Aeg.: παρακλίοντας A Zenob. I 33, τῷ
παρακλίοντι E μισθοῦ E μισθῷ arg. Trach.: μισθοῦ δὲ A
20. διῄει EAZenob.: διῄρη arg. Trach. Δηιάνειραν E
arg. Trach.: δηιανείρας A Zenob.

αἰτηθεὶς ἐπέτρεψε Νέσσῳ διακομίζειν. ὁ δὲ διαπορθ-
μενύων αὐτὴν ἐπεχείρει βιάζεσθαι. τῆς δὲ ἀνακραγού-152
σης αἰσθόμενος Ἡρακλῆς ἐξελθόντα Νέσσον ἐτόξευσεν
εἰς τὴν καρδίαν. ὁ δὲ μέλλων τελευτᾶν προσκαλεσά-
μενος Δηιάνειραν εἶπεν, εἰ θέλοι φίλτρον πρὸς Ἡρα- 5
κλέα ἔχειν, τόν τε γόνον ὃν ἀφῆκε κατὰ τῆς γῆς καὶ
τὸ ῥυὲν ἐκ τοῦ τραύματος τῆς ἀκίδος αἷμα συμμῖξαι.
ἡ δὲ ποιήσασα τοῦτο ἐφύλαττε παρ' ἑαυτῇ.

7   διεξιὼν δὲ Ἡρακλῆς τὴν Δρυόπων χώραν, ἀπορῶν 153
τροφῆς, ἀπαντήσαντος Θειοδάμαντος βοηλατοῦντος τὸν 10
ἕτερον τῶν ταύρων θύσας εὐωχήσατο. ὡς δὲ ἦλθεν
εἰς Τραχῖνα πρὸς Κήυκα, ὑποδεχθεὶς ὑπ' αὐτοῦ Δρύ-
οπας κατεπολέμησεν.

2   αὖθις δὲ ἐκεῖθεν ὁρμηθεὶς Αἰγιμίῳ βασιλεῖ Δωριέων 154
συνεμάχησε· Λαπίθαι γὰρ περὶ γῆς ὅρων ἐπολέμουν 15
αὐτῷ Κορώνου στρατηγοῦντος, ὁ δὲ πολιορκούμενος
ἐπεκαλέσατο τὸν Ἡρακλέα βοηθὸν ἐπὶ μέρει τῆς γῆς.
βοηθήσας δὲ Ἡρακλῆς ἀπέκτεινε Κόρωνον μετὰ καὶ
ἄλλων, καὶ τὴν γῆν ἅπασαν παρέδωκεν ἐλευθέραν
3 αὐτῷ. ἀπέκτεινε δὲ καὶ Λαογόραν μετὰ τῶν τέκνων,155
βασιλέα Δρυόπων, ἐν Ἀπόλλωνος τεμένει δαινύμενον,
4 ὑβριστὴν ὄντα καὶ Λαπιθῶν σύμμαχον. παριόντα δὲ

---

1. ἐπέτρεψε νέσσῳ E arg. Trach. Zenob.: ἐπίτριψεν ἴσω
H*B: ἐπίτρεψεν ἴσω C   3. ἐξελθόντα EA arg. Trach., om.
Zenob. Hr., sed conf. Comm. Bibb. p. 145   ὁ Δηιάνειραν
add. E arg. Trach. Zenob., om. A   εἶπεν] Inscip. E fol. 18ʳ
9. δριώπων B   11. λέσας EA] καὶ σφάξας add. arg.
Trach.; θύσας * recepi ex schol. Apoll. Rhod. I 1215 (Phereeyd.):
θέσας ἀρώγετο (conf. II 118)   12. δρύωπας B   14. αἰγιλίῳ
HRᵃ   16. κορωνοῦ A   17. τὸν A, om. arg. Trach. Hr.
18. κορωνόν A   καὶ A, om. arg. Trach.   20. Λαογόραν
H Tretz. Chil. II 466 Aeg.: λαγόραν A ἀλλαγόραν arg. Trach.
22. λαπιθῶν A

Ἴτωνον εἰς μονομαχίαν προεκαλέσατο αὐτὸν Κύκνος
Ἄρεος καὶ Πελοπίας· συστὰς δὲ καὶ τοῦτον ἀπέκτεινεν.
ὡς δὲ εἰς Ὁρμένιον ἧκεν, Ἀμύντωρ αὐτὸν ὁ βασιλεὺς
μεθ' ὅπλων οὐκ εἴα διέρχεσθαι· κωλυόμενος δὲ παρ-
5 ιέναι καὶ τοῦτον ἀπέκτεινεν.

156   ἀφικόμενος δὲ εἰς Τραχῖνα στρατιὰν ἐπ' Οἰχαλίαν 5
συνήθροισεν, Εὔρυτον τιμωρήσασθαι θέλων. συμμα-
χούντων δὲ αὐτῷ Ἀρκάδων καὶ Μηλιέων τῶν ἐκ Τραχῖ-
νος καὶ Λοκρῶν τῶν Ἐπικνημιδίων, κτείνας μετὰ τῶν
10 παίδων Εὔρυτον αἱρεῖ τὴν πόλιν· καὶ θάψας τῶν σὺν ε
αὐτῷ στρατευσαμένων τοὺς ἀποθανόντας, Ἵππασόν τε
τὸν Κήυκος καὶ Ἀργεῖον καὶ Μέλανα· τοὺς Λικυμνίου
παῖδας, καὶ λαφυραγωγήσας τὴν πόλιν, ἦγεν Ἰόλην
157 αἰχμάλωτον. καὶ προσορμισθεὶς Κηναίῳ τῆς Εὐβοίας 7
15 ἐπὶ ἀκρωτηρίου Διὸς Κηναίου βωμὸν ἱδρύσατο. μέλ-
λων δὲ ἱερουργεῖν εἰς Τραχῖνα ⟨Λίχαν⟩ τὸν κήρυκα
ἔπεμψε λαμπρὰν ἐσθῆτα οἴσοντα. παρὰ δὲ τούτου τὰ 5
περὶ τὴν Ἰόλην Δηιάνειρα πυθομένη, καὶ δείσασα μὴ
ἐκείνην μᾶλλον ἀγαπήσῃ, νομίσασα ταῖς ἀληθείαις

1. Ἴτωνον * (ἰὼν) R Diod. IV 86, 4 (conf. Steph. Byz. s. v.
Ἴτων: λέγεται δὲ καὶ Ἴτωνος): Ἰων A, Ἴτωνα arg. Trach. edd.
προεκαλεῖτο arg. Trach.   2. Πελοπίας A arg. Trach.:
Πελοπίιας Hr.   3 ss. ὡς δὲ — ἀπέκτεινεν om. C   Ὁρμένιον
Wesseling ad Diod. IV 37, 4: ὀρξομένον A arg. Trach.
4. μεθ' ὅπλων * add. R arg. Trach.   6. τραχῖνος ER
στρατείαν EA arg. Trach., corr. Bruneckius   7. συνήθροισεν *
E arg Trach.: συνήθροιζεν A   8. Μηλιέων arg. Trach. Aeg.:
μηςιέων A   9. Ἐπικνημιδίων arg. Trach. Hr.: Ἐπικνημίδων A
11. στρατευσαμένων arg. Trach. Hr.: στρατευομένων A
14. προσορμισθεὶς E arg. Trach.: προσορμηθεὶς A   15. ἐπὶ
ἀκρωτηρίου * restituit ἐπὶ ἀκρωτηρίου A ἐπὶ ἀκρωπόλεως E
ἀκρωτηρίῳ arg. Trach He.   16. Λίχαν τὸν κήρυκα * Sommerus:
τὸν κήρυκα E τὸν κήνκα A κήρυκα arg. Trach.   17. τὰ ER
arg. Trach. Zenob. I 33: τοὺς A   18. πυθομένη E arg. Trach.:
πευθομένη E πευθομένους A   18 s. μὴ κείνην ἐκείνην
ἀγαπήσῃ arg. Trach.   19. τῇ ἀληθείᾳ arg. Trach.

φίλτρον εἶναι τὸ ῥυὲν αἷμα Νέσσου, τούτῳ τὸν χιτῶνα
ἔχρισεν. ἐνδὺς δὲ Ἡρακλῆς ἔθυεν. ὡς δὲ θερμαν- 158
θέντος τοῦ χιτῶνος ὁ τῆς ὕδρας ἰὸς τὸν χρῶτα ἔσηκε.
τὸν μὲν Λίχαν τῶν ποδῶν ἀράμενος κατηκόντισεν ἀπὸ
τῆς † βοιωτίας, τὸν δὲ χιτῶνα ἀπέσπα προσπεφυκότα ;
τῷ σώματι· συναπεσπῶντο δὲ καὶ αἱ σάρκες αὐτοῦ.
10 τοιαύτῃ συμφορᾷ κατασχεθεὶς εἰς Τραχῖνα ἐπὶ νεὼς
κομίζεται. Δηιάνειρα δὲ αἰσθομένη τὸ γεγονὸς ἑαυτὴν 159
11 ἀνήρτησεν. Ἡρακλῆς δὲ ἐντειλάμενος Ὕλλῳ, ὃς ἐκ
Δηιανείρας ἦν αὐτῷ παῖς πρεσβύτερος, Ἰόλην ἀν- 10
δρωθέντα γῆμαι, παραγενόμενος εἰς Οἴτην ὄρος (ἔστι
δὲ τοῦτο Τραχινίων), ἐκεῖ πυρὰν ποιήσας ἐκέλευσεν
ἐπιβὰς ὑφάπτειν. μηδενὸς δὲ τοῦτο πράττειν ἐθέλον- 160
12 τος, Ποίας παριὼν κατὰ ζήτησιν ποιμνίων ὑφῆψε. τού-
τῳ καὶ τὰ τόξα ἐδωρήσατο Ἡρακλῆς. καιομένης δὲ 15
τῆς πυρᾶς λέγεται νέφος ὑποστὰν μετὰ βροντῆς αὐτὸν
εἰς οὐρανὸν ἀναπέμψαι. ἐκεῖθεν δὲ τυχὼν ἀθανασίας
καὶ διαλλαγεὶς Ἥρᾳ τὴν ἐκείνης θυγατέρα Ἥβην ἔγημεν.
ἐξ ἧς αὐτῷ παῖδες Ἀλεξιάρης καὶ Ἀνίκητος ἐγένοντο.
9   ἦσαν δὲ παῖδες αὐτῷ ἐκ μὲν τῶν Θεσπίου θυγατέ- 161
ρων. Πρόκριδος μὲν Ἀντιλέων καὶ Ἱππεύς (ἡ πρεσβυ-
τάτη γὰρ διδύμους ἐγέννησε), Πανόπης δὲ Θρεψίππας.

---

1. Νέσσου E Zenob.: νίσου A arg. Trach.   4 s. ἀπὸ τῆς
βοιωτίας aut delendam est cum He., aut corruptum (εἰς τὴν
. θάλασσαν, quod ex arg. Trach. se supposuisse affirmat Hr.,
illic non exstat); ἀπὸ τῆς παρωρείας Westermannus; expecta-
veris ἀπὸ τῆς ἀκροπόλεως coll. III 55   6. καὶ * add. E Zenob
αὐτοῦ * E Zenob.: αὐτῷ A   7. τοιαύτῃ * E Zenob.: τοιαύτη
δὲ A   1 s. ἐκέλευσεν * E arg. Trach. Zenob.: ἐκέλευεν A
13. ἐπιβὰς * arg. Trach. Zenob. Gal.: ἐπιβάνος E A *   18. Ἥρᾳ
E A: Ἥραν A   20 ss. de Herculis progenie pauca refert Hyg.
fab. 162. (Conf. schol. Laur. Soph. Trach. 264: ... ὅτι πολλὰς
πρώτην ἀπλήσσει γυναῖκιν, ὡς Ἀπολλόδωρος)   20. Θεσπίου E A
22. Θρεψίππας Fab., sed conf. Lobeckium ad Ai. 604

7 *

Λύσης Εὐμήδης, ... Κρίων, Ἐπιλάϊδος Ἀστυάναξ, 2
Κίρθης Ἰόβης, Εὐρυβίας Πολύλαος, Πατροὺς Ἀρχί-
162μαχος, Μηλίνης Λαομέδων, Κλυτίππης Εὐρύκαπυς,
Εὐρύπυλος Εὐβώτης, Ἀγλαΐης Ἀντιάδης, Ὀνήσιππος 3
5 Χρυσηΐδος, Ὀρείης Λαομένης. Τέλης Λυσιδίκης, Ἐντε-
λίδης Μενιππίδος, Ἀνθίππης Ἱπποδρόμος, Τελευταγό- 1
ρας Εὖρυ..., Καπύλος Ἵππωτος, Εὐβοίας Ὄλυμπος,
Νίκης Νικόδρομος, Ἀργέλης Κλεόλαος, Ἐξόλης Ἐρύ-
168θρας, Ξανθίδος Ὁμόλιππος, Στρατονίκης Ἄτρομος,
10 Κελευστάνωρ Ἴφιδος, Λαοθόης Ἄντιφος, Ἀντιόπης
Ἀλόπιος, Ἀστυβίης Κλααμήτιδος, Φυληΐδος Τίγασις, 3
Αἰσχρηΐδος Λευκώνης, Ἀνθείας..., Εὐρυπύλης Ἀρχί-
δικος, Δυνάστης Ἐρατοῦς, Ἀσωπίδος Μέντωρ, Ἰηόνης
164Ἀμήστριος, Τιφύσης Λυγκαῖος, Ἀλοκράτης Ὀλυμπούσης,
15 Ἑλικωνίδος Φαλίας, Ἡσυχείης Οἰστρόβλης, Τερψικρά- 8
της Εὐρυόπης· Ἐλαχείας Βουλεύς, Ἀντίμαχος Νικίπ-

---

1. *εὐμήδης* R: *εὐμίδης* A   lacunam indic. *He.*   *ἐπίλαος*
A, corr. *Aeg.*   2. *ιόβης* *B: *δὲ ιόβης* A, *ἀπιόβης* edd. , *εὐρύ-*
βιος A, corr. *Aeg.*   3. *μιμίνης* *R: *μελίνης* A   *κλύτοππος* A,
corr. *Com.*: *Κλυτοῖς Hr.*, an *Κλυτόπης*?   4. *ὀνηαίπης* R *ὀνη-*
σίππης R^aC *ὀνησίπυς* B, corr. *Aeg.*   5. *λαομένης* A, corr. *He.*
λυσιδίκης R: *λυσιδίκη* A   6ι. *στεντιδίδης μενιππίδης* A, corr.
C. Keilius   7. *εὐρυκάπυιος* A: *Εὐβώκης Πέλος Com.*; an *Εὐ-*
βώτης?   *ἱππωτος* A: *Ἱππότης He.*, *Ἱππόθοος Fab.*, *Ἵππους Hr.*; an
Ἱππόθόης?   7ε. *ὀλυμπούσης* A: *Ὄλυμπος Νίκης Aeg.*; *Ὄλιττος*
(Steph. Byz. s. v.) *Gal.*, *Σίδης Hr.*   *ἐξόλος* (R?) B *ἐξόλος* C:
Ἑξαΐος Br.   *ἰρι* B   9. *Ὁμόλιππος*] *Ὁμολάιχος Hr.*   *στρα-*
τόθικος A, corr. *Aeg.*   10. *ἴρις* A, corr. *He.*   *ἐντιδος* A,
corr. He.   *ἀντιώπης* A, corr. *He.*   11. *κλααμήτιδος* R R^aC
κλαμήτιδος B: *Καλλιδημίδης Hr.*, an *Καλαμήτιχος*? *Ἀστυβίας*
Καλαμήτιδος He.   12. *Ἀνθείας*] E fol. 18^v   lacunam indic.
Aeg.   *ἀρχοδίκον* A, corr. *Aeg.*   13. *ἱρατος* A, corr. *Aeg.*
ἀσωπιδης A, corr. *He.*   *Ἰηόνης He.*   14. *τιφυσῆς* A, fort.
Τιλφούσης   *Λυγκαῖος* A: *Λυγκεὺς Aeg.*   15. *ἡσιοχίης* R R^a
ἱσυχίης BC   *οἰστρόβης* A, corr. *L. Dindorfius*   16. *Εὐρύωπ*
Aeg. He.   *ἐλεγχίας* A, corr. *He.*, *Λυχίης Hr.* .

7 πης, Πάτροκλος Πυρίπκης, Νῆφος Πραξιθέας, Δυσία-
πης Ἐρᾶσιπκος, Λυκοῦργος Τοξικράτης, Βουκόλος
Μάρσης, Λεύκιπκος Εὐρυτέλης, Ἱπποκράτης Ἱππόζυγος.
8 οὗτοι μὲν ἐκ τῶν Θεσπίου θυγατέρων, ἐκ δὲ τῶν ἄλλων, 165
Δηιανείρας ⟨μὲν⟩ τῆς Οἰνέως Ὕλλος Κτήσιππος Γλη- ε
νὸς Ὀνείτης, ἐκ Μεγάρας δὲ τῆς Κρέοντος Θηρίμαχος
9 Δηικόων Κρεοντιάδης, ἐξ Ὀμφάλης δὲ Ἀγέλαος, ὅθεν
καὶ τὸ Κροίσου γένος. Χαλκιόπης ⟨δὲ⟩ τῆς Εὐρυπύλου 166
10 Θετταλός, Ἐπικάστης τῆς Αὐγέου Θεστάλος, Παρθενό-
κης τῆς Στυμφάλου Εὐήρης, Αὔγης τῆς Ἀλεοῦ Τή- 10
λεφος, Ἀστυόχης τῆς Φύλαντος Τληπόλεμος, Ἀστυδα-
μείας τῆς Ἀμύντορος Κτήσιππος, Αὐτονόης τῆς Πειρέως
Παλαίμων."

8   μεταστάντος δὲ Ἡρακλέους εἰς θεοὺς οἱ παῖδες 167
αὐτοῦ φυγόντες Εὐρυσθέα πρὸς Κήυκα παρεγένοντο. 15
ὡς δὲ ἐκείνους ἐκδιδόναι λέγοντος Εὐρυσθέως καὶ
πόλεμον ἀπειλοῦντος ἐδεδοίκεσαν, Τραχῖνα καταλιπόν-
2 τες διὰ τῆς Ἑλλάδος ἔφυγον. διακόμενοι δὲ ἦλθον
εἰς Ἀθήνας, καὶ καθεσθέντες ἐπὶ τὸν ἐλέου βωμὸν
ἠξίουν βοηθεῖσθαι. Ἀθηναῖοι δὲ οὐκ ἐκδιδόντες πύ- 168
τοὺς πρὸς τὸν Εὐρυσθέα πόλεμον ὑπέστησαν, καὶ τοὺς
μὲν παῖδας αὐτοῦ Ἀλέξανδρον Ἰφιμέδοντα Εὐρύβιον

1. κύριπκος A, corr. Aeg.   νηφὸς A   2. Λυκοῦργος]
λύκιος add. A, del. He.   τοξικράτος B   3. μάρσεας A, corr.
Aeg.   λευκίπκης Aeg.   4. Θεστίου A, corr. Aeg. (duae filiae
in catalogo desiderantur, conf. Paus. IX 27, 6)   5. μὲν add.
He.   τῆς RRᵃ: τε BC   5a. γλημισονείτης A, corr. Gal.
(Ὀνείτης Hr.) Γλήνεις Ὀθίτης Diod. IV 37, 1   6. ἐκ del. Hr.
De Megarae filiis conf. schol. Pind. Isthm. 4, 104 schol. Rom.
λ 269   7. δηικόων K schol. Pind. et Rom.: δημοκόων A (Δη-
κοκόων Tzetz. Lycophr. 38)   ἐξ del. Hr.   8. Κροίσουν Aeg.:
κρησίου A   δὲ add. Hr.   εὐρυπύλης A, corr. Aeg.   9. αἰ-
γέου A, corr. He.   10. ἀλίου A   12. αὐτονόης, Kᵃ B
18 sa.] conf. Zenob. II 61

Μέντορα Περιμήδην ἀπέκτειναν· αὐτὸν δὲ Εὐρυσθέα ι
φεύγοντα ἐφ' ἅρματος καὶ πέτρας ἤδη παρικετεύοντα
Σκειρωνίδας κτείνει διώξας Ὕλλος, καὶ τὴν κεφαλὴν
ἀποτεμὼν Ἀλκμήνῃ δίδωσιν· ἡ δὲ κερκίσι τοὺς ὀφθαλ-
ι μοὺς ἐξώρυξεν αὐτοῦ. ·

160　　ἀπολομένου δὲ Εὐρυσθέως ἐπὶ Πελοπόννησον ἦλ- ι
θον οἱ Ἡρακλεῖδαι, καὶ πάσας εἷλον τὰς πόλεις. ἐνιαυ-
τοῦ δὲ αὐτοῖς ἐν τῇ καθόδῳ διαγενομένου φθορά·
πᾶσαν Πελοπόννησον κατέσχε, καὶ ταύτην γενέσθαι
ιο χρησμὸς διὰ τοὺς Ἡρακλείδας ἐδήλου· πρὸ γὰρ τοῦ
δέοντος αὐτοὺς κατελθεῖν. ὅθεν ἀπολικόντες Πελο- ι
πόννησον ἀνεχώρησαν εἰς Μαραθῶνα κἀκεῖ κατῴκουν.
170 Τληπόλεμος οὖν κτείνας οὐχ ἑκὼν Λικύμνιον (τῇ
βακτηρίᾳ γὰρ αὐτοῦ θεράποντα πλήσσοντος ὑπέδραμε)
ιs πρὶν ἐξελθεῖν αὐτοὺς ἐκ Πελοποννήσου, φεύγων μετ'
οὐκ ὀλίγων ἧκεν εἰς Ῥόδον, κἀκεῖ κατῴκει. Ὕλλος δὲ ι
τὴν μὲν Ἰόλην κατὰ τὰς τοῦ πατρὸς ἐντολὰς ἔγημε, τὴν
δὲ κάθοδον ἐζήτει τοῖς Ἡρακλείδαις κατεργάσασθαι.
171 διὸ παραγενόμενος εἰς Δελφοὺς ἐπυνθάνετο πῶς ἂν
ιο κατέλθοιεν. ὁ δὲ θεὸς ἔφησε περιμείναντας τὸν τρίτον
καρπὸν κατέρχεσθαι. νομίσας δὲ Ὕλλος τρίτον καρπὸν ι
λέγεσθαι τὴν τριετίαν, τοσοῦτον περιμείνας χρόνον
σὺν τῷ στρατῷ κατῄει ... τοῦ Ἡρακλέους ἐπὶ Πελο-

---

3. Σκειρωνίδας E: χιφορίδας Δ　　τὴν *E: τὴν μὲν A
6 ss. πελοπόννησον constanter E. κελλοπόννησον constanter R
8. γενομένου φθορᾷ E: γενομένης φθορᾶς A; διαγενομένου *
restitui Epit. Vat. p. 103, ubi vide aliorum coniecturas
12. ἀνεχώρησαν E H R*, Ο in marg.: ἦλθον BC　　14. θερα-
πεύοντα A, corr. Fab.　　15. αὐτὸν A, corr. He.　　φεύγων]
οὖν add. A, del. He.　　17. τὰς * add. R .　　ἐντολὰς *R: ἐν-
τολὴν A　　20. ἔφησε A: ἔχρησε Mendelssohnius Act. soc. phil.
Lips. II p. 452 s.　　23. lacunam indicavit He. coll. Diod. IV 58, 3 s.
(κατῄει τοῖς Ἡρακλῆς proposuerat Fab.)

κύννησον, Τισαμενοῦ τοῦ Ὀρέστου βασιλεύοντος Πελο-
ποννησίων. καὶ γενομένης πάλιν μάχης νικῶσι Πελο-
5 ποννήσιοι καὶ Ἀριστόμαχος θνήσκει. ἐπεὶ δὲ ἠνδρώ-172
θησαν οἱ Κλεοδαίου παῖδες, ἐχρῶντο περὶ καθόδου.
τοῦ θεοῦ δὲ εἰπόντος ὅ τι καὶ τὸ πρότερον, Τήμενος 5
«ᾐτιᾶτο λέγων τούτῳ πεισθέντας ἀτυχῆσαι. ὁ δὲ θεὸς
ἀνεῖλε τῶν ἀτυχημάτων αὐτοὺς αἰτίους εἶναι· τοὺς γὰρ
χρησμοὺς οὐ συμβάλλειν· λέγειν γὰρ οὐ γῆς ἀλλὰ γενεᾶς
καρπὸν τρίτον, καὶ στενυγρὸν τὸν τὴν εὐρυγάστορα
7 δεξιὰν κατὰ τὸν Ἰσθμὸν ἔχοντα τὴν θάλασσαν. ταῦτα 173
Τήμενος ἀκούσας ἡτοίμαζε τὸν στρατόν, καὶ ναῦς
ἐπήξατο τῆς Λοκρίδος ἔνθα νῦν ἀπ᾽ ἐκείνου ὁ τόπος
Ναύπακτος λέγεται. ἐκεῖ δ᾽ ὄντος τοῦ στρατεύματος
Ἀριστόδημος κεραυνωθεὶς ἀπέθανε, παῖδας καταλιπὼν
ἐξ Ἀργείας τῆς Αὐτεσίωνος διδύμους, Εὐρυσθένη καὶ 15
3 Προκλέα. συνέβη δὲ καὶ τὸν στρατὸν ἐν Ναυπάκτῳ συμ-174
φορᾷ περιπεσεῖν. ἐφάνη γὰρ αὐτοῖς μάντις χρησμοὺς
λέγων καὶ ἐνθεάζων, ὃν ἐνόμισαν μάγον εἶναι ἐπὶ
λύμῃ τοῦ στρατοῦ πρὸς Πελοποννησίων ἀπεσταλμένον.
2 τοῦτον βαλὼν ἀκοντίῳ Ἱππότης ὁ Φύλαντος τοῦ Ἀντι- 20
όχου τοῦ Ἡρακλέους τυχὼν ἀπέκτεινεν. οὕτως δὲ γενο-
μένου τούτου τὸ μὲν ναυτικὸν διαφθαρεισῶν τῶν νεῶν
ἀπώλετο, τὸ δὲ πεζὸν ἠύχησε λιμῷ, καὶ διελύθη τὸ
3 στράτευμα. χρωμένου δὲ περὶ τῆς συμφορᾶς Τημένου, 175
καὶ τοῦ θεοῦ διὰ τοῦ μάντεως γενέσθαι ταῦτα λέγον- 25

4. κλεολάον A, corr. Gal., del. He. 5 εξ. τίμενος A, corr.
Aeg. 6. πεισθέντας A, corr. Com. * 7. ἀντεῖλε * Eber-
hardus Jen. Litt.-Ztg. 1874 p. 420; ἀνεῖλε A, ἀνετίλε Aeg.
8. λέγει A, corr. He. 9. στενύστραν A, corr. Aeg· εὐρυ-
γαστέρα A, corr. He. 9 κ. στενυγρὰν τὴν εὐρυγάστορα . . .
ἔχοντι He. coll. Euseb. Praep. evang. V 20 (O. Müller, Dor. 1²
p. 58 κ.) 11. ἐκάσσετο A, corr. Aeg. 14. Ἀριστόδημος; expl.le.
R fol. 18ᵛ 18. ἐνόμιζον C 20. ἱππότης ὁ φύλαντος A, corr. Aeg.

τος, καὶ κελεύοντος φυγαδεῦσαι δέκα ἔτη τὸν ἀνελόντα
καὶ χρήσασθαι ἡγεμόνι τῷ τριοφθάλμῳ, τὸν μὲν Ἱπ-
πότην ἐφυγάδευσαν, τὸν δὲ τριόφθαλμον ἐζήτουν, καὶ 4
περιτυγχάνουσιν Ὀξύλῳ τῷ Ἀνδραίμονος, ἐφ' ἵππου
5 καθημένῳ μονοφθάλμῳ (τὸν γὰρ ἕτερον τῶν ὀφθαλμῶν
ἐκκέκοπτο τόξῳ). ἐπὶ φόνῳ γὰρ οὗτος φυγὼν εἰς Ἦλιν,
ἐκεῖθεν εἰς Αἰτωλίαν ἐνιαυτοῦ διελθόντος ἐπανήρχετο.
176 συμβαλόντες οὖν τὸν χρησμόν, τοῦτον ἡγεμόνα ποιοῦν- 5
ται. καὶ συμβαλόντες τοῖς πολεμίοις καὶ τῷ πεζῷ καὶ
10 τῷ ναυτικῷ προτεροῦσι στρατῷ, καὶ Τισαμενὸν κτεί-
νουσι τὸν Ὀρέστου. θνήσκουσι δὲ συμμαχοῦντες αὐ-
τοῖς οἱ Αἰγιμίου παῖδες, Πάμφυλος καὶ Δύμας.
177   ἐπειδὴ ⟨δὲ⟩ ἐκράτησαν Πελοποννήσου, τρεῖς ἱδρύ- 4
σαντο βωμοὺς πατρῴου Διός, καὶ ἐπὶ τούτων ἔθυσαν,
15 καὶ ἐκληροῦντο τὰς πόλεις. πρώτη μὲν οὖν λῆξις Ἄργος,
δευτέρα ⟨δὲ⟩ Λακεδαίμων, τρίτη δὲ Μεσσήνη. κο-
μισάντων δὲ ὑδρίαν ὕδατος, ἔδοξε ψῆφον βαλεῖν ἕκα-
στον. Τήμενος οὖν καὶ οἱ Ἀριστοδήμου παῖδες Προ- 5
κλῆς καὶ Εὐρυσθένης ἔβαλον λίθους, Κρεσφόντης δὲ
20 βουλόμενος Μεσσήνην λαχεῖν γῆς ἐνέβαλε βῶλον. ταύ-
της δὲ διαλυθείσης ἔδει τοὺς δύο κλήρους ἀναφανῆναι.
178 ἑλκυσθείσης δὲ πρώτης μὲν τῆς Τημένου, δευτέρας δὲ 5
τῆς τῶν Ἀριστοδήμου παίδων, Μεσσήνην ἔλαβε Κρεσ-

---

1. ἀνελόντα] καὶ διὰ τοῦτο δύο ἔτη add. A, del. Fab.
4. τῷ He.: τοῦ A   Ἀνδραίμονος] Αἴμονος ex Pans. V 3, 6 Cla-
vierius (Andraemon erat Oxyli filius, conf. Ovid. Met. IX 363.
Nicanl. ap. Anton. Lib. 32)   5. καθημένου A, corr. Aeg.
6a. Ἦλιν καὶ . . . ἐνιαυτοῦ δὲ A, corr. He.   12. πάμφυλος A,
corr. Aeg.   13. δὲ add. He.   16. δευτέρα EA: δὲ add.
Hr.   τρίτη δὲ A: τρίτη E.   16 ss. μεσσήνη constanter EA
17. ἕκαστος A, corr. He.   21. κλήρους] πρώτους add. A,
del. Westermannus   22. πρώτου A, corr. Aeg.   22 s. δὲ τῆς
τῶν He.: δὲ ι τῶν κλήρους A   23. βῶλος Hr.

δ φόντης. ἐπὶ δὲ τοῖς βωμοῖς οἷς ἔθυσαν εὗρον σημεῖα
κείμενα οἱ μὲν λαχόντες "Ἄργος φρῦνον. οἱ δὲ Λακε-
2 δαίμονα δράκοντα, οἱ δὲ Μεσσήνην ἀλώπεκα. περὶ δὲ
τῶν σημείων ἔλεγον οἱ μάντεις, τοῖς μὲν τὸν φρῦνον
καταλαβοῦσιν ἐπὶ τῆς πόλεως μένειν ἄμεινον (μὴ γὰρ 5
ἔχειν ἀλκὴν πορευόμενον τὸ θηρίον), τοὺς δὲ δράκοντα
καταλαβόντας· δεινοὺς ἐπιόντας ἔλεγον ἔσεσθαι, τοὺς
δὲ τὴν ἀλώπεκα δολίους.

3   Τήμενος μὲν οὖν παρακεμπόμενος τοὺς παῖδας 179
'Ἀγέλαον καὶ Εὐρύπυλον καὶ Καλλίαν, τῇ θυγατρὶ 10
προσανεῖχεν 'Ὑρνηθοῖ καὶ τῷ ταύτης ἀνδρὶ Δηιφόντῃ.
ὅθεν οἱ παῖδες πείθουσί τινας ἐπὶ μισθῷ τὸν πατέρα
4 αὐτῶν φονεῦσαι. γενομένου δὲ τοῦ φόνου τὴν βασι-
λείαν ὁ στρατὸς ἔχειν ἐδικαίωσεν 'Ὑρνηθοῖ καὶ Δηιφόν-
την. Κρεσφόντης δὲ οὐ πολὺν Μεσσήνης βασιλεύσας 180
5 χρόνον μετὰ δύο παίδων φονευθεὶς ἀπέθανε. Πολυ-
φόντης δὲ ἐβασίλευσεν, αὐτῶν τῶν 'Ηρακλειδῶν ὑπάρ-
χων, καὶ τὴν τοῦ φονευθέντος γυναῖκα Μερόπην
ἄκουσαν ἔλαβεν. ἀνῃρέθη δὲ καὶ οὗτος. τρίτον γὰρ
ἔχουσα παῖδα Μερόπη καλούμενον Αἴπυτον ἔδωκε τῷ 10
6 ἑαυτῆς πατρὶ τρέφειν. οὗτος ἀνδρωθεὶς καὶ κρύφα
κατελθὼν ἔκτεινε Πολυφόντην καὶ τὴν πατρῴαν βασι-
λείαν ἀπέλαβεν.

2. Ἄργος Ε: ἀργος ἐπὶ τὸν ἴδιον Α   3. 4. φρῦνον Ε Α
2. λακεδαίμονα *Ε: λακεδαίμονα λαχόντες Α   12. τινας
Fab.; τιτάνας Α, Τιτανίους propos. He.   14. ὑρνηθοῖ καὶ
δηιφόντῃ Α, corr. He.   17. αὐτῶν] αὐτὸς Fab., καὶ αὐτὸς He.
18 s. ἄκουσαν Μερόπην Α, transpos. Hr.   20. αἴγυατον Α,
corr. Gul.

III.

Ἐπεὶ δὲ τὸ Ἰνάχειον διερχόμενοι γένος τοὺς ἀπὸ
Βήλου μέχρι τῶν Ἡρακλειδῶν δεδηλώκαμεν, ἑξομένως
λέγωμεν καὶ τὰ περὶ Ἀγήνορος. ὡς γὰρ ἡμῖν λέλεκται,
δύο Λιβύη ἐγέννησε παῖδας ἐκ Ποσειδῶνος, Βῆλον καὶ
2 Ἀγήνορα. Βῆλος μὲν οὖν βασιλεύων Αἰγυπτίων τοὺς 5
προειρημένους ἐγέννησεν, Ἀγήνωρ δὲ παραγενόμενος
εἰς τὴν Φοινίκην γαμεῖ Τηλέφασσαν καὶ τεκνοῖ θυγα-
τέρα μὲν Εὐρώπην, παῖδας δὲ Κάδμον καὶ Φοίνικα
καὶ Κίλικα. τινὲς δὲ Εὐρώπην οὐχ Ἀγήνορος ἀλλὰ
10 Φοίνικος λέγουσι. ταύτης Ζεὺς ἐρασθείς, † ῥόδου 5
ἀποπλέων, ταῦρος χειροήθης γενόμενος, ἐπιβιβασθεῖσαν
3 διὰ τῆς θαλάσσης ἐκόμισεν εἰς Κρήτην.. ἡ δέ, ἐκεῖ
συνευνασθέντος αὐτῇ Διός, ἐγέννησε Μίνωα Σαρπη-
δόνα Ῥαδάμανθυν· καθ' Ὅμηρον δὲ Σαρπηδὼν ἐκ Διὸς
15 καὶ Λαοδαμείας τῆς Βελλεροφόντου. ἀφανοῦς δὲ Εὐ- 1

1. διεξερχόμενοι Πε. 3. λέγωμεν Ρ: λέγομεν Α ὡς γὰρ
ἡμῖν λέλεκται] ΙΙ 10 7. Φοινίκην Emperius: τερώπην Α ·
7 sq. τηλίφασαν Α; Τηλίφης vocat Steph. Byz. s. v. Θάσος
10. Φοίνικος] ἢ Τίτνοπ add. schol. Plat. Tim. p. 24 a 10 sq. ἐρα-
σθεὶς πίπτει διὰ τῆς θαλάσσης ῥόδου ἀποπλέων ταῦρος, ὃς
χειροήθης γενόμενος ἐπιβιβασθεῖσαν διὰ τῆς θαλάσσης ἐκόμισεν Α:
ἣν ταῦρος διὰ τῆς θαλάσσης ῥόδου ἀποπλέων χειροήθης γενό-
μενος ἐπιβιβασθεῖσαν, διὰ τῆς θαλάσσης ἐκόμισεν · turbato ver-
borum ordine Ε 10 s. ῥόδον ἀποπλέων Sevinus, κρόκου ἀποπ-
νίων Clavierius coll. schol. Hom. Μ 292; ἐκ ῥόδων vel ἐκ ῥοδῶνος
ἀφελὼν coll. Moech. Ι 70 proposui Epit. Vat. p. 104 et XVI
14. καθ' ἡμέραν C Hom. Ζ 198 s. 14 s. καθ' Ὅμηρον —
Βελλεροφόντου suspecta esse censet Ηг.

ρώπης γενομένης ὁ πατὴρ αὐτῆς Ἀγήνωρ ἐπὶ ζήτησιν
ἐξέπεμψε τοὺς παῖδας, εἰπὼν μὴ πρότερον ἀναστρέφειν
πρὶν ἂν ἐξεύρωσιν Εὐρώπην. συνεξῆλθε δὲ ἐπὶ τὴν
ζήτησιν αὐτῆς Τηλέφασσα ἡ μήτηρ καὶ Θάσος ὁ Ποσει-
5 δῶνος, ὡς δὲ Φερεκύδης φησὶ Κίλικος. ὡς δὲ πᾶσαν 4
ποιούμενοι ζήτησιν εὑρεῖν ἦσαν Εὐρώπην ἀδύνατοι,
τὴν εἰς οἶκον ἀνακομιδὴν ἀπογνόντες ἄλλος ἀλλαχοῦ
κατῴκησαν, Φοῖνιξ μὲν ἐν Φοινίκῃ, Κίλιξ δὲ Φοινίκης
πλησίον, καὶ πᾶσαν τὴν κειμένην χώραν ποταμῷ σύνεγ-
6 γυς Πυράμῳ Κιλικίαν ἀφ' ἑαυτοῦ ἐκάλεσε· Κάδμος δὲ 10
. καὶ Τηλέφασσα ἐν Θρᾴκῃ κατῴκησαν. ὁμοίως δὲ καὶ
Θάσος ἐν Θρᾴκῃ κτίσας πόλιν Θάσον κατῴκησεν.

2   Εὐρώπην δὲ γήμας Ἀστέριος ὁ Κρητῶν δυνάστης 5
τοὺς ἐκ ταύτης παῖδας ἔτρεφεν. οἱ δὲ ὡς ἐτελειώθησαν,
πρὸς ἀλλήλους ἐστασίασαν· ἴσχουσι γὰρ ἔρωτα παιδὸς 15
ὃς ἐκαλεῖτο Μίλητος. Ἀπόλλωνος δὲ ἦν καὶ Ἀρείας
2 τῆς Κλεόχου. τοῦ δὲ παιδὸς πρὸς Σαρπηδόνα μᾶλλον
οἰκείως ἔχοντος πολεμήσας Μίνως ἐπροτέρησεν. οἱ δὲ
φεύγουσι, καὶ Μίλητος μὲν Καρίᾳ προσσχὼν ἐκεῖ πόλιν
ἀφ' ἑαυτοῦ ἔκτισε Μίλητον, Σαρπηδὼν δὲ συμμαχήσας 20
Κίλικι πρὸς Λυκίους ἔχοντι πόλεμον, ἐπὶ μέρει τῆς
3 χώρας, Λυκίας ἐβασίλευσε. καὶ αὐτῷ δίδωσι Ζεὺς ἐπὶ
τρεῖς γενεὰς ζῆν. ἔνιοι δὲ αὐτοὺς ἐρασθῆναι λέγουσιν
Ἀτυμνίου τοῦ Διὸς καὶ Κασσιεπείας, καὶ διὰ τοῦτον

---

3. τὴν εὐρώπην Rᵃ, non O   5. Pherecyd. frg. 42
κιλλικός A, corr. Hr, Κίλιξ Aeg.   6. Εὐρώπην om. Rᵃ, non O
8. κατῴκησαν RᵃO: κατῴκισαν A   ἐν Φοινίκῃ Br.: φοι-
νίκην A   9. ⟨ὃς⟩ καὶ Hr.   10. ὑφ' ἑαυτοῦ ante κειμένην de-
levit et ἀφ' ἑαυτοῦ * post Κιλικίαν inserui Comm. Ribb. p. 144
12. ἐν Θρᾴκῃ del. Hr, ἐν νήσῳ πρὸς τῇ Θρᾴκῃ He.
13. Ἀστέριος * ex Diod. IV 60, 3 recepi: Ἀστερίων A (v. infra
p. 108, 6 et 11)   16. Ἀρείας A, corr. Aeg.   19. προσχών A, corr.
He.   21. μέρη A, corr. He.   23. αὐτοὺς * scripsi: αὐτὸν A

στασιάσαι. Ῥαδάμανθυς δὲ τοῖς νησιώταις νομοθετῶν,
αὖθις φυγὼν εἰς Βοιωτίαν Ἀλκμήνην γαμεῖ, καὶ μεταλ-
7 λάξας ἐν Ἅιδου μετὰ Μίνωος δικάζει. Μίνως δὲ Κρή-
την κατοικῶν ἔγραψε νόμους, καὶ γήμας Πασιφάην τὴν
Ἡλίου καὶ Περσηίδος, ὡς ⟨δὲ⟩ Ἀσκληπιάδης φησί,
Κρήτην τὴν Ἀστερίου θυγατέρα, παῖδας μὲν ἐτέκνωσε
Κατρέα Δευκαλίωνα Γλαῦκον Ἀνδρόγεων, θυγατέρας
δὲ Ἀκάλλην Ξενοδίκην Ἀριάδνην Φαίδραν, ἐκ Παρείας
δὲ νύμφης Εὐρυμέδοντα Νηφαλίωνα Χρύσην Φιλόλαον,
10 ἐκ δὲ Δεξιθέας Εὐξάνθιον.
8   Ἀστερίου δὲ ἄπαιδος ἀποθανόντος Μίνως βασι-
λεύειν θέλων Κρήτης ἐκωλύετο. φήσας δὲ παρὰ θεῶν
τὴν βασιλείαν εἰληφέναι, τοῦ πιστευθῆναι χάριν ἔφη,
ὅ τι ἂν εὔξηται, γενέσθαι. καὶ Ποσειδῶνι θύων ηὔξατο
15 ταῦρον ἀναφανῆναι ἐκ τῶν βυθῶν, καταθύσειν ὑποσχό-
μενος τὸν φανέντα. τοῦ δὲ Ποσειδῶνος ταῦρον ἀν-
έντος αὐτῷ διαπρεπῆ τὴν βασιλείαν παρέλαβε, τὸν δὲ
ταῦρον εἰς τὰ βουκόλια πέμψας ἔθυσεν ἕτερον. θαλασσο-
κρατήσας δὲ πρῶτος πασῶν τῶν νήσων σχεδὸν ἐπ-
20 ῆρξεν. ὀργισθεὶς δὲ αὐτῷ Ποσειδῶν ὅτι μὴ κατέθυσε
τὸν ταῦρον, τοῦτον μὲν ἐξηγρίωσε, Πασιφάην δὲ ἐλθεῖν
εἰς ἐπιθυμίαν αὐτοῦ παρεσκεύασεν. ἡ δὲ ἐρασθεῖσα
τοῦ ταύρου συνεργὸν λαμβάνει Δαίδαλον, ὃς ἦν ἀρχι-
10 τέκτων, πεφευγὼς ἐξ Ἀθηνῶν ἐπὶ φόνῳ.   οὗτος ξυλί-

5. δὲ add. Müllerus   Asclepiad. frg. 18 (FHG. III p. 304)
7. καστρέα A, corr. Gal.   ἀνδρόγεια OR^a   8. Ἀκάλλη r
A: Ἀκακαλλίδα Lobeckius   11. ἀστερίου *A (conf. p. 107, 13
et 108, 6): Ἀστερίατρε edd.   13. τοῦ πιστευθῆναι χάριν *ES
p. 181, 25a χάριν τοῦ πιστευθῆναι A   14. ὅ τι Müllerus: εἴ τι
ESA   15. καταθύσειν ὑποσχόμενος *ES: ὑποσχόμενος κατα-
θύσειν A   16. ἀνέντος ESA: ἀναδόντος Zenob. IV 6
18a. θαλασσοκρατίσας — ἐπῆρξεν del. Hε   19. ἐπῆρξεν ES:
ὑπῆρξεν A

νην βοῦν ἐπὶ τροχῶν κατασκευάσας, καὶ ταύτην † βαλὼν
κοιλάνας ἔνδοθεν, ἐκδείρας τε βοῦν τὴν δορὰν περι-
έρραψε, καὶ θεὶς ἐν ᾧπερ εἴθιστο ὁ ταῦρος λειμῶνι
βόσκεσθαι, τὴν Πασιφάην ἐνεβίβασεν. ἐλθὼν δὲ ὁ
ταῦρος ὡς ἀληθινῇ βοῒ συνῆλθεν. ἡ δὲ Ἀστέριον 11
ἐγέννησε τὸν κληθέντα Μινώταυρον. οὗτος εἶχε ταύ-
ρου πρόσωπον, τὰ δὲ λοιπὰ ἀνδρός· Μίνως δὲ ἐν τῷ
λαβυρίνθῳ κατά τινας χρησμοὺς κατακλείσας αὐτὸν
ἐφύλαττεν. ἦν δὲ ὁ λαβύρινθος, ὃν Δαίδαλος κατεσκεύ-
ασεν, οἴκημα καμπαῖς πολυπλόκοις πλανῶν τὴν ἔξοδον. 10
τὰ μὲν οὖν περὶ Μινωταύρου καὶ Ἀνδρόγεω καὶ 12
Φαίδρας καὶ Ἀριάδνης ἐν τοῖς περὶ Θησέως ὕστερον
2 ἐροῦμεν· Κατρέως δὲ τοῦ Μίνωος Ἀερόπη καὶ Κλυμένη
καὶ Ἀπημοσύνη καὶ Ἀλθαιμένης υἱὸς γίνονται. χρω-
μένῳ δὲ Κατρεῖ περὶ καταστροφῆς τοῦ βίου ὁ θεὸς 15
ἔφη ὑπὸ ἑνὸς τῶν τέκνων τεθνήξεσθαι. Κατρεὺς μὲν 13
οὖν ἀπεκρύβετο τοὺς χρησμούς, Ἀλθαιμένης δὲ ἀκούσας,
καὶ δείσας μὴ φονεὺς γένηται τοῦ πατρός, ἄρας ἐκ
Κρήτης μετὰ τῆς ἀδελφῆς Ἀπημοσύνης προσίσχει τινὶ
τόπῳ τῆς Ῥόδου, καὶ κατασχὼν Κρητινίαν ὠνόμασεν. 20
ἀναβὰς δὲ ἐπὶ τὸ Ἀταβύριον καλούμενον ὄρος ἐθεάσατο
τὰς πέριξ νήσους, κατιδὼν δὲ καὶ Κρήτην, καὶ τῶν
πατρῴων ὑπομνησθεὶς θεῶν, ἱδρύετο βωμὸν Ἀταβυρίου
Διός. μετ' οὐ πολὺ δὲ τῆς ἀδελφῆς αὐτόχειρ ἐγένετο. 14

1 2. καὶ ταύτην — ἔνδοθεν del. Hr. 1. βαλὼν °ESA: λαβὼν
καὶ edd. (in voce βαλών latet fortasse instrumenti cuiusvis
significatio) 2. ἔνδοθεν °ES: ἔσωθεν A 9. ὃν — κατε-
σκεύασεν del. Hr. 10. οἴκημα] incip. R fol. 16ʳ οἴκημα κάμ-
παις πολυπλόκοις fragm. trag. adesp. 34 N. 12 2. ἔστερον ἐροῦ-
μεν] III 209 s., cp. 1. 17—19 et 8—10 14 3 4. Ἀλθαιμένης E:
ἀλθεμαίνης (passim ἀλθεμένης) ubique A 15. κρατεῖ R R⁰⁰ V
κακεῖ P 16. τέκνων °R: παίδων A 20. κρητινίαν R:
κρατινίαν A 21. ἀταβύρῳ R ἀταβίριον A, corr. Aeg.

Ἑρμῆς γὰρ αὐτῆς ἐρασθείς, ὡς φεύγουσαν αὐτὴν κατα- ι
λαβεῖν οὐκ ἠδύνατο (περιῆν γὰρ αὐτοῦ τῷ τάχει τῶν
ποδῶν), κατὰ τῆς ὁδοῦ βύρσας ὑπέστρωσε νεοδάρτους,
ἐφ᾽ ἃς ὀλισθοῦσα, ἡνίκα ἀπὸ τῆς κρήνης ἐπανήει,
5 φθείρεται. καὶ τῷ ἀδελφῷ μηνύει τὸ γεγονός· ὁ δὲ
σκῆψιν νομίσας εἶναι τὸν θεόν, λὰξ ἐνθορὼν ἀπέκτει-
15 νεν. Ἀερόπην δὲ καὶ Κλυμένην Κατρεὺς Ναυπλίῳ 2
δίδωσιν εἰς ἀλλοδαπὰς ἠπείρους ἀπεμπολῆσαι. τούτων
Ἀερόπην μὲν ἔγημε Πλεισθένης καὶ παῖδας Ἀγαμέμνονα
10 καὶ Μενέλαον ἐτέκνωσε; Κλυμένην δὲ γαμεῖ Ναύπλιος,
καὶ τέκνων πατὴρ γίνεται Οἴακος καὶ Παλαμήδους.
Κατρεὺς δὲ ὕστερον γήρᾳ κατεχόμενος ἐπόθει τὴν 3
βασιλείαν Ἀλθαιμένει τῷ παιδὶ παραδοῦναι, καὶ διὰ
15 τοῦτο ἦλθεν εἰς Ῥόδον. ἀποβὰς δὲ τῆς νεὼς σὺν τοῖς
ἥρωσι κατά τινα τῆς νήσου τόπον ἔρημον ἠλαύνετο
ὑπὸ τῶν βουκόλων, λῃστὰς ἐμβεβληκέναι δοκούντων·
καὶ μὴ δυναμένων ἀκοῦσαι λέγοντος αὐτοῦ τὴν ἀλή- 5
θειαν διὰ τὴν κραυγὴν τῶν κυνῶν, ἀλλὰ βαλλόντων
20 κἀκείνων, παραγενόμενος Ἀλθαιμένης ἀκοντίσας ἀπέκ-
τεινεν ἀγνοῶν Κατρέα. μαθὼν δὲ ὕστερον τὸ γεγονός,
εὐξάμενος ὑπὸ χάσματος ἐκρύβη.

17 Δευκαλίωνι δὲ ἐγένοντο Ἰδομενεύς τε καὶ Κρήτη 3
καὶ νόθος Μόλος. Γλαῦκος δὲ ἔτι νήπιος ὑπάρχων,
25 μῦν διώκων εἰς μέλιτος πίθον πεσὼν ἀπέθανεν. ἀφα-
νοῦς δὲ ὄντος αὐτοῦ Μίνως πολλὴν ζήτησιν ποιού-

3. νεοδάρτους F R: νεοδάρτας Α   4. ἃς F A: αἰς He.
ὀλισθοῦσα E: ὀλισθήσασα Α   κρήτης F A, corr. Hr.   7. κοπ-
τεὺς R R⹁ B V   8. ἀπειρωπλῆσαι Α, corr. Müllerus   10 ἐτέκ-
νωσε * FA? R⹁: ἔτεκε Α ·   11. οἴακος E: ὁρπκος Α   12. τήρωι R
ἐκρύθη R (η add. man. 2)   15. ἔρωσι Α: Κρησὶ Br., σὺν τοῖς
ἥρωσι del. Hr.   19 s. verbis ἀλλὰ βαλλόντων κἀκείνων deletis
παραγενόμενος ⟨δὲ⟩ proposu. Hr.   23. Μόλος Meursius Hr.: καὶ
μῶλος Α   24. μῦν F R R⹁ Tzetz. Lycophr. 811: μιᾶ B μνίας C

ιμενος περὶ τῆς εὑρέσεως ἐμαντεύετο. Κούρητες δὲ 18
εἶπον αὐτῷ τριχρώματον ἐν ταῖς ἀγέλαις ἔχειν βοῦν,
τὸν δὲ τὴν ταύτης χρόαν ἄριστα εἰκάσαι δυνηθέντα
3 καὶ ζῶντα τὸν παῖδα ἀποδώσειν. συγκληθέντων δὲ
τῶν μάντεων Πολύιδος ὁ Κοιρανοῦ τὴν χρόαν τῆς 5
βοὸς εἴκασε βάτου καρπῷ, καὶ ζητεῖν τὸν παῖδα ἀναγ-
κασθεὶς διά τινος μαντείας ἀνεῦρε. λέγοντος δὲ Μίνωος 19
ὅτι δεῖ καὶ ζῶντα ἀπολαβεῖν αὐτόν, ἀπεκλείσθη σὺν τῷ
4 νεκρῷ. ἐν ἀμηχανίᾳ δὲ πολλῇ τυγχάνων εἶδε δράκοντα
ἐπὶ τὸν νεκρὸν ἰόντα· τοῦτον βαλὼν λίθῳ ἀπέκτεινε, 10
δείσας μὴ ἂν αὐτὸς τελευτήσῃ, εἰ τούτῳ συμπάθῃ. ἔρχε-
ται δὲ ἕτερος δράκων, καὶ θεασάμενος νεκρὸν τὸν πρό-
τερον ἄπεισιν, εἶτα ὑποστρέφει πόαν κομίζων, καὶ
ταύτην ἐπιτίθησιν ἐπὶ πᾶν τὸ τοῦ ἑτέρου σῶμα· ἐπι-
5 τεθείσης δὲ τῆς πόας ἀνέστη. θεασάμενος δὲ Πολύιδος 20
καὶ θαυμάσας, τὴν αὐτὴν πόαν προσενεγκὼν τῷ τοῦ
2 Γλαύκου σώματι ἀνέστησεν. ἀπολαβὼν δὲ Μίνως τὸν
παῖδα οὐδ' οὕτως εἰς Ἄργος ἀπιέναι τὸν Πολύιδον
εἴα, πρὶν ἢ τὴν μαντείαν διδάξαι τὸν Γλαῦκον· ἀναγ-
κασθεὶς δὲ Πολύιδος διδάσκει. καὶ ἐπειδὴ ἀπέπλει, 20
κελεύει τὸν Γλαῦκον εἰς τὸ στόμα ἐμπτύσαι· καὶ τοῦτο
ποιήσας Γλαῦκος τῆς μαντείας ἐπελάθετο.

γρ. χρόαν
3. χρόαν EOR* θίαν R: θίαν BC   6 ss. Πολύιδος EA
(conf. Etym. magn. s. v.): Πολύιδος Aeg.   6 s. ἐνναπεκλείσθη
αὐτῷ ἔν τινι οἰκήματι Tzetz, in monumento Hyg. fab. 136
11. δείσας — συμπάθῃ del. Hr.   ἂν EA: κἂν Br.   τούτῳ
E: τοῦτο A   συμπάθῃ EA: συμπάθοι edd.   εἴ τι τὸ
σῶμα πάθοι Br, conf. Hyg.: quod (scil. corpus pueri) Polyidus
acutissima cum (scil. draconem) relle consumere gladio repente
percussit.   19. πρότερον *E, R man. 1: πρῶτον R (corr. man. 2) A
20. Πολύιδος *EA: ὁ Πολύιδος edd. recc.   21. εἰς] R fol. 16v
εἰς τὸ ἑαυτοῦ στόμα ex Tzetza fortasse recipiendum est
ἐμπτύσαι Tzetz. He.: ἐπιπτύσαι EA   22. τῆς μαντείας *E:

112   Apollodori bibliotheca.

21   Τὰ μὲν οὖν περὶ τῶν τῆς Εὐρώπης ἀπογόνων μέχρι
τοῦδέ μοι λελέχθω· Κάδμος δὲ ἀποθανοῦσαν θάψας 4
Τηλέφασσαν, ὑπὸ Θρακῶν ξενισθείς, ἦλθεν εἰς Δελφοὺς
περὶ τῆς Εὐρώπης πυνθανόμενος. ὁ δὲ θεὸς εἶπε περὶ
5 μὲν Εὐρώπης μὴ πολυπραγμονεῖν, χρῆσθαι δὲ καθοδηγῷ
βοΐ, καὶ πόλιν κτίζειν ἔνθα ἂν αὐτὴ πέσῃ καμοῦσα.
22 τοιοῦτον λαβὼν χρησμὸν διὰ Φωκέων ἐπορεύετο, εἶτα ⟨
βοΐ συντυχὼν ἐν τοῖς Πελάγοντος βουκολίοις ταύτῃ
κατόπισθεν εἵπετο. ἡ δὲ διεξιοῦσα Βοιωτίαν ἐκλίθη,
10 † πόλις ἔνθα νῦν εἰσι Θῆβαι. βουλόμενος δὲ Ἀθηρᾷ 5
καταθῦσαι τὴν βοῦν, πέμπει τινὰς τῶν μεθ' ἑαυτοῦ
ληψομένους ἀπὸ τῆς Ἀρείας κρήνης ὕδωρ· φρουρῶν
· δὲ τὴν κρήνην δράκων, ὃν ἐξ Ἄρεος εἰπόν τινες γε-
γονέναι, τοὺς πλείστας τῶν πεμφθέντων διέφθειρεν.
23 ἀγανακτήσας δὲ Κάδμος κτείνει τὸν δράκοντα, καὶ τῆς ⟨
Ἀθηνᾶς ὑποθεμένης τοὺς ὀδόντας αὐτοῦ σπείρει. τού-
των δὲ σπαρέντων ἀνέτειλαν ἐκ γῆς ἄνδρες ἔνοπλοι,
οὓς ἐκάλεσαν Σπαρτούς. οὗτοι δὲ ἀπέκτειναν ἀλλήλους,
οἱ μὲν εἰς ἔριν ἀκούσιον ἐλθόντες, οἱ δὲ ἀγνοοῦντες.
24 Φερεκύδης δέ φησιν ὅτι Κάδμος, ἰδὼν ἐκ γῆς ἀναφυο- 5
μένους ἄνδρας ἐνόπλους, ἐπ' αὐτοὺς ἔβαλε λίθους, οἱ

τὴν μαντείαν A τὴν μαντικὴν Tzetz.   3. εἰς Δελφοὺς ἦλθεν C
6. αὐτῃ schol. Hom. B 494 Hr.: αὐτὴ EAS p. 190, 4   9. ἐκλίθη,
ΕΗ Μ⁴: ἐκλίθη A   10. πόλις A, om. schol. Hom. Hr., ἐν πόλις
Buch.: ἐν ᾗ ἡ πόλις S, ἔνθα κτίζει πόλιν Καδμείαν, ὅπου
νῦν ... E (conf. Comm. Ribb. p. 140 et Mus. Rhen. XLVI p. 388)
Θῆβαι SA: αἱ Θῆβαι E schol. Hom.   11a. τινὰς ...
ληψομένους E schol. Hom.: τινὰ ληψόμενον SA   12. ἀρείας
ESA (conf. Steph. Byz s. v.): Ἀρητιάδος schol. Hom. Hr.
12a. φρουρῶν δὲ ESA: ὁ δὲ φρουρῶν schol. Hom. Hr.   15. τῆς
ESA schol. Hom., del. Hr.   19. οἱ μὲν et οἱ δὲ ἀλλήλους
ἀγνοοῦντες ESA, del. Hr. (ἀλλήλους iam deleverat He.)
ἀκούσιον AS: ἑκούσιον E (conf. Comm. Ribb. p. 139 s. et Mus.
Rhen. l. l.)   20. Pherecyd. frg. 44   21. ἔβαλε A: ἔβαλλε S

δὲ ὑπ' ἀλλήλων νομίζοντες βάλλεσθαι εἰς μάχην κατέ-
στησαν. περιεσώθησαν δὲ πέντε, Ἐχίων Οὐδαῖος
2 Χθόνιος Ὑπερήνωρ Πέλωρος. Κάδμος δὲ ἀνθ' ὧν
ἔκτεινεν ἀΐδιον ἐνιαυτὸν ἐθήτευσεν Ἄρει· ἦν δὲ ὁ
ἐνιαυτὸς τότε ὀκτὼ ἔτη.   5
2   μετὰ δὲ τὴν θητείαν Ἀθηνᾶ αὐτῷ τὴν βασιλείαν 23
κατεσκεύασε, Ζεὺς δὲ ἔδωκεν αὐτῷ γυναῖκα Ἁρμονίαν,
Ἀφροδίτης καὶ Ἄρεος θυγατέρα. καὶ πάντες θεοὶ κατα-
λιπόντες τὸν οὐρανόν, ἐν τῇ Καδμείᾳ τὸν γάμον εὐωχού-
3 μενοι καθύμνησαν. ἔδωκε δὲ αὐτῇ Κάδμος πέπλον καὶ 10
τὸν ἡφαιστότευκτον ὅρμον, ὃν ὑπὸ Ἡφαίστου λέγουσί
τινες δοθῆναι Κάδμῳ, Φερεκύδης δὲ ὑπὸ Εὐρώπης· ὃν
4 παρὰ Διὸς αὐτὴν λαβεῖν. γίνονται δὲ Κάδμῳ θυγατέρες 26
μὲν Αὐτονόη Ἰνὼ Σεμέλη Ἀγαυή, παῖς δὲ Πολύδωρος.
Ἰνὼ μὲν οὖν Ἀθάμας ἔγημεν, Αὐτονόην δὲ Ἀρισταῖος, 15
5 Ἀγαυὴν δὲ Ἐχίων.. Σεμέλης δὲ Ζεὺς ἐρασθεὶς Ἥρας
κρύφα συνευνάζεται. ἡ δὲ ἐξαπατηθεῖσα ὑπὸ Ἥρας,
κατανεύσαντος αὐτῇ Διὸς πᾶν τὸ αἰτηθὲν ποιήσειν,
αἰτεῖται τοιοῦτον αὐτὸν ἐλθεῖν οἷος ἦλθε μνηστευόμε-
6 νος Ἥραν. Ζεὺς δὲ μὴ δυνάμενος ἀνανεῦσαι παρα-27
γίνεται εἰς τὸν θάλαμον αὐτῆς ἐφ' ἅρματος ἀστραπαῖς
ὁμοῦ καὶ βρονταῖς, καὶ κεραυνὸν ἵησιν. Σεμέλης δὲ
διὰ τὸν φόβον ἐκλιπούσης, ἐξαμηνιαῖον τὸ βρέφος
ἐξαμβλωθὲν ἐκ τοῦ πυρὸς ἁρπάσας ἐνέρραψε τῷ μηρῷ.

3. χθόνιος A   Πέλωρος *R (Paus. IX 5, 3. Myth. Vat. I 149,
II 77): Πέλωρ A (schol. Apoll. Rhod. III 1179)   4. ἀΐδιον E A:
Ἄρεος υἱὸν Hr., ἀνδρῶν Sevinus   6. τὴν βασιλείαν *E βασιλείαν S
βασὶ R βασιλεῖ A   7. δὲ add. SR   12. Pherecyd. frg. 45
12 s. Φερεκύδης — λαβεῖν om. S   14. παῖς A: παῖδες S   16. δὲ
add. R   Ἐχίων E: Ἰχέων A   Ἥρας SA (in R inseruit man. 2)
schol. Hom. X 325, del. He.   18. κατανεύσαντος ESR*
21. ἐφ' ἅρματος ESA schol. Hom., del. Hr.   23. τὸ add. E
schol. Hom., om. SA

APOLLOD. BIBL. ed. Wagner   8

114   Apollodori bibliotheca.

ἀποθανούσης δὲ Σεμέλης, αἱ λοιπαὶ Κάδμου θυγατέρες 3
διήνεγκαν λόγον, συνηυνῆσθαι θνητῷ τινι Σεμέλην
καὶ καταψεύσασθαι Διός, καὶ ⟨ὅτι⟩ διὰ τοῦτο ἐκεραυ-
28 νώθη. κατὰ δὲ τὸν χρόνον τὸν καθήκοντα Διόνυσον ι
ᵥ γεννᾷ Ζεὺς λύσας τὰ ῥάμματα, καὶ δίδωσιν Ἑρμῇ. ὁ
δὲ κομίζει πρὸς Ἰνὼ καὶ Ἀθάμαντα καὶ πείθει τρέφειν
ὡς κόρην. ἀγανακτήσασα δὲ Ἥρα μανίαν αὐτοῖς ἐν- 5
έβαλε, καὶ Ἀθάμας μὲν τὸν πρεσβύτερον παῖδα Λέαρχον
ὡς ἔλαφον θηρεύσας ἀπέκτεινεν, Ἰνὼ δὲ τὸν Μελικέρ-
10 την εἰς πεπυρωμένον λέβητα ῥίψασα, εἶτα βαστάσασα
29 μετὰ νεκροῦ τοῦ παιδὸς ἥλατο κατὰ βυθοῦ. καὶ Λευκο- 6
θέα μὲν αὐτὴ καλεῖται, Παλαίμων δὲ ὁ παῖς, οὕτως
ὀνομασθέντες ὑπὸ τῶν πλεόντων· τοῖς χειμαζομένοις
γὰρ βοηθοῦσιν. ἐτέθη δὲ ἐπὶ Μελικέρτῃ ⟨ὁ⟩ ἀγὼν
15 τῶν Ἰσθμίων, Σισύφου θέντος. Διόνυσον δὲ Ζεὺς εἰς 7
ἔριφον ἀλλάξας τὸν Ἥρας θυμὸν ἔκλεψε, καὶ λαβὼν
αὐτὸν Ἑρμῆς πρὸς νύμφας ἐκόμισεν ἐν Νύσῃ κατοι-
κούσας τῆς Ἀσίας, ἃς ὕστερον Ζεὺς καταστερίσας ὠνό-
μασεν Ὑάδας.

20   Αὐτονόης δὲ καὶ Ἀρισταίου παῖς Ἀκταίων ἐγένετο, 4
ὃς τραφεὶς παρὰ Χείρωνι κυνηγὸς ἐδιδάχθη, καὶ ἔπειτα
ὕστερον ἐν τῷ Κιθαιρῶνι κατεβρώθη ὑπὸ τῶν ἰδίων
κυνῶν. καὶ τοῦτον ἐτελεύτησε τὸν τρόπον, ὡς μὲν ι

2. συνηυνῆσθαι S R: συνινυῆσθαι A   3. ὅτι om. 8 A,
add. Hr.   δι' ὃ καὶ Büch.   10. πεπυρακτωμένον Ε
11. ἥλατο E S A, corr. Fab.   βρθοῦ *E S: βυθῶν A   13. ὀνο-
μασθέντες E R: ὀνομασθέντος A   τοῖς] R fol. 17ʳ   14. ὁ om. E A,
add. Hr.   16. τὰν ... θυμὸν R Rᵃ   17. Νύσῃ S: νύσσῃ E A
17ᵃ. καχοικούσας τῆς Ἀσίας *E S: τῆς ἀσίας κατοικούσας A
20 ᵐ. Ἀκταίων constanter E A S p. 121. 17 ᵐ.: Ἀκτίων Hr.
21. ἔπειτα * add. E S   22. ἐν τῷ Κιθαιρῶνι κατεβρώθη *E S:
κατεβρώθη ἐν τῷ κιθαιρῶνι A   23. καὶ — τρόπον del. Hr.
virgula post κυνῶν posita (Herm. XI p. 234)   μὲν Rᵇ Hr.:
μὲν οὖν E S A

Ἀκουσίλαος λέγει, μηνίσαντος τοῦ Διὸς ὅτι ἐμνηστεύ-
3 σατο Σεμέλην, ὡς δὲ οἱ πλείονες, ὅτι τὴν Ἄρτεμιν
λουομένην εἶδε. καί φασι τὴν θεὸν παραχρῆμα αὐτοῦ 31
τὴν μορφὴν εἰς ἔλαφον ἀλλάξαι, καὶ τοῖς ἑπομένοις
αὐτῷ πεντήκοντα κυσὶν ἐμβαλεῖν λύσσαν, ὑφ' ὧν κατὰ 5
ι ἄγνοιαν ἐβρώθη. ἀπολομένου δὲ Ἀκταίωνος οἱ κύνες
ἐπιζητοῦντες τὸν δεσπότην κατωρύοντο, καὶ ζήτησιν
ποιούμενοι παρεγίνοντο ἐπὶ τὸ τοῦ Χείρωνος ἄντρον,
ὃς εἴδωλον κατεσκεύασεν Ἀκταίωνος, ὃ καὶ τὴν λύπην
αὐτῶν ἔπαυσε.   10
5   [τὰ ὀνόματα τῶν Ἀκταίωνος κυνῶν ἐκ τῶν ...   32
                                            οὕτω
δὴ νῦν καλὸν σῶμα περισταθόν, ἠΰτε θῆρος,
τοῦδε δάσαντο κύνες κρατεροί. πέλας † Ἄρκενα πρώτη.

1. Acusil. frg. 21   ' 4 τοῖς ἑπομένοις S A: ταῖς ἑπομέναις E
    6. ἀπολομένου R ἀπολλομένου S, E (sl in ras. man. 1): ἀπολ-
λυμένου A   6 ss. ἀκταίωνος *ESA: Ἀκταίωνος edd.   7s. ἐπι-
ζητοῦντες ... ποιούμενοι S A: ἐπιζητοῦσαι ... ποιοῦμεναι E
11 ss. de canum catalogo conf. Hyg. fab. 181, Ovid. Met. III 206 ss.,
Poll. V 47 (= Aeschyl. frg. 245). Totum locum, quem omittunt
ES, a bibliotheca alienum esse perspexit Gul. Heroicos versus
(Eratosthenis?) restituit M. Schmidt (Mus. Rhen. n. s. VI p. 405 ss.),
lyricos, quos Stesichoro adscribit, Bergkius (frg. adesp. 33), uter-
que non sine satis violentis mutationibus. Sunt haud dubie
duo fragmenta diversorum poetarum, ni fallor epicorum,
quorum nomina excidisse videntur (conf. v. 13 πρώτη et p. 116, 5
πρῶτοι). Quamobrem nominum Ἀκταίων et Ἀκταῖος differentiam
non sustuli. Ultimum versum, quem plerique Fabrum secuti
ab Actaeonis fabula prorsus segregaverunt (de Panyasside som-
niavit Schmidtius), si mihi credis, referes ad varia dolorum
remedia inventa a Chirone, cuius arte etiam canum maesti-
tiam lenitam esse Apollodorus supra addidit.   11. Ἐκ τῶν A:
ἐξ ὧν Aeg.; excidit fortasse carminis titulus   13. οὕτω A: οὗτοι
Aeg., οὗτοι Schmidtius   13. ex δὴ τὸν elicuit Δειράρχων
Schmidtius; οἱ δὲ νν Bergkius   θῆρες A, corr. Scaliger *
14. τοῦ A, corr. Scaliger   ἄρκενα A: Ἄρκυα Aeg., Ἄρκυα
(Ovid. 216) Scaliger, Ἄργια Mitscherlichius, Ἄλκαινα ex schol.
Hom. X 29 Bergkius.

8*

... μετὰ ταύτην ἄλκιμα τέκνα,
Λυγκεὺς καὶ Βαλίος πόδας αἰνετός, ἠδ' Ἀμάρυνθος. —
καὶ οὓς ὀνομαστὶ διήνεγκεν ..., ὡς καταλέξῃ·
... τότ' Ἀκταῖον κτεῖναι Διὸς αἰνεσίῃσι.
; πρῶτοι γὰρ μέλαν αἷμα πίον σφετέροιο ἄνακτος
Σπαρτός τ' Ὀμαργός τε Βορῆς τ' αἰψηροκέλευθος.
οὗτοι δ' Ἀκταίου πρῶτοι φάγον αἷμα τ' ἔλαψαν.
τοὺς δὲ μέτ' ἄλλοι πάντες ἐπέσσυθεν ἐμμεμκῶτες. —
ἀργαλέων ὀδυνῶν ἄκος ἔμμεναι ἀνθρώποισιν.]

22 Διόνυσος δὲ εὑρετὴς ἀμπέλου γενόμενος, Ἥρας 5
μανίαν αὐτῷ ἐμβαλούσης περιπλανᾶται Αἴγυπτόν τε
καὶ Συρίαν. καὶ τὸ μὲν πρῶτον Πρωτεὺς αὐτὸν ὑπο-
δέχεται βασιλεὺς Αἰγυπτίων, αὖθις δὲ εἰς Κύβελα τῆς ι
Φρυγίας ἀφικνεῖται, κάκεῖ καθαρθεὶς ὑπὸ Ῥέας καὶ τὰς
ιι τελετὰς ἐκμαθών, καὶ λαβὼν παρ' ἐκείνης τὴν στολήν,
24 [ἐπὶ Ἰνδοὺς] διὰ τῆς Θρᾴκης ἠπείγετο. Λυκόθργος δὲ ;
παῖς Δρύαντος, Ἠδωνῶν βασιλεύων, οἳ Στρυμόνα πο-
ταμὸν παροικοῦσι, πρῶτος ὑβρίσας ἐξέβαλεν αὐτόν.
καὶ Διόνυσος μὲν εἰς θάλασσαν πρὸς Θέτιν τὴν Νηρέως
20 κατέφυγε, Βάκχαι δὲ ἐγένοντο αἰχμάλωτοι καὶ τὸ συν-

2. Βαλίος * Mitscherlichius Bergkius: βαρός A   ἔνετος A,
corr. Gal.   βαιὸς πόδας Αἴνετος Br.   3. οὓς Aeg.: τοὺς A
καὶ τούτους ὀνομαστὶ διηνεχίας κατέλεξε Scaliger. Postae nomen
excidit   4 τότ' Ἀκταῖον κτεῖναι A (κτεῖνε PRᶜ): καὶ τότ'
Ἀκταίον ἔθανε Aeg.   κτεῖναι Bergkius   5. πρῶτοι A, corr.
Aeg.   πίον Scaliger: ἀπὸ A   5. παρτὸς A, corr. Aeg.
Ὀμαργος Br.: ἂν ἀργὸς A; Οὐραργος Ηr., Ὀμαργος Bergkius, ἂν
λάβρος (Ovid. v. 224) Sommerus   7. οὗτοι δ' *R: οὐ δ' A
τ' *R: δ' odd.   ἔλαψαν A, corr. Ruhnkenius   8. ἐπέσσυ-
θον A, corr. Scaliger   13. κέβαλα ex schol. Hom. Z 181 corr.
Aeg.   16. ἐπὶ Ἰνδοὺς aut delendum est cum Hr. aut scri-
bendum ἐπὶ Ἰνδοὺς ⟨στρατεύσας⟩ (conf. Diod. IV 3, 1)
17. Στρυμόνα ποταμὸν οἳ A, transpos. Aeg.   18. πρῶτος del.
He., ὑβρίσας πρῶτον Hr.   19. τὴν Νηρέως om. schol. Hom. Hr.
19s. ὑπὸ Θέτιδος ὑπολαμβάνεται καὶ Εὐρυνόμης schol. Hom.

ι επόμενον Σατύρων πλῆθος αὐτῷ. αὖθις δὲ αἱ Βάκχαι 35
ἐλύθησαν ἐξαίφνης, Λυκούργῳ δὲ μανίαν ἐνεποίησε
Διόνυσος. ὁ δὲ μεμηνὼς Δρύαντα τὸν παῖδα, ἀμπέλου
νομίζων κλῆμα κόπτειν, πελέκει πλήξας ἀπέκτεινε, καὶ
2 ἀκρωτηριάσας αὐτὸν ἐσωφρόνησε. τῆς δὲ γῆς ἀκάρπου 5
μενούσης, ἔχρησεν ὁ θεὸς καρποφορήσειν αὐτήν, ἂν
θανατωθῇ Λυκοῦργος. Ἠδωνοὶ δὲ ἀκούσαντες εἰς τὸ
Παγγαῖον αὐτὸν ἀπαγαγόντες ὄρος ἔδησαν, κἀκεῖ κατὰ
Διονύσου βούλησιν ὑπὸ ἵππων διαφθαρεὶς ἀπέθανε.
2   διελθὼν δὲ Θρᾴκην [καὶ τὴν Ἰνδικὴν ἅπασαν, 36
στήλας ἐκεῖ στήσας] ἧκεν εἰς Θήβας, καὶ τὰς γυναῖκας
ἠνάγκασε καταλιπούσας τὰς οἰκίας βακχεύειν ἐν τῷ
2 Κιθαιρῶνι. Πενθεὺς δὲ γεννηθεὶς ἐξ Ἀγαυῆς Ἐχίονι,
παρὰ Κάδμου εἰληφὼς τὴν βασιλείαν, διεκώλυε ταῦτα
γίνεσθαι, καὶ παραγενόμενος εἰς Κιθαιρῶνα τῶν Βακ· 15
χῶν κατάσκοπος ὑπὸ τῆς μητρὸς Ἀγαυῆς κατὰ μανίαν
3 ἐμελίσθη· ἐνόμισε γὰρ αὐτὸν θηρίον εἶναι. δείξας δὲ 37
Θηβαίοις ὅτι θεός ἐστιν, ἧκεν εἰς Ἄργος, κἀκεῖ πάλιν
οὐ τιμώντων αὐτὸν ἐξέμηνε τὰς γυναῖκας. αἱ δὲ ἐν
τοῖς ὄρεσι τοὺς ἐπιμαστιδίους ἔχουσαι παῖδας τὰς σάρ- 20
3 κας αὐτῶν ἐσιτοῦντο. βουλόμενος δὲ ἀπὸ τῆς Ἰκαρίας
εἰς Νάξον διακομισθῆναι, Τυρρηνῶν λῃστρικὴν ἐμισθώ-
σατο τριήρη. οἱ δὲ αὐτὸν ἐνθέμενοι Νάξον μὲν παρ- 38
έπλεον, ἠπείγοντο δὲ εἰς τὴν Ἀσίαν ἀπεμπολήσοντες.
2 ὁ δὲ τὸν μὲν ἱστὸν καὶ τὰς κώπας ἐποίησεν ὄφεις, τὸ 25

1. αὐτῷ del. He.   2. ἐποίησε A, corr. He.   5. ἑαυτὸν
Aeg. (G. Hermannus Opusc. V p. 5)   ἐσωφρόνισε A, corr. Aeg.
8. παγγαῖον R: παγκαῖον A   10 s. oncis inclusa del. He.
18. κἀκεῖ A: κἀκείνων Eberhardus Jen. Litt.-Ztg. 1874 p. 429
20. ἔχουσαι] ἔχουσαι A. Ludwich Mus. Rhen. XXXVI p. 464
21. βαλόμενος R, corr. man. 1   22. πυρρηνῶν RR*
24. τὴν *A, om. edd. recc.   25. ἱστὸν Aeg.: ἰσθμὸν A
καὶ] R fol. 17ᵛ

δὲ σκάφος ἔκλησε κισσοῦ καὶ βοῆς αὐλῶν· οἱ δὲ ἐμ-
μανεῖς γενόμενοι κατὰ τῆς θαλάττης ἔφυγον καὶ ἐγέ-
νοντο δελφῖνες. ὡς δὲ μαθόντες αὐτὸν θεὸν ἄνθρωποι ⸱
ἐτίμων, ὁ δὲ ἀναγαγὼν ἐξ Ἅιδου τὴν μητέρα, καὶ προσ-
ⸯ αγορεύσας Θυώνην, μετ᾽ αὐτῆς εἰς οὐρανὸν ἀνῆλθεν.
39   ὁ δὲ Κάδμος μετὰ Ἁρμονίας Θήβας ἐκλιπὼν πρὸς ⸱
Ἐγχελέας παραγίνεται. τούτοις δὲ ὑπὸ Ἰλλυριῶν πολε-
μουμένοις ὁ θεὸς ἔχρησεν Ἰλλυριῶν κρατήσειν, ἐὰν
ἡγεμόνας Κάδμον καὶ Ἁρμονίαν ἔχωσιν. οἱ δὲ πεισθέν- ⸱
10 τες ποιοῦνται κατὰ Ἰλλυριῶν ἡγεμόνας τούτους καὶ
κρατοῦσι. καὶ βασιλεύει Κάδμος Ἰλλυριῶν, καὶ παῖς
Ἰλλυριὸς αὐτῷ γίνεται. αὖθις δὲ μετὰ Ἁρμονίας εἰς
δράκοντα μεταβαλὼν εἰς Ἠλύσιον πεδίον ὑπὸ Διὸς ἐξ-
επέμφθη.

40   Πολύδωρος δὲ Θηβῶν βασιλεὺς γενόμενος Νυκτηίδα ⸱
γαμεῖ, Νυκτέως ⟨τοῦ⟩ Χθονίου θυγατέρα, καὶ γεννᾷ
Λάβδακον. οὗτος ἀπώλετο, μετὰ Πενθέα ἐκείνῳ φρο-
νῶν παραπλήσια. καταλιπόντος δὲ Λαβδάκου παῖδα ⸱
ἐνιαυσιαῖον Λάιον, τὴν ἀρχὴν ἀφείλετο Λύκος, ἕως
41 οὗτος ἦν παῖς, ἀδελφὸς ὢν Νυκτέως. ἀμφότεροι δὲ ⸱
φυγόντες, ἐπεὶ Φλεγύαν ἀπέκτειναν τὸν Ἄρεος καὶ
Δωτίδος τῆς Βοιωτίδος, Ὑρίαν κατῴκουν, καὶ ... διὰ
τὴν πρὸς Πενθέα οἰκειότητα ἐγεγόνεσαν πολῖται. αἱρε- ⸱

7. Ἐγχελέας R: ἀγχελίας A   9. ἡγεμόνα A, corr. Som-
merus   10. κατὰ Ἰλλυριῶν del. Hr.   13. ἐξεπέμφθησαν A,
corr. He.   15. Νυκτέως τοῦ Χθονίου] Nycteus Hyriei filius
est III 111   τοῦ add. Aeg.   17 ss. Λαύδακον vel Λάνδακον A
17. κατὰ Πενθέα Siebelis (virgulam, quae erat post Πενθέα,
transponi ante μετὰ)   19 s. ἕως — παῖς del. He.   20. δὲ]
ἀπὸ Εὐβοίας add. A, del. He. (ἀπὸ Πυρραιβίας Ungerus)
22. Δωτίδος R man. 1: Φωτίδος R man. 2, A   τῆς Βοιωτίδος
del. He.   Ὑρίαν A, corr. He.   lacunam sic explevit He.: ἐπειθεν
ἐλθόντες εἰς Θήβας   23. γεγόνεσαν R Rᵃ: ἐγεγόνεσαν A

θεὶς οὖν Λύκος πολέμαρχος ὑπὸ Θηβαίων ἐπέθετο τῇ
δυναστείᾳ, καὶ βασιλεύσας ἔτη εἴκοσι, φονευθεὶς ὑπὸ
5 Ζήθου καὶ Ἀμφίονος θνήσκει δι' αἰτίαν τήνδε. Ἀντιό-42
πη θυγάτηρ ἦν Νυκτέως· ταύτῃ Ζεὺς συνῆλθεν. ἡ δὲ
ὡς ἔγκυος ἐγένετο, τοῦ πατρὸς ἀπειλοῦντος εἰς Σικυῶνα 5
ἀποδιδράσκει πρὸς Ἐπωπέα καὶ τούτῳ γαμεῖται. Νυ-
κτεὺς δὲ ἀθυμήσας ἑαυτὸν φονεύει, δοὺς ἐντολὰς Λύκῳ
παρὰ Ἐπωπέως καὶ παρὰ Ἀντιόπης λαβεῖν δίκας. ὁ δὲ
στρατευσάμενος Σικυῶνα χειροῦται, καὶ τὸν μὲν Ἐπω-
7 πέα κτείνει, τὴν δὲ Ἀντιόπην ἤγαγεν αἰχμάλωτον. ἡ δὲ 48
ἀγομένη δύο γεννᾷ παῖδας ἐν Ἐλευθεραῖς τῆς Βοιωτίας,
οὓς ἐκκειμένους εὑρὼν βουκόλος ἀνατρέφει, καὶ τὸν
μὲν καλεῖ Ζῆθον τὸν δὲ Ἀμφίονα. Ζῆθος μὲν οὖν ἐπ-
εμελεῖτο βουφορβίων, Ἀμφίων δὲ κιθαρῳδίαν ἤσκει,
8 δόντος αὐτῷ λύραν Ἑρμοῦ. Ἀντιόπην δὲ ᾐκίζετο Λύκος 15
καθείρξας καὶ ἡ τούτου γυνὴ Δίρκη· λαθοῦσα δέ κοτε,
τῶν δεσμῶν αὐτομάτων λυθέντων, ἧκεν ἐπὶ τὴν τῶν
9 παίδων ἔπαυλιν, δεχθῆναι πρὸς αὐτῶν θέλουσα. οἱ δὲ 44
ἀναγνωρισάμενοι τὴν μητέρα, τὸν μὲν Λύκον κτείνουσι,
τὴν δὲ Δίρκην δήσαντες ἐκ ταύρου ῥίπτουσι θανοῦσαν 20
10 εἰς κρήνην τὴν ἀπ' ἐκείνης καλουμένην Δίρκην. παρα-
λαβόντες δὲ τὴν δυναστείαν τὴν μὲν πόλιν ἐτείχισαν,
ἐπακολουθησάντων τῇ Ἀμφίονος λύρᾳ τῶν λίθων,
Λάϊον δὲ ἐξέβαλον. ὁ δὲ ἐν Πελοποννήσῳ διατελῶν

---

1. ἐπίθετο *E: ἐπετίθετο A. conf. Epit. Vat. p. 86
2. εἴκοσι A: δικαοντώ E   7. ἐντολὰς *ERS p. 198, 1: ἐντολὴν A
8. παρὰ ... παρὰ ESR: περὶ ... περὶ A   10. ἤγαγεν
SA: ἄγει E   11. παῖδας EA] ἐκ Διὸς add. S   ἐλευθέραις
S: ἐν ἐλευθέρῳ A   14. βουφορβίων EB: βουφορβίων A
17. αὐτομάτων ESA: αὐτομάτως He.   19. ἀναγνωρισάμενοι
ESA: ἀναγνωρίσαντες Hr.   20. ῥίπτουσι θανοῦσαν *ES:
θανοῦσαν ῥίπτουσι A   21. πελοποννήσῳ R

ἐπιξενοῦται Πέλοπι, καὶ τούτου παῖδα Χρύσιππον ἁρματοδρομεῖν διδάσκων ἐρασθεὶς ἀναρπάζει.

45   γαμεῖ. δὲ Ζῆθος μὲν Θήβην, ἀφ' ἧς ἡ πόλις Θῆβαι, 5 'Αμφίων δὲ Νιόβην τὴν Ταντάλου, ἣ γεννᾷ παῖδας μὲν 5 ἑπτά, Σίπυλον Εὐπίνυτον 'Ισμηνὸν Δαμασίχθονα 'Αγήνορα Φαίδιμον Τάνταλον, θυγατέρας δὲ τὰς ἴσας, 'Εθοδαίαν (ἢ ὥς τινες Νέαιραν) Κλεόδοξαν 'Αστυόχην Φθίαν Πελοπίαν 'Αστυκράτειαν 'Ωγυγίαν. 'Ησίοδος δὲ 5 δέκα μὲν υἱοὺς δέκα δὲ θυγατέρας, 'Ηρόδωρος δὲ δύο 10 μὲν ἄρρενας τρεῖς δὲ θηλείας, Ὅμηρος δὲ ἓξ μὲν υἱοὺς 46 ἓξ δὲ θυγατέρας φησὶ γενέσθαι. εὔτεκνος δὲ οὖσα Νιόβη τῆς Λητοῦς εὐτεκνοτέρα εἶπεν ὑπάρχειν· Λητὼ δὲ ἀγα- 5 νακτήσασα τήν τε "Αρτεμιν καὶ τὸν 'Απόλλωνα κατ' αὐτῶν παρώξυνε, καὶ τὰς μὲν θηλείας ἐπὶ τῆς οἰκίας 15 κατετόξευσεν "Αρτεμις, τοὺς δὲ ἄρρενας κοινῇ πάντας ἐν Κιθαιρῶνι 'Απόλλων κυνηγετοῦντας ἀπέκτεινεν. ἐσώ- 5 θη δὲ τῶν μὲν ἀρρένων 'Αμφίων, τῶν δὲ θηλειῶν 47 Χλωρὶς ἡ πρεσβυτέρα, ᾗ Νηλεὺς συνῴκησε. κατὰ δὲ Τελέσιλλαν ἐσώθησαν 'Αμύκλας καὶ Μελίβοια, ἐτοξεύθη 20 δὲ ὑπ' αὐτῶν καὶ 'Αμφίων. αὐτὴ δὲ Νιόβη Θήβας 5 ἀπολιποῦσα πρὸς τὸν πατέρα Τάνταλον ἧκεν εἰς Σί-

1. ἁρματοδραμεῖν A, corr. Lobeckius   4 ss. de Niobae liberis conf. schol. Eurip. Phoen. 159, Hyg. fab. 11   5. Εὐπίνυτον Tzetz. Chil. IV 421 Hyg. Munckerus: μίνυτον A   ἰσμηνὸν R: ἰσμην A   7. νέαιραν R O R*: καίραν A   8. φθίαν B: φθίαν A

πελο' R man. 1, -ιαν add. man. 2: πελόπιν R* B V πελόπην C. Πελόπειαν L. Dindorfius   Hesiod. frg. 61 Kz.   9. ἡρόδοτος A, corr. Aeg.   Herodor. frg. 6 (FHG. II p. 29)   δύο A: δ' Valckenarius   10. Hom. Ω 602 ss.   17. 'Αμφίων] explic. Σ fol. 17r   18. χωρὶς A, corr. in LT man. 2   19. τελεσίαν R* B   Telesill. frg. 6 Bgk.   ἀμύκλας A (conf. Paus. II 21, 9): Ἀρέκλα odd. praeter Westermannum   20. ὑπ' αὐτῶν del. Hc. καὶ] Ζῆθος καὶ add. A, del. Hc.   δὲ om. B.   21. εἰς πέλον C

πυλον, κἀκεῖ Διὶ εὐξαμένη τὴν μορφὴν εἰς λίθον μετέ-
βαλε, καὶ κεῖται δάκρυα νύκτωρ καὶ μεθ' ἡμέραν τοῦ
λίθου.

7 μετὰ δὲ τὴν Ἀμφίονος τελευτὴν Λάιος τὴν βασι- 48
λείαν παρέλαβε. καὶ γήμας θυγατέρα Μενοικέως, ἣν ι
ἔνιοι μὲν Ἰοκάστην ἔνιοι δὲ Ἐπικάστην λέγουσι, χρή-
σαντος τοῦ θεοῦ μὴ γεννᾶν (τὸν γεννηθέντα γὰρ πατρο-
κτόνον ἔσεσθαι) ὁ δὲ οἰνωθεὶς συνῆλθε τῇ γυναικί.
3 καὶ τὸ γεννηθὲν ἐκθεῖναι δίδωσι νομεῖ, περόναις δια-
τρήσας τὰ σφυρά. ἀλλ' οὗτος μὲν ἐξέθηκεν εἰς Κιθαι- 49
ρῶνα, Πολύβου δὲ βουκόλοι, τοῦ Κορινθίων βασιλέως,
τὸ βρέφος εὑρόντες πρὸς τὴν αὑτοῦ γυναῖκα Περίβοιαν
3 ἤνεγκαν. ἡ δὲ ἀνελοῦσα ὑποβάλλεται, καὶ θεραπεύσασα
τὰ σφυρὰ Οἰδίπουν καλεῖ, τοῦτο θεμένη τὸ ὄνομα διὰ
τὸ τοὺς πόδας ἀνοιδῆσαι. τελειωθεὶς δὲ ὁ παῖς, καὶ 50
διαφέρων τῶν ἡλίκων ῥώμῃ, διὰ φθόνον ὠνειδίζετο
4 ὑπόβλητος. ὁ δὲ πυνθανόμενος παρὰ τῆς Περιβοίας
μαθεῖν οὐκ ἠδύνατο· ἀφικόμενος δὲ εἰς Δελφοὺς περὶ
τῶν ἰδίων ἐπυνθάνετο γονέων. ὁ δὲ θεὸς εἶπεν αὐτῷ
εἰς τὴν πατρίδα· μὴ πορεύεσθαι· τὸν μὲν γὰρ πατέρα ω
5 φονεύσειν, τῇ μητρὶ δὲ μιγήσεσθαι. τοῦτο ἀκούσας, 51
καὶ νομίζων ἐξ ὧν ἐλέγετο γεγεννῆσθαι, Κόρινθον μὲν
ἀπέλιπεν, ἐφ' ἅρματος δὲ διὰ τῆς Φωκίδος φερόμενος
συντυγχάνει κατά τινα στενὴν ὁδὸν ἐφ' ἅρματος ὀχου-
μένῳ Λαΐῳ. καὶ Πολυφόντου (κῆρυξ δὲ οὗτος ἦν ω

2 6. καὶ — λίθου del. Hr.; senarii vestigia agnovit Mitscher-
lichius, qui dolet τοῦ λίθου 11. κορινθίου B 16. ῥώμῃ *E:
ἐν ῥώμῃ A, ἐπὶ ῥώμῃ Zenob. II 68 φθόνον E: φόνον A
17. ὑπόβλητος EA] εἶναι add. Zenob. παρὰ E: ἀπὸ A
18. ἠδέατο EA: ἐδένατο edd. recc. 21. μητρὶ δὲ *EZenob.:
δὲ μητρὶ A 23. ἔλεγε EAZenob., corr. Valckenarius γι-
γεννῆσθαι EZenob.: γεγενῆσθαι A 25. Πολυφόντου . . .
κελεύοντος *E (κελεύοντος τοῦ κήρυκος Zenob.): Πολυφόντῃ . . .

Λαίου) κελεύοντος ἐκχωρεῖν καὶ δι' ἀπείθειαν καὶ ‹
ἀναβολὴν κτείναντος τῶν ἵππων τὸν ἕτερον, ἀγανακτή-
σας Οἰδίπους καὶ Πολυφόντην καὶ Λάιον ἀπέκτεινε,
52 καὶ παρεγένετο εἰς Θήβας.   Λάιον μὲν οὖν θάπτει 8
3 βασιλεὺς Πλαταιέων Δαμασίστρατος, τὴν δὲ βασιλείαν
Κρέων ὁ Μενοικέως παραλαμβάνει.   τούτου δὲ βασι-
λεύοντος οὐ μικρὰ συμφορὰ κατέσχε Θήβας.   ἔπεμψε 1
γὰρ Ἥρα Σφίγγα, ἣ μητρὸς μὲν Ἐχίδνης ἦν πατρὸς
δὲ Τυφῶνος, εἶχε δὲ πρόσωπον μὲν γυναικός, στῆθος
10 δὲ καὶ βάσιν καὶ οὐρὰν λέοντος καὶ πτέρυγας ὄρνιθος.
μαθοῦσα δὲ αἴνιγμα παρὰ μουσῶν ἐπὶ τὸ Φίκιον ὄρος 1
58 ἐκαθέζετο, καὶ τοῦτο προύτεινε Θηβαίοις.   ἦν δὲ τὸ
αἴνιγμα· τί ἐστιν ὃ μίαν ἔχον φωνὴν τετράπουν καὶ
δίπουν καὶ τρίπουν γίνεται;   χρησμοῦ δὲ Θηβαίοις ‹
15 ὑπάρχοντος τηνικαῦτα ἀπαλλαγήσεσθαι τῆς Σφιγγὸς
ἡνίκα ἂν τὸ αἴνιγμα λύσωσι, συνιόντες εἰς ταὐτὸ πολ-
λάκις ἐζήτουν τί τὸ λεγόμενόν ἐστιν, ἐπεὶ δὲ μὴ εὔ-
54 ρισκον, ἁρπάσασα ἕνα κατεβίβρωσκε.   πολλῶν δὲ ἀπο- 5
λομένων, καὶ τὸ τελευταῖον Αἵμονος τοῦ Κρέοντος,
20 κηρύσσει Κρέων τῷ τὸ αἴνιγμα λύσοντι καὶ τὴν βασι-
λείαν καὶ τὴν Λαίου δώσειν γυναῖκα.   Οἰδίπους δὲ ‹
ἀκούσας ἔλυσεν, εἰπὼν τὸ αἴνιγμα τὸ ὑπὸ τῆς Σφιγγὸς

καὶ κελεύσαντος Α, conf. Comm. Ribb. p. 136   5. πλαταιέων
E: πλατυρίων E   6. μετοικέως E: μετοικεὺς Α   11. αἴνιγμα
E: αἰνίγματα Α   φίκιον *ΕΑ: Φίκιον edd., sed conf. Hes.
Scut. 33, Steph. Byz. s. v.   13. φωνήν Α (Asclepiad. ap. schol.
. Eurip. Phoen. 50, Ath. X p. 456 b, Anth. Pal XIV 64): μορφήν
ETzetz. Lycophr. 7 codd. Cis. et Vitt. 1 (Aristoph. arg. in Eurip.
Phoen.)   16. συνιόντες εἰς ταὐτὸ E: καὶ συνιόντες εἰς αὐτὸ Α
17. ἐζήτουν E: ἐζήτει Α   ἐπεὶ He.: ἐπὰν ΕΑ   εὔρισκον
ΕΑ: εὑρίσκοιεν Sommerus   18. ἁρπάσας Α ἁρπάζουσα E, corr.
Fab.   πολλῶν E: πολλάκις Α   ἀπολλομίνων E: ἀπολλυμί-
νων Α   20. λύσοντι ΕΑΖenob.: λύσαντι Hr.   21. ἔλυσεν
om. B   22a. τὸ αἴνιγμα — λεγόμενον ΕΑ, del. Hr.

λεγόμενον ἄνθρωπον εἶναι· γίνεσθαι γὰρ τετράπουν
βρέφος ὄντα τοῖς τέτταρσιν ὀχούμενον κώλοις, τελειού-
μενον δὲ δίπουν, γηρῶντα δὲ τρίτην προσλαμβάνειν
.7 βάσιν τὸ βάκτρον. ἡ μὲν οὖν Σφὶγξ ἀπὸ τῆς ἀκρο- 54
πόλεως ἑαυτὴν ἔρριψεν, Οἰδίπους δὲ καὶ τὴν βασιλείαν ε
παρέλαβε καὶ τὴν μητέρα ἔγημεν ἀγνοῶν, καὶ παῖδας
ἐτέκνωσεν ἐξ αὐτῆς Πολυνείκην καὶ Ἐτεοκλέα, θυγα- ·
τέρας δὲ Ἰσμήνην καὶ Ἀντιγόνην. εἰσὶ δὲ οἳ γεννη-
θῆναι τὰ τέκνα φασὶν ἐξ Εὐρυγανείας αὐτῷ τῆς Ὑπέρ-
9 φαντος. φανέντων δὲ ὕστερον τῶν λανθανόντων, 55
Ἰοκάστη μὲν ἐξ ἀγχόνης ἑαυτὴν ἀνήρτησεν, Οἰδίπους
δὲ τὰς ὄψεις τυφλώσας ἐκ Θηβῶν ἠλαύνετο, ἀρὰς τοῖς
παισὶ θέμενος, οἳ τῆς πόλεως αὐτὸν ἐκβαλλόμενον
ε θεωροῦντες οὐκ ἐπήμυναν. παραγενόμενος δὲ σὺν
Ἀντιγόνῃ τῆς Ἀττικῆς εἰς Κολωνόν, ἔνθα τὸ τῶν 15
Εὐμενίδων ἐστὶ τέμενος, καθίζει ἱκέτης, προσδεχθεὶς
ὑπὸ Θησέως, καὶ μετ' οὐ πολὺν χρόνον ἀπέθανεν.

6 Ἐτεοκλῆς δὲ καὶ Πολυνείκης περὶ τῆς βασιλείας 67
συντίθενται πρὸς ἀλλήλους, καὶ αὐτοῖς δοκεῖ τὸν ἕτε-
ρον παρ' ἐνιαυτὸν ἄρχειν. τινὲς μὲν οὖν λέγουσι πρῶ- ю
τον ἄρξαντα Πολυνείκη παραδοῦναι μετ' ἐνιαυτὸν τὴν
βασιλείαν Ἐτεοκλεῖ, τινὲς δὲ πρῶτον Ἐτεοκλέα ἄρξαντα
ε μὴ βούλεσθαι παραδοῦναι τὴν βασιλείαν. φυγαδευθεὶς 48
οὖν Πολυνείκης ἐκ Θηβῶν ἧκεν εἰς Ἄργος, τόν τε

1. γίνεσθαι *E: γεννᾶσθαι A   2. ὄντα * add. E   τέσ-
σαρσιν E   5. δὲ *E: δὲ τὸν ἄνθρωπον A   6. παῖδας ⟨μὲν⟩ Hr.
7. πολυνείκην *EZenob.: πολυνείκη A   9. εὐρυγανείας A,
corr. Hr.   αὐτῶν A, om. Aeg., corr. Westermannus   Ὑπέρ-
φαντος Aeg.: τιφθραντος A (conf. E. Bethe, Theb* Holdenl.
p. 24 adn.)   17. καὶ ante προσδεχθεὶς transpos. Mendelssoh-
nius Act. soc. phil. Lips. IV p. 334   18. ἐτεοκλέα B   21. ἄρ-
ξαντος Πολυνείκους A, corr. Hr.   22. ἐτεοκλέους ἄρξαντος A
Zenob. I 30, corr. Fab.

ὅρμον καὶ τὸν πέπλον ἔχων. ἐβασίλευε δὲ Ἄργους
Ἄδραστος ὁ Ταλαοῦ· καὶ τοῖς τούτου βασιλείοις νύκτωρ
προσπελάζει, καὶ συνάπτει μάχην Τυδεῖ τῷ Οἰνέως
50 φεύγοντι Καλυδῶνα. γινομένης δὲ ἐξαίφνης βοῆς ἐπι- 2
5 φανεὶς Ἄδραστος διέλυσεν αὐτούς, καὶ μάντεώς τινος
ὑπομνησθεὶς λέγοντος αὐτῷ κάπρῳ καὶ λέοντι συζεῦξαι
· τὰς θυγατέρας, ἀμφοτέρους εἵλετο νυμφίους· εἶχον γὰρ
ἐπὶ τῶν ἀσπίδων ὁ μὲν κάπρου προτομὴν ὁ δὲ λέον-
τος. γαμεῖ δὲ Δηιπύλην μὲν Τυδεὺς Ἀργείην δὲ Πολυ- ι
10 νείκης, καὶ αὐτοὺς Ἄδραστος ἀμφοτέρους εἰς τὰς
πατρίδας ὑπέσχετο κατάξειν. καὶ πρῶτον ἐπὶ Θήβας
ἔσπευδε στρατεύεσθαι, καὶ τοὺς ἀριστέας συνήθροιζεν.
60　Ἀμφιάραος δὲ ὁ Οἰκλέους, μάντις ὢν καὶ προειδὼς 2
ὅτι δεῖ πάντας τοὺς στρατευσαμένους χωρὶς Ἀδράστου
15 τελευτῆσαι, αὐτός τε ὤκνει στρατεύεσθαι καὶ τοὺς λοι-
ποὺς ἀπέτρεπε. Πολυνείκης δὲ ἀφικόμενος πρὸς Ἶφιν ι
τὸν Ἀλέκτορος ἠξίου μαθεῖν πῶς ἂν Ἀμφιάραος ἀναγ-
κασθείη στρατεύεσθαι· ὁ δὲ εἶπεν εἰ λάβοι τὸν ὅρμον
61 Ἐριφύλη. Ἀμφιάραος μὲν οὖν ἀπεῖπεν Ἐριφύλῃ παρά 3
20 Πολυνείκους δῶρα λαμβάνειν, Πολυνείκης δὲ δοὺς αὐ-
τῇ τὸν ὅρμον ἠξίου τὸν Ἀμφιάραον πεῖσαι στρατεύειν.
ἦν γὰρ ἐπὶ ταύτῃ· γινομένης γὰρ †αὐτῆς πρὸς Ἄδρα- ι
στον, διαλυσάμενος ὤμοσε, περὶ ὧν ⟨ἂν⟩ Ἀδράστῳ

---

4. Καλυδῶνα] ἐκ Καλυδῶνος δι᾿ ὃν εἰργάσατο φόνον Zenob.
13. Ὀικλέους Α, corr. Aeg.　32. ταύτης Α, corr. He.
αὐτῆς Α: ὀργῆς Gal., αἰτίας Emperius, αὐτῷ μάχης He. Br.,
αὐτῷ διαφορᾶς Hr., lacunam post αὐτῆς indicavit Schwenckius
Mus. Rhen. XIII p. 145; conf. Asclepiad. ap. schol. Hom. l 326:
διενεχθεὶς ὑπέρ τινων πρὸς Ἄδραστον, καὶ πάλιν διαλυθεὶς ὁρ-
κούμενος (l. ὁρκούμενοι) ὡμολόγησαν ὑπὲρ ὧν ἂν διαφέρωνται
πρὸς ἀλλήλους αὐτός τε καὶ Ἄδραστος ἐπιτρέπειν Ἐριφύλην (l.
Ἐριφύλῃ) κρίνειν　23. ἂν add. Br.　ἄδραστος Α, corr.
Emperius

δ διαφέρηται, διακρίνειν Ἐριφύλῃ συγχωρῆσαι. ὅτε οὖν 62
ἐπὶ Θήβας ἔδει στρατεύειν, Ἀδράστου μὲν παρακαλοῦν-
τος Ἀμφιαράου δὲ ἀποτρέποντος, Ἐριφύλη τὸν ὅρμον
4 λαβοῦσα ἔπεισεν αὐτὸν σὺν Ἀδράστῳ στρατεύειν. Ἀμ-
φιάραος δὲ ἀνάγκην ἔχων στρατεύεσθαι τοῖς παισὶν 5
ἐντολὰς ἔδωκε τελειωθεῖσι τήν τε μητέρα κτείνειν καὶ
ἐπὶ Θήβας στρατεύειν.

3   Ἄδραστος δὲ συναθροίσας ⟨στρατὸν⟩ σὺν ἡγεμό- 63
σιν ἑπτὰ πολεμεῖν ἐσκευδε Θήβας. οἱ δὲ ἡγεμόνες
ἦσαν οἵδε· Ἄδραστος Ταλαοῦ, Ἀμφιάραος Οἰκλέους, 10
Καπανεὺς Ἱππονόου, Ἱππομέδων Ἀριστομάχου, οἱ δὲ
2 λέγουσι Ταλαοῦ. οὗτοι μὲν ἐξ Ἄργους, Πολυνείκης
⟨δὲ⟩ Οἰδίποδος ἐκ Θηβῶν, Τυδεὺς Οἰνέως Αἰτωλός,
Παρθενοπαῖος Μελανίωνος Ἀρκάς. τινὲς δὲ Τυδέα
μὲν καὶ Πολυνείκην οὐ καταριθμοῦσι, συγκαταλέγουσι 15
δὲ τοῖς ἑπτὰ Ἐτέοκλον Ἴφιος καὶ Μηκιστέα.

4   παραγενόμενοι δὲ εἰς Νεμέαν, ἧς ἐβασίλευε Λυ- 64
κοῦργος, ἐζήτουν ὕδωρ. καὶ αὐτοῖς ἡγήσατο τῆς ἐπὶ
κρήνην ὁδοῦ Ὑψιπύλη, νήπιον παῖδα ὄντα Ὀφέλτην
ἀπολιποῦσα, ὃν ἔτρεφεν Εὐρυδίκης ὄντα καὶ Λυκούρ- 20
2 γου. αἰσθόμεναι γὰρ αἱ Λήμνιαι ὕστερον Θόαντα σε- 65
σωσμένον ἐκεῖνον μὲν ἔκτειναν, τὴν δὲ Ὑψιπύλην ἀπ-
ημπόλησαν· διὸ πραθεῖσα ἐλάτρευε παρὰ Λυκούργῳ.
deικνυούσης δὲ τὴν κρήνην, ὁ παῖς ἀπολειφθεὶς ὑπὸ
3 δράκοντος διαφθείρεται. τὸν μὲν οὖν δράκοντα ἐπι- 25

1.' Ἐριφύλῃ V: Ἐριφύλην A   4. αὐτὸν σὺν Ἀδράστῳ *
scripsi: τὸν ὁ Ἄδραστον PRᵇ τὸν ἀδρασὸν Rᶜ τῷ ἀδράστῳ C;
τὸν ἄνδρα Com., τὸν Ἀμφιάραον Clavierius 8. στρατὸν add.
He.   10. Οἰκλίους A   13. δὲ add. Br.   16. Ἴφιος A, corr.
Gal.   19. Ὑψιπέλη] ἥτις add. A, del. Com.   ὄντα del. Hr.
22. ἀπεμπόλησαν A, corr. Hr.   23. πραφεῖσα Γ' ερα-
φεῖσα A, corr. He.   24. ἀπολειφθεὶς del. Hr.

φανέντες οἱ μετὰ Ἀδράστου κτείνουσι, τὸν δὲ παῖδα
86 θάπτουσιν. Ἀμφιάραος δὲ εἶπεν ἐκείνοις τὸ σημεῖον
τὰ μέλλοντα προμαντεύεσθαι· τὸν δὲ παῖδα Ἀρχέμορον
ἐκάλεσαν. οἱ δὲ ἔθεσαν ἐπ᾽ αὐτῷ τὸν τῶν Νεμέων 4
5 ἀγῶνα, καὶ ἵππῳ μὲν ἐνίκησεν Ἄδραστος, σταδίῳ δὲ
Ἐτέοκλος, πυγμῇ Τυδεύς, ἅλματι καὶ δίσκῳ Ἀμφιάραος,
ἀκοντίῳ Λαόδοκος, πάλῃ Πολυνείκης, τόξῳ Παρθενο-
παῖος.

67   ὡς δὲ ἦλθον εἰς τὸν Κιθαιρῶνα, πέμπουσι Τυδέα 5
· 10 προεροῦντα Ἐτεοκλεῖ τὴν βασιλείαν παραχωρεῖν Πολυ-
νείκει, καθὰ συνέθεντο. μὴ προσέχοντος δὲ Ἐτεοκλέ-
ους, διάπειραν τῶν Θηβαίων Τυδεὺς ποιούμενος, καθ᾽
ἕνα προκαλούμενος πάντων περιεγένετο. οἱ δὲ πεντή- 2
κοντα ἄνδρας ὁπλίσαντες ἀπιόντα ἐνήδρευσαν αὐτόν·
15 πάντας δὲ αὐτοὺς χωρὶς Μαίονος ἀπέκτεινε, κἄπειτα
ἐπὶ τὸ στρατόπεδον ἦλθεν.

68   Ἀργεῖοι δὲ καθοπλισθέντες προσῄεσαν τοῖς τείχεσι, 6
καὶ πυλῶν ἑπτὰ οὐσῶν Ἄδραστος μὲν παρὰ τὰς Ὁμο-
λωΐδας πύλας ἔστη, Καπανεὺς δὲ παρὰ τὰς Ὠγυγίας,
20 Ἀμφιάραος δὲ παρὰ τὰς Προιτίδας, Ἱππομέδων δὲ παρὰ
τὰς Ὀγκαΐδας, Πολυνείκης δὲ παρὰ τὰς Ὑψίστας, Παρ-
θενοπαῖος ⟨δὲ⟩ παρὰ τὰς Ἠλέκτρας, Τυδεὺς δὲ παρὰ
69 τὰς Κρηνίδας. καθώπλισε δὲ καὶ Ἐτεοκλῆς Θηβαίους, 7
. καὶ καταστήσας ἡγεμόνας ἴσους ἴσοις ἔταξε, καὶ πῶς
25 ἂν περιγένοιντο τῶν πολεμίων ἐμαντεύετο. ἦν δὲ 7
παρὰ Θηβαίοις μάντις Τειρεσίας Εὐήρους καὶ Χαρι-

2. τὸ σημεῖον] τῷ add. A, del. He.; τὸ σημεῖον ⟨τοῦτο⟩ Fab.
4. ἐκάλεσεν Hr.   5. ἅρματι A, corr. Valckenarius   7. Λαό-
δοκος] non commemoratur in catalogo III 63   9. πέμπουσι] incip.
R fol. 19ᵛ   10. τῆς βασιλείας Hr.   15. μαίονος A, corr. Aeg.
16. ἦλθεν R: ἦλθον A   21. Ὀγκαΐδας Aeg.: ὀγνηίδας A (Νηΐστας Un-
gerus) δὲ add. He.   24. ἴσοις om. B   26. χαριχλοῦ R: χαρικλέους A

κλοῦς νύμφης, ἀπὸ γένους Οὐδαίου τοῦ Σπαρτοῦ, γενό-
μενος τυφλὸς τὰς ὁράσεις. οὐ περὶ τῆς πηρώσεως καὶ
ᵡ τῆς μαντικῆς λέγονται λόγοι διάφοροι. ἄλλοι μὲν γὰρ 70
αὐτὸν ὑπὸ θεῶν φασι τυφλωθῆναι, ὅτι τοῖς ἀνθρώ-
ποις ἃ κρύπτειν ἤθελον ἐμήνυε, Φερεκύδης δὲ ὑπὸ ₅
Ἀθηνᾶς αὐτὸν τυφλωθῆναι· οὖσαν γὰρ τὴν Χαρικλὼ
ₑ προσφιλῆ τῇ Ἀθηνᾷ... γυμνὴν ἐπὶ πάντα ἰδεῖν, τὴν
δὲ ταῖς χερσὶ τοὺς ὀφθαλμοὺς αὐτοῦ καταλαβομένην
πηρὸν ποιῆσαι, Χαρικλοῦς δὲ δεομένης ἀποκαταστῆσαι
πάλιν τὰς ὁράσεις, μὴ δυναμένην τοῦτο ποιῆσαι, τὰς ₁₀
ἀκοὰς διακαθάρασαν πᾶσαν ὀρνίθων φωνὴν ποιῆσαι
συνεῖναι, καὶ σκῆπτρον αὐτῷ δωρήσασθαι κράνειον, ὃ
ₑ φέρων ὁμοίως τοῖς βλέπουσιν ἐβάδιζεν. Ἡσίοδος δὲ 71
φησιν ὅτι θεασάμενος περὶ Κυλλήνην ὄφεις συνουσιά-
ζοντας καὶ τούτους τρώσας ἐγένετο ἐξ ἀνδρὸς γυνή, ₁₅
πάλιν δὲ τοὺς αὐτοὺς ὄφεις παρατηρήσας συνουσιά-
ₑ ζοντας ἐγένετο ἀνήρ. διόπερ Ἥρα καὶ Ζεὺς ἀμφισβη-
τοῦντες πότερον τὰς γυναῖκας ἢ τοὺς ἄνδρας ἥδεσθαι
μᾶλλον ἐν ταῖς συνουσίαις συμβαίνοι, τοῦτον ἀνέκρι-
ναν. ὁ δὲ ἔφη δέκα μοιρῶν περὶ τὰς συνουσίας οὐσῶν 72
τὴν μὲν μίαν ἄνδρας ἥδεσθαι, τὰς δὲ ἐννέα γυναῖκας.

---

3. τῆς *A. om. edd. recc.   6. Pherecyd. frg. 50   7. la-
cunam indic. Hr.   ἐπὶ πάντα A: ἐπιστάντα vel ἐπιβάντα Gal.
    8. τοὺς ὀφθαλμοὺς del. Müllerus   αὐτῆς Bᵃᶜ Lᵀ   τὸν
ὀφθαλμὸν αὐτοῦ λαβομένην Hr.   11. διακαθάρας ἅπασαν A,
corr. Fab, He.   12. συνιέναι PRᵉ in marg.   κράτιστον Aeg.:
χνάτιον FA   13. ἐβάδιζε] huc verba ἐγίνετο δὲ καὶ πο-
λυχρόνιος ex p. 128, 6 revocanda esse conieceris ex Callim. lav.
Pall. 128: δώσω καὶ βιότα τέρμα πολυχρόνιον Hesiod. frg.
190 Rz.   15. ἀνδρὸς E: ἀνδρῶν A   19. ἀνέκριναν A, corr. He.
    20 s. δέκα... τὴν μὲν μίαν... τὰς δὲ ἐννέα Barthius: δι-
κατεντία... τὰς μὲν ἐννέα... τὰς δὲ δέκα A, quod non libra-
riorum, sed ipsius auctoris erratum esse statuit O. Immisch Mus.
Rhen. XLVI p. 513 s.

ὅθεν Ἥρα μὲν αὐτὸν ἐτύφλωσε, Ζεὺς δὲ τὴν μαντικὴν ᾳ
αὐτῷ ἔδωκεν.

[τὸ ὑπὸ Τειρεσίου λεχθὲν πρὸς Δία καὶ Ἥραν·
οἵην μὲν μοῖραν δέκα μοιρῶν τέρπεται ἀνήρ,
ᵤ   τὰς δὲ δέκ' ἐμπίπλησι γυνὴ τέρπουσα νόημα.]
ἐγένετο δὲ καὶ πολυχρόνιος.

7₂   οὗτος οὖν Θηβαίοις μαντευομένοις εἶπε νικήσειν, ᵧ
ἰὰν Μενοικεὺς ὁ Κρέοντος Ἄρει σφάγιον αὐτὸν ἐπιδῷ.
τοῦτο ἀκούσας Μενοικεὺς ὁ Κρέοντος ἑαυτὸν πρὸ τῶν
₁₀ πυλῶν ἔσφαξε. μάχης δὲ γενομένης οἱ Καδμεῖοι μέχρι ᵦ
τῶν τειχῶν συνεδιώχθησαν, καὶ Καπανεὺς ἁρπάσας
κλίμακα ἐπὶ τὰ τείχη δι' αὐτῆς ἀνῄει, καὶ Ζεὺς αὐτὸν
7₄ κεραυνοῖ. τούτου δὲ γενομένου τροπὴ τῶν Ἀργείων ᵦ
γίνεται. ὡς δὲ ἀπώλλυντο πολλοί, δόξαν ἑκατέροις τοῖς
₁₅ στρατεύμασιν Ἐτεοκλῆς καὶ Πολυνείκης περὶ τῆς βασι-
λείας μονομαχοῦσι, καὶ κτείνουσιν ἀλλήλους. καρτερᾶς ᵧ
δὲ πάλιν γενομένης μάχης οἱ Ἀστακοῦ παῖδες ἠρίστευ-
σαν· Ἴσμαρος μὲν γὰρ Ἱππομέδοντα ἀπέκτεινε, Λειάδης
7₅ δὲ Ἐτέοκλον, Ἀμφίδικος δὲ Παρθενοπαῖον. ὡς δὲ
₂₀ Εὐριπίδης φησί, Παρθενοπαῖον ὁ Ποσειδῶνος παῖς
Περικλύμενος ἀπέκτεινε. Μελάνιππος δὲ ὁ λοιπὸς τῶν

1. τὴν *A, om. odd. rocc.   2 ss. versus recto a Fabro se-
clusi repetuntur schol. QH Hom. x 494, Tzetz. Lycophr. 683; al-
terum recensionem servavit schol. Ambr. Lycophr. 683:
ὄντια μὲν μοῖρας δεκάτην δέ τι [μοῖραν] τέρπεται ἀνήρ,
τὰς δέκα δ' ἐμπίπλησι γυνὴ τέρπουσα ῥόημα.
conf. Kroehium et Immischium l. l.   4. μοῖραν * schol. Hom.
Tzetz.: μοῖραν A   μοιρίων Meinekius   5. δὲ δέκ' A: δέκα
δ' reliqui   ἐμπίπλησι *A reliqui: ἐμπίμπλησι cdd.   νόημα re-
liqui Aeg.: νοήματα A   6. ἐγένετο δὲ καὶ πολυχρόνιος del. Hr.,
sed conf. schol. Lycophr. et Tzetz. (v. adn. p. 127, 13)   7. μαν-
τευόμενος A, corr. He.   13. τρόπαιον A, corr. He.   17. Ἀστα-
κοῦ Aeg.: ἀστνάγους A   18. Λειάδης] Λέβης ex schol. Hom.
Z 396 propos. Hr.   20. Earip. Phoen. 1157

Ἀστακοῦ παίδων εἰς τὴν γαστέρα Τυδέα τιτρώσκει.
3 ἡμιθνῆτος δὲ αὐτοῦ κειμένου παρὰ Διὸς αἰτησαμένη
Ἀθηνᾶ φάρμακον ἤνεγκε, δι᾽ οὗ ποιεῖν ἔμελλεν ἀθά-
νατον αὐτόν. Ἀμφιάραος δὲ αἰσθόμενος τοῦτο, μισῶν 76
Τυδέα ὅτι παρὰ τὴν ἐκείνου γνώμην εἰς Θήβας ἔπεισε 5
τοὺς Ἀργείους στρατεύεσθαι, τὴν Μελανίππου κεφαλὴν
ἀποτεμὼν ἔδωκεν αὐτῷ (τιτρωσκόμενος δὲ Τυδεὺς
ἔκτεινεν αὐτόν). ὁ δὲ διελὼν τὸν ἐγκέφαλον ἐξερρό-
φησεν. ὡς δὲ εἶδεν Ἀθηνᾶ, μυσαχθεῖσα τὴν εὐεργεσίαν
4 ἐπέσχε τε καὶ ἐφθόνησεν. Ἀμφιαράῳ δὲ φεύγοντι παρὰ 77
ποταμὸν Ἰσμηνόν, πρὶν ὑπὸ Περικλυμένου τὰ νῶτα
τρωθῇ, Ζεὺς κεραυνὸν βαλὼν τὴν γῆν διέστησεν. ὁ
δὲ σὺν τῷ ἅρματι καὶ τῷ ἡνιόχῳ Βάτωνι, ὡς δὲ ἔνιοι
Ἐλάτωνι, ἐκρύφθη, καὶ Ζεὺς ἀθάνατον αὐτὸν ἐποίησεν.
5 Ἄδραστον δὲ μόνον ἵππος διέσωσεν Ἀρείων· τοῦτον 15
ἐκ Ποσειδῶνος ἐγέννησε Δημήτηρ εἰκασθεῖσα Ἐρινύι
κατὰ τὴν συνουσίαν.

7   Κρέων δὲ τὴν Θηβαίων βασιλείαν παραλαβὼν τοὺς 78
τῶν Ἀργείων νεκροὺς ἔρριψεν ἀτάφους, καὶ κηρύξας
μηδένα θάπτειν φύλακας κατέστησεν. Ἀντιγόνη δέ, 20
μία τῶν Οἰδίποδος θυγατέρων, κρύφα τὸ Πολυνείκους
σῶμα κλέψασα ἔθαψε, καὶ φωραθεῖσα ὑπὸ Κρέοντος

1. Ἀστακοῦ Westermannus: ἀστυάγους A   εἰς τὴν γα-
στέρα *A, om. odd. recc.   5. ἐπὶ Θήβας Hr.   7 s. τιτρω-
σκόμενος — αὐτὸν del. He.   7. δὲ A: γὰρ Barthius   8. post
ἐξερόφησεν (sic A) αὐτὸν add. A, del. He.   11. Ἰσμηνὸν R: Ἰσα-
δηνὸν R* Ἰωδηνὸν B Ἰδηνὸν C   11 s. ad verba πρὶν — τρωθῇ
Pind. Nem. IX 26 excitat M. Mayer Herm. XX p. 112 adu.

12. τρωθῆναι Hr.   14. Ἐλάττᾳ R Ἐλάττωνι *R*: Μάττωνον B
Ἐλάττω C; Ἐλάτῳ L. Dindorfius   ἔπω B ἐποίη R*: ἐκεῖσε A
15. Ἄδραστον — Ἀρείων] versum latere censet Westerman-
nus   ἀρίων A, corr. Gal. (conf. Eustath. Hom. Ψ 346)
16. Ἐρινύι RR*

Apollod. Bibl. ed. Wagner   9

7 αὐτοῦ τῷ τάφῳ ζῶσα ἐνεκρύφθη. Ἄδραστος δὲ εἰς =
Ἀθήνας ἀφικόμενος ἐπὶ τὸν ἐλέου βωμὸν κατέφυγε,
καὶ ἱκετηρίαν θεὶς ἠξίου θάπτειν τοὺς νεκρούς. οἱ δὲ
Ἀθηναῖοι μετὰ Θησέως στρατεύσαντες αἱροῦσι Θήβας
5 καὶ τοὺς νεκροὺς τοῖς οἰκείοις διδόασι θάψαι. τῆς ι
Καπανέως δὲ καιομένης πυρᾶς, Εὐάδνη, ἡ Καπανέως
μὲν γυνὴ θυγάτηρ δὲ Ἴφιος, ἑαυτὴν ἐμβαλοῦσα συγ-
κατεκαίετο.

8   μετὰ δὲ ἔτη δέκα οἱ τῶν ἀπολομένων παῖδες, κλη- 2
10 θέντες ἐπίγονοι, στρατεύειν ἐπὶ Θήβας προρρούντο,
τὸν τῶν πατέρων θάνατον τιμωρήσασθαι βουλόμενοι.
καὶ μαντευομένοις αὐτοῖς ὁ θεὸς ἐθέσπισε νίκην Ἀλ-
81 κμαίωνος ἡγουμένου. ὁ μὲν οὖν Ἀλκμαίων ἡγεῖσθαι =
τῆς στρατείας οὐ βουλόμενος πρὶν τίσασθαι τὴν μη-
15 τέρα, ὅμως στρατεύεται· λαβοῦσα γὰρ Ἐριφύλη παρὰ
Θερσάνδρου τοῦ Πολυνείκους τὸν πέπλον συνέπεισε
καὶ τοὺς παῖδας στρατεύεσθαι. οἱ δὲ ἡγεμόνα Ἀλκμαί- ι
82 ωνα ἑλόμενοι Θήβας ἐπολέμουν. ἦσαν δὲ οἱ στρατευό-
μενοι οἵδε· Ἀλκμαίων καὶ Ἀμφίλοχος Ἀμφιαράου.
20 Αἰγιαλεὺς Ἀδράστου, Διομήδης Τυδέως, Πρόμαχος
Παρθενοπαίου, Σθένελος Καπανέως, Θέρσανδρος Πο-
82 λυνείκους, Εὐρύαλος Μηκιστέως. οὗτοι πρῶτον μὲν 8
πορθοῦσι τὰς πέριξ κώμας, ἔπειτα τῶν Θηβαίων ἐπελ-
θόντων Λαοδάμαντος τοῦ Ἐτεοκλέους ἡγουμένου γεν-

1. πότ' *R: αὕτὴς A (αὐτὴν τῷ del. Hr.)   ζῶσα R:
ζῶσαν A   ἐνεκρύφθη (-φθη difficile lecta) R: ἐνεκρέφω R^A B
ἐνεκρέψατο R^c in marg., C   Ἄδραστος] B fol. 19^v   6. κα-
πανίως δὲ^•A: δὲ καπανίως edd.   ἐκάθη R: ἐκαίετη A
7. βαλοῦσα A Zenob. 1 30, corr. He.   συγκατεκαίθη Zenob. Hr.
9. ἀπολλομένων R R^A C: ἀπολλυμένων B   13. ἀλκμαίων
ἡγούμενος A, corr. Aeg.   14. πρὶν — μητέρα del. He.
16. τὸν R O R^a: καὶ τὸν B C (ἴσως τόν τε ὅρμον V man. 2 in marg.)
18. Θήβας Fab.   22. εὐρύαλος A, corr. Hz. (conf. 1 103)

ναίως μάχονται. καὶ Λαοδάμας μὲν Αἰγιαλέα κτείνει,
1 Λαοδάμαντα δὲ 'Αλκμαίων. καὶ μετὰ τὸν τούτου θά-
νατον· Θηβαῖοι συμφεύγουσιν εἰς τὰ τείχη. Τειρεσίου 84
δὲ εἰπόντος αὐτοῖς πρὸς μὲν 'Αργείους κήρυκα περὶ
διαλύσεως ἀποστέλλειν, αὐτοὺς δὲ φεύγειν, πρὸς μὲν 5
τοὺς πολεμίους κήρυκα πέμπουσιν, αὐτοὶ δὲ ἀναβιβά-
σαντες ἐπὶ τὰς ἀπήνας τέκνα καὶ γυναῖκας ἐκ τῆς πό-
3 λεως ἔφευγον. νύκτωρ δὲ ἐπὶ τὴν λεγομένην Τιλ-
φούσσαν κρήνην παραγενομένων αὐτῶν, Τειρεσίας ἀπὸ
ταύτης πιὼν αὐτοῦ τὸν βίον κατέστρεψε. Θηβαῖοι δὲ 85
ἐπὶ πολὺ διελθόντες, πόλιν 'Εστιαίαν κτίσαντες κατῴ-
4 κησαν. 'Αργεῖοι δὲ ὕστερον τὸν δρασμὸν τῶν Θηβαίων
μαθόντες εἰσίασιν εἰς τὴν πόλιν, καὶ συναθροίζουσι
τὴν λείαν, καὶ καθαιροῦσι τὰ τείχη. τῆς δὲ λείας μέρος
εἰς Δελφοὺς πέμπουσιν 'Απόλλωνι καὶ τὴν Τειρεσίου 15
θυγατέρα Μαντώ· ηὔξαντο γὰρ αὐτῷ Θήβας ἑλόντες τὸ
κάλλιστον τῶν λαφύρων ἀναθήσειν.

5   μετὰ δὲ τὴν Θηβῶν ἅλωσιν αἰσθόμενος 'Αλκμαίων 86
καὶ ἐπ' αὐτῷ δῶρα εἰληφυῖαν 'Εριφύλην τὴν μητέρα
μᾶλλον ἠγανάκτησε, καὶ χρήσαντος 'Απόλλωνος αὐτῷ 20
τὴν μητέρα ἀπέκτεινεν. ἔνιοι μὲν λέγουσι σὺν 'Αμφι-
λόχῳ τῷ ἀδελφῷ κτεῖναι τὴν 'Εριφύλην, ἔνιοι δὲ ὅτι
1 μόνος. 'Αλκμαίωνα δὲ μετῆλθεν ἐρινὺς τοῦ μητρῴου 87
φόνου, καὶ μεμηνὼς πρῶτον μὲν εἰς 'Αρκαδίαν πρὸς
Ὀικλέα παραγίνεται, ἐκεῖθεν δὲ εἰς Ψωφῖδα πρὸς Φηγέα. 25
καθαρθεὶς δὲ ὑπ' αὐτοῦ 'Αρσινόην γαμεῖ τὴν τούτου

8. Τιλφοῦσσαν Aeg. He. (Τιλφῶσσα Herodian. ἐp. Steph.
Byz. s. v. Τίλφουσα): τραφονσίαν A   10. αὐτοῦ del. Hr.
18. Θηβαίων A, corr. He.   ἀλκαίων R Rᵃᵇᶜ ἀλκμαίων P
21. μὲν R: μὲr μᾶλλοr A (conf. praefat. de cod. Rᵇ   25. ἰοκλέα A
ψωφίδα A   26. αὐτ˙ R: αὐτῷ A

9*

θυγατέρα, καὶ τόν τε ὅρμον καὶ τὸν πέπλον ἔδωκε ταύτῃ.
88 γενομένης δὲ ὕστερον τῆς γῆς δι' αὐτὸν ἀφόρου, χρή- 2
σαντος αὐτῷ τοῦ θεοῦ πρὸς Ἀχελῷον ἀπιέναι καὶ παρ'
ἐκείνου πάλιν † διαλαμβάνειν, τὸ μὲν πρῶτον πρὸς
3 Οἰνέα παραγίνεται εἰς Καλυδῶνα καὶ ξενίζεται παρ'
αὐτοῦ, ἔπειτα ἀφικόμενος εἰς Θεσπρωτούς τῆς χώρας
ἀπελαύνεται. τελευταῖον δὲ ἐπὶ τὰς Ἀχελῷου πηγάς 4
παραγενόμενος καθαίρεταί τε ὑπ' αὐτοῦ καὶ τὴν ἐκεί-
νου θυγατέρα Καλλιρρόην λαμβάνει, καὶ ὃν Ἀχελῷος
89 προσέχωσε τόπον κτίσας κατῴκησε. Καλλιρρόης δὲ ὕστε- 5
ρον τόν τε ὅρμον καὶ τὸν πέπλον ἐπιθυμούσης λαβεῖν,
καὶ λεγούσης οὐ συνοικήσειν αὐτῷ εἰ μὴ λάβοι ταῦτα,
παραγενόμενος εἰς Ψωφῖδα Ἀλκμαίων Φηγεῖ λέγει τε-
θεσπίσθαι τῆς μανίας ἀπαλλαγὴν ἑαυτῷ, τὸν ὅρμον
15 ὅταν εἰς Δελφοὺς κομίσας ἀναθῇ καὶ τὸν πέπλον. ὁ
90 δὲ πιστεύσας δίδωσι· μηνύσαντος δὲ θεράποντος ὅτι 6
Καλλιρρόῃ ταῦτα λαβὼν ἐκόμιζεν, ἐνεδρευθεὶς ὑπὸ τῶν
Φηγέως παίδων ἐπιτάξαντος τοῦ Φηγέως ἀναιρεῖται.
Ἀρσινόην δὲ μεμφομένην οἱ τοῦ Φηγέως παῖδες ἐμβι-
20 βάσαντες εἰς λάρνακα κομίζουσιν εἰς Τεγέαν καὶ δι-
δόασι δούλην Ἀγαπήνορι, καταψευσάμενοι αὐτῆς τὸν
91 Ἀλκμαίωνος φόνον. Καλλιρρόη δὲ τὴν Ἀλκμαίωνος ἀπώ- 6
λειαν μαθοῦσα, πλησιάζοντος αὐτῇ τοῦ Διός, αἰτεῖται

3. αὐτ῀ RR·ʰ: αὐτοῦ A   4. ἐκεῖνον A, corr. Com.
πόλιν διαλαμβάνειν Aeg., πάλιν τοῦν ἀπολαμβάνειν He., παλιν-
δικίαν λαμβάνειν Br.; expectaveris πάλιν διαλλαγὰς λαμβάνειν
6. αὐτ῀ R: αὐτῶν A   8. αὐτ῀ R: αὐτῶν A   9 ss. καλ-
λιρρόην A   12. ταῦτα] διὸ add. A, del. He.   13. παραγενό-
μενος (Rⁱ): παραγινομένου A   φωφίδα A   14. ἑαντ῀ R:
ἑαυτοῦ A   14 s. τὸν ὅρμον ὅταν *A: ὅταν τὸν (τε add. Hr.)
ὅρμον Aeg.   20. τέγεαν A   20 s. διδόασι δούλην *R: δι-
δόασιν A (parva spatio relicto in Rⁿ)   21 s. τὸν ἀλκμαίωνος
αὐτῆς A, transpos. He.   22. Ἀλκμαίωνος] explic. R fol. 19ᵛ

τοὺς γεγενημένους παῖδας ἐξ Ἀλκμαίωνος αὐτῇ γενέ-
σθαι τελείους, ἵνα τὸν τοῦ πατρὸς τίσωνται φόνον. γε-
νόμενοι δὲ ἐξαίφνης οἱ παῖδες τέλειοι ἐπὶ τὴν ἐκδικίαν
τοῦ πατρὸς ἐξῄεσαν. κατὰ τὸν αὐτὸν δὲ καιρὸν οἵ τε 92
Φηγέως παῖδες Πρόνοος καὶ Ἀγήνωρ, εἰς Δελφοὺς κο- 5
μίζοντες ἀναθεῖναι τὸν ὅρμον καὶ τὸν πέπλον, κατα-
λύουσι πρὸς Ἀγαπήνορα, καὶ οἱ τοῦ Ἀλκμαίωνος παῖδες
Ἀμφότερός τε καὶ Ἀκαρνάν· καὶ ἀνελόντες τοὺς τοῦ
πατρὸς φονέας, παραγενόμενοί τε εἰς Ψωφῖδα καὶ παρ-
ελθόντες εἰς τὰ βασίλεια τόν τε Φηγέα καὶ τὴν γυναῖκα 10
αὐτοῦ κτείνουσι. διωχθέντες δὲ ἄχρι Τεγέας ἐπιβοηθη- 96
σάντων Τεγεατῶν καί τινων Ἀργείων ἐσώθησαν, εἰς
φυγὴν τῶν Ψωφιδίων τραπέντων. δηλώσαντες δὲ τῇ
μητρὶ ταῦτα, τόν τε ὅρμον καὶ τὸν πέπλον ἐλθόντες εἰς
Δελφοὺς ἀνέθεντο κατὰ πρόσταξιν Ἀχελῴου. πορευ- 15
θέντες δὲ εἰς τὴν Ἤπειρον συναθροίζουσιν οἰκήτορας
καὶ κτίζουσιν Ἀκαρνανίαν.

Εὐριπίδης δέ φησιν Ἀλκμαίωνα κατὰ τὸν τῆς μα- 94
νίας χρόνον ἐκ Μαντοῦς Τειρεσίου παῖδας δύο γεννῆ-
σαι, Ἀμφίλοχον καὶ θυγατέρα Τισιφόνην, κομίσαντα δὲ 20
εἰς Κόρινθον τὰ βρέφη δοῦναι τρέφειν Κορινθίων βα-
σιλεῖ Κρέοντι, καὶ τὴν μὲν Τισιφόνην διενεγκοῦσαν
εὐμορφίᾳ ὑπὸ τῆς Κρέοντος γυναικὸς ἀπεμποληθῆναι,
δεδοικυίας μὴ Κρέων αὐτὴν γαμετὴν ποιήσηται. τὸν 96
δὲ Ἀλκμαίωνα ἀγοράσαντα ταύτην ἔχειν οὐκ εἰδότα τὴν 25
ἑαυτοῦ θυγατέρα θεράπαιναν, παραγενόμενον δὲ εἰς
Κόρινθον ἐπὶ τὴν τῶν τέκνων ἀπαίτησιν καὶ τὸν υἱὸν

6 s. εἰς Δελφοὺς — πέπλον del. Πr.   9. ψωφίδα A
18. Euripides FTG. p. 380   20. κομισάντων PC   23. ἀπεμ-
πολεθῆναι R²: ἀπεμπολητθῆναι A

κομίσασθαι. καὶ Ἀμφίλοχος κατὰ χρησμοὺς Ἀπόλλωνος Ἀμφιλοχικὸν Ἄργος ᾤκισεν.

96 Ἐπανάγωμεν δὲ νῦν πάλιν ἐπὶ τὸν Πελασγόν, ὃν 8
Ἀκουσίλαος μὲν Διὸς λέγει καὶ Νιόβης, καθάπερ ὑπ-
a έθεμεν, Ἡσίοδος δὲ αὐτόχθονα. τούτου καὶ τῆς Ὠκεα-
νοῦ θυγατρὸς Μελιβοίας, ἢ καθάπερ ἄλλοι λέγουσι νύμ-
φης Κυλλήνης, παῖς Λυκάων ἐγένετο, ὃς βασιλεύων ᵗ
Ἀρκάδων ἐκ πολλῶν γυναικῶν πεντήκοντα παῖδας ἐγέν-
νησε· Μελαινέα Θεσπρωτὸν Ἕλικα Νύκτιμον Πευκέτιον,
97 Καύκωνα Μηκιστέα Ὁπλέα Μακαρέα Μάκεδνον, Ὅρον
Πόλιχον Ἀκόντην Εὐαίμονα Ἀγκύορα, Ἀρχεβάτην Καρ-
τέρωνα Αἰγαίωνα Πάλλαντα Εὔμονα, Κάνηθον Πρόθοον ᵗ
Λίνον Κορέθοντα Μαίναλον, Τηλεβόαν Φύσιον Φάσσον
Φθῖον Λύκιον, Ἁλίφηρον Γενέτορα Βουκολίωνα Σωκλέα
13 Φινέα, Εὐμήτην Ἀρπαλέα Πορθέα Πλάτωνα Αἴμονα, Κύ-
ναιθον Λέοντα Ἀρπάλυκον Ἡραιέα Τιτάναν, Μαντινέα
98 Κλείτορα Στύμφαλον Ὀρχομενόν... οὗτοι πάντας ἀν- ᵗ
θρώπους ὑπερέβαλλον ὑπερηφανίᾳ καὶ ἀσεβείᾳ. Ζεὺς δὲ

---

1. ἀνακομίσασθαι Hr.   2. ᾤκισεν * scripsi (ᾔκισεν Tzetz.
Lycophr. 980): ᾤκησεν A   3. Ἐπανάγων A, corr. Aeg.
4. Acusil, frg. 12   καθάπερ ὑπέθεμεν] ll 2   ἐπεθίμεθα Hr.
5. Hesiod. frg. 70 Bx   7. κυλήνης A   9 ss. Lycaonis
filiorum catalogus, partim descriptus a Tzetz. Lycophr. 481, longe
differt a Paus. VIII 3, 1 ss.   9. μάλλοντον Rᵃ μαίλαντον B μαίλαυ-
τον C (μίλητος vel μαίναλθος Tzetz. codd.): Μελαινέα * restitui
ex Paus. VIII 3, 3 et 26, 8; Μαίναλον Aeg., qui repetitur l. 13
Ἔλικαν ex Steph. Byz. s. v Ἕλιξ Hr.   10. Μακιστία
Hr.   Ὅρον] Οἰνωτρόν (Paus.) Hr.   11 s. Ἀγχίορα — Εὔμονα
om. Rᵇᵉ , 11. Ἀγκύορα] Ἀρχυαφόν Br.   12. πάλαντα A   Εὔ-
μονα del. Br.   13. Κορέθοντα] Ὀρεσθία (Paus.) Hr.
Μαίναλον del. Fab. (conf. l 9 adn.)   14. φθῖον A   Λύκιον]
Λύκον Tzetz.   15. ἱερέα A, ex Paus. corr. Aeg.   μαντίνουν
A, ex Paus. corr. Hr.   17. unum nomen deest   18. ὑπερ-
ίβαλλον E: ἐπεριβαλον A

■

αὐτῶν βουλόμενος τὴν ἀσέβειαν πειρᾶσαι εἰκασθεὶς ἀνδρὶ
⁵ χερνήτῃ παραγίνεται. οἱ δὲ αὐτὸν ἐπὶ ξενίᾳ καλέσαν-
τες, σφάξαντες ἕνα τῶν ἐπιχωρίων παῖδα, τοῖς ἱεροῖς
τὰ τούτου σπλάγχνα συναναμίξαντες παρέθεσαν, συμ-
βουλεύσαντος τοῦ πρεσβυτέρου ἀδελφοῦ Μαινάλου. ἱ
⁸ Ζεὺς δὲ ⟨μυσαχθεὶς⟩ τὴν μὲν τράπεζαν ἀνέτρεψεν, ἔνθα 99
νῦν Τραπεζοῦς καλεῖται ὁ τόπος, Λυκάονα δὲ καὶ τοὺς
τούτου παῖδας ἐκεραύνωσε, χωρὶς τοῦ νεωτάτου Νυκτί-
μου· φθάσασα γὰρ ἡ Γῆ καὶ τῆς δεξιᾶς τοῦ Διὸς ἐφα-
² ψαμένη τὴν ὀργὴν κατέπαυσε. Νυκτίμου δὲ τὴν βα- 10
σιλείαν παραλαβόντος ὁ ἐπὶ Δευκαλίωνος κατακλυσμὸς
ἐγένετο. τοῦτον ἔνιοι διὰ τὴν τῶν Λυκάονος παίδων
δυσσέβειαν εἶπον γεγενῆσθαι.

⁸ Εὔμηλος δὲ καί τινες ἕτεροι λέγουσι Λυκάονι καὶ 100
θυγατέρα Καλλιστὼ γενέσθαι· Ἡσίοδος μὲν γὰρ αὐτὴν 15
μίαν εἶναι τῶν νυμφῶν λέγει, Ἄσιος δὲ Νυκτέως, Φε-
³ ρεκύδης δὲ Κητέως. αὕτη σύνθηρος Ἀρτέμιδος οὖσα,
τὴν αὐτὴν ἐκείνῃ στολὴν φοροῦσα, ὤμοσεν αὐτῇ μεῖ-
ναι παρθένος. Ζεὺς δὲ ἐρασθεὶς ἀκούσῃ συνευνάζεται,
εἰκασθείς, ὡς μὲν ἔνιοι λέγουσιν, Ἀρτέμιδι, ὡς δὲ ἔνιοι, 20
⁴ Ἀπόλλωνι. βουλόμενος δὲ Ἥραν λαθεῖν εἰς ἄρκτον 101
μετεμόρφωσεν αὐτήν. Ἥρα δὲ ἔπεισεν Ἄρτεμιν ὡς
ἄγριον θηρίον κατατοξεῦσαι. εἰσὶ δὲ οἱ λέγοντες ὡς

2. παραγίνεται A] ἀετοῖς add. Tzetz.   ξενίᾳ A Tzetz.:
ξένια Hr.   6. μυσαχθεὶς * ex Tzetz. recepit Aeg (conf. [Era-
tosth.] Catast. 8, Hyg. fab. 176)   ἔνθεν Chr. G. Müllerus
9. φθάσασα *E: ἁπασχοῦσα A   Γῆ] τὰς χεῖρας ex Tzetz. add.
edd., om. EA (conf. Epit. Vat. p. 105)   14. Eumel. frg. 14 K.
ἕτεροι] ἄλλοι Bᵃ, non O   16. Hesiod. frg. om. Ruschius; conf.
Robertum in Eratosth. Catast. p. 238 et Prelleri myth. Gr. 1⁴
p. 304   16. Asii frg. 9 K.   Pherecyd. frg. 80   15. ἐκείνῃ E:
ἐκείνην A   σετ' O Bᵃ: αὐτοῦ A, del. Hr.   19. παρθένον A,
corr. Hr.   21. λαθεῖν E: λαθεῖν A

Ἄρτεμις αὐτὴν κατετόξευσεν ὅτι τὴν παρθενίαν οὐκ ἐφύλαξεν. ἀπολομένης δὲ Καλλιστοῦς Ζεὺς τὸ βρέφος ⁵ ἁρπάσας ἐν Ἀρκαδίᾳ δίδωσιν ἀνατρέφειν Μαίᾳ, προσαγορεύσας Ἀρκάδα· τὴν δὲ Καλλιστὼ καταστερίσας ⁵ ἐκάλεσεν ἄρκτον.

102 Ἀρκάδος δὲ καὶ Λεανείρας τῆς Ἀμύκλου ἢ Μεγα- 9 νείρας τῆς Κρόκωνος, ὡς δὲ Εὔμηλος λέγει, νύμφης Χρυσοπελείας, ἐγένοντο παῖδες Ἔλατος καὶ Ἀφείδας. οὗτοι τὴν γῆν ἐμερίσαντο, τὸ δὲ πᾶν κράτος εἶχεν Ἔλα-
10 τος, ὃς ἐκ Λαοδίκης τῆς Κινύρου Στύμφαλον καὶ Περέα τεκνοῖ, Ἀφείδας δὲ Ἀλεὸν καὶ Σθενέβοιαν, ἣν γαμεῖ Προῖτος. Ἀλεοῦ δὲ καὶ Νεαίρας τῆς Περέως θυγάτηρ ⁵
108 μὲν Αὔγη, υἱοὶ δὲ Κηφεὺς καὶ Λυκοῦργος. Αὔγη μὲν οὖν ὑφ' Ἡρακλέους φθαρεῖσα κατέκρυψε τὸ βρέφος ἐν
15 τῷ τεμένει τῆς Ἀθηνᾶς, ἧς εἶχε τὴν ἱερωσύνην. ἀκάρ- ⁵ που δὲ τῆς γῆς μενούσης, καὶ μηνυόντων τῶν χρησμῶν εἶναί τι ἐν τῷ τεμένει τῆς Ἀθηνᾶς δυσσέβημα, φωραθεῖσα ὑπὸ τοῦ πατρὸς παρεδόθη Ναυπλίῳ ἐπὶ θανάτῳ· παρ' οὗ Τεύθρας ὁ Μυσῶν δυνάστης παραλαβὼν αὐτὴν
104 ἔγημε. τὸ δὲ βρέφος ἐκτεθὲν ἐν ὄρει Παρθενίῳ θηλὴν ⁴ ὑποσχούσης ἐλάφου Τήλεφος ἐκλήθη, καὶ τραφεὶς ὑπὸ τῶν Κορύθου βουκόλων καὶ ζητήσας τοὺς γονέας ἧκεν εἰς Δελφούς, καὶ μαθὼν παρὰ τοῦ θεοῦ, παραγενόμε-

1. κατατοξεῦσαι B V   παρθέναν B παρθίνον Bᵃ
6. Λιαινείρας A   Μετανείρας C. Keilius in Passovii lexico
7. τῆς Πε.: τοῦ A   ·   Eumel. frg. 15 K.   8. Χρυσοπελείας
Tzetz. in Lycophr. 480 He.: χενσοπελίας A   Ἔλατος Tzetz. Aeg.:
Ἑλατος A   10. πειρέα A, ex Paus. VIII 4, 6 corr. Aeg.
11 ἀλεον A, corr. He. (conf. I 112, II 148)   12. ἀλέον A
πειρέως A   13. Αὔγη, Westermannus: αὔγη A   17. δυσ-
ίβημα A   20. ἔγημε Br.: ἐφθειρε A   22. Κορύθου ex
Diod. IV 33, 11 Aeg. He.: κόρινθον P κόρινθος A   23. παραγενομένου A, corr. He.

ρος εἰς Μυσίαν θετὸς παῖς Τευθραντος γίνεται· καὶ
τελευτῶντος αὐτοῦ διάδοχος τῆς δυναστείας γίνεται.

2 Λυκούργου δὲ καὶ Κλεοφύλης ἢ Εὐρυνόμης Ἀγκαῖος 105
καὶ Ἔποχος καὶ Ἀμφιδάμας καὶ Ἴασος. Ἀμφιδάμαντος
δὲ Μελανίων καὶ θυγάτηρ Ἀντιμάχη, ἣν Εὐρυσθεὺς ἔ-
γημεν. Ἰάσου δὲ καὶ Κλυμένης τῆς Μινύου Ἀταλάντη
ἐγένετο. ταύτης ὁ πατὴρ ἀρρένων παίδων ἐπιθυμῶν
ἐξέθηκεν αὐτήν, ἄρκτος δὲ φοιτῶσα πολλάκις θηλὴν
ἐδίδου, μέχρις οὗ εὑρόντες κυνηγοὶ παρ' ἑαυτοῖς ἀν-
έτρεφον. τελεία δὲ Ἀταλάντη γενομένη παρθένον ἑαυ- 106
τὴν ἐφύλαττε, καὶ θηρεύουσα ἐν ἐρημίᾳ καθωπλισμένη
διετέλει. βιάζεσθαι δὲ αὐτὴν ἐπιχειροῦντες Κένταυροι
Ῥοῖκός τε καὶ Ὕλαιος κατατοξευθέντες ὑπ' αὐτῆς ἀπέθα-
νον. παρεγένετο δὲ μετὰ τῶν ἀριστέων καὶ ἐπὶ τὸν
Καλυδώνιον κάπρον, καὶ ἐν τῷ ἐπὶ Πελίᾳ τεθέντι
5 ἀγῶνι ἐπάλαισε Πηλεῖ καὶ ἐνίκησεν. ἀνευροῦσα δὲ ὕστε- 107
ρον τοὺς γονέας, ὡς ὁ πατὴρ γαμεῖν αὐτὴν ἔπειθεν ἀπ-
ιοῦσα εἰς σταδιαῖον τόπον καὶ πήξασα μέσον σκόλοπα
τρίπηχυν, ἐντεῦθεν τῶν μνηστευομένων τοὺς δρόμους
προΐετο ἑτρόχαζε καθωπλισμένη· καὶ καταληφθέντι μὲν
αὐτοῦ θάνατος ὠφείλετο, μὴ καταληφθέντι δὲ γάμος.
6 ἤδη δὲ πολλῶν ἀπολομένων Μελανίων αὐτῆς ἐρασθεὶς 108

---

1. θεὸς P   1 s. καὶ — γίνεται om. C (in marg. add. V
man. 2)   2. γίνεται, quod del. Hr., retinui, puncto post ante-
cedens γίνεται posito   3. Κλεοφύλης *A: Κλιοφῦλης Aeg.
4. Ἴασος He.: Ἰδαῖος A   6 ὁ μίνωος E   7. ταύτης EA: τπό-
την He. deleto sequente αὐτήν   8. αὐτήν E: αὐτῆς A
9. κυνηγοὶ E: κυνηγὸν A   13. Ῥοῖχος] ye. ῥοῖχος R*P in
marg. man. 1: λίπος ER*B ἱπποφόργος C (conf. Epit. Vat. p. 108)
τε * add. ER*B   ὁλλαῖος EA   14. τῶν *] ἄλλων add.
add., om. EA   15. τεθέντι E: τιθέντι A   17. γαμεῖσθαι Hr.
20. προΐετσα EA, corr. He.   21. αὐτῷ EA, corr. Hr.
22. ἀπολλυμένων EA, corr. Br.   22 ss. μελανίων ER*

ἧκεν ἐπὶ τὸν δρόμον, χρύσεα μῆλα κομίζων παρ' Ἀφρο-
δίτης, καὶ διωκόμενος ταῦτα ἔρριπτεν. ἡ δὲ ἀναιρου-
μένη τὰ ῥιπτόμενα τὸν δρόμον ἐνικήθη. ἔγημεν οὖν
αὐτὴν Μελανίων. καὶ ποτε λέγεται [θηρεύοντας αὐ-
5 τοὺς εἰσελθεῖν εἰς τὸ τέμενος Διός, κἀκεῖ συνουσιάζον-
100 τας εἰς λέοντας ἀλλαγῆναι. Ἡσίοδος δὲ καί τινες ἔτεροι 7
τὴν Ἀταλάντην οὐκ Ἰάσου ἀλλὰ Σχοινέως εἶχον, Εὐρι-
πίδης δὲ Μαινάλου, καὶ τὸν γήμαντα αὐτὴν οὐ Μελα-
νίωνα ἀλλὰ Ἱππομένην. ἐγέννησε δὲ ἐκ Μελανίωνος
10 Ἀταλάντη ἢ Ἄρεος Παρθενοπαῖον, ὃς ἐπὶ Θήβας ἐστρα-
τεύσατο.

_____

110   Ἄτλαντος δὲ καὶ τῆς Ὠκεανοῦ Πληιόνης ἐγένοντο 10
θυγατέρες ἑπτὰ ἐν Κυλλήνῃ τῆς Ἀρκαδίας, αἱ Πληιά-
δες προσαγορευθεῖσαι, Ἀλκυόνη Μερόπη Κελαινὼ Ἠλέ-
15 κτρα Στερόπη Ταϋγέτη Μαῖα. τούτων Στερόπην μὲν 1
111 Οἰνόμαος ἔγημε, Σίσυφος ⟨δὲ⟩ Μερόπην. δυσὶ δὲ ἐμίχθη
Ποσειδῶν, πρώτῃ μὲν Κελαινοῖ, ἐξ ἧς Λύκος ἐγένετο,
ὃν Ποσειδῶν ἐν μακάρων ᾤκισε νήσοις, δευτέρα δὲ
Ἀλκυόνῃ, ἣ θυγατέρα μὲν ἐτέκνωσεν Αἴθουσαν τὴν
20 Ἀπόλλωνι Ἐλευθῆρα τεκοῦσαν, υἱοὺς δὲ Ὑριέα καὶ
Ὑπερήνορα. Ὑριέως μὲν οὖν καὶ Κλονίης νύμφης 5
Νυκτεύς καὶ Λύκος, Νυκτέως δὲ καὶ Πολυξοῦς Ἀν-

3. ῥιπτόμενα EL: ῥιπτοόμενα A   4. θηρεύοντας E: μή
θηρεύοντας R* O μή θηρεύοι τὰς B   6. λέοντας E: πλέοντας A
Hesiod. frg. 41 Rz.   7. Euripid. Phoen. 1162 (et schol. v. 150)
8. μειλίσοντα R* F   9. μειλίσγος R* B   10. ἢ Aeg.: καὶ A
14. προσαγορευόμεναι R*, non O   16. Σίσυφος] δὲ add. Br.
18. ᾤκησι A, corr. Fab.   19. ἣ ... ἐτέκνωσεν] ἐξ ἧς ...
ἐτέκνωσεν A. Ludwich Mus. Rhen. XXXVI p. 464 s. (conf. I 1
et III 15)   20. τεκοῦσαν] καλλίστην add. A, del. Fab.
20 s. ἱερέα ... ἱερέως A, corr. Aeg. He.   21. ὑπερηνορία A
Ὑριέως] Nycteus Chthonii filius est III 40   22. Ἀντιόπτ,
om. B

τιόπη, Ἀντιόπης δὲ καὶ Διὸς Ζῆθος καὶ Ἀμφίων. ταῖς
δὲ λοιπαῖς Ἀτλαντίσι Ζεὺς συνουσιάζει.

2 Μαῖα μὲν οὖν ἡ πρεσβυτάτη Διὶ συνελθοῦσα ἐν 112
ἄντρῳ τῆς Κυλλήνης Ἑρμῆν τίκτει. οὗτος ἐν πρώτοις
⟨σπαργάνοις⟩ ἐπὶ τοῦ λίκνου κείμενος, ἐκδὺς εἰς Πιε- 5
ρίαν παραγίνεται, καὶ κλέπτει βόας ἃς ἔνεμεν Ἀπόλλων.

3 ἵνα δὲ μὴ φωραθείη ὑπὸ τῶν ἰχνῶν, ὑποδήματα τοῖς
ποσὶ περιέθηκε, καὶ κομίσας εἰς Πύλον τὰς μὲν λοιπὰς
εἰς σπήλαιον ἀπέκρυψε, δύο δὲ καταθύσας τὰς μὲν βύρ-
σας πέτραις καθήλωσε, τῶν δὲ κρεῶν τὰ μὲν κατην- 10
3 άλωσεν ἑψήσας τὰ δὲ κατέκαυσε. καὶ ταχέως εἰς Κυλ- 113
λήνην ᾤχετο. καὶ εὑρίσκει πρὸ τοῦ ἄντρου νεμομένην
χελώνην. ταύτην ἐκκαθάρας, εἰς τὸ κύτος χορδὰς ἐν-
τείνας ἐξ ὧν ἔθυσε βοῶν καὶ ἐργασάμενος λύραν εὗρε
4 καὶ πλῆκτρον. Ἀπόλλων δὲ τὰς βόας ζητῶν εἰς Πύλον 15
ἀφικνεῖται, καὶ τοὺς κατοικοῦντας ἀνέκρινεν. οἱ δὲ
ἰδεῖν μὲν παῖδα ἐλαύνοντα ἔφασκον, οὐκ ἔχειν δὲ εἰπεῖν
ποῖ ποτε ἠλάθησαν διὰ τὸ μὴ εὑρεῖν ἴχνος δύνασθαι.
5 μαθὼν δὲ ἐκ τῆς μαντικῆς τὸν κεκλοφότα πρὸς Μαῖαν 114
εἰς Κυλλήνην παραγίνεται, καὶ τὸν Ἑρμῆν ᾐτιᾶτο. ἡ 20
δὲ ἐπέδειξεν αὐτὸν ἐν τοῖς σπαργάνοις. Ἀπόλλων δὲ
4 αὐτὸν πρὸς Δία κομίσας τὰς βόας ἀπῄτει. Διὸς δὲ
κελεύοντος ἀποδοῦναι ἠρνεῖτο. μὴ πείθων δὲ ἄγει τὸν
Ἀπόλλωνα εἰς Πύλον καὶ τὰς βόας ἀποδίδωσιν. ἀκούσας
δὲ τῆς λύρας ὁ Ἀπόλλων ἀντιδίδωσι τὰς βόας. Ἑρμῆς 115

---

4 s. πρώτοις σπαργάνοις * ieroni: πρώτοις Α, σπαρτοῖς
Valckenarius, σπαργάνοις Ile. 7. ὑπὸ Α: ἐκ Hr. ⁹ 8. εἰς|
lsely. Β fol. 32' 10. πέτρας καθήλωσε Schaeferus Melet. p. 88
(conf. hymn. Hom. in Merc. 124: ἐπιτάννυσι . . . ἐπὶ πέτρᾳ)
13 πρὸς RR⁰ᵇ 14. λύραν] ἐποίησε, καὶ πρῶτος κρέα
ὤπτησε, καὶ λύραν add. RA, om. I'

δὲ ταντας νέμων σύριγγα πάλιν πηξάμενος ἐσύριξεν.
Ἀπόλλων δὲ καὶ ταύτην βουλόμενος λαβεῖν, τὴν χρυσῆν τ
ῥάβδον ἐδίδου ἣν ἐκέκτητο βουκολῶν. ὁ δὲ καὶ ταύτην
λαβεῖν ἀντὶ τῆς σύριγγος ἤθελε καὶ τὴν μαντικὴν ἐπελ-
5 θεῖν· καὶ δοὺς διδάσκεται τὴν διὰ τῶν ψήφων μαντι-
κήν. Ζεὺς δὲ αὐτὸν κήρυκα ἑαυτοῦ καὶ θεῶν ὑπο-
χθονίων τίθησι.

116   Ταϋγέτη δὲ ἐκ Διὸς ⟨ἐγέννησε⟩ Λακεδαίμονα, ἀφ' 3
οὗ καὶ Λακεδαίμων ἡ χώρα καλεῖται. Λακεδαίμονος
10 δὲ καὶ Σπάρτης τῆς Εὐρώτα, ὃς ἦν ἀπὸ Λέλεγος αὐτό-
χθονος καὶ νύμφης νηίδος Κλεοχαρείας. Ἀμύκλας καὶ
Εὐρυδίκη, ἣν ἔγημεν Ἀκρίσιος. Ἀμύκλα δὲ καὶ Διο- 2
μήδης τῆς Λαπίθου Κυνόρτης καὶ Ὑάκινθος. τοῦτον
εἶναι τοῦ Ἀπόλλωνος ἐρώμενον λέγουσιν, ὃν δίσκῳ
117 βαλὼν ἄκων ἀπέκτεινε. Κυνόρτου δὲ Περιήρης, ὃς 5
γαμεῖ Γοργοφόνην τὴν Περσέως, καθάπερ Στησίχορός
φησι, καὶ τίκτει Τυνδάρεων Ἰκάριον Ἀφαρέα Λεύκιπ-
πον. Ἀφαρέως μὲν οὖν καὶ Ἀρήνης τῆς Οἰβάλου Λυγ- 1
κεύς τε καὶ Ἴδας καὶ Πεῖσος· κατὰ πολλοὺς δὲ Ἴδας
10 ἐκ Ποσειδῶνος λέγεται. Λυγκεὺς δὲ ὀξυδερκίᾳ διήνεγ-
κεν, ὡς καὶ τὰ ὑπὸ γῆν θεωρεῖν. Λευκίππου δὲ θυ- 2
γατέρες ἐγένοντο Ἱλάειρα καὶ Φοίβη· ταύτας ἁρπάσαν-
118 τες ἔγημαν Διόσκουροι. πρὸς δὲ ταύταις Ἀρσινόην
ἐγέννησε· ταύτῃ μίγνυται Ἀπόλλων, ἡ δὲ Ἀσκληπιὸν

1. σύριγγα L man. 2 in marg. σύριγκα LV: σύριγμα RA
5. τῶν R: τὴν A   ψῆφον C   8. ἐγέννησε add. Hr.
10. καὶ εὑρώτας τῆς σπάρτης A, corr. Aeg.   λέλεγος R: λέ-
λιευος A   αὐτόφθονος RRᵃ   12. εὐρυδίκης A, corr. Aeg.   14. τοῦ
ἀπόλλωνος BC: τὸν ἀπόλλωνος KBᵃ   16. Stesichor. frg. 61
17. τυνδάρεω RRᵃ   18 Οἰβάλου Tzetz. ad Lycophr. 511 Aeg.:
υἰβάλον A   19. Πῖσος Hr.   20. ὀξυδερκίᾳ EBC: ὀξυδερκίων
KRᵃ, ὀξυδερκείᾳ Hr.   23. ἔγημαν K 8 p. 139, 3: ἔγημε A
διόσκουροι SRKᵃ: διόσκουρος A   24. Ἀπόλλων] ὁ θεός add. S

⁴ γεννᾷ. τινὲς δὲ Ἀσκληπιὸν οὐκ ἐξ Ἀρσινόης τῆς Λευ-
κίππου λέγουσιν, ἀλλ' ἐκ Κορωνίδος τῆς Φλεγύου ἐν
Θεσσαλίᾳ, καί φασιν ἐρασθῆναι ταύτης Ἀπόλλωνα καὶ
εὐθέως συνελθεῖν· τὴν δὲ παρὰ τὴν τοῦ πατρὸς γνώ-
μην ἑλομένην Ἴσχυϊ τῷ Καινέως ἀδελφῷ συνοικεῖν. ⁵
⁷ Ἀπόλλων δὲ τὸν μὲν ἀπαγγείλαντα κόρακα καταρᾶται,119
ὃν τέως λευκὸν ὄντα ἐποίησε μέλανα, αὐτὴν δὲ ἀπ-
έκτεινε. καιομένης δὲ ταύτης ἁρπάσας τὸ βρέφος ἐκ τῆς
ᵇ πυρᾶς πρὸς Χείρωνα τὸν Κένταυρον ἤνεγκε, παρ' οὗ
καὶ τὴν ἰατρικὴν καὶ τὴν κυνηγετικὴν τρεφόμενος ἐδι- ¹⁰
δάχθη. καὶ γενόμενος χειρουργικὸς καὶ τὴν τέχνην120
ἀσκήσας ἐπὶ πολὺ οὐ μόνον ἐκώλυέ τινας ἀποθνήσκειν,
ᵘ ἀλλ' ἀνήγειρε καὶ τοὺς ἀποθανόντας· παρὰ γὰρ Ἀθη-
νᾶς λαβὼν τὸ ἐκ τῶν φλεβῶν τῆς Γοργόνος ῥυὲν αἷμα,
τῷ μὲν ἐκ τῶν ἀριστερῶν ῥυέντι πρὸς φθορὰν ἀνθρώ- ¹⁵
πων ἐχρῆτο, τῷ δὲ ἐκ τῶν δεξιῶν πρὸς σωτηρίαν, καὶ
διὰ τοῦτο τοὺς τεθνηκότας ἀνήγειρεν.

¹⁰   [εὗρον δέ τινας λεγομένους ἀναστῆναι ὑπ' αὐτοῦ,121

2. φλεγέον (quod facile φλένον legi potest) R: φλένον R*B
φολίου C φλεγοῦ S   2 s. ἐν Θεσσαλίᾳ del. Hr.   3. ταύτης
S: ταύτας RR*C ταύτῃ B   Ἀπόλλωνα S: ἀπόλλ^αα R ἐκάλλων A
4. εὐθέως del. Hr.   τῆς δὲ (R?) τοῦ δὲ A, corr. Aeg
5. ἑλο^με R ἑλομένου R* ἑλομένου A, corr. Aeg.   ἰσχύϊ A
κλεινέως A, corr. Scrinus; τοῦ Καινέως ἀδελφῷ del. Gal.
7. ὃν Fab.: ὡς A ὃς PV, R*LT in marg.   ὃν — μέλανα del.
He.   8. ταύτης *RR*: αὐτῆς A   9. παρ' ὦ A, corr. Hr.
(παρὰ Χείρωνος E)   13. καὶ τοὺς ESA: καί τινας Hr.
14. γοργόνος ES: γοργόης A Zenob. I 18   15 s. τῷ . . . ῥυέντι
. . . τῷ EZenob.: τὸ . . . ῥυὲν . . . τὸ SA   ῥυέντι del. Br.
17. τοῦτο *ES: τοῦτον A   18 ss. catalogum, quem bibliothe-
cae recte abiudicavit He., accurate tractavit R. Münzel Quaest.
mythogr. (Berol. 1883) p. 3 ss. accitis reliquis testimoniis: schol.
Eurip. Alc. 1, schol. Pind. Pyth. 3, 96, Philodem. π. εὐσεβ. 52,
Comp., Sext. Emp. adv. math. I 260   18. τινας] πολλοὺς add.
schol. Eurip.

Κατανία καὶ Λυκοῦργον, ὡς Στησίχορός φησιν ⟨ἐν⟩
Ἐριφύλῃ, Ἱππόλυτον, ὡς ὁ τὰ Ναυπακτικά συγγράψας
λέγει, Τυνδάρεων, ὡς φησι Πανύασσις, Ὑμέναιον, ὡς
οἱ Ὀρφικοὶ λέγουσι, Γλαῦκον τὸν Μίνωος, ὡς Μελη-
ι σαγόρας λέγει.]

122   Ζεὺς δὲ φοβηθεὶς μὴ λαβόντες ἄνθρωποι θερα- ι
πείαν παρ' αὐτοῦ βοηθῶσιν ἀλλήλοις, ἐκεραύνωσεν
αὐτόν. καὶ διὰ τοῦτο ὀργισθεὶς Ἀπόλλων κτείνει Κύ-
κλωπας τοὺς τὸν κεραυνὸν Διὶ κατασκευάσαντας. Ζεὺς ι
ιο δὲ ἐμέλλησε ῥίπτειν αὐτὸν εἰς Τάρταρον, δεηθείσης δὲ
Λητοῦς ἐκέλευσεν αὐτὸν ἐνιαυτὸν ἀνδρὶ θητεῦσαι. ὁ
δὲ παραγενόμενος εἰς Φερὰς πρὸς Ἄδμητον τὸν Φέρη-
τος τούτῳ λατρεύων ἐποίμαινε, καὶ τὰς θηλείας βόας
πάσας διδυμοτόκους ἐποίησεν.

123   εἰσὶ δὲ οἱ λέγοντες Ἀφαρέα μὲν καὶ Λεύκιππον ι
ἐκ Περιήρους γενέσθαι τοῦ Αἰόλου, Κυνόρτου δὲ Περι-
ήρην, τοῦ δὲ Οἴβαλον, Οἰβάλου δὲ καὶ νηίδος νύμφης
Βατείας Τυνδάρεων Ἱπποκόωντα Ἰκάριον.

124   Ἱπποκόωντος μὲν οὖν ἐγένοντο παῖδες Δορυκλεύς ι
20 Σκαῖος Ἐναροφόρος Εὐτείχης Βουκόλος Λύκαιθος Τέ-

1. ὡς He.: ὡς δὲ A   Stesich. frg. 16.   ἐν add. Sext. Emp.
Philod.   2. ἐριφύλῃ S: ἐριφύλην A   ὡς Com.: ὡς δὲ SA
Naupact. frg. 11 K.   3. πανύασσις BRᵃC πανυάσσης B:
πανέασις S Panyas. frg. 19 K.   4. Orphica frg. 255 Abel.
μνησαγόρας A, corr. Meursius (conf. FHG. II p. 21), Ἀμελησα-
γόρας schol. Eurip.   Ameles. frg. 2 (FHG. II p. 22)   6 ς. φοβη-
θεὶς μὴ . . .] διὰ γοῦν τὸ μὴ δόξαι τοῦτον παρ' ἀνθρώποις εἶναι
θεὸν Zenob.   7. αὐτοῦ *ES: αὐτῶν A   12. παραγενόμενος R
14. διδυμοτόκους ESZenob.: διδυματόκους A   16. περιήρης
A, corr. Aeg.   16 s. Περιήρην τοῦ δὲ del. Hemsterhusius, vol.
conf. schol. Eurip. Or. 457, schol. min. Hom B 581   17. Οἴβαλον]
R fal. 22ᵛ   18. τυνδάρε͂ω R: τυνδάρεω A   Ἰκαρί *R(Rᵉ) conf.
J 57: Ἰκαρίωνα A   19. Δορυκλεύς] Δορυκλὺς Pans. III 15, 1 s He.
20. ἐναροφόρος A, corr. Fab., Ἐναραιφόρος Pans.   Λύκαιθος *
R (Rᵉ): Λίκων PBᵒT λίκον RᵛVL   Τέβρος] Σίβρος Pans. Fab.

βρος Ἱππόθοος Εὐρυτος Ἱπποκορυστὴς Ἀλκίνους Ἀλκων.
τούτους Ἱπποκόων ἔχων παῖδας Ἰκάριον καὶ Τυνδά-
ρεων ἐξέβαλε Λακεδαίμονος. οἱ δὲ φεύγουσι πρὸς Θέ-125
στιον, καὶ συμμαχοῦσιν αὐτῷ πρὸς τοὺς ὁμόρους πόλε-
μον ἔχοντι· καὶ γαμεῖ Τυνδάρεως Θεστίου θυγατέρα 3
Λήδαν. αὖθις δέ, ὅτε Ἡρακλῆς Ἱπποκόωντα καὶ τοὺς
τούτου παῖδας ἀπέκτεινε, κατέρχονται, καὶ παραλαμ-
βάνει Τυνδάρεως τὴν βασιλείαν.

6   Ἰκαρίου μὲν οὖν καὶ Περιβοίας νύμφης νηίδος Θόας 126
Δαμάσιππος Ἰμεύσιμος Ἀλήτης Περίλεως, καὶ θυγάτηρ 10
Πηνελόπη, ἣν ἔγημεν Ὀδυσσεύς· Τυνδάρεω δὲ καὶ
Λήδας Τιμάνδρα, ἣν Ἔχεμος ἔγημε, καὶ Κλυταιμνήστρα,
ἣν ἔγημεν Ἀγαμέμνων, ἔτι τε Φυλονόη, ἣν Ἄρτεμις
7 ἀθάνατον ἐποίησε. Διὸς δὲ Λήδᾳ συνελθόντος ὁμοιω-
θέντος κύκνῳ, καὶ κατὰ τὴν αὐτὴν νύκτα Τυνδάρεω, 15
Διὸς μὲν ἐγεννήθη Πολυδεύκης καὶ Ἑλένη, Τυνδάρεω
8 δὲ Κάστωρ ⟨καὶ Κλυταιμνήστρα⟩. λέγουσι δὲ ἔνιοι Νε-127
μέσεως Ἑλένην εἶναι καὶ Διός. ταύτην γὰρ τὴν Διὸς
φεύγουσαν συνουσίαν εἰς χῆνα τὴν μορφὴν μεταβαλεῖν,
9 ὁμοιωθέντα δὲ καὶ Δία κύκνῳ συνελθεῖν· τὴν δὲ ᾠὸν 20
ἐκ τῆς συνουσίας ἀποτεκεῖν, τοῦτο δὲ ἐν τοῖς ἄλσεσιν
εὑρόντα τινὰ κοιμένα Λήδᾳ κομίσαντα δοῦναι, τὴν
δὲ καταθεμένην εἰς λάρνακα φυλάσσειν, καὶ χρόνῳ
καθήκοντι γεννηθεῖσαν Ἑλένην ὡς ἐξ αὐτῆς θυγατέρα

2. ἰκαρί R: ἰκαρίωτος R* ἰκαρίωνα A   τυνδάρεω R R*
3. ἐξέβαλε (compend.) R: ἐξέβαλον A   4. αὖτ⁓ R R*: αὐτοῦ A
7. κατέρχεται Πε.   11. δὲ add. (R?) He.   13. φυλο-
νόη A: non scribendum esse Φιλονόη apparet ex Xenotimi vase,
de quo conf. Robertum Jahrb. d. Arch. Inst. IV Anz. p. 143
15. τυνδάρεω R R*: τυνδάρεως A   16. ἐγεννήθησαν Cum, ἐγί-
νετο Hr.   17. καὶ Κλυταιμνήστρα add. Gal.   ἔνιοι δὲ λέ-
γουσι S   20. δία] τῷ add. S A, del. Πε.   21. ἄλσεσιν A
ἄλσεσιν S: ῦλσειν Prellerus, δάσεσιν Br.

128 τρέφειν. γενομένην δὲ αὐτὴν κάλλει διαπρεπῆ Θησεὺς <
ἁρπάσας εἰς Ἀφίδνας ἐκόμισε. Πολυδεύκης δὲ καὶ Κά-
στωρ ἐπιστρατεύσαντες, ἐν Ἅιδου Θησέως ὄντος, αἱροῦσι
τὴν πόλιν καὶ τὴν Ἑλένην λαμβάνουσι, καὶ τὴν Θησέως
129 μητέρα Αἴθραν ἄγουσιν αἰχμάλωτον. παρεγένοντο δὲ εἰς 8
Σπάρτην ἐπὶ τὸν Ἑλένης γάμον οἱ βασιλεύοντες Ἑλλά-
δος. ἦσαν δὲ οἱ μνηστευόμενοι οἵδε· Ὀδυσσεὺς Λαέρ-
του, Διομήδης Τυδέως, Ἀντίλοχος Νέστορος, Ἀγαπή-
νωρ Ἀγκαίου, Σθένελος Καπανέως, Ἀμφίμαχος Κτεά-
10 του, Θάλπιος Εὐρύτου, Μέγης Φυλέως, Ἀμφίλοχος =
130 Ἀμφιαράου, Μενεσθεὺς Πετεώ, Σχεδίος ⟨καὶ⟩ Ἐπίστρο-
φος ⟨Ἰφίτου⟩, Πολύξενος Ἀγασθένους, Πηνέλεως ⟨Ἱππ-
αλκίμου⟩, Λήιτος ⟨Ἀλέκτορος⟩, Αἴας Ὀιλέως, Ἀσκά-
λαφος καὶ Ἰάλμενος Ἄρεος, Ἐλεφήνωρ Χαλκώδοντος,
15 Εὔμηλος Ἀδμήτου, Πολυποίτης Πειρίθου, Λεοντεὺς 8
131 Κορώνου, Ποδαλείριος καὶ Μαχάων Ἀσκληπιοῦ, Φιλο-
κτήτης Ποίαντος, Εὐρύπυλος Εὐαίμονος, Πρωτεσίλαος
Ἰφίκλου, Μενέλαος Ἀτρέως, Αἴας καὶ Τεῦκρος Τελα-
μῶνος, Πάτροκλος Μενοιτίου. τούτων ὁρῶν τὸ πλῆθος 9
20 Τυνδάρεως ἐδεδοίκει μὴ κριθέντος ἑνὸς στασιάσωσιν
132 οἱ λοιποί. ὑποσχομένου δὲ Ὀδυσσέως, ἐὰν συλλάβη-
ται πρὸς τὸν Πηνελόπης αὐτῷ γάμον, ὑποθήσεσθαι τρό-
πον τινὰ δι' οὗ μηδεμία γενήσεται στάσις, ὡς ὑπέσχετο
αὐτῷ συλλήψεσθαι ὁ Τυνδάρεως, πάντας εἶπεν ἐξορκί- ?
25 σαι τοὺς μνηστῆρας βοηθήσειν, ἐὰν ὁ προκριθεὶς νυμ-

2. ἀφίδνας S, R man. 1: ἀθήνας R man. 2, A (conf. ep. 1, 23
Epit. Vat. p. 152 ss.)   Κάστωρ] εἰς Ἀφίδνας vel εἰς Ἀθήνας
(ut supra) add. SA, del. He.   9. Ἀμφίμαχος He.: ἀμφίλοχος
BA   11 σχέδιος ἐπιστρόφου A, suppl. Palmerius   12. πη-
νέλεως λήιτον (λήιτου BR⁰P) A: Πηνέλιως Ἱππαλκίμου, Λήιτος
Ἀλεκτρυόνος He., Ἀλέκτορος repos. Br. (conf. I 113)   16. κο-
ρωνοῦ A   20. κριθέντος SA: προκριθέντος Fab.   21. Ὀδυσ-
σέως ⁰SA: τοῦ Ὀδυσσέας add. recc   23. μὴ δὲ μία RBL

φίος ὑπὸ ἄλλου τινὸς ἀδικῆται περὶ τὸν γάμον. ἀκού-
σας δὲ τοῦτο Τυνδάρεως τοὺς μνηστῆρας ἐξορκίζει, καὶ
Μενέλαον μὲν αὐτὸς αἱρεῖται νυμφίον, Ὀδυσσεῖ δὲ παρὰ
Ἰκαρίου μνηστεύεται Πηνελόπην.

11   Μενέλαος μὲν οὖν ἐξ Ἑλένης Ἑρμιόνην ἐγέννησε 128
καὶ κατά τινας Νικόστρατον, ἐκ δούλης ⟨δὲ⟩ Πιερίδος,
γένος Αἰτωλίδος, ἢ καθάπερ Ἀκουσίλαός φησι Τηρηί-
δος, Μεγαπένθη, ἐκ Κνωσσίας δὲ νύμφης κατὰ Εὔμη-
λον Ξενόδαμον.

2   τῶν δὲ ἐκ Λήδας γενομένων παίδων Κάστωρ μὲν 134
ἤσκει τὰ κατὰ πόλεμον, Πολυδεύκης δὲ πυγμήν, καὶ διὰ
τὴν ἀνδρείαν ἐκλήθησαν ἀμφότεροι Διόσκουροι. βου-
λόμενοι δὲ γῆμαι τὰς Λευκίππου θυγατέρας ἐκ Μεσσή-
3 νης ἁρπάσαντες ἔγημαν· καὶ γίνεται μὲν Πολυδεύκους
καὶ Φοίβης Μνησίλεως, Κάστορος δὲ καὶ Ἱλαείρας Ἀνώ- 15
3 γων. ἐλάσαντες δὲ ἐκ τῆς Ἀρκαδίας βοῶν λείαν μετὰ 135
τῶν Ἀφαρέως παίδων Ἴδα καὶ Λυγκέως, ἐπιτρέπουσιν
Ἴδᾳ διελεῖν· ὁ δὲ τεμὼν βοῦν εἰς μέρη τέσσαρα, τοῦ
πρώτου καταφαγόντος εἶπε τῆς λείας τὸ ἥμισυ ἔσεσθαι,
καὶ τοῦ δευτέρου τὸ λοιπόν. καὶ φθάσας κατηνάλωσε 10
τὸ μέρος τὸ ἴδιον πρῶτος Ἴδας, καὶ τὸ τοῦ ἀδελφοῦ,
4 καὶ μετ' ἐκείνου τὴν λείαν εἰς Μεσσήνην ἤλασε. στρα- 136
τεύσαντες δὲ ἐπὶ Μεσσήνην οἱ Διόσκουροι τήν τε
λείαν ἐκείνην καὶ πολλὴν ἄλλην συνελαύνουσι. καὶ

5. δὲ add. Westermannus   7. Acusil. frg. 28   Τηρηίδος]
Τηριδάη et Τηρίς est schol. Hom. δ 11 s. (conf. Dindorfii adnot.),
Στειριτίδος propos. Hr.   8. μεγαπένθης A   9. ξενοδάμων A
ξενοδάμον Rᵇ, corr. Aeg.   13 sq. μεσήνης A   15. μνησί-
λεως R: μνησίλεως A   Ἱλαείρας R: Ἱλαίρας Rᵃ BV Ἱλήρας LT
16. βοῶν λείαν R (difficile lectu), PRᶜC in marg.: βουλείαν A
17 sq. Λυγγεός E   18. διελθεῖν A, corr. Com. (μερίζειν
Tzetz. Lycophr. 511)   20. καὶ] Z fol. 30ʳ   21. πρῶτος *
RRᵃBV: πρῶτον LT, del. Hr.

τὸν Ἴδαν ἐλόχων καὶ τὸν Λυγκέα. Λυγκεὺς δὲ ἰδὼν
Κάστορα ἐμήνυσεν Ἴδᾳ, κἀκεῖνος αὐτὸν κτείνει. Πολυ- 5
δεύκης δὲ ἐδίωξεν αὐτούς, καὶ τὸν μὲν Λυγκέα κτείνει
τὸ δόρυ προέμενος, τὸν δὲ Ἴδαν διώκων, βληθεὶς ὑπ'
187 ἐκείνου πέτρᾳ κατὰ τῆς κεφαλῆς, πίπτει σκοταθείς. καὶ
Ζεὺς Ἴδαν κεραυνοῖ, Πολυδεύκην δὲ εἰς οὐρανὸν ἀν-
άγει. μὴ δεχομένου δὲ Πολυδεύκους τὴν ἀθανασίαν ὄν- ϛ
τος νεκροῦ Κάστορος, Ζεὺς ἀμφοτέροις παρ' ἡμέραν καὶ
ἐν θεοῖς εἶναι καὶ ἐν θνητοῖς ἔδωκε. μεταστάντων δὲ
10 εἰς θεοὺς τῶν Διοσκούρων, Τυνδάρεως μεταπεμψάμε-
νος Μενέλαον εἰς Σπάρτην τούτῳ τὴν βασιλείαν παρ-
έδωκεν.

_____

138   Ἠλέκτρας δὲ τῆς Ἄτλαντος καὶ Διὸς Ἰασίων καὶ 12
Δάρδανος ἐγένοντο. Ἰασίων μὲν οὖν ἐρασθεὶς Δήμη-
15 τρος καὶ θέλων καταισχῦναι τὴν θεὸν κεραυνοῦται,
Δάρδανος δὲ ἐπὶ τῷ θανάτῳ τοῦ ἀδελφοῦ λυπούμενος,
Σαμοθράκην ἀπολιπὼν εἰς τὴν ἀντίπερα ἤπειρον ἦλθε.
139 ταύτης δὲ ἐβασίλευε Τεῦκρος ποταμοῦ Σκαμάνδρου καὶ ς
νύμφης Ἰδαίας· ἀφ' οὗ καὶ οἱ τὴν χώραν νεμόμενοι
20 Τεῦκροι προσηγορεύοντο. ὑποδεχθεὶς δὲ ὑπὸ τοῦ βα- ϛ
σιλέως, καὶ λαβὼν μέρος τῆς γῆς καὶ τὴν ἐκείνου θυ-
γατέρα Βάτειαν, Δάρδανον ἔκτισε πόλιν· τελευτήσαντος
δὲ Τεύκρου τὴν χώραν ἅπασαν Δαρδανίαν ἐκάλεσε.
140 γενομένων δὲ αὐτῷ παίδων Ἴλου καὶ Ἐριχθονίου, Ἴλος ϛ
25 μὲν ἄπαις ἀπέθανεν, Ἐριχθόνιος δὲ διαδεξάμενος τὴν
βασιλείαν, γήμας Ἀστυόχην τὴν Σιμόεντος, τεκνοῖ

2 s. Πολυδεύκης — κτείνει om. CR^t.   9. θνητοῖς] 'for-
tasse νεκροῖς' Hr.   13. Ἠλέκτρας S p. 188, 15   14. Ἰασίων K:
ἰασίρων A   15. καταισχύναι A   19. ἰδρείας S   23. τεύ-
κρου S: τεύκρος A   24. αὐτῶν R B   24 ss. Ἴλος ES: Ἴλλος A
25. μὲν S: μὲν οὖν A   26. ἀστυόχην SR^a: ἀστρόχην A

3 *Τρῶα.* οὗτος παραλαβὼν τὴν βασιλείαν τὴν μὲν χώραν
ἀφ᾽ ἑαυτοῦ Τροίαν ἐκάλεσε, καὶ γήμας Καλλιρρόην τὴν
Σκαμάνδρου γεννᾷ θυγατέρα μὲν Κλεοπάτραν, παῖδας
3 δὲ Ἶλον καὶ Ἀσσάρακον καὶ Γανυμήδην. τοῦτον μὲν 141
οὖν διὰ κάλλος ἀναρπάσας Ζεὺς δι᾽ ἀετοῦ θεῶν οἰνο- 5
χόον ἐν οὐρανῷ κατέστησεν· Ἀσσαράκου δὲ καὶ Ἱερο-
μνήμης τῆς Σιμόεντος Κάπυς, τοῦ δὲ καὶ Θεμίστης τῆς
Ἴλου Ἀγχίσης, ᾧ δι᾽ ἐρωτικὴν ἐπιθυμίαν Ἀφροδίτη
συνελθοῦσα Αἰνείαν ἐγέννησε καὶ Λύρον, ὃς ἄπαις ἀπ-
3 έθανεν. Ἶλος δὲ εἰς Φρυγίαν ἀφικόμενος καὶ καταλαβὼν 142
ὑπὸ τοῦ βασιλέως αὐτόθι τεθειμένον ἀγῶνα νικᾷ πά-
λην· καὶ λαβὼν ἆθλον πεντήκοντα κόρους καὶ κόρας
τὰς ἴσας, δόντος αὐτῷ τοῦ βασιλέως κατὰ χρησμὸν καὶ
βοῦν ποικίλην, καὶ φράσαντος ἐν ᾧπερ ἂν αὐτὴ κλιθῇ
2 τόπῳ πόλιν κτίζειν, εἵπετο τῇ βοΐ. ἡ δὲ ἀφικομένη ἐπὶ 143
τὸν λεγόμενον τῆς Φρυγίας Ἄτης λόφον κλίνεται· ἔνθα
πόλιν κτίσας Ἶλος ταύτην μὲν Ἴλιον ἐκάλεσε, τῷ δὲ Διὶ
σημεῖον εὐξάμενος αὐτῷ τι φανῆναι, μεθ᾽ ἡμέραν τὸ
διιπετὲς παλλάδιον πρὸ τῆς σκηνῆς κείμενον ἐθεάσατο.
3 ἦν δὲ τῷ μεγέθει τρίπηχυ, τοῖς δὲ ποσὶ συμβεβηκός, 20
καὶ τῇ μὲν δεξιᾷ δόρυ διηρμένον ἔχον τῇ δὲ ἑτέρᾳ ἡλα-
κάτην καὶ ἄτρακτον.

1. τρῶας R   μὲν SA, del. Hr.   2. ἐκάλεσε] εἰς ὄνομα
αὐτοῦ add. S   καλλιρρόην Rᵃ: καλλιρόην SA   4. γανυμή-
δην SBC: γαννυμήδην ERRᵃ   5. δι᾽ ESA: διὰ RRᵃ
6. ἐν οὐρανῷ ESA, del. Hr.   7. θεμίς i. q. θεμίστης *R:
θεμὶ᾽ A. Θέμιδος edd.   τῆς R: τοῦ A   8. ἐρωτικὴν (com-
pend.) R   9. Λύρον He., Λύχον propos. Hr.   12. κόρους *S:
κούρους A (conf. III 213)   14. αὐτῇ SA: αὕτη Hr. (conf. III 21)
17. Ἴλιον ES: Ἴλλιον A   18. τι ESA, om. Tzetz. Lycophr.
355 Hr.   μεθ᾽ ἡμέραν SA, post παλλάδιον transpos. E; del.
Hr., sed conf. Comm. Ribb. p. 142   21. διηρτημένον A Tzetz.,
corr. He.

10*

141   [ἱστορία δὲ ἡ περὶ τοῦ παλλαδίου τοιάδε φέρεται· ‹
φασὶ γεννηθεῖσαν τὴν Ἀθηνᾶν παρὰ Τρίτωνι τρέφε-
σθαι, ᾧ θυγάτηρ ἦν Παλλάς· ἀμφοτέρας δὲ ἀσκούσας
τὰ κατὰ πόλεμον εἰς φιλονεικίαν ποτὲ προελθεῖν. μελ- 5
λούσης δὲ πλήττειν τῆς Παλλάδος τὸν Δία φοβηθέντα
τὴν αἰγίδα προτεῖναι, τὴν δὲ εὐλαβηθεῖσαν ἀναβλέψαι,
145 καὶ οὕτως ὑπὸ τῆς Ἀθηνᾶς τρωθεῖσαν πεσεῖν. Ἀθη- 6
νᾶν δὲ περίλυπον ἐπ' αὐτῇ γενομένην, ξόανον ἐκείνης
ὅμοιον κατασκευάσαι, καὶ περιθεῖναι τοῖς στέρνοις ἣν
10 ἔδεισεν αἰγίδα, καὶ τιμᾶν ἱδρυσαμένην παρὰ τῷ Διί.
ὕστερον δὲ Ἠλέκτρας κατὰ τὴν φθορὰν τούτῳ προσ- 7
φυγούσης, Δία ῥῖψαι μετ' αὐτῆς καὶ τὸ παλλάδιον
εἰς τὴν Ἰλιάδα χώραν, Ἰλον δὲ τούτῳ ναὸν κατασκευά-
σαντα τιμᾶν. καὶ περὶ μὲν τοῦ παλλαδίου ταῦτα
15 λέγεται.]

146   Ἰλος δὲ γήμας Εὐρυδίκην τὴν Ἀδράστου Λαομέ- ᾽
δοντα ἐγέννησεν, ὃς γαμεῖ Στρυμὼ τὴν Σκαμάνδρου,
κατὰ δέ τινας Πλακίαν τὴν Ὀτρέως, κατ' ἐνίους δὲ
Λευκίππην, καὶ τεκνοῖ παῖδας μὲν Τιθωνὸν Λάμπον
20 Κλυτίον Ἱκετάονα Ποδάρκην, θυγατέρας δὲ Ἡσιόνην
καὶ Κίλλαν καὶ Ἀστυόχην, ἐκ δὲ νύμφης Καλύβης
Βουκολίωνα.

1.—15. uncis inclusa recte del. He.   1. τοιάδε Tzetz. Fab.:
τοιήδε SA   2. τὴν om. S   5. πλήσσειν S   6. προθεῖναι R
προθεῖται S προσθεῖναι Rᵃ προσθῆναι A, corr. Fab.   9. κα-
τασκευάσαι * R: κατασκευάσας (compend.) S κατασκευάσασα A
10. ἔδεισεν S: ἴδεισαν A   11. κατὰ SA: μετὰ Br.
12. διαῤῥίψαι SA, corr. Gal.   μετ' αὐτῆς SA, del.: He.;
μετ' Ἄτης Gal.   13. τούτῳ S: τούτου A Tzetz., τοῦτο He.
ναὸν καὶ B   17. στρυμμὼ B   18. ἀτρέως A, corr. Hr.

19. Λευκὶ R: λευκίππον A   λάμπον R: λάμπων Rᵃ λάμποντα A
20. κλύτιον A   20 s. de Laomedontis filiabus conf. ep. 6,
15c   21 s. καλύβου καλίωνα B   21. Καλέκης propos. G. Din-
dorfius

4   Τιθωνὸν μὲν οὖν Ἠὼς ἁρπάσασα δι' ἔρωτα εἰς Αἰ-147
θιοπίαν κομίζει, κἀκεῖ συνελθοῦσα γεννᾷ παῖδας Ἡμα-
5 θίωνα καὶ Μέμνονα. μετὰ δὲ τὸ αἱρεθῆναι Ἴλιον ὑπὸ
Ἡρακλέους, ὡς μικρὸν πρόσθεν ἡμῖν λέλεκται, ἐβασί-
λευσε Ποδάρκης ὁ κληθεὶς Πρίαμος· καὶ γαμεῖ πρώτην 5
Ἀρίσβην τὴν Μέροπος, ἐξ ἧς αὐτῷ παῖς Αἴσακος γίνε-
ται, ὃς ἔγημεν Ἀστερόπην τὴν Κεβρῆνος θυγατέρα, ἣν
2 πενθῶν ἀποθανοῦσαν ἀπωρνεώθη. Πρίαμος δὲ Ἀρίσβην 148
ἐκδοὺς Ὑρτάκῳ δευτέραν ἔγημεν Ἑκάβην τὴν Δύμαν-
τος, ἢ ὥς τινές φασι Κισσέως, ἢ ὡς ἕτεροι λέγουσι Σαγ- 10
γαρίου ποταμοῦ καὶ Μετώπης. γεννᾶται δὲ αὐτῷ
πρῶτος μὲν Ἕκτωρ· δευτέρου δὲ γεννᾶσθαι μέλλοντος
βρέφους ἔδοξεν Ἑκάβη καθ' ὕπνους δαλὸν τεκεῖν διάπυ-
ρον, τοῦτο δὲ πᾶσαν ἐπινέμεσθαι τὴν πόλιν καὶ καίειν.
3 μαθὼν δὲ Πρίαμος παρ' Ἑκάβης τὸν ὄνειρον, Αἴσακον 149
τὸν υἱὸν μετεπέμψατο· ἦν γὰρ ὀνειροκρίτης παρὰ τοῦ μη-
τροπάτορος Μέροπος διδαχθείς. οὗτος εἰπὼν τῆς πατρί-
δος γενέσθαι τὸν παῖδα ἀπώλειαν, ἐκθεῖναι τὸ βρέφος
4 ἐκέλευε. Πρίαμος δέ, ὡς ἐγεννήθη τὸ βρέφος, δίδω-
σιν ἐκθεῖναι οἰκέτῃ κομίσαντι εἰς Ἴδην· ὁ δὲ οἰκέτης 20
Ἀγέλαος ὠνομάζετο. τὸ δὲ ἐκτεθὲν ὑπὸ τούτου βρέφος 150
πένθ' ἡμέρας ὑπὸ ἄρκτου ἐτράφη. ὁ δὲ σωζόμενον εὑ-

2. παῖδας] R fol. 30ᵛ   4. μικρῷ A, corr. Aeg.   πρόσθεν
λέλεκται] II 136   6. αἴσακος R   7. ἔγημε στερόπην S A, corr.
Aeg.   9. ἐκδόμενος θρακαὶ S   δύματος S   10. σαγγαρίου
S(RV) Rᵃ: ἀσαγγαρίου A   11. αὐτῷ *S: αὐτῇ A   13. καθ'
ὕπνους *SR: καθ' ὕπαρ A   16. μετεπέμψατο S: κατεπέμ-
ψατο A   19. ἐκέλευε *SA: ἐκέλευσε edd.   20. ἐκθεῖ
οἰκ[ʳ] R: ἐλθεῖναι οἰκέτι RᵃB ἐλθεῖν οἰκέτι C   κομίσαντι *SA:
κομίσοντι edd.   21. Ἀγέλαος SA: Ἀρχίλαος Tzetz. Lycophr. 138,
Ἀρχιάδας (Ἀγχίαλος corr. C. Müllerus) Asclepiad. ap. schol.
Hom. Γ 325   ὑπὸ τούτου βρέφος SA] 'verba suspecta' Hr.
22. ἄρκτου SR: ἄρταν A

ρῶν ἀναιρεῖται, καὶ κομίσας ἐπὶ τῶν χωρίων ὡς ἴδιον
παῖδα ἔτρεφεν, ὀνομάσας Πάριν. γενόμενος ῥὲ νεανί- 5
σκος καὶ πολλῶν διαφέρων κάλλει τε καὶ ῥώμῃ αὖθις
Ἀλέξανδρος προσωνομάσθη, λῃστὰς ἀμυνόμενος καὶ τοῖς
5 ποιμνίοις ἀλεξήσας. καὶ μετ' οὐ πολὺ τοὺς γονέας
ἀνεῦρε.

151　　μετὰ τοῦτον ἐγέννησεν Ἑκάβη θυγατέρας μὲν 6
Κρέουσαν Λαοδίκην Πολυξένην Κασάνδραν, ᾗ συνελθεῖν
βουλόμενος Ἀπόλλων τὴν μαντικὴν ὑπέσχετο διδάξειν.
10 ἡ δὲ μαθοῦσα οὐ συνῆλθεν· ὅθεν Ἀπόλλων ἀφείλετο·
τῆς μαντικῆς αὐτῆς τὸ πείθειν. αὖθις δὲ παῖδας ἐγέν- 7
νησε Δηίφοβον Ἕλενον Πάμμονα Πολίτην Ἄντιφον
Ἱππόνοον Πολύδωρον Τρωίλον· τοῦτον ἐξ Ἀπόλλωνος
λέγεται γεγεννηκέναι.

153　　ἐκ δὲ ἄλλων γυναικῶν Πριάμῳ παῖδες γίνονται 8
Μελάνιππος Γοργυθίων Φιλαίμων Ἱππόθοος Γλαῦκος,
Ἀγάθων Χερσιδάμας Εὐαγόρας Ἱπποδάμας Μήστωρ,
Ἄτας Δόρυκλος Λυκάων Δρύοψ Βίας, Χρομίος Ἀστύ-
153γονος Τελέστας Εὔανδρος Κεβριόνης, Μύλιος Ἀρχέμα- 9
20 χος Λαοδόκος Ἐχέφρων Ἰδομενεύς, Ὑπερίων Ἀσκάνιος
Δημοκόων Ἄρητος Δηιοπίτης, Κλονίος Ἐχέμμων Ὑπεί-
ροχος Αἰγεωνεὺς Λυσίθοος Πολυμέδων, θυγατέρες δὲ
Μέδουσα Μηδεσικάστη Λυσιμάχη Ἀριστοδήμη.

4. ἀμυνόμενος SA: ἀμυνάμενος Hr.　5. ἀλεξήσας] ὅπερ
ἐστὶ βοηθήσας add. SA, del. He.　8. κασάνδραν ESA
11. αὐτῆς B αὐτῇ E αὐτ' R: αὐτοῦ A　11 ss. de Priami liberis
conf. Hyg. fab. 90　15. παῖδες ⟨μὲν⟩ Hr.　18. Ἄτας Hr.
δρέοψ A, corr. He.　βίβας A, corr. Aeg. (Biantes codd. Hyg.)
χρόμιος A　Ἀστύνομος (Hyg. 90 et 113) Hr.　19. μύλιος *R:
μήλιος A edd. (conf. Steph. Byz.: Μύλιοι ἔθνος Φρυγίας. Ἑκα-
ταῖος Ἀσία)　21. Ἄρητος Hom. P 494 He.: ἄρρητος A
δηιοπιτιλάντιος C　κλόνιος A　ἐχέμμων KP: ἐχέμων A
ὑπείροχος B: ὑπείρυχος A　22. αἰγεροντὲς R*, Ἐτεωνεὺς Hr.
23. μηδεσικάστη U: μεδεσικάστη A

6 Ἕκτωρ μὲν οὖν Ἀνδρομάχην τὴν Ἠετίωνος γαμεῖ, 154
Ἀλέξανδρος δὲ Οἰνώνην τὴν Κεβρῆνος τοῦ ποταμοῦ θυ-
γατέρα. αὕτη παρὰ Ῥέας τὴν μαντικὴν μαθοῦσα προέ-
λεγεν Ἀλεξάνδρῳ μὴ πλεῖν ἐπὶ Ἑλένην. μὴ πείθουσα
δὲ εἶπεν, ἐὰν τρωθῇ, παραγενέσθαι πρὸς αὐτήν· μόνην 5
5 γὰρ θεραπεῦσαι δύνασθαι. τὸν δὲ Ἑλένην ἐκ Σπάρτης 155
ἁρπάσαι, πολεμουμένης δὲ Τροίας τοξευθέντα ὑπὸ Φι-
λοκτήτου τόξοις Ἡρακλείοις πρὸς Οἰνώνην ἐπανελθεῖν
8 εἰς Ἴδην. ἡ δὲ μνησικακοῦσα θεραπεύσειν οὐκ ἔφη.
Ἀλέξανδρος μὲν οὖν εἰς Τροίαν κομιζόμενος ἐτελεύτα, 10
Οἰνώνη δὲ μετανοήσασα τὰ πρὸς θεραπείαν φάρμακα
ἔφερε, καὶ καταλαβοῦσα αὐτὸν νεκρὸν ἑαυτὴν ἀνήρ-
τησεν.

—————

4 Ὁ δὲ Ἀσωπὸς ποταμὸς Ὠκεανοῦ καὶ Τηθύος, ὡς δὲ 156
Ἀκουσίλαος λέγει, Πηροῦς καὶ Ποσειδῶνος, ὡς δέ τινες, 15
Διὸς καὶ Εὐρυνόμης. τούτῳ Μετώπη γημαμένη (Λά-
δωνος δὲ τοῦ ποταμοῦ θυγάτηρ αὕτη) δύο μὲν παῖδας
ἐγέννησεν, Ἰσμηνὸν καὶ Πελάγοντα, εἴκοσι δὲ θυγατί-
5 ρας, ὧν μὲν μίαν Αἴγιναν ἥρπασε Ζεύς· ταύτην Ἀσω-157
πὸς ζητῶν ἧκεν εἰς Κόρινθον, καὶ μανθάνει παρὰ Σι- 20
σύφου τὸν ἡρπακότα εἶναι Δία. Ζεὺς δὲ Ἀσωπὸν μὲν
κεραυνώσας διώκοντα πάλιν ἐπὶ τὰ οἰκεῖα ἀπέπεμψε
ῥεῖθρα (διὰ τοῦτο μέχρι καὶ νῦν ἐκ τῶν τούτου ῥείθρων

—————

2. τὴν A: τοῦ S   3. προέλεγεν *SA: προύλεγεν odd.
5. μόνην *SR: μότη A   9. θεραπεύσειν S, R (compeud.):
θεραπεῦσαι A   14. ποταμοῦ A, corr. Aeg.   16. Acusil.
[rg. 22   16. τοῦ μετώ γημαμεν *R: οὗτος μετώπην γημάμε-
νος A edd.   18. Πελάγοντα] Πελασγός Diod. IV 72, 1   ἃ A]
duodecim enumerat Diod. ibid.   19. μὲν del. Hr.   23. ἐπὶ
τῶν Hc.   23 s. διὰ — φέρονται del. Hr.

ἄνθρακες φέρονται). Αἴγιναν δὲ κομίσας εἰς τὴν τότε ⁴
Οἰνώνην λεγομένην νῆσον, νῦν δὲ Αἴγιναν ἀπ' ἐκείνης
κληθεῖσαν, μίγνυται, καὶ τεκνοῖ παῖδα ἐξ αὐτῆς Αἰακόν.
158 τούτῳ Ζεὺς ὅτι μόνῳ ἐν τῇ νήσῳ τοὺς μύρμηκας ἀν-
5 θρώπους ἐποίησε. γαμεῖ δὲ Αἰακὸς Ἐνδηίδα τὴν Σκεί- ⁷
ρωνος, ἐξ ἧς αὐτῷ παῖδες ἐγένοντο Πηλεύς τε καὶ Τε-
λαμών. Φερεκύδης δέ φησι Τελαμῶνα φίλον, οὐκ ἀδελ-
φὸν Πηλέως εἶναι, ἀλλ' Ἀκταίου παῖδα καὶ Γλαύκης
τῆς Κυχρέως. μίγνυται δὲ αὖθις Αἰακὸς Ψαμάθῃ τῇ ⁹
10 Νηρέως εἰς φώκην ἠλλαγμένῃ διὰ τὸ μὴ βούλεσθαι
συνελθεῖν, καὶ τεκνοῖ παῖδα Φῶκον.
159 ἦν δὲ εὐσεβέστατος πάντων Αἰακός. διὸ καὶ τὴν ⁹
Ἑλλάδα κατεχούσης ἀφορίας διὰ Πέλοπα, ὅτι Στυμφάλῳ
τῷ βασιλεῖ τῶν Ἀρκάδων πολεμῶν καὶ τὴν Ἀρκαδίαν
15 ἑλεῖν μὴ δυνάμενος, προσποιησάμενος φιλίαν ἔκτεινεν
αὐτὸν καὶ διέσπειρε μελίσας, χρησμοὶ θεῶν ἔλεγον 10
ἀπαλλαγήσεσθαι τῶν ἐνεστώτων κακῶν τὴν Ἑλλάδα,
ἐὰν Αἰακὸς ὑπὲρ αὐτῆς εὐχὰς ποιήσηται ποιησαμένου
δὲ εὐχὰς Αἰακοῦ τῆς ἀκαρπίας ἡ Ἑλλὰς ἀπαλλάττεται.
20 τιμᾶται δὲ καὶ παρὰ Πλούτωνι τελευτήσας Αἰακός, καὶ
τὰς κλεῖς τοῦ Ἅιδου φυλάττει.
160 διαφέροντος δὲ ἐν τοῖς ἀγῶσι Φώκου, τοὺς ἀδελ- 11
φοὺς Πηλέα καὶ Τελαμῶνα ἐπιβουλεῦσαι· καὶ λαχὼν

1. κομίσας Hr., κομίζει E ἐκόμισεν S p. 184, 34: εἰσκομίσας A
5. ἐποίησε] συνεῖναι μετὰ Αἰακοῦ add. S   6. αὐτοῦ B
ἐγένετο παῖδες αὐτῷ S   7. Pherecyd. frg. 15   8. ἀκταίου S A:
Ἄκτορος Gal.   9. νηρέως S R: κυθρέως A   Ψαμάθῃ] E fol. 29¹
Ψαμάθῃ B: ψαμάθῳ A   10. φώκην S: φώκην R O R⁴
τέλην A   ἠλλαγμένην R R⁴ B V   11. συνελθεῖν It (difficile
lectu): ἀνελθεῖν A   12. πάντων * E S (ἀνθρώπων add. S):
ἁπάντων A   14. καὶ * add. E   16. μελίσας E R: μελίσσας A
χρησμοὶ S: χρησμοὶ δὲ A   22. ἀδελφοὺς] φασιν add. Eber-
hardus Jen. Litt.-Ztg. 1874 p. 429   22 ss.] conf. Diod. IV,
72, 6: Πηλεὺς δίσκῳ βαλὼν ἀπέκτεινεν ἀκουσίως Φῶκον

κλήρῳ Τελαμὼν συγγυμναζόμενον αὐτὸν βαλὼν δίσκῳ
κατὰ τῆς κεφαλῆς κτείνει, καὶ κομίσας μετὰ Πηλέως
κρύπτει κατά τινος ὕλης. φωραθέντος δὲ τοῦ φόνου 161
7 φυγάδες ἀπὸ Αἰγίνης ὑπὸ Αἰακοῦ ἐλαύνονται. καὶ Τε-
λαμὼν μὲν εἰς Σαλαμῖνα παραγίνεται πρὸς Κυχρέα τὸν 5
⟨Ποσειδῶνος καὶ⟩ Σαλαμῖνος τῆς Ἀσωποῦ. κτείνας δὲ
ὄφιν οὗτος ἀδικοῦντα τὴν νῆσον † ἧς αὐτὸς ἐβασίλευε,
καὶ τελευτῶν ἄπαις τὴν βασιλείαν παραδίδωσι Τελα-
8 μῶνι. ὁ δὲ γαμεῖ Περίβοιαν τὴν Ἀλκάθου τοῦ Πέλοπος· 162
καὶ ποιησαμένου εὐχὰς Ἡρακλέους ἵνα αὐτῷ παῖς ἄρρην 10
γένηται, φανέντος δὲ μετὰ τὰς εὐχὰς αἰετοῦ, τὸν γεν-
9 νηθέντα ἐκάλεσεν Αἴαντα. καὶ στρατευσάμενος ἐπὶ
Τροίαν σὺν Ἡρακλεῖ λαμβάνει γέρας Ἡσιόνην τὴν Λαο-
μέδοντος θυγατέρα, ἐξ ἧς αὐτῷ γίνεται Τεῦκρος.

12   Πηλεὺς δὲ εἰς Φθίαν φυγὼν πρὸς Εὐρυτίωνα τὸν 163
Ἄκτορος ὑπ᾽ αὐτοῦ καθαίρεται, καὶ λαμβάνει παρ᾽ αὐ-
τοῦ τὴν θυγατέρα Ἀντιγόνην καὶ τῆς χώρας τὴν τρί-
την μοῖραν. καὶ γίνεται θυγάτηρ αὐτῷ Πολυδώρα, ἣν
2 ἔγημε Βῶρος ὁ Περιήρους. ἐντεῦθεν ἐπὶ τὴν θήραν
τοῦ Καλυδωνίου κάπρου μετ᾽ Εὐρυτίωνος ἐλθών, προ- 20
έμενος ἐπὶ τὸν σὺν ἀκόντιον Εὐρυτίωνος τυγχάνει καὶ
κτείνει τοῦτον ἄκων. πάλιν οὖν ἐκ Φθίας φυγὼν εἰς 164
Ἰωλκὸν πρὸς Ἄκαστον ἀφικνεῖται καὶ ὑπ᾽ αὐτοῦ καθαί-

1. λαβών R R^aa   6. Ποσειδῶνος καὶ add. Aeg.   7. νῆσον
 σέτης ἐβασίλευε Hr.   8. καὶ del. Hr.; an ἧς ἀρλεοδum?
9. Περίβοιαν A (schol. Hom. Π 14): Ἐρίβοια Pind. Isthm. 6, 45,
Diod. IV 72, 7   ἀλκάνδρου A, corr. Aeg. (fort. Ἀλκαθόου)
11. ἀετοῦ A, corr. Hr.   12. ἐκάλεσαν BV   14. σὺν· K:
αὐτὸς B   15. εὔρυτον A Τzetz. Lycophr. 175 p. 4 M., corr.
Aeg. (v. infra l. 20 sq. et l 68)   18 s. καὶ γίνεται — Περιήρους
del. Fuchrius Quaest. Troic. p. 81 (v. p. 154 l. 22)   18. αὐτῷ R R^a:
αὐτοῦ A   19. ἐντεῦθεν A: ἐντεῦθεν δὲ odd.   21. ⟨τὸ⟩
ἀκόντιον Hr.

ρεται. ἀγωνίζεται δὲ καὶ τὸν ἐπὶ Πελίᾳ ἀγῶνα. πρὸς 3
Ἀταλάντην διαπαλαίσας. καὶ Ἀστυδάμεια ἡ Ἀκάστου
γυνή, Πηλέως ἐρασθεῖσα, περὶ συνουσίας προσέπεμψεν
165 αὐτῷ λόγους. μὴ δυναμένη δὲ πεῖσαι, πρὸς τὴν γυναῖκα ε
ν αὐτοῦ πέμψασα ἔφη μέλλειν Πηλέα γαμεῖν Στερόπην
τὴν Ἀκάστου θυγατέρα· καὶ τοῦτο ἐκείνη ἀκούσασα
ἀγχόνην ἀνάπτει. Πηλέως δὲ πρὸς Ἄκαστον καταψεύ-
δεται, λέγουσα ὑπ' αὐτοῦ περὶ συνουσίας πεπειρᾶσθαι.
Ἄκαστος ⟨δὲ⟩ ἀκούσας κτεῖναι μὲν ὃν ἐκάθηρεν οὐκ 3
10 ἠβουλήθη, ἄγει δὲ αὐτὸν ἐπὶ θήραν εἰς τὸ Πήλιον.
166 ἔνθα ἁμίλλης περὶ θήρας γενομένης, Πηλεὺς μὲν ὧν
ἐχειροῦτο θηρίων τὰς γλώσσας τούτων ἐκτέμνων εἰς
πήραν ἐτίθει, οἱ δὲ μετὰ Ἀκάστου ταῦτα χειρούμενοι
κατεγέλων ὡς μηδὲν τεθηρακότος τοῦ Πηλέως. ὁ δὲ ι
15 τὰς γλώσσας παρασχόμενος ὅσας εἶχεν ἐκείνοις, το-
167 σαῦτα ἔφη τεθηρευκέναι. ἀποκοιμηθέντος δὲ αὐτοῦ ἐν
τῷ Πηλίῳ, ἀπολικὼν Ἄκαστος καὶ τὴν μάχαιραν ἐν τῇ
τῶν βοῶν κόπρῳ κρύψας ἐπανέρχεται. ὁ δὲ ἐξαναστὰς 3
καὶ ζητῶν τὴν μάχαιραν, ὑπὸ τῶν Κενταύρων κατα-
20 ληφθεὶς ἔμελλεν ἀπόλλυσθαι, σώζεται δὲ ὑπὸ Χείρωνος·
οὗτος καὶ τὴν μάχαιραν αὐτοῦ ἐκζητήσας δίδωσι.
168   γαμεῖ δὲ ὁ Πηλεὺς Πολυδώραν τὴν Περιήρους, ἐξ 4
ἧς αὐτῷ γίνεται Μενέσθιος ἐπίκλην, ὁ Σπερχειοῦ τοῦ
ποταμοῦ. αὖθις δὲ γαμεῖ Θέτιν τὴν Νηρέως, περὶ ἧς 5

1. μελία R μελίᾳ A, corr. Aeg.   2. καὶ om. R   ἀστυμά-
δεια R   ἡ * add. R   8. αὐτὸν vel αὑτοῦ R (compend.): αὐ-
τῆς A   9. δὲ add. Hr., ᾶ Ἄκαστος Empcrius   10. θήραν R:
θήρας A   11. ἐν R: ἔνθεν A   μὲν R: μὲν οὖν A   12. τού-
των del. B.   ἐκτεμῶν Rᵃ Hr.   13. πήραν ἐτίθει R (com-
pend.), Rᵃ: πίω ἀνετίθει A   ταῦτα Somierus   14. τεθηρα-
κότος * R Rᵃ B: τεθηρευκότος C edd.   16. δὲ add. R
17. Ἄκαστος] ἕκαστος R Rᵃ   22. γαμεῖ — Περιήρους] v. p. 163
l. 18 s.   23. αὑτῷ R (compend.), RᵃLT: αὐτοῦ BV

τοῦ γάμου Ζεὺς καὶ Ποσειδῶν ἤρισαν, Θέμιδος δὲ θε-
σπιφδούσης ἔσεσθαι τὸν ἐκ ταύτης γεννηθέντα κρείτ-
τονα τοῦ πατρὸς ἀπέσχοντο. ἔνιοι δέ φασι, Διὸς ὁρμῶν-169
τος ἐπὶ τὴν ταύτης συνουσίαν, εἰρηκέναι Προμηθέα τὸν
ἐκ ταύτης αὐτῷ γεννηθέντα οὐρανοῦ δυναστεύσειν. ὁ
τινὲς δὲ λέγουσι Θέτιν μὴ βουληθῆναι Διὶ συνελθεῖν
ὡς ὑπὸ Ἥρας τραφεῖσαν, Δία δὲ ὀργισθέντα θνητῷ θέ-
λειν αὐτὴν συνοικίσαι. Χείρωνος οὖν ὑποθεμένου Πη-170
λεῖ συλλαβεῖν καὶ κατασχεῖν αὐτὴν μεταμορφουμένην,
ἐπιτηρήσας συναρπάζει, γινομένην δὲ ὁτὲ μὲν πῦρ ὁτὲ 10
δὲ ὕδωρ ὁτὲ δὲ θηρίον οὐ πρότερον ἀνῆκε πρὶν ἢ τὴν
ἀρχαίαν μορφὴν εἶδεν ἀπολαβοῦσαν. γαμεῖ δὲ ἐν τῷ
Πηλίῳ, κἀκεῖ θεοὶ τὸν γάμον εὐωχούμενοι καθύμνη-
σαν. καὶ δίδωσι Χείρων Πηλεῖ δόρυ μείλινον, Ποσει-
δῶν δὲ ἵππους Βαλίον καὶ Ξάνθον· ἀθάνατοι δὲ ἦσαν 15
οὗτοι.

ὡς δὲ ἐγέννησε Θέτις ἐκ Πηλέως βρέφος, ἀθάνατον171
θέλουσα ποιῆσαι τοῦτο, κρύφα Πηλέως εἰς τὸ πῦρ ἐγκρύ-
βουσα τῆς νυκτὸς ἔφθειρεν ὃ ἦν αὐτῷ θνητὸν πατρῷον,
μεθ' ἡμέραν δὲ ἔχριεν ἀμβροσίᾳ. Πηλεὺς δὲ ἐπιτηρήσας 20
καὶ σπαίροντα τὸν παῖδα ἰδὼν ἐπὶ τοῦ πυρὸς ἐβόησε·

1. Θέμιδος ER: Θέτιδος A (idem in E, erasa littera μ, re-
stituit manus prima) 3. ἀπέσχοντο E, R (compend.): ἀπέ-
σχοντα Rª ἀπόσχοντα B ἀποσχόντα C 5. δυναστεύειν A, corr.
Gal. (ἔσεσθαι κρείττονα τοῦ πατρὸς E) 6. Θέτιν μὴ βουλη-
θῆναι * R: μὴ βουληθῆναι Θέτιν A 7. ὡς * add. E Θέλειν * A:
ἐθέλειν edd. 8. αὐτὴν E: αὐτῇ A συνοικίσιν E συνοι-
κῆσαι A, corr. Staverenus οὖν *EA: μὲν οὖν edd. 9. κα-
τασχεῖν *ER: κατ' εὐχὴν RªB κατέχειν C 12. δὲ EA] ταύ-
την add. S 14. δίδωσι Χείρων A S. p. 165, 15: Χείρων μὲν
δίδωσι E 15. βάλιον *ESA: Βαλίον re edd. rocc. 16. οὗτοι
EA] οἱ ἵπποι add. S 18. κρύφα] E fol. 39ᵛ τὸ ESA,
del. Hr. ἐγκρύβουσα SA: ἐγκρύπτουσα E 21. ἐβόησε
ESA: ἀνεβόησε Hr. (conf. I 31

καὶ Θέτις κωλυθεῖσα τὴν προαίρεσιν τελειῶσαι, νήπιον
172 τὸν παῖδα ἀπολιποῦσα πρὸς Νηρηίδας ᾤχετο. κομίζει
δὲ τὸν παῖδα πρὸς Χείρωνα Πηλεύς. ὁ δὲ λαβὼν αὐτὸν ᵇ
ἔτρεφε σπλάγχνοις λεόντων καὶ συῶν ἀγρίων καὶ ἄρκτων
₅ μυελοῖς, καὶ ὠνόμασεν Ἀχιλλέα (πρότερον δὲ ἦν ὄνομα
αὐτῷ Λιγύρων) ὅτι τὰ χείλη μαστοῖς οὐ προσήνεγκε.
173   Πηλεὺς δὲ μετὰ ταῦτα σὺν Ἰάσονι καὶ Διοσκούροις 7
ἐπόρθησεν Ἰωλκόν, καὶ Ἀστυδάμειαν τὴν Ἀκάστου γυ-
ναῖκα φονεύει, καὶ διελὼν μεληδὸν διήγαγε δι' αὐτῆς
₁₀ τὸν στρατὸν εἰς τὴν πόλιν.
174   ὡς δὲ ἐγένετο ἐνναετὴς Ἀχιλλεύς, Κάλχαντος λέ- 8
γοντος οὐ δύνασθαι χωρὶς αὐτοῦ Τροίαν αἱρεθῆναι,
Θέτις προειδυῖα ὅτι δεῖ στρατευόμενον αὐτὸν ἀπολέ-
σθαι, κρύψασα ἐσθῆτι γυναικείᾳ ὡς παρθένον Λυκομή-
₁₁ δει παρέθετο. κἀκεῖ τρεφόμενος τῇ Λυκομήδους θυγα- ᵇ
τρὶ Δηιδαμείᾳ μίγνυται, καὶ γίνεται παῖς Πύρρος αὐτῷ
ὁ κληθεὶς Νεοπτόλεμος αὖθις. Ὀδυσσεὺς δὲ μηνυθέντα
παρὰ Λυκομήδει ζητῶν Ἀχιλλέα, σάλπιγγι χρησάμενος
εὗρε. καὶ τοῦτον τὸν τρόπον εἰς Τροίαν ἦλθε.
175   συνείπετο δὲ αὐτῷ Φοῖνιξ ὁ Ἀμύντορος. οὗτος ὑπὸ ᵇ
τοῦ πατρὸς ἐτυφλώθη καταψευσαμένης φθορὰν Φθίας
τῆς τοῦ πατρὸς παλλακῆς. Πηλεὺς δὲ αὐτὸν πρὸς Χεί-
ρωνα κομίσας, ὑπ' ἐκείνου θεραπευθέντα τὰς ὄψεις
βασιλέα κατέστησε Δολόπων.

5. δὲ *ES: μὲν A   9. μίλη A, corr Coraës   11. ἐν-
ναίτης S   Κάλχαντος EA] τοῦ μάντιως add. S   12. αὐτὰ S
14. αἰσθῆτι EK   Λυκομήδει * add. ES (Πηλεὺς ...
παραγενόμενος εἰς Σκῦρον πρὸς Λυκομήδην τὸν βασιλέα παρ-
έθετο τὸν Ἀχιλλία schol. rec. Hom. Τ 326)   16. αὐτὸς BT
17. μηνυθείτος S   · 18. ἱστορήδει ES, It (compend.):
λυκομήδου A   21. καταψευσάμενος B   φθοράν ES: φθορὰ A
22. παλλακῆς *ES schol. Plat. Legg. XI p. 931 b: παλλα-
κίδος A

ι   συνείπετο δὲ καὶ Πάτροκλος ὁ Μενοιτίου καὶ Σθι-176
νέλης τῆς 'Ακάστου ἢ Περιώπιδος τῆς Φέρητος, ἢ κα-
θάπερ φησὶ Φιλοκράτης, Πολυμήλης τῆς Πηλέως. οὗτος
ἐν 'Οπούντι διενεχθεὶς ἐν παιδιᾷ περὶ ἀστραγάλων παί-
ζων παῖδα Κλειτώνυμον τὸν 'Αμφιδάμαντος ἀπέκτεινε, 5
καὶ φυγὼν μετὰ τοῦ πατρὸς παρὰ Πηλεῖ κατῴκει, καὶ
'Αχιλλέως ἐρώμενος γίνεται. . .

14   Κέκροψ αὐτόχθων, συμφυὲς ἔχων σῶμα ἀνδρὸς καὶ 177
δράκοντος, τῆς 'Αττικῆς ἐβασίλευσε πρῶτος, καὶ τὴν
γῆν πρότερον λεγομένην 'Ακτὴν ἀφ' ἑαυτοῦ Κεκροπίαν 10
ὠνόμασεν. ἐπὶ τούτου, φασίν, ἔδοξε τοῖς θεοῖς πόλεις 178
καταλαβέσθαι, ἐν αἷς ἔμελλον ἔχειν τιμὰς ἰδίας ἕκαστος.
2 ἧκεν οὖν πρῶτος Ποσειδῶν ἐπὶ τὴν 'Αττικήν, καὶ πλή-
ξας τῇ τριαίνῃ κατὰ μέσην τὴν ἀκρόπολιν ἀπέφηνε θά-
λασσαν, ἣν νῦν 'Ερεχθηίδα καλοῦσι. μετὰ δὲ τοῦτον 15
ἧκεν 'Αθηνᾶ, καὶ ποιησαμένη τῆς καταλήψεως Κέκροπα
μάρτυρα ἐφύτευσεν ἐλαίαν, ἣ νῦν ἐν τῷ Πανδροσείῳ
3 δείκνυται. γενομένης δὲ ἔριδος ἀμφοῖν περὶ τῆς χώρας,179
'Αθηνᾷ καὶ Ποσειδῶνι διαλύσας Ζεὺς κριτὰς ἔδωκεν,
οὐχ ὡς εἰπόν τινες, Κέκροπα καὶ Κραναόν, οὐδὲ 'Ερυ- 20

1. μενέί R μενοίτου H*C   2. περιώπιδος *R: περιάπι-
δος A   3. Φιλοκράτης (frg. 2, FHG. IV p. 477): Φιλοστέφανος
propos. R. Stiehle Phil. IV p. 393 s. (conf. schol. Hom. Π 14)
πολυμήλου A, corr. Gal.   τῆς R: τοῦ A   4. παίζων A,
del. Hc.; παῖς ἂν Hr. (περὶ ἀστραγάλων δεγιοθείς schol. Hom.
Μ 1)   5. κλειτώνυμον RO: κλιτώνυμον A; Κλεισώνυμος Phere-
cyd. (schol. Ψ 87), Hellanic. (schol. Μ 1), Philosteph. (schol.
Π 14)   7. lacun. indic. Hc.   16. καταλήψεως ER*, R (com-
pend.); καταλύσεως A   17. Πανδροσείῳ Br.: καθροσίᾳ EA
19. 'Αθηνᾷ καὶ Ποσιδῶτι * κριτὰς δίδωσιν ὁ Ζεὺς E: 'Αθη-
νᾶν καὶ Ποσιδῶνα διαλύσας Ζεὺς κριτὰς ἔδωκε A ('Αθηνᾶν καὶ
Ποσιδῶνα del. Hc.)   20. δαναόν A, corr. Aeg.   ἰρσείχθονα
R: ἰρεσίχθονα A

σίχθονα, θεούς δὲ τοὺς δώδεκα. καὶ τούτων δικαζόν-
των ἡ χώρα τῆς Ἀθηνᾶς ἐκρίθη, Κέκροπος μαρτυρή-
σαντος ὅτι πρώτη τὴν ἐλαίαν ἐφύτευσεν. Ἀθηνᾶ μὲν
οὖν ἀφ' ἑαυτῆς τὴν πόλιν ἐκάλεσεν Ἀθήνας, Ποσειδῶν
δὲ θυμῷ ὀργισθεὶς τὸ Θριάσιον πεδίον ἐπέκλυσε καὶ
τὴν Ἀττικὴν ὕφαλον ἐποίησε.

160   Κέκροψ δὲ γήμας τὴν Ἀκταίου κόρην Ἄγραυλον
παῖδα μὲν ἔσχεν Ἐρυσίχθονα, ὃς ἄτεκνος μετήλλαξε,
θυγατέρας δὲ Ἄγραυλον Ἔρσην Πάνδροσον. Ἀγραύλου
μὲν οὖν καὶ Ἄρεος Ἀλκίππη γίνεται. ταύτην βιαζόμε-
νος Ἁλιρρόθιος, ὁ Ποσειδῶνος καὶ νύμφης Εὐρύτης,
ὑπὸ Ἄρεος φωραθεὶς κτείνεται. Ποσειδῶν δὲ ἐν Ἀρείῳ
πάγῳ κρίνεται δικαζόντων τῶν δώδεκα θεῶν Ἄρει, καὶ
ἀπολύεται. .

161   Ἔρσης δὲ καὶ Ἑρμοῦ Κέφαλος, οὗ ἐρασθεῖσα Ἠὼς
ἥρπασε καὶ μιγεῖσα ἐν Συρίᾳ παῖδα ἐγέννησε Τιθωνόν,
οὗ παῖς ἐγένετο Φαέθων, τούτου δὲ Ἀστύνοος, τοῦ δὲ
Σάνδοκος, ὃς ἐκ Συρίας ἐλθὼν εἰς Κιλικίαν, πόλιν
ἔκτισε Κελίνδεριν, καὶ γήμας Φαρνάκην τὴν Μεγασ-
σάρου τοῦ Τριέων βασιλέως ἐγέννησε Κινύραν. οὗτος
ἐν Κύπρῳ, παραγενόμενος σὺν λαῷ, ἔκτισε Πάφον,
γήμας δὲ ἐκεῖ Μεθάρμην, κόρην Πυγμαλίωνος Κυπρίων
βασιλέως, Ὀξύπορον ἐγέννησε καὶ Ἄδωνιν, πρὸς δὲ

3. ὅτι R*C   πρώτη E, R (compend.): πρῶτον A (conf. Ro-
bertum Herm. XVI p. 72)   5. πεδίον add. R R*   ἐπέκλυσε
R (compend.), R*: ἐπεκάλυε B ἐπεκάλυψε C   8. παῖδας A,
corr. He.   9. ἀγραύλην A, corr. Aeg.   ἔρσην R: ἔργην A
πάνδροσον B (ex πάνδρεσον corr. man. 1): πάνδρεσον A
ἀγραύλης A   10. ἀλκίππη R (compend.): ἅλικππος A
12. σάνδοκος *RR*C: σάνδακος B edd.   19. κελίνδεριν A,
corr. Aeg.   Φαρνάκην Munckerus: Φαινάκην RR* Φανάκην A
μεγασσάρου *R: μεγεσσάρου A edd.   20. τοῦ συρίων βα-
σιλέως R: τὴν συρίων βασιλία A: Τριέων Hr.   κινύραν R:
κινύρας A

τούτοις θυγατέρας Ὀρσεδίκην ⟨καὶ⟩ Λαογόρην καὶ
Βραισίαν. αὗται δὲ διὰ μῆνιν Ἀφροδίτης ἀλλοτρίοις
ἀνδράσι συνευναζόμεναι τὸν βίον ἐν Αἰγύπτῳ μετήλ-
λαξαν. Ἄδωνις δὲ ἔτι παῖς ὢν Ἀρτέμιδος χόλῳ πληγεὶς 183
ἐν θήρᾳ ὑπὸ συὸς ἀπέθανεν. Ἡσίοδος δὲ αὐτὸν Φοί- 5
νικος καὶ Ἀλφεσιβοίας λέγει, Πανύασσις δέ φησι Θείαν-
τος βασιλέως Ἀσσυρίων, ὃς ἔσχε θυγατέρα Σμύρναν.
αὕτη κατὰ μῆνιν Ἀφροδίτης (οὐ γὰρ αὐτὴν ἐτίμα) ἴσχει
τοῦ πατρὸς ἔρωτα, καὶ συνεργὸν λαβοῦσα τὴν τροφὸν
ἀγνοοῦντι τῷ πατρὶ νύκτας δώδεκα συνευνάσθη. ὁ δὲ 184
ὡς ᾔσθετο, σπασάμενος ⟨τὸ⟩ ξίφος ἐδίωκεν αὐτήν· ἡ
δὲ περικαταλαμβανομένη θεοῖς ηὔξατο ἀφανὴς γενέσθαι.
θεοὶ δὲ κατοικτείραντες αὐτὴν εἰς δένδρον μετήλλαξαν,
ὃ καλοῦσι σμύρναν. δεκαμηνιαίῳ δὲ ὕστερον χρόνῳ
τοῦ δένδρου ῥαγέντος γεννηθῆναι τὸν λεγόμενον Ἄδω- 15
νιν, ὃν Ἀφροδίτη διὰ κάλλος ἔτι νήπιον κρύφα θεῶν
εἰς λάρνακα κρύψασα Περσεφόνῃ παρίστατο. ἐκείνη δὲ 185
ὡς ἐθεάσατο, οὐκ ἀπεδίδου. κρίσεως δὲ ἐπὶ Διὸς γε-
νομένης εἰς τρεῖς μοίρας διῃρέθη ὁ ἐνιαυτός, καὶ μίαν
μὲν παρ᾽ ἑαυτῷ μένειν τὸν Ἄδωνιν, μίαν δὲ παρὰ 20
Περσεφόνῃ προσέταξε, τὴν δὲ ἑτέραν παρ᾽ Ἀφροδίτῃ·
ὁ δὲ Ἄδωνις ταύτῃ προσένειμε καὶ τὴν ἰδίαν μοῖραν.
ὕστερον δὲ θηρεύων Ἄδωνις ὑπὸ συὸς πληγεὶς ἀπέθανε.
Κέκροπος δὲ ἀποθανόντος Κρανα ὸς ⟨ἐβασίλευσεν⟩ 186

1. καὶ addidi   5. θήραι RRᵃ: θήραις A   Hesiod.
frg. 57 Rz.   6. λέγει] explic. B fol. 29ᵛ   πανύασσος A:
πανύασος RᵃL   Panyas. frg. 25 K.   Θόαντος A, corr. Gal.
11. τὸ add. Hr.   14. σμύρναν Rᵃ: μύρναν Bᵃμόρτυς C
δεκαμηνιαίῳ RᵃBV   15. τὸν λεγόμενον del. Hr. Herm. XI
p. 234   17. παρίστατο] παρέθετο Hr.   19. τρεῖς * add. Rᵃ
20. ἑαυτ⁻ RᵃP: ἑαυτοῦ Rᵇᵉ αὐτοῦ LT   21. ἐβασίλευσεν
add. Gal.

αὐτόχθων ὦν, ἐφ' οὗ τὸν ἐπὶ Δευκαλίωνος λέγεται κατακλυσμὸν γενέσθαι. οὗτος γήμας ἐκ Λακεδαίμονος Πεδιάδα τὴν Μύνητος ἐγέννησε Κραναὴν καὶ Κραναίχμην καὶ Ἀτθίδα, ἧς ἀποθανούσης ἔτι παρθένου τὴν χώραν Κραναὸς Ἀτθίδα προσηγόρευσε.

187 Κραναὸν δὲ ἐκβαλὼν Ἀμφικτύων ἐβασίλευσε· τοῦ- 6 τον ἔνιοι μὲν Δευκαλίωνος, ἔνιοι δὲ αὐτόχθονα λέγουσι. βασιλεύσαντα δὲ αὐτὸν ἔτη δώδεκα Ἐριχθόνιος ἐκβάλλει. τοῦτον οἱ μὲν Ἡφαίστου καὶ τῆς Κραναοῦ θυγα-10 τρὸς Ἀτθίδος εἶναι λέγουσιν, οἱ δὲ Ἡφαίστου καὶ Ἀθη-188 νᾶς, οὕτως· Ἀθηνᾶ παρεγένετο πρὸς Ἥφαιστον, ὅπλα 1 κατασκευάσαι θέλουσα. ὁ δὲ ἐγκαταλελειμμένος ὑπὸ Ἀφροδίτης εἰς ἐπιθυμίαν ὤλισθε τῆς Ἀθηνᾶς, καὶ διώκειν αὐτὴν ἤρξατο· ἡ δὲ ἔφευγεν. ὡς δὲ ἐγγὺς αὐτῆς 5 15 ἐγένετο πολλῇ ἀνάγκῃ (ἦν γὰρ χωλός), ἐπειρᾶτο συνελθεῖν. ἡ δὲ ὡς σώφρων καὶ παρθένος οὖσα οὐκ ἠνέσχετο· ὁ δὲ ἀπεσπέρμηνεν εἰς τὸ σκέλος τῆς θεᾶς. ἐκείνη δὲ μυσαχθεῖσα ἐρίῳ ἀπομάξασα τὸν γόνον εἰς γῆν ἔρριψε. φευγούσης δὲ αὐτῆς καὶ τῆς γονῆς εἰς γῆν πεσούσης 1 189 Ἐριχθόνιος γίνεται. τοῦτον Ἀθηνᾶ κρύφα τῶν ἄλλων θεῶν ἔτρεφεν, ἀθάνατον θέλουσα ποιῆσαι· καὶ καταθεῖσα αὐτὸν εἰς κίστην Πανδρόσῳ τῇ Κέκροπος παρακατέθετο, ἀπειποῦσα τὴν κίστην ἀνοίγειν. αἱ δὲ ἀδελ- 5

---

1. αὐτοχθάνων Π*B αὐτόχθων C, corr. Hc.	ἐπὶ A, nescio quo casu om. Hr. (conf. Hr. Herm. XI p. 234)	2. ἐκ Λακεδαίμονος del. Hc.	3. μήνιος A, corr. Br.	κραναὴν A	7. αὐτόχθονα R*: αὐτόχθονας A	8. ἔτη L: ἐπὶ A	9. ἡφαίστης τῆς κραναῆς (κραναοῦ R*) A, corr. Fab.	12. ἐγκαταλελειμμένος E: ἐγκαταλελεγμένος A	18. μισαχθεῖσα A	19. φευγούσης — πεσούσης del. Hr., sed conf. inscript. tab. Borg. CIG. III 6129 (Jahn, Griech. Bilderchron. tab. K 2) καὶ EA: ἐκ substit. Wellmannus, De Istro Callimacheo p. 49, sed conf. Comm. Ribb. p. 148s.	22. παρεκάθετο C

φὰἰ τῆς Πανδρόσου ἀνοίγουσιν ὑπὸ περιεργίας, καὶ
θεῶνται τῷ βρέφει παρεσκειραμένον δράκοντα· καὶ
ὡς μὲν ἔνιοι λέγουσιν, ὑπ' αὐτοῦ διεφθάρησαν τοῦ
δράκοντος, ὡς δὲ ἔνιοι, δι' ὀργὴν Ἀθηνᾶς ἐμμανεῖς γε-
• νόμεναι κατὰ τῆς ἀκροπόλεως αὑτὰς ἔρριψαν. ἐν δὲ τῷ 190
τεμένει τραφεὶς Ἐριχθόνιος ὑπ' αὐτῆς Ἀθηνᾶς, ἐκβα-
λὼν Ἀμφικτύονα ἐβασίλευσεν Ἀθηνῶν, καὶ τὸ ἐν ἀκρο-
πόλει ξόανον τῆς Ἀθηνᾶς ἱδρύσατο, καὶ τῶν Παναθη-
ναίων τὴν ἑορτὴν συνεστήσατο, καὶ Πραξιθέαν νηίδα
νύμφην ἔγημεν, ἐξ ἧς αὐτῷ παῖς Πανδίων ἐγεννήθη. 10
7   Ἐριχθονίου δὲ ἀποθανόντος καὶ ταφέντος ἐν τῷ αὐτῷ 191
τεμένει τῆς Ἀθηνᾶς Πανδίων ἐβασίλευσεν, ἐφ' οὗ Δη-
μήτηρ καὶ Διόνυσος εἰς τὴν Ἀττικὴν ἦλθον. ἀλλὰ Δή-
μητρα μὲν Κελεὸς εἰς τὴν Ἐλευσῖνα ὑπεδέξατο, Διόνυ-
σον δὲ Ἰκάριος· ὃς λαμβάνει παρ' αὐτοῦ κλῆμα ἀμπέλου 15
1 καὶ τὰ περὶ τὴν οἰνοποιίαν μανθάνει. καὶ τὰς τοῦ θεοῦ192
δωρήσασθαι θέλων χάριτας ἀνθρώποις, ἀφικνεῖται πρός
τινας ποιμένας, οἳ γευσάμενοι τοῦ ποτοῦ καὶ χωρὶς ὕδα-
τος δι' ἡδονὴν ἀφειδῶς ἑλκύσαντες, πεφαρμάχθαι νομί-
a ζοντες ἀπέκτειναν αὐτόν. μεθ' ἡμέραν δὲ νοήσαντες 20
ἔθαψαν αὐτόν. Ἠριγόνη δὲ τῇ θυγατρὶ τὸν πατέρα
μαστευούσῃ κύων συνήθης ὄνομα Μαῖρα, ἣ τῷ Ἰκαρίῳ
συνείπετο, τὸν νεκρὸν ἐμήνυσε· κἀκείνη κατοδυρομένη
τὸν πατέρα ἑαυτὴν ἀνήρτησε.
8   Πανδίων δὲ γήμας Ζευξίππην τῆς μητρὸς τὴν ἀδελ-193
φὴν θυγατέρας μὲν ἐτέκνωσε Πρόκνην καὶ Φιλομήλαν,

9 πρασιθίαν A, corr. He.; Πασιθέαν Aeg. (Φρασιθία Tzetz.
Chil. I 174 V 671. Πραξιθία I 177 V 674)   10. αὐτῆς A, corr.
Gal.   11. τῷ αὐτῷ * Sculiger: τῷ a B^A τῷ ἃ τῷ A   12. ἐφ'
E: ἀφ' A   14. εἰς τὴν Ἐλευσῖνα dol. He.   15 s. ὃς ...
μανθάνει *E: καὶ ... μανθάνων A (conf. Epit. Vat. p. 107)
20. νοήσαντες A: νήφαντες Valckenarius   23. κατοδυρομένη He.

παῖδας δὲ διδύμους Ἐρεχθέα καὶ Βούτην. πολέμου δὲ
ἐξαναστάντος πρὸς Λάβδακον περὶ γῆς ὅρων ἐπεκαλί-
σατο βοηθὸν ἐκ Θρᾴκης Τηρέα τὸν Ἄρεος, καὶ τὸν πό-
λεμον σὺν αὐτῷ κατορθώσας ἔδωκε Τηρεῖ πρὸς γάμον
194 τὴν ἑαυτοῦ θυγατέρα Πρόκνην. ὁ δὲ ἐκ ταύτης γεννή-
σας παῖδα Ἴτυν, καὶ Φιλομήλας ἐρασθεὶς ἔφθειρε καὶ
ταύτην, εἰπὼν τεθνάναι Πρόκνην, κρύπτων ἐπὶ τῶν χω-
ρίων. αὖθις δὲ γήμας Φιλομήλαν συνηυνάζετο, καὶ τὴν
γλῶσσαν ἐξέτεμεν αὐτῆς. ἡ δὲ ὑφήνασα ἐν πέπλῳ γράμ-
10 ματα διὰ τούτων ἐμήνυσε Πρόκνῃ τὰς ἰδίας συμφο-
195 ράς. ἡ δὲ ἀναζητήσασα τὴν ἀδελφὴν κτείνει τὸν παῖδα
Ἴτυν, καὶ καθεψήσασα Τηρεῖ δεῖπνον ἀγνοοῦντι παρα-
τίθησι· καὶ μετὰ τῆς ἀδελφῆς διὰ τάχους ἔφυγε. Τη-
ρεὺς δὲ αἰσθόμενος, ἁρπάσας πέλεκυν ἐδίωκεν. αἱ δὲ
15 ἐν Δαυλίᾳ τῆς Φωκίδος γινόμεναι περικατάληπτοι θεοῖς
εὔχονται ἀπορνεωθῆναι, καὶ Πρόκνη μὲν γίνεται ἀηδών,
Φιλομήλα δὲ χελιδών· ἀπορνεοῦται δὲ καὶ Τηρεύς, καὶ
γίνεται ἔποψ.

196   Πανδίονος δὲ ἀποθανόντος οἱ παῖδες τὰ πατρῷα 15
20 ἐμερίσαντο, καὶ τὴν ⟨μὲν⟩ βασιλείαν Ἐρεχθεὺς λαμ-
βάνει, τὴν δὲ ἱερωσύνην τῆς Ἀθηνᾶς καὶ τοῦ Ποσει-
δῶνος τοῦ Ἐρεχθέως Βούτης. γήμας δὲ Ἐρεχθεὺς
Πραξιθέαν τὴν Φρασίμου καὶ Διογενείας τῆς Κηφισοῦ,
ἔσχε παῖδας Κέκροπα Πάνδωρον Μητίονα, θυγατέρας

2. ἐξαναστάντος Α: ἐνστάντος Ε (conf. III 203: πολέμου ἐν-
στάντος πρὸς Ἀθηναίους)   Λάβδακον Ε: Λητδακον Α
7 s. εἰπὼν — Πρόκνην et αὖθις — συνηυνάζετο del. Hr.
9. γράμματα Ε Zenob. III 14: γράμματα καὶ Α   10. Πρόκνῃ
Ε Zenob.: πρόκνην Α   12. παρατίθησι Zenob. Fab.: προτίθησι
Ε Α   13. διὰ τάχους *Ε: διαταχέως Α   ἔφυγε Ε Α: ἔφευγε
Hr.   13 s. αἰσθόμενος δὲ Τηρεὺς Ε   19. Πανδίονος Α
20. μὲν add. Br.   22. Ἐρεχθέως Hr.: ἐρεχθορίου Α
23. κυφίσου ΒC   24. παῖδας] μὲν add. Hr.   θυγατέρα ΒC

δὲ Πρόκριν Κρέουσαν Χθονίαν Ὠρείθυιαν, ἣν ἥρπασε
Βορέας.

3 Χθονίαν μὲν οὖν ἔγημε Βούτης, Κρέουσαν δὲ Ξού-197
θος, Πρόκριν δὲ Κέφαλος ⟨ὁ⟩ Δηιόνυς. ἡ δὲ λαβοῦσα
χρυσοῦν στέφανον Πτελέοντι συνευνάζεται, καὶ φωρα- 5
ι θεῖσα ὑπὸ Κεφάλου πρὸς Μίνωα φεύγει. ὁ δὲ αὐτῆς
ἐρᾷ καὶ πείθει συνελθεῖν. εἰ δὲ συνέλθοι γυνὴ Μίνωι,
ἀδύνατον ἦν αὐτὴν σωθῆναι· Πασιφάη γάρ, ἐπειδὴ πολ-
λαῖς Μίνως συνηυνάζετο γυναιξίν, ἐφαρμάκευσεν αὐ-
τόν, καὶ ὁπότε ἄλλῃ συνηυνάζετο, εἰς τὰ ἄρθρα ἐφίει 10
6 θηρία, καὶ οὕτως ἀπώλλυντο. ἔχοντος οὖν αὐτοῦ κύνα 198
ταχὺν ⟨καὶ⟩ ἀκόντιον ἰθυβόλον, ἐπὶ τούτοις Πρόκρις.
δοῦσα τὴν Κιρκαίαν πιεῖν ῥίζαν πρὸς τὸ μηδὲν βλάψαι,
συνευνάζεται. δείσασα δὲ αὖθις τὴν Μίνωος γυναῖκα
ι ἧκεν εἰς Ἀθήνας, καὶ διαλλαγεῖσα Κεφάλῳ μετὰ τούτου 15
παραγίνεται ἐπὶ θήραν· ἦν γὰρ θηρευτική. διωκούσης
δὲ αὐτῆς ἐν τῇ λόχμῃ ἀγνοήσας Κέφαλος ἀκοντίζει, καὶ
τυχὼν ἀποκτείνει Πρόκριν. καὶ κριθεὶς ἐν Ἀρείῳ πάγῳ
φυγὴν ἀίδιον καταδικάζεται.

2 Ὠρείθυιαν δὲ παίζουσαν ἐπὶ Ἰλισσοῦ ποταμοῦ ἁρ-199
πάσας Βορέας συνῆλθεν· ἡ δὲ γεννᾷ θυγατέρας μὲν
Κλεοπάτραν καὶ Χιόνην, υἱοὺς δὲ Ζήτην καὶ Κάλαϊν
πτερωτούς, οἳ πλέοντες σὺν Ἰάσονι καὶ τὰς ἁρπυίας
διώκοντες ἀπέθανον, ὡς δὲ Ἀκουσίλαος λέγει, περὶ

1 s. ἣν ἥρπασε Βορέας del. Hr. 4. ὁ add. Aeg. 7. δὲ *A:
δὲ γε edd. recc. συνέλθοι R* συνέλθειε A, corr. Fab.
9. συνευνάζετο VI., συνευνάζοιτο Hr. 10. ἀφίει He.
12. καὶ add. Hr. 13. ἰδοῦσα A, corr. He. 17. δὲ Aeg.:
γὰρ A λόχμῳ O: λόχμῃ A 20. παίζουσαν Staveren
(conf. Plat. Phaedr. 229 c, Paus. I 19, 5, schol. Apoll. Rhod. I
211 fin.): περῶσαν A Ἰλισσοῦ R*: Ιλισοῦ A 23. καὶ del.
Hr. 24. Acusil. frg. 24

11*

200 Τῆνον ὑφ' Ἡρακλέους ἀπώλοντο. Κλεοπάτραν δὲ ἔγημε ᾶ
Φινεύς, ᾧ γίνονται παῖδες ⟨ἐξ⟩ αὐτῆς Πλήξιππος καὶ
Πανδίων. ἔχων δὲ τούτους ἐκ Κλεοπάτρας παῖδας Ἰδαίαν
ἐγάμει τὴν Δαρδάνου. κἀκείνη τῶν προγόνων πρὸς
⁵ Φινέα φθορὰν καταψεύδεται, καὶ πιστεύσας Φινεὺς ἀμ-
φοτέρους τυφλοῖ. παραπλέοντες δὲ οἱ Ἀργοναῦται σὺν
Βορέᾳ κολάζονται αὐτόν.

201 Χιόνη δὲ Ποσειδῶνι μίγνυται. ἡ δὲ κρύφα τοῦ ᾶ
πατρὸς Εὔμολπον τεκοῦσα, ἵνα μὴ γένηται καταφανής,
₁₀ εἰς τὸν βυθὸν ῥίπτει τὸ παιδίον. Ποσειδῶν δὲ ἀνελό-
μενος εἰς Αἰθιοπίαν κομίζει καὶ δίδωσι Βενθεσικύμῃ
τρέφειν, αὐτοῦ θυγατρὶ καὶ Ἀμφιτρίτης. ὡς δὲ ἐτε-₁
λειώθη, ὁ Βενθεσικύμης ἀνὴρ τὴν ἑτέραν αὐτῷ τῶν
202 θυγατέρων δίδωσιν. ὁ δὲ καὶ τὴν ἀδελφὴν τῆς γαμη-
₁₅ θείσης ἐπεχείρησε βιάζεσθαι, καὶ διὰ τοῦτο φυγαδευθεὶς
μετὰ Ἰσμάρου τοῦ παιδὸς πρὸς Τεγύριον ἧκε, Θρακῶν
βασιλέα, ὃς αὐτοῦ τῷ παιδὶ τὴν θυγατέρα συνῴκισεν.
ἐπιβουλεύων δὲ ὕστερον Τεγυρίῳ καταφανὴς γίνεται, ⁵
καὶ πρὸς Ἐλευσινίους φεύγει καὶ φιλίαν ποιεῖται πρὸς
₂₀ αὐτούς. αὖθις δὲ Ἰσμάρου τελευτήσαντος μεταπεμφθεὶς
ὑπὸ Τεγυρίου παραγίνεται, καὶ τὴν πρὸ τοῦ μάχην
203 διαλυσάμενος τὴν βασιλείαν παρέλαβε. καὶ πολέμου ε

1—6. aliis rationibus additis enarrat schol. Laur. Soph.
Antig. 980 (ταῦτα δὲ ἱστορεῖ Ἀπολλόδωρος ἐν τῇ βιβλιο-
θήκῃ) 2. ἐξ add. He. αὐτ· Rᵃ: αὐτοῦ Α 4. ἐγάμει]
ἐπίγημι schol. Soph., γαμεῖ Hr. 6s. Ἀργοναῦται σὺν Βορέᾳ]
conf. adn. [120) 7. κολάζουσιν Br. 8. Χιόνη δὲ Ποσει-
δῶν Hr. 9. εὐμόλπον C 13. βενθεσικύμης ᵃRᵃ: fedor ἐν
βενθεσικύμης B fedor ὁ βενθεσικόμης C; Ἔνθεος ὁ Βενθ. Br.,
Ἐναλος ὁ Βενθ. Hr. (mariti nomen non additum fuisse certum
est, si O cum Rᵃ consentit; sed nescio, num res sic se ha-
beat) αὐτ· Rᵃ: αὐτοῦ Α 16. τενέριον ORᵃ (sed infra 21.
τεγυρίου Rᵃ) 17. συνῴκισεν Rᵃ: συνῴκησεν Α 18. τεγυ-
ρίῳ Rᵃ

ἐνστάντος πρὸς Ἀθηναίους τοῖς Ἐλευσινίοις, ἐπικληθεὶς
ὑπὸ Ἐλευσινίων μετὰ πολλῆς συνεμάχει Θρᾳκῶν δυ-
νάμεως. Ἐρεχθεῖ δὲ ὑπὲρ Ἀθηναίων νίκης χρωμένῳ
ἔχρησεν ὁ θεὸς κατορθώσειν τὸν πόλεμον, ἐὰν μίαν
: τῶν θυγατέρων σφάξῃ. καὶ σφάξαντος αὐτοῦ τὴν 5
νεωτάτην καὶ αἱ λοιπαὶ ἑαυτὰς κατέσφαξαν· ἐπεποίηντο
γάρ, ὡς ἔφασάν τινες, συνωμοσίαν ἀλλήλαις συναπο-
λίσθαι. γενομένης δὲ μετὰ ⟨τὴν⟩ σφαγὴν τῆς μάχης 204
ο Ἐρεχθεὺς μὲν ἀνεῖλεν Εὔμολπον, Ποσειδῶνος δὲ καὶ
τὸν Ἐρεχθέα καὶ τὴν οἰκίαν αὐτοῦ καταλύσαντος, Κέ- 10
κροψ ὁ πρεσβύτατος τῶν Ἐρεχθέως παίδων ἐβασίλευσεν,
ὃς γήμας Μητιάδουσαν τὴν Εὐπαλάμου παῖδα ἐτέκνωσε
ι Πανδίονα. οὗτος μετὰ Κέκροπα βασιλεύων ὑπὸ τῶν 205
Μητίονος υἱῶν κατὰ στάσιν ἐξεβλήθη, καὶ παραγενόμε-
νος εἰς Μέγαρα πρὸς Πύλαν τὴν ἐκείνου θυγατέρα 15
ι Πυλίαν γαμεῖ. αὖθις ⟨δὲ⟩ καὶ τῆς πόλεως βασιλεὺς
ὑπ' αὐτῆς καθίσταται· κτείνας γὰρ Πύλας τὸν τοῦ πα-
τρὸς ἀδελφὸν Βίαντα τὴν βασιλείαν δίδωσι Πανδίονι,
αὐτὸς δὲ εἰς Πελοπόννησον σὺν λαῷ παραγενόμενος
κτίζει πόλιν Πύλον.   20
ι   Πανδίονι δὲ ἐν Μεγάροις ὄντι παῖδες ἐγένοντο 206
Αἰγεὺς Πάλλας Νῖσος Λύκος. ἔνιοι δὲ Αἰγία Σκυρίου
ε εἶναι λέγουσιν, ὑποβληθῆναι δὲ ὑπὸ Πανδίονος. μετὰ
δὲ τὴν Πανδίονος τελευτὴν οἱ παῖδες αὐτοῦ στρατεύ-
σαντες ἐπ' Ἀθήνας ἐξέβαλον τοὺς Μητιονίδας καὶ τὴν 25
ἀρχὴν τετραχῇ διεῖλον· εἶχε δὲ τὸ πᾶν κράτος Αἰγεύς.

1. ἀθηναίοις καὶ ἐλευσινίοις A, corr. He.   3. ὑπὲρ A:
πιρὶ Hr,   8. τὴν add. Br.   9. καὶ ante τὸν del. He.
12. μιτιάδονσαν B   13. κέκροπος A, corr. He.   14. μετί-
ωτος A   16. κτλίαν A, corr. Fab,   δὲ add. He.   17. ὑπ'
αὐτῆς A, aut delendam aut ἐπ' αὐτοῦ scribendam censet He. .
22. νῖσος E: νίσης A

207 γαμεῖ δὲ πρώτην μὲν Μήταν τὴν Ὁπλῆτος, δευτέραν
δὲ Χαλκιόπην τὴν Ῥηξήνορος. ὡς δὲ οὐκ ἐγένετο παῖς ▪
αὐτῷ, δεδοικὼς τοὺς ἀδελφοὺς εἰς Πυθίαν ἦλθε καὶ
περὶ παίδων γονῆς ἐμαντεύετο. ὁ δὲ θεὸς ἔχρησεν αὐτῷ·
5   ἀσκοῦ τὸν προὔχοντα ποδάονα, φέρτατε λαῶν,
μὴ λύσῃς, πρὶν ἐς ἄκρον Ἀθηναίων ἀφίκηαι.
208 ἀπορῶν δὲ τὸν χρησμὸν ἀνῄει πάλιν εἰς Ἀθήνας. καὶ ▪
Τροιζῆνα διοδεύων ἐπιξενοῦται Πιτθεῖ τῷ Πέλοπος, ὃς
τὸν χρησμὸν συνείς, μεθύσας αὐτὸν τῇ θυγατρὶ συγκατ-
10 ἔκλινεν Αἴθρᾳ. τῇ δὲ αὐτῇ νυκτὶ καὶ Ποσειδῶν ἐπλη-
σίασεν αὐτῇ. Αἰγεὺς δὲ ἐντειλάμενος Αἴθρᾳ, ἐὰν ἄρ- =
ρενα γεννήσῃ, τρέφειν, τίνος ἐστὶ μὴ λέγουσαν, ἀπέλι-
πεν ὑπό τινα πέτραν μάχαιραν καὶ πέδιλα, εἰπών, ὅταν
ὁ παῖς δύνηται τὴν πέτραν ἀποκυλίσας ἀνελέσθαι
15 ταῦτα, τότε μετ' αὐτῶν αὐτὸν ἀποπέμπειν.
209   αὐτὸς δὲ ἧκεν εἰς Ἀθήνας, καὶ τὸν τῶν Παναθη- 5
ναίων ἀγῶνα ἐπετέλει, ἐν ᾧ ὁ Μίνωος παῖς Ἀνδρό-
γεως ἐνίκησε πάντας. τοῦτον Αἰγεὺς ἐπὶ τὸν Μαρα-
θώνιον ἔπεμψε ταῦρον, ὑφ' οὗ διεφθάρη. ἔνιοι δὲ
20 αὐτὸν λέγουσι πορευόμενον εἰς Θήβας ἐπὶ τὸν Λαΐου
ἀγῶνα πρὸς τῶν ἀγωνιστῶν ἐνεδρευθέντα διὰ φθόνον
210 ἀπολέσθαι. Μίνως δέ, ἀγγελθέντος αὐτῷ τοῦ θανάτου, ▪
θύων ἐν Πάρῳ ταῖς χάρισι. τὸν μὲν στέφανον ἀπὸ

---

1. πρῶτον A S p. 182, 26, corr. Hr.   μήταν A (μητατέρα
S pro μήταν τήν): Mælleαν schol. Eurip. Med. 673 Aeg. Wila-
mowitzius Herm XV p. 523   5. ποδάονα *ES Tzetz. Lycophr.
494, schol. Eurip. Med. 679: πόδα μέγα A Plut. Thes 3. 6 (conf.
Epit. Vat. p. 107 s.)   7. δὲ om. B   12. τίνος ἐστὶ μὴ λέ-
γουσαν *ES: καὶ τίνος ἔσται μή. λέγειν A (conf. Mus. Rhen.
XLVI p. 391)   13. τινα πέτραν *ESA: τινι πέτρᾳ edd.
εἰκών ESA: ἐπεικών Hr.   17 ss conf. schol. Plat. Min. 321a
18. αἰγεὺς S: ὁ ζεὺς A   20. Θήβας Meursius (conf. Diod.
. IV 60, 5): Ἀθήνας A   22. ἀγγελθέντος Wyttenbachius: ἐπελ-
θόντος A   αὐτοῦ Δ, corr. Πε.   τοῦ add. Rᵃ

τῆς κεφαλῆς ἔρριψε καὶ τὸν αὐλὸν κατέσχε. τὴν δὲ
θυσίαν οὐδὲν ἧττον ἐπετέλεσεν· ὅθεν ἔτι καὶ δεῦρο
χωρὶς αὐλῶν καὶ στεφάνων ἐν Πάρῳ θύουσι ταῖς χάρισι.
8 μετ' οὐ πολὺ δὲ θαλασσοκρατῶν ἐπολέμησε στόλῳ τὰς
'Αθήνας, καὶ Μέγαρα εἷλε Νίσου βασιλεύοντος τοῦ Παν- 5
δίονος, καὶ Μεγαρέα τὸν Ἱπποιμένους ἐξ Ὀγχηστοῦ Νίσῳ
βοηθὸν ἐλθόντα ἀπέκτεινεν. ἀπέθανε δὲ καὶ Νίσος διὰ
2 θυγατρὸς προδοσίαν. ἔχοντι γὰρ αὐτῷ πορφυρέαν ἐν 211
μέσῃ τῇ κεφαλῇ τρίχα ταύτης ἀφαιρεθείσης ἦν χρησμὸς
τελευτῆσαι· ἡ δὲ θυγάτηρ αὐτοῦ Σκύλλα ἐρασθεῖσα 10
Μίνωος ἐξεῖλε τὴν τρίχα. Μίνως δὲ Μεγάρων κρα-
τήσας καὶ τὴν κόρην τῆς πρύμνης τῶν ποδῶν ἐκδήσας
ὑποβρύχιον ἐποίησε.

χρονιζομένου δὲ τοῦ πολέμου, μὴ δυνάμενος ἑλεῖν 212
'Αθήνας εὔχεται Διὶ παρ' 'Αθηναίων λαβεῖν δίκας. γε- 15
νομένου δὲ τῇ πόλει λιμοῦ τε καὶ λοιμοῦ, τὸ μὲν πρῶ-
τον κατὰ λόγιον 'Αθηναῖοι παλαιὸν τὰς Ὑακίνθου κόρας,
'Ανθηίδα Αἰγληίδα Λυταίαν Ὀρθαίαν, ἐπὶ τὸν Γεραί-
4 στου τοῦ Κύκλωπος τάφον κατέσφαξαν· τούτων δὲ ὁ
πατὴρ Ὑάκινθος ἐλθὼν ἐκ Λακεδαίμονος 'Αθήνας κατῴ- 20
κει. ὡς δὲ οὐδὲν ὄφελος ἦν τοῦτο, ἐχρῶντο περὶ ἀπαλ- 213
λαγῆς. ὁ δὲ θεὸς ἀνεῖλεν αὐτοῖς Μίνωι διδόναι δίκας
5 ἃς ἂν αὐτὸς αἱροῖτο. πέμψαντες οὖν πρὸς Μίνωα ἐπ-

---

1. τὴν δὲ He.: καὶ τὴν A   5. τοῦ ER*: τῶν A
6. ἐξαχ τοῦ R* ἐξ ὀχετοῦ A, corr. Aeg.   7. καὶ del. Hr.
9. ἦν χρησμὸς * add. E   10. τελευτῆσαι *E: τελευτῇ A, τε-
λευτᾶν Hr.   11. μίνως E: μόνον A   12. τῶν ποδῶν ES,
del. Hr.   ἐκδήσας B   17. ἀθηναίοις A, corr. Aeg.
18. Αἰγληίδα Aeg.: ἀγληίδα R* ἀγληηίδα A   post hanc vocem
Ἡνθηνίδα add. A, del. Gal.   Λυταίαν A: Λουσίαν Meursius
(conf. Steph. Byz. s. Λουσιά)   γεραίστον A γεραίστον V, corr.
Aeg.   21. τούτων Br.   22. ἀπεῖπεν A ἀντεῖπεν schol. Plat.
Min. 321 a, corr. Fab.   23. αἱροῖτο *E: αἱρεῖται A, αἱρῆται
schol. Plat. Clarierius

ἕτερπον αἰτεῖν δίκας. Μίνως δὲ ἐκέλευσεν αὐτοῖς κό-
ρους ἑπτὰ καὶ κόρας τὰς ἴσας χωρὶς ὅπλων πέμπειν τῷ
Μινωταύρῳ βοράν. ἦν δὲ οὗτος ἐν λαβυρίνθῳ καθ- ε
ειργμένος, ἐν ᾧ τὸν εἰσελθόντα ἀδύνατον ἦν ἐξιέναι·
3 πολυπλόκοις γὰρ καμπαῖς τὴν ἀγνοουμένην ἔξοδον ἀπ-·
214 ἔκλειε. κατεσκευάκει δὲ αὐτὸν Δαίδαλος ὁ Εὐπαλάμου
παῖς τοῦ Μητίονος καὶ Ἀλκίππης. ἦν γὰρ ἀρχιτέκτων
ἄριστος καὶ πρῶτος ἀγαλμάτων εὑρετής. οὗτος ἐξ Ἀθη- 9
νῶν ἔφυγεν, ἀπὸ τῆς ἀκροπόλεως βαλὼν τὸν τῆς ἀδελ-
10 φῆς [Πέρδικος] υἱὸν Τάλω, μαθητὴν ὄντα, δείσας μὴ
διὰ τὴν εὐφυΐαν αὐτὸν ὑπερβάλῃ· σιαγόνα γὰρ ὄφεως
215 εὑρὼν ξύλον λεπτὸν ἔπρισε. φωραθέντος δὲ τοῦ νεκροῦ 1
κριθεὶς ἐν Ἀρείῳ πάγῳ καὶ καταδικασθεὶς πρὸς Μίνωα
ἔφυγε. [κἀκεῖ Πασιφάης ἐρασθείσης τοῦ Ποσειδῶνος
15 ταύρου συνήργησε τεχνησάμενος ξυλίνην βοῦν, καὶ τὸν
λαβύρινθον κατεσκεύασεν, εἰς ὃν κατὰ ἔτος Ἀθηναῖοι
κόρους ἑπτὰ καὶ κόρας τὰς ἴσας τῷ Μινωταύρῳ βορὰν
ἔπεμπον.]

216   Θησεὺς δὲ γεννηθεὶς ἐξ Αἴθρας Αἰγεῖ παῖς, ὡς 16
20 ἐγένετο τέλειος, ἀπωσάμενος τὴν πέτραν τὰ πέδιλα καὶ
τὴν μάχαιραν ἀναιρεῖται, καὶ πεζὸς ἠπείγετο εἰς τὰς

1 ν. αὐτοῖς] ιδ' add. A (τισσαρακαιδεκαίτις E, δεκέτεις schol.
Plat.), del. Gal.   κόρους *E schol. Plat.: κούρους A   3. ἐν
⟨τῷ⟩ Hr.   3 ss. καθειργμένος, ὃν κατεσκευάκει Δαίδαλος,
reliquis verbis deletis, Hr. (conf. III 11)   7. μητίονος P: μη-
τίωνος Rᵃ μιτίονος RᵇᶜC   ἦν γὰρ *E: οὗτος ἦν SA (οὗτος
ἦν — ἐφευγεν del. Hr.)   10. πρόδικας E Tzetz. Chil. I 493:
πέρδικος A, del. Hr.   Τάλω Diod. IV 76, 4 Aeg.: ἀτάλω SA
ἀττάλω Tzetz. ἀτέλην E   13. καὶ * add. E   14 ss. κάκει
— ἔπεμπον ESA, recte del. Hr.   Πασιφάης ἐρασθείσης SA:
Πασιφάη ἐρασθείσῃ E   15. συνήργησε E συνήργησε S: συνήρ-
γασι A   17. κόρους *E8: κούρους A   20. ἐγένετο E: ἐγεν-
ρήθη SA

'Αθήνας. φρουρουμένην δὲ ὑπὸ ἀνδρῶν κακούργων τὴν
2 ὁδὸν ἡμέρωσε. πρῶτον μὲν γὰρ Περιφήτην τὸν Ἡφαί-217
στου καὶ Ἀντικλείας, ὃς ἀπὸ τῆς κορύνης ἣν ἐφόρει κο-
ρυνήτης ἐπεκαλεῖτο, ἔκτεινεν ἐν Ἐπιδαύρῳ. πόδας δὲ
ἀσθενεῖς ἔχων οὗτος ἐφόρει κορύνην σιδηρᾶν, δι' ἧς 5
τοὺς παριόντας ἔκτεινε. ταύτην ἀφελόμενος Θησεὺς
2 ἐφόρει. δεύτερον δὲ κτείνει Σίνιν τὸν Πολυπήμονος 218
καὶ Συλέας τῆς Κορίνθου. οὗτος πιτυοκάμπτης ἐπε-
καλεῖτο· οἰκῶν γὰρ τὸν Κορινθίων ἰσθμὸν ἠνάγκαζε
2 τοὺς παριόντας πίτυς κάμπτοντας ἀνέχεσθαι· οἱ δὲ διὰ 10
τὴν ἀσθένειαν οὐκ ἠδύναντο κάμπτειν, καὶ ὑπὸ τῶν δέν-
δρων ἀναρριπτούμενοι πανωλέθρως ἀπώλλυντο. τούτῳ
τῷ τρόπῳ καὶ Θησεὺς Σίνιν ἀπέκτεινεν.

1 s. φρουρουμένην . . . τὴν ὁδὸν *E: φρουρουμένης . . . τῆς
ὁδοῦ A   2. γὰρ *EA: οὖν add. recc.   3 s. ὃς — ἐπεκα-
λεῖτο del. Hr.   4. Ἐπιδαύρῳ E: ἐπιδάφρῳ A   5. ἀσθενεῖς A:
βριαροὺς S, quod minus recte commendat H ülffers (Zur The-
seussage 1892 p. 144), conf. Mus. Rhen. XLVI p. 392   σιδη-
ρᾶν] ἣν ἀπὸ τὸν Ἡφαίστου Περιφήτην flaßev add. S (conf. ibid.
p. 385)   7. δὲ om. E, sed conf. II 77: δεύτερον δὲ ἄθιον ἐπί-
ταξεν   7. 18. σίτην ER* σίνιν B σίντην C   8. πιτυο-
κάμπτης ER*; πιτροκάμπης A   11. κάμπτειν del. Hr.
12. ἀναρριπτούμενοι EA: ἀναρριπτόμενοι Hr.   12 s. τούτῳ
τῷ τρόπῳ EA: τοῦτον τὸν τρόπον Hr. (Philol. IV p. 571), sed
conf. Plut. Thes. 8, 5, Paus. II 1 4, (Epit. Vat. p. 108)   13. καὶ *
add. E Paus. ibid.

APOLLODORI BIBLIOTHECAE

EPITOMA

EX

EPITOMA VATICANA

ET

FRAGMENTIS SABBAITICIS

COMPOSITA

F epitoma Vaticana: Vaticanus 950

Wagner, Epitoma Vaticana ex Apollodori bibliotheca
Accedunt curae mythographae de Apollodori fontibus.
(Lipsiae 1891) p. 54—76 (cap. I—XXIII). — Confer prae-
terea: Ein Excerpt aus Apollodors Bibliothek (Mus. Rhen.
XLI 1886 p. 134—150). De Apollodori bibliothecae interpo-
lationibus. (Commentationes Ribbeckianae p. 133—151). —
E. Bethe, Proklos und der epische Cyclus (Herm. XXVI
p. 593—633). *Wagner*, Proklos und Apollodoros (Fleckeis.
ann. 1892 p. 241—256).

S fragmenta Sabbaitica: Sabbaiticus-Hierosolymita-
nus 366

A. Papadopulos-Kerameus, Apollodori bibliothecae frag-
menta Sabbaitica (Mus. Rhen. XLVI 1891 p. 161—192).
Confer praeterea: *H. Diels*, Apollodori fragmentorum
Sabbaiticorum supplementum (ibid. p. 617 s.). *Wagner*,
Die Sabbaitischen Apollodorfragmente (ibid. p. 878—419,
618 s.).

Epitoma Vaticana litteris obliquis (Ζεύς), fragmenta
Sabbaitica typis erectis (Ζεύς) expressa sunt.

Ker. *Papadopulos-Kerameus*
Büch. *Bücheleri* curae criticae editioni fragmentorum
  Sabbaiticorum adiectae sunt.
* asterisco lectiones praeferendas insignivi.

(I.) Τρίτην ἔκτεινεν ἐν Κρομμυῶνι σῦν τὴν κα-1
λουμένην Φαιὰν ἀπὸ τῆς θρεψάσης γραὸς αὐτήν· ταύ-
την τινὲς Ἐχίδνης καὶ Τυφῶνος λέγουσι. τέταρτον 2
ἔκτεινε Σκείρωνα τὸν Κορίνθιον τοῦ Πέλοπος, ὡς δὲ
5 ἔνιοι Ποσειδῶνος. οὗτος ἐν τῇ Μεγαρικῇ κατέχων τὰς
ἀφ' ἑαυτοῦ κληθείσας πέτρας Σκειρωνίδας, ἠνάγκαζε
τοὺς παριόντας νίζειν αὐτοῦ τοὺς πόδας, καὶ νίζοντας
εἰς τὸν βυθὸν αὐτοὺς ἔρριπτε βορὰν ὑπερμεγέθει χε-
λώνῃ. Θησεὺς δὲ ἁρπάσας αὐτὸν τῶν ποδῶν ἔρριψεν 3
10 ⟨εἰς τὴν θάλασσαν⟩. πέμπτον ἔκτεινεν ἐν Ἐλευσῖνι
Κερκυόνα τὸν Βράγχου καὶ Ἀργιόπης νύμφης. οὗτος
ἠνάγκαζε τοὺς παριόντας παλαίειν καὶ παλαίων ἀνῄρει·
Θησεὺς δὲ αὐτὸν μετέωρον ἀράμενος ἤρραξεν εἰς γῆν.
ἕκτον ἀπέκτεινε Δαμάστην, ὃν ἔνιοι Πολυπήμονα λέ- 4
15 γουσιν. οὗτος τὴν οἴκησιν ἔχων παρ' ὁδὸν ἐστόρεσε
δύο κλίνας, μίαν μὲν μικράν, ἑτέραν δὲ μεγάλην, καὶ
τοὺς παριόντας ἐπὶ ξένια καλῶν· τοὺς μὲν βραχεῖς ἐπὶ
τῆς μεγάλης κατακλίνων σφύραις ἔτυπτεν, ἵν' ἐξισω-

1. κρομμυοῦντι E   2. ὑπὸ E, correxi Comm. Ribb. p. 144
4. Σκείρωνα] de nominis forma conf. Callim. frg. 378 Schn.
9. ἔρριψε E) εἰς τὴν θάλασσαν addidi ex schol. Eurip. Hipp.
979 ed. Dind., l'aus. I 44, 8   10 ss. de Cercyone conf. schol.
Plat. legg. VII p. 796 a   11. βραγχου E   18 ss μετέωρον
αὐτὸν ἀράμενος ἔρριψεν εἰς γῆν καὶ ἀπέκτεινεν schol. Plat.
13. ἤρραξεν Περκερδεκκε Mnemos. XX p. 197   14 ss. conf.
schol. Eurip. Hipp. 977, ubi eadem de Sinide narrantur
17. ξενίαν E, correxi (conf. bibl. III 98. Steph. Thes. V 1613)
18. ἐξισῶση E, correxi

θῶσι ταῖς κλίναις, τοὺς δὲ μεγάλους ἐπὶ τῆς μικρᾶς. καὶ τὰ ὑπερέχοντα τοῦ σώματος ἀπέκριζε.

καθήρας οὖν Θησεὺς τὴν ὁδὸν ᾔκεν εἰς Ἀθήνας. Μήδεια δὲ Αἰγεῖ τότε συνοικοῦσα ἐπεβούλευσεν αὐτῷ, καὶ πείθει τὸν Αἰγέα φυλάττεσθαι ὡς ἐπίβουλον αὐτοῦ. Αἰγεὺς δὲ τὸν ἴδιον ἀγνοῶν παῖδα, δείσας ἔπεμψεν ἐπὶ τὸν Μαραθώνιον ταῦρον.

ὡς δὲ ἀνεῖλεν αὐτόν, παρὰ Μηδείας λαβὼν αὐθημερινὸν προσήνεγκεν αὐτῷ φάρμακον. ὁ δὲ μέλλοντος αὐτῷ τοῦ ποτοῦ προσφέρεσθαι ἐδωρήσατο τῷ πατρὶ τὸ ξίφος, ὅπερ ἐπιγνοὺς Αἰγεὺς τὴν κύλικα ἐξέρριψε τῶν χειρῶν αὐτοῦ. Θησεὺς δὲ ἀνα-

ἔκτεινε δὲ πάντας καὶ κατετροπώcατο τοὺc ἀντιπράττονταc ἥρωαc καὶ πάνταc τοὺc ληcτρικὸν μετιόνταc βίον. Μήδεια Αἰγεῖ τότε cυνοικοῦcα ['Αθήναιc] ἐπεβούλευcεν αὐτῷ, καὶ πείθει τὸν Αἰγέα φυλάττεcθαι ὡc ἐπίβουλον αὐτοῦ. Αἰγεὺc δὲ τὸν ἴδιον ἀγνοῶν παῖδα, δείcαc [αὐτὸν ὡc βριαρὸν ὄντα] ἐπὶ τὸν Μαραθώνιον ἔπεμψε ταῦρον[ἀναλωθῆναι ὑπ' αὐτοῦ]. ὡc δ' ὁ Θηcεὺc ἀνεῖλεν αὐτόν, παρὰ Μηδείαc λαβὼν αὐθήμερον προcήνεγκεν αὐτῷ φάρμακον. ὁ δὲ μέλλοντοc αὐτῷ τοῦ ποτοῦ προcφέρεcθαι ἐδωρήcατο τῷ πατρὶ τὸ ξίφοc, ὅπερ Αἰγεὺc ἐπιγνοὺc τὴν κύλικα ἐξέρριψε τῶν χειρῶν αὐτοῦ. Θηcεὺc δὲ ἀναγωριcθεὶc τῷ πατρὶ καὶ

---

1. ταῖς κλίναις] exspectaveris τῇ κλίνῃ. sed conf. Plut. Thes. 11, 1: ἀναγκάσας αὐτὸν ἀπιοῦν τοῖς κλιττῆροι   8 ss. nacis inclusa deleri Mus. Rhen. XLVI p. 388 s.   8. Ἀθήναις] nota structuram Latinam   11. αὐτοῦ ES: αὐτὸν Bück.   18. αὐθημερινὸν · E: αὐθημερὸν (sic) S

γνωρισθεὶς τῷ πατρὶ καὶ
τὴν ἐπιβουλὴν μαθὼν ἐξ-
έβαλε τὴν Μήδειαν.
καὶ εἰς τὸν τρίτον δασ-
5 μὸν τῷ Μινωταύρῳ συγ-
καταλέγεται· ὡς δέ τινες
λέγουσιν, ἑκὼν ἑαυτὸν
ἔδωκεν. ἐχούσης δὲ τῆς
νεὼς μέλαν ἱστίον Αἰγεὺς
10 τῷ παιδὶ ἐνετείλατο, ἐὰν
ὑποστρέφῃ ζῶν, λευκοῖς
πετάσαι τὴν ναῦν ἱστίοις.
ὡς δὲ ἧκεν εἰς Κρήτην,
Ἀριάδνη θυγάτηρ Μίνωος
15 ἐρωτικῶς διατεθεῖσα πρὸς
αὐτὸν συμπεράσειν ἐπαγ-
γέλλεται, ἐὰν· ὁμολογήσῃ
γυναῖκα αὐτὴν ἕξειν ἀπα-
γαγὼν εἰς Ἀθήνας.
20 ὁμολο-
γήσαντος δὲ σὺν ὅρκοις
Θησέως δεῖται Δαιδάλου
μηνῦσαι τοῦ λαβυρίνθου
25 τὴν ἔξοδον. ὑποθεμένου
δὲ ἐκείνου, λίνον εἰσιόντι

τὴν ἐπιβουλὴν μαθὼν ἐξ-
έβαλε τὴν Μήδειαν.

καὶ εἰς τὸν τρίτον δαςμὸν 7
τῷ Μινωταύρῳ ςυγκαταλέ-
γει βοράν.

ἐξέπλει δ' εἰς Κρήτην καὶ 8
ἧκεν. Ἀριάδνη γοῦν ἡ Μί-
νωος θυγάτηρ ἐρωτικῶς τῷ
Θηςεῖ διατεθεῖςα ςυμπράς-
ςειν ἐπαγγέλλεται [πρὸς τὴν
Μινωταύρου εἰςέλευςιν λα-
βυρίνθου], ἐὰν ὁμολογήςῃ
γυναῖκα αὐτὴν ἕξειν ἀπα-
γαγὼν εἰς Ἀθήνας. ὁμολο-
γήςαντος δὲ ςὺν ὅρκοις
Θηςέως δεῖται Δαιδάλου
μηνῦςαι τοῦ λαβυρίνθου τὴν
ἔξοδον. ὑποθεμένου δὲ ἐκεί- 9
νου, λίνον εἰςιόντι Θηςεῖ

6 f. συγκαταλέγεται *E: συγκαταλέγει βοράν S; an excidit αὐ-
τὸν Μίνως? conf. Plut. Thes. 17, 4   12. κατακεᾶσαι?
15. conf. schol. Hom. λ 322 (Pherecyd. frg. 106); ἐρωτικῶς
πρὸς αὐτὸν διατεθεῖσα   16. συμπεράσειν *S: συμπεράσειν E
*17 ss. πρὸς — λαβυρίνθου delenda sunt   24. μηνῦσαι E
26. λίνον E:

Θησεῖ δίδωσι· τοῦτο ἐξ-
άψας Θησεὺς τῆς θύρας
ἐφελκόμενος εἰσῄει. κατα-
λαβὼν δὲ Μινώταυρον ἐν
ἐσχάτῳ μέρει τοῦ λαβυ-
ρίνθου παίων πυγμαῖς ἀπ-
έκτεινεν, ἐφελκόμενος δὲ
τὸ λίνον πάλιν ἐξῄει. καὶ
διὰ νυκτὸς μετὰ 'Αριάδνης
καὶ τῶν παίδων εἰς Νά-
ξον ἀφικνεῖται. ἔνθα Δι-
όνυσος ἐρασθεὶς 'Αριάδνης
ἥρπασε, καὶ κομίσας εἰς
Λῆμνον ἐμίγη.

10 λυπούμενος δὲ Θησεὺς
ἐπ' 'Αριάδνῃ κατακλέων
ἐπελάθετο πετάσαι τὴν
ναῦν λευκοῖς ἱστίοις. Αἰ-
γεὺς δὲ ἀπὸ τῆς ἀκροπό-
λεως τὴν ναῦν ἰδὼν ἔχου-
σαν μέλαν ἱστίον, Θησέα
νομίσας ἀπολωλέναι ῥίψας
11 ἑαυτὸν μετήλλαξε. Θησεὺς
δὲ παρέλαβε τὴν 'Αθηναίων
δυναστείαν.

δίδωει· τοῦτο ἐξάψας τῆς
θύρας Θησεὺς ἐφελκόμενος
εἰςῄει. καταλαβὼν δὲ Μινώ-
ταυρον ἐν ἐςχάτῳ μέρει τοῦ
λαβυρίνθου, παίων πυγμαῖς
ἀπέκτεινεν αὐτόν. ἐφελκό-
μενος δὲ τὸ λίνον πάλιν
ἐξῄει καὶ διὰ νυκτὸς μετά
'Αριάδνης καὶ τῶν παίδων
εἰς Νάξον ἀφικνεῖται. ἔνθα
Διόνυσος ἐρασθεὶς 'Αριάδ-
νης ἥρπασε, καὶ κομίσας εἰς
Λῆμνον ἐμίγη, καὶ τεννᾷ
Θόαντα Cτάφυλον Οἰνοπί-
ωνα καὶ Πεπάρηθον.

Θησεὺς παραλαβὼν τὴν
'Αθηναίων δυναcτείαν τοὺς
μὲν Πάλλαντος παῖδας πεν-
τήκοντα τὸν ἀριθμὸν ἀπ-

6. ἐφελκόμενος ΕΒ: προσελκόμενος *Herwerdenus* Muemon.
XX p. 198 (ἀνελίσσοντα τὴν ἀγαθίδα schol. Hom.)   8. λίνον Ε
10. καὶ τὸν παίδων in ras. Ε   πέξον S   14. οἰνω-
πίωνα S, corr. Ker.   16. πάρηθον S, corr. Büch.   17. κα-
τακετάσαι?   16 πάλλαντας S

ἔκτεινεν· ὁμοίως δὲ.καὶ ὅσοι
ἀντᾶραι ἤθελον παρ' αὐτοῦ
ἀπεκτάνθηcαν, καὶ τὴν ἀρ-
χὴν ἅπαcαν ἔcχε μόνοc.

5   (II.) Ὅτι Μίνως, αἰσθόμενος τοῦ φεύγειν τοὺς 12
μετὰ Θησέως, Δαίδαλον αἴτιον ἐν τῷ λαβυρίνθῳ μετὰ
τοῦ παιδὸς Ἰκάρου καθεῖρξεν, ὃς ἐγεγέννητο αὐτῷ ἐκ
δούλης Μίνωος Ναυκράτης. ὁ δὲ πτερὰ κατασκευάσας
ἑαυτῷ καὶ τῷ παιδὶ ἀναπτάντι ἐνετείλατο μήτε εἰς ὕψος
10 πέτεσθαι, μὴ τακείσης τῆς κόλλης ὑπὸ τοῦ ἡλίου αἱ
πτέρυγες λυθῶσι, μήτε ἐγγὺς θαλάσσης, ἵνα μὴ τὰ
πτερὰ ὑπὸ τῆς νοτίδος λυθῇ. Ἴκαρος δὲ ἀμελήσας τῶν 13
τοῦ πατρὸς ἐντολῶν ψυχαγωγούμενος ἀεὶ μετέωρος
ἐφέρετο· τακείσης δὲ τῆς κόλλης πεσὼν εἰς τὴν ἀπ'
15 ἐκείνου κληθεῖσαν Ἰκαρίαν θάλασσαν ἀπέθανε. ⟨Δαί-
δαλος δὲ διασώζεται εἰς Κάμικον τῆς Σικελίας.⟩ Δαί- 14

Zenob. IV 92: Δαίδαλον γὰρ σὺν Ἰκάρῳ τῷ παιδὶ 12
καθεῖρξε Μίνως ἐν τῷ λαβυρίνθῳ δι' ὅπερ εἰργάσατο
μύσος ἐπὶ τῷ τῆς Πασιφάης ἔρωτι τῷ πρὸς τὸν
ταῦρον. ὁ δὲ πτερὰ κατασκευάσας ἑαυτῷ καὶ τῷ παιδὶ
ἐξῆλθε τοῦ λαβυρίνθου καὶ ἀναπτάμενος ἔφυγε σὺν
Ἰκάρῳ. Ἰκάρου μὲν οὖν μετεωρότερον φερομένου καὶ 13
τῆς κόλλης ὑπὸ τοῦ ἡλίου τακείσης, αἱ πτέρυγες διελύ-
θησαν. καὶ οὗτος μὲν εἰς τὸ ἀπ' ἐκείνου κληθὲν
Ἰκάριον πέλαγος καταπίπτει, Δαίδαλος δὲ διασώζε-
ται. ὁ. Μίνως οὖν ἐδίωκε Δαίδαλον καὶ καθ' ἑκάστην 14

6 ss. Zenobii narrationem, quam infra addidi, 'km Rober-
tus Apollodoro restituerat (de Apollod. bibl. p. 49)   7. Ixa-
ρίου E, correxi   8. Ναυκράτης] conf. Tzetz. Chil. I 498
12. Ἰκάριος E   15. lacunam explevi ex Zenob. et Tzetz.
v. 506: ὁ Δαίδαλος δ' εἰς Κάμικον σώζεται Σικελίας.

δαλον δὲ ἐδίωκε Μίνως, καὶ καθ' ἑκάστην χώραν ἐρευ-
· νῶν· ἐκόμιζε κόχλον, καὶ πολὺν ἐπηγγέλλετο δώσειν
μισθὸν τῷ διὰ τοῦ κοχλίου λίνον διείραντι, διὰ τούτου
νομίζων εὑρήσειν Δαίδαλον. ἐλθὼν δὲ εἰς Κάμικον
τῆς Σικελίας παρὰ Κώκαλον, παρ' ᾧ Δαίδαλος ἐκρύ- ₅
πτετο, δείκνυσι τὸν κοχλίαν. ὁ δὲ λαβὼν ἐπηγγέλλετο
15 διείρειν καὶ Δαιδάλῳ δίδωσιν· ὁ δὲ ἐξάψας μύρμηκος
λίνον καὶ τρήσας τὸν κοχλίαν εἴασε δι' αὐτοῦ διελθεῖν.
λαβὼν δὲ Μίνως τὸ λίνον διειρμένον ᾔσθετο ὄντα παρ'
ἐκείνῳ Δαίδαλον, καὶ εὐθέως ἀπῄτει. Κώκαλος δὲ ὑπο- 10
σχόμενος ἐκδώσειν ἐξένισεν αὐτόν· ὁ δὲ λουσάμενος
ὑπὸ τῶν Κωκάλου θυγατέρων ἔκλυτος ἐγίνετο· ὡς δὲ
ἔνιοί φασι, ζεστῷ καταχυθεὶς ⟨ὕδατι⟩ μετήλλαξεν.

χώραν ἐρευνῶν ἐκόμιζε κόχλον, καὶ πολὺν ὑπισχνεῖτο
δοῦναι μισθὸν τῷ διὰ τοῦ κοχλίου λίνον διείραντι, διὰ
τούτου νομίζων εὑρήσειν Δαίδαλον. ἐλθὼν δὲ εἰς ...
Κώκαλον, παρ' ᾧ Δαίδαλος ἐκρύπτετο, δείκνυσι τὸν
κοχλίαν. ὁ δὲ λαβὼν ἐπηγγέλλετο διείρειν καὶ Δαιδάλῳ
15 δίδωσιν· ὁ δὲ ἐξάψας μύρμηκος λίνον καὶ τρήσας τὸν
κοχλίαν εἴασε δι' αὐτοῦ διελθεῖν. λαβὼν δὲ Μίνως
τὸν λίνον διειρμένον ᾔσθετο εἶναι παρ' ἐκείνῳ τὸν
Δαίδαλον, καὶ εὐθέως ἀπῄτει· Κώκαλος δὲ ὑποσχόμενος
δώσειν ἐξένισεν αὐτόν. ὁ δὲ λουσάμενος ὑπὸ τῶν
Κωκάλου θυγατέρων ἀνῃρέθη ζέουσαν πίσσαν ἐπι-
χεαμένων αὐτῷ.

3. 5. λίνον E   3. διείρξαντι E διείξαντι Zenob., corr.
Valckenarius   7. διείρξειν E: διόρξειν Zenob., corr. Valckena-
rius   9 διειργμένον E διειργασμένον Zenob., corr. Valckena-
rius ·   13. ζεστῷ καταλυθεὶς μετήλλαξεν E. correxi ex schol.
Hom. B 145: ἀποθνήσκει καταχυθέντος αὐτοῦ ζεστοῦ ὕδατος.
Apparet igitur Apollodorum scripsisse: ὁ δὲ λουσάμενος
ὑπὸ τῶν Κωκάλου θυγατέρων ἀνῃρέθη ζέουσαν πίσσαν

(ΠΙ.) Ὅτι Θησεὺς Ἡρα-
κλεῖ συστρατευσάμενος ἐπὶ
Ἀμαζόνας ἥρπασε Γλαύκην
τὴν καὶ Μελανίππην,

10 ἐξ ἧς ἔσχε παῖδα Ἱππόλυ-
τον. τὴν πρότερον δὲ διαλυ-
σάμενος ἔχθραν, λαμβάνει
παρὰ Δευκαλίωνος Φαί-
δραν τὴν Μίνωος θυγα-
15 τέρα,

. [Ex epitoma Vaticana
20 huc referenda sunt, quae
leguntur cap. 5, 2.]

25 ἐξ ἧς γεννᾷ δύο παῖδας

cυcτρατευcάμενος δὲ ἐπὶ 16
Ἀμαζόνας Ἡρακλεῖ ἥρπαcεν. 154,11
Ἀντιόπην, ὡς δέ τινες Με-
λανίππην, Cιμωνίδης δὲ Ἱπ-
πολύτην. διὸ ἐcτράτευcαν
ἐπ' Ἀθήνας Ἀμαζόνες. καὶ
cτρατευcαμένας αὐτὰς περὶ
τὸν Ἄρειον πάγον Θηcεύς.
μετὰ Ἀθηναίων ἐνίκηcεν.
ἔχων δὲ ἐκ τῆς Ἀμαζόνος
παῖδα Ἱππόλυτον, λαμβάνει 17
μετὰ ταῦτα παρὰ Δευκαλί-
ωνος Φαίδραν τὴν Μίνωος
θυγατέρα, ἧς ἐπιτελουμένων
τῶν γάμων Ἀμαζὼν ἡ
προγαμηθεῖcα Θηcεῖ τοὺς
cυγκατακειμένους cὺν ταῖς
μεθ' ἑαυτῆς Ἀμαζόcιν ἐπι-
cτᾶcα cὺν ὅπλοις κτείνειν
ἔμελλεν. οἱ δὲ κλείcαντες
διὰ τάχους τὰς θύρας ἀπ-
έκτειναν αὐτήν. τινὲς δὲ
μαχομένην αὐτὴν ὑπὸ Θη-
cέως λέγουcιν ἀποθανεῖν.
Φαίδρα δὲ γεννήcαcα Θηcεῖ 18

ἐπιχειρίνων αὐτῷ· ὡς δὲ ἔνιοί φασιν. ζεσεφ κατεχν·
θεὶς ἔδαει μετήλλαξεν (conf. Mus. Rhen. XLI μ. 442).
4. σιμωνίτης S   Simonides] de Theseo conf. frgg. 54—56 Bgk.
7. στρατοπεδευσαμένας Büch.   7s. περὶ τὸν Ἄρειον πάγον]
conf. Plut. Thes. 27, 9: μέχρι τῶν Εὐμενίδων   12. παραδευ-
καλίωνος S   18 ss. φαίδρας et φαίδρα E   17..σὺν S: ἅμα E
l. l.   23. ἐκυθησίας S

12*

Ἀκάμαντα καὶ Δημοφῶντα.
Φαίδρα γοῦν ἐρᾷ τοῦ ἐκ
τῆς Ἀμαζόνος παιδὸς
[ἤγουν τοῦ Ἱππολύτου]
καὶ δεῖται συνελθεῖν αὐτῇ.
ὁ δὲ μισῶν πάσας γυναῖκας
τὴν συνουσίαν ἔφυγεν. ἡ
δὲ Φαίδρα, δείσασα μὴ τῷ
πατρὶ διαβάλῃ, κατασχοῦσα
τὰς τοῦ θαλάμου θύρας
καὶ τὰς ἐσθῆτας σπαράξασα
κατεψεύσατο Ἱππολύτου
19 βίαν. Θησεὺς δὲ πιστεύσας
ηὔξατο Ποσειδῶνι Ἱππό-
λυτον διαφθαρῆναι· ὁ δέ,
θέοντος αὐτοῦ ἐπὶ τοῦ ἅρ-
ματος καὶ παρὰ τῇ θα-
λάσσῃ ὀχουμένου, ταῦρον
ἀνῆκεν ἐκ τοῦ κλύδωνος.
πτοηθέντων δὲ τῶν ἵππων
κατηρράχθη τὸ ἅρμα. ἐμ-
πλακεὶς δὲ ⟨ταῖς ἡνίαις⟩
Ἱππόλυτος συρόμενος ἀπέ-
θανε. γενομένου δὲ τοῦ
ἔρωτος περιφανοῦς ἑαυτὴν
ἀνήρτησε Φαίδρα.

δύο παιδία Ἀκάμαντα καὶ
Δημοφῶντα ἐρᾷ Ἱππολύτου

καὶ δεῖται cυνελθεῖν. ὁ δὲ ⁵
μιcῶν πάcαc τὰc γυναῖκαc
τὴν cυνουcίαν ἔφυγεν. ἡ
δὲ Φαίδρα, δείcαcα μὴ τῷ
πατρὶ διαβάλη, καταcχίcαcα
τὰc τοῦ θαλάμου θύραc ¹⁰
καὶ τὰc ἐcθῆτὰc cπαράξαcα
κατεψεύcατο Ἱππολύτου
βίαν. Θηcεὺc δὲ πιcτεύcαc
ηὔξατο Ποcειδῶνι Ἱππό-
λυτον δαρῆναι.ιαφθ ὁ δέ, ¹⁵
θέοντοc αὐτοῦ ἐπὶ ἅρ-
ματοc καὶ παρὰ τῇ θα-
λάccη ὀχουμένου, ταῦρον
ἀνῆκεν ἐκ τοῦ κλύδωνοc.
πτοηθέντων δὲ τῶν ἵππων ²⁰
κατεάχθη τὸ ἅρμα. ἐμ-
πλακεὶc δὲ ⟨ταῖc ἡνίαιc⟩
Ἱππόλυτοc cυρόμενοc ἀπέ-
θανε. γενομένου δὲ τοῦ
ἔρωτοc περιφανοῦc ἑαυτὴν ²⁵
ἀνήρτηcε Φαίδρα.

4. ἤγουν τοῦ Ἱππολύτου E, delevi   9. κατασχίσασα *S:
κατασχοῦσα A   13. βίαν *R: βίας E   16. ὀχουμένον *E:
ὀχούμενος S   21. κατηρράχθη *E: κατεάχθη S, κατηράχθη Her-
werdenus Mnemos. XX p. 197   22. ταῖς ἡνίαις addidi ex schol.
Plat. Legg. XI p. 931 b (conf. ep. 2, 7: ταῖς ἡνίαις συμπλακέντα,
et de Hippolyto Eurip. Hipp. 1236, Diod. IV 62, 3)

(IV.) Ὅτι ὁ Ἰξίων Ἥρας ἐρασθεὶς ἐπεχείρει βιάζε- 20
σθαι, καὶ προσαγγειλάσης τῆς Ἥρας γνῶναι θέλων ὁ
Ζεύς, εἰ οὕτως ἔχει τὸ πρᾶγμα, νεφέλην ἐξεικάσας
Ἥρα παρέκλινεν αὐτῷ· καὶ καυχώμενον ὡς Ἥρα μι-·
⁵ γέντα ἐνέδησε τροχῷ, ὑφ' οὗ φερόμενος διὰ πνευμάτων
ἐν αἰθέρι ταύτην τίνει δίκην. νεφέλη δὲ ἐξ Ἰξίονος
ἐγέννησε Κένταυρον.

Hic inserenda sunt, quae Zenobii interpolator de
Pirithoi nuptiis ex bibliotheca adscripsit ad. V 33:

Συνεμάχησε δὲ τῷ Πειρίθῳ Θησεύς, ὅτε κατὰ τῶν 21
Κενταύρων συνεστήσατο πόλεμον. Πειρίθους γὰρ Ἱππο-
10 δάμειαν μνηστευόμενος εἱστία Κενταύρους ὡς συγ-
γενεῖς ὄντας αὐτῇ. ἀσυνήθως δὲ ἔχοντες οἴνου ἀφειδῶς
ἐμφορησάμενοι ἐμέθυον, καὶ εἰσαγομένην τὴν νύμφην
ἐπεχείρουν βιάζεσθαι· ὁ δὲ Πειρίθους μετὰ Θησέως
καθοπλισάμενος μάχην συνῆψε, καὶ πολλοὺς ὁ Θησεὺς
15 αὐτῶν ἀνεῖλεν.

(V.) Ὅτι Καινεὺς πρότερον ἦν γυνή, συνελθόντος 22
δὲ αὐτῇ Ποσειδῶνος ᾐτήσατο ἀνὴρ γενέσθαι ἄτρωτος·
διὸ καὶ ἐν τῇ πρὸς Κενταύρους μάχῃ τραυμάτων κατα-
φρονῶν πολλοὺς τῶν Κενταύρων ἀπώλεσεν, οἱ δὲ
20 λοιποί, περιστάντες αὐτῷ, ἐλάταις τύπτοντες ἔχωσαν
εἰς γῆν.

(VI.) Ὅτι Θησεύς, Πειρίθῳ συνθέμενος Διὸς θυ- 23
γατέρας γαμῆσαι, ἑαυτῷ μὲν ἐκ Σπάρτης μετ' ἐκείνου

8—15. hanc narrationem Apollodoro restituit *Robertus* de
Apollod. libl. p. 49 (conf. etiam Epit. Vat. p. 147)   15. ἀπ'
αὐτῶν Zenobii codd., correxi

ἥρπασεν Ἑλένην δωδεκαέτη οὖσαν, Πειρίθῳ δὲ μνη-
στευόμενος τὸν Περσεφόνης γάμον εἰς Ἅιδου κάτεισι.
καὶ Διόσκουροι μὲν μετὰ Λακεδαιμονίων καὶ Ἀρκάδων
εἷλον Ἀθήνας καὶ ἀπάγουσιν Ἑλένην καὶ μετὰ ταύτης
Αἴθραν τὴν Πιτθέως αἰχμάλωτον· Δημοφῶν δὲ καὶ
Ἀκάμας ἔφυγον. κατάγουσι δὲ καὶ Μενεσθέα καὶ τὴν
24 ἀρχὴν τῶν Ἀθηναίων διδόασι τούτῳ. Θησεὺς δὲ μετὰ
Πειρίθου παραγενόμενος εἰς Ἅιδου ἐξαπατᾶται, καὶ ὡς
ξενίων μεταληψομένους πρῶτον ἐν τῷ τῆς Λήθης εἷλε
καθεσθῆναι θρόνῳ, ᾧ προσφυέντες σπείραις δρακόν- 10
των κατείχοντο. Πειρίθους μὲν οὖν εἰς Ἀιδωνέα δε-
θεὶς ἔμεινε, Θησέα δὲ Ἡρακλῆς ἀναγαγὼν ἔπεμψεν εἰς
Ἀθήνας. ἐκεῖθεν δὲ ὑπὸ Μενεσθέως ἐξελαθεὶς πρὸς
Λυκομήδην ἦλθεν, ὃς αὐτὸν βάλλει κατὰ βαράθρων καὶ
ἀποκτείνει. 15

2   (VII.) Ὅτι ὁ Τάνταλος ἐν Ἅιδου κολάζεται, πέτρον
ἔχων ὕπερθεν ἑαυτοῦ ἐπιφερόμενον, ἐν λίμνῃ τε διατε-
λῶν καὶ περὶ τοὺς ὤμους ἑκατέρωσε δένδρα μετὰ καρ-
πῶν ὁρῶν παρὰ τῇ λίμνῃ πεφυκότα· τὸ μὲν οὖν ὕδωρ
ψαύει αὐτοῦ τῶν γενύων, καὶ ὅτε θέλοι σπάσασθαι τού- 20
του ξηραίνεται, τῶν δὲ καρπῶν ὁπότε βούλοιτο μετα-
λήψεσθαι μετεωρίζονται μέχρι νεφῶν ὑπ᾽ ἀνέμων τὰ
δένδρα σὺν τοῖς καρποῖς. κολάζεσθαι δὲ αὐτὸν οὕτως

1. δωδεκαετῆ? 4. εἷλον Ἀθήνας] conf. bibl. III 128, Epit.
Vat. p. 152 s). 8. καὶ ⟨ὃς⟩ ὡς Herwerdenus ib. p. 198 τῆς Ε
11 sa] conf. bibL II 124 11. εἰς αἰδωνέα E: εἰς ἀίδιον
Herwerdenus Mnemos. XX p. 198 · 14. βάθρων A, correxi
(conf. ep. 6, 17: κατὰ βαράθρων ἀφεῖναι) 16. ἄδη Ἐ, correxi
20. σπάσασθαι τούτου] conf. bibl. I 143: τοῦ ταυρείου σκα-
εάμενος αἵματος 22. μετεωρίζοντα E, correxi (pluralis nume-
rus ad fructus magis, quam ad δένδρα respicit)

λέγουσί τινες, ὅτι τὰ τῶν θεῶν ἐξελάλησεν ἀνθρώποις
μυστήρια, καὶ ὅτι τῆς ἀμβροσίας τοῖς ἡλικιώταις μὲ-
τεδίδου.

(VIII.) Ὅτι Βροτέας κυνηγὸς ὢν τὴν Ἄρτεμιν οὐκ 2
ἐτίμα· ἔλεγε δέ, ὡς οὐδ᾽ ὑπὸ πυρός τι πάθοι. ἐμμα-
νὴς οὖν γενόμενος ἔβαλεν εἰς πῦρ ἑαυτόν.

(IX.) Ὅτι Πέλοψ σφαγεὶς ἐν τῷ τῶν θεῶν ἐράνῳ 3
καὶ καθεψηθεὶς ὡραιότερος ἐν τῇ ἀναζωώσει γέγονε,
καὶ κάλλει διενεγκὼν Ποσειδῶνος ἐρώμενος γίνεται,
ὃς αὐτῷ δίδωσιν ἅρμα ὑπόπτερον· τοῦτο καὶ διὰ θα-
λάσσης τρέχον τοὺς ἄξονας οὐχ ὑγραίνετο. τοῦ δὲ 4
βασιλεύοντος Πίσης Οἰνομάου θυγατέρα ἔχοντος Ἱπ-
ποδάμειαν, καὶ εἴτε αὐτῆς ἐρῶντος, ὡς τινες λέγουσιν,
εἴτε χρησμὸν ἔχοντος τελευτῆσαι ὑπὸ τοῦ γήμαντος
αὐτήν, οὐδεὶς αὐτὴν ἐλάμβανεν εἰς γυναῖκα· ὁ μὲν γὰρ
πατὴρ οὐκ ἔπειθεν αὐτῇ συνελθεῖν, οἱ δὲ μνηστευ-
όμενοι ἀνῃροῦντο ὑπ᾽ αὐτοῦ. ἔχων γὰρ ὅπλα τε καὶ 5
ἵππους παρὰ Ἄρεος ἆθλον ἐτίθει τοῖς μνηστῆρσι τὸν
γάμον, καὶ τὸν μνηστευόμενον ἔδει ἀναλαβόντα τὴν
Ἱπποδάμειαν εἰς τὸ οἰκεῖον ἅρμα φεύγειν ἄχρι τοῦ
Κορινθίων ἰσθμοῦ, τὸν δὲ Οἰνόμαον εὐθέως διώκειν
καθωπλισμένον καὶ καταλαβόντα κτείνειν· τὸν δὲ μὴ
καταληφθέντα ἔχειν γυναῖκα τὴν Ἱπποδάμειαν. καὶ
τοῦτον τὸν τρόπον πολλοὺς μνηστευομένους ἀπέκτεινεν,

4—6. hunc locum iam initio saeculi XVI Janus Parrha-
sius ex 'collectanea historiarum' transtulit in librum 'De rebus
per epistulam quaesitis' p. 20 (conf. praefat.)   6. fort. δὲ
⟨καὶ⟩   οὐδ᾽] ἂν add. Herwerdenus ib. p. 198   11.—p. 186, 4.]
conf. Testx. Lycophr. 156 = schol. Eurip. Or. 990 ·   12. πίσσης b
15. ἐλάμβανεν εἰς γυναῖκα] εἰς del. Herwerdenus ib. p. 198,
sed conf. op. 6, 13: δίδωσιν εἰς γυναῖκα   16. ἔπειθεν αὐτῇ]
ἐπέτρεπεν ⟨οὐδενὶ⟩ αὐτῇ Herwerdenus ib. p. 198

ὡς δέ τινες λέγουσι δώδεκα· τὰς δὲ κεφαλὰς τῶν μνη-
στήρων ἐκτέμνων τῇ οἰκίᾳ προσεκαττάλευε.

6   παραγίνεται τοίνυν καὶ Πέλοψ ἐπὶ τὴν μνηστείαν·
οὖ τὸ κάλλος ἰδοῦσα ἡ Ἱπποδάμεια ἔρωτα ἴσχεν αὐτοῦ.
καὶ πείθει Μυρτίλον τὸν Ἑρμοῦ παῖδα συλλαβέσθαι 5
αὐτῷ· ἦν δὲ Μυρτίλος [παραβάτης εἴρουν] ἡνίοχος
7 Οἰνομάου. Μυρτίλος οὖν ἐρῶν αὐτῆς καὶ βουλόμενος
αὐτῇ χαρίσασθαι, ταῖς χοινικίσι τῶν τροχῶν τοὺς ἥλους
οὐκ ἐμβαλὼν ἐποίησε τὸν Οἰνόμαον ἐν τῷ τρέχειν ἡτ-
τηθῆναι καὶ ταῖς ἡνίαις συμπλακέντα συρόμενον ἀπο- 10
θανεῖν, κατὰ δέ τινας ἀναιρεθῆναι ὑπὸ τοῦ Πέλοπος·
ὃς ἐν τῷ ἀποθνήσκειν κατηράσατο τῷ Μυρτίλῳ γνοὺς
τὴν ἐπιβουλήν, ἵνα ὑπὸ Πέλοπος ἀπόληται.

8   λαβὼν οὖν Πέλοψ τὴν Ἱπποδάμειαν καὶ διερχόμε-
νος ἐν τόπῳ τινί, τὸν Μυρτίλον ἔχων μεθ' ἑαυτοῦ, 15
μικρὸν ἀναχωρεῖ κομίσων ὕδωρ διψώσῃ τῇ γυναικί·
Μυρτίλος δὲ ἐν τούτῳ βιάζειν αὐτὴν ἐπεχείρει. μαθὼν
δὲ τοῦτο παρ' αὐτῆς ὁ Πέλοψ ῥίπτει τὸν Μυρτίλον
περὶ Γεραιστὸν ἀκρωτήριον εἰς τὸ ἀπ' ἐκείνου κληθὲν
Μυρτῷον πέλαγος· ὁ δὲ ῥιπτούμενος ἀρὰς ἔθετο κατὰ 20
9 τοῦ Πέλοπος γένους. παραγενόμενος δὲ Πέλοψ ἐπ'

5. τὸν Ἑρμοῦ παῖδα] υἱὸν δὲ τυγχάνοντος (ἐπάρχοντος schol.
Eurip.) Ἑρμοῦ καὶ Κλεοβούλης τῆς Αἰόλου [ἢ Αἰπόλου]
θυγατρός Tzetz. Lycophr. 156, schol. Eurip. Or. 990.

4. ἴσχεν E: fort ἴσχει (conf. Hercherum Philol. IV p. 569)
ὁ παραβάτης εἴρουν deleri   9. οὐκ.E Tzetz.: μὴ schol.
Eurip., Tzetz. codd. Vill. 2 et 3   11. ἀπηρεθῆναι E   13. ἀπό-
ληται E Tzetz. schol. Hom. B 104: ἀνέληται schol. Eurip., Tzetz.
codd. iidem   14ss. διερχόμενος ...] διερχόμενος ἐν τόπῳ τινὶ
διψάσης αὐτῆς ἀνεχώρησεν, ἵνα ὕδωρ αὐτῇ κομίσῃ Tzetz.
18. αὐτὴν E, correxi   20. ῥιπτούμενος] conf. bibl. IH 218
(τελευτῶν schol. Eurip. Tzetz.)

ὠκεανὸν καὶ ἁγνισθεὶς ὑπὸ Ἡφαίστου, ἐπανελθὼν εἰς
Πίσαν τῆς Ἤλιδος τὴν Οἰνομάου βασιλείαν λαμβάνει,
χειρωσάμενος τὴν πρότερον Ἀπίαν καὶ Πελασγιῶτιν
λεγομένην, ἣν ἀφ' ἑαυτοῦ Πελοπόννησον ἐκάλεσεν.

5   (Χ.) Ὅτι υἱοὶ Πέλοπος Πιτθεὺς Ἀτρεὺς Θυέστης 10
καὶ ἕτεροι· γυνὴ δὲ Ἀτρέως Ἀερόπη τοῦ Κατρέως, ἥτις
ἦρα Θυέστου. ὁ δὲ Ἀτρεὺς εὐξάμενός ποτε τῶν αὐτοῦ
ποιμνίων, ὅπερ ἂν κάλλιστον γένηται, τοῦτο θῦσαι
Ἀρτέμιδι, λέγουσιν ἀρνὸς φανείσης χρυσῆς ὅτι κατη-
10 μέλησε τῆς εὐχῆς· πνίξας δὲ αὐτὴν εἰς λάρνακα κατέ- 11
θετο κἀκεῖ ἐφύλασσε ταύτην· ἣν Ἀερόπη δίδωσι τῷ
Θυέστῃ μοιχευθεῖσα ὑπ' αὐτοῦ. χρησμοῦ γὰρ γεγο-
νότος τοῖς Μυκηναίοις ἑλέσθαι βασιλέα Πελοπίδην,
μετεπέμψαντο Ἀτρέα καὶ Θυέστην. λόγου δὲ γενομένου
15 περὶ τῆς βασιλείας ἔξειπε Θυέστης τῷ πλήθει τὴν βα-
σιλείαν δεῖν ἔχειν τὸν ἔχοντα τὴν ἄρνα τὴν χρυσῆν·
συνθεμένου δὲ τοῦ Ἀτρέως δείξας ἐβασίλευσε. Ζεὺς 12
δὲ Ἑρμῆν πέμπει πρὸς Ἀτρέα καὶ λέγει συνθέσθαι
πρὸς Θυέστην περὶ τοῦ βασιλεῦσαι Ἀτρέα, εἰ τὴν ἐναν-
20 τίαν ὁδεύσει ὁ Ἥλιος· Θυέστου δὲ συνθεμένου τὴν δύσιν
εἰς ἀνατολὰς ὁ Ἥλιος ἐποιήσατο· ὅθεν ἐκμαρτυρήσαι-

2. πίσσαν E Tzetz. νήσσαν Eurip. cod. Monac. 560   4. πι-
λοπόντζοον E Eurip. cod. idem   5. — pag. 186, 15.] conf.
Tzetz. Chil. I 436—455, qui v. 436 auctorem laudavit Apollodo-
rum, non Apollonium, ut recte perspexit Th. Voigt De Atrei
et Thyestae fabula I Diss. Hal. VI p. 401 ss. Praeterea confer
ad 5 — p. 186, 2. schol. Hom. B 105 — schol. rec. Eurip. Or. 811
6 καὶ ἕτεροι] in bibliotheca commemorantur: Ἀτρεὺς καὶ Θυ-
έστης II 56, Κοπρεύς II 70, Πλεισθίνης III 15, Χρύσιππος III 44,
Ἀλκάθοος III 162, Πιτθεύς III 208, Ἀεροδάμεια Αυσιδίκη II 50,
in epitoma Σκείρων 1, 2 (conf. schol. Pind. Ol. I 144, schol.
Eurip. Or. 5)   6. καστρέως E, correxi   7. αὐτοῦ E, correxi
14. μετεπέμψαντο Ἀτρέα καὶ Θυέστην] conf. II 56
21. ἀνατολὰς E schol. Hom.: ἀνατολὴν schol. Eurip.

τος τοῦ δαίμονος τὴν Θυέστου πλεονεξίαν, τὴν βασι-
λείαν Ἀτρεὺς παρέλαβε καὶ Θυέστην ἐφυγάδευσεν.
13 αἰσθόμενος δὲ τῆς μοιχείας ὕστερον κήρυκα πέμψας
ἐπὶ διαλλαγὰς αὐτὸν ἐκάλει· καὶ ψευσάμενος εἶναι φίλος,
παραγενομένου τοὺς παῖδας, οὓς εἶχεν ἐκ νηΐδος νύμ- 5
φης, Ἀγλαὸν καὶ Καλλιλέοντα καὶ Ὀρχομενόν, ἐπὶ τὸν
Διὸς βωμὸν καθεσθέντας ἱκέτας ἔσφαξε, καὶ μελίσας
καὶ καθεψήσας παρατίθησι Θυέστῃ χωρὶς τῶν ἄκρων,
ἐμφορηθέντα δὲ δείκνυσι τὰ ἄκρα καὶ τῆς χώρας αὐτὸν
14 ἐκβάλλει. Θυέστης δὲ κατὰ πάντα τρόπον ζητῶν Ἀτρέα 10
μετελθεῖν ἐχρηστηριάζετο περὶ τούτου καὶ λαμβάνει
χρησμόν, ὡς εἰ παῖδα γεννήσει τῇ θυγατρὶ συνελθών.
ποιεῖ γοῦν οὕτω καὶ γεννᾷ ἐκ τῆς θυγατρὸς... Αἴγισθον,
ὃς ἀνδρωθεὶς καὶ μαθών, ὅτι Θυέστου παῖς ἐστι, κτείνας
Ἀτρέα Θυέστῃ τὴν βασιλείαν ἀποκατέστησεν.   15

* *

Tzetzes ex Apollodoro haud dubie (confer quae
sequuntur in S) haec addit Chil. I. 456 ss.:
15   τὸν δ' Ἀγαμέμνονα τροφὸς μετὰ τοῦ Μενελάου
      ἄγει πρὸς Πολυφείδεα, κρατοῦντα Σικυῶνος,
      ὃς πάλιν τούτους πέπομφε πρὸς Αἰτωλὸν Οἰνέα.
      μετ' οὐ πολὺ Τυνδάρεως τούτους κατάγει πάλιν,
      οἳ τὸν Θυέστην μὲν αὐτὸν Ἥρας βωμῷ φυγόντα   20
      ὀρκώσαντες διώκουσιν οἰκεῖν τὴν Κυθηρίαν.

13. ἐκ τῆς θυγατρὸς] ἐκ Πελοπίας θυγατρὸς τεχθεὶς ἢ
Μνησιφάης Tzetz. Chil. I 453.

6. ἀγλαὸν E. correxi   Ἀγλαὸν Ὀρχομενὸν Κάλλαον Tzetz.
v. 449, Θυέστης δὲ λαβὼν Λαοδάμειαν ἔσχεν Ὀρχομενὸν †Ἀγαπὴν
Καλαὸν schol. Eurip. Or. 5   6. ὀρχόμενον E   17. Polyphi-
des urat vicesimus quartus rex Sicyoniorum, quo regnante Troia
a Graecis capta est. Euseb. Chron I p. 175 Sch.

οἱ δὲ Τυνδάρεω γαμβροὶ γίνονται θυγατράσιν,
ὁ Ἀγαμέμνων μὲν λαβὼν σύνευνον Κλυταιμνήστραν,
κτείνας αὐτῆς τὸν σύζυγον Τάνταλον τὸν Θυέστου
σὺν τέκνῳ πάνυ νεογνῷ, Μενέλαος Ἑλένην.

p. 166,10 Ἀγαμέμνων δὲ βασιλεύει Μυκηναίων καὶ γαμεῖ Τυν- 16
δάρεω θυγατέρα Κλυταιμνήστραν, τὸν πρότερον αὐτῆς
ἄνδρα Τάνταλον Θυέστου σὺν τῷ παιδὶ κτείναντος, καὶ
γίνεται αὐτῷ παῖς μὲν Ὀρέστης, θυγατέρες δὲ Χρυσό-
θεμὶς Ἠλέκτρα Ἰφιγένεια. Μενέλαος δὲ Ἑλένην γαμεῖ καὶ
10 βασιλεύει Σπάρτης. Τυνδάρεω τὴν βασιλείαν δόντος αὐτῷ.

Αὖθις δὲ Ἑλένην. Ἀλέξανδρος ἁρπάζει, ὥς τινες 3
λέγουσι κατὰ βούλησιν Διός, ἵνα Εὐρώπης καὶ Ἀσίας εἰς
πόλεμον ἐλθούσης ἡ θυγάτηρ αὐτοῦ ἔνδοξος γένηται; ἢ
15 καθάπερ εἶπον ἄλλοι ὅπως τὸ τῶν ἡμιθέων γένος ἀρθῇ.
διὰ δὴ τού- 2

(XI.) *Ὅτι μῆλον περὶ*
κάλλους Ἔρις ἐμβάλλει
Ἥρᾳ καὶ Ἀθηνᾷ καὶ Ἀφρο-
20 *δίτῃ, καὶ κελεύει Ζεὺς Ἑρ-*
μῆν εἰς Ἴδην πρὸς Ἀλέξ-
ανδρον ἄγειν, ἵνα ὑπ'
ἐκείνου διακριθῶσιν. αἱ
δὲ ἐπαγγέλλονται δῶρα
25 *δώσειν Ἀλεξάνδρῳ, Ἥρα*
μὲν πασῶν προκριθεῖσα

τῶν μίαν αἰτίαν μῆλον περὶ
κάλλους Ἔρις ἐμβάλλει
Ἥρᾳ καὶ Ἀθηνᾷ καὶ Ἀφρο-
δίτῃ, καὶ κελεύει ⟨Ζεὺς⟩ Ἑρ-
μῆν εἰς Ἴδην πρὸς Ἀλέξ-
ανδρον ἄγειν, ἵνα ὑπ'
ἐκείνου διακριθῶσι. αἱ
δὲ ἐπαγγέλλονται δῶρα δώ-
σειν Ἀλεξάνδρῳ· Ἥρα μὲν
οὖν ἔφη προκριθεῖσα δώσειν

15. ἀρθῇ] conf. Mus. Rhen. XLVI p. 396 s., Bethe Herm.
XXVI p. 609   16 s. contracta haec esse recte monet Büch
18. ἐμβάλῃ S   20. Ζεὺς om. S   23. ὑ S   26 s. ἔφη
et δώσειν αὐτῷ add.. S

βασιλείαν πάντων, Ἀθηνᾷ
δὲ πολέμου νίκην, Ἀφρο-
δίτῃ δὲ γάμον Ἑλένης. ὁ
δὲ Ἀφροδίτην προκρίνει
καὶ πηξαμένου Φερέκλου
νῆας εἰς Σπάρτην ἐκπλέει.
3 ἐφ' ἡμέρας δ' ἐννέα ξενι-
σθεὶς παρὰ Μενελάῳ, τῇ δε-
κάτῃ πορευθέντος εἰς Κρή-
την ἐκείνου κηδεῦσαι τὸν
μητροπάτορα Κατρέα,
πείθει τὴν Ἑλένην ἀπα-
γαγεῖν σὺν ἑαυτῷ. ἡ δὲ
ἐνναέτη Ἑρμιόνην καταλι-
ποῦσα, ἐνθεμένη τὰ πλεῖ-
στα τῶν χρημάτων, ἀνάγε-
ται τῆς νυκτὸς σὺν αὐτῷ.
4 Ἥρα δὲ αὐτοῖς ἐπικέμπει
χειμῶνα πολύν, ὑφ' οὗ
βιασθέντες προσίσχουσι
Σιδῶνι. εὐλαβούμενος δὲ
Ἀλέξανδρος μὴ διωχθῇ,
πολὺν διέτριψε χρόνον ἐν
Φοινίκῃ καὶ Κύπρῳ. ὡς
δὲ ἀπήλπισε τὴν δίωξιν,
ἧκεν εἰς Τροίαν μετὰ Ἑλέ-
5 νης. ἔνιοι δέ φασιν Ἑλέ-

αὐτῷ πάντων βασιλείαν,
Ἀθηνᾶ δὲ πολέμου νίκην,
Ἀφροδίτη δὲ γάμον Ἑλέ-
νης. Ἀφροδίτην δὲ προκρί-
νας πηξαμένου ναῦς Φερέκ-
λου πλεύσας εἰς Σπάρτην
ἐπὶ ἐννέα ἡμέρας ξενίζεται
παρὰ Μενελάου. τῇ δεκάτῃ
δὲ πορευθέντος εἰς Κρή-
την ἐκείνου κηδεῦσαι τὸν
μητροπάτορα Κατρέα,
πείθει τὴν Ἑλένην ἀπα-
τατεῖν σὺν ἑαυτῷ. ἡ δὲ
ἐνναέτη Ἑρμιόνην καταλι-
ποῦσα, ἐνθεμένη τὰ πλεῖ-
στα τῶν χρημάτων, ἀνάγε-
ται τῆς νυκτὸς σὺν αὐτῷ.
Ἥρα δὲ ἐπιπέμπει χειμῶνα
πολὺν αὐτοῖς, ὑφ' οὗ
βιασθέντες προσίσχουσι
Σιδῶνι. εὐλαβούμενος δὲ
Ἀλέξανδρος μὴ διωχθῇ,
πολὺν διέτριψε χρόνον ἐν
Φοινίκῃ καὶ Κύπρῳ. ὡς
δὲ ἀπήλπισε τὴν δίωξιν,
ἧκεν εἰς Τροίαν μετὰ Ἑλέ-
νης. ἔνιοι δέ φασιν Ἑλέ-

5. ναῦς *S: νῆας E   6. πλεύσας *S: ἐκπλέει E   8. Μι-
νελάῳ *E: μενελάου S   14. ἐνναέτη ES: fort. ἐνναετῇ
18 ss.] confer praeter Procli epitomam Iliadis argum. Borbon.
(in appendice).

νην μὲν ὑπὸ Ἑρμοῦ κατὰ
βούλησιν Διὸς κομισθῆναι
κλαπεῖσαν εἰς Αἴγυπτον
καὶ δοθεῖσαν Πρωτεῖ τῷ
βασιλεῖ τῶν Αἰγυπτίων
φυλάττειν, Ἀλέξανδρον δὲ
παραγενέσθαι εἰς Τροίαν
πεποιημένον ἐκ νεφῶν εἴ-
δωλον Ἑλένης ἔχοντα.

νην μὲν ὑπὸ Ἑρμοῦ κατὰ
βούλησιν Διὸς κομισθῆναι
κλαπεῖσαν εἰς Αἴγυπτον
καὶ δοθεῖσαν Πρωτεῖ τῷ p. 167,1
βασιλεῖ τῶν Αἰγυπτίων
φυλάττειν, Ἀλέξανδρον δὲ
παραγενέσθαι εἰς Τροίαν
πεποιημένον ἐκ νεφῶν εἴ-
δωλον Ἑλένης ἔχοντα.

10 Μενέλαος δὲ αἰσθόμενος τὴν ἁρπαγὴν ἧκεν εἰς Μυκή- 8
νας πρὸς Ἀγαμέμνονα, καὶ δεῖται στρατείαν· ἐπὶ Τροίαν
ἀθροίζειν καὶ στρατολογεῖν τὴν Ἑλλάδα. ὁ δὲ πέμπων
κήρυκα πρὸς ἕκαστον τῶν βασιλέων τῶν ὅρκων ὑπεμί-
μνησκεν ὧν ὤμοσαν, καὶ περὶ τῆς ἰδίας γυναικὸς ἕκαστον
15 ἀσφαλίζεσθαι παρῄνει, ἴσην λέγων γεγενῆσθαι τὴν τῆς
Ἑλλάδος καταφρόνησιν καὶ κοινήν. ὄντων δὲ πολλῶν
προθύμων στρατεύεσθαι, παραγίνονται καὶ πρὸς Ὀδυσσέα
εἰς Ἰθάκην.

(XII.) Ὅτι Ὀδυσσεὺς μὴ
βουλόμενος στρατεύεσθαι
προσποιεῖται μανίαν· Πα-
λαμήδης δὲ ὁ Ναυπλίου
ἤλεγξε τὴν μανίαν ψευδῆ,
καὶ προσποιησαμένῳ με-
μηνέναι παρηκολούθει·
ἁρπάσας δὲ Τηλέμαχον ἐκ
τοῦ κόλπου τῆς Πηνελό-
πης ὡς κτενῶν ἐξιφούλκει.

ὁ δὲ οὐ 7
βουλόμενος στρατεύεσθαι
προσποιεῖται μανίαν. Πα-
λαμήδης δὲ ὁ Ναυπλίου
ἤλεγξε τὴν μανίαν ψευδῆ,
καὶ προσποιησαμένου με-
μηνέναι παρηκολούθει.
ἁρπάσας δὲ Τηλέμαχον ἐκ
τοῦ Πηνελόπης κόλπου
ὡς κτενῶν ἐξιφούλκει.

3. κλαπεῖσαν *E: κατακεῖσαν S (corr. Büch) 19. οὐ *S:
μὴ E 24. προσποιησαμένῳ *E: προσποιησαμένου S

Ὀδυσσεὺς δὲ περὶ τοῦ παι- | Ὀδυccεὺc δὲ περὶ τοῦ παι-
δὸς εὐλαβηθεὶς ὡμολόγησε | δὸc εὐλαβηθεὶc ὡμολόγηce
τὴν προσποίητον μανίαν | τὴν προcποίητον μανίαν
καὶ στρατεύεται. . | καὶ cτρατεύεται.

8   (XIV.) Ὅτι Ὀδυσσεὺς λαβὼν αἰχμάλωτον Φρύγα 5
ἠνάγκασε γράψαι περὶ προδοσίας ὡς παρὰ Πριάμου .
πρὸς Παλαμήδην· καὶ χώσας ἐν ταῖς σκηναῖς αὐτοῦ
χρυσὸν τὴν δέλτον ἔρριψεν ἐν τῷ στρατοπέδῳ. Ἀγα-
μέμνων δὲ ἀναγνοὺς καὶ εὑρὼν τὸν χρυσόν, τοῖς συμ-
μάχοις αὐτὸν ὡς προδότην παρέδωκε καταλεῦσαι.   10

9   (XIII.) Ὅτι Μενέλαος σὺν Ὀδυσσεῖ καὶ Ταλθυβίῳ
πρὸς ⟨Κινύραν εἰς⟩ Κύπρον ἐλθόντες συμμαχεῖν ἔπει-
θον· ὁ δὲ Ἀγαμέμνονι μὲν οὐ παρόντι θώρακας ἐδω-
ρήσατο, ὀμόσας δὲ πέμψειν πεντήκοντα ναῦς, μίαν
πέμψας, ἧς ἦρχεν ... ὁ Μυγδαλίωνος, καὶ τὰς λοιπὰς 15
ἐκ γῆς πλάσας μεθῆκεν εἰς τὸ πέλαγος.

10   (XV.). Ὅτι θυγατέρες Ἀνίου τοῦ Ἀπόλλωνος
Ἐλαΐς Σπερμὼ Οἰνώ, αἱ Οἰνότροφοι, λεγόμεναι· αἷς
ἐχαρίσατο Διόνυσος ποιεῖν ἐκ γῆς ἔλαιον σῖτον οἶνον.

16 s. τὰς δὲ λοιπὰς ἐκ γῆς πλάσατα πέμψαι καὶ γηΐνους
ἄνδρας ἐν αὐταῖς, καὶ οὕτω σοφίσασθαι τὸν ὅρκον
δετρα ἴνω στόλῳ ἐξιωσάμενον. Eustath.; sed haud scio,
an haec non tam bibliothecae auctor addiderit, quam Eusta-
thius, ut est proverbiorum amantissimus.

3. προσποίητον E   4. στρατεύεται ES: συστρατεύεται
Büch   11 – 16. (XIII.\ quae in E leguntur ante l. 5 (XIV.),
huc transposui Epit. Vat. p. 177 s.   5 – 10. de Palamede
conf. schol. Eurip. Or. 432   11 – 16. de Cinyra conf. Eustath.
ad Hom. Δ 90 (p. 827, 34 s.)   12. πρὸς κύπρον E, suppleri
18. θώρακα? conf. Hom. Δ 19 ss.   15. ante genetivum ὁ
Μυγδαλίωνος nomen excidisse videtur   17 ss. de Anii filiabus
conf. schol. Marc. et Tzetz. Lycophr. 570; narrationem continuam
coniectura restituere conatus sum Epit. Vat. p. 183 ss.   ἀνι-
οΐτου τοῦ E, correxi   18. Οἰνοτρόφοι E: Οἰνοτρόχους schol.

cυνηθροίζετο δὲ ὁ cτρατὸc ἐν Αὐλίδι. οἱ δὲ cτρα- 11
τεύcαντεc ἐπὶ Τροίαν ἧcαν οἵδε. Βοιωτῶν μὲν ἡγεμό-
νεc δέκα· ἦγον ναῦc μ'. Ὀρχομενίων δ'· ἦγον ναῦc λ'.
Φωκέων ἡτεμόνεc δ'· ἦγον ναῦc μ'. Λοκρῶν Αἴαc
δ Ὀιλέωc· ἦγε ναῦc μ'. Εὐβοέων Ἐλεφήνωρ Χαλκώδον-
τοc καὶ Ἀλκυόνηc· ἦγε ναῦc μ'. Ἀθηναίων Μενεcθεύc·
ἦγε ναῦc ν'. Cαλαμινίων Αἴαc ὁ Τελαμώνιοc· ἦγε ναῦc
ιβ'. Ἀργείων Διομήδηc Τυδέωc καὶ οἱ cὺν αὐτῷ· ἦγον 12
-ναῦc π'. Μυκηναίων Ἀγαμέμνων Ἀτρέωc καὶ Ἀερόπηc
10 ναῦc ρ'. Λακεδαιμονίων Μενέλαοc Ἀτρέωc καὶ Ἀερό-
.πηc ξ'. Πυλίων Νέcτωρ Νηλέωc καὶ Χλωρίδοc ναῦc μ'.
Ἀρκάδων Ἀγαπήνωρ ·ναῦc ζ'. Ἠλείων Ἀμφίμαχοc καὶ
οἱ cὺν αὐτῷ ναῦc μ'. Δουλιχίων Μέγηc Φυλέωc ναῦc
μ'. Κεφαλλήνων Ὀδυccεὺc Λαέρτου καὶ Ἀντικλείαc ναῦc
15 ιβ'. Αἰτωλῶν Θόαc Ἀνδραίμονοc καὶ Γόργηc· ἦγε ναῦc μ'.·
Κρητῶν Ἰδομενεὺc Δευκαλίωνοc μ'. Ῥοδίων Τληπόλεμοc 13
Ἡρακλέουc καὶ Ἀcτυόχηc ναῦc θ'. Cυμαίων Νιρεὺc
Χαρόπου ναῦc γ'. Κώων Φείδιπποc καὶ Ἄντιφοc οἱ
Θεccαλοῦ λ'. Μυρμιδόνων Ἀχιλλεὺc Πηλέωc καὶ Θέτι- 14
20 δοc ν'. ἐκ Φυλάκηc Πρωτεcίλαοc Ἰφίκλου μ'. Φεραίων ·
Εὔμηλοc Ἀδμήτου ια'. Ὀλιζώνων Φιλοκτήτηc Ποίαντοc

et Txeta. (ood in Txotzae codicibus φ suprascriptum esse ad-
notat C. G. Müllerus) 1 ss. de navium catalogo conf. Hom. B
494—759, Hyg. fab. 97, Dict. I 17, Dar. 14 (Mus. Rhen. XLVI
p. 415) 2. βιωτῶν S, corr. Ker. 3. δέκα] ε' Hom. 494 ss.
μ'] ν' Hom. 809 4. Φωκ ἡγεμ. δ'] β' Hom. 517
5. ὁ Ιλέως S, corr. Ker. 7. cαλμινίων S, corr. Ker. 8. οἱ
cὺν αὐτῷ] Sthenelus et Euryalus Hom. 664 s. 10. Λακεδεδαι-
μονίων S 11. κηλίων S, corr. Ker. μ'] ξ' Hom. 602
12. ζ'] ε' Hom. 610 13. οἱ cὺν αὐτῷ] Thalpius Diores Po-
lyxinus Hom. 620 ss. 14. κεφαληνῶν S, corr. Ker. αἐτι-
κλείας S, corr. Ker. 16. Ἰδομενεὺς] Meriones add. Hom. 651
μ'] π' Hom. 652 τληπόλιβος S, corr. Ker. 17. κν·
μαίων νηρεὺς χαρόπου S, corr. Ker. Büch.

ζ΄. Αἰνιάνων Γουνεὺς Ὠκύτου κβ΄. Τρικκαίων Ποδα-
λείριος ... λ΄. Ὁρμενίων Εὐρύπυλος ... ναῦς μ΄. Γυρ-
τωνίων Πολυποίτης Πειρίθου λ΄. Μαγνήτων Πρόθοος[162]
Τενθρηδόνος μ΄. νῆες μὲν οὖν αἱ πᾶσαι ,αιγ΄, ἡγεμόνες
δὲ μγ΄, ἡγεμονεῖαι δὲ λ΄·

15 (XVI) Ὅτι ὄντος ἐν Αὐλί- | θυςίας δὲ γενομένης ἐν
δι τοῦ στρατεύματος, θυσίας | Αὐλίδι τῷ Ἀπόλλωνι, ὄντος
γενομένης Ἀπόλλωνι, ὁρ- | ἐκεῖ τοῦ στρατεύματος, ὁρ-
μήσας δράκων ἐκ τοῦ βωμοῦ | μήςας δράκων ἐκ τοῦ βωμοῦ
παρὰ τὴν πλησίον πλάτα- | παρὰ τὴν πληςίον πλάτα- 10
νον, οὔσης ἐν αὐτῇ νεοτ- | νον, οὔςης ἐν αὐτῇ νεοτ-
τιᾶς, τοὺς ἐπ᾽ αὐτῇ κατα- | τείας, τοὺς ἐν αὐτῇ κατα-
ναλώσας στρουθοὺς ὀκτὼ | ναλώςας στρουθοὺς ὀκτὼ
σὺν τῇ μητρὶ ἐνάτῃ λίθος | ςὺν τῇ μητρὶ ἐννάτῃ λίθος
ἐγένετο. Κάλχας δὲ εἰπὼν | ἐγένετο. Κάλχας δὲ εἰπὼν 15
κατὰ Διὸς βούλησιν γεγονέ- | κατὰ Διὸς βούληςιν γεγονέ-
ναι αὐτοῖς τὸ σημεῖον τοῦ- | ναι αὐτοῖς τὸ ςημεῖον τοῦ-
τυ, τεκμηράμενος ἐκ τῶν | το, τεκμηράμενος ἐκ τῶν
γεγονότων ἔφη δεκαετεῖ | τεγονότων· ἔφη· δεκαετεῖ
χρόνῳ δεῖν Τροίαν ἁλῶναι. | χρόνῳ δεῖν Τροίαν ἁλῶναι. 20
 | καὶ πλεῖν παρεςκευάζοντο
16 (XVII.) Ὅτι Ἀγαμέμνων | ἐπὶ Τροίαν. Ἀγαμέμνων

1. Αἰνιάνων Γουνεὺς Ὠκύτου κβ΄ secundum Hom. 748 sr.
transponenda sunt ante Μαγνήτων l. 3   αἰνιατῶν S. correxi
Ὠκύτου] Ociti Hyg.   τριχαίων S, corr. Ker.   Ποδαλεί-
ριος] καὶ Μαχάων Ἀσκληπιοῦ haud dubie addendum est ex
Hom. 732   2. Εὐρύπυλος] Ἐραίμονος adde ex Hom. 736
Γυρτωνίων Ker.: γοργντίων S   3. 1΄] μ΄ Hom. 747   Πρό-
θοος an Πρόθους incertum S   4. κινθρηδόνος S, corr. Ker.
,αιγ΄] sunt ,αχγ΄, apud Homerum ,αρκς΄; de reliquis conf.
M. Schmidt. Philpl. XXIII p. 67 ss.   5. μγ΄] sunt μέ΄, apud
Hom. μγ΄   1΄] sunt κθ΄, ut apud Hom.   9. ιχτοῦ S
11. νεοττιᾶς E: νροττείας S   12. ἐν +S: ἐκ΄ E   14. ἐν-
νάτῃ S   21. παρεσκευάζιτο S, corr. Büch.

ἡγεμὼν τοῦ σύμπαντος   οὖν αὐτὸς ἡγεμὼν τοῦ σύμ-
στρατοῦ ἦν, ἐναυάρχει δ'   παντος στρατοῦ ἦν, ἐναυ-
Ἀχιλλεὺς πεντεκαιδεκαέτης   άρχει δ' Ἀχιλλεὺς πεντεκαι-
τυγχάνων.   δεκαέτης τυγχάνων.

5   ἀγνοοῦντες δὲ τὸν ἐπὶ Τροίαν πλοῦν Μυσίᾳ προσ- 17
ίσχουσι καὶ ταύτην ἐπόρθουν, Τροίαν νομίζοντες εἶναι.
βασιλεύων δὲ Τήλεφος Μυσῶν, Ἡρακλέους παῖς, ἰδὼν
τὴν χώραν λῃλατουμένην, τοὺς Μυσοὺς καθοπλίσας
ἐπὶ τὰς ναῦς συνεδίωκε τοὺς Ἕλληνας καὶ πολλοὺς
10 ἀπέκτεινεν, ἐν οἷς καὶ Θέρσανδρον τὸν Πολυνείκους
ὑποστάντα. ὁρμήσαντος δὲ Ἀχιλλέως ἐπ' αὐτὸν οὐ
μείνας ἐδιώκετο· καὶ διωκόμενος ἐμπλακεὶς εἰς ἀμπέλου
κλῆμα τὸν μηρὸν τιτρώσκεται δόρατι. τῆς δὲ Μυσίας 18
ἐξελθόντες Ἕλληνες ἀνάγονται, καὶ χειμῶνος ἐπιγενο-
15 μένου σφοδροῦ διαζευχθέντες ἀλλήλων εἰς τὰς πατρίδας
καταντῶσιν. ὑποστρεψάντων οὖν τῶν Ἑλλήνων τότε
λέγεται τὸν πόλεμον εἰκοσαετῆ γενέσθαι· μετὰ γὰρ τὴν
Ἑλένης ἁρπαγὴν ἔτει δευτέρῳ τοὺς Ἕλληνας παρα-
σκευασαμένους στρατεύεσθαι, ἀναχωρήσαντας δὲ ἀπὸ
20 Μυσίας εἰς Ἑλλάδα μετὰ ἔτη ὀκτὼ πάλιν εἰς Ἄργος
μεταστραφέντας ἐλθεῖν εἰς Αὐλίδα.
   συνελθόντων δὲ αὐτῶν ἐν Ἄργει αὖθις μετὰ τὴν 19
ῥηθεῖσαν ὀκταετίαν, ἐν ἀπορίᾳ τοῦ πλοῦ πολλῇ καθ-

---

7 s. Τήλεφος δέ, ὁ Ἡρακλέους καὶ Αὔγης τῆς Ἀλέου παῖς. βασιλεύων Μυσῶν schol. Hom. Λ 59. — 12 s. ἐν δὲ τῷ τρέχειν ἐμπλακεὶς ἀμπέλου κλήματι τὸν μηρὸν τιτρώσκεται, νεμεσήσαντος αὐτῷ Διονύσου, [ὅτι ἄρα ὑπὸ τούτου τὸν τιμῶν ἀφῄρητο] schol. idem (conf. Epit. Vat. p. 189).

2. ἐναυάρχη S   3. πεντεκαιδεκαέτης ES, fort. πεντεκαιδεκατης δεκατης   δ.—16.] conf. schol. Hom. Λ 59 (οἱ νεώτεροι)
7. καὶ ἰδὼν schol. Hom.   9. συνεδίωκε τοὺς Ἕλληνας καὶ E: τοὺς Ἕλληνας συνδιώξας schol. Hom.   19 ss. ἀναχωρήσαντες ... μεταστραφέντες E, correxi

APOLLOD. BIBL. ed. Wagner.   13

εστήκεσαν, καθηγεμόνα μὴ ἔχοντες, ὃς ἦν δυνατὸς δεῖξαι
20 τὴν εἰς Τροίαν. Τήλεφος δὲ ἐκ τῆς Μυσίας, ἀνίατον
τὸ τραῦμα ἔχων, εἰπόντος αὐτῷ τοῦ Ἀπόλλωνος τότε
τεύξεσθαι θεραπείας, ὅταν ὁ τρώσας ἰατρὸς γένηται,
τρύχεσιν ἠμφιεσμένος εἰς Ἄργος ἀφίκετο, καὶ δεηθεὶς 5
Ἀχιλλέως καὶ ὑπεσχημένος τὸν εἰς Τροίαν πλοῦν δεῖξαι
θεραπεύεται ἀποξύσαντος Ἀχιλλέως τῆς Πηλιάδος με-
λίας τὸν ἰόν. θεραπευθεὶς οὖν ἔδειξε τὸν πλοῦν, τὸ
τῆς δείξεως ἀσφαλὲς πιστουμένου τοῦ Κάλχαντος διὰ
τῆς ἑαυτοῦ μαντικῆς.   10

21 ἀναχθέντων δὲ αὐτῶν
ἀπ᾽ Ἄργους καὶ παραγε-
νομένων τὸ δεύτερον εἰς
Αὐλίδα, τὸν στόλον ἄπλοια
κατεῖχε· Κάλχας δὲ ἔφη   ἄπλοια οὖν κατεῖχε τὸν
μὴ ἄλλως δύνασθαι πλεῖν   στόλον, Κάλχας δὲ ἔφη 15
αὐτούς, εἰ μὴ τὸν Ἀγα-   οὐκ ἄλλως δύνασθαι·πλεῖν
μέμνονος θυγατέρων ἡ   αὐτούς, εἰ μὴ τῶν Ἀγα-
κρατιστεύουσα κάλλει σφά-   μέμνονος θυγατέρων ἡ
γιον Ἀρτέμιδι παραστῇ,   κρατιστεύουσα κάλλει σφά-
διὰ τὸ μηνίειν τὴν θεὸν   τιον Ἀρτέμιδος παραστῇ· 20
τῷ Ἀγαμέμνονι, ὅτι τε βα-   ἔλεγε γὰρ μηνίσαι Ἀγαμέμ-
λὼν ἔλαφον εἶπεν· οὐδὲ ἡ   νονι τὴν θεόν, κατὰ μέν τινας
Ἄρτεμις,   ἐπεὶ κατὰ θήραν ἐν Ἰκαρίῳ βα-
                              λὼν ἔλαφον εἶπεν οὐ δύνα-
                              σθαι σωτηρίας αὐτὴν τυχεῖν 25
                              οὐδ᾽ Ἀρτέμιδος θελούσης,

2—19] conf. schol Hom. A 59 (οἱ νεώτεροι)   5. τρύχεσιν
in ras. E   16. οὐκ ·S; μὴ E   20. Ἀρτίμιδι E: Ἀρτέμιδος S
22. τὶ E   22 κ. βαλὼν E S: βάλλων Büch.   23. ἐν Ἰκαρίῳ]
conf. Mus. Rhen. XLVI p. 618 s.   23 ss. οὐδὲ ἡ Ἄρτεμις
E Tzetz. Lycophr. 183: οὐδὲ ἡ Ἄρτεμις οὕτως ἂν ἐτόξευεν schol
Hom. A 108; aliter hanc aposiopesin supplevit S.

καὶ ὅτι Ἀτρεὺς οὐκ ἔθυ-
σεν αὐτῇ τὴν χρυσῆν
ἔρνα.

πέμψας οὖν
Ἀγαμέμνων πρὸς Κλυται-
μνήστραν Ὀδυσσέα καὶ Ταλ-
θύβιον ἄγει τὴν Ἰφιγένειαν,
εἰπὼν ὑπεσχῆσθαι δώσειν
αὐτὴν Ἀχιλλεῖ γυναῖκα μι-
σθὸν τῆς στρατείας [αὐ-
τοῦ].

ἀλλὰ ταύτην μὲν Ἄρτεμις
ἁρπάσασα ἱέρειαν ἑαυτῆς εἰς
Σκυθοταύρους κατέστησεν,
ἔλαφον ἀντ' αὐτῆς τῷ βωμῷ
παραστήσασα.

κατὰ δέ τινας ὅτι τὴν χρυ-
σῆν ἄρνα οὐκ ἔθυσεν αὐτῇ
Ἀτρεύς. τοῦ δὲ χρησμοῦ
τούτου γενομένου, πέμψας 22
Ἀγαμέμνων πρὸς Κλυται-
μνήστραν Ὀδυσσέα καὶ Ταλ-
θύβιον Ἰφιγένειαν ᾔτει, λέ-
γων ὑπεσχῆσθαι δώσειν αὐ-
τὴν Ἀχιλλεῖ γυναῖκα μισθὸν
τῆς στρατείας. πεμψάσης
δὲ ἐκείνης Ἀγαμέμνων τῷ
βωμῷ παραστήσας ἔμελλε
σφάζειν, Ἄρτεμις δὲ αὐτὴν
ἁρπάσασα εἰς Ταύρους ἱέρει-
αν αὐτῆς κατέστησεν, ἔλα-
φον ἀντ' αὐτῆς παραστή-
σασα τῷ βωμῷ· ὡς δὲ ἔνιοι
λέγουσιν, ἀθάνατον αὐτὴν
ἐποίησεν.

οἱ δὲ ἀναχθέντες ἐξ Αὐλίδος προσέσχον Τενέδῳ. 23
ταύτης ἐβασίλευε Τένης ὁ Κύκνου καὶ Προκλείας, ὡς
δέ τινες Ἀπόλλωνος· οὗτος ὑπὸ τοῦ πατρὸς φυγαδευ-
θεὶς ἐνταυθοῖ κατῴκει.

Κύκνος γὰρ ἔχων ἐκ Προκλείας τῆς Λαομέδοντος 24
παῖδα μὲν Τένην, θυγατέρα δὲ Ἡμιθέαν, ἐπέγημε τὴν

1. χρυσῆν S   8s. αὐτὴν · E: αὐτῇ S   10. αὑτοῦ male add. E
14s. Ταύρους · S: Σκυθοταύρους E; ἐν Ταύροις ᾗ Σκυθίας
schol. Hom. Λ 108   14. ἑαυτῆς · E: αὐτῆς S   17 ss.] conf.
Fleckeis. ann. 1892 p. 351   24. — pag. 196, 9] de Tenne
conf. schol. Marc. et Tzetz. Lycophr. 232   25 ss. Τένην E Tzetz.
(praeter codd. Vitt. 2 et 3): Τέννης rectius schol. Marc. et alii
(conf. Epit. Vat. p. 193 adn.)

Τραγάσου Φιλονόμην· ἥτις Τένου ἐρασθεῖσα καὶ μὴ πείθουσα καταψεύδεται πρὸς Κύκνον αὐτοῦ φθοράν, καὶ τούτου μάρτυρα παρείχεν αὐλητὴν Εὔμολπον ὄνομα. 26 *Κύκνος δὲ πιστεύσας, ἐνθέμενος αὐτὸν μετὰ τῆς ἀδελφῆς εἰς λάρνακα μεθῆκεν εἰς τὸ πέλαγος· προσσχούσης δὲ αὐτῆς, Λευκόφρυι νήσῳ. ἐκβὰς ὁ Τένης κατῴκησε ταύτην καὶ ἀπ' αὐτοῦ Τένεδον ἐκάλεσε. Κύκνος δὲ ὕστερον ἐπιγνοὺς τὴν ἀλήθειαν τὸν μὲν αὐλητὴν κατέλευσε, τὴν δὲ γυναῖκα ζῶσαν εἰς γῆν κατέχωσε.*

26 *προσπλέοντας οὖν Τενέδῳ τοὺς Ἕλληνας ὁρῶν Τένης ἀπεῖργε βάλλων πέτρους, καὶ ὑπὸ Ἀχιλλέως ξίφει πληγεὶς κατὰ τὸ στῆθος θνήσκει, καίτοι Θέτιδος προειπούσης Ἀχιλλεῖ μὴ κτεῖναι Τένην· τεθνήξεσθαι* 27 *γὰρ ὑπὸ Ἀπόλλωνος αὐτόν, ἐὰν κτείνῃ Τένην. τελούντων δὲ αὐτῶν Ἀπόλλωνι θυσίαν, ἐκ τοῦ βωμοῦ προσελθὼν ὕδρος δάκνει Φιλοκτήτην· ἀθεραπεύτου δὲ τοῦ ἕλκους καὶ δυσώδους γενομένου τῆς τε ὀδμῆς οὐκ ἀνεχομένου τοῦ στρατοῦ, Ὀδυσσεὺς αὐτὸν εἰς Λῆμνον μεθ' ὧν εἶχε τόξων Ἡρακλείων ἐκτίθησι κελεύσαντος Ἀγαμέμνονός. ὁ δὲ ἐκεῖ τὰ πτηνὰ τοξεύων ἐπὶ τῆς ἐρημίας τροφὴν εἶχεν.*

28 *ἀναχθέντες δὲ ἀπὸ τῆς Τενέδου προσέπλεον Τροίᾳ, καὶ πέμπουσιν Ὀδυσσέα καὶ Μενέλαον τὴν Ἑλένην καὶ τὰ χρήματα ἀπαιτοῦντας.*

ἀναχθέντες δὲ προσέπλεον Τροίᾳ, καὶ πέμπουσιν Ὀδυσσέα καὶ Μενέλαον. τὴν Ἑλένην καὶ τὰ χρήματα αἰτοῦντες.

1. Τραγάσου F Tzetz.: Κράγασος Paus. X 14, 2 (conf. Epit. Vat. p. 193 adn.)   Φιλονόμην F schol. Marc. Tzetz.: Φιλονόμη rectius Paus. ibid.   3. Εὔμολπον F: Μόλπος schol. Marc.. Plut. Quaest. Graec. 28 (Tzetzae codd. variant)   12. θί τι δος in ras. E   13. κτείναι E   26. ἀπαιτοῦντας E αἰτοῦντες S: ἀπαιτοῦντες Büch.

. συναθροισθείσης δὲ παρὰ
τοῖς Τρωσὶν ἐκκλησίας, οὐ
μόνον τὴν Ἑλένην οὐκ
ἀπεδίδουν ἀλλὰ καὶ τού-
5 τους κτείνειν ἤθελον. ἀλλὰ
τοὺς μὲν ἴσωσεν Ἀντήνωρ,
οἱ δὲ Ἕλληνες, ἀχθόμενοι
ἐπὶ τῇ τῶν βαρβάρων κα-
ταφρονήσει, ἀναλαβόντες
10 τὴν πανοπλίαν ἔπλεον ἐπ'
αὐτούς. Ἀχιλλεῖ δὲ ἐπι-
στέλλει Θέτις πρῶτον μὴ
ἀποβῆναι τῶν νεῶν· τὸν
γὰρ ἀποβάντα πρῶτον πρῶ-
15 τον μέλλειν τελευτήσειν.

30
πρῶτος τοίνυν ἀπέβη τῆς
νεὼς Πρωτεσίλαος, καὶ
κτείνας οὐκ ὀλίγους τῶν
βαρβάρων ὑφ' Ἕκτορος
25 θνήσκει. τούτου ⟨ἡ⟩ γυνὴ
Λαοδάμεια καὶ μετὰ θάνα-
τον ἤρα, καὶ ποιήσασα εἰ-

cυναθροιcθείcηc δὲ παρὰ
τοῖc Τρωcὶν ἐκκληcίαc, οὐ
μόνον τὴν Ἑλένην οὐκ ἀπ-
εδίδουν ἀλλὰ καὶ τούτουc
κτείνειν ἤθελον. τούτουc 29
μὲν οὖν ἔcωκεν Ἀντήνωρ,
οἱ δὲ Ἕλληνεc ἀχθόμενοι
τῶν βαρβάρων τὴν κα-
ταφρόνηcιν, ἀναλαβόντεc
τὴν πανοπλίαν ἔπλεον ἐπ'
αὐτούc. Ἀχιλλεῖ δὲ ἐπι-
cτέλλει Θέτιc πρώτῳ μὴ
ἀποβῆναι τῶν νεῶν· τὸν
γὰρ ἀποβάντα πρῶτον μέλ-
λειν · καὶ τελευτᾶν. πυθό-
μενοι δὲ οἱ βάρβαροι τὸν
cτόλον ἐπιπλεῖν, cὺν ὅπλοιc
ἐπὶ τὴν θάλαccαν ὥρμηcαν
καὶ βάλλοντέc πέτροιc ἀπο-
βῆναι ἐκώλυον. τῶν δὲ 30
Ἑλλήνων πρῶτοc ἀπέβη τῆc
νηὸc Πρωτεcίλαοc, καὶ κτεί-p.169,1
ναc οὐκ ὀλίγουc ὑφ' Ἕκ-
τοροc θνήcκει.
τούτου ⟨ἡ⟩ γυνὴ
Λαοδάμεια καὶ μετὰ θάνα-
τον ἤρα, καὶ ποιήcαcα εἰ-

5s. τούτους μὲν οὖν *S: ἀλλὰ τοὺς μὲν E 8. ἐπὶ τῇ τῶν βαρβάρων
καταφρονήσει *E: τῶν βαρβάρων τὴν καταφρόνησιν S 12. πρώτῳ
S: πρῶτον E 14s. πρῶτον μέλλειν τελευτήσειν *E: μέλλειν καὶ τε-
λευτᾶν S 17. πλτὶν S, corr. Büch. 22. νεώς *E: νηὸς S
23s. τῶν βαρβάρων om. S 25. ἡ om. ES, add. Büch. 27. ἤρα S

δωλον Πρωτεσιλάῳ παρα-
πλήσιον τούτῳ προσωμίλει.
Ἑρμῆς δὲ ἐλεησάντων θε-
ῶν ἀνήγαγε Πρωτεσιλάου
ἐξ Ἅιδου. Λαοδάμεια δὲ
ἰδοῦσα καὶ νομίσασα αὐτὸν
ἐκ Τροίας παρεῖναι τότε
μὲν ἐχάρη, πάλιν δὲ ἐκ-
αναχθέντος εἰς Ἅιδου ἑαυ-
τὴν ἐφόνευσεν.

δωλον Πρωτεσιλάῳ παρα-.
πλήσιον τούτῳ προσωμίλει.

31   Πρωτεσιλάου δὲ τελευτήσαντος, ἐκβαίνει μετὰ Μυρμιδόνων Ἀχιλλεὺς καὶ λίθον ⟨βα⟩λὼν εἰς τὴν κεφαλὴν Κύκνου κτείνει. ὡς δὲ τοῦτον νεκρὸν εἶδον οἱ βάρβαροι, φεύγουσιν εἰς τὴν πόλιν, οἱ δὲ Ἕλληνες ἐκπηδήσαντες τῶν νεῶν ἐνέπλησαν σωμάτων τὸ πεδίον. καὶ κατακλεί- σαντες τοὺς Τρῶας ἐπολιόρκουν· ἀνέλκουσι δὲ τὰς ναῦς.
32 μὴ θαρρούντων δὲ τῶν βαρβάρων, Ἀχιλλεὺς ἐνεδρεύσας Τρωίλον ἐν τῷ τοῦ Θυμβραίου Ἀπόλλωνος ἱερῷ φονεύει, καὶ νυκτὸς ἐλθὼν ἐπὶ τὴν πόλιν Λυκάονα λαμβάνει. παραλαβὼν δὲ Ἀχιλλεύς τινας τῶν ἀριστέων τὴν χώραν ἐπόρθει, καὶ παραγίνεται εἰς Ἴδην ἐπὶ τὰς Αἰνείου καὶ Πριάμου βόας. φυγόντος δὲ αὐτοῦ, τοὺς βουκόλους κτείνας καὶ Μήστορα τὸν Πριάμου τὰς βόας ἐλαύνει.
33 αἱρεῖ δὲ καὶ Λέσβον καὶ Φώκαιαν, εἶτα Κολοφῶνα καὶ Σμύρναν καὶ Κλαζομενὰς καὶ Κύμην, μεθ' ἃς Αἰγιαλὸν

2. προσωμίλει S   11. προτεσιλάον §   15. κατελύσαν-
τες S, corr. Büch.; καταλύσαντες Κer.   16. τράας S
18. τρώίλον S   20. τινάς B   21 ss. de Acnea conf. Hom.
T 90 ss., 191 s.   22. τοῦ Πριάμου S: καὶ Πριάμου restitui,
nisi τοῦ Πριάμου dolere mavis   23. καὶ Μήστορα Κer.: κα-
μήστορα S   Mestor memoratur bibl. III 152 (conf. Mus. Rhen.
XLVI p. 402, Fleckeis. ann. 1892 p. 249 s.)   24. φωκίας S, corr.
Κer.   25. κλοιζομενὰς S   αἰγίαλος S, correxi

καὶ Τῆνον, [τὰς ἐκατὸν καλουμένας πόλεις]· εἶτα ἑξῆς
Ἀδραμύτιον καὶ Cίδην, εἶτα Ἔνδιον καὶ Λιναῖον καὶ
Κολώνην. αἱρεῖ δὲ καὶ Θήβας τὰς Ὑποπλακίας καὶ
·Λυρνηςςόν, ἔτι δὲ καὶ (Ἀντ)ανδρον καὶ ἄλλας πολλάς.
5 ἐνναετοὺς δὲ χρόνου διελθόντος παρατίνονται τοῖς 34
Τρωςὶ cύμμαχοι· ἐκ τῶν περιοίκων πόλεων Αἰνείας Ἀγ-
χίςου καὶ cὺν αὐτῷ Ἀρχέλοχος καὶ Ἀκάμας Ἀντήνορος
καὶ Θεανοῦς, Δαρδανίων ἡγούμενοι, Θρᾳκῶν Ἀκάμας
Εὐςώρου, Κικόνων Εὔφημος Τροιζήνου, Παιόνων Πυρ-
10 αίχμης, Παφλαγόνων Πυλαιμένης Βιλςάτου, ἐκ Ζελίας 35
Πάνδαρος Λυκάονος, ἐξ Ἀδραςτείας Ἄδραςτος καὶ Ἄμ-
φιος Μέροπος, ἐκ δ'. Ἀρίςβης Ἄςιος Ὑρτάκου, ἐκ Λαρίς-
ςης, Ἱππόθοος †Πελαςγοῦ, ἐκ Μυςίας Χρόμιος καὶ Ἔννο=
μος Ἀρςινόου, Ἀλιζώνων Ὀδίος καὶ Ἐπίςτροφος Μηκιςτέως,

1. *Τῆνον*] *Τῆμτον Κετ.*, an *Τίνιον?* (Mus. Rhen. XLVI ·
p. 403) τάς — πόλις del. Κετ. coll. Steph. Byz. s. v. Τῆνος
2. *Ἀδραμόττιον?* Cιδην] Ἰδην ant. Cιδάνην Κετ.; equi-
dem proposuerim Cίγην coll. Steph. Byz.: Cίγη πόλις Τρωάδος,
ὥς Ἐκαταῖος Ἀcία Λιναῖον] Κίλλαιον Κετ., an Αἰνέαν? (Strab.
XIII p. 603) 3. Κολώνην] Καλλικολώνην Κετ., sed conf. Diod.
V 83, 1: Κόντον τοῦ βαcιλεύcαντος Κολώνης τῆς ἐν τῇ Τρωάδι
. et Strab. XIII p. 604 (Κολωναί) ὑπὸ κλαχίας S, corr. Κετ.
4. ἄνδρον S, corr. Κετ. 6 ss. catalogi Homerici (B 819
—877) ordo perturbatus est, nam Zeliae Adrasteae Arisbae
Larissae incolae transpositi sunt post Paphlagones, nec non
Halizonii et Mysi locos suos immutaverunt 7. ἀρχίλαος S,
correxi ex Hom. 823 (idem mendum observatur in Iliad. para-
phr. p. 666 Bekker) αἰτήνορος S, corr. Κετ. 8. Ἀκάμας]
Piroum add. Hom. 844 9. τρωιζήνος S, correxi ex Hom. 847
πραιχάγης S, corr. Κετ. 10. Βιςάλτου? Ζίλεια Hom. 824
11. Ἄδραστος Κετ.: ἄδρας S 12. μερόπης S, corr. Büch.
13. Ἱππόθοος] Pylaeum add. Hom. 843 †Πελαςγοῦ] Hippo-
thous erat filius Λήθοιο Πελαςγοῦ Τευταμίδαο (Hom. 843), quod
minus recte intellexit Apollodorus. An scripsit (Λήθου τοῦ)
Πελαςγοῦ, ne Pelasgorum mentio (Hom. 840) desideraretur?
ἐννόμιος S, corr. Κετ. 14. ἁλιζόνων ὁ δῖος S, corr. Κετ.,
nisi quod Ἀλιζόνων restituit pro Ἀλιζώνων (Hom. 856)
μηκιστεύς S, corr. Büch.

Φρυγῶν Φόρκυς καὶ Ἀσκάνιος Ἀρετάονος, Μαιόνων Μέ-
σθλης καὶ Ἄντιφος Ταλαιμένους, Καρῶν Νάστης καὶ Ἀμ-
φίμαχος Νομίονος, Λυκίων Σαρπηδὼν Διὸς καὶ Γλαῦκος
Ἱππολόχου.

---

4 Ἀχιλλεὺς δὲ μηνίων ἐπὶ τὸν πόλεμον οὐκ ἐξῄει 5
διὰ Βρισηΐδα... τῆς θυγατρὸς Χρύσου τοῦ ἱερέως. διὸ
θαρσήςαντες οἱ βάρβαροι ἐκ τῆς πόλεως προῆλθον. καὶ
μονομαχεῖ Ἀλέξανδρος πρὸς Μενέλαον, Ἀλέξανδρον δὲ
ἡττώμενον ἁρπάζει Ἀφροδίτη. Πάνδαρος δὲ τοξεύςας
Μενέλαον τοὺς ὅρκους ἔλυςεν. 10

2 (XVIII.) *Ὅτι Διομήδης*
ἀριστεύων Ἀφροδίτην Αἰ-
νείᾳ βοηθοῦσαν ἐτρώσκει,
καὶ Γλαύκῳ συστάς, ὑπο-
μνησθεὶς πατρῴας φιλίας, 15
ἀλάσσει τὰ ὅπλα. προκα- προκα-
λουμένου δὲ Ἕκτορος τὸν. λουμένου Ἕκτορος τὸν Γ. 110,1
ἄριστον εἰς μονομαχίαν, ἄριστον εἰς μονομαχίαν.
πολλῶν ἐλθόντων Αἴας πολλῶν ἐλθόντων Αἴας
κληρωσάμενος πυκτεύει· κληρωςάμενος πυκτεύει· 20
νυκτὸς δὲ ἐπιγενομένης κή- νυκτὸς δὲ ἐπιγενομένης κή-
ρυκες διαλύουσιν αὐτούς. ρυκες διαλύουσιν αὐτούς.
3 οἱ δὲ Ἕλληνες πρὸς τοῦ ναυστάθμου τεῖχος ποιοῦνται

---

2. ἄντιφος πλαιμένου ςπάφων S, corr. Ker. ἀμφίναχος
ρομίανος S, corr. Ker. 3. γλᾶυχυς S, corr. Ker. 5. ante
Ἀχιλλεὺς δὲ leguntur in S verba: προκαλουμένου Ἕκτορος —
διαλύουσιν αὐτούς, quae suo loco inserui l. 16 ss. 6. ad haec
verba confusa Hyg. fab. 106 init. conferre iubet Büch. χρύςη
S, corr. Ker. 9. ἡττόμενον S, corr. Ker. 11—22. cum Iliadis
libromm Ε Ζ Η argumentis comparavi Epit. Vat. p. 204 s., de
reliqua parte confer Mus. Rhen. XLVI p. 416 s. 20. πυκτεύει
ΕS: πρωτεύει Herwerdenus Mnemos. XX p. 199

καὶ τάφρον, καὶ γενομένης μάχης ἐν τῷ πεδίῳ οἱ Τρῶες
τοὺς Ἕλληνας εἰς τὸ τεῖχος διώκουσιν· οἱ δὲ πέμπουσι
πρὸς Ἀχιλλέα πρέσβεις Ὀδυσσέα καὶ Φοίνικα καὶ Αἴαντα,
συμμαχεῖν ἀξιοῦντες καὶ Βρισηίδα καὶ ἄλλα δῶρα ὑπι-
 σχνούμενοι. νυκτὸς δὲ ἐπιγενομένης κατασκόπους πέμπου-
σιν Ὀδυσσέα καὶ Διομήδην· οἱ δὲ ἀναιροῦσι Δόλωνα τὸν
Εὐμήλου καὶ Ῥῆσον τὸν Θρᾷκα (ὃς πρὸ μιᾶς ἡμέρας
παραγενόμενος Τρωσὶ σύμμαχος οὐ συμβαλὼν ἀπωτέρω
τῆς Τρωικῆς δυνάμεως χωρὶς Ἕκτορος ἐστρατοπέδευσε)
τούς τε περὶ αὐτὸν δώδεκα κοιμωμένους κτείνουσι καὶ
τοὺς ἵππους ἐπὶ τὰς ναῦς ἄγουσι. μεθ᾽ ἡμέραν δὲ ἰσχυ-
ρᾶς μάχης γενομένης, τρωθέντων Ἀγαμέμνονος καὶ Διο-
μήδους Ὀδυσσέως Εὐρυπύλου Μαχάονος καὶ τροπῆς τῶν
Ἑλλήνων γενομένης, Ἕκτωρ. ῥήξας τὸ τεῖχος εἰσέρχεται
καὶ ἀναχωρήσαντος Αἴαντος πῦρ ἐμβάλλει ταῖς ναυσίν.

ὡς δὲ εἶδεν Ἀχιλλεὺς τὴν Πρωτεσιλάου ναῦν καιομένην, ὁ
ἐκπέμπει Πάτροκλον καθοπλίσας τοῖς ἰδίοις ὅπλοις μετὰ
τῶν Μυρμιδόνων, δοὺς αὐτῷ τοὺς ἵππους. ἰδόντες δὲ
αὐτὸν οἱ Τρῶες καὶ νομίσαντες Ἀχιλλέα εἶναι εἰς φυγὴν
τρέπονται. καταδιώξας δὲ αὐτοὺς εἰς τὸ.τεῖχος πολλοὺς
ἀναιρεῖ, ἐν οἷς καὶ Σαρπηδόνα τὸν Διός, καὶ ὑφ᾽ Ἕκ-
τορος ἀναιρεῖται, τρωθεὶς πρότερον ὑπὸ Εὐφόρβου. μάχης
δὲ ἰσχυρᾶς γενομένης περὶ τοῦ νεκροῦ, μόλις Αἴας ἀρι-
στεύσας σῴζει τὸ σῶμα. Ἀχιλλεὺς δὲ τὴν ὀργὴν ἀπο-
θέμενος καὶ τὴν Βρισηίδα κομίζεται. καὶ πανοπλίας αὐτῷ
κομισθείσης παρὰ Ἡφαίστου, καθοπλισάμενος ἐπὶ τὸν πό-
λεμον ἐξέρχεται, καὶ συνδιώκει τοὺς Τρῶας ἐπὶ τὸν Σκά-

. 8. ἀπωτέρω S, corr. Κιг.   9. ἕκτορος S   10. αὐτῶν
primo scriptum in αὐτὸν correctum est in S   11. μεθημέραν
S   12. διομίδους S   14. ἕκτωρ S   25. βροσηίδα S ·
27. ἐπὶ τὸν iteratum pallidiore atramento deletum est in S ·

μανδρον, κἀκεῖ πολλοὺς μὲν ἄλλους ἀναιρεῖ, κτείνει δὲ
καὶ Ἀστεροπαῖον τὸν Πηλεγόνος τοῦ Ἀξιοῦ ποταμοῦ·
8 καὶ αὐτῷ λάβρος ὁ ποταμὸς ἐφορμᾷ. καὶ τούτου μὲν p.171,1
ὁ Ἥφαιστος τὰ ῥεῖθρα ἀναξηραίνει πολλῇ φλογὶ διώξας,
ὁ δ' Ἀχιλλεὺς Ἕκτορα ἐκ μονομαχίας ἀναιρεῖ καὶ ἐξά- 5
ψας αὐτοῦ τὰ σφυρὰ ἐκ τοῦ ἅρματος σύρων ἐπὶ τὰς
ναῦς παραγίνεται. καὶ θάψας Πάτροκλον ἐπ' αὐτῷ ἀγῶνα
τίθησιν, ἐν ᾧ νικᾷ ἵπποις Διομήδης, Ἐπειὸς πυγμῇ, Αἴας
καὶ Ὀδυσσεὺς πάλῃ. μετὰ δὲ τὸν ἀγῶνα παραγενόμενος
Πρίαμος πρὸς Ἀχιλλέα λυτροῦται τὸ Ἕκτορος σῶμα καὶ 10
θάπτει.

5   (XIX.) Ὅτι Πενθεσίλεια, Ὀτρηρῆς καὶ Ἄρεος,
ἀκουσίως Ἱππολύτην κτείνασα καὶ ὑπὸ Πριάμου καθαρ-
θεῖσα, μάχης γενομένης πολλοὺς κτείνει, ἐν οἷς καὶ
Μαχάονα· εἶθ' ὕστερον θνήσκει ὑπὸ Ἀχιλλέως, ὅστις 15
μετὰ θάνατον ἐρασθεὶς τῆς Ἀμαζόνος κτείνει Θερσίτην
λοιδοροῦντα αὐτόν.

2   ἦν δὲ Ἱππολύτη ἡ τοῦ Ἱππολύτου μήτηρ, ἡ καὶ
Γλαύκη καὶ Μελανίππη. αὕτη γάρ, ἐπιτελουμένων τῶν
γάμων Φαίδρας, ἐπιστᾶσα σὺν ὅπλοις ἅμα ταῖς μεθ' 20
ἑαυτῆς Ἀμαζόσιν ἔλεγε κτείνειν τοὺς συνανακειμένους
Θησεῖ. μάχης οὖν γενομένης ἀπέθανεν, εἴτε ὑπὸ τῆς
συμμάχου Πενθεσιλείας ἀκούσης, εἴτε ὑπὸ Θησέως, εἴτε
ὅτι οἱ περὶ Θησέα, τὴν τῶν Ἀμαζόνων ἑωρακότες ἐπί-
στασίαν, κλείσαντες διὰ τάχους τὰς θύρας καὶ ταύτην 25
ἀπολαβόντες ἐντὸς ἀπέκτειναν.

2. τηλεγόνου S, corr. Ker.   ἀξίου S, corr. Ker.
15. μαχάονα E   18—26.] conf. ep. I, 17. Mus. Rhen. XLVI
p. 392 s.   20. ἅμα E: σὺν S l. l.   25. καὶ ταύτην . . .
ἀπέκτειναν E: ἀπέκτειναν αὐτὴν S L l.

Quae de Hippolyta leguntur p. 202, 18—26, repetita sunt ex Theseide (ep. 1, 17), ubi ea servavit epitomator Sabbaiticus, qui ex hac Posthomericorum parte pauca tantum ἐnque mutilata retinuit. Sic enim post verba: λυτροῦται τὸ Ἕκτορος σῶμα καὶ θάπτει (p. 202, 10 s.), nullo spatio intermisso, pergit:

καὶ μάχης γενομένης πολλοὺς κτείνει, θνήσκει δ'(1) •
Ὀτρηρῆς ὑπὸ Ἀχιλλέως.

(XX.) Ὅτι Μέμνονα τὸν Τιθωνοῦ καὶ Ἠοῦς μετὰ 5 πολλῆς Αἰθιόπων δυνάμεως παραγενόμενον ἐν Τροίᾳ καθ' Ἑλλήνων καὶ πολλοὺς τῶν Ἑλλήνων κτείναντα καὶ Ἀντίλοχον 10 κτείνει ὁ Ἀχιλλεύς. διώξας δὲ καὶ τοὺς Τρῶας πρὸς ταῖς Σκαιαῖς πύλαις τοξεύεται ὑπὸ Ἀλεξάνδρου καὶ Ἀπόλλωνος εἰς τὸ σφυ- 15 ρόν. γενομένης δὲ μάχης περὶ τοῦ νεκροῦ, Αἴας Γλαῦκον ἀναιρεῖ, καὶ τὰ ὅπλα δίδωσιν ἐπὶ τὰς ναῦς κομίζειν, τὸ δὲ σῶμα βα- 20 στάσας Αἴας βαλλόμενος βέλεσι μέσον τῶν πολε-	s

Μέμνων δὲ ὁ Τιθωνοῦ καὶ Ἠοῦς πολλὴν Αἰθιόπων δύναμιν ἀθροίσας παραγίνεται, καὶ τῶν Ἑλλήνων οὐκ ὀλίγους ἀναιρεῖ, κτείνει καὶ Ἀντίλοχον καὶ αὐτὸς θνήσκει ὑπὸ Ἀχιλλέως. διώξας δὲ. τοὺς Τρῶας πρὸς ταῖς Σκαιαῖς πύλαις ἐτοξεύθη ὑπὸ Ἀλεξάνδρου καὶ Ἀπόλλωνος εἰς τὸ σφυ-. ρόν. γενομένης δὲ περὶ 4 τοῦ νεκροῦ μάχης, Αἴας Γλαῦκον ἀναιρεῖ, καὶ τὰ ὅπλα δίδωσιν ἐπὶ τὰς ναῦς κομίζειν, τὸ δὲ σῶμα βαστάσας Αἴας βαλλόμενος βέλεσι μέσον τῶν πολε- |

2. Ὀτρηρῆς Buch.: ὁ τρι//ῆς, una littera deficit, superne dinoscitur flexura in S   6 s. ἐν Τροίᾳ om. S   11. καὶ om. S   12. τοξεύεται • E: ἐτοξεύθη S   16 s. μάχης περὶ τοῦ νεκροῦ E: περὶ τοῦ νεκροῦ μάχης S   18. ὅπλα] scil. Achillis

μίαν διήνεγκεν, Ὀδυσσέως
πρὸς τοὺς ἐπιφερομένους
5 μαχομένου.

(XXI.) Ὅτι θάπτουσι
τὸν Ἀχιλλέα [ἐν Λευκῇ
νήσῳ] μετὰ Πατρόκλου, τὰ
ἑκατέρων ὀστᾶ συμμίξαν-
τες. λέγεται δὲ μετὰ θά-
νατον Ἀχιλλεὺς ἐν Μα-
κάρων νήσοις Μηδείᾳ συν-
οικεῖν.

6

ἡ δὲ πανοπλία αὐτοῦ τῷ
ἀρίστῳ νικητήριον τίθεται,
καὶ καταβαίνουσιν εἰς ἅμιλ-
λαν Αἴας καὶ Ὀδυσσεύς.

προκριθέντος δὲ Ὀδυσ-
σέως Αἴας ὑπὸ λύπης τα-
ράττεται καὶ νύκτωρ ἐπι-
βουλεύεται τῷ στρατεύματι·
καὶ ὑπὸ Ἀθηνᾶς μανεὶς εἰς

μίων διήνεγκεν, Ὀδυσσέως
πρὸς τοὺς ἐπιφερομένους
μαχομένου. — Ἀχιλλέως δὲ
ἀποθανόντος συμφορᾶς ἐ- 5
πληρώθη τὸ στράτευμα. θά-
πτουσι δὲ αὐτὸν τοῖς Πα-
τρόκλου μίξαντες ὀστοῖς [ἐν
Λευκῇ νήσῳ]· καὶ λέγεται
μετὰ θάνατον ἐν Μακάρων
νήσοις αὐτῷ Μήδειαν συν- 10
οικεῖν.

τιθέασι δὲ ἐπ' αὐτῷ ἀγῶ-
να, ἐν ᾧ νικᾷ Εὔμηλος ἵπ-
ποις, Διομήδης σταδίῳ, Αἴας
δίσκῳ, Τεῦκρος τόξῳ. τὴν 15
δὲ Ἀχιλλέως πανοπλίαν τι-
θεῖσι τῷ ἀρίστῳ νικητήριον,
καὶ καταβαίνουσιν εἰς ἅμιλ-
λαν Αἴας καὶ Ὀδυσσεύς. καὶ
κρινάντων τῶν Τρώων, ὡς 20
δέ τινες τῶν συμμάχων,
Ὀδυσσεὺς προκρίνεται. Αἴας
δὲ ὑπὸ λύπης ταραχθεὶς
ἐπιβουλεύεται νύκτωρ τῷ
στρατεύματι, καὶ αὐτῷ μα- 25
νίαν ἐμβαλοῦσα Ἀθηνᾶ εἰς

5 s. (7s.) ἐν Λευκῇ νήσῳ glossema esse videtur verbis ἐν
Μακάρων νήσοις adscriptum (conf. Epit. Vat. p. 212 s.); lacunam
in S post ὀστοῖς indicavit Büch. 10. μίδειαν S 13. ἵπποις S
16. τίθεται S: τιθεῖσι Ker., equidem mallim τιθέασι; an
erat ⟨Θέτις⟩ τίθησι? 16. ἅμιλλαν S 22. — p. 205, 6] de
Aiace conf. Zenob. I 43 24. ἐπιβουλεύεται ES: ἐπιβουλεύει
Büch.

τὰ βοσκήματα ξιφήρης ἐκ-
τρέπεται καὶ ταῦτα κτείνει
σὺν τοῖς νέμουσιν ὡς
Ἀχαιούς. ὕστερον δὲ σω-
φρονήσας κτείνει καὶ ἑαυ-
τόν. Ἀγαμέμνων δὲ κω-
λύει τὸ σῶμα αὐτοῦ καῆναι,
καὶ μόνος οὗτος τῶν ἐν
Ἰλίῳ ἀποθανόντων ἐν σορῷ
κεῖται· ὁ δὲ τάφος ἐστὶν
ἐν Ῥοιτείῳ.

ἤδη δὲ ὄντος τοῦ πολέ-
μου δεκαετοῦς ἀθυμοῦσι
τοῖς Ἕλλησι Κάλχας θε-
σπίζει, μὴ ἄλλως ἁλῶναι
δύνασθαι Τροίαν, ἢ τὰ
Ἡρακλέους ἔχουσι τόξα
συμμαχοῦντα. τοῦτο ἀκού-
σας Ὀδυσσεὺς μετὰ Διο-
μήδους εἰς Λῆμνον ἀφικ-
νεῖται πρὸς Φιλοκτήτην,
καὶ δόλῳ ἐγκρατὴς γενό-

τὰ βοσκήματα ἐκτρέπει ξι-
φήρη· ὁ δὲ ἐκμανεὶς σὺν
τοῖς νέμουσι τὰ βοσκήματα
ὡς Ἀχαιοὺς φονεύει. καὶ 7
σωφρονήσας ὕστερον ἑαυτὸν
κτείνει. Ἀγαμέμνων δὲ κω-
λύει τὸ σῶμα αὐτοῦ καῆναι,
καὶ μόνος οὗτος τῶν ἐν
Ἰλίῳ ἀποθανόντων ἐν σορῷ
κεῖται· ὁ δὲ τάφος ἐστὶν
ἐν Ῥοιτείῳ.

8

Κάλχας θε-
σπίζει οὐκ ἄλλως ἁλῶναι
δύνασθαι Τροίαν, ἂν μὴ τὰ
Ἡρακλέους ἔχωσι συμμα-
χοῦντα τόξα. ταῦτα ἀκού-
σας Ὀδυσσεὺς μετὰ Διο-
μήδους εἰς Λῆμνον ἀφικ-
νεῖται πρὸς Φιλοκτήτην,
καὶ δόλῳ ἐγκρατὴς γενό-

4. ὡς Ἀχαιοὺς φονεύει] δύο δὲ μεγίστους κριοὺς κα-
τασφάξας ὡς Ἀγαμέμνονα καὶ Μενέλαον δεσμεύσας ἱμά-
στιξε καὶ κατεγέλια τούτων μαινόμενος add. Zenob. I 43
(conf. Epit. Vat. p. 214).

4. Ἀχαιοὺς S   5s. ἑαυτὸν κτείνει S Zenob.: κτείνει καὶ ἑαυ-
τὸν (καὶ superscriptum est) E   8—11.] conf. Iliad. parv.
frg. 3 apud Eustath. ad Il. 285, 34 R. (Epit. Vat. p. 214)
11. φόντεία S   15. οὐκ *S: μὴ E   16 ss. ἡ ... ἔχουσι
τόξα συμμαχοῦντα *E: ἂν μὴ ... ἔχουσι (sic cod.) συμμαχοῦντα
τόξα β   18. τοῦτο *S: ταῦτα S   19. διομήδους S   22. ἐγ-
κρατὴς S

μένος τῶν τόξων πείθει
πλεῖν αὐτὸν ἐπὶ Τροίαν.
ὁ δὲ παραγενόμενος καὶ
θεραπευθεὶς ὑπὸ Ποδαλει-
ρίου Ἀλέξανδρον τοξεύει.
9 τούτου δὲ ἀποθανόντος
εἰς ἔριν ἔρχονται Ἕλενος
καὶ Δηίφοβος ὑπὲρ τῶν
Ἑλένης γάμων· προκριθέν-
τος δὲ τοῦ Δηιφόβου Ἕλε-
νος ἀπολιπὼν Τροίαν ἐν
Ἴδῃ διετέλει. εἰπόντος δὲ
Κάλχαντος Ἕλενον εἰδέναι
τοὺς ῥυομένους τὴν πόλιν
χρησμούς, ἐνεδρεύσας αὐ-
τὸν Ὀδυσσεὺς καὶ χειρω-
σάμενος ἐπὶ τὸ στρατόπεδον
10 ἤγαγε· καὶ ἀναγκαζόμενος
ὁ Ἕλενος λέγει πῶς ἂν
αἱρεθείη ἡ Ἴλιος, [καὶ]
πρῶτον μὲν εἰ τὰ Πέλοπος
ὀστᾶ κομισθείη παρ' αὐ-
τούς, ἔπειτα εἰ Νεοπτόλε-
μος συμμαχοίη, τρίτον εἰ
τὸ διιπετὲς παλλάδιον ἐκ-
κλαπείη· τούτου γὰρ ἔν-
δον ὄντος οὐ δύνασθαι τὴν
πόλιν ἁλῶναι.

μενος τῶν τόξων πείθει 174.1
πλεῖν αὐτὸν ἐπὶ Τροίαν.
ὁ δὲ παρατενόμενος καὶ
θεραπευθεὶς ὑπὸ Ποδαλει-
ρίου Ἀλέξανδρον τοξεύει. 5
τούτου δὲ ἀποθανόντος
εἰς ἔριν ἔρχονται Ἕλενος
καὶ Δηίφοβος ὑπὲρ τῶν
Ἑλένης γάμων. προκριθέν-
τος δὲ τοῦ Δηιφόβου Ἕλε- 10
νος ἀπολιπὼν Τροίαν ἐν
Ἴδῃ διετέλει. εἰπόντος δὲ
Κάλχαντος Ἕλενον εἰδέναι
τοὺς ῥυομένους τὴν πόλιν
χρησμούς, ἐνεδρεύσας αὐ- 15
τὸν Ὀδυσσεὺς καὶ χειρω-
σάμενος ἐπὶ τὸ στρατόπεδον
ἤγαγε· καὶ ἀναγκαζόμενος
ὁ Ἕλενος λέγει πῶς ἂν
αἱρεθείη τὸ Ἴλιον. 20
πρῶτον μὲν εἰ τὰ Πέλοπος
ὀστᾶ κομισθείη παρ' αὐ-
τούς, ἔπειτα εἰ Νεοπτόλε-
μος συμμαχοίη, τρίτον εἰ
τὸ διιπετὲς παλλάδιον ἐκ- 25
κλαπείη· τούτου γὰρ ἔν-
δον ὄντος οὐ δύνασθαι τὴν
πόλιν ἁλῶναι.

7 ss. ἕλενος S
additum est in E
25. ἰυλαπτίη S

20. ἡ Ἴλιος· Ε: τὰ Ἴλιον S καὶ malo
22. αὐτοὺς Ε αὐταὺς S, corr. Büch.

τούτων ἀκούσαντες Ἕλ-
ληνες τὰ μὲν Πέλοπος ὀστᾶ
μετακομίζουσιν, Ὀδυσσέα
δὲ καὶ Φοίνικα πρὸς Λυ-
κομήδην πέμπουσιν εἰς
Σκῦρον. οἱ δὲ πείθουσι
Νεοπτόλεμον προέσθαι.
παραγενόμενος δὲ οὗτος
εἰς τὸ στρατόπεδον καὶ
λαβὼν παρ' ἑκόντος Ὀδυσ-
σέως τὴν τοῦ πατρὸς
πανοπλίαν πολλοὺς τῶν
Τρώων ἀναιρεῖ. ἀφικνεῖ-
ται δὲ ὕστερον Τρωσὶ σύμ-
μαχος Εὐρύπυλος ὁ Τη-
λέφου πολλὴν Μυσῶν δύ-
ναμιν ἄγων· τοῦτον ἀρι-
στεύσαντα Νεοπτόλεμος
ἀπέκτεινεν. Ὀδυσσεὺς δὲ
μετὰ Διομήδους παραγε-
νόμενος νύκτωρ εἰς τὴν
πόλιν Διομήδην μὲν αὐ-
τοῦ μένειν εἴα, αὐτὸς δὲ
ἑαυτὸν αἰκισάμενος καὶ
πενιχρὰν στολὴν ἐνδυ-
σάμενος ἀγνώστως εἰς τὴν
πόλιν εἰσέρχεται ὡς ἐπαί-

ταῦτα ἀκού- 11
σαντες τὰ μὲν Πέλοπος ὀστᾶ
μετακομίζουσιν, Ὀδυσσέα
δὲ καὶ Φοίνικα πρὸς
Λυκομήδη πέμπουσιν εἰς
Σκῦρον, οἱ δὲ πείθουσι
τὸν Νεοπτόλεμον προέσθαι.
παραγενόμενος δὲ οὗτος
εἰς τὸ στρατόπεδον καὶ
λαβὼν παρ' ἑκόντος Ὀδυσ-
σέως τὴν τοῦ πατρὸς
πανοπλίαν πολλοὺς τῶν
Τρώων ἀναιρεῖ. ἀφικνεῖ- 12
ται δὲ ὕστερον Τρωσὶ σύμ-
μαχος Εὐρύπυλος ὁ Τη-
λέφου πολλὴν Μυσῶν δύ-
ναμιν ἄγων, τοῦτον ἀρι-
στεύσαντα Νεοπτόλεμος
ἀπέκτεινεν. Ὀδυσσεὺς δὲ 13
μετὰ Διομήδους παρατε-
νόμενος νύκτωρ εἰς τὴν
πόλιν Διομήδην μὲν αὐ-
τοῦ μένειν εἴα, αὐτὸς δὲ
αὐτὸν αἰκισάμενος καὶ
πενιχρὰν στολὴν ἐνδὺς
εἰς τὴν πόλιν ἀγνώστως
εἰσέρχεται ὡς ἐπαίτης.

1. ταῦτα *S: τούτων E   Ἕλληνες om. S   11 Λυκομήδην E:
λυκομίδη S   5. πέμπουσι S   6a. εἰς σκῦρον E: εἰς κέρον S   7. τὸν
om. E; erat fortasse πείθουσιν ⟨αὐ⟩τὸν   16. μισῶν S   20. διομί-
δους S   22. διομίδην S   24. αὐτὸν S   25. ἐνδὺς *S: ἐνδυσά-
μενος E   26 s. ἀγνώστως εἰς τὴν πόλιν E: εἰς τὴν πόλιν ἀγνώστως S

τῆς. γνωρισθεὶς δὲ ὑπὸ
Ἑλένης δι' ἐκείνης τὸ παλ-
λάδιον ἐκκλέψας καὶ πολ-
λοὺς κτείνας τῶν φυλασ-
σόντων ἐπὶ τὰς ναῦς μετὰ
Διομήδους κομίζει.
14 ὕστερον δὲ ἐπινοεῖ δου-
ρείου ἵππου κατασκευὴν
καὶ ὑποτίθεται Ἐπειῷ, ὃς
ἦν ἀρχιτέκτων· οὗτος ἀπὸ
τῆς Ἴδης ξύλα τεμὼν ἵπ-
πον κατασκευάζει κοῖλον
ἔνδοθεν εἰς τὰς πλευρὰς
ἀνεῳγμένον. εἰς τοῦτον
Ὀδυσσεὺς εἰσελθεῖν πείθει
πεντήκοντα τοὺς ἀρίστους,
ὡς δὲ ὁ τὴν μικρὰν γρά-
ψας Ἰλιάδα φησί, τρισχι-
λίους, τοὺς δὲ λοιποὺς
γενομένης νυκτὸς ἐμπρή-
σαντας τὰς σκηνάς, ἀνα-
χθέντας ἐπὶ τὴν Τένεδον
ναυλοχεῖν καὶ μετὰ τὴν
ἐπιοῦσαν νύκτα καταπλεῖν.
16 οἱ δὲ πείθονται καὶ τοὺς
μὲν ἀρίστους ἐμβιβάζουσιν

γνωρισθεὶς δὲ ὑπὸ
Ἑλένης δι' ἐκείνης τὸ παλ-
λάδιον ἔκλεψε, καὶ πολ-
λοὺς κτείνας· τῶν φυλασ-
σόντων ἐπὶ τὰς ναῦς μετά 5
Διομήδους κομίζει.
ὕστερον δὲ ἐπινοεῖ δου-
ρείου ἵππου κατασκευὴν
καὶ ὑποτίθεται Ἐπειῷ, ὃς
ἦν ἀρχιτέκτων. οὗτος ἐπὶ 10
τῶν Ἴδης ξύλα τεμὼν ἵπ-
πον κατασκευάζει κοῖλον
ἔνδοθεν εἰς τὰς πλευρὰς
ἀνεῳγμένον. εἰς τοῦτον
Ὀδυσσεὺς εἰσελθεῖν πείθει 15
πεντήκοντα τοὺς ἀρίστους.
ὡς δὲ ὁ τὴν μικρὰν τρά-
ψας Ἰλιάδα φησί, τριχι-
λίους, τοὺς δὲ λοιπούς
γενομένης νυκτὸς ἐμπρή- 20
σαντας τὰς σκηνάς, ἀνα-
χθέντας περὶ τὴν Τένεδον
ναυλοχεῖν καὶ μετὰ τὴν
ἐπιοῦσαν νύκτα καταπλεῖν.
οἱ δὲ πείθονται καὶ τοὺς 25
μὲν ἀρίστους ἐμβιβάζουσιν

1. ἐκκλέψας S   3. ἐκλέψας E: ἔκλεψε S   6. διομή-
δους S   9. ἐπειῷ E   10. ἀπὸ τῆς ·E: ἐπὶ τῶν S   18. Ilia-
dis parvae novum fragmentum   τρισχιλίους ES Tzetz. Lycophr.
930: haud dubie corruptum (conf. Epit. Vat. p. 229 2., Fleckeis.
ann. 1892 p. 861)   21. περὶ ·S: ἐπὶ E

εἰς τὸν ἵππον, ἡγεμόνα
καταστήσαντες αὐτῶν
Ὀδυσσέα, γράμματα ἐγχα-
ράξαντες τὰ δηλοῦντα τὴν
εἰς οἶκον κομιδὴν· Ἕλλη-
νες Ἀθηνᾷ χαριστήριον.
αὐτοὶ δὲ ἐμπρήσαντες τὰς
σκηνὰς καὶ καταλιπόντες
Σίνωνα, ὃς ἔμελλεν αὐτοῖς
πυρσὸν ἀνάπτειν, τῆς νυκ-
τὸς ἀνάγονται καὶ περὶ
Τένεδον ναυλοχοῦσιν.
ἡμέρας δὲ γενομένης
ἔρημον οἱ Τρῶες τὸ τῶν
Ἑλλήνων στρατόπεδον θε-
ασάμενοι καὶ νομίσαντες
αὐτοὺς πεφευγέναι, περι-
χαρέντες εἷλκον τὸν ἵππον
καὶ παρὰ τοῖς Πριάμου
βασιλείοις στήσαντες ἐβου-
λεύοντο τί χρὴ ποιεῖν. Κα-
σάνδρας δὲ λεγούσης ἔνο-
πλον ἐν αὐτῷ δύναμιν
εἶναι, καὶ προσέτι Λαοκό-
ωντος τοῦ μάντεως, τοῖς
μὲν ἐδόκει κατακαίειν, τοῖς
δὲ κατὰ βαράθρων ἀφιέναι·

εἰϲ τὸν ἵππον, ἡτεμόνα
καταϲτήϲαντεϲ αὐτῶν
Ὀδυϲϲέα, γράμματα ἐγχα-
ράξαντεϲ τὰ δηλοῦντα· τῆϲ
εἰϲ οἶκον ἀνακομιδῆϲ Ἕλλη-
νεϲ Ἀθηνᾷ χαριϲτήριον.
οἱ δὲ ἐμπρήϲαντεϲ τὰϲ
ϲκηνὰϲ καὶ καταλιπόντεϲ
Ϲίνωνα, ὃϲ ἔμελλεν αὐτοῖϲ
πυρϲὸν ἀνάπτειν τῆϲ νυκ- p. 173, 1
τόϲ, ἀνάγονται καὶ περὶ
Τένεδον ναυλοχοῦϲιν.
ἡμέραϲ δὲ τενομένηϲ
ἔρημον οἱ Τρῶεϲ τὸ τῶν
Ἑλλήνων θεαϲάμενοι ϲτρά-
τευμα καὶ νομίϲαντεϲ
αὐτοὺϲ πεφευτέναι, περι-
χαρέντεϲ εἷλκον τὸν ἵππον
καὶ παρὰ τοῖϲ Πριάμου
βαϲιλείοιϲ ϲτήϲαντεϲ ἐβου-
λεύοντο τί χρὴ ποιεῖν. Κα-
ϲάνδραϲ δὲ λεγούϲηϲ ἐνο-
πλον ἐν αὐτῷ δύναμιν
εἶναι, καὶ προϲέτι Λαοκό-
ωντοϲ τοῦ μάντεωϲ, τοῖϲ
μὲν ἐδόκει κατακαίειν, τοῖϲ
δὲ κατὰ βαράθρων ἀφιέναι.

4. τὰ suprascriptum in E 4 s. τῆς ... ἀνακομιδῆς · S: τὴν ...
κομιδὴν E 7. αὐτοὶ · E: οἱ S 11. virgulam non ante, sed post
τῆς νυκτὸς posuit Aer. et Hercwardemus Mnemos. XX p. 199, vix
recte 15. στρατόπεδον θεασάμενοι · E: θεασάμενοι στράτευμα S
21. κασάνδρας E 25 ss.] conf. Hom. θ 506 ss.

δόξαν δὲ τοῖς πολλοῖς ἵνα
αὐτὸν ἐάσωσι θεῖον ἀνά-
θημα, τραπέντες ἐπὶ θυ-
18 σίαν εὐωχοῦντο. Ἀπόλλων
δὲ αὐτοῖς σημεῖον ἐπικέμ-
πει· δύο γὰρ δράκοντες
διανηξάμενοι διὰ τῆς θα-
λάσσης ἐκ τῶν πλησίον
νήσων τοὺς Λαοκόωντος
19 υἱοὺς κατεσθίουσιν. ὡς δὲ
ἐγένετο νὺξ καὶ πάντας
ὕπνος κατεῖχεν, οἱ ἀπὸ
Τενέδου προσέπλεον, καὶ
Σίνων αὐτοῖς ἀπὸ τοῦ
Ἀχιλλέως τάφου πυρσὸν
ἧπτεν. Ἑλένη δὲ ἐλθοῦσα
περὶ τὸν ἵππον, μιμουμένη
τὰς φωνὰς ἑκάστης τῶν
γυναικῶν, τοὺς ἀριστέας
ἐκάλει. ὑπακοῦσαι δὲ Ἀν-
τίκλου θέλοντος Ὀδυσσεὺς
20 τὸ στόμα κατέσχεν. ὡς δ'
ἐνόμισαν κοιμᾶσθαι τοὺς
πολεμίους, ἀνοίξαντες σὺν
τοῖς ὅπλοις ἐξῄεσαν· καὶ
πρῶτος μὲν Ἐχίων Πορ-
θέως ἀφαλλόμενος ἀπέθα-

δόξαν δὲ τοῖς πολλοῖς ἵνα
αὐτὸν ἐάσωσι θεῖον ἀνά-
θημα, τραπέντες ἐπὶ θυ-
σίαν εὐωχοῦντο. Ἀπόλλων
δὲ αὐτοῖς σημεῖον ἐπιπέμ- 5
πει· δύο γὰρ δράκοντες
διανηξάμενοι διὰ τῆς θα-
λάσσης· ἐκ τῶν πλησίον
νήσων τοὺς Λαοκόωντος
υἱοὺς κατεσθίουσιν. ὡς δὲ 10
ἐγένετο νὺξ καὶ πάντας
ὕπνος κατεῖχεν, οἱ ἀπὸ
Τενέδου προσέπλεον, καὶ
Σίνων αὐτοῖς ἀπὸ τοῦ
Ἀχιλλέως τάφου πυρσὸν 15
ἧπτεν. Ἑλένη δὲ ἐλθοῦσα
περὶ τὸν ἵππον μιμουμένη
τὰς φωνὰς ἑκάστης τῶν
γυναικῶν τοὺς ἀριστέας
ἐκάλει. ὑπακοῦσαι δὲ Ἀν- 20
τίκλου θέλοντος Ὀδυσσεὺς
τὸ στόμα κατέσχεν. ὡς δὲ
ἐνόμισαν κοιμᾶσθαι τοὺς
πολεμίους, ἀνοίξαντες σὺν
τοῖς ὅπλοις ἐξῄεσαν· καὶ 25
πρῶτος μὲν Ἐχίων Πορ-
θέως ἀφαλλόμενος ἀπέθα-

1. δόξαν ἵνα ... structuram asianam esse monet Büch.
2. ἀνάθημα S   8. πλησίων S   16 ss.] conf. Hom. δ 271 ss.
cum schol. (Epit. Vat. p. 284 s., Fleckeis. ann. 1692 p. 248 s.)
27. ἀφαλλόμενος S

νεν, οἱ δὲ λοιποὶ σειρᾷ
ἐξάψαντες ἑαυτοὺς ἐπὶ τὰ
τείχη παρεγένοντο καὶ τὰς
πύλας ἀνοίξαντες ὑπεδέ-
5 ξαντο τοὺς ἀπὸ Τενέδου
καταπλεύσαντας. χωρήσαν-
τες δὲ μεθ' ὅπλων εἰς τὴν
πόλιν, εἰς τὰς οἰκίας ἐπερ-
χόμενοι κοιμωμένους ἀνῄ-
10 ρουν. καὶ Νεοπτόλεμος
μὲν ἐπὶ τοῦ ἑρκείου Διὸς
βωμοῦ καταφεύγοντα Πρί-
αμον ἀνεῖλεν· Ὀδυσσεὺς
δὲ καὶ Μενέλαος Γλαῦκον
15 τὸν Ἀντήνορος εἰς τὴν
οἰκίαν φεύγοντα γνωρίσαν-
τες μεθ' ὅπλων θέλοντες
ἔσωσαν. Αἰνείας δὲ Ἀγ-
χίσην τὸν πατέρα βαστάσας
20 ἔφυγεν, οἱ δὲ Ἕλληνες
αὐτὸν διὰ τὴν εὐσέβειαν
εἴασαν. Μενέλαος δὲ Δηί-
φοβον κτείνας Ἑλένην ἐπὶ
τὰς ναῦς ἄγει· ἀπάγουσι
25 δὲ καὶ τὴν Θησέως μητέρα
Αἴθραν οἱ Θησέως παῖδες
Δημοφῶν καὶ Ἀκάμας· καὶ
γὰρ τούτους λέγουσιν εἰς

νεν, οἱ δὲ λοιποὶ ϲειρᾷ
ἐξάψαντεϲ αὐτοὺϲ ἐπὶ τὰ
τείχη παρεγένοντο καὶ τὰϲ
πύλαϲ ἀνοίξαντεϲ ὑπεδέ-
ξαντο τοὺϲ ἀπὸ Τενέδου
καταπλεύϲανταϲ. χωρήϲαν- 21
τεϲ δὲ μεθ' ὅπλων εἰϲ τὴν
πόλιν, εἰϲ τὰϲ οἰκίαϲ ἐπερ-
χόμενοι κοιμωμένουϲ ἀνῄ-
ρουν. καὶ Νεοπτόλεμοϲ
μὲν ἐπὶ τοῦ ἑρκείου Διὸϲ
βωμοῦ καταφεύγοντα Πρί-
αμον ἀνεῖλεν.

Μενέλαοϲ δὲ Δηί- 22
φοβον κτείναϲ Ἑλένην ἐπὶ
τὰϲ ναῦϲ ἄγει· ἀπάγουϲι
δὲ καὶ τὴν Θηϲέωϲ μητέρα
Αἴθραν οἱ Θηϲέωϲ παῖδεϲ.

•

2. ἑαυτοὺς •E: αὐτοὺς S (corr. Ker.)   3 s. τοὺς πύλας E
11 s.] Πρίαμον ἐπὶ τὸν τοῦ Διὸς τοῦ ἑρκείου βωμὸν κατα-
φεύγοντα Proclus   ἑρκείου S   16. ἀγήνορος E, correxi

14*

Τροίαν ἐλθεῖν ὕστερον.
Αἴας δὲ ὁ Λοκρὸς Κασάν-
δραν ὁρῶν περιπεπλεγμέ-
νην τῷ ξοάνῳ τῆς Ἀθηνᾶς
βιάζεται· διὰ ⟨τοῦ⟩το τὸ
ξόανον εἰς οὐρανὸν βλέ-
πειν.

23 κτείναντες δὲ τοὺς Τρῶας   κτείναντες δὲ τοὺς Τρῶας
τὴν πόλιν ἐνέπρησαν καὶ   τὴν πόλιν ἐνέπρησαν καὶ
τὰ λάφυρα ἐμερίσαντο. καὶ   τὰ λάφυρα ἐμερίσαντο. καὶ
θύσαντες πᾶσι τοῖς θεοῖς   θύσαντες πᾶσι τοῖς θεοῖς
Ἀστυάνακτα ἀπὸ τῶν πύρ-   Ἀστυάνακτα ἀπὸ τῶν πύρ-
γων ἔρριψαν, Πολυξένην δὲ   των ἔρριψαν, Πολυξένην δὲ
ἐπὶ τῷ Ἀχιλλέως τάφῳ   ἐπὶ τῷ Ἀχιλλέως τάφῳ
24 κατέσφαξαν. λαμβάνει δὲ   κατέσφαξαν. λαμβάνει δὲ
Ἀγαμέμνων μὲν κατ' ἐξαίρε-   Ἀγαμέμνων μὲν κατ' ἐξαί-
τον Κασάνδραν, Νεοπτόλε-   ρετον Κασάνδραν, Νεοπτό-
μος δὲ Ἀνδρομάχην, Ὀδυσ-   λεμος δὲ Ἀνδρομάχην, Ὀδυσ-
σεὺς δὲ Ἑκάβην· ὡς δ' ἔνιοι   σεὺς δὲ Ἑκάβην. ὡς δὲ ἔνιοι
λέγουσιν, Ἕλενος αὐτὴν   λέγουσιν, Ἕλενος αὐτὴν
λαμβάνει, καὶ διακομισθεὶς   λαμβάνει, καὶ διακομισθεὶς
εἰς Χερρόνησον σὺν αὐτῇ   εἰς Χερρόνησον σὺν αὐτῇ
κύνα γενομένην θάπτει,   κύνα γενομένην θάπτει,
ἔνθα νῦν λέγεται Κυνὸς   ἔνθα νῦν λέγεται Κυνὸς
25 σῆμα. Λαοδίκην μὲν γὰρ   σῆμα. Λαοδίκην μὲν γὰρ
κάλλει τῶν Πριάμου θυγα-   κάλλει τῶν Πριάμου θυγα-
τέρων διαφέρουσαν βλε-   τέρων διαφέρουσαν βλε-
πόντων πάντων γῆ χάσματι   πόντων πάντων τῇ χάσματι
ἀπέκρυψε.   ἀπέκρυψεν. ὡς δὲ ἔμελλον

5. διὰ τὸ τὸ F, correxi   20. ἔλιπος S   22. χερρόνησον,
r prima manu super v additum in S

ἀποπλεῖν πορθήcαντεc Τροΐ-
αν, ὑπὸ Κάλχαντοc κατεί-
χοντο, μηνίειν 'Αθηνᾶν αὐ-
. τοῖc λέγοντοc διὰ τὴν

₅ τὸν μέντοι Αἴαντα διὰ τὴν   Αἴαντοc ἀcέβειαν. καὶ τὸν
ἀσέβειαν κτείνειν ἔμελλον,   μὲν Αἴαντα κτείνειν ἔμελ-
φεύγοντα δὲ ἐπὶ βωμὸν   λον, φεύγοντα δὲ ἐπὶ βω-
εἶξσαν.   μὸν εἴαcαν.

___

Καὶ μετὰ ταῦτα cυνελ- 0
₁₀   θόντων εἰc ἐκκληcίαν, 'Αγα-
μέμνων καὶ Μενέλαοc ἐφι-
λονείκουν, Μενελάου λέγον-
τοc ἀποπλεῖν, 'Αγαμέμνονοc
δὲ ἐπιμένειν κελεύοντοc καὶ

₁₅ ἀναχθέντες δὲ Διομήδης   θύειν 'Αθηνᾷ. Διομήδηc
Νέστωρ καὶ Μενέλαος ἅμα,   μὲν οὖν καὶ Νέcτωρ εὔπλο-p.214.1
οἱ μὲν ἀποπλοοῦσιν, ὁ δὲ   οὖcι, Μενέλαοc δὲ μετὰ τού-
Μενέλαος χειμῶνι περικε-   των ἀναχθεὶc χειμῶνι περι-
σθὼν, τῶν λοιπῶν ἀπολομέ-   πεcὼν, τῶν λοιπῶν ἀπολο-
₂₀ νων σκαφῶν, πέντε ναυσὶν   μένων cκαφῶν, πέντε ναυcὶν
ἐκ' Αἴγυπτον ἀφικνεῖται.   ἐπ' Αἴγυπτον ἀφικνεῖται.

'Αμφίλοχος δὲ καὶ Κάλ-   'Αμφίλοχοc δὲ καὶ Κάλ-2

9 ss.] conf. Hom. γ 132 ss. 276 ss. (Robertus, Bild und Lied
p. 247; Epit. Vat. p. 255, Fleckeis. ann. 1892 p. 249)   15. διο-
μήδης S   16 s. ἐπικλοοῦσι · S; ἀποπλοοῦσι E   19. ἀπολλομένων
ES   22. — p. 215, 19.] de Calchante conf. Tzetz. Lycophr. 427,
980, 1047, quem omni fere ex parte cum epitomatore Vaticano
consentire memoratu est dignissimum, praeterea Strab. XIV
p. 642 s. Tzetzas narrationem ex bibliotheca haustam esse iam
perspexerat Wilamowitzius Hom. Unters. p. 179 (conf. O. Im-
misch, Klaros, Fleckeis. ann. suppl. XVII p. 160 ss.; Epit. Vat.
257 s., Mus. Rhen. XLVI p. 407 s.)

χας καὶ Λεοντεὺς καὶ Πο-
δαλείριος καὶ Πολυποίτης
ἐν Ἰλίῳ τὰς ναῦς ἀπολι-
πόντες ἐπὶ Κολοφῶνα πεζῇ
πορεύονται, κἀκεῖ θάπτου-
σι Κάλχαντα τὸν μάντιν· ἦν
γὰρ αὐτῷ λόγιον τελευτή-
σειν, ἐὰν αὐτοῦ σοφωτέρῳ
περιτύχῃ μάντει. ὑποδε-
χθέντων οὖν ὑπὸ Μόψου
μάντεως, ὃς Ἀπόλλωνος
καὶ Μαντοῦς παῖς ὑπῆρ-
χεν, οὗτος ὁ Μόψος περὶ
μαντικῆς ἤρισε Κάλχαντι.
καὶ Κάλχαντος ἀνακρίναν-
τος ἐρινεοῦ ἑστώσης 'πό-
σους ὀλύνθους φέρει·' ὁ
Μόψος· 'μυρίους' ἔφη 'καὶ
μέδιμνον καὶ ἕνα ὄλυνθον
περισσόν·' καὶ εὑρέθησαν
οὕτω.

χας καὶ Λεοντεὺς
ἐν Ἰλίῳ τὰς ναῦς ἀπολι-
.πόντες ἐπὶ Κολοφῶνα πεζῇ
πορεύονται, κἀκεῖ θάπτουσι
Κάλχαντα τὸν μάντιν· ἦν
γὰρ αὐτῷ λόγιον τελευτή-
σειν, ἐὰν ἑαυτοῦ σοφωτέρῳ
περιτύχῃ μάντει. ὑποδε-
χθέντων οὖν ὑπὸ Μόψου
μάντεως, ὃς Ἀπόλλωνος
καὶ Μαντοῦς παῖς ὑπῆρ-
χεν, οὗτος ὁ Μόψος περὶ
μαντικῆς ἤρισε Κάλχαντι.
καὶ Κάλχαντος ἀνακρίναν-
τος ἐρινεοῦ ἑστώσης 'πόσα
ἔχει;' τοῦ δὲ εἰπόντος·
'μύρια καὶ μέτρῳ μέδιμνον
καὶ ἓν περισσόν', † κατα-
στήσας Κάλχας μυριάδα
εὗρε καὶ μέδιμνον καὶ ἓν
πλεονάζον κατὰ τὴν τοῦ
Μόψου πρόρρησιν.

1s. καὶ Ποδαλείριος καὶ Πολυποίτης om. S   De Podalirio
v. infra cap. 6, 18; nostro loco eius nomen, cuius mentio Leon-
teum a Polypoete incommodo separat, fortasse interpolatum
est (conf. Epit. Vat. p. 259 et Wilamowitzium Isyll. p. 50)
2s. ἐπικολοφῶνα S   5. μάντην S   8. ἑαυτοῦ *S: αὐτοῦ E
16. ἑστάσης E S Tzetz.: ἑστῶτος Herwerdenus Mnemos. XX p. 200
18. μέτρῳ add. S., om. E Tzetz.; conf. Melampodiae frg.
188 Rz. (Strab. l. l.): μύριοί εἰσιν ἀριθμόν, ἀτὰρ μέτρον γε
μέδιμνος, εἷς δὲ περισσεύει   19. † καταστήσας S: κατοσίσας
(scil. τὸν ἐρινεόν) Herwerdenus Mnemos. XX p. 200; malim κατα-
κλίσας (scil. τὸ μέτρον)

Μόψος δὲ συὸς οὔσης ἐπι-
τόκου ἠρώτα, πόσους κατὰ
γαστρὸς ἔχει καὶ πότε τέκοι·

5

τοῦ δὲ μηδὲν εἰπόντος αὐ-
τὸς ἔφη δέκα χοίρους ἔχειν
καὶ τὸν ἕνα τούτων ἄρ-
ρενα, τέξεσθαι δὲ αὔριον.

ὧν γενομένων Κάλχας ἀθυ-
μήσας τελευτᾷ.

Μόψος δὲ συὸς οὔσης ἐ-
πιτόκου ἠρώτα Κάλχαντα,
πόσους χοίρους κατὰ γα-
στρὸς ἔχει, τοῦ δὲ εἰπόντος·
'ὀκτώ', μειδιάσας ὁ Μόψος
ἔφη· 'Κάλχας τῆς ἀκριβοῦς
μαντείας ἀπεναντίας διάκει-
ται, ἐγὼ δ' Ἀπόλλωνος καὶ
Μαντοῦς παῖς ὑπάρχων τῆς
ἀκριβοῦς μαντείας τὴν ὀξυ-
δορκίαν πάντως πλουτῶ,
καὶ οὐχ ὡς ὁ Κάλχας ὀκτώ,
ἀλλ' ἐννέα κατὰ γαστρός,
καὶ τούτους ἄρρενας ὅλους
ἔχειν μαντεύομαι, καὶ αὔριον
ἀνυπερθέτως ἐν ἕκτῃ ὥρᾳ
τεχθήσεσθαι.' τούτων γοῦν
γενομένων Κάλχας ἀθυμήσας
ἀπέθανε καὶ ἐτάφη ἐν Νοτίῳ.

19. .Supplementum petendum est ex Tzetz. Lycophr. 980:
... Κάλχας ἀθυμήσας τελευτᾷ. Πολυποίτης δὲ καὶ Λεοντεὺς
μετὰ τὸ θάψαι αὐτὸν μετ' ὀλίγον εἰς Ἑλλάδα ἀπεχώ-
ρησαν, vel ad 1047: θάψαντες δὲ ἐκεῖ τὸν Κάλχαντα...
Πολυποίτης καὶ Λεοντεὺς μετ' ὀλίγον εἰς Ἑλλάδα
διεσώθησαν.

1ν. ἐπιτόκην E: ἐπὶ τόκου STzetz.   2. ἠρώτα ES: ἠρώ-
τησε Tzetz. 427, ἤρετο Tzetz. 980   Κάλχαντα Tzetz. 427 Κάλ-
χαντι S, om. ETzetz. 980   3. χοίρους add. STzetz. 980
3ν. ἔχη F. Tzetz. 427 980, εἶναι S (corr. Büch.)   καὶ πότε
τέκοι male om. S   τέκοι E: τέκῃ Tzetz. 427 τέξεται Tzetz.
980   5. μειδιάσας in ras. S   8ν. nota dissensionem harum
narrationum, quae in bibliotheca haud dubie olim coniunctae
inde in alteratram epitomam derivatae sunt (v. praefat.)
10. ὀξυδορκίαν S (conf. Lobeck. Phryn. p. 576): ὀξυδερκίαν edi-
derat Kr.   18. ἀθυμήσας S

5

[conf. c. 6, 12]

6 (XXII.) Ὅτι Ἀθηνᾶ ἐπὶ
τὴν Αἴαντος ναῦν κεραυ-
νὸν βάλλει, ὁ δὲ τῆς νεὸς
διαλυθείσης ἐπί τινα πέ-
τραν διασωθεὶς παρὰ τὴν
θεοῦ ἔφη πρόνοιαν σεσῶ-
σθαι. Ποσειδῶν δὲ τριαίνῃ
πλήξας τὴν πέτραν ἔσχισεν·
ὁ δὲ πεσὼν εἰς τὴν θάλασ-
σαν τελευτᾷ, καὶ ἐκβρα-
σθέντα θάπτει Θέτις ἐν
Μυκόνῳ.

7 τῶν δὲ ἄλλων Εὐβοίᾳ
προσφερομένων νυκτὸς
Ναύπλιος ἐπὶ τοῦ Κα-
φηρέως ὄρους πυρσὸν
ἀνάπτει· οἱ δὲ νομίσαντες
εἶναί τινας τῶν σεσωσμέ-

Ἀγαμέμνων δὲ θύσας ἀνά-
γεται καὶ Τενέδῳ προσίσχει,
Νεοπτόλεμον δὲ πείθει Θέ-
τις ἀφικομένη ἐπιμεῖναι δύο
ἡμέρας καὶ θυσιάσαι, καὶ 5
ἐπιμένει. οἱ δὲ ἀνάγονται
καὶ περὶ Τῆνον χειμάζονται.
Ἀθηνᾶ γὰρ ἐδεήθη Διὸς
τοῖς Ἕλλησι χειμῶνα ἐπι-
πέμψαι. καὶ πολλαὶ νῆες 10
βυθίζονται.

Ἀθηνᾶ δὲ ἐπὶ
τὴν Αἴαντος ναῦν κεραυ-
νὸν βάλλει, ὁ δὲ τῆς νεὼς
διαλυθείσης ἐπί τινα πέ- 15
τραν διασωθεὶς παρὰ τὴν
θεοῦ ἔφη πρόνοιαν σεσῶ-
σθαι. Ποσειδῶν δὲ πλήξας τῇ
τριαίνῃ τὴν πέτραν ἔσχισεν,
ὁ δὲ πεσὼν εἰς τὴν θάλασ- 20
σαν τελευτᾷ, καὶ ἐκβρα-
σθέντα θάπτει Θέτις ἐν
Μυκόνῳ.

τῶν δὲ ἄλλων Εὐβοίᾳ
προσφερομένων νυκτὸς 25
Ναύπλιος ἐπὶ τοῦ Καφηρέ-
ως ὄρους τῆς Εὐβοίας πυρ-
σὸν ἀνάπτει· οἱ δὲ νομίσαν-
τες εἶναί τινας τῶν σεσωσμέ-

16. παρὰ •S: οἱ παρὰ E (conf. schol. Hom. Ν 66)
18. ποσειδῶν S   27. τῆς Εὐβοίας add. S   29. εἶναί τινάς Ε S

νων προσπλέουσι, καὶ περὶ   νων προcπλέουci, καὶ περὶ
τὰς Καφηρίδας πέτρας   τὰc Καφηρίδαc πέτραc
θραύεται τὰ σκάφη καὶ   θραύεται τὰ cκάφη καὶ
πολλοὶ τελευτῶσιν.   πολλοὶ τελευτῶcιν.

5 ὁ γὰρ αὐτοῦ τοῦ Ναυπλίου καὶ Κλυμένης τῆς 8
Κατρέως υἱὸς Παλαμήδης ἐπιβουλαῖς Ὀδυσσέως λιθο-
βοληθεὶς ἀναιρεῖται. τοῦτο μαθὼν Ναύπλιος ἔπλευσε
πρὸς τοὺς Ἕλληνας καὶ τὴν τοῦ παιδὸς ἀπῄτει ποινήν·
ἄπρακτος δὲ ὑποστρέψας, ὡς πάντων χαριζομένων τῷ 9
10 βασιλεῖ Ἀγαμέμνονι, μεθ' οὗ τὸν Παλαμήδην ἀνεῖλεν
Ὀδυσσεύς, παραπλέων τὰς χώρας τὰς Ἑλληνίδας παρ-
εσκεύασε τὰς τῶν Ἑλλήνων γυναῖκας μοιχευθῆναι,
Κλυταιμνήστραν Αἰγίσθῳ, Αἰγιάλειαν τῷ Σθενέλου
Κομήτῃ, τὴν Ἰδομενέως Μήδαν ὑπὸ Λεύκου· ἦν καὶ 10
15 ἀνεῖλε Λεῦκος ἅμα Κλεισιθύρᾳ τῇ θυγατρὶ ταύτης ἐν
τῷ ναῷ προσφυγούσῃ, καὶ δέκα πόλεις ἀποσπάσας τῆς
Κρήτης ἐτυράννησε· καὶ μετὰ τὸν Τρωικὸν πόλεμον
καὶ τὸν Ἰδομενέα κατάραντα τῇ Κρήτῃ ἐξήλασε. ταῦτα 11
πρότερον κατασκευάσας ὁ Ναύπλιος, ὕστερον μαθὼν
20 τὴν εἰς τὰς πατρίδας τῶν Ἑλλήνων ἐπάνοδον, τὸν εἰς

13. Supplementa quae inveniuntur Tzetz. Lycophr. 384:
Κλυταιμνήστραν τὴν τοῦ Ἀγαμέμνονος et Αἰγιάλειαν τὴν
Διομήδους a codicibus sui abesse monet Chr. G. Müllerus.
14. Λεῦκον τὸν τοῦ Τάλω (Ταππάλου Vitt. 2 et 3) Tzetz.
Lycophr. 1093 (Τάλωος Tzetz. Chil. III 296).

5. — p. 218, 3.] de Nauplio conf. schol. Mars. et Tzetz. Ly-
cophr. 384 et 1093 et schol. Eurip. Or. 432 (Epit. Vat. p. 263 ss.,
Flockeis. ann. 1892 p. 244) 5. aut αὐτοῦ aut τοῦ Ναυπλίου
delendum est 15. Κλεισθέρᾳ E (conf G. Hermanni Opusc. V
p. 261): Κλεισιθήρα Lycophr. 1222, Tzetz. Lycophr. 384 Chil. III
294 16 s. ἐν τῷ ναῷ] 'fortasse Apollodorus addiderat, in cuius
dei templo hoc acciderit; sin minus, vitiosus est articulus' Her-
kerdenus Mnemos. XX p. 199 18. τῇ Κρήτῃ κατάραντα
Tzetz. 384

τὸν Καφηρέα, νῦν δὲ Συλοφάγον λεγόμενον, ἀνῆψε φρυκτόν· ἔνθα προσπελάσαντες Ἕλληνες ἐν τῷ δοκεῖν λιμένα εἶναι διεφθάρησαν.

12   Νεοπτόλεμος δὲ μείνας ἐν Τενέδῳ δύο ἡμέρας ὑπο- θήκαις τῆς Θέτιδος εἰς Μολοσσοὺς κεζῇ ἀπῄει μετὰ Ἑλέ- 5 νου, καὶ παρὰ τὴν ὁδὸν ἀποθανόντα Φοίνικα θάπτει, καὶ νικήσας μάχῃ Μολοσσοὺς βασιλεύει, καὶ ἐξ Ἀνδρο- 13 μάχης γεννᾷ Μολοσσόν. Ἕλενος δὲ κτίσας ἐν τῇ Μο- λοσσίᾳ πόλιν κατοικεῖ, καὶ δίδωσιν αὐτῷ Νεοπτόλεμος εἰς γυναῖκα τὴν μητέρα Δηιδάμειαν. Πηλέως δὲ ἐκ 10 Φθίας ἐκβληθέντος ὑπὸ τῶν Ἀκάστου παίδων καὶ ἀπο- θανόντος, Νεοπτόλεμος τὴν βασιλείαν τοῦ πατρὸς 14 παρέλαβε. καὶ μανέντος Ὀρέστου ἁρπάζει τὴν ἐκείνου γυναῖκα Ἑρμιόνην κατηγγυημένην αὐτῷ πρότερον ἐν Τροίᾳ, καὶ διὰ τοῦτο ἐν Δελφοῖς ὑπὸ Ὀρέστου κτεί- 15 νεται. ἔνιοι δὲ αὐτόν φασι παραγινόμενον εἰς Δελφοὺς ἀπαιτεῖν ὑπὲρ τοῦ πατρὸς τὸν Ἀπόλλωνα δίκας καὶ συλᾶν τὰ ἀναθήματα καὶ τὸν νεὼν ἐμπιμπράναι, καὶ διὰ τοῦτο ὑπὸ Μαχαιρέως τοῦ Φωκέως ἀναιρεθῆναι.

15   (XXIII.) Ὅτι πλανηθέν- τες Ἕλληνες ἄλλοι ἀλλαχοῦ καταράαντες κατοικοῦσιν, οἱ μὲν εἰς Λιβύην, οἱ δὲ εἰς Ἰταλίαν, εἰς Σικελίαν ἕτε- ροι. τινὲς δὲ πρὸς τὰς πλη-

τῶν δὲ ναυαγησάντων 20 περὶ τὸν Καφηρέα ἄλλος ἀλλαχῆ φέρεται, Γουνεὺς μὲν εἰς Λιβύην, Ἄντιφος δὲ ὁ Θεσσαλοῦ εἰς Πελασ- γοὺς καὶ ⟨τὴν⟩ χώραν κατα- 25

σίον Ἰβηρίας νήσους, ἄλλοι
παρὰ τὸν Σαγγάριον ποτ-
ταμόν· εἰσὶ δὲ οἵ καὶ
Κύπρον ᾤκησαν.

cχῶν Θεccαλίαν ἐκάλεcεν,
ὁ δὲ Φιλοκτήτηc πρόc Ἰτα-
λίαν εἰc Καμπανούc, Φεί-
διπποc μετὰ τῶν Κῴων ἐν
Ἄνδρῳ κατῴκηcεν, Ἀγαπή-ρ.1ι5,ι
νωρ ἐν Κύπρῳ, καὶ ἄλλοc
ἀλλαχοῦ.

*   ♦
•

Tzetzes uberiora fragmenta ex hac bibliothecae
parte servavit in commentariis ad Lycophronis versus:
902: Ἀπολλόδωρος δὲ καὶ οἱ λοιποὶ οὕτω φασί· 15a
Γουνεὺς εἰς Λιβύην λιπὼν τὰς ἑαυτοῦ ναῦς ἐλθὼν ἐπὶ
Κίνυπα ποταμὸν κατοικεῖ. Μέγης δὲ καὶ Πρόθοος ἐν
Εὐβοίᾳ περὶ τὸν Καφηρέα σὺν πολλοῖς ἑτέροις διαφθεί-
ρεται ... τοῦ δὲ Προθόου περὶ τὸν Καφηρέα ναυαγή-
σαντος, οἱ σὺν αὐτῷ Μάγνητες εἰς Κρήτην ῥιφέντες
ᾤκησαν.

911: μετὰ δὲ τὴν Ἰλίου πόρθησιν Μενεσθεὺς Φεί-15b
διππός τε καὶ Ἄντιφος καὶ οἱ Ἐλεφήνορος καὶ Φι-
λοκτήτης μέχρι Μίμαντος κοινῇ ἐπλευσαν. εἶτα Με-
νεσθεὺς μὲν εἰς Μῆλον ἐλθὼν βασιλεύει, τοῦ ἐκεῖ
βασιλέως Πολυάνακτος τελευτήσαντος. Ἄντιφος δὲ ὁ
Θεσσαλοῦ εἰς Πελασγοὺς ἐλθὼν καὶ τὴν χώραν κατασχὼν
Θεσσαλίαν ἐκάλεσε. Φείδιππος δὲ μετὰ Κῴων ἐξωσθεὶς
περὶ τὴν Ἄνδρον, εἶτα περὶ Κύπρον ἐκεῖ κατῴκησεν.

10. Κίνυφα Tzetz., correxi   Μέγης R. Stiehle Philol. VIII
p. 68: μέγας vel μάγνητες Tzetz. codd.   12. post διαφθείρε-
ται omisi, quae de Neoptolemo ex cp. 6, 12 repetiit Tzetzes
22. περὶ τὸν ἀδφίαν Tzetz., correxi Mus. Rhen. XLVI p. 410
εἶτα περὶ Κύπρον aut Tzetzes addidit, aut epitomator Sab-
baiticus neglexit

220 Apollodori epitoma.

Ἐλεφήνορος δὲ ἀποθανόντος ἐν Τροίᾳ, οἱ σὺν αὐτῷ
ἐκριφέντες περὶ τὸν Ἰόνιον κόλπον Ἀπολλωνίαν ᾤκησαν
τὴν ἐν Ἠπείρῳ. καὶ οἱ τοῦ Τληπολέμου προσίσχουσι
Κρήτῃ, εἶτα ὑπ' ἀνέμων ἐξωσθέντες περὶ τὰς Ἰβηρικὰς
νήσους ᾤκησαν. ... οἱ τοῦ Πρωτεσιλάου ἀπερρίφησαν 5
πλησίον πεδίου Κανάστρου. Φιλοκτήτης δὲ ἐξώσθη
εἰς Ἰταλίαν πρὸς Καμπανοὺς καὶ πολεμήσας Λευκανοὺς
πλησίον Κρότωνος καὶ Θουρίου Κρίμισσαν κατοικεῖ·
καὶ πανθεὶς τῆς ἄλης Ἀλαίου Ἀπόλλωνος ἱερὸν κτίζει,
ᾧ καὶ τὸ τόξον αὐτοῦ ἀνέθηκεν, ὥς φησιν Εὐφο- 10
ρίων.

15c   921: Ναύαιθος] ποταμός ἐστιν Ἰταλίας· ἐκλήθη δὲ
οὕτω κατὰ μὲν Ἀπολλόδωρον καὶ τοὺς λοιπούς, ὅτι
μετὰ τὴν Ἰλίου ἅλωσιν αἱ Λαομέδοντος θυγατέρες
Αἰθυλλα Ἀστυόχη Μηδεσικάστη μετὰ τῶν λοιπῶν αἰχμα- 15
λωτίδων ἐκεῖσε γεγονυῖαι τῆς Ἰταλίας, εὐλαβούμεναι
τὴν ἐν τῇ Ἑλλάδι δουλείαν τὰ σκάφη ἐνέπρησαν, ὅθεν
ὁ ποταμὸς Ναύαιθος ἐκλήθη καὶ αἱ γυναῖκες Ναυπρή-
στιδες· οἱ δὲ σὺν αὐταῖς Ἕλληνες ἀπολέσαντες τὰ
σκάφη ἐκεῖ κατῴκησαν.   20

Quae praeterea de Diomedis, Teucri, Schedii Epistro-
phique comitum erroribus non sine magna dubitatione
bibliothecae restitueram ex Tzetzae adnotationibus in
vv. 603, 450, 1067 (Epit. Vat. p. 73 et 284 ss.), nunc stare

5. post ᾤκησαν omisi, quae de Tlepolemi uxore 'in Pin-
dari historiis' se invenisse affirmat Tzetzes   9 ss. καὶ καν-
θεὶς — Εὐφορίων fortasse a Tzetza addita sunt   13 ss.] Lao-
medontis filias enumerantur bibl. III 146 Ἠιόνη Κίλλα Ἀστυόχη;
sed haud raro inter se differunt, quae de eadem re ex diversis
fontibus recepit bibliothecae auctor. Quamobrem non recurrerim
ad Apollodori qui rare vocatur doctissimum opus de navium
catalogo (Epit. Vat. p. 281)

vix possunt, cum ei tantum in rationem vocandi esse
videantur, qui ex Capharea tempestate servati erant.

*   *

Δημοφῶν δὲ Θρᾳξὶ Βισάλταις μετ' ὀλίγων νεῶν 16
προσίσχει, καὶ αὐτοῦ ἐρασθεῖσα Φυλλὶς ἡ θυγάτηρ τοῦ
βασιλέως ἐπὶ προικὶ τῇ βασιλείᾳ συνευνάζεται ὑπὸ τοῦ
πατρός. ὁ δὲ βουλόμενος εἰς τὴν πατρίδα ἀπιέναι,
πολλὰ δεηθεὶς ὁμόσας ἀναστρέψειν ἀπέρχεται· καὶ Φυλ-
λὶς αὐτὸν ἄχρι τῶν Ἐννέα ὁδῶν λεγομένων προπέμπει
καὶ δίδωσιν αὐτῷ κίστην, εἰποῦσα ἱερὸν ⟨τῆς⟩ μητρὸς
Ῥέας ἐνεῖναι, καὶ ταύτην μὴ ἀνοίγειν, εἰ μὴ ὅταν
ἀπελπίσῃ τῆς πρὸς αὐτὴν ἀνόδου. Δημοφῶν δὲ ἐλθὼν 17
εἰς Κύπρον ἐκεῖ κατῴκει. καὶ τοῦ τακτοῦ χρόνου διελ-
θόντος Φυλλὶς ἀρὰς θεμένη κατὰ Δημοφῶντος ἑαυτὴν
ἀναιρεῖ· Δημοφῶν δὲ τὴν κίστην ἀνοίξας φόβῳ κα-
τασχεθεὶς ἄνεισιν ἐπὶ τὸν ἵππον καὶ τοῦτον ἐλαύνων
ἀτάκτως ἀπόλλυται· τοῦ γὰρ ἵππου σφαλέντος κατε-
νεχθεὶς ἐπὶ τὸ ξίφος ἔπεσεν. οἱ δὲ σὺν αὐτῷ κατῴ-
κησαν ἐν Κύπρῳ.

Ποδαλείριος δὲ ἀφικόμενος εἰς Δελφοὺς ἐχρᾶτο 18
ποῦ κατοικήσει· χρησμοῦ δὲ δοθέντος, εἰς ἣν πόλιν

1—16.] de Acamante eadem narrat Tzetz. Lycophr. 495
1. ὀλίγαις νεῶσι Tzetz.   2. τοῦ] ἐκεῖ add. Tzetz.
3. συνευνάζεται male repetitum in E del. man. 2   5. δεηθεὶς]
παρὰ Φυλλίδος καὶ τὸν ἱκέτης add. Tzetz.   ἐξέρχεται Tzetz.
6. Ἐννέα ὁδῶν ex Tzetza restitui: ἐννεάδων E   7. κί-
στην E: κιβώτιον Tzetz.   7 s. ἱερὸν εἶναι τῆς μητρὸς Ῥέας Tzetz.
7. τῆς addidi   9. τὴν ... ἄνοδον Tzetz.   12. τὴν κίστην
E: τὸ κιβώτιον Tzetz.   φόβῳ κατασχεθεὶς E: φάσματι κρα-
τηθεὶς Tzetz.   14. σφαλέντος] ἐκ τῶν ὀπισθίων μερῶν add.
Tzetz.   15. ἐπὶ τὸ ξίφος ἔπεσεν] ἐφ' ἑαυτοῦ ἐπικηγνυται
ξίφος Tzetz.   17.— p. 222, 3.] de Podalirio conf. Tzetz Lycophr.
1047   18 s. οἰκήσει πόλιν, οὗ περιέχονται στρατοῦ οὐδὲν
δεινὸν πείσεται confuse Tzetz.

τοῦ περιέχοντος οὐρανοῦ πεσόντος οὐδὲν πείσεται, τῆς
Καρικῆς Χερρονήσου τὸν κέριξ οὐρανοῦ κυκλούμενον
ὄρεσι τόπον κατῴκησεν.

19 Ἀμφίλοχος δὲ ὁ Ἀλκμαίωνος, κατά τινας ὕστερον
παραγενόμενος εἰς Τροίαν, κατὰ [τὸν] χειμῶνα ἀπερ- 5
ρίφη πρὸς Μόψον, καί, ὥς τινες λέγουσιν, ὑπὲρ τῆς
βασιλείας μονομαχοῦντες ἔκτειναν ἀλλήλους.

20 Λοκροὶ δὲ μόλις τὴν ἑαυτῶν καταλαβόντες, ἐπεὶ
μετὰ τρίτον ἔτος τὴν Λοκρίδα κατέσχε φθορά, δέχονται
χρησμὸν ἐξιλάσασθαι τὴν ἐν Ἰλίῳ Ἀθηνᾶν καὶ δύο παρ- 10
θένους πέμπειν ἱκέτιδας ἐπὶ ἔτη χίλια. καὶ λαγχάνουσι
21 πρῶται Περίβοια καὶ Κλεοπάτρα. αὗται δὲ εἰς Τροίαν
ἀφικόμεναι, διωκόμεναι παρὰ τῶν ἐγχωρίων εἰς τὸ
ἱερὸν κατέρχονται· καὶ τῇ μὲν θεᾷ οὐ προσήρχοντο, τὸ
δὲ ἱερὸν ἔσαιρόν τε καὶ ἔρραινον· ἐκτὸς δὲ τοῦ νεὼ 15
οὐκ ἐξῄεσαν, κεκαρμέναι δὲ ἦσαν καὶ μονοχίτωνες καὶ
22 ἀνυπόδετοι. τῶν δὲ πρώτων ἀποθανουσῶν Ἕλλας ἔπεμ-
πον· εἰσῄεσαν δὲ εἰς τὴν πόλιν νύκτωρ, ἵνα μὴ φα-
νεῖσαι τοῦ τεμένους ἔξω φονευθῶσι· μετέπειτα δὲ βρέφη
μετὰ τροφῶν ἔπεμπον. χιλίων δὲ ἐτῶν παρελθόντων 20
μετὰ τὸν Φωκικὸν πόλεμον ἱκέτιδας ἐπαύσαντο πέμ-
ποντες.

8. Αἴαντος τοῦ Λοκροῦ περὶ τὰς Γυραίας ναυαγή-
σαντος [καὶ ταφέντος ἐν Τρέμοντι χωρίῳ τῆς Δήλου] οἱ Λοκροὶ
μόλις ἐλθόντες . . . Τzetz. Lycophr. 1141 (uncis inclusa Τzetzes
addidit ex Lycophr. v. 402). — 22. πέμποντες] ὥς φησι Τί-
μαιος ὁ Σικελός add. Τzetz. (Tim. frg. 66 M.)

1. οὐδὲν] δεινὸν fortasse ex Τzetza addendum est
2. καρικῆς Ε   4 - 22. repetiit Τzetz. Lycophr. 440 (ἄλλοι δέ
φασιν, ὡς καὶ Ἀπολλόδωρος)   4. κατά τινας Ε   5. τὸν
bene om. Τzetz.   7. ἀλλήλοις ἀπέκτειναν Τzetz.   8—22. ad-
hibuit Τzetz. Lycophr. 1141   9. Λοκρίδα ex Τzetza restitui:
λοκρίαν Ε   10 ἐξιλάσεσθαι Τzetz.   15. ἔσαιρον ex Τzetza
restitui: ἔσιρον Ε

'Αγαμέμνων δὲ καταν-
τήσας εἰς Μυκήνας μετὰ
Κασάνδρας ἀναιρεῖται ὑπὸ
Αἰγίσθου καὶ Κλυταιμνή-
3 στρας· δίδωσι γάρ αὐτῷ
χιτῶνα ἄχειρα καὶ ἀτρά-
χηλον, καὶ τοῦτον ἐνδυόμε-
νος φονεύεται, καὶ βασι-
λεύει Μυκηνῶν Αἴγισθος·
10 κτείνουσι δὲ καὶ Κασάν-
δραν. Ἠλέκτρα δὲ μία
τῶν Ἀγαμέμνονος θυγατέ-
ρων Ὀρέστην τὸν ἀδελφὸν
ἐκκλέπτει καὶ δίδωσι Στρο-
15 φίῳ Φωκεῖ τρέφειν, ὁ δὲ
αὐτὸν ἐκτρέφει μετὰ Πυ-
λάδου παιδὸς ἰδίου. τελει-
ωθεὶς δὲ Ὀρέστης εἰς Δελ-
φοὺς παραγίνεται κἀκεῖ
20 ἐρωτᾷ, εἰ τοὺς αὐτόχειρας
τοῦ πατρὸς μετέλθοι. τοῦ-
το δ' ἐπιτραπεὶς ἀπέρχεται
⟨εἰς⟩ Μυκήνας μετὰ Πυ-
λάδου λαθραίως καὶ κτείνει
25 τήν τε μητέρα καὶ τὸν

'Αγαμέμνων δὲ καταν- 23
τήςαc εἰc Μυκήναc μετἀ p.175,3
Καcάνδραc ἀναιρεῖται ὑπὸ
Αἰγίcθου καὶ Κλυταιμνή-
cτραc· δίδωcι γάρ αὐτῷ
χιτῶνα ἄχειρα καὶ ἀτρά-
χηλον, καὶ τοῦτον ἐνδυόμε-
νοc φονεύεται, καὶ βαcι-
λεύει Μυκηνῶν Αἴγιcθοc·
κτείνουcι δὲ καὶ Καcάν-
δραν. Ἠλέκτρα δὲ μία 24
τῶν Ἀγαμέμνονοc θυγατέ-
ρων Ὀρέcτην τὸν ἀδελφὸν
ἐκκλέπτει καὶ δίδωcι Φωκεῖ
Cτροφίῳ τρέφειν, ὁ δὲ
αὐτὸν ἐκτρέφει μετὰ Πυ-
λάδου παιδὸc ἰδίου. τε-
λειωθεὶc δὲ Ὀρέcτηc εἰc
Δελφοὺc παραγίνεται καὶ
τὸν θεὸν ἐρωτᾷ, εἰ τοὺc
αὐτόχειραc τοῦ πατρὸc μετ- 25
έλθοι. τοῦ θεοῦ ἐπιτρέ-
ποντοc ἀπερχόμενοc εἰc
Μυκήναc μετὰ Πυλάδου λα-
θραίωc τόν τε Αἴγιcθον καὶ

9. αἴγισθος in ras. E   14 s. Στροφίῳ Φωκεῖ b: Φωκεῖ
Στροφίῳ S   19 s. κἀκεῖ ἐρωτᾷ E: καὶ τὸν θεὸν ἐρωτᾷ S
21. μετέλθοι ES: μετίλθῃ Büch.   21 s. τοῦτο δὲ ἐπιτραπεὶς E:
τοῦ θεοῦ ἐπιτρέποντος S   22 ss. ἀπέρχεται ... καὶ E: ἀπερ-
χόμενος S   23. εἰς om. E   24. καὶ κτείνει supraseriptum in E
24 s. κτείνει τήν τε μητέρα καὶ τὸν Αἴγισθον E: τόν τε Αἰ-

Αἴγισθον, καὶ μετ' οὐ πο-
λὺ μανίᾳ κατασχεθεὶς ὑπὸ
Ἐρινύων διωκόμενος εἰς
Ἀθήνας παραγίνεται καὶ
κρίνεται ἐν Ἀρείῳ πάγῳ
καὶ ἀπολύεται.

25 καὶ λαμβάνει χρησμὸν
ἀπαλλαγῆναι τῆς νόσου, εἰ
τὸ ἐν Ταύροις μετακομί-
σοι βρέτας.

τὴν μητέρα κτείνει, καὶ μετ'
οὐ πολὺ μανίᾳ καταςχεθεὶς
ὑπὸ Ἐρινύων διωκόμενος
εἰς Ἀθήνας παραγίνεται.
κρίνεται δὲ Ὀρέςτης ἐν ὁ
Ἀρείῳ πάγῳ, ὡς μὲν λέ-
γουςί τινες ὑπὸ Ἐρινύων,
ὡς δέ τινες ὑπὸ Τυνδάρεω,
ὡς δέ τινες ὑπὸ Ἠριγόνης
τῆς Αἰγίςθου καὶ Κλυταιμνή- 10
ςτρας, καὶ κριθεὶς ἴςων γενο-
μένων τῶν ψήφων ἀπολύ-
εται.

ἐρομένῳ δὲ αὐτῷ, πῶς
ἂν ἀπαλλαγείη τῆς νόσου, 15
ὁ θεὸς εἶπεν, εἰ τὸ ἐν
Ταύροις ξόανον μετακομί-
ςειεν. οἱ δὲ Ταῦροι μοῖρά

(25) 1 ss. Tzetz. Lycophr. 1374: Ὀρέςτης μετὰ τὸ ἀνελεῖν Αἴγι-
σθον καὶ Κλυταιμνήςτραν διωκόμενος ὑπ' Ἐρινύων φεύγει πρὸς τῇ
Ἀθήνας ἐν τῷ τῶν Ἀθεςτηρίαν ἑορτῇ βασιλεύοντος
Δημοφῶντος, καὶ κρίνεται ἐν Ἀρείῳ πάγῳ ἢ μετὰ Ἐρινύων
ἢ Τυνδάρεω, ἢ Ἠριγόνης, τῆς Αἰγίςθου καὶ Κλυταιμνήςτρας
θυγατρός. ἴςων δὲ γενομένων τῶν ψήφων ἀπελύθη.

(26) ἔχρηςε δὲ ὁ θεὸς τῆς μανίας αὐτὸν ἀπαλλαγῆναι, εἰ τὸ ἐν ss
Ταύροις ξόανον τῆς Ἀρτέμιδος μετακομίςει· οἱ δὲ Ταῦροι

γιςθον καὶ τὴν μητέρα κτείνει S   3. Ἐρινέων S; Ἐριννύων
F Tzetz.   4—18. nota memorabilem consensum cum marm. -
Par. 25 ● 5 ss. de supplementis, quae partim ex libro Sab-
baitico partim ex Tzetza accrescunt breviori Vaticani narra-
tioni, confer Epit. Vat. p. 111, Mus. Rhen. XLVI p. 411
6s. τινὲς S   14. ἐραμένῳ S, corr. Ker.   15. (26) τῆς Ἀρτέ-
μιδος desiderari non potest   17s. μετακομίςοι E: μετακομίςεις
S, μετακομίςει Tzetz.   18. μοῖρα ἐςτὶ S

ἔστι Σκυθῶν, οἳ τοὺς ξένους
φονεύουσι καὶ εἰς τὸ ἱερὸν
ῥίπτουσι. τοῦτο ἦν ἐν τῷ
τεμένει διά · τινος πέτρας
ἀναφερόμενον ἐξ Ἅιδου.

καὶ δὴ παραγενόμενος ἐν | παρατενόμενος οὖν εἰς Ταύ- 27
Ταύροις μετὰ Πυλάδου | ρους Ὀρέστης μετὰ Πυλάδου
φωραθεὶς ἑάλω καὶ ἄγεται | φωραθεὶς ἑάλω καὶ ἄγεται
πρὸς Θόαντα τὸν βασιλέα | πρὸς Θόαντα τὸν βασιλέα
δέσμιος, ὁ δὲ ἀμφοτέρους | δέσμιος, ὁ δὲ ἀμφοτέρους
πρὸς τὴν ἱέρειαν ἀποστέλ- | πρὸς τὴν ἱέρειαν ἀποστέλ-
λει. ἐπιγνωσθεὶς δὲ ὑπὸ | λει. ἐπιγνωσθεὶς δὲ ὑπὸ
τῆς ἀδελφῆς, ἄρας τὸ ξό- | τῆς ἀδελφῆς ἱερὰ ποι-
ανον σὺν αὐτῇ φεύγει. | ούσης ἐν Ταύροις, ἄρας τὸ
ξόανον σὺν αὐτῇ φεύγει.
κομισθὲν δὲ εἰς Ἀθήνας νῦν
λέγεται τὸ τῆς Ταυροπόλου.
ἔνιοι δὲ αὐτὸν κατὰ χειμῶνα
προσενεχθῆναι τῇ νήσῳ Ῥό-

μοῖρα Σκυθῶν. παραγινόμενος δὲ μετὰ Πυλάδου καὶ κρατηθεὶς(27)
παρὰ βουκόλων ἤχθη δέσμιος σὺν τῷ Πυλάδῃ πρὸς Θόαντα
τὸν βασιλέα. ὁ δὲ αὐτοὺς πρὸς τὴν ἱέρειαν Ἰφιγένειαν ἔπεμψε,
μεθ' ἧς καὶ τοῦ ἀγάλματος φεύγουσι· χειμασθέντες δὲ ἐξώ-
κειλαν παρὰ τὰ νῦν λεγομένης Σελευκείας μέρη καὶ Ἀν-
τιοχίας καὶ τὸ Μελάντιον ὄρος, ὃ ἀπὸ τοῦ κατασθῆναι
τὸν Ὀρέστην ἐκεῖ τῆς μανίας Ἀμανὸν ἐκλήθη. ὕστερον δὲ

1 as aut verba οἳ τοὺς — ῥίπτουσι, aut τοῦτο — Ἅιδου ·
interpolata sunt   2. ἱερὸν] πέτρᾳ add. Hercherus Mnemos.
XX p. 200   8. φωραθεὶς ἑάλω ES: κρατηθεὶς παρὰ βουκόλων
Tzetz. (a pastoribus deprehensi Hyg. fab. 120).   13. ἱεροποι-
ούσης Büch.   13 s. ἱερὰ ποιούσης ἐν Ταύροις om. E Tzetz.
26. Ἀμανὸν] conf. Steph. Byz. s. v.

δψ λέγουσιν ... αὐτὸν καὶ
κατὰ χρηςμὸν ἐν τείχει

28 καὶ δὴ ἐλθὼν εἰς Μυκήνας   καθοςιωθῆναι. Ὀρέςτης δὲ
Πυλάδῃ μὲν τὴν ἀδελφὴν   τὴν ἀδελφὴν Ἠλέκτραν
Ἠλέκτραν συζεύγνυσιν, αὐ-   Πυλάδῃ cυνῴκιcεν, αὐτὸς δ
τὸς δὲ γήμας Ἑρμιόνην, ἢ   δὲ γήμαc Ἑρμιόνην ἐγέν-
κατά τινας Ἠριγόνην, τεκ-   νηcε Τιcαμενόν.
νοί ..., καὶ δηχθεὶς ὑπὸ
ὄφεως ἐν Ὀρεστείῳ τῆς
Ἀρκαδίας θνήσκει.   10

29 Μενέλαος δὲ πέντε ναῦς   Μενέλαοc δὲ πέντε ναῦc
τὰς ὅλας ἔχων μεθ' ἑαυτοῦ   τὰc πάcαc ἔχων μεθ' ἑαυτοῦ
προccχὼν Cουνίῳ τῆc Ἀττι-
κῆc ἀκρωτηρίῳ κἀκεῖθεν εἰc
Κρήτην ἀπορριφεὶc πάλιν 15
ὑπὸ ἀνέμων μακρὰν ἀπω-
θεῖται, καὶ πλανώμενοc ἀνά
τε Λιβύην καὶ Φοινίκην

(28) ἦλθεν εἰς Ἀθήνας ... καὶ Πυλάδῃ μὲν Ἠλέκτραν ζευγύσι,
αὐτὸς δὲ μετὰ τῶν Δελφῶν ἀνελὼν Νεοπτόλεμον τὸν 20
Ἀχιλλέως γήμων Ἑρμιόνην, ἐξ ἧς γεννᾷ Τιcαμενόν, ἢ κατά
τινας Ἠριγόνην γήμας τὴν Αἰγίcθου Πενθίλον γεννᾷ,
οἴκων ἐν Ὀρεστίῳ τῆς Ἀρκαδίας, ὅπου ὑπὸ ὄφεως δηχθεὶς ἀναι-
ρεῖται. (conf. Epit. Vat. p. 111 et 294. Mus. Rhen. XLVI p. 411)

    1 lacunam sic explendam λέγουσι ⟨καὶ τὸ ξόανον μέλλει
αὐτοῦ καὶ⟩ αὐτὸν indicavit Büch.   λέγουσι ναυαγὸν Ker.
    5 συνῴκισεν S, corr. Ker.   6ss. hiulca ES: integra
Apollodori verba servavit Tzetzes.   9. Ὀρεστείῳ ES: Ὀρεστίᾳ
Tzetz. (ὀρεστίᾳ codd. Vitt.2 et 5), conf. Steph. Byz s. v. Ὀρε-
στία   12. ὅλας E: πάσας S   14. ἀκρωτηρίῳ S, corr Ker.
    19. lacunam indicaveram Epit. Vat. p. 111, quam explevit S
    20. Δελφῶν restitui: ἀδελφῶν Tzetz.

πολλάς χώρας παραμείψας
πολλὰ συναθροίζει χρήμα-
τα. καὶ κατά τινας εὑρίσκε-
ται παρὰ Πρωτεῖ τῷ τῶν
Αἰγυπτίων βασιλεῖ Ἑλένη,
μέχρι τότε εἴδωλον ἐκ νε-
φῶν ἰσχηκότος τοῦ Μενε-
λάου. ὀκτὰ δὲ πλανηθεὶς
ἔτη κατέπλευσεν εἰς Μυκή-
νας, κἀκεῖ κατέλαβεν Ὀρέ-
στην μετεληλιθότα τὸν τοῦ
πατρὸς φόρον. ἐλθὼν δὲ
εἰς Σπάρτην τὴν ἰδίαν
ἐκτήσατο βασιλείαν. καὶ ...

καὶ Κύπρον καὶ Αἴγυπτον
πολλά ευναθροίζει χρήματα.
καὶ 'κατά τινας εὑρίσκεται 30
παρά Πρωτεῖ τῷ τῶν Αἰ-
γυπτίων βασιλεῖ Ἑλένη,
μέχρι τότε εἴδωλον ἐκ νε-
φῶν ἐσχηκότος τοῦ Μενε-
λάου. ὀκτὼ δὲ πλανηθεὶς
ἔτη κατέπλευσεν εἰς Μυκή-
νας, κἀκεῖ κατέλαβεν Ὀρέ-
στην μετεληλυθότα τὸν τοῦ μ 1H, 1
πατρὸς φόνον. ἐλθὼν δὲ
εἰς Σπάρτην ⟨τὴν⟩ ἰδίαν
ἐκτήσατο βασιλείαν. καὶ
ἀποθανατισθεὶς ὑπὸ Ἥρας
εἰς τὸ Ἠλύσιον ἦλθε πεδίον
μεθ' Ἑλένης.

Ὁ δὲ Ὀδυσσεύς, ὡς μὲν ἔνιοι λέγουσιν, ἐπλανᾶτο 7
κατὰ Λιβύην, ὡς δὲ ἔνιοι κατὰ Σικελίαν, ὡς δὲ ἄλλοι
κατὰ τὸν Ὠκεανὸν ἢ κατὰ τὸ Τυρρηνικὸν πέλαγος.

ἀναχθεὶς δὲ ἀπὸ Ἰλίου προσίσχει πόλει Κικόνων 8
Ἰσμάρῳ καὶ ταύτην αἱρεῖ πολεμῶν καὶ λαφυραγωγεῖ,
μόνου φεισάμενος Μάρωνος, ὃς ἦν ἱερεὺς Ἀπόλλωνος.
αἰσθόμενοι δὲ οἱ τὴν ἤπειρον οἰκοῦντες Κίκονες σὺν
ὅπλοις ἐπ' αὐτὸν παραγίνονται· ἀφ' ἑκάστης δὲ νεὼς

6. ἐλένη *S: ἐλένης E   12. τὴν om. S   ● 14 καὶ]
μετὰ θάνατον ... suppleveram (conf. Epit. Vat. p. 112. Mus.
Rhen. XLVI p. 411 adn.) Hic explicit in E fol 49ᵛ, post quod
tria folia excisa sunt (conf. praefat.)   17. μετ' ἐλένης S,
corr. Ker.   18—20.] conf. Mus. Rhen. XLVI p. 412 s.
21. Μάρωνος] Hom. ι 196 ss.
15*

3 ἐξ ἀποβαλὼν ἄνδρας ἀναχθεὶς ἔφευγε. καὶ καταντᾷ εἰς
τὴν Λωτοφάγων χώραν καὶ πέμπει τινὰς μαθησομένους
τοὺς κατοικοῦντας· οἱ δὲ γευσάμενοι τοῦ λωτοῦ κατέ-
μειναν· ἐφύετο γὰρ ἐν τῇ χώρᾳ καρπὸς ἡδὺς λεγόμενος
λωτός, ὃς τῷ γευσαμένῳ πάντων ἐποίει λήθην. Ὀδυσ- 5
σεὺς δὲ αἰσθόμενος, τοὺς λοιποὺς κατασχών, τοὺς γευσα-
μένους μετὰ βίας ἐπὶ τὰς ναῦς ἄγει, καὶ προσπλεύσας
τῇ Κυκλώπων γῇ προσπελάζει.
4   καταλιπὼν δὲ τὰς λοιπὰς ναῦς ἐν τῇ πλησίον νήσῳ,
μίαν ἔχων τῇ Κυκλώπων γῇ προσπελάζει, μετὰ δώδεκα 10
ἑταίρων· ἀποβὰς τῆς νεώς. ἔστι δὲ τῆς θαλάσσης πλη-
σίον ἄντρον, εἰς ὃ ἔρχεται ἔχων ἀσκὸν οἴνου τὸν ὑπὸ
Μάρωνος αὐτῷ δοθέντα. ἦν δὲ Πολυφήμου τὸ ἄντρον,
ὃς ἦν Ποσειδῶνος καὶ Θοώσης νύμφης, ἀνὴρ ὑπερμεγέ-
θης ἄγριος ἀνδροφάγος, ἔχων ἕνα ὀφθαλμὸν ἐπὶ τοῦ 15
5 μετώπου. ἀνακαύσαντες δὲ πῦρ καὶ τῶν ἐρίφων θύσαν-
τες εὐωχοῦντο. ἐλθὼν δὲ ὁ Κύκλωψ καὶ εἰσελάσας τὰ
ποίμνια τῇ μὲν θύρᾳ προσέθηκε πέτρον ὑπερμεγέθη καὶ
6 θεασάμενος αὐτοὺς ἐνίους κατήσθιεν. Ὀδυσσεὺς δὲ αὐ-
τῷ δίδωσιν· ἐκ τοῦ Μάρωνος οἴνου πιεῖν· ὁ δὲ πιὼν 20
πάλιν ᾔτησε, καὶ πιὼν τὸ δεύτερον ἐπηρώτα τὸ ὄνομα.
τοῦ δὲ εἰπόντος ⟨ὅτι⟩ Οὖτις καλεῖται, Οὖτιν ἠπείλει
ὕστερον ἀναλῶσαι, τοὺς δὲ ἄλλους ἔμπροσθεν, καὶ τοῦτο

2. τινὰς ιεροευι: τοὺς S (conf. o. gr. bibl. III 22: πέμπει
τινὰς ἰησομένους ὕδωρ, ep. 7, 12: ἐπεμψέ τινας κινησομένοις)
6. fort. αἰσθόμενος ⟨καὶ⟩ 7. προσπλεύσας] malim ἀπο-
πλεύσας 8. κυκλάπω S 11. ἑταίρων] αιρ in ras. S
12. τὸν .... δοθέντα] Apollodorus aut Homeri verba ἀσκὸν
ἔχην μέλανος οἴνοιο ἔδνος, ὅτ μοι ἔδωκε Μάρων (ι 197) falso
interpretatus est, aut scripsit τοῦ ... δοθέντος; nam non ἀσκὸν
οἴνοιο, sed οἶνον ἐν ἀμφιφορεῖσι δυώδεκα Maron Ulixi dona-
verat (ι 204) 21. δεύτερον] eximcipiateria τρίτον (ι 361)
22. ὅτι add. Bück.

αὐτῷ ξένιον ἀποδώςειν ὑπέςχετο. καταςχεθεὶς δὲ ὑπὸ
μέθης ἐκοιμήθη. Ὀδυςςεὺς δὲ εὑρὼν ῥόπαλον κείμενον 7
cὺν τέccαρcιν ἑταίροιc ἀπώξυνε καὶ πυρώςαc ἐξετύφλωcεν
αὐτόν. ἐπιβοωμένου δὲ Πολυφήμου τοὺς πέριξ Κύκλω-
5 παc, παραγενόμενοι ἐπηρώτων τίς αὐτὸν ἀδικεῖ. τοῦ δὲ
εἰπόντος 'Οὖτις', νομίςαντεc αὐτὸν λέγειν 'ὑπὸ μηδενός'
ἀνεχώρηςαν. ἐπιζητούντων δὲ τῶν ποιμνίων τὴν cυνήθη 8
νομήν, ἀνοίξας καὶ ἐπὶ τοῦ προθύρου cτὰc τὰc χεῖραc
ἐκπετάcαc ἐψηλάφα τὰ ποίμνια. Ὀδυςςεὺc δὲ τρεῖc
277,1 κριοὺc ὁμοῦ cυνδέων ... καὶ αὐτὸc τῷ μείζονι ὑποδύc,
ὑπὸ τὴν γαcτέρα κρυβείc, cὺν τοῖc ποιμνίοιc ἐξῆλθε, καὶ
λύcαc τοὺc ἑταίρουc τῶν ποιμνίων, ἐπὶ τὰc ναῦc ἐλάcαc
ἀποπλέων ἀνεβόηcε Κύκλωπι ὡc Ὀδυςςεὺc εἴη καὶ ἐκ-
πεφεύγοι τὰc ἐκείνου χεῖραc. ἦν δὲ λόγιον Κύκλωπι 9
15 εἰρημένον ὑπὸ μάντεωc τυφλωθῆναι ὑπὸ Ὀδυccέωc. καὶ
μαθὼν τὸ ὄνομα πέτρας ἀποcπῶν ἠκόντιζεν εἰc τὴν
θάλαccαν, μόλιc δὲ ἡ ναῦc cώζεται πρὸc τὰc πέτραc.
ἐκ τούτου δὲ μηνίει Ποcειδῶν Ὀδυccεῖ.

ἀναχθεὶc δὲ cυμπάcαιc ⟨ναυcὶ⟩ παραγίνεται εἰc 10
20 Αἰολίαν νῆcον, ἧc ὁ βαcιλεὺc ἦν Αἴολοc. οὗτοc ἐπι-
μελητὴc ὑπὸ Διὸc τῶν ἀνέμων καθεcτήκει καὶ παύειν
καὶ προίεcθαι. ὃc ξενίcαc Ὀδυccέα δίδωcιν αὐτῷ ἀcκὸν
βόειον, ἐν ᾧ κατέδηcε τοὺc ἀνέμουc, ὑποδείξαc οἷc δεῖ
χρῆcθαι πλέοντα, τοῦτον ἐν τῷ cκάφει καταδήcαc. ὁ δὲ
25 Ὀδυccεὺc ἐπιτηδείοιc ἀνέμοιc χρώμενοc εὐπλοεῖ, καὶ
πληcίον Ἰθάκηc ὑπάρχων ἤδη τὸν ἀναφερόμενον ἐκ τῆc

3. ἀπώξενε S, corr. Κετ. (ἀποξῦcαι vel ἀποξῦναι : 326,
ἐξαποξῦναc Eurip. Cycl. 456)   8. cτὰc] καθίζετο : 417
10. lacunam indicavi coll. : 431 ω.   13. et 25. ἀδυccεὺc S
15. ἐπιφέγει S, corr. Büch.   18. ποcειδῶν S   19. ναυcὶ
add. Büch.   20. νῆcον S   Αἴολοc] in rasura primum αἴολος,
tum ν correctam in S   25. κατέδηcε] η in ras. S

11 πόλεωc καπνὸν ἰδὼν ἐκοιμήθη. οἱ δὲ ἑταῖροι νομίζοντεc
χρυcὸν ἐν τῷ ἀcκῷ κομίζειν αὐτόν, λύcαντεc τοὺc ἀνέ-
μουc ἐξαφῆκαν, καὶ πάλιν εἰc τοὐπίcω παρεγένοντο ὑπὸ
τῶν πνευμάτων ἁρπαcθέντεc. 'Οδυccεὺc δὲ ἀφικόμενοc
πρὸc Αἴολον ἠξίου πομπῆc τυχεῖν, ὁ δὲ αὐτὸν ἐκβάλλει 5
τῆc νήcου λέγων ἀντιπραccόντων τῶν θεῶν μὴ δύναcθαι
cώζειν.

12   πλέων οὖν κατῆρε πρὸc Λαιcτρυγόναc, καὶ ... τὴν
ἑαυτοῦ ναῦν καθώρμιcεν ἐcχάτωc. Λαιcτρυγόνεc δ' ἦcαν
ἀνδροφάγοι, καὶ αὐτῶν ἐβαcίλευεν 'Αντιφάτηc. μαθεῖν 10
οὖν 'Οδυccεὺc βουλόμενοc τοὺc κατοικοῦνταc ἔπεμψέ
τιναc πευcομένουc. τούτοιc δὲ ἡ τοῦ βαcιλέωc θυγάτηρ
13 cυντυγχάνει καὶ αὐτοὺc ἄγει πρὸc τὸν πατέρα. ὁ δὲ
ἕνα μὲν αὐτῶν ἁρπάcαc ἀγαλίcκει, τοὺc δὲ λοιποὺc ἐδί-
ωκε φεύγονταc κεκραγὼc καὶ cυγκαλῶν τοὺc ἄλλουc 15
Λαιcτρυγόναc. οἱ δὲ ἦλθον ἐπὶ τὴν θάλαccαν καὶ βάλ-
λοντεc πέτροιc τὰ μὲν cκάφη κατέαξαν, αὐτοὺc δὲ ἐβί-
βρωcκον. 'Οδυccεὺc δὲ κόψαc τὸ πεῖcμα τῆc νεὼc ἀνήχθη,
αἱ δὲ λοιπαὶ cὺν τοῖc πλέουcιν ἀπώλοντο.

14   μίαν δὲ ἔχων ναῦν Αἰαίῃ νήcῳ προcίcχει. ταύτην 20
κατῴκει Κίρκη, θυγάτηρ Ἡλίου καὶ Πέρcηc, Αἰήτου δὲ
ἀδελφή, πάντων ἔμπειροc οὖcα φαρμάκων. διελὼν τοὺc
ἑταίρουc αὐτὸc μὲν κλήρῳ μένει παρὰ τῇ νηί, Εὐρύλοχοc
δὲ πορεύεται μεθ' ἑταίρων εἰκοcιδύο τὸν ἀριθμὸν πρὸc
15 Κίρκην. καλούcηc δὲ αὐτῆc χωρὶc Εὐρυλόχου πάντεc 25
εἰcίαcιν. ἡ δ' ἑκάcτῳ κυκεῶνα πλήcαcα τυροῦ καὶ μέ-

---

1. ἑταῖροι] αι in ras. S   8. lacunam indicari coll. κ 91'ss.
10. ἐβαcίλευεν] εν in ras. S   12. τινάc S   22. διελὼν
⟨δὲ⟩?   23. ἑταίροιc] αι in ras. S   vil B, corr. Ker.
24. πέτροιc S, corr. Ker.   εἰκοcιδύο] forma recentior orta est
ex siglo κ β'

ρ 17s,ιλιτος καὶ ἀλφίτων καὶ οἴνου δίδωςι, μίξαςα φαρμάκψ.
πιόντων δὲ αὐτῶν, ἐφαπτομένη ῥάβδψ τὰς μορφὰς
ἠλλοίου, καὶ τοὺς μὲν ἐποίει λύκους, τοὺς δὲ cῦς,
τοὺς δὲ ὄνους, τοὺς δὲ λέοντας. Εὐρύλοχος δὲ ἰδὼν 16
s ταῦτα Ὀδυccεῖ ἀπαγγέλλει. ὁ δὲ λαβὼν μῶλυ παρὰ
Ἑρμοῦ πρὸς Κίρκην ἔρχεται, καὶ βαλὼν εἰς τὰ φάρμακα
τὸ μῶλυ μόνος πιὼν οὐ φαρμάccεται· cπαcάμενος δὲ τὸ
ξίφος ἤθελε Κίρκην ἀποκτεῖναι. ἡ δὲ τὴν ὀργὴν παύ-
ςαca τοὺς ἑταίρους ἀποκαθίcτηcι. καὶ λαβὼν ὅρκους
10 Ὀδυccεὺς παρ' αὐτῆς μηδὲν ἀδικηθῆναι cυνευνάζεται,
καὶ γίνεται αὐτῷ παῖς Τηλέγονος. ἐνιαυτὸν δὲ μείνας 17
ἐκεῖ, πλεύcας τὸν Ὠκεανόν, cφάγια ταῖς ψυχαῖς
ποιηcάμενος μαντεύεται παρὰ Τειρεcίου, Κίρκης ὑποθε-
μένης, καὶ θεωρεῖ τάς τε τῶν ἡρώων ψυχὰς καὶ τῶν
16 ἡρωΐδων. βλέπει δὲ καὶ τὴν μητέρα Ἀντίκλειαν καὶ
Ἐλπήνορα, ὃς ἐν τοῖς Κίρκης πεcών, ἐτελεύτηcε.

παραγενόμενος δὲ πρὸς Κίρκην ὑπ' ἐκείνης προ- 18
πεμφθεὶς ἀνήχθη, καὶ τὴν νῆcον παρέπλει τῶν Cειρήνων.
αἱ δὲ Cειρῆνες ἦcαν Ἀχελῴου καὶ Μελπομένης μιᾶς τῶν
20 Μουcῶν θυγατέρες, Πειcινόη Ἀγλαόπη Θελξιέπεια. τού-

3 s.] nota fabulae formam ab Homero discrepantem, sed
consentientem cum vasorum fictilium figuris (Baumeister Antike
Denkmäler p. 781 s.) et Dione Chrys. 8 p. 134 (Seeliger in Ro-
scheri lex. myth. II p. 1194) 6 s. καὶ βαλὼν εἰς τὰ φάρμακα
τὸ μῶλυ] ab Homero aliena, sed conf. Hyg. fab. 125 (p. 107,
19 Sch.); postquam poculum ab ea accepit, remedium Mercurii
monitu coniecit. Mythogr. Vat. I 15, II 311 (schol. rec. Hom. a 305)
8. ἤθελι Büch.: ἤλθε S 11.] nota Telegonum ex Tele-
gonia additum 12. ⟨καὶ⟩ cφάγια? 14 s. ἡρώων ... ἡρωΐ-
δων S 18. παραπλέει S, correxi 19. Cτιφήνων] conf. bibl.
I 63 et 18: Μιλπομένης θ(. καὶ Ἀχελῴου Cτιφήνων, περὶ ὧν ἐν
τοῖς περὶ Ὀδυccείας ἐροῦμεν (Max. Rhet. XLVI p. 418)
20. — p. 232, 3. haec quoque, non minus quam numerus no-
mina forma Sirenum ab Homero aliena, exscripsit Tzetz. Ly-
cophr. 712

των ἡ μὲν ἐκιθάριζεν, ἡ δὲ ᾖδεν, ἡ δὲ ηὔλει, καὶ διά ·
19 τούτων ἔπειθον καταμένειν τοὺς παραπλέοντας. εἶχον
δὲ ἀπὸ τῶν μηρῶν ὀρνίθων μορφάς. ταύτας παραπλέων
Ὀδυσσεύς, τῆς ᾠδῆς βουλόμενος ὑπακοῦσαι, Κίρκης ὑπο-
θεμένης τῶν μὲν ἑταίρων τὰ ὦτα ἔβυσε κηρῷ, ἑαυτὸν   5
δὲ ἐκέλευσε προσδεθῆναι τῷ ἱστῷ. πειθόμενος δὲ ὑπὸ
τῶν Σειρήνων καταμένειν ἠξίου λυθῆναι, οἱ δὲ μᾶλλον
αὐτὸν ἐδέσμευον, καὶ οὕτω παρέπλει. ἦν δὲ αὐταῖς
Σειρῆσι λόγιον τελευτῆσαι νεὼς παρελθούσης· αἱ μὲν
20 οὖν ἐτελεύτων. μετὰ δὲ τοῦτο παραγίνεται ἐπὶ δισσὰς 10
ὁδούς. ἔνθεν μὲν ἦσαν αἱ Πλαγκταὶ πέτραι, ἔνθεν δὲ
ὑπερμεγέθεις σκόπελοι δύο. ἦν δὲ ἐν μὲν θατέρῳ Σκύλλα,
Κραταιίδος θυγάτηρ καὶ † Τριήνου ἢ Φόρκου, πρόσωπον
ἔχουσα καὶ στέρνα γυναικός, ἐκ λαγόνων δὲ κεφαλὰς ἓξ
21 καὶ δώδεκα πόδας κυνῶν. ἐν δὲ θατέρῳ [τῷ σκοπέλῳ] 15
ἦν Χάρυβδις, ἣ τῆς ἡμέρας τρὶς ἀνασπῶσα τὸ ὕδωρ πάλιν
ἀνίει. ὑποθεμένης δὲ Κίρκης, τὸν μὲν παρὰ τὰς Πλαγ-
κτὰς πλοῦν ἐφυλάξατο, παρὰ δὲ τὸν τῆς Σκύλλης σκό-
πελον ἐπὶ τῆς πρύμνης ἔστη καθωπλισμένος. ἐπιφανεῖσα
δὲ ἡ Σκύλλα ἓξ ἑταίρους ἁρπάσασα τούτους κατεβίβρωσ- 20
22 κεν. ἐκεῖθεν δὲ ἐλθὼν εἰς Θρινακίαν νῆσον οὖσαν Ἡλίου,
ἔνθα βόες ἐβόσκοντο, καὶ ἀπλοίᾳ κατασχεθεὶς ἔμεινεν. 179,1

---

1. ᾖδεν S   8 sq. ᾖν δὲ — ἐτελεύτων] conf. Hyg. l. l. p. 108,
10 s.   8. αὐταῖς S: αὖ ταῖς?   9. νηὸς S, correxi   11. πλαν-
ταὶ S. corr. Ker.   13. τριήνου S Τυφῆνου schol. Plat. Polit. IX
588e: Τριαίνου vel Τυφῶνος (Hyg. fab. p. 12, 17 et 108, 15 Sch.),
Büch.; sed scribendum videtur Τρίτωνος ex Eustath. in Hom.
p. 1714, 32   ἢ φόρκου schol. Plat. Büch.: ἢ φόρκου S
15. τῷ σκοπέλῳ del. Büch.   16. τρίτον σπᾶσα S: τρὶς σπᾶσα
Büch., scripsi τρὶς ἀνασπᾶσα   17. πλαντίὰς S   τὰς Πλαγκ-
τάς] expectaveris τὴν Χάρυβδιν, nam verba ἐποθεμένης Κίρκης
magis conveniunt cum μ 55 ss., quam cum vv. 106 ss.
18. σκόπελον ⟨πλίων⟩?   20. ἑταίρους] αι in ras. S

αὐτοῦ. τῶν δὲ ἑταίρων ·cφαξάντων ἐκ τῶν βοῶν καὶ
θοινηcαμένων, λειφθέντων τροφῆc, Ἥλιοc ἐμήνυcε Διί.
καὶ ἀναχθέντα κεραυνῷ ἔβαλε. λυθείcηc δὲ τῆc νεὼc 23
Ὀδυccεὺc τὸν ἱcτὸν καταcχὼν παραγίνεται εἰc τὴν Χά-
5 ρυβδιν. τῆc δὲ Χαρύβδεωc καταπινούcηc τὸν ἱcτόν, ἐπι-
λαβόμενοc ὑπερπεφυκότοc ἐρινεοῦ περιέμεινε. καὶ πάλιν
ἀνεθέντα τὸν ἱcτὸν θεωρήcαc, ἐπὶ τοῦτον ῥίψαc εἰc Ὠγυ-
γίαν νῆcον διεκομίcθη.

ἐκεῖ δὲ ἀποδέχεται Καλυψὼ θυγάτηρ Ἄτλαντοc, καὶ 24
10 cυνευναcθεῖcα γεννᾷ παῖδα Λατῖνον. μένει δὲ παρ' αὐτῇ
πενταετίαν, καὶ cχεδίαν ποιήcαc ἀποπλεῖ. ταύτηc δὲ ἐν
τῷ πελάγει διαλυθείcηc ὀργῇ Ποcειδῶνοc, γυμνὸc πρὸc
Φαίακαc ἐκβράccεται. Ναυcικάα δέ, ἡ τοῦ βαcιλέωc 25
θυγάτηρ Ἀλκινόου, πλύνουcα τὴν ἐcθῆτα ἱκετεύcαντα αὐ-
15 τὸν ἄγει πρὸc Ἀλκίνοον, ὃc αὐτὸν ξενίζει καὶ δῶρα
δοὺc μετὰ πομπῆc αὐτὸν εἰc τὴν πατρίδα ἐξέπεμψε.
Ποcειδῶν δὲ Φαίαξι μηνίcαc τὴν μὲν ναῦν ἀπελίθωcε,
τὴν δὲ πόλιν ὄρει περικαλύπτει.

Ὀδυccεὺc δὲ παραγενόμενοc εἰc τὴν πατρίδα εὑρίcκει 26
20 τὸν οἶκον διεφθαρμένον· νομίcαντεc γὰρ αὐτὸν τεθνάναι
Πηνελόπην ἐμνῶντο ἐκ Δουλιχίου μὲν νζ'· Ἀμφίνομοc 27

2. ληφθέντων S, corr. Ker. ἐμήνυcι S, corr. Büch.
6. ἐπιρφυκότος S; corr. Ker. 10. Latinum addidit bibliothe-
cae auctor 14. αἰcθῆτα S 15. ὅccυτὸν S 16. αὐτὸν
(sine spiritu) S, del. Ker. 17. ποcειδὰν S 21 ss.] de pro-
corum catalogo conf. Mus. Rhen. XLVI p. 418 s. Apud Home-
rum commemorantur: Ἀγέλαος Ἀμφιμέδων Ἀμφίνομος Ἀντίνοος
Δημοπτόλεμος Ἔλατος Εὐρυάδης Εὐρύμαχος Εὐρυάδης (ultimi
tres desiderantur in bibliothecae catalogo) Κτήσιππος Λειώδης
Λειόκριτος Πείσανδρος Πόλυβος; erant CVIII (π 247 ss.), apud
Apollodorum CXXIX 21. νζ'] sunt ρ γ΄; erant fortasse ρβ΄,
ut uno nomine ad Samios translato et Dulichiorum (ρβ') et
Samiorum (κδ') numerus Homericus efficiatur.

Θόας Δημοπτόλεμος Ἀμφίμαχος Εὐρύαλος, Πάραλος Εὐηνορίδης Κλυτίος Ἀγήνωρ Εὐρύπυλος, Πυλαιμένης Ἀκάμας Θερσίλοχος Ἄγιος Κλύμενος, Φιλόδημος Μενεπτόλεμος Δαμάστωρ Βίας Τέλμιος, Πολύιδος Ἀστύλοχος Σχεδίος Ἀντίγονος Μάρψιος, Ἰφιδάμας Ἀργεῖος Γλαῦκος 5 Καλυδωνεὺς Ἐχίων, Λάμας Ἀνδραίμων Ἀγέρωχος Μέδων Ἄγριος, Πρόμος Κτήσιος Ἀκαρνάν Κύκνος Ψηρᾶς, Ἑλλάνικος Περίφρων Μεγασθένης Θρασυμήδης Ὀρμένιος, Διοπίθης Μηκιστεύς, Ἀντίμαχος Πτολεμαῖος Λεστορίδης, 28 Νικόμαχος Πολυποίτης Κεραός. ἐκ δὲ Σάμης κγ´· Ἀγέ- 10 λαος Πείσανδρος Ἔλατος Κτήκιππος Ἱππόδοχος, Εὐρύστρατος Ἀρχέμολος Ἴθακος Πεισήνωρ Ὑπερήνωρ, Φεροίτης Ἀντισθένης Κέρβερος Περιμήδης Κύννος, Θρίασος Ἐτεωνεὺς Κλυτίος Πρόθοος Λύκαιθος, Εὔμηλος Ἴτανος 29 Λύαμμος. ἐκ δὲ Ζακύνθου μδ´· Εὐρύλοχος Λαομήδης 15 Μόλεβος Φρένιος Ἴνδιος, Μίνις Λειώκριτος Πρόνομος, 160, 1 Νίσας Δαήμων, Ἀρχέστρατος Ἱππό[μαχος Εὐρύαλος Περί-

1. Ἀμφίμαχος repetitur p. 235. 7   1 s. Εὐρύαλος — Ἀγήνωρ repetantur l. 17 s.   2. 14. p. 235, 1. κλύτιος S, correxi 3. εὐρύπιλος S, corr. Ker.   καλαιμένης S, corr. Ker.   5. σχίδιος S, correxi   ἀνήγονος S, corr. Büch.   6. Λάμας?   7. ἀκαρνάν S   Ψηρᾶς Ker.   8. μεγασθένης S, corr. Ker.   θρασυμίδης S, corr. Ker.   9. Νιστορίδης Ker.; an Θεστορίδης? 10. κγ´] Hom. κδ´, conf. ad 233, 21   11. Κτήσιππος repetitur 235, 9   εὐρύστατος S, corr. Ker.   12. Ἀρχέμολος] Ἀρχέφορος aut Ἀρχίμαχος Ker.   Φεροίτης] Φιλοίτιος Ker. 13. Ἄϊτος?   14. κλύτιος S, v. ad l. 2   Λυκάιθος S, corr. Ker. (conf. bibl. III 124)   εὔμιλος S, corr. Ker.   Ἴταμος Büch. 15. μδ´] sunt μα´, ap. Hom. x´   16. Μόλεβος] Μούλιος Ker.   16. Φρένιος repetitur p. 235, 2: Φήμιος Ker., sed conf. ad p. 235, 2   Ἴνδιος repetitur p. 235, 2   Μίνις] Μέρης Ker. Ἀιάμφιτος restitui ex Hom. β 212, γ 294: Δαόμριτος S 17. Νίσος?   17. ἀρχέστατος S, corr. Ker.   17 s. facile sentis originem nominum ex initio catalogi (p. 234, 1 s.) repetitorum: nimirum integer codicis archetypi versus, qui erat -μαχος Εὐρύαλος Πάραλος (hic περίαλλος) Εὐηνορίδης Κλύτιος Ἀγήνωρ perperam

αλλος Εύηναρίδης, Κλυτίος 'Αγήνωρ] Πόλυβος Πολύδωρος
Θαδύτιος, Cτράτιος [Φρένιος "Ινδιος] Δαιςήνωρ Λαομέδων,
Λαόδικος "Αλιος Μάγνης Όλοίτροχος Βάρθας, Θεόφρων
Νιςςαῖος 'Αλκάρομ Περικλύμενος 'Αντήνωρ, Πέλλας Κέλ-
5 τος Περίφας "Ορμενος Πόλυβος, 'Ανδρομήδης. .ἐκ δὲ 30
αὐτῆς 'Ιθάκης ἦςΔν οἱ μνηςτευόμενοι ιβ΄ οἴδε· 'Αντίνοος
Πρόνοος Λειώδης Εὐρύνομος 'Αμφίμαχος, 'Αμφίαλος
Πρόμαχος 'Αμφιμέδων 'Αρίςτρατος "Ελενος, Δουλιχιεὺς
Κτήςιππος.
10 οὗτοι πορευόμενοι εἰς τὰ βαςίλεια δαπανῶντες τὰς 31
'Οδυςςέως ἀγέλας εὐωχοῦντο. Πηνελόπη δὲ ἀναγκαζο-
μένη τὸν γάμον ὑπέςχετο· ὅτε τὸ ἐντάφιον Λαέρτῃ πέρας
ἕξει, καὶ τοῦτο ὕφηνεν ἐπὶ ἔτη τρία, μεθ' ἡμέραν μὲν
ὑφαίνουςα, νύκτωρ δὲ ἀναλύουςα. τοῦτον τὸν τρόπον
15 ἐξηπατῶντο οἱ μνηςτῆρες ὑπὸ τῆς Πηνελόπης, μέχρις
ὅτε ἐφωράθη. 'Οδυςςεὺς δὲ μαθὼν τὰ κατὰ τὴν οἰκίαν, 32
ὡς ἐπαίτης πρὸς Εὔμαιον οἰκέτην ἀφικνεῖται, καὶ Τηλε-
μάχῳ ἀναγνωρίζεται, καὶ παραγίνεται εἰς τὴν πόλιν.
Μελάνθιος δὲ αὐτοῖς ςυντυχὼν ὁ αἰπόλος οἰκέτης ὑπάρ-
20 χων ἀτιμάζει. παραγενόμενος δὲ εἰς τὰ βαςίλεια τοὺς
μνηςτῆρας μετήτει τροφήν, καὶ εὑρὼν μεταίτην 'Ιρον
καλούμενον διαπαλαίει αὐτῷ. Εὐμαίῳ δὲ μηνύςας.ἑαυ-
τὸν καὶ Φιλοιτίῳ, μετὰ τούτου καὶ Τηλεμάχου τοῖς μνη-

sio repetitus est, ut is cuius in locum cessit versus prorsus ex-
cideret. Unde licet concludere, qui in codice archetypo sin-
gulorum versuum, fortasse etiam, qui foliorum fuerit ambitus
1. Κλύτιος S   Πόλυβος repetitur l. 5; fort. 'Ιππόλυτος
2. Θαλύσιος Büch.   Φρένιος Ίνδιος] ex versus cuiusdam
fine (p. 234, 16) male repetita esse videntur   δασίνωρ S,
corr. Κer.   3. ὁλοίροχος S, corr. Büch.   4. πέλλς S, corr.
Κer.   6. ιβ΄] ut apud Homerum   7. 'Αμφίμαχος] v. p. 234, 1
8. Πίσνος S   9. Κτήσιππος] v. p. 234, 11   12. ὅτε τὸ in
ras. S   13. μεθημέραν S   16. ἐφωράθη S, corr. Κer.
23. καὶ Φιλοιτίῳ Büch.: καὶ τῷ παιδὶ Φιλοιτίου S

33 cτῆρcιν ἐπιβουλεύει. Πηνελόπη δὲ τοῖc μνιϲτῆρcι τίθη-
cιν Ὀδυccέωc τόξον, ὃ παρὰ Ἰφίτου ποτὲ ἔλαβε, καὶ τῷ
τοῦτο τείναντί φηcι cυνοικήcειν. μηδενὸc δὲ τεῖναι δυνα-
μένου, δεΕάμενοc Ὀδυccεὺc τοὺc μνηcτῆραc κατετόΕευcε
cὺν Εὐμαίῳ καὶ Φιλοιτίῳ καὶ Τηλεμάχῳ. ἀνεῖλε δὲ καὶ 5
Μελάνθιον καὶ τὰc cυνευναζομέναc τοῖc μνηcτῆρcι θερα-
παίναc, καὶ τῇ γυναικὶ καὶ τῷ πατρὶ ἀναγνωρίζεται.
34   θύcαc δὲ Ἅιδῃ καὶ Περcεφόνῃ καὶ Τειρεcίᾳ, πεζῇ
διὰ τῆc Ἠπείρου βαδίζων εἰc Θεcπρωτοὺc παραγίνεται ·
· καὶ κατὰ τὰc Τειρεcίου μαντείαc θυcιάcαc ἐΕιλάcκεται 10
Ποcειδῶνα. ἡ δὲ βαcιλεύουcα τότε Θεcπρωτῶν Καλλι-
δίκη καταμένειν αὐτὸν ἠΕίου τὴν βαcιλείαν αὐτῷ δοῦcα.
35 καὶ cυνελθοῦcα αὐτῷ γεννᾷ Πολυποίτην. γήμαc δὲ Καλ-
λιδίκην Θεcπρωτῶν ἐβαcίλευce καὶ μάχῃ τῶν περιοίκων
νικᾷ τοὺc ἐπιcτρατεύcανταc. Καλλιδίκηc δὲ ἀποθανούcηc, 15
τῷ παιδὶ τὴν βαcιλείαν ἀποδιδοὺc εἰc Ἰθάκην παραγίνε-
ται, καὶ εὑρίcκει ἐκ Πηνελόπηc Πολιπόρθην αὐτῷ γεγεν- p.161,1
36 νημένον. Τηλέγονοc δὲ παρὰ Κίρκηc μαθὼν ὅτι παῖc
Ὀδυccέωc ἐcτίν, ἐπὶ τὴν τούτου ζήτηcιν ἐκπλεῖ. παρα-
γενόμενοc δὲ εἰc Ἰθάκην τὴν νῆcον ἀπελαύνει τινὰ τῶν 20
βοcκημάτων, καὶ Ὀδυccέα βοηθοῦντα τῷ μετὰ χεῖραc
δόρατι Τηλέγονοc ⟨τρυγόνοc⟩ κέντρον τὴν αἰχμὴν ἔχοντι
37 τιτρώcκει, καὶ Ὀδυccεὺc θνήcκει. ἀναγνωριcάμενοc δὲ
αὐτὸν καὶ πολλὰ κατοδυράμενοc, τὸν νεκρὸν ⟨καὶ⟩ τὴν
Πηνελόπην πρὸc Κίρκην ἄγει, κἀκεῖ τὴν Πηνελόπην 25

3. τείναντι φηcὶ S   10. τοῦ ιερείου S, corr. Ker.
12. διδοῦcα Büch.   17. γεγεννημένην S, correxi ex Paus. VIII
12, 6; γεγεννημένην Ker.   18. post Τηλέγονος verba ὁ ἐκ τῆς
Κίρκης υἱὸς Ὀδυccείας, quae in margine perhibet S, rursus in
marginem relegavi   20. ἀπέλαυνι S: ἀπελαύνει Büch., ἀπέ-
λαβε Ker.   22. τρυγόνος add. Büch.   24. καὶ addidi ex
argumento Telegoniae, ubi Telemachus quoque adiectus est.

ταμεῖ. Κίρκη δὲ ἑκατέρους αὐτοὺς εἰς Μακάρων νήσους ἀποστέλλει.

τινὲς δὲ Πηνελόπην ὑπὸ 'Αντινόου φθαρεῖσαν λέ-35 γουσιν ὑπὸ 'Οδυccέωc πρὸς τὸν πατέρα Ἰκάριον ἀπο-
3 cταλῆναι, γενομένην δὲ τῆς 'Αρκαδίας κατὰ Μαντίνειαν ἐξ 'Ερμοῦ τεκεῖν Πᾶνα· ἄλλοι δὲ δι' 'Αμφίνομον ὑπὸ 30 'Οδυccέωc αὐτοῦ τελευτῆcαι· διαφθαρῆναι γὰρ αὐτὴν ὑπὸ τούτου λέγουcιν. εἰcὶ δὲ οἱ λέγοντες ἐγκαλούμενον 40 'Οδυccέα ὑπὸ τῶν οἰκείων ὑπὲρ τῶν ἀπολωλότων δικα-
10 cτὴν Νεοπτόλεμον λαβεῖν τὸν βαcιλεύοντα τῶν κατὰ τὴν 'Ήπειρον νήcων, τοῦτον δέ, νομίcαντα ἐκποδὼν 'Οδυccέωc γενομένου Κεφαλληνίαν καθέξειν, κατακρῖναι φυγὴν αὐτοῦ, 'Οδυccέα δὲ εἰς Αἰτωλίαν πρὸς Θόαντα τὸν 'Ανδραι-
μονος παραγενόμενον τὴν τούτου θυγατέρα γῆμαι, καὶ
15 καταλιπόντα παῖδα Λεοντοφόνον ἐκ ταύτης γηραιὸν τε-
λευτῆcαι.-

5. γινομένης S, corr. Büch.   Μαντίνειαν Büch.: μαν-
τιλιτν S (conf. Paus. VIII 12, 6)   6. πάνα S   7. αὐτόν S,
corr. Büch.   11. ἱκποδὼν S   12. κεφαλληνίαν S   κατα-
κρίναι S   13. Θόαντα S, corr. Büch.

PROCLI EXCERPTA

EX

CYCLI EPICI CARMINIBUS.

Appendix ad apparatum criticum.

[Consensus cum Apollodoro litteris obliquis (Ζεύς) et, ubi
ad ipsa verba eorumque structuram pertinet similitudo, typis
didactis (Ζεύς) significatur. Typis erectis (Ζεύς) expressa a
bibliotheca absunt.]

I. Κύπρια.

Apollod
op. 3, 1 ... Ζεὺς βουλεύεται μετὰ τῆς Θέμιδος περὶ τοῦ
Τρωικοῦ πολέμου. παραγενομένη δὲ Ἔρις εὐωχουμένων
τῶν θεῶν ἐν τοῖς Πηλέως γάμοις νεῖκος περὶ κάλλους
2 ἐνίστησιν Ἀθηνᾷ Ἥρᾳ καὶ Ἀφροδίτῃ, αἳ πρὸς
Ἀλέξανδρον ἐν Ἴδῃ κατὰ Διὸς προσταγὴν ὑφ' Ἑρ- 5
μοῦ πρὸς τὴν κρίσιν ἄγονται· καὶ προκρίνει τὴν
Ἀφροδίτην ἐπαρθεὶς τοῖς Ἑλένης γάμοις Ἀλέξαν-
δρος. ἔπειτα δὲ Ἀφροδίτης ὑποθεμένης ναυπηγεῖται,
καὶ Ἕλενος περὶ τῶν μελλόντων αὐτῷ προθεσπίζει. καὶ
ἡ Ἀφροδίτη Αἰνείαν συμπλεῖν αὐτῷ κελεύει. καὶ Κασ- 10
σάνδρα περὶ τῶν μελλόντων προδηλοῖ. ἐπιβὰς δὲ τῇ

1.] quae de ipsis carminibus Proclus singulis capitibus
praescripsit, hic non recepi.

Λακεδαιμονίᾳ Ἀλέξανδρος ξενίζεται παρὰ τοῖc Τυνδαρί-
δαιc, καὶ μετὰ ταῦτα ἐν τῇ Σπάρτῃ παρὰ Μενελάῳ·
καὶ Ἑλένη παρὰ τὴν εὐωχίαν δίδωcι δῶρα ὁ Ἀλέξανδροc. ε.ς
καὶ μετὰ ταῦτα Μενέλαος εἰς Κρήτην ἐκπλεῖ, κελεύcαc
5 τὴν Ἑλένην τοῖc ξένοιc τὰ ἐπιτήδεια παρέχειν, ἕωc ἂν
ἀπαλλαγῶcιν. ἐν τούτῳ δὲ Ἀφροδίτη cυνάγει τὴν Ἑλέ-
νην τῷ Ἀλεξάνδρῳ. καὶ μετὰ τὴν μῖξιν τὰ πλεῖστα
κτήματα ἐνθέμενοι νυκτὸς ἀποπλέουσι. χειμῶνα ς
δὲ αὐτοῖς ἐπίησιν Ἥρα· καὶ προσενεχθεὶς Σιδῶνι ὁ
10 Ἀλέξανδρος αἱρεῖ τὴν πόλιν. καὶ ἀποπλεύσας εἰς Ἴλιον
γάμους τῆς Ἑλένης ἐπετέλεσιν.
    Ἐν τούτῳ δὲ Κάστωρ μετὰ Πολυδεύκους τὰς Ἴδα (conf.
καὶ Λυγκέως βοῦς ὑφαιρούμενοι ἐφωράθησαν. καὶ Κά- ¹³⁶ ꜱ.)
cτωρ μὲν ὑπὸ τοῦ Ἴδα ἀναιρεῖται, Λυγκεὺς δὲ καὶ
15 Ἴδας ὑπὸ Πολυδεύκους· καὶ Ζεὺς αὐτοῖς ἑτερήμερον
νέμει τὴν ἀθανασίαν.
    καὶ μετὰ ταῦτα Ἶρις ἀγγέλλει τῷ Μενελάῳ τὰ ς
γεγονότα κατὰ τὸν οἶκον. ὁ δὲ παραγενόμενος περὶ
τῆς ἐπ' Ἴλιον στρατείας βουλεύεται μετὰ τοῦ ἀδελφοῦ.
20 καὶ πρὸς Νέστορα παραγίνεται Μενέλαος. Νέστωρ δὲ
ἐν παρεκβάσει διηγεῖται αὐτῷ, ὡς Ἐπωπεὺς φθείρας τὴν
Λύκου θυγατέρα ἐξεπορθήθη, καὶ τὰ περὶ Οἰδίπουν καὶ
τὴν Ἡρακλέους μανίαν καὶ τὰ περὶ Θησέα καὶ Ἀριάδ-
νην. ἔπειτα τοὺς ἡγεμόνας ἀθροίζουσιν ἐπελθόντες
25 τὴν Ἑλλάδα. καὶ μαίνεσθαι προσποιησάμενον 7
τὸν Ὀδυσσέα ἐπὶ τῷ μὴ θέλειν συστρατεύεσθαι

7 ss.] conf. Iliadis argum. Borbon. (Epit. Vat. p. 298): οὐκ
εὐθὺς ἐπὶ τὸ Ἴλιον διαβαίνει, ἀλλὰ πλησιάσας τινὶ τῶν νήσων
ἐπ' Αἰγέπτου καὶ Φοινίκης πλανηθῆναι πρότερον. 9 ἐφίησι
Welckerus: ἐφίστησι codd. (ἐπιπέμπει Apollod.) 18. παρα-
γενόμενος] εἰς Μυκήνας adde ex Apollod.

ἐφώρασαν, Παλαμήδους ὑποθεμένου τὸν υἱὸν Τηλέ
μαχον ἐπὶ κόλουσιν ἐξαρπάσαντες.

ᵦ,₁₅ καὶ μετὰ ταῦτα συνελθόντες εἰς Αὐλίδα θύουσι·
καὶ τὰ περὶ τὸν δράκοντα καὶ τοὺς στρουθοὺς
γενόμενα δείκνυται; καὶ Κάλχας περὶ τῶν ἀποβησομέ- ₅
17 νων προλέγει αὐτοῖς. ἔπειτα ἀναχθέντες Τευθρανίᾳ
προσίσχουσι καὶ ταύτην ὡς Ἴλιον ἐπόρθουν. Τή
λεφος δὲ ἐκβοηθεῖ, Θέρσανδρόν τε τὸν Πολυνεί
κους κτείνει καὶ αὐτὸς ὑπὸ Ἀχιλλέως τιτρώσκεται.
18 ἀποπλέουσι δὲ αὐτοῖς ἐκ τῆς Μυσίας χειμὼν ἐπι- ₁₀
πίπτει καὶ διασκεδάννυνται. Ἀχιλλεὺς δὲ Σκύρῳ προσ
19 σχὼν γαμεῖ τὴν Λυκομήδους θυγατέρα Δηιδάμειαν. ἔπειτα
Τήλεφον κατὰ μαντείαν παραγενόμενον εἰς Ἄργος ἰᾶται
Ἀχιλλεὺς ὡς ἡγεμόνα γενησόμενον τοῦ ἐπ' Ἴλιον πλοῦ.
21 καὶ τὸ δεύτερον ἠθροισμένου τοῦ στόλου ἐν ₁₅
Αὐλίδι, Ἀγαμέμνων ἐπὶ θήρας βαλὼν ἔλαφον ὑπερ
βάλλειν ἔφησε καὶ τὴν Ἄρτεμιν. μηνίσασα δὲ ἡ θεὸς
ἐπέσχεν αὐτοὺς τοῦ πλοῦ χειμῶνας ἐπιπέμπουσα. Κάλ
χαντος δὲ εἰπόντος τὴν τῆς θεοῦ μῆνιν καὶ Ἰφιγένειαν
22 κελεύσαντος θύειν τῇ Ἀρτέμιδι, ὡς ἐπὶ γάμον αὐτὴν ₂₀
Ἀχιλλεῖ μεταπεμψάμενοι θύειν ἐπιχειροῦσιν. Ἄρτεμις
δὲ αὐτὴν ἐξαρπάσασα εἰς Ταύρους μετακομίζει
καὶ ἀθάνατον ποιεῖ, ἔλαφον δὲ ἀντὶ τῆς κόρης
παρίστησι τῷ βωμῷ.
23 ἔπειτα καταπλέουσιν εἰς Τένεδον. καὶ εὐωχουμέ- ₂₅
26ᵢ.νων αὐτῶν Φιλοκτήτης ὑφ' ὕδρου πληγεὶς διὰ τὴν
δυσοσμίαν ἐν Λήμνῳ κατελείφθη. καὶ Ἀχιλλεὺς ὕστερος
29ᵢ.κληθεὶς διαφέρεται πρὸς Ἀγαμέμνονα. ἔπειτα ἀποβαί
νοντας αὐτοὺς εἰς Ἴλιον εἴργουσιν οἱ Τρῶες, καὶ

2. κόλουσιν Welckerus: κόλασιν codd.

θνήσκει Πρωτεσίλαος ύφ' Έκτορος. ἔπειτα Ἀχιλ- 8, 31
λεὺς αὐτοὺς τρέπεται ἀνελὼν Κύκνον τὸν Ποσειδῶνος,
καὶ τοὺς νεκροὺς ἀναιροῦνται. καὶ διακρισβεύονται 28
πρὸς τοὺς Τρῶας τὴν Ἑλένην καὶ τὰ κτήματα
5 ἀπαιτοῦντες. ὡς δὲ οὐχ ὑπήκουσαν ἐκεῖνοι, ἐνταῦθα 31
δὴ τειχομαχοῦσιν. ἔπειτα τὴν χώραν ἐπεξελθόντες πορ-33 ι.
θοῦσι καὶ τὰς περιοίκους πόλεις. καὶ μετὰ ταῦτα
Ἀχιλλεὺς Ἑλένην ἐπιθυμεῖ θεάσασθαι, καὶ συνήγαγεν αὐ-
τοὺς εἰς τὸ αὐτὸ Ἀφροδίτη καὶ Θέτις. εἶτα ἀπονοστεῖν
10 ὡρμημένους τοὺς Ἀχαιοὺς Ἀχιλλεὺς κατέχει. κἄπειτα
ἀπελαύνει τὰς Αἰνείου βόας, καὶ Λυρνησὸν καὶ
Πήδασον πορθεῖ καὶ σύχνας τῶν περιοικίδων πόλεων,
καὶ Τρωίλον φονεύει. Λυκάονά τε Πάτροκλος εἰς
Λῆμνον ἀγαγὼν ἀπεμπολᾷ· καὶ ἐκ τῶν λαφύρων Ἀχιλ-
15 λεὺς μὲν Βρισηίδα γέρας λαμβάνει, Χρυσηίδα δὲ Ἀγα-
μέμνων. ἔπειτά ἐστι Παλαμήδους θάνατος καὶ Διὸς βουλὴ
ὅπως ἐπικουφίσει τοὺς Τρῶας Ἀχιλλέα τῆς συμμαχίας
τῆς Ἑλληνικῆς ἀποστήσας, καὶ κατάλογος τῶν τοῖς 34 ι.
Τρωσὶ συμμαχησόντων.

20   II. Αἰθιοπίς.

... Ἀμαζὼν Πενθεσίλεια παραγίνεται Τρωσὶ συμ- 5, 1
μαχήσουσα, Ἄρεως μὲν θυγάτηρ, Θρᾷσσα δὲ τὸ γένος.
καὶ κτείνει αὐτὴν ἀριστεύουσαν Ἀχιλλεύς, οἱ δὲ Τρῶες
αὐτὴν θάπτουσι. καὶ Ἀχιλλεὺς Θερσίτην ἀναιρεῖ, λοι-
25 δορηθεὶς πρὸς αὐτοῦ καὶ ὀνειδισθεὶς τὸν ἐπὶ τῇ Πεν-
θεσιλείᾳ λεγόμενον ἔρωτα· καὶ ἐκ τούτου στάσις γίνεται
τοῖς Ἀχαιοῖς περὶ τοῦ Θερσίτου φόνου. μετὰ δὲ ταῦτα

3 ss.] apud Apollodorum Achivi iam, cum Tenedi mora-
rentur, Ulixem et Menelaum Troiam miserant (conf. Epit. Vat.
p. 187) 10. συμμαχησόντων Welckerus: συμμαχησάντων codd.
APOLLOD. BIBL. rd. WAGNER.   16

Ἀχιλλεὺς εἰς Λέσβον πλεῖ, καὶ θύσας Ἀπόλλωνι καὶ Ἀρτέμιδι καὶ Λητοῖ καθαίρεται τοῦ φόνου ὑπ' Ὀδυσσέως.

5,3 Μέμνων δὲ ὁ Ἠοῦς υἱός, ἔχων ἡφαιστότευκτον πανοπλίαν, *παραγίνεται τοῖς Τρωσὶ βοηθήσων·* καὶ Θέτις τῷ παιδὶ τὰ κατὰ τὸν Μέμνονα προλέγει. *καὶ ι συμβολῆς γενομένης Ἀντίλοχος ὑπὸ Μέμνονος ἀναιρεῖται, ἔπειτα Ἀχιλλεὺς Μέμνονα κτείνει·* καὶ τούτῳ μὲν Ἠὼς παρὰ Διὸς αἰτησαμένη ἀθανασίαν δίδωσι. *τρεψάμενος δ' Ἀχιλλεὺς τοὺς Τρῶας καὶ εἰς τὴν πόλιν συνεισπεσὼν ὑπὸ Πάριδος ἀναιρεῖται καὶ Ἀπόλλω-* 10 *4 νος καὶ περὶ τοῦ πτώματος γενομένης ἰσχυρᾶς μάχης, Αἴας ἀνελόμενος ἐπὶ τὰς ναῦς κομίζει, Ὀδυσσέως ἀπομαχομένου τοῖς Τρωσίν.* ἔπειτα Ἀντίλοχόν τε θάπτουσι καὶ τὸν νεκρὸν τοῦ Ἀχιλλέως προτίθενται· καὶ Θέτις ἀφικομένη σὺν Μούσαις καὶ ταῖς 15 ἀδελφαῖς θρηνεῖ τὸν παῖδα. καὶ μετὰ ταῦτα ἐκ τῆς πυρᾶς ἡ Θέτις ἀναρπάσασα τὸν παῖδα *εἰς τὴν Λευκὴν 5 νῆσον* διακομίζει· οἱ δὲ Ἀχαιοὶ τὸν τάφον χώσαντες 6 8. ἀγῶνα τιθέασι, καὶ περὶ τῶν Ἀχιλλέως ὅπλων Ὀδυσσεῖ καὶ Αἴαντι στάσις ἐμπίπτει. 20

III. Ἰλιὰς μικρά.

... *Ἡ τῶν ὅπλων κρίσις γίνεται καὶ Ὀδυσσεὺς κατὰ βούλησιν Ἀθηνᾶς λαμβάνει, Αἴας δ' ἐμμανὴς γενόμενος τήν τε λείαν τῶν Ἀχαιῶν λυμαίνεται καὶ 9 2. ἑαυτὸν ἀναιρεῖ. μετὰ ταῦτα Ὀδυσσεὺς λοχήσας Ἕλενον* 11 *λαμβάνει, καὶ χρήσαντος περὶ τῆς ἁλώσεως τούτου 8 Διομήδης ἐκ Λήμνου Φιλοκτήτην ἀνάγει. ἰαθεὶς δὲ*

17 s. εἰς τὴν Λευκὴν νῆσον] conf. p. 204, 5 adn. 24 ss.] de rerum ordine in bibliotheca mutato conf. Epit. Vat. p. 217 ss.

οὗτος ὑπὸ Μαχάονος καὶ μονομαχήσας Ἀλεξάνδρῳ
κτείνει· καὶ τὸν νεκρὸν ὑπὸ Μενελάου καταικισθέντα
ἀνελόμενοι θάπτουσιν οἱ Τρῶες. μετὰ δὲ ταῦτα Δηίφοβος 5, 9
Ἑλένην γαμεῖ. καὶ Νεοπτόλεμον Ὀδυσσεὺς ἐκ Σκύρου 11
5 ἀγαγὼν τὰ ὅπλα δίδωσι τὰ τοῦ πατρός. καὶ Ἀχιλλεὺς
αὐτῷ φαντάζεται. Εὐρύπυλος δὲ ὁ Τηλέφου ἐπίκουρος 12
τοῖς Τρωσὶ παραγίνεται, καὶ ἀριστεύοντα αὐτὸν
ἀποκτείνει Νεοπτόλεμος.
   καὶ οἱ Τρῶες πολιορκοῦνται· καὶ Ἐπειὸς κατ' 14
10 Ἀθηνᾶς προαίρεσιν τὸν δούρειον ἵππον κατασκευ-
άξει. Ὀδυσσεύς τε αἰκισάμενος ἑαυτὸν κατάσκοπος 13
εἰς Ἴλιον παραγίνεται καὶ ἀναγνωρισθεὶς ὑφ' Ἑλέ-
νης περὶ τῆς ἁλώσεως τῆς πόλεως συντίθεται· κτείνας
τέ τινας τῶν Τρώων ἐπὶ τὰς ναῦς ἀφικνεῖται. καὶ 14
15 μετὰ ταῦτα σὺν Διομήδει τὸ παλλάδιον ἐκκομίζει ἐκ τῆς
Ἰλίου. ἔπειτα εἰς τὸν δούρειον ἵππον τοὺς ἀρίστους 15
ἐμβιβάσαντες τάς τε σκηνὰς καταφλέξαντες οἱ λοιποὶ
τῶν Ἑλλήνων εἰς Τένεδον ἀνάγονται. οἱ δὲ Τρῶες 16
τῶν κακῶν ὑπολαβόντες ἀπηλλάχθαι τόν τε δούρειον
20 ἵππον εἰς τὴν πόλιν εἰσδέχονται, διελόντες μέρος τι
τοῦ τείχους, καὶ εὐωχοῦνται ὡς νενικηκότες τοὺς
Ἕλληνας.

IV. Ἰλίου πέρσις.

   ... Ὡς τὰ περὶ τὸν ἵππον οἱ Τρῶες ὑπόπτως ἔχοντες
25 περιστάντες βουλεύονται ὅ τι χρὴ ποιεῖν, καὶ τοῖς 17
μὲν δοκεῖ κατακρημνίσαι αὐτόν, τοῖς δὲ καταφλέγειν, οἱ

●

10 sq.] Apollodorus has duas Ulixis expeditiones in unam
contraxit, quam factam esse refert, antequam equus ligneus
fabricaretur (Epit. Vat. p. 225 sq.). Attamen eisdem verbis usus
est, quae in carminis epitoma invenerat.

16*

δὲ ἱερὸν αὐτὸν ἔφασαν δεῖν τῇ Ἀθηνᾷ ἀνατεθῆναι· καὶ
τέλος νικᾷ ἡ τούτων 'γνώμη. τραπέντες δὲ εἰς εὐ-
φροσύνην εὐωχοῦνται ὡς ἀπηλλαγμένοι τοῦ πολέμου.
5, 18 ἐν αὐτῷ δὲ τούτῳ δύο δράκοντες ἐπιφανέντες τόν τε
Λαοκόωντα καὶ τὸν ἕτερον τῶν παίδων διαφθείρουσιν. 5
ἐπὶ δὲ τῷ τέρατι δυσφορήσαντες οἱ περὶ τὸν Αἰνείαν
19 ὑπεξῆλθον εἰς τὴν Ἴδην. καὶ Σίνων τοὺς πυρσοὺς
(15) ἀνίσχει τοῖς Ἀχαιοῖς, πρότερον εἰσεληλυθὼς προσποίη-
τος. οἱ δὲ ἐκ Τενέδου προσπλεύσαντες καὶ οἱ ἐκ
20 τοῦ δουρείου ἵππου ἐπικίπτουσι τοῖς πολεμίοις, καὶ 10
πολλοὺς ἀνελόντες τὴν πόλιν κατὰ κράτος λαμβάνουσι.
21 καὶ Νεοπτόλεμος μὲν ἀποκτείνει Πρίαμον ἐπὶ
τὸν τοῦ Διὸς τοῦ ἑρκείου βωμὸν καταφυγόντα·
22 Μενέλαος δὲ ἀνευρὼν Ἑλένην ἐπὶ τὰς ναῦς κατά-
γει Δηίφοβον φονεύσας. Κασσάνδραν δὲ Αἴας ὁ Ἰλέως 15
πρὸς βίαν ἀποσπῶν συνεφέλκεται τὸ τῆς Ἀθηνᾶς
ξόανον.
24   καὶ Ὀδυσσέως Ἀστυάνακτα ἀνελόντος Νεοπτόλεμος
Ἀνδρομάχην γέρας λαμβάνει, καὶ τὰ λοιπὰ λάφυρα
22 διανέμονται. Δημοφῶν δὲ καὶ Ἀκάμας Αἴθραν εὑρόν- 20
23 τες ἄγουσι μεθ' ἑαυτῶν. ἔπειτα ἐμπρήσαντες τὴν

---

4. non pater, sed uterque filius occiditur apud Apollodo-
rum   18. — p. 245. 7] post verba τὸ τῆς Ἀθηνᾶς ξόανον haec
leguntur in cod. Ven. 454: ἐφ' ᾧ παροξυνθέντες οἱ Ἕλληνες κατα-
λεῦσαι βουλεύονται τὸν Αἴαντα· ὁ δὲ ἐπὶ τὸν τῆς Ἀθηνᾶς βωμὸν
καταφεύγει καὶ διασώζεται ἐκ τοῦ ἐπικειμένου κινδύνου. ἔπειτα
ἀποπλέουσιν οἱ Ἕλληνες, καὶ φθοράν αὐτοῖς ἡ Ἀθηνᾶ κατὰ τὸ
πέλαγος μηχανᾶται. καὶ Ὀδυσσέως — ἐπὶ τὸν τοῦ Ἀχιλλέως
τάφον (p. 245, 2). Equidem Apollodorum secutus genuinum re-
rum conexum restituisse mihi videor (conf. Epit. Vat. p. 249 ss.,
Mus. Rhen. XI.VI p. 406 s.)   20. Aethram in ipsa urbis ex-
pugnatione memorat Apollodorus (conf. Epit. Vat. p. 240 ss.)
21 s.] urbis incendium et Polyxenae mactatio in bibliotheca
ante praedae distributionem narrantur (Epit. Vat. p. 244)

- πόλιν Πολυξένην σφαγιάζουσιν ἐπὶ τὸν τοῦ
'Αχιλλέως τάφον. ⟨καὶ ἐπὶ τῷ Αἴαντος ἀδικήματι⟩ 5,25
παροξυνθέντες οἱ Ἕλληνες καταλεῦσαι βουλεύονται τὸν
Αἴαντα· ὁ δὲ ἐπὶ τὸν τῆς 'Αθηνᾶς βωμὸν καταφεύ-
5 γει καὶ διασώζεται ἐκ τοῦ ἐπικειμένου κινδύνου.
ἔπειτα ἀποπλέουσιν οἱ Ἕλληνες, καὶ φθορὰν αὐτοῖς ἡ
'Αθηνᾶ κατὰ τὸ πέλαγος μηχανᾶται.

V. Νόστοι.

... 'Αθηνᾶ 'Αγαμέμνονα καὶ Μενέλαον εἰς ἔριν 6,1
10 καθίστησι περὶ τοῦ ἔκπλου. 'Αγαμέμνων μὲν οὖν τὸν
τῆς 'Αθηνᾶς ἐξιλασόμενος χόλον ἐπιμένει, Διομήδης
δὲ καὶ Νέστωρ ἀναχθέντες εἰς τὴν οἰκείαν διασώ-
ζονται. μεθ' οὓς ἐκπλεύσας ὁ Μενέλαος μετὰ πέντε
νεῶν εἰς Αἴγυπτον παραγίνεται, τῶν λοιπῶν δια-
15 φθαρεισῶν νεῶν ἐν τῷ πελάγει. οἱ δὲ περὶ Κάλ- 2 55.
χαντα καὶ Λεοντέα καὶ Πολυποίτην πεζῇ πο-
ρευθέντες εἰς Κολοφῶνα Κάλχαντα ἐνταῦθα
τελευτήσαντα θάπτουσι. τῶν δὲ περὶ τὸν 'Αγα- 5
μέμνονα ἀποπλεόντων 'Αχιλλέως εἴδωλον ἐπιφανὲν πει-
20 ρᾶται διακωλύειν, προλέγον τὰ συμβησόμενα. εἶθ' ὁ 6
περὶ τὰς Καφηρίδας πέτρας δηλοῦται χειμὼν καὶ ἡ
Αἴαντος φθορὰ τοῦ Λοκροῦ. Νεοπτόλεμος δὲ Θέ- 12
τιδος ὑποθεμένης πεζῇ ποιεῖται τὴν πορείαν, καὶ
παραγενόμενος εἰς Θράκην 'Οδυσσέα καταλαμβάνει ἐν τῇ
25 Μαρωνείᾳ, καὶ τὸ λοιπὸν ἀνύει τῆς ὁδοῦ, καὶ τελευ- 18
τήσαντα Φοίνικα θάπτει· αὐτὸς δὲ εἰς Μολοσσοὺς
ἀφικόμενος ἀναγνωρίζεται Πηλεῖ. ἔπειτα 'Αγαμέμνονος 23 ss.

6 s. legebatur fortasse: ἔπειτα ἀποπλέουσι τοῖς Ἕλλησι
φθορὰν ἡ 'Αθηνᾶ κατὰ τὸ πέλαγος μηχανᾶται   17. Κάλχαντα
Meinekius: Τειρεσίαν codd. (conf. Epit. Vat. p. 256 adn. 4)

ὑπὸ Αἰγίσθου καὶ Κλυταιμνήστρας ἀναιρεθέντος ὑπ'
Ὀρέστου καὶ Πυλάδου τιμωρία, καὶ Μενελάου εἰς τὴν
6, 29ο. οἰκείαν ἀνακομιδή.

VI. Τηλεγονία.

Οἱ μνήστορες ὑπὸ τῶν προσηκόντων θάπτονται. 5
καὶ Ὀδυσσεὺς θύσας νύμφαις εἰς Ἦλιν ἀποπλεῖ ἐπισκε-
ψόμενος τὰ βουκόλια, καὶ ξενίζεται παρὰ Πολυξένῳ,
δῶράν τε λαμβάνει κρατῆρα, καὶ ἐπὶ τούτῳ τὰ περὶ Τρο-
7,34 φώνιον καὶ Ἀγαμήδην καὶ Αὐγέαν. ἔπειτα εἰς Ἰθάκην
κατακλεύσας τὰς ὑπὸ Τειρεσίου ῥηθείσας τελεῖ θυσίας. 10
καὶ μετὰ ταῦτα εἰς Θεσπρωτοὺς ἀφικνεῖται καὶ γαμεῖ
Καλλιδίκην βασιλίδα τῶν Θεσπρωτῶν. ἔπειτα πόλεμος
συνίσταται τοῖς Θεσπρωτοῖς πρὸς Βρυγοὺς Ὀδυσσέως
ἡγουμένου. ἐνταῦθα Ἄρης τοὺς περὶ τὸν Ὀδυσσέα τρέ-
36 πεται καὶ αὐτῷ εἰς μάχην Ἀθηνᾶ καθίσταται. τούτους 15
μὲν Ἀπόλλων διαλύει· μετὰ δὲ τὴν Καλλιδίκης τελευ-
τὴν τὴν μὲν βασιλείαν διαδέχεται Πολυποίτης Ὀδυσ-
σέως υἱός, αὐτὸς δ' εἰς Ἰθάκην ἀφικνεῖται. κἂν τούτῳ
Τηλέγονος ἐπὶ ζήτησιν τοῦ πατρὸς πλέων, ἀποβὰς
εἰς τὴν Ἰθάκην τέμνει τὴν νῆσον. ἐκβοηθήσας δ' 20
Ὀδυσσεὺς ὑπὸ τοῦ παιδὸς ἀναιρεῖται κατ' ἄγνοιαν.
36 Τηλέγονος δ' ἐπιγνοὺς τὴν ἁμαρτίαν τό τε τοῦ πατρὸς
σῶμα καὶ τὸν Τηλέμαχον καὶ τὴν Πηνελόπην πρὸς τὴν
μητέρα μεθίστησιν. ἡ δὲ αὐτοὺς ἀθανάτους ποιεῖ,
καὶ συνοικεῖ τῇ μὲν Πηνελόπῃ Τηλέγονος, Κίρκη δὲ 25
Τηλέμαχος.

9 s.] sacra a Tiresia iussa Ulixes apud Apollodorum non
Ithacae, sed in Thesprotiis perpetrat (conf. Mus. Rhen. XLVI
p. 413 s.) 22 s. τό τε τοῦ πατρὸς σῶμα] conf. p. 235, 24 adn.

ΙΩΑΝΝΟΥ ΤΟΥ ΠΕΔΙΑΣΙΜΟΥ

ΠΕΡΙ ΤΩΝ ΔΩΔΕΚΑ ΑΘΛΩΝ
ΤΟΥ ΗΡΑΚΛΕΟΥΣ

R   Vratislaviensis-Rhedigeranus 80
S   Vindobonensis IV 195
T   Marcianus 514
P   Palatinus-Vaticanus 328

V   Vaticanus 1366
M   Marcianus catal. suppl. IX, 6

All.   *Allatius* (1641)
West.   *Westermannus* (1843)

*   asterisco insignivi, quae nunc primum in textum recepi.

Τοὺς Ἡρακλείους ἀνδρικοὺς δεκαδύο ἐντεῦθεν
ἐκμάνθανε † φιλότης ...
τὸν ἐν Νεμέᾳ λέοντα, ὕδραν, ἔλαφον, κάπρον,
κόπρου Αὐγείου κάθαρσιν, ὄρνιθας Στυμφαλίδας,
ταῦρον τὸν Κρήτηθεν, ἵππους Θρακικὰς Διομήδους,
ζωστῆρα Ἱππολύτης τε, βόας τε Γηρυόνου,
μῆλα τὰ Ἑσπερίδων τε, Κέρβερόν τε τὸν κύνα,
ὁ Ἡρακλῆς ετέλεκε δυοκαίδεκα ἔθλους.

^{Apollod.}
bibl.
II 72

I. [Περὶ τοῦ ἐν Νεμέᾳ λέοντος.] Ἐξέμηνε τὸν
Διὸς Ἡρακλῆν τὸ τῆς Ἥρας ζηλότυπον. εἰς δὲ Πυθῶνα
μολών, ὅπως ἀνανήψειε τῆς μελαγχολίας, πυνθάνεται,
καί οἱ χρᾷ τὸ δαιμόνιον Εὐρυσθεῖ τε λατρεύειν τῷ

Plenam inscriptionem perhibet S (et haud dubie T): † τοῦ
βουλγαρίου χαρτοφύλακος καὶ ὑπάτου τῶν φιλοσόφων, κυρίου(?)
Ἰωάννου διακόνου τοῦ πεδιασίμου. Reliquis haec inscriptio
simul cum nomine auctoris excidit; nam B titulo omnino caret,
P simpliciter suprascripsit: ἆθλα τοῦ ἡρακλέους, quaeque le-
guntur in VM: διὰ στίχον οἱ δώδεκα ἀγῶνες τοῦ ἡρακλέους, ad
versus tantum pertinent, qui narrationi praemissi sunt.
1 s. τοὺς — φιλότης RS, omittunt reliqui. Hos quoque
versus politicos esse cognovit West   1. ἡρακλείους * RS:
Ἡρακλέους ed West.   2. post corruptam vocem φιλότης la-
cunae signum posui   3. νεμαία R   5. Θρακικοὺς S
6. ὑπολίτης S   βόας τὰς γηριόναυ P βόας τοῦ γυριόνου R
7. τε post Ἑσπερίδων om. RS   8. δυοκαίδεκα * codd.:
δύο καὶ δέκα edd.   9. singulorum capitum inscriptiones quas
soli perhibent VM (voce περὶ ubique omissa), non ab ipso
Pediasimo adiecta esse apparet ex p. 250, 20, ubi titulus loco
minus apto insertus rerum conexum interrumpit   10. ἐνθεν
VM: τὸν πύθωνα P πυθῶι S πυθῶν R   12. χρᾷ τὸ] χρᾶται R
nian. I   λατρεύειν (λατρεύοντα Apollod.)] λατρεύειτ R δου-
λεύειν VM

ἐκ Περσέως ἀνέκαθεν καὶ τὸ προσταττόμενον ἀπαραι-
2 τήτως τελεῖν. καταλαμβάνει τοίνυν τὴν Τίρυνθα, καὶ τὰ
δουλαγωγούμενος Εὐρυσθεῖ τὸν τοῦ Νεμείου λέοντος
φόνον πρῶτον ἄθλον τελεῖν ἐπιτάττεται. θὴρ δὲ οὗτος
χαλκῷ μὲν ἄτρωτος, ἐκ Τυφῶνος δὲ τὴν γένεσιν εἴλη- 5
3 φώς. μέλλων τοίνυν καταλαμβάνειν τὴν Νεμέαν εἰς
Κλεωνὰς ἔρχεται, καί τινι χερνήτῃ περιτυχὼν θύειν
Διὶ μέλλοντι τὴν θυσίαν εἰς ἡμέραν ὑπερθέσθαι τρια-
κοστὴν ἀξιοῖ, κἂν μὲν παλίνοστος ἵκηται θύειν Σω-
τῆρι Διὶ, ἐναγίζειν δ' ὡς ἥρωι μὴ περιγενομένῳ τοῦ 10
4 λέοντος. καταλαμβάνει μετὰ Κλεωνὰς Νεμέαν, μαστεύει 75
τὸν θῆρα, τοξεύει πρῶτον, ὡς δ' ἐκ τῆς πείρας ἔμα-
θεν ἄτρωτον, διώκει τὸ ῥόπαλον ἐντεινάμενος· συμφυ-
γόντος δὲ πρὸς ἀμφίστομον σπήλαιον τὴν ἑτέραν ἀπ-
..λεισεν εἴσοδον, ἐπιὼν δὲ τῷ θηρίῳ διὰ θατέρας, 15
περιθεὶς τῷ λαιμῷ τοὺς δακτύλους συμπιέζει καὶ ἄγχει.
καὶ βαστάσας νεκρὸν ἐπωμάδιον ἄγει πρὸς Κλεωνὰς
πρῶτον, εἶτα Διὶ θύσας αὐτόθι καταλαμβάνει Μυκή-
νας καὶ διὰ θαύματος Εὐρυσθεῖ γίνεται.
5 II. [Περὶ τῆς Λερναίας ὕδρας.] Ἔδεισε δι' ἀν- 76
δρείας ὑπερβολὴν Ἡρακλῆν Εὐρυσθεύς, καὶ μηκέτι
συγχωρῶν εἰσιέναι Μυκήνας δεικνύειν πρὸ πυλῶν τοὺς

2 τελεῖν *RSTP (ἐτέλει Apollod.): ἐκτελεῖν VM   3. νε-
μείου *P: νεμειαίου TVM νεμαιείον S νεμαίου R All. Νεμεαίου
West.   6. νέμεαν codd.   7. χερνίτῃ SM   9. Σωτῆρι om. P
10. δ' codd.: δὲ edd.   μὴ om. V   περιγενομένω SP
11 νέμεαν codd.   12. πρῶτον *P (Apollod): τὸ πρῶτον
reliqui   13. ἐντεινάμενος RSTP (Apollod.): ἐκτεινάμενος
VM   14. ἀμφιτρησηλαιον P   τὴν om. VM   ἑτέραν om P
16. τὰ θηρίω P (θηρίον R man. 1)   16. τοὺς δακτύλους]
τὸ ξίφος P   πιέξει R   18. τὸ πρῶτον P   αὐτόθεν VM
μυκήνας om. VM   20. ἀνδρείας STM: ἀνδρίας RPV
(codd. Apollod.)   21. εὐρυσθεὺς ἡρακλῆν VM   22. πυλῶν]
τῶν πυλῶν T θυρῶν S

77 ἄθλους ἐκέλευσε. δεύτερον δὴ τὴν Λερναίαν ὕδραν
κτείνειν ἀγῶνα προσέταξεν. ἡ δὲ θηρίον ἦν ἀμαιμά-
κετον, σῶμα μὲν ὑπερμέγεθες, κάρηνον δὲ ἔχον ἐν-
νεακέφαλον· τῷ δὲ τῆς Λέρνης ἕλει τραφέν, προϊὸν
78 ⟨εἰς⟩ τὸ πεδίον πᾶν ὅ τι προστύχοι διέφθειρεν. ἐπιβὰς c
οὖν ἅρματος Ἡρακλῆς, ἡνίοχον ἔχων Ἰόλαον εἰς τὸ
τῆς Λέρνης πεδίον ἀφίκετο, πεπυρωμένοις δὲ βάλλων
ὕδραν τοῖς βέλεσιν εἰς συμπλοκὴν κατηνάγκασεν. ἡ
79 μὲν οὖν θατέρῳ τοῖν ποδοῖν ἐμπλακεῖσα ἐνείχετο. ὁ
10 δὲ τῷ ῥοπάλῳ κόπτων τὰς κεφαλὰς ἤνυε πλέον οὐδέν·
μιᾶς γὰρ δειροτομουμένης δύο ἐφύοντο. προσεβοήθη
δὲ τερατώδης καρκίνος, καὶ ἦν ὁ ἄθλος δυσκαταγώνι-
στος. ἀνθ' ὧν Ἰολάῳ προσχρησάμενος Ἡρακλῆς βοηθῷ 7
κτείνει μὲν τὸν καρκίνον, δαλῷ δὲ τὰς ἀνατολὰς τῶν
80 κεφαλῶν ἀμαυρῶν ἔσχησε τῆς ἐκφύσεως. ἀποκόψας δὲ
τὴν ἀθάνατον ἐκ πασῶν κεφαλήν, κατορύξας πέτραν
ἐπέθηκεν. ἀναρρίξας δὲ ταύτης τὸ σῶμα τοὺς ὀϊστοὺς
ἔβαψε, καὶ πρὸς Εὐρυσθέα καλλίνικος ἀνεζεύγνυσιν.
οὐ μέντοι ⟨ἐν⟩ τοῖς δώδεκα τὸν ἀγῶνα τοῦτον Εὐρυ-
10 σθεὺς ἔταξεν· σύμμαχος γὰρ Ἡρακλεῖ τηνικαῦτα Ἰόλαος.
81 III. [Περὶ τῆς χρυσόκερω ἐλάφου.] Τρίτον 6
ἐπέταξεν ἄθλον τὴν ἐξ Οἰνόης ἔμπνουν κομίζειν χρυ-

---

3. δὲ PVM: δ' RT　　4. τῷ PT: τὸ R πῇ V πῇ M
ἕλει τραφέν om. R　　6. ⟨εἰς⟩ τὸ πεδίον * restitui ex
Apollod.: τὸ πεδίον TP πεδίον R τῷ πεδίῳ VM edd.　προσ-
τύχει R　　6. ὁ ἡρακλῆς R　　ἐς V　　8. ὕδραν * add. RP,
om. VM　　9. ἐνείχετο VM: ἐμείχετο P ἐμάχετο R　　13. ἰόλεω R
16. κατορύξας R　　πέτραν R (Apollod.): πέτρον PVM
17. ἐπέθηκεν PR (Apollod.): ἔθηκεν VM　　ἀναρρίξας
omisso δὲ R　　ταύτην P ταύτῃ RVM, corr. AΠ　　19. ἐν
ex Apollod. add. West.　　20. Ἰόλαος Apollod. West.: ἰόλεως
codd.　　22. ἄθλον Apollod. AΠ.: ἄεθλον codd.　　Οἰνόης *
R Apollod.] χώρας add. VM edd.　　χρυσόκερον R

σόκερων έλαφον. οὐ χάριν μήτε βαλεῖν μήτε μὴν
ἀνελεῖν ταύτην βουλόμενος Ἡρακλῆς ὅλον ἐνιαυτὸν
συνεδίωκεν. ἐπεὶ δὲ καμὸν τὸ θηρίον χρησφύγετον
ἔγνω τὸ Ἀρτεμίσιον, καταφεύγει μὲν εἰς τὸ ὄρος, ἐκεῖ-
θεν δὲ περαιούμενον Λάδωνα βάλλει καὶ συλλαμβάνει. ⁵
9 τοῖς ὤμοις δὲ θέμενος διὰ τῆς Ἀρκαδίας ἠπείγετο.
συντυχοῦσα δὲ σὺν Ἀπόλλωνι Ἄρτεμις, ὅτι τὴν ἱερὰν 82
αὐτῆς ἔλαφον ἔκτεινε, κατεμέμφετο. πραΰνει δὲ τὴν
ὀργὴν τῇ θεῷ τὴν ἐξ Εὐρυσθέως ἀνάγκην προφασι-
σάμενος· τοῦ λοιποῦ δὲ Μυκήναζε τὸ θηρίον ἐμπνουν 10
ἐκόμισε, [καὶ δὴ καὶ ἐλαίαν ἐξ Ὑπερβορίων εἰς Ἕλλη-
νας ἤγαγεν.]

10 IV. [Περὶ τοῦ Ἐρυμανθίου κάπρου.] Ἠδίκει 83
τὴν Ψωφῖδα κάπρος ὁ Ἐρυμάνθιος· ἀνθ' ὧν Ἡρακλῆς
τέταρτον ἆθλον ὑφίσταται, καὶ ζῶντα τοσοῦτον χαυ- 15
λιόδοντα σὺν κομίζειν ἐπιταχθεὶς οὐ κατεφρόνει τοῦ
ἐπιτάγματος. Φολόην οὖν διιὼν Φόλῳ τῷ Κενταύρῳ
ξενίζεται. Φόλος μὲν οὖν ὀπτὰ κρέα παρεῖχε φιλοφρο-
νούμενος, ὁ δὲ τοῖς ὠμοῖς μᾶλλον ἐκέχρητο. οἶνον δὲ 84
ἀπαιτήσαντος Φόλος μὲν τὸν κοινὸν πίθον Κενταύρων 20
11 ἀνοίγειν δεδιέναι διισχυρίζετο· θαρρεῖν δὲ Ἡρακλῆς
ἔφησε, καὶ πείθει καὶ πέπωκεν. αἰσθόμενοι δὲ διὰ
τῆς ὀσμῆς Κένταυροι παρῆσαν ἐλάτας ἀνατεινάμενοι.

1. βαλεῖν R   3. δὲ om. R   5. δὲ om. R   βάλλει * codd.
(ταξιέσας Apollod.): φθάνει All.   7. ἀκάλωνι R   8. ἔκτεινε *
codd. (κτείναντα Apollod. codd.): εἴληφε All.   9. τῇ θεῷ VM
(τῆς θεοῦ Apollod.): τῇ θεᾷ R   εὐρυσθένους R   10. δὲ om. R
θεοῖσι, R   11s. καὶ δὴ — ἤγαγεν] haec verba ab Apollo-
doro aliena recte delevit All.   14. Ψωφῖδα Apollod. H'est.:
φακίδα codd.   17. διιὼν *R: διοδεύων VM (διερχόμενος
Apollod.)   18. ὀπτὰ R Apollod.: ὀκτὼ VM   20. ⟨τῶν⟩
Κενταύρων et 23. ⟨οἱ⟩ Κένταυροι ex Apollod. propos. H'est.
21. ἀνοίγειν om. VM   διδιέναι R

κατὰ· κράτος δὲ τρεψάμενος αὐτοὺς Ἡρακλῆς, τοὺς δὲ
87 καὶ διολέσας τοῖς βέλεσιν, ἐπὶ τὴν τοῦ κάπρου θήραν
ἐγένετο. διώξας δὲ τοῦτον ἐκ τινος λόχμης μετὰ κραυ-
γῆς, χιόνι παρειμένον ἐμβροχίσας εἰς Μυκήνας ἐμπνουν
5 ἐκόμισεν.
88   V. [Περὶ τῆς Αὐγείου κόπρου.] Ἕως Ἡρακλῆς 12
τοῖς φθάσασιν ἦν ἀγῶσιν ἀνενδεὴς, καινοτέρους Εὐ-
ρυσθεὺς προσεξεύρισκεν. ὁ δ' ἐλειτούργει τοῖς ἐπι-
τάγμασι, καὶ Διὸς γεγονὼς ἐπιστοῦτο τοῖς ἔργοις τὴν
10 γένεσιν. τὴν Αὐγείου δὴ τῶν θρεμμάτων ὄνθον μετὰ
τοὺς διηνυσμένους ἄθλους ἡμέρᾳ μιᾷ καθαίρειν προσ-
τάττεται. βασιλεὺς Ἤλιδος ὁ Αὐγέας, παῖς Ἡλίου 13
τὸ μυθευόμενον, τὸ δὲ ἱστορούμενον Φόρβαντος. συχνὰ
τούτῳ βοσκήματα, χώρῳ δ' ἑνὶ μακροῖς ἔτεσι σηκαζό-
15 μενα κόπρον ἀμύθητον ἐπεσώρευσαν. Αὐγείᾳ τοίνυν
προσιὼν Ἡρακλῆς, μὴ δηλώσας τὴν ἐξ Εὐρυσθέως ἐπι-
ταγήν, εἰ παράσχοι τὴν δεκάτην αὐτῷ τῶν βοσκημά-
των, ἡμέρᾳ μιᾷ τῆς κόπρου τὸν φορυτὸν ἐκφορήσειν
89 ὑπέσχετο. κατανεύει μὴ πιστεύων Αὐγέας. Φυλέα δὲ 14
20 τὸν Αὐγείου μαρτυράμενος Ἡρακλῆς διαιρεῖ τῆς αὐλῆς
τὸν θεμέλιον καὶ παροχετεύσας τὸν Ἀλφειὸν ἅμα τῷ
Πηνειῷ σύνεγγυς ῥέοντας τὴν ὄνθον ἐκάθηρεν, ἐκρουν
δι' ἄλλης ἐξόδου κατεργασάμενος· ὡς δ' ἔμαθε κατ'
ἐπιταγὴν Εὐρυσθέως διηνύσθαι τὸν ἄθλον ὁ Αὐγέας,

2. καὶ διολέσας] διόλεσι R   τοῦ om. R   3. διόξας R
11. διηνυμένους R   καθαίρειν om. R   13. δ' R: δὲ VM
16. ἐξ add. R   17. αὐτῷ West.: τούτω codd.
18. φορητὸν R   19. αὐγείας *R: ὁ αὐγίας VM edd.
φυλία R: φυλλέα M, V ubi alterum λ suprascr. man. 2
21. τὸν VM Apollod.: τὸ R   22. ῥέοντας] ὁρῶντας R
ἐκάθηρεν codd.: ἐκάθηρεν edd.   23. ὁ ἔμαθε West.: δὲ
μάθοι codd.   24. ἄθλον R   ὁ Αὐγέας om. R

τὸν μισθόν τε οὐ παρείχε καὶ ὑπεσχῆσθαι ἐξηρνεῖτο,
15 ἔτι δὲ καὶ κρίνεσθαι περὶ τούτου ἕτοιμος ἦν. ὡς δὲ 90
καθεζομένων τῶν δικαστῶν ὡς ὑπεσχημένου τοῦ πα-
τρὸς κατεμαρτύρησεν ὁ Φυλεύς, ὀργισθεὶς ὁ Αὐγείας
πρὶν ἐνεχθῆναι τὴν ψῆφον τόν θ' Ἡρακλέα καὶ αὐτὸν ι
Φυλέα βαδίζειν ἐκέλευσεν ἐκ τῆς Ἤλιδος. Φυλεὺς μὲν 91
οὖν εἰς Δουλίχιον ᾔει, πρὸς Ἤλενον δ' Ἡρακλῆς
προσδεξάμενον ἵκετο. καὶ Μνησιμάχην τὴν Ἤλένου
ῥυσάμενος Εὐρυτίωνος ἧκεν εἰς Εὐρυσθέα. παρ' ὅσον
δὲ μισθὸν ἀπῄτει τῆς ἐκφορήσεως, οὐδὲ τὸν ἀγῶνα 10
τοῦτον Εὐρυσθεὺς ⟨ἐν⟩ τοῖς δώδεκα προσεδέξατο.

16   VI. [Περὶ τῶν Στυμφαλίδων ὀρνίθων.] Τὰς 92
Στυμφαλίδας σοβεῖν ὄρνιθας Ἡρακλεῖ ἕκτος ἀγὼν
ἔκειτο. λίμνη παρὰ τοῖς Ἀρκάσιν ἡ Στυμφαλίς, ὕλη
δὲ μυρία συνηρωφὴς κρησφύγετον ὄρνισιν ἦν. οὐδε- 93
μιᾶς οὖν μηχανῆς τῇ θήρᾳ τούτων εὑρημένης παρ' οὐ-
17 δενὸς Ἡρακλῆς διώκειν τὰς ὄρνιθας ἠναγκάζετο. συμ-
αίρεται τούτῳ τῆς θήρας Παλλάς, ἡφαιστότευκτα δὲ
παρασχοῦσα χάλκεα κρόταλα λύει τὴν ἀμηχανίαν αὐτῷ.
κροτῶν γὰρ τοὺς κώδωνας Ἡρακλῆς ἐπί τινος ὄρους 20
τῇ λίμνῃ παρακειμένου φόβον ἐποίει ταῖς ὄρνισι, καὶ
τὸν δοῦπον οὐχ ὑπομένουσαι μετὰ δέους ἐφίπταντο,
καὶ τῇδε βέλεσι τῶν ὀρνίθων περιεγένετο.

1. ἐξηρνεῖτο R: ἐξήρνητο VM   2. ἔτι δὲ West.: ἔτι τε codd.
3. ὑποσχομένου R   4. et 5. φυλεὺς R: φυλλεὺς VM
7. πρὸς σάλετον R   8. προσδεξάμενον VM Apollod.: προσ-
δεξάμενος R   Μνησιμάχην τὴν Ἤλένου] Mnasimache erat
Dexameni filia, sed ex Apollodori corruptela προσδεξάμενον pro
πρὸς Δεξάμενον Pediasimus perveream hanc genealogiam eli-
cuit, ut observavit West.   10. δὲ VM: δὴ R   11. ἱν adh.
West.   13. ἡρακληκός R   15. συνηρεφής * codd.: συνηρε-
φὴς καὶ All.   19. χάλκεα VM Apollod.: χάλκεια R
20. κροτὼν (typothetae errore) West.   21. ταῖς R: τοῖς VM

94 VII. [Περὶ τοῦ Μίνωος ταύρου.] Μίνως ὁ 18
Κρής, ὁ Διὸς ἔκγονος, ὁ Ῥαδαμάνθυος ὁμαίμων, τὸ
φανὲν ἐκ θαλάσσης Ποσειδῶνι θύειν ὑπέσχετο. καὶ
δὴ καὶ ἀνῆκε Κυανοχαίτης θέαμα κάλλους ταῦρον αἰ-
5 πύκερων. ἀλλὰ τοῦ κάλλους ὁ Μίνως κατελεήσας τὸν
ταῦρον τοῦτον μὲν ἀφῆκεν εἰς τὰ βουκόλια, θύει δὲ
ταῦρον ἀνθέτερον. ἐφ᾽ οἷς ὀργισθεὶς Ποσειδῶν τὸν 19
ταῦρον ἠγρίωσε καὶ παντὶ τὸ ζῷον ἀπρόσιτον ἦν.
95 πέμπεται τοίνυν Ἡρακλῆς ἐπὶ τὴν τούτου κατάσχεσιν.
10 Μίνως δὲ λαμβάνειν ἠξίου αὐτὸν διαγωνισόμενον. τοι-
γάρτοι καὶ διαγωνισάμενος καὶ νικήσας εἷλε τὸν ταῦρον
καὶ πρὸς τὸν πέμψαντα διεκόμισεν. ὁ δ᾽ ἄνετον εἴασε,
καὶ πλανηθεὶς διαβὰς τὸν Ἰσθμὸν εἰς Μαραθῶνα τῆς
Ἀττικῆς ἵκετο, τὰ γειτονεύοντα λυμαινόμενος.
96 VIII. [Περὶ τῶν Διομήδους ἵππων.] Ἀρχαιότε- 20
ρος τοῦ Τυδείδου Διομήδης ἄρχει Θρᾳκῶν. τούτῳ καὶ
τὸ ὑπήκοον μὲν θηρίων ἀτιθασσότερον (Βίστονες γὰρ
οἱ ὑπὸ χεῖρα, λαὸς Θρᾳκῶν, ἔθνος αἱμοχαρὲς καὶ ἀμεί-
λικτον), ἵπποι δ᾽ ἦσαν ζυγὸν μὲν καθάπαξ ἀπηρνη-
20 μέναι, τοὺς δ᾽ οὐκ ἐθάδας δι᾽ ὠμότητα διαφθείρουσαι.
ταύτας κομίζεσθαι πρὸς Μυκήνας ἀνάγκη βαρεῖα τὸν
Ἡρακλέα κατήπειγε. πλεύσας εἰς Θρᾴκην οὐκοῦν τοὺς 21
μὲν ἐπὶ ταῖς φάτναις τῶν ἵππων βιάζεται, καὶ κατάγει
97 τὰς ἵππους πρὸς θάλασσαν. ἐναντιουμένων δὲ τῶν

---

2. ὁμαίμων *R: ὅμοιμος VM   3. ἐκ θαλάσσης R Apollod.:
ἐν θαλάσσῃ VM   7. ποσειδῶν *R: ὁ ποσειδῶν VM
8. καττὶ τὸ R: καττὶ τὸ M παντί τῳ τὸ V   10. δὲ om. R
αὐτὸν * scripsi: τὸν codd. (εἴκειν αὐτῷ διαγωνισμένῳ ...
Apollod.)   16 s. καὶ τὸ ὑπήκοον R: δὲ καὶ τὸ ἐπίκοον VM
18. οἱ All.: ὁ codd.   ἀμείλικτον R   20. δ᾽ om. R   διὰ-
μότητα R: δὲ δι᾽ ὠρότητα VM   διαφθείρουσαι R: φθείρου-
σαι VM   23 s. καὶ κατάγει τοὺς ἵππους *R: κατάγει δὲ τὰς
(τοῦ V) ἵππους VM   24. πρὸς R: εἰς VM

Θρᾳκῶν ταύτας μὲν Ἀβδήρῳ τῷ ἐρωμένῳ φυλάττειν
πιστεύει, πρὸς δὲ τοὺς Βίστονας διαγωνισάμενος Διο-
μήδην μὲν ἀποκτείνει, τοὺς δὲ λοιποὺς φεύγειν ἠνάγ-
κασεν. Ἀβδήρῳ δὲ διασπασθέντι τοῖς ἵπποις περὶ τὸν
τάφον κτίσας τὴν Ἄβδηραν, ὃ ἀπῄτητο κεκόμικεν Εὐ- 5
ρυσθεῖ. μεθέντος δὲ ταύτας τοῦ Εὐρυσθέως εἰς Ὄλυμ-
πον ἀπελθοῦσαι πρὸς τῶν θηρίων ἀπώλοντο.

22 IX. [Περὶ τοῦ Ἱππολύτης ζωστῆρος.] Ὁ τῆς 98
Ἱππολύτης ζωστὴρ δῶρον ἦν Ἄρεος. ὁ ζωστὴρ τοῦ
πρωτεύειν τεκμήριον Ἀδμήτῃ τῇ Εὐρυσθέως δριμὺν 10
ἐνέθηκεν ἔρωτα. τῶν Ἀμαζόνων Ἱππολύτη βασίλεια.
περί που τὸν Θερμώδοντα ποταμὸν ἔθνος αἱ Ἀμαζόνες,
Ἄρει μὲν κάτοχον, ἀνδρῶν δὲ καίπερ οὖσαι γυναῖκες
διαφερόντως εἰς μάχην ἐπικρατέστερον· διὰ δὲ τὴν εἰς
ὅπλα ῥοπὴν τὸν δεξιὸν μαζὸν ἀποθλίβουσαι τὴν κλῆσιν 15
23 ἐκ τοῦ συμβεβηκότος ἐσχήκασιν. ἐπὶ τοίνυν τὴν Ἱπ- 99
πολύτην καὶ τὸν μάχιμον Ἀμαζόνων στρατὸν διὰ τὸν
Ἀδμήτης ὑπὲρ ζωστῆρος ἔρον σφοδρὸν Ἡρακλῆς ἀπο-
στέλλεται. παραγενομένης δὲ πρὸς αὐτὸν Ἱππολύτης 101
καὶ πυθομένης, οὗ χάριν ἥκοι, καὶ δώσειν ὑποσχομέ- 20
νης, Ἥρα τῶν Ἀμαζόνων εἰκασθεῖσα μιᾷ τὰς Ἀμαζόνας
καθ' Ἡρακλέους παρώξυνε. καὶ περιστᾶσαι μεθ' ὅπλων 103
24 τὸν ἔρωα πρὸς μάχην ἠρέθιζον ἑαυτάς. μνησθεὶς οὖν
ὁ Ἡρακλῆς τὴν ἐνούσης αὐτῷ ῥώμης κτείνει μὲν Ἱπ-

1. μὲν om. R   1 m. εἰλήφει codd.   2. βίστονας V
3. αἴδηραν VM δαδηραν R   ἀπῄτητο V ἐπῄγετο M:
ἐπῃτήθη R   7. ἀπόλλοντο R   9. δῶρον δ᾽ ἦν R   10. ἐδ-
μήτη R   13. κάτοχον VM: κάτωθεν R   14. ἐπικρατέστε-
ροι R   16. μαζὸν om. V   16. ἔρει R   18. ἡρακλῆς *R:
ὁ ἡρακλῆς VM   20. δώσειν M, R (ubi corr. man. 2)   21. ἑαυ-
τάς R: ἑαυτῶν M, V (ubi -ῶν in ras.)   24. ὁ ἐρωτῆς R:
ἡρακλῆς VM

πολύτην καὶ τὸν ζωστῆρα λαμβάνει, πρὸς δὲ τὸν Ἀμα-
ζόνων στρατὸν διαγωνισάμενος φυγεῖν παρεσκεύασε,
03s.πάρεργα δὲ τοῦ ἀγῶνος τὴν θ' Ἡσιόνην τοῦ κήτους
105 ἐρρύσατο καὶ τοὺς Προτίας ἀπέκτεινεν.

106   Χ. [Περὶ τῶν βοῶν Γηρυόνου.] Τέρας ἦν ἐν 25
Γαδείροις ὁ Γηρυόνης, Καλλιρρόης μὲν τῆς Ὠκεανοῦ
καὶ Χρυσάορος παῖς, σῶμα δὲ συνηγμένον εἰς ἓν συμ-
φυὲς ἔχων τρικέφαλον. τούτῳ φοινικαῖ βόες ἐτύγχανον
βοσκόμεναι κατὰ τὴν Ἐρύθειαν, ἣ νῦν ὀνομάζεται Γά-
10 δειρα. τῶν δὲ βουκόλος μὲν Εὐρυτίων, Ὄρθος δὲ 26
107 φύλαξ κύων ἐξ Ἐχίδνης δικέφαλος. πεμφθεὶς οὖν
Ἡρακλῆς ἐπὶ ζήτησιν τῶν βοῶν, ἐπειδὰν πρὸς τὰ γῆς
ἀφίκετο τέρματα, στήλας ἵστα τῆς ὁδοιπορίας τεκμή-
ρια. μεσημβρίας δὲ οὔσης ἡλίῳ θερόμενος βέλος ἀφίησι
15 κατὰ τοῦ θεοῦ. καὶ ὃς θαυμάσας τὴν ἀνδρίαν τοῦ
ἥρωος δέπας ἔδωκε χρύσειον, ᾧ διακεραιωθεὶς τὸν
108 ὠκεανὸν καταλαμβάνει τὰς βοῦς εἰς Ἐρύθειαν. ὁ δὲ 27
κύων Ὄρθος αἰσθόμενος ἐπ' αὐτὸν ὥρμησεν. ἀλλὰ
κτείνει τὸν κύνα σὺν Εὐρυτίωνι. μανθάνει δὲ Γη-
20 ρυόνης τὸ γεγονός, καὶ μάχην Ἡρακλεῖ συστησάμενος
109 ἡττᾶται καὶ κτείνεται. καὶ δὴ τὰς βόας εἰς τὸ δέπας
ἐνθέμενος Ἡρακλῆς καὶ διαπλεύσας εἰς Ταρτησσὸν
10ss.Ἡλίῳ πάλιν τὸ δῶρον ἀπέδωκε. πολλοῖς δὲ μεταξὺ
προσμαχήσας δεινοῖς Εὐρυσθεῖ τὰς βόας ἐκόμισεν.

1. τὸν *RV: τὰν M edd.   3. δὲ R, om. VM   4. ἐρύ-
σατο codd., corr. Wieл.   ἀπέκτεινε VMApollod.: ἔκτεινε R
6. γρυόνης R   7. συνηγμένον VMApollod.: συγκμμένον R
θω, ἐρύθειαν codd.   12. τρακλῆς * codd.: ὁ ἡρακλῆς
edd.   γῆς * codd.: τῆς γῆς All.   13. ἀφικέσθαι M
14. θερόμενος] ἡρακλῆς add. R   18. ὥρμησε V: ὥρμησε +R
ὥρμηκε M   19. γρυόνης R   20. ἡρακλῇ R   22. ἡρακλῆς
om. R   ταρτησὸν VM ταρτισὸν R, corr. All.

28   ΧΙ. [Περὶ τῶν μήλων τῶν Ἑσπερίδων.] Χρύσεια 113
μῆλα παρ' Ἑσπερίδων ἄγειν τὸν Ἡρακλῆν ἐνδέκατος
ἄγων ἔκειτο. τὰ δ' ἦν ἐν Ὑπερβορέοις καὶ περί που
τὸν Ἄτλαντα· Διὶ δέ ποτε δῶρον Ἥρα γήμαντι δέ-
δωκεν. ἦν δὲ ὁ ἄθλος οὐκ εὐκατόρθωτος· δράκων τε ·
γὰρ ἀθάνατος πολυκάρηνος φύλαξ αὐτοῖς καὶ Ἑσπερί-
29 δες αὐταί. παντοδαποῖς οὖν ἀπαισίοις περιπεσὼν συν- 114 m.
αντήμασι, καὶ δὴ καταλαβὼν καὶ τὸν Καύκασον, τοξεύσας 119
τὸν ἀετὸν ὃς τὸ τοῦ Προμηθέως ἧπαρ κατήσθιε, καὶ
τὸν Προμηθέα τοῦ δεσμοῦ λύσας, ἧκεν εἰς Ἄτλαντα. 18
τρία δὲ μῆλα παρ' Ἑσπερίδων Ἄτλας ὀρεψάμενος 120
Ἡρακλεῖ δίδωσιν. ἐπεὶ δὲ τὸ χρῆμα κεκόμικεν Εὐρυ- 121
σθεῖ, δεξάμενος Εὐρυσθεὺς δωρεῖται τῷ τὰ μῆλα κομι-
σύναντι. παρ' οὗ λαβοῦσα Παλλὰς πάλιν ἀπήγαγε·
μετατεθῆναι γάρ που ταῦτα οὐκ ἦν ὅσιον.   15

30   ΧΙΙ. [Περὶ Κερβέρου.] Κέρβερον ἐξ Ἅιδου κο- 122
μίζειν δωδέκατον ἆθλον Ἡρακλῆς ἐπετέτακτο. τῷ δὲ
κυνὶ τρεῖς μὲν κεφαλαί, τὸ οὐραῖον δὲ δράκοντος, κατὰ
δὲ νώτου παντοίων εἶχεν ὄφεων κεφαλάς. μέλλων
τοίνυν εἰς Ἅιδου πορεύεσθαι παραγίνεται πρὸς τὴν 20
Ἐλευσῖνα, καὶ μυηθεὶς ὑπ' Εὐμόλπου διὰ τοῦ Ταινά-123
31 ρου πρὸς τὸν Ἀιδωνέα κατῄει. ὁπηνίκα δὲ εἶδον αὐτὸν
αἱ ψυχαί, δίχα Μελεάγρου καὶ Μεδούσης τῆς θνητῆς
ἐκ Γοργόνων δειλιῶσι καὶ φεύγουσιν. Ἡρακλῆς οὖν
ἐπὶ τὴν Γοργόνα σπᾷ τὸ ξίφος, καὶ παρ' Ἑρμοῦ μαν- 26
θάνει ὅτι κενόν ἐστιν εἴδωλον. αἰτοῦντος δὲ Πλού- 125

---

1. χρύσεια R   5. ὁ ἄθλος R: ἄθλος VM   9. τοῦ add. R,
om. VM   11. ἄτλας add. R, om. VM   12. ἡρακλῆ R
14. πολλάς om. R   17. ἐπιτέτακτο R   19. νότου R
21. καὶ om. R   22. ἀιδονία κατιέναι R   23. μελεάγρου R
25. μανθάνει VM: μαθὼν R   26. καινόν R   πλού-
των V

τωνα Κέρβερον ὁ Πλούτων ἄγειν ἐπέταξε δίχα τῶν
120 ὅπλων ὧν εἶχε κρατήσαντα τοῦ κυνός. εὑρὼν οὖν 32
αὐτὸν πρὸς Ἀχέροντα, συμπεφραγμένος τῷ θώρακι καὶ
περιβαλὼν χεῖρας τῇ κεφαλῇ, καίπερ δακνόμενος οὐκ
5 ἀνῆκεν, ἀλλ' ἄγχων τὸ θηρίον, διὰ Τροιζῆνος ποιη-
σάμενος τὴν ἀνάβασιν, ἤγαγεν Εὐρυσθεῖ καὶ δείξας
πάλιν εἰς Ἅιδου κεκόμικεν.

4. περιβάλλων V   7. τέλος τῶν ιβ ἀγώνων τοῦ ἡρακλέους
subscriptum in V

17*

INDICES.

I.

Index nominum et rerum memorabilium.

Γρατίων (?) Gigas I 6, 2ι
Γύης Centimanus I 1, 1
γυναικοκρατουμένη Λῆμνος I
9, 1ι
γῦπες Ixionem cruciant I 4, 1ι
Γυρτώνιοι ep. 3, 14

Δαίμων Penelopae procus ep.
7, 29
Δαίδαλος Eupalami f. II 6, 3ι.
III 1, 4. 15, 8ι. ep. 1, 8 12
—15
Δαίκτωρ Penelopae procus
ep. 7, 29
Δαίφρων duo Aegypti filii II
1, 5ι9
δάκρυα Niobae in saxum con-
versae III 5, 6ι
δαλός: Meleagri I 8, 2ι 3ι. in
Hecubae somnio III 12, 5ι.
δᾷδες Hecates I 6, 2ι (v.
πυρσός)
Δαμάσικκος Icarii f. III 10, 6
Δαμασίστρατος Plataeensium
rex III 5, 8ι
Δαμασίχθων Amphionis f. III
5, 6ι
Δαμάστης i. q. Polypemon ep.
1, 4
Δαμάστωρ Penelopae procus
ep. 7, 27
Δανάη Acrisii f. II 2, 2ι. 4, 1
2ι 3ι 41
Δαναοί II 1, 4ι adn. (schol.
Hom.)
Δαναός Beli f. II 1, 4ι—ι 5.
2, 11
Δαρδανία ἡ III 12, 1ι
Δαρδάνιοι ep. 3, 34
Δάρδανος Iovis f. III 12, 1ι.
15, 3
Δάρδανος urbs III 12, 1ι
Δάσκυλος Lyci p. II 5, 9ι
δασμός: Thebanorum II 4, 11.
Atheniensium III 15, 8ι.

ep. 1, 7. Locrensium ep. 6,
20ιι.
Δαυλία τῆς Φωκίδος III 14, 8ι
Δεινώ Phorci f. II 4, 2ι
δεκαετές bellum Troianum ep.
3, 15 (conf. 3, 13. 5, 8)
Δελφῖνες facti sunt latrones
III 5, 3ι
Δελφοί I 4, 1ι. 9, 1ι. II 4,
19ι. 6, 2ι. 8, 2ι. III 4, 1ι.
5, 7ι. 7, 4 5ι 5ι 7ι. 9, 1ι.
ep. 6, 14 18 24 28 (Tzetz.)
Δελφύνη δράκαινα I 6, 3ι
Δεξάμενος Mnesimaches p. II
5, 5ι
δεξιά Minois uxor III 1, 2ι
δίκης Ἡλίου II 5, 10ι7 11ι.
Fed. 26ι.
δέρας vel δορά: χρυσόμαλλον
I 9, 1ι 16ι5 2ι 27ι. Mar-
syae I 4, 2ι. Pallantis Gi-
gantis I 6, 2ι. ἄρκτου I 6,
8ι. ἀγρί Calydonii I 8, 2ι.
tauri Arcadici II 1, 2ι. leo-
nis Cithaeronii II 4, 10ι. 5,
12ι. leonis Nemeaei II 5, 1ι
Δερρῖνος Neptuni f. II 5, 10ι
δεσμός: Ἴλιας II 5, 11ι0. The-
sei et Pirithoi II 5, 12ιι.
ep. 1, 24. Ulixis ep. 7, 19.
δεσμῶν αὐτομάτως λυθέντων
Antiopae III 5, 5ι; αἱ Βάκ-
χαι ἐλύθησαν ἐξαίφνης III
5, 1ι
Δευκαλίων Minois f. III 1, 2ι.
3, 1ι. ep. 1, 17
Δευκαλίων Promethei f. I 7, 2.
II 1, 11. III 8, 2ι. 14, 5 6ι.
ep. 3, 13
Δηιάνειρα Oenei f. I 8, 1. II
7, 5ι 5ι—4 7ι—1ι 8ι
Δηιδάμεια Lycomedis f. III 13,
8ι. ep. 6, 13
Δηικόων Herculis f. II 4, 12ι.
7, 8ι
Δήμαχος Enaretes p. I 7, 8ι

18*

284 Indices.

Διόνικος Perieris f. I 9, 5.
III 10, 3 3 5 4 4 2. 11, 2 1
Δευκοθέα (i. q. Ἰνώ) III 4, 3 6
Δεῦκος Meslam occidit ep. 6, 9 1.
λευκός: ἱππίον Theaei ep. 1, 7
10. κόραξ III 10, 3 1
Δευκόφρυς (i. q. Τένεδος) in-
sula ep. 8, 25
Διόκων Athamantis f. I 9, 2 1
Δευκάνη Thespii f. II 7, 8 5
Δευκικτός Porthaonis f. I 7,
10 1
Δίων Lycaonis f. III 8, 1 8
Δίων: Cithaeronius II 4, 9 1 10.
Nemeaeus II 5, 1. Ped. 1 ss.
Atalanta et Milanion in leo-
nes conversi III 9, 2 s. in
Adrasti scuto III 6, 1 s. προ-
τομὴ λέοντος Chimaerae II
3, 1 s. οὐρὰ λέοντος Sphin-
gis III 5, 8 s
Λήδα Thestii f. I 7, 10 1. 8, 2 s.
III 10, 5 2 6 7 1 s. 11, 2 1
Λήθης θρόνος ep. 1, 24
λήθην πάντων ἱκοίει lotus
ep. 7, 3
Λήιτος Alectoris f. I 9, 16 s.
III 10, 8 1
Λήμνιαι I 9, 17. III 6, 4 1
Λῆμνος insula I 8, 5. 9, 17 18 1.
ep. 1, 9. 3, 27. 5, 8
Λητώ Coei f. I 2, 3. 4, 1 2 6. III
5, 6 s. 10, 4 s
Λιβύη Epaphi f. II 1, 4 1 s. III
1, 1 s
Λιβύη ἡ II 1, 4 1 s. 5, 10 4 11 s
4 4 0. ep. 6, 15 15 s (Tzetz.)
29. 7, 1
Λιγύς I 9, 24 s
Λιγύρων i. q. Ἀχιλλεύς III 13, 6 s
Λιγυστίνη ἡ II 5, 10 s
λιθοβοληθείς Palamedes ep.
3, 8. 6, 8
λίθος: a Saturno devoratus
I 1, 7. 2, 1 1. λίθους ἱκίνει
Orpheus I 3, 2 1; Amphion

III 5, 5 10. λίθοι in homines
conversi I 7, 2 s
λιθωθέντες: Medusae capite
II 4, 2 1 3 6 s. vulpes et ca-
nis II 4, 7 s. Niobe III 5, 6 s.
serpens et passeres ep. 3,
15. navis Phaeacum ep. 7, 25
Λικύμνιος Electryonis f. II 4,
5 4 6 1 s. 7, 3 1 s 7 s. 8, 2 1
Λιλύβαιον urbs I 9, 26 1
λίμνη: Στυμφαλίς II 5, 6. Ped.
16. Tantali ep. 2, 1
Λιμνώρεια Nereis I 2, 7
Λιναῖον (?) urbs ep. 3, 33
Λινδία Ἀθηνᾶ II 1, 4 s
Λινδίων λιμήν II 5, 11 s
λίνον Ariadnae ep. 1, 9. Dae-
dali ep. 1, 14
Λίτος Lycaonis f. III 8, 1 s
Λίτος Oeagri f. I 3, 2 1. II 4, 9 1 s.
λίθος Argypti f. II 1, 5 7
Λίχας Herculis praeco II 7,
7 7—9
λόγιον v. χρησμοί
λοιμός: Troiae II 5, 9 10. Te-
geae II 7, 4 1. Athenis III
15, 8 s
λουρίς ἡ I 9, 26 s. II 8, 2 7.
ep. 6, 20
Λοκροί ep. 3, 11. 6, 20—22.
A. of Ἐπικνημίδιοι II 7, 7 s.
Λοκρός II 5, 8 s. ep. 5, 22
Λουσία (codd. Λυκαία) Hyacin-
thi f. III 15, 8 s
Λύκαμος Penelopae procus ep.
7, 28
Λυκαῖος (non Λυκεύς) Her-
culis f. II 7, 8 5
Λυγκεύς Aegypti f. II 1, 5 2 (4)
10 1 s. 2, 1 1
Λυγκεύς Apharei f. I 8, 2 s. 9,
16 s. III 10, 8 s. 11, 2 s—s
[Λυγκεύς Actaeonis canis * III
4, 4 s]
Λυδοί II 6, 3 1

Μᾶλος Martis f. I 7, 7 ₂
πᾶλυ τό ep. 7, 10

Νάξος insula I 7, 4 ₄. III 5, 3 ₁.
ep. 1, 9
νάρθηξ Promethei I 7, 11
Νάστης Nomionis f. ep. 3, 35
Ναύαιθος fluvius ep. 6, 15 c
(Tzetz.)
Ναύβολος Iphiti p. I 9, 18 ₉
Ναυκράτη Icari m. ep. 1, 12
Ναύκαχτος urbs II 8, 27 3 ₁
Ναύπλιος Neptuni f. II 1, 5 ₁₂.
7, 4 ₃. III 2, 21. 9, 1 3. ep.
3, 7. 6, 7 — 11
Ναυπρηστίδες Laomedontis
filiae ep. 6, 15 c (Tzetz.)
ναῦν κατεσκεύασε πρῶτος Da-
naus II 1. 4 ₅
Ναυσιθόη Nereis I 2, 7
Ναυσικάα Alcinoi f. ep. 7, 25
Ναυσιμέδων Nauplii f. II 1, 5 ₁₄
ναύσταθμος Achivorum ep. 4, 3
Νίαιρα Amphionis f. III 5, 6 ₁
Νίαιρα Perei f. III 9, 1 ₂
Νίαιρα Strymonis uxor II 1, 2 ₁
Νεβροφόνος Iasonis f. I 9, 17 ₂
Νεῖλος fluvius II 1, 3 ₅ 4 ₁₃
νευρούς ἀνίστησι: Polyidus III
3, 1 ₆. Aesculapius III 10, 3 ₚ.
conf. de Alcestide I 9, 15 ₂.
II 6, 21; de Pelope ep. 2, 3;
de Protesilao ep. 3, 30
Νεμέα urbs I 9, 14. II 4, 11 ₂.
6, 1 ₂. III 6, 4 ₂. Ped. 1 — 4
Νέμεος λέων II 5, 1 ₁. Νεμέαιος
λέων Ped. 2. Νεμέων ἀγών
III 6, 4 ₄
Νέμεσις Helenae m. III 10, 7 ₂
Νεόμηρις Nereis I 2, 7
Νεοπτόλεμος Achillis f. III 13,
8 ₂. ep. 6, 10 — 12 21 24. 5,
5 12 — 14 28 (Tzetz.). 7, 40
Νέσσος Centaurus II 5, 4 ₄. 7,
6 ₄ — 6 7 ₈
Νέστωρ Nelei f. I 9, 9 1 ₂. II

7, 3 ₁. III 10, 8 ₁. ep. 3, 12.
6, 1
νέφρα Iovis a Typhone ex-
secta I 6, 3 ₂₂.
Νεφέλη Athamantis uxor I 9, 1
νεφέλη Ixionis m. ep. 1, 20
νέφος: Herculem in caelum
tollit II 7, 7 ₁₂. εἴδωλον ἐκ
νεφῶν πεποιημένον Helenae
ep. 2, 5. 6, 30
νηῒς νύμφη v. νύμφη
Νηλεύς Neptuni f. I 9, 8 9
12 ₂ 16 ₉. II 6, 22 ₂. 7, 3 ₁₂.
III 5, 6 ₄. ep. 3, 12
Νηλώ Danai f. II 1, 5 ₅
Νηρεύς Ponti f. I 2, 6 ₂. II 5,
11 ₄. III 5, 1 ₂. 12, 6 ₂. 13, 5 ₁
Νηρηΐδες catalogus I 2, 7. 9,
25 ₂. II 4, 8 ₂. III 13, 6 ₁
Νησαίη Nereis I 2, 7
Νησφαλίων Minois f. II 5, 9 ₂.
III 1, 2 ₅
Νῖφος Herculis f. II 7, 8 ₇
Νίκη Pallantis f. I 2, 4
Νίκη (?) Thespii f. II 7, 8 ₄
Νικίππη Pelopis f. II 4, 5 ₅
Νικίππη Thespii f. II 7, 8 ₆
Νικόδρομος Herculis f. II 7, 8 ₄
Νικόθοη Harpyia I 9, 21 ₂
Νικόμαχος Penelopae procus
ep. 7, 27
Νικόστρατος Menelai f. III 11 ₂
Νιόβη Phoronei f. II 1, 1 ₂ 5.
III 8, 1 ₁
Νιόβη Tantali f. III 5, 6
Νιρεύς Charopi f. ep. 3, 13
Νηρεύς Neptuni f. I 7, 4 ₂
Νῖσος (?) Penelopae procus ep.
7, 29
Νῖσος Pandionis f. III 15, 5 ₄
8 ₁₂.
Νισσαῖος Penelopae procus ep.
7, 29
Νίσυρος insula I 6, 2 ₄
Νομίων Nastae et Amphimachi
p. ep. 3, 35

Προιτίδες πύλαι Thebarum III 6, 6 :

Πρῶτος Abantis f. II 2, 1 x 5ω. 3, 1 : 2. 4, 1 : 4 :. III 9, 1 :

Πρόκλεια Laomedontis f. op. 3, 28 s.

Πρακλῆς Aristodemi f. II 8, 2 : 4 :

Πρόκνη Pandionis f. III 14, 8

Πρόκρις Erechthei f. I 9, 4. II 4, 7 :. III 15, 1 : ω.

Πρόκρις Thespii f. II 7, 8 :

Πρόμαχος Aesonis f. I 9, 27 :

Πρόμαχος Parthenopaei f. I 9, 18 :. III 7, 2 :

Πρόμαχος Penelopae procus ep. 7, 30

Προμηθεύς Iapeti f. I 2, 3. 3, 6. 7, 1 2 : :. II 5, 4 h 11 : ω. III 13, 5 :. Ped. 29

Πρόνοος Penelopae procus ep. 7, 27

Πρηγόνη Phorbi f. I 7, 7 :

Πρόνομος Penelopae procus ep. 7, 29

Πρόνους Phegei f. III 7, 6 :

Πρόνοος Penelopae procus ep. 7, 30

Προκοννίς ἡ I 9, 21 7

Πρῶναξ Talai f. I 9, 13

Πρωτεσίλαος Iphicli f. III 10, 8 s. ep. 3, 14 30 31. 4, 6. 6, 16 b (Tzetz.)

Πρωτεύς Aegypti f. II 1, 5 :

Πρωτεύς Aegyptiorum rex III 5, 11. ep. 3, 5. 6, 30

Πρωτεύς Neptuni f. II 5, 9 :s. Ped. 24

Πρωτογένεια Calydonis f. I 7, 7 :

Πρωτογένεια Deucalionis f. I 7, 2 c

πρῶτος: πρώτη γυνή Pyrrha I 7, 21. πρώτη γυναικί Ζεύς θνητῇ ἐμίγη Niobae II 1, 1 s. πρῶτος εἰς τὴν πόλιν εἰσῆλθε

Τελαμών II 6, 4 r. πρῶτος ἀπέβη τῆς νεώς Protesilaus ep. 3, 29 s. πρῶτος ἀφαλλόμενος (ex equo ligneo) ἀπέθανεν Echion ep. 5, 20. (v. εὑρετής)

Πρωτώ Nereis I 2, 7

Ψελλίων συνευνάζεται Πρόκριδι III 15, 1 :

Πτερέλαος Taphii f. II 4, 6 : 6 : : 7 :

πτέρυγες: Typhonis I 6, 3 :. Harpyiarum I 9, 21 :. χρυσαῖ Gorgonum II 4, 2 :. πτερὰ Daedali et Icari ep. 1, 12 s.

πτηνός: διφρὸς πτηνῶν δρακόντων I 5, 9 πτηνῶν ἵππων ἅρμα Iovis I 6, 3 10. ἅρμα ὑπόπτερον Idae I 7, 8. ἅρμα πτηνῶν δρακόντων Medeae I 9, 28 s. πτηνὰ πέδιλα Persei II 4, 2 :. πτερωτοί Boreae filii III 15, 2 1. πτηνὸς ἵππος Πήγασος II 3, 2 :. 4, 2 :

Πτολεμαῖος Penelopae procus ep. 7, 27

Πτῶος Athamantis f. I 9, 2 s

Πυγμαλίων Metharmes p. III 14, 3 :

πυγμή: Amyci I 9, 20. Pollucis III 11, 2

Πυθία sacerdos II 4, 12 s. 6, 2 s

Πυθώ i. q. Delphi III 15, 6 :

Πυθώ i. q. Delphi I 4, 1 s. Ped.

Πύθων ὄφις I 4, 1 s

Πυλάδης Strophii f. ep. 6, 24 25 27 28

πύλαι: Tartari II 5, 12 s. Acherontis II 5, 12 s. Thebarum III 6, 6 : 7 :. Σκαιαὶ πύλαι Troiae ep. 5, 8

Πυλαιμένης Bilsatae f. ep. 3, 35

Πυλαιμένης Penelopae procus ep. 7, 27

Πυλάργη Danai f. II 1, 5 s

Τισαμενός Orestis f. II 8,2 ι
3 s. ep. 6, 28
Τισιφόνη Alcmaonis f. III 7,
7 s.
Τισιφόνη Furia I 1, 4
Τιτάνες Lycaonis f. III 8, 1 s
Τιτάνες I 1 s 4. 2, 1 s 4. 2, 2 5.
6, 1 1
Τιτανίδες I 1, 3
τιτανομαχία I 2, 1 s 5
Τιτυός Iovis f. I 4, 1 4 s.
Τίφης Hagniae f. I 9, 16 τ 23 ι
Τιφώση Thespii f. II 7, 8 5
Τληπόλεμος Herculis f. II 7,
6 ι 8 ιο. 8, 2 ι. ep. 3, 13. 6,
15 b (Tzetz.)
Τμῶλος Omphales maritus II
6, 8 ι
τόξα Ἡράκλεια II 4 11 s. III 12,
6 s. ep. 3, 27. 5, 8. 6, 15 b
(Tzetz.). conf. II 5, 25 4 s—7
10 s 11 ιο. 6, 1 s. τόξον Ulixis
ep. 7, 33
Τοξεύς Oenei f. I 8, 1
Τοξικράτη Thespii f. II 7, 8 ι
Τόμοι urbs I 9, 24 ι
Τορώνη urbs II 5, 9 ι s
Τράγασος Philonomes p. ep.
3, 24
τράπεζα Lycaonis III 8, 1 s
Τραπεζοῦς urbs III 8, 1 6
Τραχίνιοι II 7, 7 ιι
Τραχίς urbs II 7, 6 s 7 ι s 7 ι ιο.
8, 1 1
τρίαινα Neptuni I 2, 1 s. III
14, 1 s. ep 5, 6
Τρίηνος (Τρίτων? Τρωηνός?)
Scyllae p. ep. 7, 20
τρικέφαλος: Geryones Ped. 25
(conf. II 5, 10 s). de Cerbero
conf. II 5, 12 ι. Ped. 30
Τριχχαῖοι ep. 3, 14
τριόφθαλμος (Oxylos) II 8, 8 s ι.
Τρίτων Neptuni f. I 7, 4 ι
τρίπους Delphicus II 6, 2 ι
Τριπτόλεμος Celei f. I 5, 2

τρισώματος Geryones II 5, 10 ι
Τρίτων Neptuni f. I 4, 6. ep.
7, 20? (cod. Τρηνου)
Τρίτων fluvius I 3, 6. [III 12, 34]
τρίχρωματος βοῦς Minois III 8, 1 s
Τροία I 3, 4 5. 8, 6 s. 9, 13 s.
II 5, 9 s m. 7, 1 1. III 12, 2 ι
(χώρα) 6 s s 7 s. 15, 8 ι s. ep.
3, 4—6 11 15 17 19 20 28 30
34. 5, 3 8 9 22 25. 6, 14 15 b
(Tzetz.) 19 21
Τροιζήν urbs II 5, 12 s. 6, 8 ι.
III 15, 7 ι. Ped. 32
Τροίζηνος (cod. Τροιζήν) Eu-
phemi p. ep. 3, 34
τροφός: Smyrnae III 14, 4 s.
Agamemnonis ep. 2, 15
(Tzetz.)
τροχός Ixionis ep. 1, 20
(τρυγόνος) κέντρον ep. 7, 36
τρύχεσιν ἡμφιεσμένος Telephus
ep. 3, 20
Τρῶες ep. 3, 28. 4, 3 4 6 7. 5,
3 11 12 15 23
Τρωικός πόλεμος ep. 4, 4. 6, 10
Τρωίλος Priami f. III 12, 6 τ.
ep. 3, 32
Τρώς Erichthonii f. III 12, 2
Τυδείδης Diomedes Ped. 20
Τυδεύς Oenei f. I 8, 5. III 6,
1 s—4 3 s 4 4 5 6 ι 8 ι s. 7, 2 s.
10, 8 ι. ep. 3, 12
Τυνδάρεως Perieris vel Oebali
f. I 9, 5. II 7, 3 6. III 10, 3 s.
[10, 3 10.] 10, 4 s 5 ι s 6 7 ι 9.
11, 2 6. ep. 2, 15 (Tzetz.) 16.
6, 25
Τέρασος Pterelai f. II 4, 5 s
Τυρία Aegypti uxor II 1, 5 s
Τυρρηνία ί I 9, 24 s. II 5, 10 s
Τυρρηνικὸν πέλαγος ep. 7, 1
Τυρρηνοί [II 5, 10 ι] III 5, 3 ι
Τυρρηνός τ. Τρίηνος
Τυρώ Salmonei f. I 9, 8 11 ι
τυφλωθέντες: Orion I 4, 3. Phi-
neus I 9, 21; eius filii III

Index auctorum.

III.

Index locorum a me tractatorum.

—

Apollod. Bibl. ed. Wagner. 21

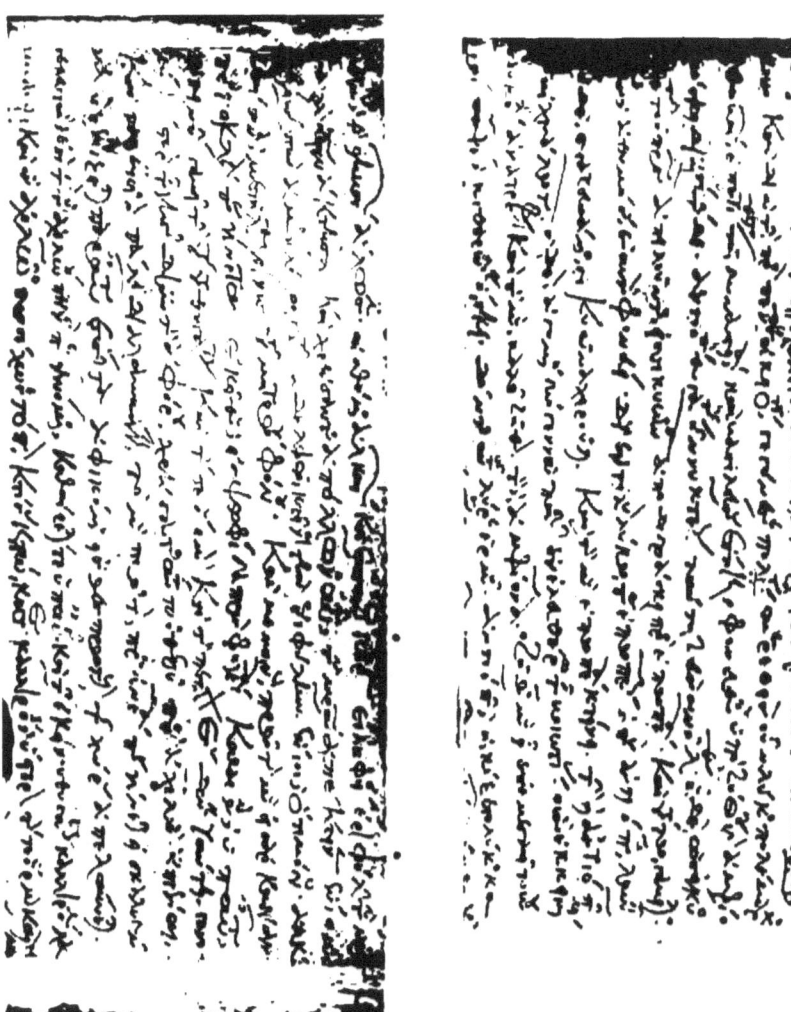